Der Sieger bleibt allein

Über den Autor

Paulo Coelho, geboren 1947 in Rio de Janeiro, ist einer der meistgelesenen Schriftsteller der Welt.
Alle seine Romane, insbesondere »Der Alchimist«, »Veronika beschließt zu sterben« und »Elf Minuten«, wurden Weltbestseller, die in 68 Sprachen übersetzt wurden und eine Gesamtauflage von 110 Millionen erreicht haben.

PAULO COELHO

Der Sieger bleibt allein

ROMAN

Aus dem Brasilianischen
von Maralde Meyer-Minnemann

Weltbild

Die brasilianische Originalausgabe erschien 2008 unter dem Titel
O vencedor está só bei Agir, Rio de Janeiro.

Abdruck des Gedichts *Der nicht genommene Weg* von Robert Frost
in der Übertragung von Lars Vollert.

Besuchen Sie uns im Internet:
www.weltbild.de

Genehmigte Lizenzausgabe für Verlagsgruppe Weltbild GmbH,
Steinerne Furt, 86167 Augsburg

Übersetzung: Maralde Meyer-Minnemann
Umschlaggestaltung: Atelier Seidel – Verlagsgrafik, Teising
Umschlagmotiv: © Archivo Idee, Barcelona
Gesamtherstellung: GGP Media GmbH, Pößneck
Printed in the EU
ISBN 978-3-8289-9695-3

2013 2012 2011 2010
Die letzte Jahreszahl gibt die aktuelle Lizenzausgabe an.

Maria, ohne Sünde empfangen,
bete für uns, die wir uns an dich wenden. Amen.

Für N. P. D., die zur Welt kam,
um uns den Guten Kampf zu lehren.

Er sprach aber zu seinen Jüngern: Darum sage ich euch: Sorgt nicht um euer Leben, was ihr essen sollt, auch nicht um euren Leib, was ihr anziehen sollt.

Denn das Leben ist mehr denn die Nahrung, und der Leib mehr denn die Kleidung.

Sehet die Raben an: die säen nicht, sie ernten auch nicht, sie haben auch keinen Keller und keine Scheune; und Gott ernährt sie doch. Wie viel besser seid ihr als die Vögel!

Wer ist unter euch, der, wie sehr er sich auch darum sorgt, seines Lebens Länge eine Spanne zusetzen könnte?

Wenn ihr nun auch das Geringste nicht vermögt, warum sorgt ihr euch um das andere?

Seht die Lilien auf dem Felde an, wie sie wachsen: sie spinnen nicht, sie weben nicht. Ich sage euch aber, dass auch Salomo in aller seiner Herrlichkeit nicht bekleidet gewesen ist wie eine von ihnen.

Lukas 12:22–27

Wer du auch seist, der mich jetzt in Händen hält,
Ohne eins wird alles vergeblich sein,
Ich warne dich ehrlich, eh du es ferner mit mir versuchst,
Ich bin nicht, was du vermutet hast, sondern ganz etwas andres.

Wer ist es, der mir folgen will?
Wer will sich Bewerber um meine Liebe nennen?

Der Weg ist verdächtig, das Ziel ungewiss, vielleicht verderblich,
Du würdest alles andre lassen müssen, ich allein würde verlangen, der Einzige zu sein, nach dem du dich ausschließlich richtest,
Selbst dann würde deine Probezeit lang und ermüdend sein,
All deine vorige Anschauung vom Leben und alle Anpassung an die Leben um dich her würdest du aufgeben müssen,
Deshalb lass von mir, eh du dich weiter bemühst, nimm deine Hand von meiner Schulter,
Lege mich weg, und geh deines Weges.

Aus Walt Whitman, ›Grashalme‹

Das Porträt

In meinen Büchern spreche ich immer wieder darüber, dass wir für die Verwirklichung unserer Träume einen Preis zahlen müssen. Doch inwieweit sind unsere Träume manipulierbar? Seit ein paar Jahrzehnten sind in der Kultur, in der wir leben, Berühmtheit, Geld und Macht noch wichtiger als je zuvor. Viele von uns hat das glauben lassen, dies seien die einzigen wirklich wichtigen Werte, und wir haben dabei die anonymen Manipulatoren hinter den Kulissen übersehen. Diese Manipulatoren wissen, dass die wirksamste Macht die ist, die niemand bemerkt – bis es zu spät ist und wir in der Falle sitzen. *Der Sieger bleibt allein* handelt von dieser Falle.

In meinem Roman lassen drei der vier Hauptfiguren zu, dass ihre Träume manipuliert werden:

Igor, ein russischer Millionär, der glaubt, Töten sei zulässig, wenn es zu einem guten Zweck geschieht, wie beispielsweise, um das Leiden eines Menschen zu beenden, oder um die Frau, die er liebt, zurückzugewinnen.

Hamid, ein Modezar, der mit den besten Absichten begann und am Ende in die Falle des Systems ging, das er zu benutzen versuchte.

Gabriela, die wie die meisten Menschen heutzutage überzeugt ist, dass Ruhm ein Ziel an sich ist, und die Berühmtheit für das Höchste hält, was ein Mensch erreichen kann.

Dieses Buch ist kein Thriller, sondern ein ungeschöntes Abbild unserer heutigen Welt.

Paulo Coelho

3 Uhr 17

Die kompakte Beretta PX4 ist etwas größer als ein Handy, wiegt etwa 700 Gramm und hat zehn Schuss. Klein und leicht, wie sie ist, zeichnet sich die Waffe unter der Kleidung nicht ab; daneben hat sie einen weiteren großen Vorzug: Das Projektil durchschlägt den Körper des Opfers zwar nicht, zerstört aber alles auf seinem Weg.

Die Chancen, einen Schuss mit diesem Kaliber zu überleben, sind relativ hoch. Es gibt Tausende von Fällen, in denen keine lebenswichtige Arterie durchtrennt wurde und das Opfer genügend Zeit hatte, zu reagieren und den Angreifer zu entwaffnen. Ein erfahrener Schütze kann jedoch zwischen einem schnellen Tod für sein Opfer – indem er zwischen die Augen oder auf das Herz zielt – und einem langsamen Tod wählen, indem er den Lauf der Waffe in einem bestimmten Winkel bei den Rippen ansetzt und abdrückt. Das Opfer wird nicht gleich merken, dass es tödlich getroffen wurde – und versuchen, sich zu verteidigen, zu fliehen, um Hilfe zu rufen. Das Opfer hat noch Zeit, seinen Mörder zu erkennen, während seine Kräfte langsam schwinden und es, ohne dass es recht weiß, wie ihm geschieht, ohne größere sichtbare Blutungen zu Boden sinkt.

Die Beretta PX4 ist keine Waffe für Profis. Oder vielmehr, wie jemand vom britischen Geheimdienst im ersten James-

Bond-Film anmerkt, während er dem Titelhelden seine alte Pistole abnimmt und eine neue übergibt: »Sie ist eher etwas für Frauen als für Spione.« Aber Igor ist kein Profi, und für das, was er vorhat, gibt es nichts Besseres.

Er hat seine Beretta auf dem Schwarzmarkt gekauft, die Waffe würde daher nicht identifizierbar sein. Im Magazin sind fünf Patronen, obwohl er nur eine einzige abschießen will, deren Spitze er vorher mit einer Nagelfeile kreuzweise eingekerbt hat. Sie würde, sobald sie auf etwas Festes traf, in vier Teile zerbersten.

Er wird die Beretta aber nur benutzen, wenn er keine andere Wahl hat. Er kennt andere Methoden, eine Welt auszulöschen, ein Universum zu zerstören, und *sie* würde die Botschaft ganz sicher verstehen, wenn er sein erstes Opfer getötet hatte. *Sie* würde wissen, dass er dies aus Liebe tat, keinerlei Groll hegte, sie zurücknehmen und ihr keine Fragen zu den vergangenen zwei Jahren stellen würde.

Er hofft, dass sechs Monate sorgfältiger Planung Erfolg bringen werden, ganz sicher aber kann er sich erst morgen sein. Er will die Erinnyen, die antiken Rachegöttinnen und Wächterinnen der sittlichen Ordnung mit ihren schwarzen Schwingen, über diese weiß-blaue Welt kommen lassen, in der Diamanten, Botox und schnelle Wagen tonangebend sind. Diese Träume von Macht, Erfolg, Ruhm und Geld – all das kann er von einem Augenblick zum nächsten zunichtemachen.

Er hätte längst auf sein Zimmer gehen können, denn das Ereignis, auf das er gewartet hatte, ist schon um 23 Uhr 11 über die Bühne gegangen. Ein Mann war in Begleitung einer schönen Frau hereingekommen, beide in Abendgarderobe für eine weitere dieser Galas, die jeden Abend im Anschluss an die offiziellen Dinners veranstaltet werden und besser besucht sind als irgendeine der vielen Filmpremieren hier beim Festival in Cannes.

Igor hatte die Frau keines Blickes gewürdigt und sein Gesicht hinter einer französischen Zeitung versteckt (eine russische hätte Verdacht erweckt). Letztlich war diese Vorsichtsmaßnahme überflüssig gewesen, denn Frauen wie sie, die sich für die Königinnen der Welt halten, nehmen ihre Umgebung kaum wahr, sondern sind nur darauf aus, zu glänzen; sie blenden die anderen Frauen bewusst aus – weil deren möglicherweise wertvollerer Schmuck oder exklusivere Kleidung bei ihnen sonst Depressionen, schlechte Laune und Minderwertigkeitskomplexe auslösen.

Ihr elegant gekleideter Begleiter mit den ergrauten Schläfen war an die Bar gegangen und hatte einen Champagner bestellt, der angesagte Drink für eine Nacht, die viele Kontakte, gute Musik und einen wunderbaren Blick aufs Meer und auf die im Hafen ankernden Jachten versprach.

Igor bemerkte, wie respektvoll der Mann sich benahm und dass er sich bei der Bedienung bedankte, als er die Gläser in Empfang nahm, und ein gutes Trinkgeld zurückließ.

Die drei kannten sich. Igor verspürte eine ungeheure Freude, als das Adrenalin in sein Blut schoss. Am nächsten Tag würde er dafür sorgen, dass die Frau von seiner Anwesenheit erfuhr. Irgendwann würden sie einander wieder begegnen.

Und Gott allein wusste, wie diese Begegnung ausgehen würde. In einer Moskauer Kirche war eine Woche lang eine

Reliquie der heiligen Magdalena gezeigt worden. Als orthodoxer Christ hatte Igor fünf Stunden lang Schlange gestanden, nur um, als er endlich vor der Reliquie stand, an ihrer Echtheit zu zweifeln. Dennoch hatte er dort vorn ein Gelübde abgelegt und einen Schwur getan. Und jetzt wollte er nicht wortbrüchig werden.

Er hatte zu der Heiligen gebetet, damit sie ihn beschütze und ihm helfe, sein Ziel ohne allzu viele Opfer zu erreichen. Und er hatte gelobt, bei einem bekannten Maler, der in einem Kloster in Nowosibirsk lebte, eine goldene Ikone in Auftrag zu geben, sobald alles vorüber und er wieder in seiner Heimat wäre.

Es ist drei Uhr morgens, und in der Bar des Hotels Martinez riecht es nach Zigaretten und Schweiß. Obwohl Jimmy, der an jedem Fuß einen andersfarbigen Schuh trägt, schon nicht mehr Klavier spielt und die Kellnerin todmüde ist, wollen die Gäste noch immer nicht gehen. Eine Stunde wollen sie unbedingt noch ausharren, denn vielleicht (hoffentlich) passiert ja endlich etwas.

Das Filmfestival von Cannes hat vor vier Tagen begonnen, und noch immer ist nichts passiert. An den verschiedenen Tischen der Bar hoffen alle das Gleiche: irgendeinem der Mächtigen dieser Welt zu begegnen. Die schönen Frauen warten auf einen Produzenten, der sich in sie verliebt und ihnen eine wichtige Rolle in seinem nächsten Film gibt. Ein paar Schauspieler unterhalten sich lachend und tun so, als ginge sie das alles nichts an, haben dabei aber immer den Eingang im Blick.

Jemand wird kommen. Jemand muss kommen. Die jungen Regisseure – den Kopf voller Ideen, ihre Lebensläufe, Seminararbeiten und an der Universität gedrehten Videos in der Tasche – warten auf einen Glücksfall: jemanden, der nach der Rückkehr von einem Fest einen leeren Tisch sucht, einen Kaffee bestellt, eine Zigarette anzündet und gerade offen für ein neues Abenteuer ist.

Wie naiv!

Selbst wenn so einer noch auf einen Nightcap hereinschauen würde, wäre das Letzte, was er hören wollte: »Ich habe hier ein neues Projekt, das noch niemand gemacht hat.« Doch die Verzweiflung täuscht den Verzweifelten. Hin und wieder betreten einige dieser Mächtigen die Bar, werfen einen Blick in die Runde und gehen dann hinauf auf ihre Zimmer. Sie machen sich keine Gedanken. Sie wissen, dass sie nichts zu befürchten haben. Die Mächtigen, die zur Superklasse gehören, sind nachtragend und kennen ihre Grenzen. Man gelangt nicht in ihre Welt, indem man andere austrickst – auch wenn das so kolportiert wird. Sollte es aber tatsächlich etwas Neues, Unerwartetes geben, das zu entdecken lohnt – sei es in der Welt des Films, der Musik, oder der Mode –, dann wird es durch Marktforschung ermittelt und nicht per Zufall in Hotelbars gefunden.

Die Angehörigen der Superklasse, die Reichen und Mächtigen, sind jetzt mit den Mädchen im Bett, die sie bei einer Party aufgetan haben und die alles mitmachen. Oder sie lesen online in den letzten Nachrichten nach, was darin über die Presseerklärung steht, die sie während des Tages abgegeben haben. Sie nehmen die unvermeidliche Schlaftablette und trinken Tee, der Abnehmen ohne Mühen verspricht. Sie füllen die Liste für das Frühstück auf dem Zimmer am nächsten Morgen aus und hängen sie dann über das »Nicht stören«-Schild am Türknauf. Die Angehörigen der Superklasse schließen die Augen und denken dabei: Hoffentlich kann ich schnell einschlafen, morgen habe ich um zehn Uhr einen Termin.

In der Hotelbar wissen alle, dass die Mächtigen im Hotel sind. Und wenn sie dort sind, haben sie selber eine Chance.

Es kommt ihnen nicht in den Sinn, dass die Mächtigen nur mit anderen Mächtigen reden: Sie müssen sich hin und wieder treffen, zusammen essen und trinken, Festivals Glanz verleihen, der Illusion Nahrung geben, dass die Welt des Luxus und des Glamours für alle erreichbar ist, die genügend Mut haben, beharrlich eine Idee zu verfolgen. Sie müssen Kriege verhindern, wenn sie nicht lukrativ sind, und die Aggressivität zwischen Ländern oder Unternehmen anheizen, wenn sie spüren, dass ihnen das mehr Macht und mehr Geld bringen könnte. Sie müssen so tun, als seien sie glücklich, obwohl sie Sklaven ihres eigenen Erfolges geworden sind. Sie müssen darum kämpfen, ihren Reichtum und ihren Einfluss zu mehren, auch wenn sie schon viel von beidem haben. Denn aus Eitelkeit stehen die Angehörigen der Superklasse ständig in Konkurrenz miteinander und schauen immer auf den, der gerade ganz oben steht.

In der Welt der Träume würden die Mächtigen jetzt noch auf ein Glas in der Bar bleiben und mit den Schauspielern, den Regisseuren, Stylisten und Schriftstellern reden, die dort mit vor Müdigkeit geröteten Augen herumsitzen und sich gleichzeitig fieberhaft überlegen, wie sie wieder in ihre gemieteten Zimmer in entlegenen Orten der Umgebung zurückkommen, von denen aus sie am nächsten Morgen erneut zu dem Marathon der Bittstellerei, der Jagd nach Chancen auf ein Treffen und Entgegenkommen aufbrechen.

In der wirklichen Welt aber sind die Mächtigen gerade dabei, ihre E-Mails zu checken, sich darüber zu beklagen, dass die Partys hier in Cannes alle immer gleich sind, dass die Freundin ihres Konkurrenten kostbareren Schmuck getragen hat als ihre eigene und dass dessen Jacht viel prächtiger ist als ihre, und sie fragen sich, wie das nur möglich ist.

Igor hat niemanden, mit dem er sich unterhalten kann, aber er hat auch kein Interesse daran. Der Sieger bleibt allein.

Igor ist der erfolgreiche Besitzer und Geschäftsführer einer Telefongesellschaft in Russland. Er hat schon vor einem Jahr die beste Suite im Martinez reserviert (Mindestreservierungsdauer ist zwölf Tage, unabhängig davon, wie lange man tatsächlich bleibt). Er ist am Nachmittag mit dem Privatjet gelandet, hat ein Bad genommen und ist anschließend hinunter in die Bar gegangen, um die beiden anderen zu sehen.

Eine Zeitlang wurde er von Schauspielerinnen, Schauspielern und Regisseuren gestört, doch er hat sich elegant aus der Affäre gezogen, indem er sagte:

»Don't speak English, sorry. Polish.«

Oder:

»Don't speak French, sorry Mexican.«

Jemand hatte versucht, ein paar Worte Spanisch zu sprechen, aber Igor hatte zu einer weiteren List Zuflucht genommen. Er trug Zahlen in ein Heft ein, um weder für einen Journalisten gehalten zu werden (die interessieren alle) noch für einen Menschen, der etwas mit dem Filmbusiness zu tun hat. Neben ihm lag eine russische Wirtschaftszeitung mit einem uninteressanten Manager auf dem Titelblatt.

Die Stammkunden der Bar, die sich etwas auf ihre Menschenkenntnis einbilden, halten Igor für einen dieser Millionäre, die nach Cannes fahren, um sich eine Geliebte zu angeln, und lassen ihn in Frieden. Spätestens nachdem sich der Fünfte unter dem Vorwand an seinen Tisch gesetzt hat, es sei kein anderer Stuhl mehr frei, ist allen klar, dass der einsame Mann nicht ins Film- oder Modebusiness gehört und allerhöchstens als »Parfüm« tauglich ist.

»Parfüm« ist ein Codewort unter Schauspielerinnen und Starlets für hilfreiche Begleiter: »Parfüms« kann man leicht wechseln, und es gibt welche, die sich als wahre Schätze erweisen. »Parfüms« werden von den Schauspielerinnen erst in den letzten Tagen des Festivals angesprochen, wenn sie es aus eigener Kraft nicht geschafft haben, etwas Interessantes oder jemand Interessanten im Filmbusiness aufzutun. Also kann dieser merkwürdige, reich wirkende Mann noch warten. Alle wissen, dass man besser die Bar mit einem Mann verlässt, der sich als Filmproduzent erweisen könnte, als allein zum nächsten Event zu gehen und das immer gleiche Ritual zu wiederholen: trinken, lächeln (vor allem lächeln), so zu tun, als würde man niemanden ansehen, während das Herz schneller schlägt und die Zeit vergeht. Und es bleiben immer noch ein paar Abende mit besonderen Galas, zu denen sie nicht eingeladen wurden, die »Parfüms« aber schon.

Die Schauspielerinnen und Starlets wissen genau, was die »Parfüms« zu ihnen sagen werden, denn sie sagen immer das Gleiche:

a) »Ich kann dein Leben verändern.«

b) »Viele Frauen würden gern an deiner Stelle sein.«

c) »Noch bist du jung, aber denk daran, was in ein paar Jahren sein wird. Jetzt ist der Augenblick, um in die Zukunft zu investieren.«

d) »Ich bin verheiratet, aber meine Frau …« (dieser Satz kann unterschiedlich enden: »ist krank«, »hat gedroht, sich umzubringen, wenn ich sie verlasse« usw.)

e) »Du bist eine Prinzessin und verdienst es, als solche behandelt zu werden. Ich wusste es nicht, aber jetzt wird mir klar, dass ich immer auf dich gewartet habe. Ich glaube nicht an Zufälle, darum sollten wir unserer Beziehung eine Chance geben.«

Das Spiel ist immer das gleiche. Es gilt, ein Maximum an Geschenken aus den »Parfüms« herauszuholen (nach Möglichkeit Schmuck, der verkauft werden kann), Einladungen zu möglichst vielen Partys auf möglichst vielen Jachten (auf denen es möglichst viele Visitenkarten zu ergattern gilt) oder zu den begehrten Formel-1-Rennen, wo wiederum die Mächtigen erscheinen und wo dann vielleicht die große Chance wartet. Der Preis dafür ist, dass man sich unzählige Male die gleiche plumpe Anmache gefallen lassen muss.

»Parfüms« nennen die jungen Schauspieler auch die älteren Millionärinnen mit ihren Schönheitsoperationen und ihrem Botox. Immerhin sind die Millionärinnen intelligenter als die Millionäre, denn sie vertun keine Zeit: Sie treffen erst in den letzten Tagen des Festivals ein und wissen, dass die Macht ihrer Verführung einzig im Geld liegt.

Sie haben nicht die Illusionen der männlichen »Parfüms«, die sich vormachen, dass sie die langbeinigen Mädchen mit den jungen Gesichtern verführen und sie dann nach Gutdünken manipulieren können. Die weiblichen »Parfüms« vertrauen auf die Macht ihrer Brillanten, und nur darauf.

Igor weiß das alles nicht. Er ist zum ersten Mal zum Festival nach Cannes gekommen. Und hat gerade zu seiner Verblüffung festgestellt, dass niemand besonders an Filmen interessiert ist – außer den Leuten in dieser Bar. Er blättert in ein paar Zeitschriften, öffnet einen Briefumschlag und sieht nach, zu welchen Partys ihm seine Firma Einladungen beschafft hat. Vor seiner Abreise nach Frankreich hatte er versucht, Näheres über die Filme zu erfahren, die dort im Wettbewerb gezeigt wurden, und sich gewundert, dass es nur wenige Informationen darüber gab. Bis ein Freund zu ihm gemeint hatte:

»Vergiss die Filme! Cannes ist eine Modenschau.«

Die Mode. Viele Menschen glauben, dass Mode etwas ist, was mit jeder Jahreszeit wechselt. Dass die Festivalbesucher aus allen Ecken der Welt nur hergekommen sind, um ihre Kleider, ihre Juwelen, ihre Schuhsammlungen zu zeigen. Sie haben ja keine Ahnung. Die Mode ist nur eine Art zu sagen: Ich bin Teil deiner Welt. Ich trage die Uniform deiner Armee, schieß nicht in meine Richtung.

Seit Menschen zum ersten Mal in Gruppen in Höhlen zusammenlebten, ist die Mode eine Sprache, die alle verstehen, auch wenn sie einander nicht kennen: Wir ziehen uns auf die gleiche Art an und signalisieren so, dass wir zum selben Stamm gehören. Als Angehörige eines Stammes kämpfen wir gegen andere Stämme, und so überleben wir.

Heute glauben manche, die Mode sei alles. Alle sechs Monate geben sie ein Vermögen aus, um ein winziges Detail an ihrem Kleidungsstil zu ändern und so weiterhin zum exklusiven Stamm der Reichen zu gehören. Bei einem Besuch im Silicon Valley, wo die Milliardäre der Informationsindustrie Plastikuhren und abgewetzte Hosen tragen, würden sie eine ganz andere Welt kennenlernen. Dort scheinen alle derselben Gesellschaftsschicht anzugehören, keiner interessiert sich für Diamanten, Krawattenmarken, Aktenkoffermodelle. Krawatten und Aktenkoffer gibt es im Übrigen in jener Welt überhaupt nicht, obwohl sie nicht weit von Hollywood liegt, dieser mächtigen Bilderfabrik, die es immer noch schafft, naive Menschen glauben zu lassen, dass Haute-Couture-Kleider, Diamantcolliers, riesige Limousinen wichtig seien. Und wer hätte, wo die Klatschblätter voll davon sind, ein Interesse daran, dieser milliardenschweren Industrie den Garaus zu machen, die immer neue unnötige Trends lanciert und immer gleiche Cremes nur mit anderen Etiketts versieht.

Lächerliche Kreaturen. Igor kann seinen Abscheu nicht verhehlen, den er denjenigen gegenüber empfindet, die Millionen von arbeitsamen, ehrlichen Männern und Frauen ständig neue unnötige Produkte andrehen wollen: Menschen, die einfach nur ihren Alltag meistern wollen.

Perverse Kreaturen. Überall auf der Welt versammeln sich Familien um den Abendbrottisch, alles scheint in Ordnung zu sein. Aber dann tritt per Fernsehen die Superklasse in ihr Leben und will ihnen unrealistische Träume von Luxus, Schönheit und Macht verkaufen. Und bedroht damit die Familie.

Väter verbringen dann schlaflose Nächte mit Überstunden, um dem Sohn das neue Turnschuhmodell kaufen zu können, weil dieser sonst in der Schule zum Außenseiter gestempelt wird. Ehefrauen sind frustriert, weil andere Frauen Markenklamotten tragen, die sie sich selbst nicht leisten können. Jugendliche kennen die wahren Werte von Glauben und Hoffnung nicht mehr und wollen Superstar werden. Die jungen Mädchen vom Land wollen wie die Stars leben und in die große Stadt gehen, wo sie alles, wirklich alles tun, um ein Stückchen Luxus zu ergattern. Eine Welt, die sich um Gerechtigkeit kümmern sollte, kreist um etwas Materielles, das schon in einem halben Jahr nicht mehr angesagt ist und durch etwas anderes ersetzt werden muss, und so kann sich der Zirkus jener verachtenswerten Kreaturen, die sich jetzt in Cannes tummeln, weiterhin an der Spitze der Welt halten.

Igor lässt sich selbstverständlich nicht von dieser zerstörerischen Macht beeinflussen. Er hat immer noch eine Arbeit, um die er zu beneiden ist. Er verdient immer noch mehr Geld am Tag, als er in einem Jahr ausgeben kann, auch wenn er sich vornehmen würde, sich alle nur erdenklichen legalen und illegalen Genüsse zu erlauben. Er hat keine Schwierigkeiten, eine Frau zu verführen, noch bevor sie weiß, ob er ein reicher Mann ist oder nicht – das hat er schon viele Male ausprobiert, und es hat immer geklappt. Er ist gerade 40 geworden, ist gesundheitlich fit. Bei seinem jährlichen Check-up ist wieder mal nichts gefunden worden. Er hat keine Schulden. Er hat es nicht nötig, bestimmte Designerlabels zu tragen oder in angesagten Restaurants zu verkehren, die Ferien an dem Strand zu verbringen, »an den alle fahren«, und er muss auch nicht ein bestimmtes Uhrenmodell kaufen, nur weil ein erfolgreicher Sportler dazu rät. Er kann wichtige Verträge mit einem Kugelschreiber unterschreiben, der nur wenige Cent gekostet hat, bequeme Jacketts tragen, die in einem kleinen Laden neben seinem Büro ohne irgendein sichtbares Etikett mit der Hand angefertigt werden.

Vielleicht liegt gerade darin das Problem: Seine Arbeit begeistert ihn. Und er glaubt zu wissen, dass aus ebendiesem Grund die Frau, die vor ein paar Stunden in die Bar gekommen war, nicht an seinem Tisch sitzt.

Er hängt weiter seinen Gedanken nach. Bestellt bei Kristelle noch einen Whisky – er kennt den Namen der Kellnerin, weil sie vor einer Stunde, als noch nicht so viel los war (weil die meisten anderen Gäste noch anderswo beim Dinner saßen) und er seinen ersten Whisky bestellte, zu ihm gesagt hatte, er wirke traurig, ob er nicht zur Aufmunterung etwas essen wolle. Er hatte sich für ihre Fürsorglichkeit bedankt und sich darüber gefreut, dass jemandem sein Wohlergehen am Herzen lag.

Vielleicht ist er ja der Einzige, der weiß, wie die Bedienung heißt. Die anderen Gäste interessieren sich bestimmt nur für die Namen und die berufliche Stellung der Gäste an den Tischen oder in den Lehnsesseln.

Inzwischen ist es schon nach drei Uhr morgens – und die schöne Frau und der höfliche Mann, der ihm im Übrigen sehr ähnlich sieht, sind nicht wieder aufgetaucht. Sie sind vermutlich direkt aufs Zimmer gegangen und lieben sich jetzt, vielleicht trinken sie aber auch noch Champagner auf einer der Jachten, auf denen die Partys erst losgehen, wenn sie überall sonst zu Ende gegangen sind. Vielleicht aber liegen die beiden auch nur Seite an Seite im Bett, lesen Zeitschriften und schauen einander nicht an.

Das ist unwichtig. Igor ist allein, müde, er muss schlafen.

7 Uhr 22

Igor wacht um 7 Uhr 22 auf. Er hätte gern länger geschlafen, aber sein Körper hatte noch nicht genug Zeit, sich an den Zeitunterschied zwischen Moskau und Paris zu gewöhnen. Zu Hause in Moskau hätte er jetzt bereits zwei oder drei Besprechungen mit seinen Mitarbeitern hinter sich und würde gerade aufbrechen, um einen weiteren Kunden zum Arbeitsfrühstück zu treffen.

Doch hier in Cannes erwartet ihn eine andere Aufgabe: Er muss einen Menschen finden, den er im Namen der Liebe opfern kann. Er braucht ein Opfer. Ewa soll noch an diesem Vormittag seine Botschaft erhalten.

Er nimmt ein Bad, geht hinunter, frühstückt in einem fast leeren Restaurant und macht dann einen Spaziergang auf der Croisette, der Uferstraße, an der die Luxushotels liegen. Es herrscht kein Verkehr – eine Fahrspur ist gesperrt, und nur Wagen mit offizieller Genehmigung dürfen sie befahren. Die andere Fahrspur ist leer, weil die Einheimischen noch nicht zur Arbeit aufgebrochen sind.

Er fühlt keinen Groll – die schwierigste Phase, in der er vor lauter Schmerz und Hass nicht schlafen konnte, ist bereits überwunden. Heute kann er Ewa verstehen: Letztlich ist Monogamie ein Mythos, der dem Menschen von jeher eingetrichtert worden ist. Er hat viel darüber gelesen: Die

Neigung zum Seitensprung hat nichts mit Hormonüberschuss oder Eitelkeit zu tun. Es handelt sich vielmehr um eine genetische Veranlagung, wie sie praktisch bei jedem Tier zu finden ist. Die Studien irren nicht: Wissenschaftler haben bei Vaterschaftstests an Vögeln, Affen, Füchsen herausgefunden, dass diese Tierarten soziale Verbindungen entwickelt haben, die der menschlichen Ehe sehr ähnlich sind, was allerdings nicht bedeutet, dass die jeweiligen Partner einander treu sind. In siebzig Prozent der Fälle sind die Nachkommen Bastarde. Igor erinnert sich an die Studie eines Professors für Psychologie an der University of Washington in Seattle, David Barash. Darin heißt es in etwa: Es wird immer behauptet, dass nur die Schwäne treu sind, aber sogar das ist eine Lüge. Die einzige vollkommen monogame Spezies ist eine Amöbe, das *Diplozoon paradoxum.* Männchen und Weibchen begegnen einander im Jugendalter und ihre Körper vereinigen sich zu einem einzigen Organismus. Alle anderen Gattungen können ihren Partner betrügen.

Daher kann er Ewa keine Vorwürfe machen – sie hat nur dem Trieb nachgegeben. Da sie aber nach gesellschaftlichen Konventionen erzogen worden ist, die natürliche Regungen verdammen, wird sie sich in diesem Augenblick schuldig fühlen und denken, dass er sie nicht mehr liebt, ihr nie verzeihen wird.

Ganz im Gegenteil: Er ist zu allem bereit, sogar dazu, ihr Botschaften zu schicken, selbst wenn diese Botschaften die Nachricht von der Zerstörung einer Welt, vom Tode anderer Menschen sind, nur damit sie versteht, dass er sie nicht nur mit offenen Armen empfangen, sondern dass er auch die Vergangenheit begraben und ihr nie Fragen stellen wird.

Er trifft auf eine junge Frau, die ihre Waren vor sich auf dem Bürgersteig ausgebreitet hat. Kunsthandwerk von zweifelhaftem Geschmack.

Die Nachricht von ihrem Tod wird die Botschaft sein, die er Ewa schicken muss und die diese ganz bestimmt verstehen wird. Bevor er näher tritt, betrachtet er die junge Frau zärtlich. Sie weiß nicht, dass ihre Seele bald schon im Himmel sein wird und sie, wenn alles gutgeht, für immer von dieser idiotischen Arbeit befreit sein wird, die ihr niemals erlauben würde, dorthin zu gelangen, wohin sie in ihren Träumen möchte.

»Wie viel kostet das?«, fragt er in fließendem Französisch.

»Was hätten Sie gern?«

»Alles.«

Die junge Frau, die kaum älter wirkt als zwanzig, lächelt.

»Den Vorschlag höre ich nicht zum ersten Mal. Der nächste Schritt wird sein: ›Wollen Sie mit mir spazieren gehen? Sie sind zu hübsch, um hier Kunsthandwerk zu verkaufen. Ich bin –‹«

»Nein, so bin ich nicht. Ich arbeite nicht in der Filmbranche. Ich will aus Ihnen keine Schauspielerin machen und auch nicht Ihr Leben verändern. Auch die Waren, die Sie verkaufen, interessieren mich nicht. Ich möchte mich nur unterhalten, und das können wir an Ort und Stelle tun.«

Die junge Frau wendet den Kopf ab.

»Meine Eltern stellen diese Dinge her, und ich bin stolz auf ihre Arbeit. Eines Tages wird jemand vorbeikommen und deren Wert erkennen. Gehen Sie einfach weiter, es kann doch nicht so schwer sein, jemand anderen zu finden, der Ihnen zuhört.«

Igor zieht ein Bündel Geldscheine aus der Tasche und legt sie freundlich neben sie.

»Verzeihen Sie mir, wenn ich unhöflich war. Ich habe das nur gesagt, um den Preis herunterzuhandeln. Freut mich, Sie kennenzulernen. Mein Name ist Igor Dalev. Ich bin gestern aus Moskau angekommen und wegen des Jetlags noch etwas durcheinander.«

»Ich heiße Olivia«, sagt die junge Frau und tut so, als würde sie die Lüge glauben.

Ohne um Erlaubnis zu bitten, setzt er sich neben sie auf die Parkbank. Sie rückt etwas zur Seite.

»Worüber wollen Sie denn reden?«

»Nehmen Sie erst mal das Geld!«

Olivia zögert, blickt um sich und sieht, dass es keinen Grund gibt, sich zu fürchten. Auf der freigegebenen Fahrspur herrscht jetzt reger Verkehr, junge Leute sind auf dem Weg zum Strand. Auf der Uferpromenade nähert sich ein altes Ehepaar. Olivia steckt das Geld, ohne es zu zählen, in ihre Tasche.

»Danke, dass Sie mein Angebot angenommen haben«, sagt der Russe. »Worüber ich reden möchte? Ehrlich gesagt, über nichts Besonderes.«

»Sie werden vermutlich einen Grund haben, zur Festivalzeit hier zu sein. Dann ist Cannes für die Einheimischen und auch für die normalen Touristen nämlich ziemlich unerträglich.«

Igor blickt aufs Meer und zündet sich eine Zigarette an.

»Rauchen ist gefährlich.«

Er überhört den Kommentar.

»Worin besteht für Sie der Sinn des Lebens?«, fragt er.

»Darin zu lieben.«

Olivia lächelt. Das war eine großartige Art und Weise, den Tag zu beginnen – über etwas Tiefsinnigeres als über den Preis von Kunsthandwerk zu sprechen.

»Und worin besteht für Sie der Sinn des Lebens?«

»Nun, ebenfalls darin, zu lieben. Als ich so alt war wie Sie, war es mir auch wichtig, Geld zu verdienen, um meinen Eltern zu zeigen, dass ich Erfolg haben konnte. Ich habe es geschafft, und heute sind sie stolz auf mich. Ich habe die vollkommene Frau gefunden und geheiratet, hätte gern Kinder mit ihr, möchte ein gottesfürchtiges Leben führen.«

Olivia fand es zu heikel, zu fragen, warum er noch keine Kinder habe.

»Wir haben mit dem Gedanken gespielt, ein Kind zu adoptieren. Zwei oder drei Jahre haben wir darüber nachgedacht. Aber dann wurde unser Leben sehr umtriebig – Reisen, Partys, geschäftliche Meetings.«

»Als Sie sich vorhin neben mich auf die Bank gesetzt haben, dachte ich, Sie seien einer dieser exzentrischen Millionäre auf der Suche nach einem Abenteuer. Aber es ist nett, sich mit Ihnen zu unterhalten.«

»Denken Sie an Ihre Zukunft?«

»Wenn ich es recht bedenke, sind meine Träume ganz ähnlich wie Ihre. Ich möchte natürlich auch Kinder haben.«

Sie macht eine Pause. Sie will ihren unverhofften Gesprächspartner nicht verletzen.

»... ich meine, wenn möglich. Manchmal hat Gott ja andere Pläne.«

Er scheint ihre Antwort nicht gehört zu haben.

»Kommen nur Millionäre zum Festival?«, fragt er.

»Millionäre, viele Leute, die so tun, als wären sie's, oder solche, die's werden wollen. In diesen Tagen gleicht Cannes einem Irrenhaus, alle tun sich wichtig – außer den wirklich wichtigen Leuten, die sind freundlicher, die müssen niemandem etwas beweisen. Sie kaufen mir nicht immer etwas ab, aber sie lächeln wenigstens, sagen ein paar freundliche Worte und behandeln mich respektvoll. – Und was führt Sie hierher?«

»Gott hat die Welt in sechs Tagen erschaffen. Was aber *ist* die Welt? Sie ist das, was Sie und ich sehen. Jedes Mal, wenn ein Mensch stirbt, stirbt auch ein Teil des Universums. Alles, was dieser Mensch gefühlt, erfahren, betrachtet hat, verschwindet mit ihm, genauso wie Tränen im Regen.«

»›Wie Tränen im Regen‹, ja, ich habe einmal einen Film gesehen, in dem dieser Satz vorkam. Ich weiß aber nicht mehr, wie der Film hieß.«

»Ich bin nicht zum Weinen hergekommen. Ich bin gekommen, um der Frau, die ich liebe, Botschaften zu schicken. Und dazu muss ich ein paar Welten zerstören.«

Anstatt über diese Bemerkung zu erschrecken, lacht Olivia. Dieser gutaussehende, gut gekleidete, fließend Französisch sprechende, etwa 40-jährige Mann wirkt keineswegs verrückt. Sie hat es satt, immer dieselben Sätze zu hören: Du bist sehr hübsch, du könntest ein besseres Leben haben, was kostet dies, was kostet das, das ist wahnsinnig teuer, ich drehe noch eine Runde und komme dann wieder (was natürlich nie passierte), und so weiter und so fort. Dieser Russe hat wenigstens Humor.

»Und weshalb eine Welt zerstören?«

»Um meine aufzubauen.«

Olivia könnte jetzt versuchen, den Mann zu trösten. Aber sie hat Angst, den berühmten Satz zu hören: ›Ich möchte, dass du meinem Leben einen Sinn gibst.‹ Dann würde sie das Gespräch sofort abbrechen, denn ihre Zukunftspläne sehen anders aus. Außerdem wäre es völlig idiotisch, zu versuchen, einem älteren, erfolgreichen Mann Tipps zu geben, wie er seine Probleme lösen soll.

Sie muss mehr über sein Leben erfahren. Schließlich hat er – und wahrlich gut – für ihre Zeit bezahlt.

»Und wie wollen Sie das machen?«

»Was wissen Sie über Frösche?«

»Frösche?«

Er fährt fort:

»Verschiedene biologische Untersuchungen zeigen, dass ein Frosch, den man in einen Behälter tut, in dem sich Wasser aus seinem Habitat befindet, während der ganzen Zeit, in der wir selbiges Wasser erhitzen, hochzufrieden ist. Der Frosch reagiert nicht auf das allmähliche Ansteigen der Temperatur, die Veränderungen seines Umfeldes, und stirbt, aufgebläht und glücklich, wenn das Wasser kocht.

Dagegen springt ein Frosch, der ins kochende Wasser geworfen wird, angeblich sofort wieder heraus. Halb verbrüht – aber lebendig!«

Olivia versteht nicht recht, was dies mit der Zerstörung der Welt zu tun haben soll. Igor fährt fort:

»Ich habe mich genau wie so ein Frosch aufgeführt, der allmählich verkocht. Ich dachte, alles sei in Ordnung, das, was nicht gut war, würde schon vorbeigehen, es wäre nur eine Frage der Zeit. Ich war bereit zu sterben, weil ich das

Wichtigste in meinem Leben verloren hatte, und anstatt zu reagieren, trieb ich apathisch im Wasser, das mit jeder Minute heißer wurde.«

Olivia fasst sich ein Herz und fragt:

»Was haben Sie verloren?«

»Eigentlich habe ich gar nichts verloren. Es gibt Augenblicke, in denen das Leben Menschen trennt, damit sie begreifen, wie wichtig sie füreinander sind. Gestern habe ich meine Frau mit einem anderen Mann gesehen. Ich weiß, dass sie mich noch liebt, dass sie zurückkommen möchte und nur nicht den Mut dazu hat. Es gibt verkochte Frösche, die immer noch glauben, nicht Kompetenz sei das Wichtigste, sondern Gehorsam. Nach dem Motto: Wer kann, befiehlt, und wer vernünftig ist, gehorcht. Und wo bleibt bei alldem das wahre Leben? Es ist besser, halb verbrüht aus einer Situation herauszuspringen, aber dafür lebendig zu sein, bereit zu neuen Taten.

Und ich bin sicher, dass Sie mir bei dieser Aufgabe helfen können.«

Olivia versucht sich vorzustellen, was im Kopf des Mannes vor sich geht. Wie konnte jemand einen Menschen verlassen, der so interessant wirkte, Sachen erzählte, von denen sie noch nie gehört hatte? Nun, in der Liebe gibt es keine Logik – das wusste sie trotz ihrer Jugend. Ihr Freund beispielsweise mochte brutal sein, sie hin und wieder grundlos schlagen, und dennoch konnte sie keinen Tag lang ohne ihn sein.

Worüber hatten sie gerade noch gesprochen? Ach ja, über Frösche. Und darüber, dass sie ihm helfen könnte. Das kann sie selbstverständlich nicht, daher ist es besser, das Thema zu wechseln.

»Und wie wollen Sie die Welt zerstören?«

Igor zeigt auf die freie Fahrspur auf der Croisette.

»Nehmen wir einmal an, ich möchte nicht, dass Sie zu einer Party fahren, kann das aber nicht offen ansprechen. Wenn ich im Stau feststecke und meinen Wagen mitten auf der Fahrbahn stehen lasse, bringe ich den ganzen Verkehr auf der Croisette binnen zehn Minuten zum Erliegen. Die anderen Fahrer denken dann vermutlich: ›Es wird einen Unfall gegeben haben‹ und werden ungeduldig. Und eine Viertelstunde später rückt die Polizei mit einem Abschleppwagen an.«

»Das ist schon Hunderte von Malen passiert«, gibt sie lächelnd zurück.

»Aber ich wäre ausgestiegen und hätte Nägel vor dem Wagen verteilt. In dem Augenblick, in dem der Abschleppwagen heranfährt, sind seine Reifen platt. Jetzt haben wir zwei Probleme, und der Stau breitet sich allmählich bis in die Vorstädte aus, wo Sie vermutlich wohnen.«

»Eine sehr kreative Idee. Aber damit würden Sie nur erreichen, dass ich mich um eine Stunde verspäte.«

Nun ist Igor mit Lächeln dran.

»Ich könnte stundenlang darüber reden, wie man das Problem noch ausweiten könnte – wenn sich beispielsweise Leute zusammentun würden, um zu helfen, könnte ich eine kleine Rauchbombe unter den Abschleppwagen werfen, und alle würden vor Schreck davonrennen. Ich würde mit entsetztem Gesichtsausdruck in meinen Wagen springen und so tun, als ließe ich den Motor an, doch gleichzeitig würde ich Feuerzeugbenzin auf die Fußmatte im Wagen schütten und es anzünden. Ich hätte genug Zeit, aus dem Wagen zu springen und mir aus sicherer Distanz anzusehen, was passiert: wie sich das Feuer im Wagen ausbreitet, den Tank erreicht, der daraufhin explodiert, wie die Explosion den dahinterstehenden Wagen erfasst – und die darauffolgende Kettenreaktion. Alles, indem ich nur einen Wagen, ein paar Nägel und eine Rauchbombe benutze, deren Bestandteile man in jedem Laden kaufen kann, und eine kleine Dose Feuerzeugbenzin...«

Igor zieht ein Reagenzglas mit etwas Flüssigkeit darin aus der Tasche.

»... die etwa so groß ist wie das hier. Das hätte ich tun sollen, als ich merkte, dass Ewa fortgehen würde. Ich hätte sie dazu bringen müssen, ihren Entschluss aufzuschieben und die Folgen zu überdenken. Wenn Menschen eine Entscheidung überdenken, überlegen sie es sich meistens anders – denn um Entscheidungen in die Tat umzusetzen, braucht es viel Mut.

Aber ich war stolz – und felsenfest davon überzeugt, dass sie es sich anders überlegen würde. Wie gesagt, ich bin mir sicher, dass sie ihre Entscheidung inzwischen bereut und zurückkommen möchte. Aber dazu wird es notwendig sein, dass ich ein paar Welten zerstöre.«

Sein Gesichtsausdruck hat sich verändert, und Olivia findet die Geschichte jetzt überhaupt nicht mehr lustig. Sie steht auf.

»So – ich muss jetzt wieder an die Arbeit.«

»Aber ich habe Sie bezahlt, damit Sie mir zuhören. Ich habe genug für einen ganzen Arbeitstag bezahlt.«

Sie steckt die Hand in die Tasche, um das Geld, das er ihr gegeben hat, herauszuholen, und als sie den Blick hebt, sieht sie die auf ihr Gesicht gerichtete Pistole.

»Los, hinsetzen!«

Ihr erster Gedanke ist wegzulaufen. Ein altes Ehepaar kommt langsam näher.

»Laufen Sie nicht weg!«, sagt er, als könnte er ihre Gedanken lesen. »Ich habe nicht vor zu schießen, wenn Sie sich wieder setzen und mich zu Ende anhören. Wenn Sie tun, was ich sage, werde ich nicht schießen, das schwöre ich.«

Olivia gehen rasend schnell verschiedene Fluchtmöglichkeiten durch den Kopf: Im Zickzack wegrennen, das ist ihr erster Gedanke, doch sie hat ganz weiche Knie.

»Hinsetzen!«, wiederholt der Mann. »Wenn Sie tun, was ich sage, schieße ich nicht, versprochen!«

Es wäre allerdings auch blanker Wahnsinn, hier an diesem sonnigen Morgen mit einer Pistole herumzuschießen, während der Verkehr, der sich an ihnen vorbeischiebt, immer dichter wird, während immer mehr Leute an ihrer Parkbank vorbei zum Strand gehen und andere auf der Uferpromenade auf und ab flanieren. Da tut sie besser, was der Mann sagt – einfach, weil ihr gar nichts anderes übrigbleibt. Sie hat das Gefühl, gleich ohnmächtig zu werden.

Sie gehorcht. Nun muss sie den Mann davon überzeugen, dass sie keine Bedrohung darstellt, sich die Klagen eines verlassenen Ehemanns weiter anhören, ihm versprechen, dass sie niemandem verraten wird, dass er eine Pistole hat, und sobald ein Streifenpolizist auf seiner üblichen Runde auftaucht, um Hilfe rufen.

»Ich weiß genau, was Sie fühlen«, versucht die Stimme

des Mannes sie zu beruhigen. »Die Symptome der Angst sind von jeher dieselben. Sie waren schon so, als die Menschen sich wilden Tieren stellen mussten, und sie sind es bis heute geblieben: Der Mensch erblasst, das Blut weicht aus der Haut, was den Körper schützt, weil so Blutungen vermieden werden. Die Eingeweide entleeren sich, was verhindert, dass giftige Stoffe in den Blutkreislauf gelangen. Der Körper ist wie gelähmt und bewegt sich nicht, um das wilde Tier nicht zu reizen und zu verhindern, dass es ihn bei der kleinsten verdächtigen Bewegung anfällt.«

›Ich träume das alles nur‹, denkt Olivia. An diesem Morgen wären eigentlich ihre Eltern mit Verkaufen dran gewesen, doch sie hatten die ganze Nacht Schmuckstücke hergestellt, weil der nächste Tag viel Kundschaft versprach, und da war Olivia eingesprungen. Vor ein paar Stunden hatte sie noch mit ihrem Freund geschlafen, den sie für den Mann ihres Lebens hielt, obwohl er sie hin und wieder misshandelte. Beide hatten gleichzeitig ihren Orgasmus gehabt, was schon lange nicht mehr vorgekommen war. Nach dem Frühstück war sie in ihre Kleider geschlüpft und hatte sich frei gefühlt, voller Energie und glücklich.

›Nein, nein, ich bilde mir das alles nur ein. Am besten tue ich so, als wäre ich ganz ruhig.‹

»Lassen Sie uns reden! Sie haben die ganze Ware gekauft, also unterhalten wir uns. Ich wollte doch gar nicht weggehen.«

Er drückt der jungen Frau diskret den Lauf der Waffe in die Rippen. Das alte Ehepaar hat inzwischen die Parkbank erreicht, schaut die beiden an, bemerkt nichts. Da sitzt die Tochter des Portugiesen und versucht wieder mal, die Männer mit ihren dichten Augenbrauen und ihrem kindlichen Lächeln zu beeindrucken, denken sie vermutlich. Ein reicher Tourist, der Kleidung nach zu urteilen.

Olivia starrt die beiden Alten an, als wollte sie ihnen mit ihren Blicken etwas sagen. Der Mann, der neben ihr auf der Parkbank sitzt, sagt ihnen fröhlich guten Tag.

Aber das Ehepaar geht wortlos weiter – sie sprechen nicht mit Fremden oder Straßenhändlerinnen.

»Ja, lassen Sie uns reden«, bricht der Russe das Schweigen. »Diese Geschichte mit dem Verkehr werde ich selbstverständlich nicht in die Tat umsetzen, das war nur ein Beispiel. Meine Frau wird erfahren, dass ich hier bin, wenn sie die ersten Botschaften erhält. Ich werde nicht das Nächstliegende tun, nämlich zu ihr gehen – sie soll zu mir kommen.«

Das könnte ein Ausweg sein, denkt Olivia.

»Ich könnte die Botschaften überbringen, wenn Sie wollen. Sie brauchen mir nur zu sagen, in welchem Hotel sie abgestiegen ist.«

Der Mann lacht.

»Sie machen den gleichen Fehler wie viele in Ihrem Alter: Sie halten sich für schlauer als alle anderen. Kaum wären Sie hier weg, würden Sie doch sofort zur Polizei gehen!«

Ihr gefriert das Blut in den Adern. Würden sie etwa den ganzen Tag auf dieser Bank sitzen? Würde er nicht so oder so schießen, weil sie ja jetzt sein Gesicht kannte?

»Sie haben gesagt, dass Sie nicht schießen werden.«

»Ich habe versprochen, es nicht zu tun, wenn Sie sich wie ein erwachsener Mensch benehmen, der mich nicht für dumm verkauft.«

Okay. Sie wird sich wie ein erwachsener Mensch benehmen, etwas von sich erzählen und damit an sein Mitgefühl appellieren, denn selbst ein Verrückter ist davon nicht ganz frei. Sie wird ihm erklären, dass sie in einer ähnlichen Lage ist wie er, obwohl das nicht stimmt.

Ein Junge rennt vorbei, die Hörer seines iPods im Ohr. Er würdigt die beiden keines Blicks.

»Ich lebe mit einem Mann zusammen, der mir das Leben zur Hölle macht, und dennoch kann ich mich nicht von ihm lösen.«

Igors Blick verändert sich.

Olivia glaubt, einen Ausweg gefunden zu haben. ›Jetzt muss ich klug agieren, darf ihn nicht merken lassen, wie ausgeliefert ich mich fühle. Wahrhaftig sein.‹

»Er hält mich von meinen Freunden fern. Er ist ständig eifersüchtig, obwohl er selbst fremdgeht. Er kritisiert alles, was ich tue, wirft mir vor, ich hätte überhaupt keinen Ehrgeiz. Das wenige Geld, das ich als Kommission für den Verkauf des Schmucks verdiene, kassiert er.«

Der Russe blickt schweigend aufs Meer. Die Strandpromenade füllt sich mit Menschen. Was würde geschehen, wenn sie jetzt einfach aufstehen und wegrennen würde? Würde er tatsächlich schießen? War es eine echte Waffe?

Sie ist sich sicher, ein Thema angesprochen zu haben, das seine Anspannung ein wenig lösen kann. Jetzt bloß nichts Verrücktes tun und damit alles aufs Spiel setzen – den Blick und die Stimme von vor ein paar Minuten hat sie nicht vergessen.

»Dennoch schaffe ich es nicht, ihn zu verlassen. Auch wenn der beste, reichste, großzügigste Mann der Welt auftauchen würde, meinen Freund würde ich gegen niemanden eintauschen. Ich bin keine Masochistin, ich genieße es nicht, ständig erniedrigt zu werden – aber ich liebe ihn.«

Sie spürt erneut den Druck der Waffe an ihren Rippen. Sie hat das Falsche gesagt.

»Ich bin nicht wie dieser Mistkerl von Ihrem Freund!« In seiner Stimme schwingt blanker Hass mit. »Ich habe hart gearbeitet, um mir meine jetzige Existenz aufzubauen. Ich habe viele Rückschläge einstecken müssen. Ich habe ehrlich gekämpft, obwohl ich manchmal hart und unbarmherzig sein musste.

Außerdem war ich immer ein guter Christ. Habe einflussreiche Freunde und war niemals undankbar. Kurz und gut, ich habe alles richtig gemacht.

Ich bin nicht über Leichen gegangen. Habe meine Frau immer darin unterstützt, das zu tun, was sie wollte. Und was habe ich jetzt davon? Ich bin allein. Na ja! Ich habe in einem idiotischen Krieg Menschen getötet, aber nie das Gefühl für die Realität verloren. Ich bin kein traumatisierter Kriegsveteran, der ein Restaurant betritt und mit seiner Maschinenpistole wild um sich schießt. Ich bin kein Terrorist. Ich könnte denken, das Leben sei mir gegenüber ungerecht gewesen, weil es mir das Allerwichtigste genommen hat: die Liebe. Aber es gibt andere Frauen, und Liebesschmerz geht immer vorüber. Ich muss handeln, ich habe es satt, ein Frosch in einem Topf mit Wasser zu sein, das sich ganz allmählich erhitzt.«

»Wenn Sie wissen, dass es andere Frauen gibt, wenn Sie wissen, dass der Schmerz vorübergeht, warum leiden Sie dann so?«

Ja, sie benahm sich wie eine Erwachsene – und war selbst

überrascht, mit welcher Gelassenheit sie versuchte, den Verrückten neben sich in Schach zu halten.

Er scheint zu zögern.

»Darauf weiß ich keine Antwort. Vielleicht, weil ich schon viele Male verlassen worden bin. Vielleicht, weil ich mir selber beweisen muss, dass ich es kann. Vielleicht, weil ich gelogen habe und es für mich keine andere Frau gibt, sondern nur die eine. Außerdem – ich habe einen Plan.«

»Was für einen Plan?«

»Das sagte ich Ihnen bereits. Ich werde ein paar Welten zerstören, bis Ewa endlich merkt, wie wichtig sie für mich ist. Dass ich jedes Risiko eingehen werde, um sie zurückzubekommen.«

Die Polizei!

Beide bemerken einen sich nähernden Polizeiwagen.

»Verzeihung«, sagt der Mann. »Ich hatte eigentlich vor, mich noch etwas länger mit Ihnen zu unterhalten. Auch zu Ihnen ist das Leben nicht gerecht.«

Olivia begreift, dass dies das Todesurteil ist. Und da sie nun nichts mehr zu verlieren hat, macht sie Anstalten, aufzustehen. Aber der Fremde legt ihr sanft den Arm um die Schulter.

Samozashchita Bez Orujiy oder unter Russen besser als Sambo bekannt, ist die Kunst, schnell mit den Händen zu töten, ohne dass das Opfer merkt, was passiert. Sambo wurde über Jahrhunderte von Völkern und Stämmen entwickelt, die sich ohne Waffen gegen Invasoren wehren mussten. Der Sowjetapparat hat es in großem Stil eingesetzt, um Menschen zu eliminieren, ohne Spuren zu hinterlassen. 1980 wurde versucht, Sambo als Kampfsportart bei der Olympiade in Moskau einzuführen, doch trotz aller Bemühungen der Kommunisten, eine Sportart ins olympische Programm aufzunehmen, die nur sie selbst beherrschten, scheiterte der Versuch, weil Sambo als zu gefährlich eingeschätzt wurde.

Umso besser, denn dadurch waren die Griffe in Westeuropa fast unbekannt.

Igors Daumen der rechten Hand drückt auf Olivias Halsschlagader, was die Blutzufuhr zum Hirn unterbricht. Gleichzeitig presst er mit der anderen Hand einen bestimmten Punkt in der Nähe der Achseln, was eine Lähmung der Muskulatur hervorruft. Es gibt keine Kontraktionen. Jetzt muss er nur noch zwei Minuten warten.

Für ein unbeteiligtes Auge muss es so aussehen, als wäre Olivia in Igors Armen eingeschlafen. Der Polizeiwagen fährt hinter ihnen auf der für den Verkehr gesperrten Fahrspur vorbei. Die Beamten beachten das eng umschlungen dasitzende Paar nicht. Sie haben gerade eine Funkmeldung erhalten. Offenbar war drei Kilometer weiter ein betrunkener Millionär mit seiner Limousine irgendwo aufgefahren.

Igor versichert sich, dass niemand in der Nähe ist, dann legt er Olivias reglosen Körper behutsam auf die Bank. Die junge Frau sieht aus, als schliefe sie und träumte – einen Traum oder einen Alptraum, von einem schönen Tag oder von ihrem gewalttätigen Freund.

Nur das alte Ehepaar hat Igor und Olivia zusammen gesehen. Und wenn herauskommen sollte, dass es sich um ein Verbrechen handelte – was Igor für unwahrscheinlich hält, weil es keine sichtbaren Spuren gibt –, wären die beiden Alten kaum imstande, ihn der Polizei näher zu beschreiben und sich darauf zu einigen, ob er nun blond oder schwarzhaarig, jung oder schon älter gewesen war. Im Übrigen besteht ohnehin kein Grund zur Sorge, denn die meisten achten nicht auf das, was um sie herum geschieht.

Bevor Igor davongeht, küsst er die schöne Schlafende und murmelt:

»Sehen Sie, ich habe mein Versprechen gehalten. Ich habe nicht geschossen.«

Nach ein paar Schritten überfallen ihn rasende Kopfschmerzen. Das ist ganz normal: Das Blut überschwemmt das Hirn, was bei jemandem, der sich gerade von einer ungeheuren Anspannung befreit hat, durchaus nichts Außergewöhnliches ist.

Trotz der Kopfschmerzen ist er glücklich. Ja, er hat es geschafft, und er ist umso glücklicher, als er zudem noch diese Seele von dem schwachen Körper befreit hat, der sich gegen die Misshandlungen eines Feiglings nicht wehren konnte. Hätte diese krankhafte Beziehung fortbestanden, wäre die junge Frau bald darauf in Depressionen und Angstzustände gefallen, hätte ihr Selbstwertgefühl verloren und wäre immer abhängiger von ihrem Freund geworden.

Bei Ewa verhielt es sich vollkommen anders. Sie hatte immer alle Entscheidungen selber treffen und auf Igors moralische und finanzielle Unterstützung zählen können, auch als sie ihr Haute-Couture-Geschäft aufmachen wollte; sie war frei gewesen, zu reisen, wann und wohin sie wollte. Er war ihr ein vorbildlicher Ehemann gewesen. Und dennoch hatte sie einen Fehler begangen – sie hatte weder seine Fähigkeit, zu lieben, noch seine Fähigkeit, zu vergeben, schätzen gelernt. Aber er hoffte, sie würde die Botschaften erhalten – denn an dem Tag, an dem sie weggegangen war, hatte er sie gewarnt, er werde eine Welt zerstören, um sie zurückzubekommen.

Igor zieht sein am Tag zuvor auf dem Flughafen gekauftes Kartenhandy hervor, auf das er so wenig Guthaben wie möglich geladen hat. Er tippt eine SMS ein.

11 Uhr 00

Alles hat angeblich 1953 mit einer damals völlig unbekannten neunzehnjährigen Französin begonnen, die während des Filmfestivals von Cannes im Bikini am Strand für die Fotografen posierte. Kurz darauf war sie ein Star, und ihr Name wurde zu einer Legende: Brigitte Bardot. Seither dachten alle, das könnten sie auch. Schauspielerisches Talent war nicht mehr gefragt. Nur Schönheit zählte noch.

Und deshalb reisten langbeinige falsche Blondinen Tausende von Kilometern nach Cannes, wo sie den ganzen Tag am Strand verbrachten in der Hoffnung, gesehen, fotografiert und entdeckt zu werden. Denn es graute sie vor einem Dasein als Hausfrau und Mutter, das darin bestand, jeden Morgen die Kinder in die Schule zu bringen, jeden Nachmittag mit ihren Freundinnen über die Nachbarn zu tratschen und jeden Abend dem Ehemann ein warmes Essen zu kochen. Sie wollten Ruhm, Luxus, Glamour. Sie wollten von den Gleichaltrigen zu Hause beneidet werden, die sie immer als hässliches Entlein behandelt und nicht geahnt hatten, dass aus ihnen einmal ein von allen begehrter Schwan werden könnte. Eine Karriere in der Welt der Träume – nur das war wichtig, und dafür wurde bedenkenlos in aufreizende Kleidung und in Brustvergrößerungen Geld investiert, das sie sich erst von überall leihen mussten. Schauspielunterricht? Nicht nötig. Schönheit und die richtigen Kontakte reichten. Beim Film war alles möglich. Sofern es einem gelang, erst einmal einen Fuß in die Filmwelt zu setzen.

Diese Frauen taten alles, um dem Leben in einem Provinznest und dem ewig gleichen Trott zu entkommen. Sollten die anderen doch da versauern. Wer nach Cannes zum Festival kam, der musste die Angst zu Hause lassen und zu allem bereit sein: lügen, was das Zeug hielt, sich für jünger ausgeben, als man tatsächlich war, Leuten, die man nicht ausstehen konnte, schöne Augen machen und Interesse vortäuschen, wenn man sich zutiefst langweilte, »ich liebe dich« sagen, ohne zu bedenken, was das auslösen könnte, und auch nicht davor zurückschrecken, der besten und treuesten Freundin, weil sie zur unerwünschten Konkurrentin geworden war, in den Rücken zu fallen. Ohne schlechtes Gewissen oder Scham immer weiterzugehen. Der Zweck heiligt die Mittel.

Ruhm, Luxus und Glamour.

Gabriela ärgert sich über diese Gedanken: Einen neuen Tag sollte man nicht so beginnen. Außerdem hat sie einen Kater.

Aber einen Trost gibt es wenigstens: Sie ist nicht in einem 5-Sterne-Hotel neben einem Mann aufgewacht, der sie bald wegschicken wird, weil er nach dem Aufstehen Wichtigeres zu erledigen hat: Filme zu kaufen oder von ihm produzierte Filme zu verkaufen.

Sie setzt sich auf und sieht nach, ob ihre Freundinnen noch da sind. Doch die sind natürlich bereits zur Croisette mit ihren Swimmingpools, Hotelbars, Jachten, Esseneinladungen und Strandbegegnungen aufgebrochen. Fünf Matratzen sind auf dem Boden des kleinen, völlig überteuerten 1-Zimmer-Apartments verteilt, das sie und ihre Freundinnen gemeinsam für eine Saison gemietet haben. Um die Matratzen herum liegen wahllos verstreut Kleider, Schuhe und Kleiderbügel.

›Hier nehmen Kleider mehr Raum ein als Menschen‹, denkt Gabriela.

Selbstverständlich kann sich keine von ihnen auch nur im Traum Sachen von Elie Saab, Karl Lagerfeld, Versace oder Galliano leisten, sie haben nur die notwendige, immer funktionierende Grundausstattung, die allerdings das ganze Apartment belegt: Bikinis, Miniröcke, T-Shirts, Schuhe mit Plateausohlen und unglaublich viel Kosmetika.

›Eines Tages werde ich tragen, was ich will. Jetzt geht es nur darum, eine Chance zu bekommen.‹

Warum glaubt sie, dass ausgerechnet sie eine Chance verdient?

Ganz einfach, weil sie weiß, dass sie die Beste von allen ist, auch wenn es da Erfahrungen in der Schule gab, Enttäuschungen, die sie ihren Eltern bereitet, Frustrationen und Niederlagen, die sie immer wieder erlitten hat.

›Und wenn ich meinen Traum erfüllt habe, dann werde ich mich, das weiß ich heute schon, fragen: Werde ich um meiner selbst willen geliebt und bewundert oder nur, weil ich berühmt bin?‹

Sie kennt Leute, die es geschafft haben, die Bühnenstars geworden sind. Doch entgegen ihren Erwartungen haben sie keinen inneren Frieden gefunden. Wenn sie nicht auf der Bühne stehen, sind sie unsicher, voller Zweifel, unglücklich. Sie wollten Schauspieler werden, damit sie nicht sich selber spielen mussten, und hatten ständig Angst, einen falschen Schritt zu tun, der ihrer Karriere ein Ende bereiten könnte.

›Ich bin anders. Ich bin immer ich selber gewesen.‹

Stimmt das wirklich? Oder glauben das alle, die sich in ihrer Lage befinden?

Sie steht auf, kocht sich einen Kaffee. Die Küche ist nicht aufgeräumt, weil keine ihrer Freundinnen es für nötig befunden hat, das Geschirr abzuwaschen. Sie weiß nicht, warum sie so schlecht gelaunt und voller Zweifel aufgewacht ist. Sie kennt sich in ihrem Beruf aus, hat sich ihm mit Leib und Seele verschrieben. Dennoch scheint niemand ihr Talent zu erkennen. Sie besitzt auch Menschenkenntnis – vor allem die Männer kennt sie, zukünftige Verbündete in einer Schlacht, die sie recht bald gewinnen muss, denn sie ist schon fünfundzwanzig und daher schon sehr bald zu alt für die Traumindustrie. Sie weiß, dass:

a) Männer weniger tückisch sind als Frauen,

b) Männer niemals darauf achten, was Frauen anhaben, weil sie sie mit den Blicken ausziehen,

c) wenn Brüste, Schenkel, Hintern, Bauch stimmen, die Welt schon so gut wie erobert ist.

Wegen dieser drei Punkte und weil sie weiß, dass alle anderen Frauen, die mit ihr konkurrieren, ihre positiven Eigenschaften übertrieben herausstreichen, kümmert sie sich nur um Punkt c. Sie macht Gymnastik, um sich in Form zu halten, macht keine Diäten und kleidet sich anders, als es erwartet wird, nämlich zurückhaltend, und bis heute hat das gut funktioniert. Sie sieht jünger aus, als sie ist. Sie hofft, dass auch das in Cannes zum Erfolg beitragen wird.

Brüste, Hintern, Schenkel – sollten die Männer doch einstweilen darauf achten, wenn sie nicht anders konnten. Der Tag wird kommen, an dem sie sehen, was Gabriela alles kann.

Sie trinkt ihren Kaffee, und ihr wird plötzlich klar, was ihr so schlechte Laune gemacht hat. Sie ist von den schönsten Frauen der Welt umgeben! Auch wenn sie sich selber nicht für hässlich hält, konkurrieren kann sie nicht mit ihnen. Die Entscheidung, diese Reise zu unternehmen, ist ihr nicht leichtgefallen, denn sie hat nicht viel Geld. Und es wird allmählich knapp. Sie hat nicht mehr viel Zeit, einen Vertrag zu ergattern. An den ersten beiden Tagen des Festivals hat sie an verschiedenen Stellen ihren Lebenslauf und ihre Fotos verteilt, aber nur eine Einladung zu der Party am Vortag ergattert – in ein fünftklassiges Restaurant, mit brüllend lauter Musik, in dem niemand aus der Superklasse erschienen war. Sie hatte getrunken, um ihre Schüchternheit zu überwinden, hatte mehr getrunken, als sie vertrug, und am Ende nicht mehr gewusst, wo sie war und was sie da machte. Alles war ihr seltsam vorgekommen – Europa, die Art, wie sich die Leute kleideten, die anderen Sprachen, die geheuchelte Fröhlichkeit aller Anwesenden, die lieber zu einem wichtigeren Event eingeladen gewesen wären und dennoch an diesem ganz und gar unwichtigen Ort ausharrten, sich schreiend über die laute Musik hinweg über das Leben der anderen und die Ungerechtigkeit der Mächtigen unterhielten.

Gabriela hat es satt, sich über die Ungerechtigkeit der Mächtigen aufzuregen. Sie sind nun einmal so, wie sie sind, und niemandem eine Erklärung schuldig. Gabriela muss entscheiden, was sie als Nächstes tun will, und das will gut überlegt sein. Viele andere Mädchen, die den gleichen Traum (wenn auch selbstverständlich weniger Talent) haben, verteilen wahrscheinlich jetzt gerade ihre Lebensläufe und Fotos. Produzenten, die zum Festival gekommen sind, werden mit Dossiers, DVDs und Visitenkarten überschwemmt.

Was wird am Ende den Ausschlag geben?

Eine Chance wie diese wird ihr nie wieder geboten werden. Schließlich hat sie all ihre Ersparnisse in diese Reise zum Festival in Cannes investiert.

Während sie ihren Kaffee trinkt, schaut sie aus dem kleinen, auf eine Sackgasse hinausgehenden Fenster, aus dem sie nur einen Tabakladen und ein Schokolade essendes Mädchen sehen kann. Ja, ihre letzte Gelegenheit. Sie hofft, dass sie anders ausgehen wird als ihre erste.

In Gedanken kehrt sie in die Vergangenheit zurück, in die Zeit, als sie elf Jahre alt war, zu der ersten Theateraufführung in ihrer Schule in Chicago, einer der teuersten in weitem Umkreis. Grund für ihren jetzigen Wunsch, es als Schauspielerin zu schaffen, war nicht der ungeteilte Beifall der damals anwesenden Eltern, Verwandten und Lehrer gewesen.

Ganz im Gegenteil: In einer Bühnenadaption von *Alice im Wunderland* hatte sie den verrückten Hutmacher gespielt, war unter vielen anderen Jungen und Mädchen für diese wichtige Rolle ausgewählt worden. Ihr erster Satz hatte gelautet: »Du musst dir das Haar schneiden lassen.«

Darauf hatte die Alice im Stück geantwortet: »Solche Bemerkungen solltest du dir abgewöhnen, sie sind unschicklich.«

Als der langersehnte Augenblick mit dem Text gekommen war, den sie unzählige Male geübt hatte, war sie so aufgeregt gewesen, dass sie sich versprochen und stattdessen gesagt hatte: »Du musst dir das Haar wachsen lassen.« Das Mädchen, das Alice spielte, war nicht aus der Rolle gefallen und hatte brav ihren vorgesehenen Satz gesagt, und keinem der Zuschauer war etwas aufgefallen. Gabriela aber, die sich in Grund und Boden schämte, hatte es die Sprache verschlagen.

Da die Kinder noch nicht gelernt hatten, auf der Bühne zu improvisieren (obwohl sie es im wirklichen Leben durchaus taten), der Hutmacher aber in der Szene eine zentrale Rolle spielte, wusste keins, was zu machen war – bis nach endlosen Minuten die Lehrerin in die Hände geklatscht und ›Pause‹ gerufen hatte, worauf alle von der Bühne abgehen konnten.

Gabriela verließ, in Tränen aufgelöst, nicht nur die Bühne, sondern auch das Schulgebäude. Am nächsten Tag erfuhr sie, dass die Folgeszene mit dem verrückten Hutmacher übersprungen worden und direkt mit der Krocketpartie mit der Königin weitergemacht worden war. Die Lehrerin hatte zwar gesagt, die Geschichte von Alice im Wunderland sei ohnehin eine Geschichte ohne Hand und Fuß, darum sei Gabrielas Patzer überhaupt niemandem aufgefallen. Trotzdem hatten sich die anderen Schülerinnen und Schüler in der Unterrichtspause auf Gabriela gestürzt und sie verprügelt.

Es war nicht das erste Mal gewesen, dass Gabriela von den anderen verhauen worden war, und sie hatte durchaus schon gelernt, sich zu wehren, und ihrerseits schon öfter schwächere Kinder verhauen. Doch diesmal ließ sie die Prügel wortlos und ohne eine Träne zu vergießen, über sich ergehen, was zur Folge hatte, dass die anderen schnell von ihr abließen – sie hatten gehofft, Gabriela würde heulen und schreien, aber ihr schien das alles überhaupt nichts auszumachen. Da verloren sie das Interesse.

Damals als Kind hatte sie bei jedem Schlag, den sie einstecken musste, gedacht:

›Ich werde einmal eine große Schauspielerin sein, und dann wird es den andern schon noch leidtun, dass sie mich verhauen haben.‹

Wer sagt denn, dass Kinder nicht entscheiden können, was sie vom Leben wollen?

Die Erwachsenen.

Wir wachsen auf in dem Glauben, dass die Erwachsenen am Ende immer recht haben, dass sie klüger sind. Viele Kinder machen Ähnliches durch wie Gabriela, wenn sie den verrückten Hutmacher, Dornröschen, Aladin oder Alice spielen – und entsagen in solchen Augenblicken für immer einem Leben im Rampenlicht. Gabriela aber, die bis zu ihrem elften Lebensjahr nie eine Schlacht verloren hatte – weil sie die Intelligenteste, Hübscheste und Erste in der Klasse gewesen war –, hatte damals instinktiv gespürt: ›Wenn ich jetzt reagiere, hab ich verloren.‹

Von ihren Schulkameraden geschlagen zu werden war eins – und sie konnte sich ja auch durchaus wehren. Etwas anderes war es, die Niederlage für den Rest ihres Lebens mit sich herumzuschleppen. Denn wir alle wissen:

Ein Patzer bei einer Theateraufführung, weniger gut tanzen können als die anderen, vermeintlich zu dünne Beine oder ein zu großer Kopf oder andere Erfahrungen dieser Art – darauf reagiert jedes Kind anders.

Einige wenige schwören, sich eines Tages zu rächen, indem sie versuchen, die Besten in einem Bereich zu werden, von denen alle annahmen, dass sie dort versagen würden. Sie schwören sich: ›Euch zeig ich's. Eines Tages werdet ihr mich noch beneiden.‹

Die meisten aber nehmen ihre Grenzen hin, und damit wird alles nur schlimmer: Sie werden unsicher, gehorsam (obwohl sie immer von dem Tag träumen, an dem sie frei und in der Lage sein werden, alles zu tun, wozu sie Lust haben), heiraten, damit es heißt, so hässlich seien sie nun auch wieder nicht (obwohl sie sich selbst immer noch für hässlich halten), sie bekommen Kinder, damit es nicht heißt, sie seien unfruchtbar (obwohl sie eigentlich gar keine Kinder haben wollen), sie kleiden sich gut, damit es nicht heißt, sie wüssten sich nicht anzuziehen (obwohl sie wissen, dass man ihnen das hinter ihrem Rücken trotzdem nachsagt).

Ihre damaligen Mitschüler hatten Gabrielas Versprecher auf der Bühne eine Woche später vergessen. Gabriela selbst aber hatte sich fest vorgenommen, irgendwann in diese Schule zurückzukehren – als weltberühmte Schauspielerin mit Sekretären, Bodyguards, Fotografen und einer Legion Fans. Sie würde *Alice im Wunderland* für elternlose Kinder aufführen – das wäre den Medien eine Nachricht wert, und ihre ehemaligen Mitschüler könnten dann sagen:

›Wir haben einmal mit ihr auf der Bühne gestanden.‹

Ihre Eltern wollten, dass sie Chemie studierte. Gleich nach dem College schickten sie sie daher aufs Illinois Institute of Technology. Während sie tagsüber die Proteine und die Struktur des Benzols studierte, lebte sie nachts mit Henrik Ibsen, Noël Coward und William Shakespeare in einem Theaterkurs, den sie mit dem Geld bezahlte, das ihre Eltern ihr für Kleidung und Studienliteratur schickten. Im Theaterkurs kam sie mit den Begabtesten ihrer Altersgruppe zusammen und hatte ausgezeichnete Lehrer. Sie wurde gelobt, erhielt Empfehlungsschreiben, arbeitete ohne Wissen ihrer Eltern als Hintergrundsängerin in einer Rockband und trat bei einer Veranstaltung über Lawrence von Arabien als Bauchtänzerin auf.

Es empfahl sich, alle Rollen anzunehmen. Denn eines Tages würde ganz zufällig jemand Wichtiges im Publikum sitzen und sie zu einem richtigen Casting einladen. Die Tage der Prüfungen, ihres Kampfes um einen Platz im Scheinwerferlicht wären dann zu Ende.

Die Jahre vergingen. Gabriela trat in Zahnpastawerbespots auf, arbeitete als Model, und einmal war sie sogar drauf und dran, das Angebot eines Escortservice anzunehmen, weil sie verzweifelt Geld für ihre Fotomappe brauchte, die sie an die wichtigsten Agenturen der Vereinigten Staaten schicken wollte. Doch Gott, auf den sie fest vertraute, kam ihr zu Hilfe. Es wurde ihr eine Statistenrolle im Videoclip einer japanischen Sängerin angeboten, der unter der Hochbahn von Chicago gedreht werden sollte. Das Honorar war höher, als sie erwartet hatte, und reichte gerade dafür aus, die Profifotos für ihr Book zu bezahlen.

Sie hatte sich immer wieder gesagt, dass sie noch am Anfang ihrer Karriere stehe, aber die Zeit begann ihr davonzulaufen. Es nützte ihr nichts, dass sie während ihres

Schauspielstudiums die Ophelia in *Hamlet* gespielt hatte – das Leben bot ihr immer nur Werbespots für Deodorants und Schönheitscremes an. Im Warteraum einer Agentur, der sie ihr Book zusammen mit Empfehlungsschreiben vorlegen wollte, traf sie andere Mädchen, die aussahen wie sie, lächelten wie sie und sich alle gegenseitig hassten. Sie würden alles tun, um an ihr Ziel zu gelangen, um ihre *visibility* zu erhöhen, um wahrgenommen zu werden.

Immer wieder hatte Gabriela stundenlang gewartet, bis sie an der Reihe war, und währenddessen Bücher über Meditation und positives Denken gelesen. Am Ende saß sie dann vor einer Person – Mann oder Frau –, die nie auch nur einen Blick in die Empfehlungsschreiben warf, sondern nur schweigend die Fotos ansah und sich ihren Namen notierte. Vielleicht würde sie zu einem Casting eingeladen – das passierte aber nur einmal in zehn Fällen. Da stand sie dann wieder mit all ihrer vermeintlichen Begabung vor einer Kamera und unhöflichen Crewmitgliedern, die sie herumkommandierten: ›Lockerer! Lächeln! Dreh dich nach rechts! Runter mit dem Kinn! Feuchte die Lippen an!‹

Das war's dann: Ein weiteres Foto für eine neue Kaffeemarke war im Kasten.

Und wenn sie nicht angerufen wurde, was der Normalfall war, dann dachte sie nur eins: Die wollen mich nicht. Aber mit der Zeit lernte sie damit zu leben, sie begriff, dass sie notwendige Prüfungen durchlief, dass ihre Beharrlichkeit und ihr Glaube getestet wurden. Sie weigerte sich einzusehen, dass der Schauspielkurs, die Empfehlungsschreiben, ihre vielen kleinen Werbespots überhaupt nichts brachten.

Ihr Handy klingelt.

Sie reagiert nicht.

Das Handy klingelt weiter.

Sie braucht eine Weile, um von ihrer Reise in die Vergangenheit in die Gegenwart zurückzukehren.

Endlich nimmt sie den Anruf an.

Die Stimme am anderen Ende sagt, dass sie in zwei Stunden zum Casting kommen solle.

SIE SOLLTE ZUM CASTING KOMMEN.

In Cannes!

Geschafft! Die weite Reise von Chicago, wo sie außer einigen Jobs bei Werbespots nur Ablehnungen bekommen hatte, hierher nach Cannes hat sich also doch gelohnt und auch die mühselige Suche nach einer zahlbaren Unterkunft.

Schon in zwei Stunden?

Den Bus konnte sie nicht nehmen, da sie sich mit den Buslinien noch nicht auskannte. Sie wohnte oben auf einem Hügel und war nur zweimal den steilen Hang hinuntergestiegen; einmal, um ihre Books zu verteilen, das andere Mal, um gestern Abend zu dieser fünftklassigen Party zu gehen. Unten in der Stadt war sie per Anhalter weitergefahren. Jedes Mal hatten Männer in schönen Cabrios sie mitgenommen. Es war allgemein bekannt, dass schöne Frauen in Cannes kein Problem hatten, per Anhalter weiterzukommen. Aber jetzt konnte sie sich nicht auf den Zufall verlassen, sie musste die Sache selber in die Hand nehmen. Bei einem Filmcasting ist der Zeitplan rigoros, das lernt man in jeder Künstleragentur immer als Erstes. Außerdem hatte sie schon an ihrem ersten Tag in Cannes die vielen Verkehrsstaus gesehen, sie musste sich also mit dem Anziehen beeilen. In anderthalb Stunden wollte sie vor Ort sein. Sie wusste, wo sich das Hotel befand, in dem die Produzentin logierte, denn sie war am Vortag bereits einmal daran vorbeigefahren.

Jetzt musste sie erst einmal das übliche Problem lösen:

›Was ziehe ich an?‹

Sie stürzt zu ihrem Koffer und sucht eine in China produzierte Armani-Jeans aus, die sie von einem Straßenhändler in einem Vorort von Chicago für ein Fünftel des Ladenpreises gekauft hatte. Niemand würde merken, dass es eine Fälschung war, denn letztlich war es ja keine: die chinesischen Firmen schickten achtzig Prozent ihrer Produktion an ihre Auftraggeber, die restlichen zwanzig Prozent wurden von den Fabrikarbeitern unter der Hand verkauft – sozusagen als Lagerüberschuss.

Dazu zieht Gabriela ein weißes DKNY-T-Shirt an, das teurer war als die Hose – sie weiß, je zurückhaltender, desto besser. Keine kurzen Röcke und gewagten Dekolletés, denn so würden all die anderen angezogen sein, die zum Casting eingeladen waren.

Beim Make-up zögert sie. Ein wenig getönte Tagescreme und diskret die Lippen nachgezogen. Eine kostbare Viertelstunde hat sie bereits verloren.

11 Uhr 45

Die Menschen sind nie zufrieden. Haben sie wenig, wollen sie viel. Haben sie viel, wollen sie noch mehr. Haben sie das schließlich auch bekommen, wollen sie mit wenig glücklich sein, aber aufgeben wollen sie dafür auch nichts.

Begreifen sie denn nicht, wie einfach Glücklichsein ist? Was kann für dieses Mädchen, das gerade in Jeans und weißem T-Shirt vorbeirennt, so wichtig sein, dass sie den schönen, sonnigen Tag, das blaue Meer, die Kinder in ihren Wägelchen, die Palmen am Strand nicht wahrnimmt?

›So schnell du auch läufst, Mädchen – zwei Dingen wirst du in deinem Leben nicht entkommen können: Gott und dem Tod. Gott begleitet deine Schritte und ist verärgert, dass du dir nicht die Zeit nimmst, auf das Wunder des Lebens zu achten. Und was den Tod betrifft: Du bist gerade an einer Leiche vorbeigekommen und hast es nicht einmal bemerkt.‹

Igor ist inzwischen mehrmals an den Ort zurückgekehrt, an dem er das Mädchen umgebracht hat. Irgendwann ist ihm allerdings aufgegangen, dass sein Kommen und Gehen ihn verdächtig machen könnte. Daher hat er sich zweihundert Meter vom Tatort entfernt an die Balustrade vor der Uferpromenade gelehnt und seine Sonnenbrille aufgesetzt (die nicht nur, weil die Sonne scheint, nichts Verdächtiges hat, sondern, weil an einem Ort, an dem sich berühmte Leute aufhalten, die Sonnenbrille ein Statussymbol ist).

Ihn wundert, dass noch niemand die Tote auf dem wichtigsten Boulevard des Ortes bemerkt hat, auf den gerade die ganze Welt schaut.

Ein Mann und eine Frau nähern sich der Bank. Sie sind offensichtlich verärgert und reden laut auf die scheinbar Schlafende ein. Offenbar die Eltern des Mädchens, die es beschimpfen, weil es nicht arbeitet. Der Vater schüttelt seine Tochter. Dann beugt sich die Mutter vor und versperrt Igor die Sicht.

Er weiß genau, was jetzt gleich geschehen wird.

Die Mutter schreit auf. Der Vater zieht sein Mobiltelefon hervor und tritt aufgeregt zur Seite. Die Mutter schüttelt den leblosen Körper der Tochter. Passanten treten hinzu. Jetzt kann Igor die Sonnenbrille abnehmen und sich einfach als ein weiterer Neugieriger unter die Menge mischen.

Die Mutter hält das Mädchen im Arm und weint. Ein junger Mann schiebt sie weg und versucht Mund-zu-Mund-Beatmung zu machen, gibt aber schnell auf – Olivias Gesicht hat bereits eine leicht purpurne Färbung angenommen.

»Ein Krankenwagen! Ein Krankenwagen!«

Mehrere Menschen rufen dieselbe Nummer an, alle fühlen sich nützlich, wichtig, engagiert. Die Sirene ist in der Ferne bereits zu hören. Die Mutter schreit immer lauter, eine junge Frau legt den Arm um sie und redet beruhigend auf sie ein, aber die Mutter schiebt sie weg. Jemand versucht die Leiche aufrecht auf die Bank zu setzen. Jemand anders rät dringend, sie auf der Bank liegen zu lassen.

»Es ist ganz bestimmt eine Überdosis Drogen«, meint jemand neben Igor. »Diese Jugend ist wirklich verloren.«

Alle Umstehenden nicken bestätigend. Igor beobachtet ungerührt die Ankunft des Krankenwagens. Er sieht, wie die Apparate aus dem Wagen geholt werden, Olivias Herz mit Elektroschocks behandelt wird. Der begleitende Arzt schaut wortlos zu, denn er weiß, dass nichts mehr zu machen ist, möchte aber nicht, dass der Krankenwagenbesatzung später unterlassene Hilfeleistung vorgeworfen wird. Sie holen die Trage, legen die Tote darauf und schieben sie in den Wagen. Die Mutter klammert sich an die Tochter, es gibt einen kurzen Wortwechsel, dann erlauben sie der Mutter mitzufahren, und der Wagen braust davon.

Von dem Augenblick an, in dem das Paar die Leiche entdeckt hat, bis zur Abfahrt des Krankenwagens sind keine fünf Minuten vergangen. Der Vater bleibt verwirrt zurück, weiß nicht, wohin er gehen und was er tun soll. Die Person, die vorhin die Bemerkung über Drogen gemacht hat, wendet sich an ihn und wiederholt ihre Vermutung:

»Regen Sie sich nicht auf, Monsieur«, sagt er. »Das passiert hier jeden Tag.«

Der Vater reagiert nicht. Er hält noch immer sein aufgeklapptes Handy in der Hand und starrt ins Leere. Er hört die Bemerkung nicht, denn er befindet sich in einem Schockzustand, in dem man nichts spürt, nicht einmal Schmerz.

So schnell sie sich aus dem Nichts gebildet hat, so schnell löst sich die Menschenmenge wieder auf. Zurück bleiben nur der Vater mit dem aufgeklappten Handy und Igor, der nun seine Sonnenbrille abnimmt.

»Kannten Sie das Opfer?«, fragt Igor.

Auch er bekommt keine Antwort. Er sollte es besser wie die anderen halten – weiter auf der Croisette flanieren und den sonnigen Tag in Cannes genießen. Wie der Vater weiß auch er nicht genau, was er fühlt: Er hat eine Welt zerstört, die er, selbst wenn er alle Macht der Welt hätte, nicht wiederaufbauen könnte. Hat Ewa das verdient? Olivia – er kennt ihren Namen, und das stört ihn sehr, denn sie ist nun nicht mehr nur ein Gesicht in der Menge – hätte Kinder bekommen können, ein Kind mit besonderen Gaben vielleicht, das ein Mittel gegen Krebs hätte entdecken oder als Politiker mithelfen können, der Welt endlich Frieden zu bringen. Er hat nicht nur einem Menschen ein Ende bereitet, sondern auch dessen möglichen Nachkommen.

Was hatte er getan? Konnte die Liebe, so groß und stark sie auch sein mochte, *das* rechtfertigen?

Igor hatte sich beim ersten Opfer vertan. Dessen Tod würde keine Nachricht in den Medien wert sein. Und die Botschaft würde Ewa nicht erreichen.

Denk nicht weiter darüber nach, es ist nunmal passiert. Du bist bereit, noch weiterzugehen, mach weiter! Das Mädchen wird begreifen, dass sein Tod nicht nutzlos, sondern eine Opfergabe im Namen einer größeren Liebe war. Geh einfach weiter, verhalte dich ganz normal, du hast in diesem Leben schon genug gelitten und verdienst nun etwas Trost und Ruhe!

Genieße das Festival. Du bist bereit.

Selbst wenn er eine Badehose dabeigehabt hätte – es wäre schwierig gewesen, ans Meer zu gelangen. Große Teile des Strandes gehörten den Hotels, und die hatten dort ihre

Stühle, ihre Schilder, ihre Kellner, Sicherheitskräfte verteilt, die an jedem Zugang zum reservierten Strandbereich eine Zimmernummer oder irgendeine andere Identifikation verlangten. An anderen Stellen des Strandes standen große weiße Zelte, in denen irgendeine Filmproduktionsfirma, Bier- oder Kosmetikmarke bei einem sogenannten »Lunch« einen neuen Film oder ein neues Produkt lancierten. Dort waren die Leute normal gekleidet, wenn man unter »normal« bei Männern Basecap, buntes Hemd und helle Hose und bei Frauen Schmuck, Tunika, Shorts und flache Schuhe verstand.

Sonnenbrillen für beide Geschlechter. Und wenig nacktes Fleisch, denn die Superklasse ist schon über dieses Alter hinaus, wo sie sich unverhüllt zeigen kann, ohne sich lächerlich zu machen.

Igor fällt ein weiteres Detail auf: das Handy. Das wichtigste Accessoire.

Es war wichtig, alle paar Minuten eine SMS zu erhalten, ein Gespräch zu unterbrechen, um einen vollkommen unwichtigen Anruf anzunehmen, ellenlange SMS einzutippen. Alle hatten vergessen, dass diese Buchstaben für *Short Message Service* standen, und benutzten die kleine Tastatur wie eine Schreibmaschine. Das ging langsam, war unbequem und konnte zu ernsthaften Schäden an den Daumengelenken führen, aber was machte das schon? Nicht nur in Cannes, auf der ganzen Welt erfüllten in genau diesem Augenblick Nachrichten den Äther wie: »Guten Tag, Liebling, als ich aufgewacht bin, habe ich an dich gedacht, und ich bin froh, dass es dich in meinem Leben gibt«, oder: »Ich bin in zehn Minuten da, hab bitte mein Mittagessen fertig, und schau noch mal nach, ob meine Wäsche in die Reinigung gebracht wurde«, oder: »Die Party ist sterbenslangweilig, aber ich weiß nicht, wo ich sonst hingehen soll, wo bist du?«

Dinge, die man in zehn Sekunden sagt, für die man aber bis zu fünf Minuten braucht, wenn man sie schreibt. Doch so ist nun einmal die Welt. Igor weiß sehr wohl, worum es hier geht, hatte er doch Hunderte Millionen Dollar damit verdient, dass das Telefon nicht mehr nur ein Mittel zur Kommunikation war, sondern ein Hoffnungsfaden, etwas, das einem die Möglichkeit gab, sich weniger allein zu fühlen, etwas, mit dem man zeigen konnte, wie wichtig man war.

Dieser kleine überall hin mitnehmbare Apparat versetzte die Welt in einen Zustand vollkommener Verrücktheit. Durch ein trickreiches, in London geschaffenes System schickt beispielsweise eine Zentrale für nur fünf Euro monatlich alle drei Minuten vorgefertigte Nachrichten. Wenn man gerade mit jemandem redet, den man beeindrucken möchte, muss man nur vorher eine bestimmte Nummer anrufen und das System aktivieren. Dann klingelt das Mobiltelefon, man zieht es hervor, öffnet die Nachricht, schaut kurz drauf und sagt, dass sie warten kann (selbstverständlich kann sie warten, denn da steht nur: »Wie erbeten« und die Uhrzeit). So fühlt sich der Gesprächspartner aufgewertet, und die Verhandlungen gehen automatisch schneller voran, denn der andere weiß jetzt, dass er eine vielbeschäftigte Person vor sich hat. Drei Minuten später wird das Gespräch durch eine weitere SMS unterbrochen, der Druck wächst, und der Benutzer kann nun entscheiden, ob er das Telefon eine Viertelstunde lang ausstellt oder vorgibt, viel zu tun zu haben, und so einen lästigen Gesprächspartner loswird.

In einer einzigen Situation aber muss das Mobiltelefon unbedingt ausgeschaltet werden. Nicht etwa bei formellen Abendessen, im Theater, im dramatischsten Moment eines Films, bei der anspruchsvollsten Opernarie. Alle Menschen haben schon in solchen Situationen Mobiltelefone klingeln hören. Nur wenn Leute in ein Flugzeug steigen, fürchten sie, ihr Handy könnte tatsächlich gefährlich sein, wenn sie nämlich die übliche Lüge hören: »Mobiltelefone müssen während des Fluges ausgeschaltet bleiben, weil sie die Bordinstrumente beeinflussen können.«

Alle glauben das und folgen der Anweisung des Bordpersonals.

Igor wusste, dass dies nur ein Mythos war. Vor vielen Jahren hatten die Fluggesellschaften ganz offensiv versucht, von in den Sitzen eingebauten Telefonen aus geführte Gespräche zu verkaufen. Für zehn Dollar pro Minute, wobei dasselbe System wie für Mobiltelefone benutzt wurde. Das Angebot war kein Erfolg gewesen, aber der Mythos bestand weiter – es wurde schlicht vergessen, die Ansage von der Liste zu streichen, die die Stewardess vor dem Start vorliest. Was niemand wusste: Bei allen Flügen vergessen mindestens zwei oder drei Passagiere, ihre Mobiltelefone auszuschalten; dass die tragbaren Computer mit ebendem System Zugang zum Internet erhalten, das die Mobiltelefone nutzen. Aber noch nie ist deswegen irgendwo auf der Welt ein Flugzeug abgestürzt.

Jetzt versuchte man, den Mythos zu korrigieren, ohne die Passagiere zu schockieren, zugleich aber den Preis hochzuhalten: Man darf sein Mobiltelefon benutzen, allerdings nur über das Navigationssystem des Flugzeugs. Für viermal so hohe Gebühren. Niemand hat je genauer erklärt, was dieses »Navigationssystem des Flugzeugs« ist. Wenn sich aber die Leute so narren ließen, war das ihr Problem.

Igor geht weiter. Etwas im letzten Blick der jungen Frau hat ihn gestört, aber er will darüber jetzt nicht nachdenken.

Noch mehr Sicherheitskräfte, noch mehr Sonnenbrillen, noch mehr Bikinis am Strand, noch mehr helle Kleider und Schmuck bei den »Lunchs«, noch mehr Leute, die herumhetzten, als hätten sie an diesem Tag etwas Wichtiges zu tun, noch mehr Fotografen an jeder Ecke, die auf ein unerhörtes Ereignis warteten, noch mehr Gratiszeitungen zum Festival, noch mehr Leute, die an die gewöhnlichen Sterblichen Reklameblätter von abgelegenen Restaurants oben auf dem Hügel verteilten, wo man wenig von dem Treiben an der Croisette mitbekam und wo die Models während der Festivalzeit ein Apartment mieteten und hofften, zu einem Casting eingeladen zu werden, das ihr Leben für immer verändern würde.

Wie vorhersehbar das alles war! Wenn Igor jetzt in eines dieser »Lunch«-Zelte ginge, würde niemand es wagen, ihn nach seiner Legitimation zu fragen, denn es war noch früh, und die Veranstalter hatten Angst, ihr Event könnte zu wenig Besucher anziehen. In einer halben Stunde allerdings würden die Sicherheitskräfte nur noch hübsche Mädchen ohne Begleiter einlassen.

Warum es also nicht auf einen Versuch ankommen lassen?

Igor gibt seinem Impuls nach. Schließlich hat er eine Mission zu erfüllen. Er steigt eine der Treppen hinunter, die nicht zum Strand, sondern zu einem großen weißen Zelt mit Plastikfenstern, Aircondition, hellen Möbeln, weitgehend leeren Tischen und Stühlen führen. Ein Türsteher fragt ihn, ob er eine Einladung hat, was er bejaht. Er tut so, als suche er sie in seiner Jackentasche. Eine rotgekleidete Empfangsdame fragt, ob sie ihm behilflich sein könne.

Er reicht ihr seine Visitenkarte – das Logo seiner Telefongesellschaft, darunter Igor Malev, Präsident. Er behauptet, dass er ganz sicher auf der Liste stehe, seine Einladung aber im Hotel gelassen haben müsse – er habe eine Reihe von Treffen gehabt und sie wohl vergessen. Die Empfangsdame heißt ihn herzlich willkommen und fordert ihn auf einzutreten. Sie hat gelernt, Männer und Frauen nach ihrer Kleidung zu beurteilen, und weiß auch, dass »Präsident« auf der ganzen Welt dasselbe heißt. Zudem noch der Präsident einer russischen Gesellschaft! Alle wissen doch, dass die Russen, wenn sie reich sind, gern zeigen, dass sie in Geld schwimmen. Sie brauchte nicht auf der Liste nachzuschauen.

Igor geht hinein, begibt sich zur Bar – das Zelt ist tatsächlich sehr schön eingerichtet und hat eine große Tanzfläche. Er bestellt einen Ananassaft, weil er farblich zur Umgebung passt. Und vor allem, weil in dem mit einem kleinen japanischen Sonnenschirmchen geschmückten Glas ein schwarzer Trinkhalm steckt.

Er setzt sich an einen der vielen freien Tische. Unter den wenigen Anwesenden befindet sich ein etwa fünfzigjähriger Mann mit hennagefärbtem Haar und einem ausgiebig in jenen ewige Jugend versprechenden Fitnessstudios trainierten und gebräunten Körper. Er trägt ein verwaschenes Hemd und sitzt mit zwei Männern in Designeranzügen da. Die beiden Männer drehen sich zu Igor um, und dieser wendet den Kopf ab – obwohl er im Schutze seiner Sonnenbrille weiterhin aufmerksam den Tisch beobachtet. Die Männer im Anzug überlegen zuerst, wer der Neuankömmling sein könnte, verlieren dann aber das Interesse an ihm.

Igor aber ist interessiert.

Der Mann hat nicht einmal ein Handy auf dem Tisch liegen, während seine Hilfskräfte auf ihren Handys unablässig Gespräche entgegennehmen.

Wenn die Sicherheitskräfte einen schlecht angezogenen, verschwitzten, hässlichen Typ, der sich auch noch schön findet, wie den dort hereinlassen, und ihm sogar noch einen der besten Tische geben; wenn sein Mobiltelefon ausgeschaltet ist; wenn ständig ein Kellner um ihn herumstreicht und ihn nach seinen Wünschen fragt, der aber nur gnädig abwinkt – dann muss es sich um jemand wirklich Wichtiges handeln.

Igor zieht einen 50-Euro-Schein aus der Tasche und gibt ihn dem Kellner, der anfängt, die Tische einzudecken.

»Wer ist der Mann mit dem verwaschenen blauen Hemd?«, fragt er und macht eine Kopfbewegung in dessen Richtung.

»Javits Wild. Ein sehr wichtiger Mann.«

Großartig. Nach jemand vollkommen Unbedeutendem wie dem Mädchen am Strand war jemand wie Javits ideal. Niemand Berühmtes, aber jemand Wichtiges. Jemand, der zu denen gehört, die entscheiden, wer ins Scheinwerferlicht treten darf, und sich nicht bemühen muss, etwas vorzuspielen, weil alle wissen, wer er ist. Einer von denen, die die Fäden der Marionetten bewegen und ihnen das Gefühl geben, die Privilegiertesten und Begehrtesten der Welt zu sein, bis sie eines Tages aus irgendwelchen Gründen diese Fäden kappen, worauf die Puppen leblos und machtlos in sich zusammensacken.

Ein Mann der Superklasse eben.

Das bedeutet: jemand mit falschen Freunden und vielen Feinden.

»Noch eine Frage. Wäre es akzeptabel, im Namen einer großen Liebe Welten zu zerstören?«, fragt er den Kellner.

»Sind Sie Gott oder schwul?«

»Keins von beidem. Aber so oder so vielen Dank für die Antwort.«

Igor wird klar, dass er besser nicht gefragt hätte. Erstens brauchte er sich nicht vor anderen zu rechtfertigen. Und zweitens ist er überzeugt, dass, wenn schon alle Menschen früher oder später sterben müssen, dann einige dies wenigstens für einen höheren Zweck tun könnten. So ist es von Anbeginn der Zeit gewesen, als Menschen sich opferten, um ihren Stamm zu ernähren, als Jungfrauen den Priestern übergeben wurden, um mit ihrem Opfertod Drachen und Götter milde zu stimmen. Drittens hatte er die Aufmerksamkeit eines Fremden auf sich gezogen, indem er Interesse an dem Mann gezeigt hatte, der am Nebentisch saß.

Der Kellner würde den Zwischenfall vergessen, aber Igor durfte keine unnötigen Risiken mehr eingehen. Doch andererseits war es bei einem Festival wie diesem bestimmt ganz normal, dass Leute wissen wollten, wer die anderen waren, und noch normaler, dass so eine Information bezahlt wurde. Das hatte er schon hundertmal in Restaurants überall auf der Welt gemacht – dem Kellner ein Trinkgeld gegeben, um einen besseren Tisch zu bekommen, um eine diskrete Botschaft zu schicken. Und sicherlich hatten andere umgekehrt auf die gleiche Art zu erfahren versucht, wer er war. Kellner sind das nicht nur gewohnt, sie erwarten es geradezu.

Nein, nein, der Kellner würde sich an nichts erinnern. Igor hat sein nächstes Opfer im Blick. Wenn es ihm gelänge, seinen Plan bis zum Ende durchzuführen, und wenn der Kellner später befragt würde, könnte dieser nur sagen, das einzig Merkwürdige an jenem Tag sei die Frage von jemandem gewesen, ob es akzeptabel sei, im Namen einer großen Liebe Welten zu zerstören. Vielleicht würde er sich nicht einmal mehr an den Satz erinnern. Die Polizisten würden fragen: ›Wie sah er aus?‹ Und der Kellner würde antworten: ›Darauf habe ich nicht geachtet. Aber schwul war er nicht.‹

Die französische Polizei hatte Erfahrung mit Intellektuellen, die in Bars herumhockten und hochkomplizierte Theorien zur Soziologie eines Filmfestivals entwickeln. Sie würden sich über eine solche Äußerung nicht weiter wundern und die Sache auf sich beruhen lassen.

Doch etwas stört ihn.

Der Name. Die Namen.

Igor hatte schon vorher getötet, mit Waffen und mit dem Segen seines Landes. Wie viele Menschen, das wusste er nicht; er hatte ihre Gesichter selten gesehen und ganz bestimmt nie nach ihren Namen gefragt. Denn das hätte auch bedeutet, davon Kenntnis zu nehmen, dass man einen Menschen vor sich hat und keinen »Feind«. Der Name macht jemanden zu einem besonderen, einzigartigen Individuum mit einer Vergangenheit und einer Zukunft, mit Vorfahren und möglicherweise auch Nachkommen, mit Siegen und Niederlagen. Die Menschen sind ihre Namen, sie sind stolz auf sie, wiederholen sie während ihres Lebens Tausende von Malen. Ihr eigener Name ist das erste Wort, das sie nach dem üblichen ›Mama‹ und ›Papa‹ lernen.

Olivia. Javits. Igor. Ewa.

Aber die Seele hat keinen Namen. Sie ist die reine Wahrheit, lebt für eine bestimmte Zeit in einem Körper und wird ihn eines Tages verlassen. Und Gott wird sich nicht die Mühe machen, zu fragen: ›Wer bist du?‹ Gott wird nur fragen: ›Hast du während deines Lebens genug geliebt?‹ Das ist das Wesentliche im Leben: die Fähigkeit, zu lieben, und nicht der Name, der in unserem Pass, auf unseren Visitenkarten steht. Für die großen Mystiker waren ihre Namen bedeutungslos gewesen. Als Johannes der Täufer gefragt wurde, wer er sei, sagte er nur: ›Ich bin eine Stimme eines Predigers in der Wüste. Als Jesus seinen Nachfolger findet, der für den Fortbestand seiner Lehre sorgen wird, übersieht er, dass jener sein Lebtag auf den Namen Simon gehört hat, und nennt ihn Petrus. Moses fragt Gott nach seinem Namen: Der antwortet: ›Ich bin.‹

Vielleicht sollte Igor jemand anderen aussuchen. Ein Opfer mit einem Namen reicht: Olivia. Doch in diesem Augenblick fühlt er, dass er nicht zurückkann. Er kann nicht zurück, denn er möchte dem Mädchen am Strand gerecht werden, das so schutzlos gewesen war, ein so leichtes, sanftes Opfer. Seine neue Herausforderung – pseudoathletisch, hennagefärbtes Haar, verschwitzt, mit gelangweiltem Blick und vermutlich sehr mächtig – ist sehr viel schwieriger. Die beiden Männer im Anzug sind nicht nur Assistenten. Er hat bemerkt, wie sie hin und wieder prüfend um sich blicken, alles mitbekommen, was um sie herum geschieht. Wenn Igor Ewas würdig und Olivia gerecht werden will, dann muss er Mut zeigen.

Er lässt den Trinkhalm im Ananassaft stecken. Allmählich kommen immer mehr Leute. Nun muss er warten, bis alles voll ist. Es wird nicht lange dauern. Er hatte nicht geplant, mitten auf der Promenade von Cannes eine Welt zu zerstören, ebenso wenig weiß er jetzt, wie er hier seinen Plan ausführen wird. Aber etwas sagt ihm, dass er den perfekten Ort ausgewählt hat.

Seine Gedanken sind nicht mehr bei dem armen Mädchen am Strand. Adrenalin schießt in sein Blut, sein Herz schlägt schneller, er ist erregt und glücklich.

Javits Wild wird keine weitere Zeit mit einem der vielen »Lunchs« vergeuden, zu denen er bestimmt alljährlich von irgendjemandem zu einem bestimmten Zweck eingeladen wird. Dieser Irgendjemand würde sicher sein bestes Alibi sein.

12 Uhr 26

Mehr und mehr Gäste kommen herein, das Zelt füllt sich, und Javits denkt wie so oft:

›Was mache ich hier eigentlich? Was bringt mir das? Ich habe alles, was ich will, die anderen können mir sowieso nur wenig geben. Im Filmbusiness bin ich eine bekannte Größe, ich kann jede Frau haben, die ich will, egal wie nachlässig ich mich kleide. Die Zeiten sind gottlob vorbei, als ich nur einen einzigen Anzug hatte, selten und erst nach langem Bitten und Betteln eine Lunch-Einladung der Superklasse erhielt und mich dann darauf vorbereitete, als wäre es das Wichtigste auf der Welt. Heute weiß ich, dass solche Veranstaltungen sich nur noch darin unterscheiden, in welcher Stadt sie stattfinden. Ansonsten ist alles vorhersehbar und nur langweilig.

Die Leute werden wieder zu mir kommen und sagen, dass sie meine Arbeit lieben. Andere werden mich einen Helden nennen und sich dafür bedanken, dass ich ihnen – den Nobodys und Newcomers – eine Chance gegeben habe. Hübsche, intelligente Frauen, die sich von Äußerlichkeiten nicht irreleiten lassen und mitbekommen, was an meinem Tisch alles los ist, werden den Kellner fragen, wer ich bin, und sich dann sofort an mich heranmachen in dem Glauben, dass sie mich mit Sex herumkriegen werden. Alle, wirklich alle, wollen einen Gefallen von mir. Deshalb loben sie mich, kriechen vor mir im Staub und machen mir irgendwelche in ihren Augen interessante Angebote. Dabei ist das Einzige, was ich möchte, allein sein.

Ich bin schon auf Hunderten von Partys wie dieser hier gewesen. Und bin heute letztlich nur hier, weil ich nicht schlafen kann – auch wenn ich mit meinem Privatflugzeug gekommen bin, einem technischen Wunderding, das in mehr als elftausend Meter Höhe direkt, ohne Zwischenlandung zum Tanken, von Kalifornien nach Frankreich fliegen kann. Ich habe die ursprüngliche Kabineneinrichtung verändern lassen. Obwohl das Flugzeug 18 Personen mit allem nur erdenklichen Komfort transportieren kann, habe ich die Anzahl der Sitze auf sechs reduziert und eine Extrakabine für die vier Besatzungsmitglieder einbauen lassen. Falls jemand mich fragt: ›Könnte ich mit Ihnen fliegen?‹, habe ich nun die perfekte Entschuldigung parat: ›Es ist leider kein Platz mehr frei.‹

Javits hatte sein neuestes Spielzeug für etwa 40 Millionen Dollar mit zwei Betten, einem Konferenztisch, Dusche, einem Miranda-Surroundsoundsystem (Bang & Olufsen hatte zwar ein großartiges Design und eine ausgezeichnete PR-Kampagne, war aber bereits überholt), zwei Kaffeemaschinen, einem Mikrowellenherd für die Besatzung und einem Elektroherd für sich (er hasste aufgewärmtes Essen) ausstatten lassen. Javits trank nur Champagner, und wer mit ihm eine Flasche Moët&Chandon 1961 teilen wollte, war immer willkommen. Der »Keller« in seinem Jet bot alles an Getränken, was sich ein Gast nur wünschen konnte. Und es gab zwei 21-Zoll-LCD-Bildschirme, auf denen man die allerneuesten Filme ansehen konnte, selbst solche, die noch nicht ihre Leinwandpremiere erlebt hatten.

Der Jet ist einer der besten der Welt (obwohl die Franzosen behaupten, der Dassault Falcon sei besser), aber soviel Macht und Geld er auch besaß, er hatte die Uhren in Europa nicht umstellen können. In diesem Augenblick war es in Los Angeles 3 Uhr 43 morgens, und er wurde erst jetzt richtig müde. Er hatte die ganze Nacht nicht geschlafen, war von einer Party zur nächsten gegangen, hatte wie immer auf die idiotische Frage ›Wie war Ihr Flug?‹ mit der Gegenfrage geantwortet: ›Warum?‹

Da die Leute dann nicht mehr recht wussten, was sie sagen sollten, lächelten sie scheel und gingen zur zweiten idiotischen Frage auf der Liste über:

›Wie lange werden Sie bleiben?‹

Und Javits antwortete erneut mit der Gegenfrage: ›Warum?‹ Darauf tat er immer so, als müsste er einen Anruf auf seinem Handy annehmen, entschuldigte sich und ging mit seinen beiden unzertrennlichen »Freunden« im Schlepptau davon.

Niemand Interessantes da. Aber wer wäre schon interessant für Javits, einen Mann, der praktisch alles hatte, was mit Geld zu kaufen war. Er hatte versucht, einen neuen Freundeskreis außerhalb der Welt des Films zu finden: Philosophen, Schriftsteller, Zirkuskünstler, Manager von Firmen aus der Nahrungsmittelindustrie. Anfangs hatte er das wie Flitterwochen empfunden, bis auch von seinen neuen Freunden die unvermeidliche Frage kam: »Hätten Sie nicht Lust, mal mein Drehbuch zu lesen?« Oder die zweite unvermeidliche Frage: »Ich habe da einen Freund/eine

Freundin, die schon immer Schauspieler/in werden wollte. Würde es Ihnen was ausmachen, sich mit ihm/ihr mal zu treffen?«

Allerdings würde ihm das etwas ausmachen. Neben seiner Arbeit beschäftigte ihn noch anderes im Leben. Zum Beispiel flog er einmal im Monat nach Alaska, wo er in die erstbeste Bar ging, sich betrank, Pizza aß, durch die Natur wanderte, sich mit den Alten in den Dörfern unterhielt. Außerdem trainierte er zwei Stunden am Tag in seinem eigenen Fitnessstudio und war dennoch übergewichtig. Die Ärzte sagten, er könnte jederzeit Probleme mit dem Herzen bekommen. Ihn selbst interessierte seine körperliche Verfassung wenig, lediglich der Stress, unter dem er jede Sekunde des Tages stand, belastete ihn. Er wollte abschalten, seine Seele zur Ruhe kommen lassen. Wenn er in Alaska war, fragte er immer die Menschen, denen er zufällig begegnete, wie das »normale« Leben aussah, denn er selbst wusste es längst nicht mehr. So unterschiedlich die Antworten ausfielen, so fremd waren ihm alle, und er fühlte sich dann mutterseelenallein, obwohl er ständig unter Menschen war.

Mit der Zeit legte er aus den Antworten, die ihm die Leute auf seine Frage gaben, was ein normales Leben sei, eine Liste an.

Javits blickt um sich. Da sitzt ein Mann mit Sonnenbrille und trinkt einen Fruchtsaft. Er wirkt so, als ginge ihn seine Umgebung nichts an, und sieht versonnen aufs Meer. Er ist grauhaarig, gutaussehend und elegant gekleidet. Er war als einer der Ersten gekommen, schien auch zu wissen, wer er, Javits, war. Dennoch hatte er keine Anstalten gemacht, sich vorzustellen. Außerdem hatte er den Mut, allein zu sein! Alleinsein ist in Cannes ein Fluch und gilt als Zeichen dafür, dass dir Bedeutung und Kontakte fehlen.

Javits beneidet diesen Mann. Nichts an ihm scheint in seine »Inventurliste des Normalen« zu passen, die er immer bei sich trägt. Er wirkt unabhängig, frei, und wäre Javits nicht so müde, würde er sich gern mit ihm unterhalten.

Javits wendet sich an einen der »Freunde«.

»Was bedeutet es, normal zu sein?«

»Haben Sie einen Gewissenskonflikt? Haben Sie etwas Unrechtes getan?«

Javits hat dem falschen Mann die falsche Frage gestellt. Wahrscheinlich glaubt sein »Freund« nun, er bereue sein bisheriges Leben und wolle neu anfangen. Doch das war nicht der Fall. Und selbst wenn er es bereute, so war es bereits zu spät, um neu anzufangen. Javits kennt die Spielregeln.

»Ich frage mich, was es heißt, normal zu sein.«

Einer der »Freunde« ist verwirrt. Der andere blickt weiter um sich, behält den Zelteingang und die Gäste an den Nebentischen im Blick.

»Normal sein heißt, ohne irgendwelche Ambitionen zu leben«, sagt er schließlich.

Javits zieht die Liste hervor und legt sie auf den Tisch.

»Ich trage sie immer bei mir. Und füge ständig neue Punkte hinzu.«

Der eine »Freund« meint, er könne sich die Liste jetzt leider nicht ansehen, weil er aufpassen müsse. Der andere hingegen, der entspannter und selbstsicherer wirkt, beugt sich herüber und liest:

»Normal ist,

1) dass wir unsere wahre Identität und unsere Träume vergessen und nur noch arbeiten, um zu produzieren, zu reproduzieren und Geld zu verdienen;

2) dass wir Regeln für den Kriegsfall haben (die Genfer Konvention);

3) dass wir jahrelang studieren und später doch keine Arbeit finden;

4) dass wir täglich von neun bis siebzehn Uhr einer Arbeit nachgehen, die uns überhaupt keinen Spaß macht, nur damit wir dreißig Jahre später in Rente gehen können;

5) dass wir in Rente gehen und dann herausfinden, dass wir keine Energie mehr haben, um das Leben zu genießen, und wenige Jahre darauf an Langeweile sterben;

6) dass es nichts Besonderes ist, Botox zu verwenden;

7) dass wir nach finanziellem Erfolg anstatt nach Glück streben;

8) dass derjenige lächerlich gemacht wird, der nach Glück strebt, anstatt nach finanziellem Erfolg;

9) dass wir unser Leben über unsere Besitztümer definieren, anstatt herauszubekommen, wozu wir leben;

10) dass es sich nicht gehört, mit Fremden zu sprechen, aber dass jeder schlecht über seinen Nachbarn reden darf;

11) dass wir glauben, dass unsere Eltern immer recht haben;

12) dass wir heiraten, Kinder bekommen und mit unserem Partner zusammenbleiben, auch wenn die Liebe zu Ende ist, und als Grund das Wohl der Kinder anführen (die die ständigen Streitereien angeblich nicht mitbekommen);

12 a) dass derjenige kritisiert wird, der versucht, anders zu sein und aus der Reihe zu tanzen;

14) dass wir uns allmorgendlich von einem hysterischen Wecker auf dem Nachttisch wecken lassen;

15) dass wir alles glauben, was in der Zeitung steht;

16) dass Männer sich ein buntes, funktionsloses Stück Stoff mit dem pompösen Namen Krawatte um den Hals binden;

17) dass wir nie direkt fragen, auch wenn der Gefragte genau weiß, was wir wissen möchten;

18) dass wir uns zwingen, ein Lächeln auf den Lippen zu tragen, auch wenn wir am liebsten weinen möchten, und auf alle mitleidig herabsehen, die ihre Gefühle zeigen;

19) dass wir glauben, Kunst müsse ein Vermögen kosten, wenn sie etwas wert sein soll;

20) dass wir leicht Errungenes verachten, weil wir glauben, ohne Anstrengung sei es nichts wert;

21) dass wir der Mode folgen, egal wie lächerlich und unbequem sie sein mag;

22) dass wir überzeugt davon sind, jeder berühmte Mensch sei automatisch auch schwerreich;

23) dass wir viel Geld für die äußere Schönheit ausgeben, uns aber wenig um die innere Schönheit kümmern;

24) dass wir alles Erdenkliche tun, um vorzugeben, über allen anderen Menschen zu stehen, obwohl wir doch nur ganz normale Menschen sind;

25) dass wir in öffentlichen Verkehrsmitteln den anderen Fahrgästen nie in die Augen schauen, aus Angst, es könnte uns als Anmachversuch ausgelegt werden;

26) dass wir uns im Fahrstuhl immer mit dem Gesicht

zur Tür hinstellen und so tun, als wären wir ganz allein – auch wenn der Fahrstuhl gerammelt voll ist;

27) dass wir in einem Restaurant nie laut lachen, auch wenn der Witz noch so gut ist;

28) dass wir in der nördlichen Hemisphäre immer die der Jahreszeit entsprechende Kleidung tragen: kurze Ärmel im Frühling (so kalt es auch sein mag) und Wolljacke im Herbst (so warm es auch sein mag);

29) dass wir auf der südlichen Hemisphäre unseren Weihnachtsbaum mit weißer Watte schmücken, auch wenn Christi Geburt nichts mit Winter und Schnee zu tun hat;

30) dass wir mit fortschreitendem Alter automatisch davon ausgehen, weise zu sein, auch wenn wir noch längst nicht zwischen richtig und falsch unterscheiden können;

31) dass man denkt, mit dem Besuch eines Wohltätigkeits-Tees genug für die Beseitigung der Ungerechtigkeit in der Welt getan zu haben;

32) dass wir dreimal im Tag essen – auch wenn wir keinen Hunger haben;

33) dass wir davon ausgehen, dass die anderen in allem immer besser sind als wir: Sie sehen besser aus, sind fähiger, reicher, intelligenter, und dass es riskant ist, über seine eigenen Grenzen hinauszugehen, und man daher am besten überhaupt nichts tut;

34) dass unser Auto ein Symbol für unsere Macht ist und ein Mittel, andere zu beherrschen;

35) dass wir beim Autofahren fluchen;

36) dass wir denken, wenn unser Kind Fehler macht, liege das einzig an der schlechten Gesellschaft, die es sich gesucht hat;

37) dass wir nicht auf die Liebe warten, sondern die Erstbeste oder den Erstbesten heiraten, der eine gute Partie zu sein verspricht;

38) dass wir immer sagen, wir hätten etwas versucht, dabei haben wir nichts getan;

39) dass wir Interessantes, was wir erleben könnten, immer auf später verschieben – so lange, bis wir nicht mehr die Kraft dafür haben;

40) dass wir denken, gegen Depression helfe eine tägliche hohe Dosis Fernsehen;

41) dass wir glauben, dass alles, was wir erlangt haben, uns auf ewig sicher ist;

42) dass wir davon ausgehen, dass Frauen keinen Fußball mögen und Männer ungern kochen oder Wohnungen einrichten;

43) dass wir immer die Regierung für alles Negative, was geschieht, verantwortlich machen;

44) dass wir davon überzeugt sind, dass man als guter, anständiger, respektvoller Mensch automatisch als schwach, verletzlich und leicht beeinflussbar gilt;

45) dass wir Aggressivität und Unhöflichkeit im Umgang mit anderen als Zeichen einer starken Persönlichkeit werten;

46) dass man als Mann Angst vor einer Blasenspiegelung und als Frau Angst vor dem Gebären hat.

Der »Freund« lacht.

»Sie sollten einen Film darüber machen«, meint er.

›Ich bin kein Filmproduzent. Er sollte es besser wissen, schließlich ist er ständig bei mir: Ich mache keine Filme.‹

Am Anfang der Realisierung eines Films steht der Produzent. Er hat ein Buch gelesen oder eine brillante Idee gehabt, während er über die Highways von Los Angeles fuhr (das im Grunde genommen ein riesiger Vorort auf der Suche nach einer Stadt ist). Er sitzt allein in seinem Wagen und ist allein mit seiner Absicht, aus dieser brillanten Idee etwas zu machen, was man auf der Leinwand anschauen kann.

Falls die Filmidee auf einem Buch basiert, versucht er als Erstes herauszufinden, ob die Filmrechte noch frei sind. Wenn sie schon vergeben sind, macht er sich auf die Suche nach einem neuen »Projekt« – schließlich werden allein in den USA jährlich mehr als sechzigtausend neue Bücher veröffentlicht. Wenn die Filmrechte noch zu haben sind, ruft der Produzent direkt den Autor an und macht ihm ein möglichst niedriges Angebot, das aber in der Regel angenommen wird, weil nicht nur Schauspieler und Schauspielerinnen zur Traumfabrik gehören möchten, sondern auch jeder Autor sich aufgewertet fühlt, wenn seine Worte in Bilder umgesetzt werden.

Der Produzent verabredet sich mit dem Autor zum Mittagessen. Er eröffnet ihm, sein Buch sei ›ein Meisterwerk, das sich ausgezeichnet zum Verfilmen eigne‹ und er als Autor ein ›Genie, das Anerkennung verdiene‹. Der Schriftsteller sagt, er habe fünf Jahre an seinem Buch geschrieben und möchte am Drehbuch mitarbeiten, was ihm der Produzent mit der Begründung auszureden versucht, Bücher und Drehbücher seien etwas Grundverschiedenes. ›Aber Sie werden mit dem Ergebnis zufrieden sein‹, beteuert er.

Wozu noch der Nachsatz kommt: ›Der Film wird sich

eng an das Buch halten.‹ Was eine glatte Lüge ist, und beide wissen das.

Der Schriftsteller denkt, dass er diesmal die ihm angebotenen Bedingungen akzeptieren muss, und sagt sich, beim nächsten Mal wird alles anders sein. Er willigt ein. Der Produzent erklärt dem Autor, es sei wichtig, sich wegen der Finanzierung des Projekts mit einem der großen Studios zusammenzutun. Er sagt, diese oder jene Berühmtheit würde die Hauptrolle spielen – auch das ist eine ausgemachte Lüge, die aber immer wieder gebraucht wird und immer wieder erfolgreich ist. Der Produzent kauft eine sogenannte »Option«, oder anders gesagt, er zahlt etwa zehntausend Dollar, um drei Jahre lang die Rechte zu halten. Und was passiert danach? ›Nun, wenn wir den Film dann machen, zahlen wir dreimal so viel, und Sie bekommen zwei Prozent des Nettogewinns.‹

Damit ist der finanzielle Teil des Gesprächs abgeschlossen, denn der Schriftsteller glaubt, dass er mit dem Anteil am Gewinn ein Vermögen verdienen wird.

Hätte er sich vorher umgehört, hätte er erfahren, dass die Finanzbuchhalter von Hollywood den Zaubertrick beherrschen, für einen Film NIEMALS einen positiven Saldo auszuweisen.

Das Mittagessen endet damit, dass der Produzent einen umfangreichen Vertrag aus der Tasche zieht und vorschlägt, man solle ihn doch gleich unterzeichnen, damit das Studio weiß, dass der Produzent die Filmrechte auch wirklich hat. Der Schriftsteller unterschreibt sofort, weil er den vermeintlichen zukünftigen Gewinn vor Augen hat und schon seinen Namen an der Fassade eines Kinos sieht; er weiß nicht, dass der Autor der Buchvorlage höchstens im Abspann erwähnt wird.

Wo viel Träume sind, da ist Eitelkeit und viel Gerede, sagte bereits Salomon vor mehr als dreitausend Jahren.

Der Produzent beginnt nun die Studios abzuklappern. Er hat bereits einen gewissen Namen, daher öffnen sich einige Türen, doch nicht immer trifft sein Vorschlag auf Zustimmung. In diesem Fall macht er sich nicht die Mühe, den Schriftsteller zu einem weiteren Mittagessen einzuladen, sondern schickt ihm einen Brief, in dem er ihm mitteilt, dass er zwar von der Geschichte begeistert, die Filmindustrie aber noch nicht reif für sie sei, weshalb er ihm den Vertrag (den er selbstverständlich nicht gegengezeichnet hatte) zurückschicke.

Wenn ein Studio allerdings an dem Projekt interessiert ist, wendet sich der Produzent an einen Vertreter der in der Hierarchie ganz unten figurierenden und am schlechtesten bezahlten Berufsgruppe, einen Drehbuchautor. Der wird Tage, Wochen, Monate damit verbringen, mehrere Drehbuchfassungen aufgrund der ursprünglichen Idee oder der Buchvorlage zu schreiben. Die Drehbücher werden an mögliche Mitproduzenten geschickt (aber niemals an den Autor des Buches, der in der Regel automatisch die erste Fassung ablehnt, weil er denkt, dass der Drehbuchautor es hätte besser machen können. Es folgen weitere Wochen und Monate mit viel Kaffee und Schlaflosigkeit für den Drehbuchautor (der entweder ein junges Talent oder ein alter Profi ist – dazwischen gibt es nichts). Jede einzelne Szene wird neu geschrieben, wieder vom Produzenten abgelehnt oder verändert. (Und der Drehbuchautor fragt sich: ›Wenn er besser schreiben kann als ich, warum schreibt er das Drehbuch dann nicht selbst?‹ Doch dann denkt er an sein Honorar und kehrt resigniert an den Computer zurück.)

Schließlich ist das Drehbuch fast fertig. Dann bittet der Produzent noch darum, alle politischen Anspielungen, die dem konservativen Teil des Publikums missfallen könnten, herauszustreichen und ein paar Kussszenen mehr hinzuzufügen, weil Frauen das lieben. Die Geschichte muss einen Anfang, einen Mittelteil und einen Schluss haben und einen Helden, der alle mit seinem Opfermut und seiner Hingabe zu Tränen rührt. Jemand muss am Anfang des Films einen geliebten Menschen verlieren und ihn am Ende wiederfinden. In Grunde genommen können die meisten Drehbücher mit nur einer Zeile wiedergegeben werden:

Mann liebt Frau. Mann verliert Frau. Mann erobert Frau zurück.

Die meisten Filme sind Varianten dieser Story.

Filme, die sich nicht daran halten, müssen das mit viel Gewalt und vielen Spezialeffekten kompensieren, um dem Publikum zu gefallen. Und die schon tausendmal getestete Formel siegt immer. Also besser kein Risiko eingehen.

Wenn alles klappt und das Drehbuch in einen Film umgesetzt wird, wie bringt der Produzent seinen Film dann in die Kinos?

Mit Hilfe des Studios, das das Projekt finanziert hat. Aber das Studio verfügt bereits über eine Reihe von Filmen, die es in die immer rarer werdenden Kinos bringen muss. Es bittet um Geduld oder schlägt dem Produzenten vor, einen unabhängigen Verleiher zu finden – nicht ohne den Produzenten einen weiteren umfangreichen Vertrag unterzeichnen zu lassen, in dem er die Haftung für das ausgegebene Geld übernimmt.

Und das ist der Augenblick, in dem Leute wie Javits auf den Plan treten. Der unabhängige Verleiher, der sich unerkannt auf der Straße bewegen kann, obwohl ihn bei den Filmfestivals alle kennen. Die Person, die nichts mit der Filmidee zu tun hatte, weder an der Entstehung des Drehbuchs noch an den Filmarbeiten oder am Schnitt beteiligt war und keinen Cent in die Produktion investiert hat.

Javits ist der Mittelsmann. Er ist der Verleiher!

Er empfängt den Produzenten in seinem kleinen Büro (den Privatjet und das Haus mit Swimmingpool bekommt der Produzent nicht zu Gesicht, er bekommt nicht einmal ein Mineralwasser angeboten). Der Verleiher nimmt die DVD-Fassung des Films mit nach Hause und schaut sich die ersten fünf Minuten an. Gefallen sie ihm, sieht er sich den Film bis zum Ende an – doch das passiert nur in einem von hundert Fällen. Und nur dann gibt er weitere zehn Cent für ein Telefonat aus und sagt dem Produzenten, er solle zu dieser oder jener Uhrzeit an diesem oder jenem Tag bei ihm erscheinen.

›Wir machen einen Vertrag‹, sagt er, als täte er dem Produzenten einen großen Gefallen. ›Ich vertreibe den Film.‹

Der Produzent versucht zu verhandeln. Er möchte wissen, in wie vielen Kinos, in wie vielen Ländern, zu welchen Bedingungen der Film gezeigt werden wird. Vollkommen nutzlose Fragen, denn er kennt die Antwort bereits: ›Das hängt von den ersten Reaktionen des Publikums ab.‹ Das »Produkt« wird nämlich zuerst einmal einem aus allen Segmenten der Zielgruppen zusammengesetzten, von einem speziellen Marktforschungsinstitut handverlesenen Publikum gezeigt. Das Ergebnis wird von Spezialisten ausgewertet. Ist es positiv, werden weitere zehn Cent in ein Telefonat investiert, und am nächsten Tag empfängt Javits den Produzenten mit drei Durchschriften eines noch umfangreicheren Vertrags. Der Produzent bittet um Zeit, damit sein Rechtsanwalt den Vertrag gegenlesen kann. Javits sagt, er habe nichts dagegen, aber da er das Programm für die nächste Saison abschließen müsse, könne es passieren, dass er kurzfristig einen anderen Film vorziehen werde.

Der Produzent schaut nur die Klausel an, in der festgelegt ist, wie viel er verdienen wird. Zufrieden mit dem, was er da liest, unterzeichnet er. Er möchte sich die Chance nicht entgehen lassen.

Seit er sich mit dem Schriftsteller zusammengesetzt hat, um über eine Verfilmung von dessen Werk zu reden, sind schon Jahre vergangen, und er vergisst, dass er jetzt in der gleichen Situation ist wie damals der Schriftsteller.

Wie sagte bereits Salomon vor mehr als dreitausend Jahren? Wo viel Träume sind, da ist Eitelkeit und viel Gerede.

Während er zuschaut, wie sich der Raum allmählich mit Gästen füllt, fragt sich Javits erneut, was er hier überhaupt macht. Er kontrolliert mehr als fünfhundert Kinos in den USA, hat einen Exklusivvertrag mit fünfzigtausend anderen im Rest der Welt, deren Betreiber verpflichtet sind, alles zu kaufen, was er anbietet, auch wenn nicht alles ein Erfolg wird. Sie wissen, dass ein einziger Kassenschlager fünf Flops kompensieren kann. Sie sind von Javits, dem unabhängigen

Megaverleiher, abhängig, dem Helden, dem es gelungen ist, das Monopol der großen Studios zu brechen und der in der Branche zu einer Legende geworden ist.

Solange er ihnen nach fünf Flops einen großen Erfolg bescherte (im Durchschnitt kam bei den großen Studios auf neun Flops ein Erfolg), fragte niemand, wie er das schaffte.

Doch Javits hat nicht vergessen, wie er zu seinem Erfolg gekommen ist, und geht daher nie ohne seine zwei »Freunde« aus dem Haus. Obwohl beide normal wirken, ganz im Gegensatz zu den Gorillas am Zelteingang, sind sie eine ganze Armee wert. Sie wurden in Israel ausgebildet, dienten in Uganda, Argentinien und Panama. Während sich einer auf sein Mobiltelefon konzentriert, scannt der andere unablässig seine Umgebung – speichert jeden Menschen, jede Bewegung, jede Geste ab. Wie Simultandolmetscher wechseln sie sich alle fünfzehn Minuten ab.

Was hatte Javits bei diesem »Lunch« überhaupt verloren? Er hätte im Hotel bleiben und versuchen können zu schlafen. Er hat es satt, umworben und gelobt zu werden und lächelnd ihm angebotene Visitenkarten abzuweisen mit der Begründung, er würde sie doch nur verlieren. Wenn die Bittsteller nicht lockerließen, bat er sie höflich darum, sich an seine zwei Sekretärinnen zu wenden (die in einem anderen Luxushotel an der Croisette untergebracht und vierundzwanzig Stunden im Dienst waren und neben dem Telefon saßen, das ununterbrochen klingelte, E-Mails von Kinos aus der ganzen Welt beantworteten, die trotz der SPAM-Filter mit Angeboten für Penisverlängerung und multiple Orgasmen ankamen).

Auf eine vorher verabredete Kopfbewegung von Javits

hin gab einer der beiden »Freunde« Adressen und Telefonnummern an die Sekretärinnen weiter oder sagte, leider seien die Visitenkarten gerade ausgegangen.

Ja, was hatte Javits bei diesem »Lunch« überhaupt verloren? In Los Angeles war es jetzt Zeit, ins Bett zu gehen, selbst wenn man nachts noch länger unterwegs gewesen war. Javits kennt die Antwort, will sie aber nicht akzeptieren: Er hat Angst, allein zu sein. Er beneidet den Mann, der früh gekommen war und mit abwesendem Blick angefangen hatte, seinen Cocktail zu trinken. Er hatte ganz entspannt ausgesehen, sich nicht bemüht, beschäftigt oder wichtig zu wirken. Er nimmt sich vor, ihn zu einem Drink einzuladen. Doch da sieht er, dass der Mann nicht mehr da ist.

In diesem Augenblick spürt er einen Stich im Rücken.

›Mücken. Genau darum hasse ich Strandpartys.‹

Als er sich an der Stelle, an der er gestochen wurde, kratzen will, finden seine Finger an der Stelle eine kleine Nadel und ziehen sie heraus. Was für ein blöder Scherz. Er schaut sich um und sieht in etwa zwei Metern Entfernung einen lachenden Schwarzen mit Rastalocken, dem ein paar Frauen bewundernde und begehrliche Blicke zuwerfen.

Javits ist zu müde, um auf diese Provokation zu reagieren. Soll sich der Schwarze doch als Spaßmacher aufführen, um die Leute zu beeindrucken – was anderes kann er wahrscheinlich nicht.

»Idiot!«

Seine beiden »Freunde« reagieren auf die Veränderung in der Haltung des Mannes, den sie für 435 Dollar am Tag zu bewachen haben. Einer führt die Hand zur rechten Schulter, wo in einem Halfter eine Automatikwaffe steckt, die sich unter dem Jackett nicht abzeichnet. Der andere erhebt sich und stellt sich unauffällig zwischen den Schwarzen und seinen Chef.

»Es war nichts weiter«, sagt Javits. »Nur ein Scherz.«

Er zeigt die Nadel.

Diese beiden Idioten, die immer auf Angriffe, mit Feuerwaffen und Dolchen vorbereitet waren, auf körperliche Gewalt und Attentate! Sie betraten immer schussbereit als Erste sein Hotelzimmer. Sie errieten, wenn jemand eine Waffe trug (was in vielen Städten der Welt gang und gäbe war), und ließen diese Person nicht aus dem Blick, bis klar war, dass sie keine Bedrohung darstellte. Wenn Javits in einen Fahrstuhl stieg, standen beide so dicht beieinander, dass ihre Körper eine Wand bildeten, die ihn von den anderen abschirmte. Er hatte sie nie ihre Pistole ziehen sehen, denn sie würden es nur tun, um sofort loszufeuern. Normalerweise lösten sie Probleme mit Blicken und einem ruhigen Gespräch.

Probleme? Er hatte nie Probleme gehabt, seit er diese »Freunde« hatte. Als genügte ihre bloße Anwesenheit, um böse Geister und finstere Absichten von ihm fernzuhalten.

»Dieser Mann. Der, der als einer der Ersten gekommen ist und sich allein an den Tisch gesetzt hat«, sagt einer der »Freunde«. »Der hatte doch eine Waffe, oder?«

Der andere murmelte so etwas wie ›Möglich‹. Aber der Mann hat das Zelt längst durch den Haupteingang verlassen. Und sie hatten ihn die ganze Zeit im Auge behalten, weil sie nicht wussten, wohin er hinter seiner Sonnenbrille blickte.

Sie entspannen sich. Einer widmet sich wieder dem Telefon, der andere sieht den schwarzen Jamaikaner scharf an, der den Blick ungerührt erwidert. Der Mann hat etwas Eigenartiges an sich. Sollte er aggressiv werden, würde er allerdings vom heutigen Tag an ein künstliches Gebiss tragen müssen. Alles würde so diskret wie möglich ablaufen, den Blicken der anderen entzogen, und zwar würde nur einer einschreiten, der andere würde warten, den Finger am Abzug. Provokationen wie diese können nur eine Finte sein, deren einziges Ziel es ist, die Bodyguards vom Opfer wegzulocken. Diesen alten Trick kennen sie nur allzu gut.

»Alles in Ordnung.«

»Nichts ist in Ordnung. Ruft einen Krankenwagen. Ich kann meine Hand nicht mehr bewegen!«

12 Uhr 44

Welch ein Glück!

Sie hatte an diesem Vormittag alles erwartet, nur nicht, dass sie beim »Lunch« zufällig den Mann sehen würde, der – da war sie sich sicher – ihr Leben verändern würde. Aber da sitzt er nun mit zwei Freunden, nachlässig gekleidet, denn die Mächtigen haben es nicht nötig, sich in Szene zu setzen. Sie haben nicht einmal Bodyguards.

Maureen unterteilt die Menschen in Cannes in zwei Kategorien:

a) die Braungebrannten, die den ganzen Tag in der Sonne verbringen (möglicherweise, weil sie bereits Sieger waren); sie tragen ja auch den in den reservierten Bereichen des Festivals erforderlichen Badge. Wenn sie in ihren Hotels ankommen, erwarten sie bereits mehrere Einladungen – die meisten davon landen im Papierkorb;

b) die Blassen, die von einem dunklen Büro zum nächsten hetzen, zu Castings oder zu Events eilen, weil sie keines verpassen wollen, oder sich allen möglichen unerfreulichen Dingen aussetzen, denn sie könnten ja, wenn sie den richtigen Kontakt zur richtigen Person hätten, einen Platz zwischen den Braungebrannten an der Sonne ergattern.

Javits Wild weist eine beneidenswerte Bräune auf.

Das Ereignis, das die kleine Stadt im Süden Frankreichs zwölf Tage lang in Beschlag nimmt, die Preise hochtreibt, nur Wagen mit Genehmigung erlaubt, durch bestimmte Straßen zu fahren, das den Flughafen mit Privatflugzeugen füllt und die Strände mit Models, besteht nicht nur aus einem roten, von Fotografen gesäumten Teppich, über den die großen Stars zum Eingang des Palais des Congrès schreiten.

In Cannes geht es offiziell nicht um Mode, wie einige meinen, es geht um den Film.

Auch wenn der Luxus und der Glamour mehr ins Auge stechen, die Seele des Festivals ist die gigantische, parallel dazu stattfindende Messe der Filmindustrie: Käufer und Verkäufer aus der ganzen Welt treffen sich hier, um über bereits fertige Filme, Investitionen für neue Produktionen und Filmideen zu verhandeln. An einem gewöhnlichen Festivaltag werden in der ganzen Stadt vierhundert Filme gezeigt – meist in für die Zeit des Festivals gemieteten Apartments, in denen Leute unbequem um die Betten verteilt sind, wegen der Hitze maulen und Mineralwasser und Sonderbehandlung verlangen, was die Nerven derjenigen, die mit gefrorenem Lächeln die Streifen zeigen, aufs äußerste strapaziert. Sie müssen alles kritiklos hinnehmen und Provokationen überhören, denn es ist ihre einzige Chance, die Filme zu zeigen, die meist in jahrelanger Arbeit entstanden sind.

Mit Zähnen und Klauen wird hier darum gekämpft, die 4800 Produktionen aus einem der Hotelzimmer in die Kinos zu bringen, dabei sind die Zuschauerzahlen in den Kinos stark rückläufig. Die Leute gehen seltener ins Kino, können sie doch auf Kabelfernsehkanälen für einen lächerlichen Preis unter fünfhundert Filmen pro Tag wählen.

Und was noch schlimmer ist: Das Internet erlaubt heute allen, Filmemacher zu sein. Spezielle Portale zeigen Filmchen von Babys bei ihren ersten Gehversuchen, von Männern und Frauen, die in Kriegen enthauptet werden, von Frauen, die ihren Körper herzeigen, weil sie der Gedanke erregt, jemand könnte durch ihren Striptease Augenblicke einsamer Lust erleben. Sie zeigen Filmchen von Menschen, die sich haben einfrieren lassen, von echten Unfällen, Sportszenen, Modenschauen. Sie zeigen Videos mit versteckter Kamera, in denen Menschen in peinliche Situationen gebracht werden.

Und wenn die Leute ausgehen, geben sie ihr Geld lieber für Restaurantbesuche und Markenkleidung aus. Filme können sie ja auf ihren High-Definition-Fernsehbildschirmen oder auf ihren Computern anschauen.

Filme. Lang ist es her, da erinnerten sich alle an die Gewinner der Goldenen Palme. Würde man heute danach fragen, würde niemand wissen, wer sie im Vorjahr gewonnen hat, sogar Leute, die am Festival teilgenommen haben. »Irgendein Rumäne«, sagte einer. – »Nein, ich bin mir sicher, dass es ein Deutscher war«, würde ein anderer entgegnen. Sie würden heimlich im Katalog nachschauen und herausfinden, dass es ein Italiener war – der Film wurde allerdings nur in Kunstkinos gezeigt.

Die Filmtheater, die nach einer Zeit, in der ihnen die Videoverleiher Konkurrenz machten, wieder steigende Umsatzzahlen zu verzeichnen haben, scheinen erneut in eine schwierige Phase zu kommen, weil ihnen die DVDs Konkurrenz machen. Alte Produktionen werden gratis beim Kauf einer Zeitung mitgegeben, man kann Filme aus dem Internet herunterladen, legal oder illegal. Das führt zu einem stärkeren Konkurrenzkampf unter den Filmverleihern. Gleichzeitig machen die Studios, die viel in ihre Filme investiert haben, großen Druck, damit ihr Film gleichzeitig in möglichst vielen Kinos gezeigt wird, was es jeder anderen Neuproduktion noch schwerer macht, sich durchzusetzen.

Die wenigen Abenteurer, die trotz dieser widrigen Bedingungen das Risiko eingehen, einen Film zu drehen, merken zu spät, dass es nicht reicht, am Ende ein hochwertiges Produkt in Händen zu halten. Die Kosten für die Werbung, damit ein Film in die wichtigsten Städte der Welt gelangt, sind astronomisch hoch: ganzseitige Anzeigen in Zeitungen und Zeitschriften, Empfänge, Pressearbeit, Promotiontouren. Dazu kommen ständig steigende Personalkosten, Filmausrüstungen auf dem neuesten Stand der Technik. Und das größte Problem: jemanden zu finden, der das Endprodukt vertreibt.

Dennoch beginnt die Pilgerreise jedes Jahr aufs Neue. Zu festgelegten Terminen sind alle zu den Festivals unterwegs. Was auf der Leinwand gezeigt wird, interessiert die Superklasse dabei am wenigsten. Sie steht hinter Gesellschaften, die bereit sind, ein Zehntel des angemessenen Preises zu zahlen, um einem bestimmten Filmemacher die »Ehre« zuteilwerden zu lassen, seinen Film im Fernsehen auszustrahlen. Im Gegenzug wird allerdings verlangt, dass das Material noch einmal überarbeitet, familientauglich gemacht wird. Oder es werden neue Fassungen erbeten, fürs nächste Jahr ein Vertrag in Aussicht gestellt, falls das Drehbuch verändert und ein bestimmtes Thema in den Mittelpunkt gestellt wird – ein Versprechen, das nicht immer gehalten wird.

Die Filmemacher hören sich das an und akzeptieren letztlich, weil ihnen keine Wahl bleibt. Die Superklasse hat das Sagen in der Welt, ihre Argumente kommen freundlich daher, ihre Stimme ist sanft, ihr Lächeln höflich, aber ihre Entscheidungen sind endgültig. Die Angehörigen der Superklasse wissen, was sie wollen. Sie akzeptieren oder lehnen ab. Sie haben die Macht.

Und die Mächtigen verhandeln mit niemandem, allenfalls mit ihresgleichen. Es gibt immer einen Helden – in der Welt der Fiktion wie auch im wirklichen Leben.

Und Maureen blickt zu einem dieser Helden hinüber. Drei Jahre voller Arbeit, Träume, Reisen nach Los Angeles liegen hinter ihr. Sie hatte Geschenke gemacht, Freunde, bei denen sie auf der »Gefälligkeitsbank« etwas guthatte, um Hilfe gebeten. Und ihr Exfreund, der mit ihr die Filmschule besucht und entdeckt hatte, dass es sehr viel sicherer war, für eine wichtige Filmzeitschrift zu arbeiten, als Kopf und Kragen und das eigene Geld für einen eigenen Film zu riskieren, hatte sich auch für sie eingesetzt.

»Ich werde mit ihm reden«, hatte der Exfreund gesagt. »Aber Javits ist von niemandem abhängig, nicht einmal von den Journalisten, die seine Produkte zum Erfolg machen oder zerstören können. Er steht über allem. Wir haben schon einmal vorgehabt, eine Reportage über ihn zu machen, um herauszufinden, wie er es geschafft hat, so viele Kinobetreiber in der Hand zu haben, aber niemand, der mit ihm arbeitet, wollte etwas dazu sagen. Ich spreche mit ihm, aber ich kann keinen Druck machen.«

Er hat tatsächlich mit Javits geredet. Und es geschafft,

dass Javits sich *Die Geheimnisse des Kellers* anschaute. Am nächsten Tag hatte Maureen einen Anruf erhalten, in dem Javits ihr mitteilte, man würde sich in Cannes treffen.

Maureen hatte nicht gewagt, ihm zu sagen, dass sie in zehn Minuten mit dem Taxi in seinem Büro sein könnte: Sie hatte sofort einen Termin in der fernen Stadt in Frankreich abgemacht. Es war ihr noch gelungen, ein Flugticket nach Paris zu ergattern. Von dort aus hatte sie den Zug genommen, war einen ganzen Tag unterwegs gewesen, hatte einem übelgelaunten Hotelmanager eines fünftklassigen Hotels einen Voucher übergeben und war auf ihr winziges Einzelzimmer gegangen, in dem sie über die Koffer steigen musste, um ins Bad zu gelangen. In den USA war sie mit ihrem Exfreund mit Einladungen zu zweitklassigen Events wie beispielsweise der Promotion eines neuen Wodkas oder dem Launch einer neuen T-Shirt-Linie zu beschäftigt gewesen, als dass sie sich noch rechtzeitig eine Eintrittskarte für das Palais des Festivals et des Congrès hätte besorgen können.

Sie hatte ihr Budget überzogen und war mehr als zwanzig Stunden gereist, aber dafür würde sie ihre zehn Minuten mit Javits bekommen.

Und sie war sich sicher, dass dabei ein Vertrag und eine Zukunft herausspringen würden. Die Filmindustrie machte zwar eine Krise durch, aber was bedeutete das schon? Hatten nicht immer noch Filme (wenn auch nur wenige) Erfolg? Waren die Städte nicht voller Plakate von neuen Filmen? Worüber wurde in den Society-Magazinen berichtet? Über Filmstars! Maureen weiß – besser gesagt, sie ist überzeugt davon – dass das Kino allen Unkenrufen zum Trotz nicht totzukriegen ist. ›Das Kino ist tot‹, hatte es geheißen, als das Fernsehen kam. ›Das Kino ist tot‹, als man sich Filme ausleihen konnte. ›Das Kino ist tot‹, als man im Internet Zugang zu Websites mit Raubkopien bekam. Aber in Cannes, der kleinen Stadt am Mittelmeer, die ihren Ruhm dem Filmfestival verdankt, ist das Kino weiterhin lebendig.

Jetzt muss Maureen nur noch das Glück nutzen, das ihr zuteil geworden ist.

Und alles akzeptieren, absolut alles. Javits Wild ist in Cannes. Javits hat ihren Film bereits gesehen. Das Thema war erfolgversprechend: Sexuelle Ausbeutung nimmt wegen einer Reihe von weltweit diskutierten Fällen einen immer größeren Platz in den Medien ein. Es ist genau der richtige Augenblick, um *Die Geheimnisse des Kellers* in die Kinokette zu bringen, die er kontrolliert.

Javits Wild, der Rebell mit einem Anliegen, der Mann, der auf revolutionäre Art und Weise Filme zum großen Publikum brachte. Nur der Schauspieler Robert Redford hatte etwas Ähnliches mit seinem Sundance Festival für unabhängige Filmemacher versucht – dennoch war es Redford nicht gelungen, die Macht der Studios zu brechen und in das Multimillionendollar-Geschäft in den USA, in Europa und in Indien vorzudringen.

Javits Wild war ein Sieger, der Erlöser der Filmemacher, der große Mythos, der Verbündete der Minderheiten, der Freund der Künstler, der neue Mäzen – der durch ein intelligentes System (über das Maureen nichts wusste, das aber offensichtlich zum Erfolg führte) jetzt schon die Kinos der ganzen Welt erreichte.

Javits Wild hatte sie zu einem zehnminütigen Treffen am

übernächsten Tag eingeladen. Das bedeutete schlicht und einfach: Er hat Maureens Projekt akzeptiert, und es geht jetzt nur noch um Details.

›Ich werde alles akzeptieren. Absolut alles‹, wiederholt sie.

Selbstverständlich würde Maureen in diesen zehn Minuten nichts von dem sagen können, was sie in den letzten sieben Jahren (anders gesagt, einem Viertel ihres bisherigen Lebens) durchgemacht hatte. So lange arbeitete sie bereits an ihrem Projekt. Es würde nichts bringen, Javits zu erzählen, dass sie die Filmhochschule besucht, schon mehrere Werbefilme und zwei Kurzfilme gemacht hatte, die in verschiedenen Kinos in der Provinz oder in alternativen Bars in New York sehr gut aufgenommen worden waren. Dass sie, um die für eine professionelle Produktion notwendige Million Dollar zu bekommen, eine Hypothek auf das von ihren Eltern geerbte Haus aufgenommen hatte. Dass dieses Projekt ihre einzige Chance war, weil sie kein weiteres Haus hatte, das sie beleihen konnte.

Sie hatte die Karriere ihrer Studienkollegen aus nächster Nähe verfolgt, die sich nach vielen Kämpfen schließlich für die bequeme, immer präsentere Welt der Werbefilme oder einen obskuren, aber sicheren Job bei einer der Firmen entschieden hatten, die Serien für das Fernsehen produzierten. Nachdem ihre eigenen Arbeiten gut aufgenommen worden waren, begann sie immer intensiver zu träumen, und irgendwann war da kein Halten mehr gewesen.

Sie ist überzeugt, dass sie eine Mission hat: diese Welt in einen besseren Ort für kommende Generationen zu verwandeln. Sich mit Gleichgesinnten zusammenzutun, um zu zeigen, dass Kunst nicht nur ein Zeitvertreib oder ein folgenloses Amüsement für eine Gesellschaft war, die in nichts mehr einen Sinn sah. Die Fehler der Führungspersönlichkeiten aufzuzeigen, die hungernden Kinder in Afrika zu retten. Umweltprobleme sichtbar zu machen. Der sozialen Ungerechtigkeit ein Ende zu bereiten.

Hoch gesteckte Ziele, aber sie war sicher, dass sie sie dank ihrer Beharrlichkeit am Ende erreichen würde. Dazu musste sie ihre Seele läutern, und dabei halfen ihr die vier Kräfte: Liebe, Tod, Macht und Zeit. Wir müssen lieben, weil wir von Gott geliebt werden. Wir müssen uns unserer Sterblichkeit bewusst werden, um das Leben verstehen zu können. Wir müssen kämpfen, um zu wachsen – aber wir dürfen uns nicht von der Macht täuschen lassen, die wir erlangen, wenn wir wachsen, denn wir wissen, dass sie nichts wert ist. Schließlich müssen wir hinnehmen, dass unsere Seele, wenngleich sie unsterblich ist, in diesem Augenblick mit ihren Möglichkeiten und Grenzen im Netz der Zeit gefangen ist.

Obwohl Maureen im Netz der Zeit gefangen ist, kann sie an etwas arbeiten, was ihr Freude macht und sie begeistert. Und durch ihre Filme würde sie der Welt, die um sie herum auseinanderzufallen scheint, etwas geben, die Realität ändern, die Menschen verwandeln.

Als ihr Vater starb, hatte sie etwas Wichtiges begriffen: Veränderungen geschehen immer in Augenblicken der Krise. Dabei hatte sie sich ihr ganzes Leben lang darüber beklagt, nie die Gelegenheit gehabt zu haben, das zu tun, wovon sie seit langem träumte.

Ihr Leben soll einmal nicht so enden wie seins. Sie will

ihrer Tochter einmal nicht sagen müssen: ›Ich habe etwas gewollt, hätte es in einem bestimmten Augenblick auch gekonnt, hatte aber nicht den Mut dazu, alles zu riskieren.‹ Als sie ihr Erbe antrat, begriff sie, dass es ihr aus einem einzigen Grunde gegeben worden war: damit sich ihr Schicksal erfüllte.

Sie hatte die Herausforderung angenommen. Anders als die anderen jungen Mädchen, die berühmte Schauspielerinnen werden wollten, war ihr Traum, Geschichten zu erzählen, die spätere Generationen zum Lächeln und Träumen bringen würden. Ihr großes Vorbild war *Citizen Kane*, der erste Film von Orson Welles, der vorher nur Schauspielinszenierungen und Hörspiele gemacht hatte. Dieser Film wurde nicht nur berühmt, weil er darin einen mächtigen amerikanischen Medientycoon kritisiert, sondern vor allem, weil er die ethischen Probleme der Zeit auf filmisch neue, kreative Weise behandelte. Ein einziger Film machte Orson Welles unsterblich.

›Sein erster Film!‹

Es ist möglich, gleich beim ersten Mal ins Schwarze zu treffen. Auch wenn Orson Welles später nichts mehr zustande brachte, was an sein Erstlingswerk heranreichte. Auch wenn er nicht mehr in den Kinos gezeigt, sondern nur noch an Filmakademien studiert wurde.

Citizen Cane war nicht sein einziges Vermächtnis: Er hatte allen bewiesen, dass ein ausgezeichneter erster Schritt reichte, und man hatte in puncto Einladungen für den Rest des Lebens ausgesorgt.

Sie würde solche Einladungen wertschätzen. Sie hatte sich geschworen, nie zu vergessen, wie schwierig ihr Weg gewesen war, und einen Beitrag dazu zu leisten, dass das Leben der Menschen ein Stück Würde zurückbekam.

Und da es nur *einen* ersten Film gab, hatte sie ihre ganze physische Kraft, ihre emotionale Energie und ihre Gebete in dieses eine Projekt gesteckt. Anders als ihre Freunde, die davon lebten, Drehbücher, Vorschläge, Ideen loszuschicken, und am Ende an mehreren Dingen gleichzeitig arbeiteten, ohne dass auch nur eines erfolgreich war, hatte sich Maureen mit Leib und Seele dem Film *Die Geheimnisse des Kellers* gewidmet, der Geschichte von fünf Nonnen, die Besuch von einem Sexbesessenen erhalten. Ihnen wird klar, dass sie ihn nicht zum christlichen Weg der Erlösung bekehren können und ihre einzige Möglichkeit, mit ihm zu kommunizieren, darin besteht, sich in seine Welt voller Abartigkeiten zu begeben, ihm ihren Körper hinzugeben, damit er die Herrlichkeit Gottes durch die Liebe erfährt.

Ihr Plan war einfach: Schauspielerinnen, mögen sie noch so berühmt sein, verschwinden, wenn sie 35 Jahre alt werden, normalerweise aus den Listen der Darsteller. Man sieht sie noch eine Weile in den Society-Magazinen, auf Wohltätigkeitsveranstaltungen, großen Partys, sie machen bei Aktionen für die Menschheit mit. Und wenn ihnen schwant, dass sie kurz davorstehen, ganz und gar aus dem Scheinwerferlicht zu verschwinden, heiraten sie oder lassen sich scheiden. Sie inszenieren Skandale – all das für ein paar ruhmreiche Monate, Wochen, vielleicht auch nur Tage. In dieser Zeit des Übergangs von der Arbeitslosigkeit in die vollkommene Vergessenheit ist Geld schon nicht mehr wichtig: Sie würden jede Rolle annehmen, nur um noch einmal auf der Leinwand zu erscheinen.

Maureen hat sich deshalb an Schauspielerinnen gewandt, die vor mehr als einem Jahrzehnt an der Spitze der Filmwelt gestanden hatten und jetzt spürten, dass ihnen der Boden unter den Füßen wegrutschte, und die verzweifelt wieder in ihre alte Welt zurückwollten. Das Drehbuch war gut. Maureen schickte es zunächst an deren Agenten, die ein unverhältnismäßig hohes Honorar forderten und ein einfaches »Nein« zu hören bekamen. Ihr nächster Schritt war, bei jeder einzelnen Schauspielerin direkt anzuklopfen. Sie erzählte ihnen, sie habe bereits das Geld für das Projekt und alle akzeptierten am Ende – und baten immer, die Tatsache geheim zu halten, dass sie fast gratis arbeiteten.

Wenn man in der Filmindustrie seine ersten Schritte machte, durfte man nicht bescheiden sein. In Maureens Träumen erschien ihr hin und wieder der Geist von Orson Welles: ›Versuche das Unmögliche. Fange nicht unten an, denn unten bist du bereits. Steige schnell auf, bevor sie dir die Leiter wegnehmen. Wenn du Angst hast, bete, aber gehe weiter.‹ Sie hatte eine ausgezeichnete Geschichte, erstklassige Darstellerinnen, und sie musste jetzt etwas produzieren, was von den Verleihern akzeptiert wurde, ohne dabei die Qualität außer Acht zu lassen.

Kunst und Kommerz konnten, *mussten* zusammengehen, und genau das wollte Maureen erreichen.

Der Rest war eben der Rest: selbstverliebte Kritiker, die ausschließlich Filme mochten, die niemand verstand; kleine alternative Zirkel von Cineasten, die sich nach der Filmvorstellung die Nacht bis zum frühen Morgen in Bars um die Ohren schlugen, rauchten und über einzelne Szenen redeten (die möglicherweise etwas ganz anderes bedeuteten als das, was sie hineininterpretierten); Regisseure, die Vorträge hielten, um weitschweifig zu erklären, was für die Zuschauer offensichtlich war; Treffen der Gewerkschaften, die sich darüber beschwerten, dass der Staat den einheimischen Film nicht unterstützte; Manifeste in intellektuellen Zeitschriften, Früchte endloser Sitzungen, in denen die ewig gleichen Klagen über das Desinteresse der Regierung an der Kunstförderung vorgebracht wurden; kleine Pressenotizen, die gemeinhin nur von den darin Erwähnten und deren Angehörigen gelesen wurden.

Wer verändert die Welt? Die Angehörigen der Superklasse. Die Macher. Diejenigen, die auf das Verhalten, auf die Herzen und Gedanken möglichst vieler Menschen Einfluss nehmen wollen.

Deshalb wollte sie Javits. Sie wollte einen Oscar. Sie wollte Cannes.

Und da dies auf demokratischem Weg, durch gemeinsame Entscheidung aller am Projekt Beteiligten, nicht zu erreichen war – die anderen gaben immer nur ihre Meinung zum Besten, wollten aber keine Verantwortung übernehmen –, hatte sie sich um alles selbst gekümmert und alles allein entschieden. Sie hatte monatelang am Drehbuch geschrieben, dann einen gerade zur Verfügung stehenden Produktionsstab engagiert, großartige (und unbekannte) Artdirektoren, Kostümbildner, sowie Nebendarsteller überzeugt mitzumachen, wobei sie allen wenig Geld, aber viel Medienpräsenz in der Zukunft versprach. Alle waren beeindruckt von den fünf Hauptdarstellerinnen auf ihrer Liste (»Das Budget muss sehr, sehr hoch sein!«), weshalb sie anfangs hohe Honorare verlangten, letztlich aber einsahen, dass es für ihren

Lebenslauf ungeheuer wichtig wäre, bei so einem Projekt mitzumachen, egal, was sie verdienten. Maureen war von ihrem Projekt so beseelt, dass ihre Begeisterung alle ansteckte und ihr alle Türen offen zu stehen schienen.

Es fehlte nur noch etwas ganz Entscheidendes. Einem Schriftsteller oder Musiker genügt es nicht, etwas wirklich Gutes zu schaffen, sein Werk soll auch ein Publikum finden und nicht in einem Bücherschrank oder in einem CD-Regal verschimmeln.

Man braucht *Medienpräsenz*!

Maureen hatte nur einem einzigen Menschen eine Kopie ihres Films geschickt: Javits Wild. Sie hatte all ihre Kontakte spielen lassen, war abgewiesen worden und hatte dennoch weitergemacht. Sie wurde übersehen, ließ sich jedoch nicht entmutigen. Sie wurde schlecht behandelt, verspottet, ausgeschlossen, aber sie hatte sich nicht beirren lassen, denn sie hatte immer ihr Herzblut in alles gesteckt, was sie tat. Und dann hatte sich ihr Exfreund eingeschaltet, und Javits Wild hatte sich ihren Film angesehen und einem Treffen zugestimmt.

Sie beobachtet ihn während des ganzen Lunchs von einem Nebentisch aus, voller Vorfreude auf das vereinbarte Treffen in zwei Tagen. Plötzlich bemerkt sie, dass er erstarrt, ins Leere blickt. Einer seiner Freunde schaut sich um, er behält die Hand im Jackett. Der andere nimmt sein Mobiltelefon und beginnt, hektisch etwas einzutippen.

Ist etwas passiert? Bestimmt nicht. Die Leute an den Nebentischen unterhalten sich weiter, trinken, genießen einen weiteren Festivaltag: Feste, Sonne und schöne Menschen.

Einer der Männer versucht, ihn auf die Beine zu stellen und zum Gehen zu bringen, aber Javits scheint sich nicht bewegen zu können. Es wird schon nichts sein. Allenfalls zu viel Alkohol. Müdigkeit. Stress.

Nein, es darf nichts sein. Sie ist von so weit hergekommen, ihrem Ziel so nah …

Aus der Ferne hört man eine Sirene. Das wird eine Polizeieskorte sein, die einem VIP einen Weg durch den ständig stehenden Verkehr bahnt. Die Sirene kommt näher. Der Mann mit der Hand im Jackett dreht den Kopf in alle Richtungen. Irgendwann kreuzen sich ihre Blicke.

Javits wird bereits von einem seiner »Freunde« die Rampe hinaufgeschleppt, und Maureen fragt sich, wie jemand so Dünnes jemand so Korpulenten wie Javits scheinbar so mühelos tragen kann.

Die Sirene verstummt direkt vor dem großen Zelt. Javits ist da schon mit einem seiner »Freunde« verschwunden, doch der andere Mann kommt auf sie zu, die Hand noch immer in seinem Jackett.

»Was ist passiert?«, fragt sie erschrocken. Denn jahrelange Regiearbeit hat sie gelehrt, dass der Typ mit dem wie aus Stein gemeißelten Gesicht aussieht wie ein Profikiller.

»Sie wissen, was passiert ist.« Die Stimme hatte einen undefinierbaren Akzent.

»Ich habe gesehen, dass er sich plötzlich schlecht fühlte. Was ist denn nun geschehen?«

Der Mann nimmt die Hand immer noch nicht aus der Jacketttasche. Und da hat Maureen den rettenden Einfall, wie sie diesen kleinen Zwischenfall vielleicht in eine große Chance verwandeln könnte.

»Kann ich helfen? Kann ich zu ihm?«

Die Hand scheint sich etwas zu entspannen, aber der Blick verfolgt aufmerksam jede ihrer Bewegungen.

»Ich komme mit Ihnen. Ich kenne Javits Wild. Wir sind befreundet.«

Es scheint eine Ewigkeit zu dauern, tatsächlich aber nur den Bruchteil einer Sekunde, dann dreht der Mann sich um und eilt wortlos in Richtung Croisette.

Maureens Hirn arbeitet auf Hochtouren. Warum hat der Mann gesagt, sie wisse, was passiert sei? Und warum hat er plötzlich jegliches Interesse an ihr verloren?

Die anderen Gäste haben nichts mitbekommen – allenfalls den Lärm der Sirene gehört, den sie vermutlich etwas zuordnen, was gerade auf der Straße geschieht. Aber Sirenen passen nicht zu Fröhlichkeit, Sonne, Getränken, Kontakten, schönen Frauen und Männern, blassen und gebräunten Menschen. Sirenen gehören in eine andere Welt, in der es Unfälle, Herzattacken, Krankheiten, Verbrechen gibt. Sirenen interessierten die Anwesenden nicht die Bohne.

Maureens Gedanken rasen. Mit Javits war etwas passiert, und das war ein Geschenk des Himmels. Sie rennt zur Tür, sieht einen Krankenwagen, der sich mit erneut heulender Sirene auf der gesperrten Fahrbahn in voller Fahrt entfernt.

»Das ist mein Freund«, sagt sie zu einem der Sicherheitsleute am Eingang. »Wohin wird er gebracht?«

Der Mann nennt ihr den Namen eines Krankenhauses. Ohne weiter nachzudenken, rennt Maureen los, um ein Taxi zu bekommen. Zehn Minuten später hat sie begriffen, dass es in der Stadt keine Taxis gibt, nur die, die dank großzügiger Trinkgelder von den Hotelportiers gerufen werden. Da sie dafür kein Geld übrig hat, geht sie mit dem Stadtplan, den sie immer bei sich trägt, in eine Pizzeria, und erfährt, dass sie zum Krankenhaus zu Fuß mindestens eine halbe Stunde brauchen wird.

Sie ist ihr ganzes Leben gelaufen, da würde ihre diese halbe Stunde auch nichts ausmachen.

12 Uhr 53

»Guten Morgen.«

»Guten Tag«, entgegnet eins der anderen Mädchen. »Es ist schon nach zwölf.«

Genau, wie Gabriela es sich vorgestellt hat. Fünf junge Frauen, die alle so ähnlich aussehen wie sie, aber im Gegensatz zu ihr geschminkt sind, mit kurzen Röcken, provozierenden Dekolletés, alle mit ihren Handys und ihrem Text beschäftigt.

Sie reden nicht miteinander, denn sie sind sich so vertraut wie Geschwister: Alle haben die gleichen Schwierigkeiten durchgemacht, klaglos die Nackenschläge hingenommen, sich den gleichen Herausforderungen gestellt. Alle wollen daran glauben, dass ein Traum kein Verfallsdatum hat. Das Leben kann sich von einem Augenblick auf den andern radikal verändern, es wird nur ihre Willenskraft auf die Probe gestellt, der richtige Augenblick wartet auf sie.

Die anderen haben sich wahrscheinlich auch mit ihren Eltern entzweit, die glaubten, ihre Tochter würde in der Prostitution enden.

Sie haben alle schon auf der Bühne gestanden, die Todesqualen ausgestanden und die ekstatischen Augenblicke erlebt, wenn sie vor das Publikum treten und alle Blicke auf sich gerichtet fühlen. Sie alle haben die knisternde Spannung gespürt und den Applaus am Ende gehört. Alle haben sich Hunderte von Malen vorgestellt, dass irgendein Angehöriger der Superklasse im Publikum säße, nach der Vorstellung in die Künstlergarderobe käme und mehr zu bieten hätte als nur eine Einladung zum Abendessen und ein Lob für die geleistete Arbeit.

Alle haben schon ein oder zwei dieser Einladungen angenommen, bis sie begriffen haben, dass solche Einladungen immer im Bett eines in der Regel älteren, mächtigen Mannes endeten, der ausschließlich an einer Eroberung interessiert war. Und fast immer verheiratet war, wie jeder interessante Mann.

Alle haben einen gleichaltrigen Freund, aber wenn jemand sie nach ihrem Familienstand fragt, sagen sie immer: »Frei und ungebunden.« Alle finden, dass sie ihr Leben gut im Griff haben. Alle haben Hunderte von Malen gehört, sie hätten Talent, ihnen fehle nur eine Gelegenheit und jetzt hätten sie die Person vor sich, die ihr Leben vollkommen verändern werde. Alle sind schon darauf hereingefallen und haben geglaubt, Herrinnen der Lage zu sein, bis sie merkten, dass die Telefonnummer, die sie erhalten hatten, die einer schlechtgelaunten Sekretärin war, die den Anruf unter keinen Umständen zu ihrem Chef durchstellen wollte.

Alle haben schon gedroht, zu erzählen, wie sie betrogen wurden, und die Story an die Klatschpresse zu verkaufen. Keine von ihnen hatte es letztlich getan, denn da waren sie bereits in dem Stadium, in dem sie dachten: »Ich kann es mir nicht leisten, es mir mit der Kunstszene zu verderben.«

Möglicherweise hatte die eine oder andere schon die Prüfung hinter sich, die für Gabriela die Aufführung von *Alice im Wunderland* gewesen war, und wollte jetzt den Eltern beweisen, dass sie zu mehr fähig war, als diese ihr zutrauten. Die Eltern haben ihre Tochter inzwischen bereits in Werbespots und auf Plakaten gesehen und sind überzeugt, dass ihre Tochter bald zu Ruhm und Glamour kommen wird.

Alle diese Mädchen denken, ihr Traum würde wahr, ihr Talent eines Tages anerkannt werden, bis sie begreifen, dass es in diesem Berufszweig nur ein Zauberwort gibt:

›Kontakte.‹

Gleich nach ihrer Ankunft in Cannes haben alle ihre Books verteilt. Und seither starren sie ständig auf ihre Mobiltelefone, gehen zu Veranstaltungen, zu denen sie Zutritt haben, und tun alles, um auch Zutritt zu jenen zu erhalten, zu denen sie keine Einladung haben: Sie träumen davon, dass jemand sie zu einer der offiziellen Partys einlädt oder ihnen sogar den absoluten Hauptgewinn beschert: auf dem roten Teppich in den Palais des Congrès zu schreiten. Doch die Erfüllung dieses Traums liegt in so weiter Ferne, dass sie ihn sich wahrscheinlich kaum eingestehen, aus Angst, die Frustration könnte die Fröhlichkeit untergraben, die sie an den Tag legen müssen, ob sie nun glücklich sind oder nicht.

Kontakte.

Viele Kontakte erwiesen sich als nutzlos, aber manche halfen wenigstens ein bisschen weiter. Deshalb sind sie ja auch alle hier. Weil sie Kontakte haben, so zum Beispiel zu diesem Regisseur aus Neuseeland, der sie herbestellt hat. Keine hat gefragt, worum es eigentlich geht. Sie alle wissen nur, dass sie pünktlich sein müssen, da niemand Zeit zu verlieren hat, schon gar nicht im Filmgeschäft. Zeit haben nur diese jungen Frauen. Da sitzen sie im Vorzimmer mit ihren Mobiltelefonen und ihren Zeitschriften, verschicken zwanghaft SMS, um herauszufinden, ob sie an diesem Tag irgendwo eingeladen sind, versuchen ihre Freunde zu erreichen, nur um ihnen zu sagen, dass sie nicht lange reden könnten, weil sie nämlich gleich ein Treffen mit einem wichtigen Regisseur hätten.

Gabriela wird als Vierte aufgerufen. Zwar hat sie versucht, die Blicke der drei Mädchen vor ihr zu deuten, die wortlos wieder herausgekommen sind, doch alle waren sie schließlich Schauspielerinnen und imstande, Gefühle zu verbergen, sei es Freude oder Traurigkeit. Sie waren mit festem Schritt zum Ausgang gegangen und hatten den anderen mit fester Stimme »viel Glück« gewünscht, als wollten sie sagen: »Ihr braucht euch überhaupt nicht aufzuregen, Mädchen, da gibt's nichts zu gewinnen, ich habe die Rolle.«

Eine Wand des Raums, den sie jetzt betritt, ist mit einem schwarzen Tuch verhängt. Auf dem Boden liegen alle möglichen Kabel herum, es gibt ein paar mit einer Art Drahtgestell versehene Scheinwerfer, auf denen so etwas wie ein Regenschirm montiert ist, vor dem ein weißes Tuch hängt. Dazu eine Soundausrüstung, Monitore und eine Videokamera. In den Ecken stehen Mineralwasserflaschen, Metallköfferchen, Ständer und ein Computer verteilt. Auf dem Boden sitzt eine etwa 35-jährige Frau mit Brille, die in Gabrielas Book blättert.

»Grauenhaft«, sagt sie, ohne Gabriela anzusehen. »Grauenhaft.«

Gabriela weiß nicht recht, was sie machen soll. Vielleicht sollte sie so tun, als hätte sie nichts gehört, sich zu der Gruppe von Technikern gesellen, die sich in einer Ecke lebhaft unterhalten, rauchen oder einfach nur herumstehen.

»Die finde ich grauenhaft«, wiederholt die Frau.

»Das bin ich!«

Es ist ihr einfach so herausgerutscht. Sie ist durch halb Cannes gerannt, hat fast zwei Stunden in einem Warteraum gesessen und sich wieder einmal ausgemalt, dass ein vollkommen anderes Leben sie erwartet (obwohl sie diese fixe Idee inzwischen immer besser kontrollieren kann und sich nicht mehr so schnell blenden lässt wie früher). Eine weitere Enttäuschung verkraftet sie nicht.

»Das weiß ich«, sagt die Frau, ohne von den Fotos aufzublicken. »Die Bilder werden ein Vermögen gekostet haben. Es gibt Leute, die leben davon, Books herzustellen, Lebensläufe zu schreiben, Schauspielkurse zu geben, Leute, die letztlich ihr Geld mit der Eitelkeit von Menschen wie Ihnen verdienen.«

»Wenn Sie mich so grauenhaft finden, warum haben Sie mich dann herbestellt?«

»Weil wir jemand Grauenhaften brauchen.«

Gabriela lacht. Die Frau blickt endlich hoch und schaut sie von Kopf bis Fuß an.

»Mir gefällt, wie Sie sich kleiden. Ich hasse vulgäre Menschen.«

Gabrielas Traum lebt wieder auf. Sie bekommt Herzklopfen.

Die Frau reicht ihr ein Blatt Papier.

»Geh bis zur Markierung.«

Und zum Team gewandt:

»Macht die Zigaretten aus! Macht das Fenster zu, damit der Ton nicht gestört wird!«

Die »Markierung« ist ein Kreuz aus gelbem Klebeband auf dem Boden. So muss die Beleuchtung nicht immer wieder neu eingestellt werden, die Kamera braucht sich nicht zu bewegen – der Schauspieler steht an dem von der Technik vorgegebenen Platz.

»Ich schwitze wegen der Hitze hier. Kann ich nicht wenigstens ins Bad gehen und mich noch mal kurz überschminken?«

»Natürlich kannst du das. Aber wenn du wiederkommst, wirst du keine Zeit mehr für eine Aufnahme haben. Wir müssen das Material bis zum Ende des Nachmittags abgeben.«

Die anderen Mädchen hatten wahrscheinlich die gleiche Frage gestellt und die gleiche Antwort erhalten. Besser keine Zeit verlieren. Gabriela zieht ein Papiertaschentuch aus der Tasche und tupft sich das Gesicht ab, während sie zur Markierung geht.

Ein Assistent tritt an die Kamera, während Gabriela versucht, in aller Eile noch einmal zu lesen, was auf dem Textblatt steht.

»Test Nummer fünfundzwanzig, Gabriela Sherry, Agentur Thompson.«

»Fünfundzwanzig?«

»Action«, sagt die Frau mit der Brille.

Im Raum herrscht vollkommene Stille.

»Nein, das glaube ich dir nicht. Niemand begeht grundlos einen Mord.«

»Noch einmal von vorn. Du sprichst mit deinem Freund.«

»Nein, das glaube ich dir nicht. Niemand begeht einfach nur so, grundlos einen Mord.«

»›Einfach nur so‹ kommt im Text nicht vor. Glaubst du, der Drehbuchautor, der monatelang daran gearbeitet hat, hätte nicht auch daran gedacht, ›einfach nur so‹ in den Satz einzufügen? Und er hätte es nicht eingefügt, weil er es für oberflächlich und überflüssig gehalten hat?«

Gabriela atmet tief durch. Sie hat nichts mehr zu verlieren, allenfalls die Geduld. Sie wird jetzt machen, was sie für richtig hält: den Raum verlassen, an den Strand gehen oder nach Hause zurückkehren und noch etwas schlafen, um für die Cocktails am Nachmittag fit zu sein.

Eine seltsame, wunderbare Ruhe überkommt sie. Unvermittelt fühlt sie sich beschützt, geliebt, ist dankbar dafür, am Leben zu sein. Niemand zwingt sie, hierzubleiben, weitere Erniedrigungen über sich ergehen zu lassen. Zum ersten Mal in all diesen Jahren ist sie sich einer Kraft bewusst, die sie nie in sich vermutet hätte.

»Nein, das glaube ich dir nicht. Niemand begeht grundlos einen Mord.«

»Nächster Satz.«

Die Anweisung ist überflüssig. Gabriela würde so oder so weitermachen.

»Wir sollten zum Arzt gehen, ich glaube, du brauchst Hilfe.«

»Nein«, übernimmt die Frau mit der Brille die Rolle des Freundes.

»Also gut. Wir gehen nicht zum Arzt. Wir machen einen Spaziergang, und du erzählst mir genau, was los ist. Ich liebe dich. Wenn es auch niemanden sonst auf der Welt interessiert, was mit dir los ist, mir ist es wichtig.«

Der Text ist zu Ende. Es herrscht Stille. Eine seltsame Energie erfüllt den Raum.

»Sag dem Mädchen, das noch draußen wartet, es kann gehen«, befiehlt die Frau mit der Brille einem der Anwesenden.

Deutet Gabriela das richtig?

»Geh links den Strand entlang. Am Ende der Croisette gegenüber der Allée des Palmiers ist ein Jachthafen. Dort erwartet dich pünktlich um dreizehn Uhr fünfundfünfzig das Boot, das dich zu einem Treffen mit Mr. Gibson bringt. Wir schicken ihm jetzt das Video, aber er möchte die Leute, mit denen er möglicherweise zusammenarbeiten wird, persönlich kennenlernen.«

Ein Lächeln erscheint auf Gabrielas Gesicht.

»Ich sagte ›möglicherweise‹. Ich habe nicht ›arbeiten wird‹ gesagt.«

Dennoch lächelt Gabriela immer weiter. Gibson!

13 Uhr 19

Zwischen Inspektor Savoy und dem Gerichtsmediziner liegt auf einem Tisch aus Edelstahl eine etwa 20-jährige schöne Frau, die vollkommen nackt ist.

Und tot.

»Sind Sie sich ganz sicher?

Der Gerichtsmediziner tritt an ein Waschbecken, es ist ebenfalls aus Edelstahl. Er zieht die Handschuhe aus, wirft sie in einen Mülleimer und dreht den Wasserhahn auf.

»Ganz sicher. Keine Spur von Drogen.«

»Was ist dann passiert? Ein so junges Mädchen hat doch keinen Herzinfarkt.«

Im Raum ist nur noch das laufende Wasser zu hören.

»Die von der Polizei denken immer an das Offensichtlichste: Drogen, Herzinfarkt, solche Dinge.«

Er nimmt sich mehr Zeit als sonst, um sich die Hände zu waschen – seine Arbeit kann ein bisschen Dramatik ganz gut vertragen. Er wirft den Einwegkittel, den er bei der Autopsie getragen hat, in den Müll.

»Schauen Sie sie sich an! Ganz genau, ganz ohne Scham. Es gehört zu Ihrer Arbeit, auf Details zu achten.«

Savoy schaut sich die Leiche genau an. Irgendwann streckt er die Hand aus, um einen der Arme zu heben, doch der Gerichtsmediziner hält ihn zurück.

»Sie brauchen sie nicht zu berühren.«

Savoys Blick geht über den nackten Körper der jungen Frau. Inzwischen weiß er schon eine ganze Menge über sie – Olivia Martins, Tochter portugiesischer Eltern, ihr Freund hatte keinen festen Beruf, war ein Nachtschwärmer. Er wird in diesem Augenblick gerade woanders verhört. Ein Richter hatte eine Hausdurchsuchung angeordnet, bei der kleine Flakons mit THC gefunden wurden. (Tetrahydrocanabinol ist der Hauptwirkstoff von Marihuana, das heutzutage auch mit Sesamöl vermischt wird, weil es dann keinen Geruch hinterlässt und zudem eine viel größere Wirkung hat, als wenn man es raucht.) Sechs Briefchen mit jeweils einem Gramm Kokain. Blutspuren auf dem Bettlaken, das jetzt auf dem Weg ins Labor ist. Er ist allenfalls ein kleiner, polizeibekannter Dealer, der schon Gefängnisaufenthalte hinter sich hat, allerdings nie wegen Körperverletzung.

Olivia ist hübsch, auch als Tote. Dichte Augenbrauen, kindliches Gesicht, wohlgeformte Brüste …

›Ich darf mich nicht ablenken lassen. Ich bin doch Profi.‹

Der Gerichtsmediziner lächelt – und Savoy ist von seiner arroganten Art leicht irritiert. Der Pathologe zeigt auf eine kleine, kaum merkliche rötliche Druckstelle zwischen der linken Schulter und dem Hals des Mädchens.

Dann zeigt er auf eine ähnliche Druckstelle zwischen zwei Rippen auf der rechten Körperhälfte.

»Ich könnte jetzt mit technischen Details kommen wie Obstruktion der *vena jugularis* und der *arteria carotis.* Einfach ausgedrückt: Ihre Halsschlagader wurde abgedrückt, und zugleich wurde ein ähnlicher Druck auf einen bestimmten Nervenstrang dermaßen präzise ausgeübt, dass dies zu einer vollständigen Lähmung des Oberkörpers geführt hat…«

Savoy sagt nichts. Der Pathologe begreift, dass das jetzt nicht der Augenblick ist, den Inspektor mit Fachchinesisch zu beeindrucken oder andere Spielchen zu spielen. Manchmal fragte er sich, ob er nicht den falschen Beruf gewählt hatte, denn er hatte immer nur mit ernsten Dingen zu tun. Seine Kinder mochten nicht recht sagen, dass ihr Vater jemand war, der Leichen obduzierte, und bei Abendeinladungen konnte er nie über seinen Beruf sprechen, weil die Leute das viel zu makaber fanden.

»Oder, noch einfacher: Sie ist erstickt worden.«

Savoy schweigt weiter. Sein Gehirn arbeitet auf Hochtouren: Am helllichten Tag mitten auf der Croisette erstickt?

Die Eltern sind schon befragt worden: Das Mädchen hatte morgens das Haus verlassen, um den von ihren Eltern hergestellten Schmuck auf der Croisette zu verkaufen. Da Straßenhändler keine Steuern zahlen, war ihre Arbeit illegal.

Doch das ist in diesem Zusammenhang unwichtig.

»Aber«, fährt der Pathologe fort, »da gibt es etwas sehr Eigenartiges. Normalerweise tauchen bei Ersticken oder Erwürgen an beiden Schultern Abdrücke auf – anders gesagt, man hat es mit dem klassischen Fall zu tun, bei dem jemand den Hals des Opfers packt, während dieses sich heftig wehrt und versucht sich zu befreien. In diesem Fall aber hat eine Hand, besser gesagt, ein Finger verhindert, dass das Blut das Gehirn erreicht, während der andere Finger die Lähmung des Körpers bewirkte, der deswegen nicht reagieren konnte. Das verlangt großes Können und hervorragende Anatomiekenntnisse.«

»Sie könnte doch woanders getötet worden sein und dann an die Stelle gebracht, an der wir sie gefunden haben.«

»Wäre das der Fall, gäbe es Schleifspuren an ihrem Körper. Danach habe ich als Erstes gesucht, wobei ich auch die Möglichkeit in Betracht gezogen habe, dass sie von mehr als einer Person getötet wurde. Da ich nichts gefunden habe, habe ich nach Indizien gesucht, die dafür sprechen, dass sie an Beinen und Armen festgehalten wurde, falls es mehr als einen Täter gab. Nichts. Außerdem gibt es, und ich will jetzt nicht näher darauf eingehen, bei Eintritt des Todes verschiedene körperliche Reaktionen, die Spuren hinterlassen. Wie Urin beispielsweise, und …«

»Und was wollen Sie damit sagen?«

»Dass sie an der Stelle ermordet wurde, an der sie gefunden wurde. Dass es aufgrund der Fingerabdrücke nur einen Täter gab. Dass sie den Täter kannte, denn niemand hat gesehen, dass sie zu fliehen versuchte. Dass er links von ihr gesessen haben muss. Dass er in dieser Technik ausgebildet worden sein muss, große Erfahrung in Martial Arts hat.«

Savoy dankt ihm mit einem Nicken und geht schnell zum Ausgang. Gleichzeitig ruft er die Polizeiwache an, in der der junge Mann gerade verhört wird.

»Vergesst die Drogengeschichte«, sagt er. »Ihr habt einen Mörder vor euch. Bekommt heraus, was er über Kampfkunst weiß. Ich bin auf dem Weg zu euch.«

»Nein«, entgegnet die Stimme am anderen Ende der Leitung, »fahren Sie ins Hôpital Pierre Nouveau! Ich glaube, wir haben da noch ein Problem.«

13 Uhr 28

Eine Möwe flog über einen Strand am Persischen Golf, als sie eine Maus sah. Sie kam vom Himmel herunter und fragte das Nagetier:

»Wo sind deine Flügel?«

Jedes Tier spricht seine eigene Sprache, und die Maus verstand die Möwe nicht. Doch sie bemerkte, dass bei dem Tier vor ihr seltsame Dinge aus dem Körper ragten.

›Es muss an einer Krankheit leiden‹, dachte die Maus.

Die Möwe bemerkte, dass die Maus ihre Flügel anstarrte:

›Das arme Tier. Es wurde von Ungeheuern angegriffen, die es taub gemacht und ihm die Flügel geraubt haben.‹

Mitleidig nahm die Möwe die Maus in ihren Schnabel und mit auf einen Rundflug in der Höhe. ›So kann es wenigstens seine Sehnsucht stillen‹, dachte sie, während sie dahinflogen. Dann setzte sie die Maus vorsichtig auf dem Boden ab.

Die Maus war einige Monate lang tieftraurig: Sie hatte die Höhe kennengelernt und eine weite, schöne Welt gesehen.

Doch im Laufe der Zeit gewöhnte sie sich wieder daran, eine Maus zu sein, und fand, dass das Wunder, das in ihrem Leben geschehen war, nichts als ein Traum gewesen war.

Das war eine Geschichte aus ihrer Kindheit. Aber in diesem Augenblick befindet sie sich hoch oben am Himmel: Sie kann das türkisblaue Meer sehen, die luxuriösen Jachten, Menschen, klein wie Ameisen, die am Strand aufgebauten Zelte, Hügel, den Horizont links von ihr, hinter dem Afrika liegt und all seine Probleme.

Der Boden nähert sich mit hoher Geschwindigkeit. ›Wann immer möglich, sollte man die Menschen von oben betrachten‹, denkt sie. ›Nur so begreifen wir, wie klein der Mensch wirklich ist.‹

Ewa wirkt nervös. Hamid weiß nie genau, was im Kopf seiner Frau vor sich geht, obwohl sie seit mehr als zwei Jahren zusammen sind. Cannes ist für alle strapaziös. Doch er kann unmöglich früher abreisen. Für Ewa war der Stress sicher nichts Neues; das Leben mit ihrem Exmann war nicht viel anders gewesen: Abendeinladungen, das Organisieren von Veranstaltungen, der ständige Wechsel von Ländern, Sprachräumen, Kontinenten.

›War sie schon immer so, oder… liebt sie mich etwa nicht mehr so wie früher?

Solche Gedanken sind verboten. Ich muss mich auf andere Dinge konzentrieren.‹

Der Motorenlärm erlaubt keine Unterhaltung, es sei denn, man benutzte die Kopfhörer mit eingebautem Mikrofon. Sie hat sie nicht einmal aus der Halterung neben ihrem Sitz genommen. Es hat keinen Sinn, Ewa zu bitten, sich die Kopfhörer aufzusetzen, damit er ihr zum tausendsten Mal sagen kann, dass sie die wichtigste Frau in seinem Leben ist und dass er alles tun wird, damit sie ihren ersten Festivalbesuch genießen kann. Wegen des Soundsystems an Bord würde das Gespräch immer vom Piloten mitgehört, und Ewa hasste öffentliche Zärtlichkeitsbekundungen.

Er kann bereits den großen weißen Maybach erkennen, die teuerste Limousine der Welt. Noch exklusiver als ein Mercedes Benz. Bald schon würden sie darin sitzen, es würde entspannende Musik und aus der Bar des Wagens eisgekühlten Champagner geben und Mineralwasser. Aber noch sitzen beide in der gläsernen Kugel, die gleich auf dem Hubschrauberlandeplatz des Jachthafens landen wird.

Er schaut auf seine Platinuhr, ein Nachbau mit Zertifikat eines der ersten in einer kleinen Fabrik in der Stadt Schaffhausen produzierten Modelle. Anders als Frauen, die ein Vermögen für Brillanten ausgeben können, ist das einzige für einen Mann mit gutem Geschmack erlaubte Schmuckstück eine Uhr, und nur die wahren Kenner würden dieses Modell zu würdigen wissen, das nur selten in den Anzeigen der Luxusmagazine erschien.

Das war wahre Raffinesse: das Beste zu besitzen, noch bevor andere überhaupt davon gehört hatten.

Und sich damit zu zeigen, selbst wenn andere deswegen über einen herzogen.

Es ist fast zwei Uhr nachmittags, er muss mit seinem Börsenmakler in New York sprechen, bevor die Wertpapierbörse öffnet. Er wird, gleich nachdem er angekommen ist, einen Anruf tätigen – nur einen – und die Anweisungen für den Tag durchgeben. Geld im »Casino« verdienen, wie er die Investmentfonds nennt, ist nicht gerade seine Lieblingsbeschäftigung. Aber er muss Interesse zeigen, seinen Finanzmanagern, die wie er letztlich dem Scheich unterstehen, deutlich machen, dass er weiß, was gespielt wird, und dass er alles unter Kontrolle hat.

Er wird nur einen einzigen, kurzen Anruf tätigen. Heute gilt all seine Aufmerksamkeit etwas anderem: An diesem Nachmittag werden mindestens zwei Schauspielerinnen – eine berühmte und eine unbekannte – seine Kreationen auf dem roten Teppich vorführen. Selbstverständlich hat er Personal, das sich um alles kümmert, aber es ist ihm ein besonderes Anliegen, sich um alles persönlich zu kümmern und so die Verbindung zu dem zu behalten, was die Grundlage seines Imperiums ausmacht: die Herstellung und Präsentation von Mode. Ansonsten will er seine Zeit in Frankreich dazu nutzen, so viel wie möglich mit Ewa zusammen zu sein, sie allen interessanten Leuten vorzustellen, am Strand spazieren zu gehen, allein mit ihr in einem unbekannten Restaurant in einem der Nachbarorte zu essen, Hand in Hand mit ihr durch die Weinberge zu streifen, die er jetzt dort unten sehen kann.

Er hatte immer geglaubt, außerstande zu sein, Leidenschaft für etwas anderes als seine Arbeit zu empfinden, obwohl die Liste seiner Eroberungen etliche Frauen enthielt, um die ihn viele beneidet hatten. Als Ewa in sein Leben getreten war, hatte er ganz neue Seiten an sich entdeckt. Sie sind jetzt zwei Jahre zusammen, und seine Liebe ist stärker und tiefer als je zuvor.

Er liebt leidenschaftlich.

Er, Hamid Hussein, einer der meistgefeierten Modedesigner, das Aushängeschild eines internationalen Luxuskonzerns. Er, der gegen alles und alle gekämpft hatte, dem es gelungen ist, die Vorurteile gegen Menschen aus dem Nahen Osten auszuräumen, die zudem noch einer anderen Religion angehörten. Die uralte Weisheit seines Stammes hatte ihm geholfen, zu überleben, zu lernen und sich schließlich ganz zur Weltspitze hochzukämpfen. Er stammte nicht, wie viele annahmen, aus einer reichen Familie, die in Öldollars schwamm. Sein Vater war Stoffhändler gewesen und hatte eines schönen Tages die Gunst des Scheichs erlangt, weil er sich einem Befehl verweigerte.

Wenn Hamid bei einer Entscheidung unsicher war, erinnerte er sich gern an das, was sein Vater ihm vorgelebt hatte: den Mächtigen gegenüber ›nein‹ zu sagen, auch wenn man damit ein hohes Risiko einging. Meistens war er damit erfolgreich gewesen. Und in den seltenen Fällen, wo es sich als nachteilig erwies, waren die Folgen bei weitem nicht so schwerwiegend gewesen, wie er befürchtet hatte.

Sein Vater hatte den Erfolg seines Sohnes nicht mehr miterleben können. Damals, als der Scheich begann, alle Grundstücke in diesem Teil der Wüste aufzukaufen, um eine der modernsten Städte der Welt zu bauen, hatte sein Vater den Mut gehabt, zu dessen Abgesandten zu sagen:

»Ich werde nicht verkaufen. Meine Familie lebt seit vielen Jahrhunderten auf diesem Grund und Boden. Hier haben wir unsere Toten begraben. Hier haben wir den Stürmen und den Invasoren getrotzt. Man verkauft den Ort nicht, den Gott uns in dieser Welt übergeben hat, damit wir ihn pflegen.«

Die Abgesandten erhöhten den Kaufpreis. Aber sie erreichten nichts und zogen verärgert ab, entschlossener denn je, Hamids Vater von seinem Grund und Boden zu vertreiben. Auch der Scheich war ungehalten – er hatte große

Pläne und wollte sein Projekt schnell umsetzen. Der Preis des Erdöls war auf dem internationalen Markt gestiegen, der Gewinn musste schnell genutzt werden, denn wenn die Erdölreserven erst erschöpft waren, würde es nicht mehr möglich sein, eine ausländische Investitionen anziehende Infrastruktur zu schaffen. Hamids Vater wies weiterhin jedes Kaufangebot zurück. Bis der Scheich eines Tages beschloss, persönlich mit ihm zu sprechen. Hamid, der seinen Vater begleitet hatte, erinnert sich noch gut daran.

»Ich kann dir alles anbieten, was du wünschst«, sagte der Scheich zum Stoffhändler.

»Dann gebt mir eine gute Ausbildung für meinen Sohn. Er ist jetzt sechzehn, und hier hat er keine Zukunft.«

»Im Gegenzug gibst du mir dieses Haus.«

Es folgte ein langes Schweigen, bis Hamid seinen Vater, der dem Scheich fest in die Augen blickte, etwas ganz Unerwartetes sagen hörte:

»Mein Herr, es ist Eure Pflicht, Eure Untertanen auszubilden. Ich kann die Zukunft meiner Familie nicht gegen deren Vergangenheit eintauschen.«

Hamid erinnert sich an die ungeheure Trauer in den Augen seines Vaters, als dieser fortfuhr:

»Wenn aber mein Sohn nur so eine Chance in seinem Leben bekommen kann, dann nehme ich Euer Angebot an.«

Der Scheich ging wortlos hinaus. Am nächsten Tag bat er den Händler, ihm seinen Sohn zu schicken, damit sie sich unterhielten. Der Weg zum Palast führte Hamid an gesperrten Straßen vorbei, an riesigen Kränen, unermüdlich schuftenden Arbeitern, an Häuserblocks, die gerade abgerissen wurden, bis hinunter zum alten Hafen.

Der Herrscher kam gleich zur Sache.

»Du weißt, dass ich das Haus deines Vaters kaufen will. Das Erdöl in unserem Land geht zur Neige, und bevor die Quellen versiegen, müssen wir unsere Abhängigkeit vom Erdöl beenden und neue Wege finden. Wir werden der ganzen Welt beweisen, dass wir nicht nur unser Erdöl, sondern auch unsere Dienstleistungen verkaufen können. Als erste Schritte in diese Richtung sind einige wichtige Maßnahmen erforderlich, wie beispielsweise der Bau eines internationalen Flughafens. Wir brauchen Land, damit ausländische Investoren ihre Gebäude darauf errichten können.

Mein Traum ist also recht und billig und meine Absicht gut. Wir werden Finanzspezialisten brauchen. Und du warst ja bei meinem Gespräch mit deinem Vater dabei.«

Bei der Audienz waren auch ein gutes Dutzend Berater zugegen. Hamid hatte Angst, konnte sie aber im Zaum halten und verbergen, denn sein Herz wusste bereits die Antworten auf die Fragen, die ihm der Scheich gleich stellen würde.

»Was möchtest du machen?«

»Haute Couture.«

Die Berater wechselten erstaunte Blicke. Wahrscheinlich wussten sie nicht genau, was damit gemeint war.

»Haute Couture studieren. Die meisten der von meinem Vater aufgekauften Stoffe werden an Ausländer weiterverkauft, die damit ihrerseits, wenn sie sie zu Luxuskleidungsstücken verarbeiten, hundertmal so große Gewinne machen wie er. Ich bin sicher, dass wir das hier auch machen können. Ich bin überzeugt davon, dass die Mode ein Mittel sein kann, Vorurteile auszuräumen, die der Rest der Welt uns gegenüber hegt, der meint, die arabische Welt verstehe nichts von Mode.«

Ein Raunen ging durch die Reihe der Berater. Mode wollte er machen? Mode war etwas für die Menschen der westlichen Welt, die mehr am Äußeren eines Menschen interessiert waren als an dessen inneren Werten.

»Andererseits ist der Preis, den mein Vater zahlt, sehr hoch. Mir wäre es lieber, er bliebe in seinem Haus. Ich werde mit seinen Stoffen arbeiten, und wenn Gott, der Barmherzige, es will, wird es mir gelingen, meinen Traum zu verwirklichen. Wie Eure Hoheit kenne auch ich mein Ziel.«

Die Berater hörten verblüfft, wie ein Jüngling den großen Herrscher herausforderte und sich sogar weigerte, den Wunsch seines Vaters zu erfüllen. Doch der Scheich antwortete lächelnd:

»Wo willst du Haute Couture studieren?«

»In Frankreich. In Italien. Bei den großen Meistern der Zunft. Es gibt auch Universitäten, aber praktische Erfahrung ist durch nichts zu ersetzen. Es ist sehr schwierig, aber wenn Gott, der Barmherzige, es will, wird es mir gelingen.«

Der Scheich bat ihn, am Nachmittag wiederzukommen. Hamid schlenderte am Hafen entlang, besuchte den Basar, war hingerissen von den Farben, den Stoffen, den Stickereien – er war glücklich, dort herumstreifen zu können. Er stellte sich vor, dass dies alles bald schon zerstört werden würde, und das machte ihn traurig, weil damit ein Teil der Vergangenheit, der Tradition verlorengehen würde. War es möglich, den Fortschritt aufzuhalten? War es klug, die Entwicklung einer Nation zu behindern? Hamid erinnerte sich an die vielen schlaflosen Nächte, in denen er bei Kerzenlicht die Trachten der Beduinen gezeichnet hatte, weil er fürchtete, dass sie mit den Stammesbräuchen verschwinden würden, die von der neuen Zeit der Baukräne und ausländischen Investoren zerstört wurden.

Zum angegebenen Zeitpunkt kehrte er in den Palast zurück. Der Herrscher war nun von noch mehr Leuten umringt.

»Ich habe zwei Entscheidungen getroffen«, sagte der Scheich. »Erstens: Ich werde ein Jahr lang die Kosten für deine Ausbildung übernehmen. Ich denke, am Finanzwesen interessierte junge Leute gibt es genug, aber bislang hat sich noch niemand an mich gewandt, der an Schneiderei ein Interesse hat. Mir kommt es etwas verrückt vor, aber alle sagen, dass auch meine Träume verrückt sind, und dennoch bin ich dahin gelangt, wo ich heute stehe. Also kann ich meinem eigenen Beispiel schlecht zuwiderhandeln.

Andererseits hat keiner meiner Berater Kontakte zu den Leuten, die du erwähnt hast, also werde ich dir ein kleines Monatsgehalt zahlen, damit du nicht auf der Straße betteln gehen musst. Wenn du zurückkehrst, wirst du es als Sieger tun. Du repräsentierst unser Land, und die Leute dort müssen lernen, unsere Kultur zu achten. Bevor du losfährst, musst du die Sprachen der Länder lernen, in die du gehen wirst. Welche wären das?«

»Englisch, Französisch, Italienisch. Ich danke für Eure Großzügigkeit, möchte aber, dass mein Vater ...«

Der Scheich bedeutete ihm mit einer Handbewegung zu schweigen.

»Meine zweite Entscheidung lautet wie folgt: Das Haus deines Vaters wird stehenbleiben. In meinen Träumen wird es von Wolkenkratzern umringt sein, die Sonne wird nicht mehr in die Fenster scheinen, und er wird am Ende wegziehen. Aber das Haus wird für immer dort stehenbleiben. In Zukunft werden sich die Leute an mich erinnern und sagen: *»Er war groß, weil er sein Land verändert hat. Und er war gerecht, weil er das Recht eines Stoffhändlers geachtet hat.«*

Der Hubschrauber landet am äußersten Ende des Piers, und Hamid verdrängt die Erinnerung. Er steigt als Erster aus und reicht Ewa die Hand, um ihr zu helfen. Er blickt voller Stolz auf die blonde Frau, deren weiße Kleidung in der Sonne leuchtet und die mit der freien Hand den eleganten, zart beigen Hut auf ihrem Kopf festhält. Sie gehen zwischen den Reihen der zu beiden Seiten ankernden Jachten zum Wagen, dessen Fahrer sie an der geöffneten Tür erwartet.

Hamid nimmt die Hand seiner Frau und flüstert ihr ins Ohr:

»Ich hoffe, der Lunch hat dir gefallen. Unsere Gastgeber sind große Kunstsammler. Und dass sie uns einen Hubschrauber zur Verfügung gestellt haben, war sehr großzügig von ihnen.«

»Ich fand es wunderbar.«

Tatsächlich aber hätte Ewa am liebsten gesagt: ›Ich fand es furchtbar. Außerdem habe ich Angst. Ich habe eine SMS auf meinem Handy erhalten und weiß, von wem sie stammt, auch wenn mir die Nummer nichts sagt.‹

Sie steigen in den Maybach ein. Die Klimaanlage ist auf Idealtemperatur eingestellt, die Musik passt genau zu einem Augenblick wie diesem – kein Lärm von außen kann zu ihnen hereindringen. Er setzt sich in den bequemen Ledersitz, streckt die Hand zur Wurzelholzkonsole zwischen beiden Sitzen aus und fragt Ewa, ob sie etwas eiskalten Champagner möchte. Nein, ein Mineralwasser tut es auch.

»Ich habe gestern, bevor wir zum Abendessen gingen, in der Hotelbar deinen Exehemann gesehen.«

»Unmöglich. Er war noch nie geschäftlich in Cannes.«

Sie hätte gern gesagt: ›Womöglich hast du recht, ich habe eine SMS auf meinem Handy. Wir sollten das erstbeste Flugzeug nehmen und sofort abreisen.‹

»Ich bin mir ganz sicher.«

Hamid bemerkt, dass seine Frau keine große Lust hat, sich zu unterhalten. Er ist dazu erzogen worden, die Privatsphäre derer, die er liebte, zu respektieren, und versucht, an etwas anderes zu denken.

Er fragt Ewa, ob sie etwas dagegen hat, wenn er kurz seinen Broker in New York anruft. Er hört sich geduldig ein paar Sätze an und unterbricht dann höflich den Bericht über die Markttendenzen. Der Anruf dauert nicht länger als zwei Minuten.

Als Nächstes ruft er den Regisseur an, den er für seinen ersten Film ausgewählt hat. Jener ist auf dem Weg zum Jachthafen, um sich dort mit dem Hauptdarsteller zu treffen – und ja, die Hauptdarstellerin, ein junges Mädchen, würde um zwei Uhr dazukommen.

Er wendet sich wieder Ewa zu. Doch sie hat offensichtlich noch immer keine Lust, sich zu unterhalten, schaut ins Leere, sieht nichts von dem, was sich außerhalb der Scheiben der Limousine abspielt. Vielleicht macht sie sich ja Sorgen, weil sie im Hotel wenig Zeit haben würde. Sie mussten sich beide schnell umziehen, um dann zu einer nicht besonders wichtigen Modenschau einer belgischen Modeschöpferin zu gehen. Er musste dieses afrikanische Model, eine gewisse Jasmine, unbedingt mit eigenen Augen sehen, denn seine Berater hatten ihm gesagt, sie sei das ideale Gesicht für seine nächste Kollektion.

Er hofft, dass das Mädchen mit dem Druck einer Veranstaltung in Cannes fertig wird. Wenn alles gut läuft, wird sie einer der Stars der Pariser Modewoche im Oktober sein.

Ewa starrt weiter aus dem Wagenfenster. Was draußen vor sich geht, ist ihr egal. Sie kennt den gutgekleideten, kreativen, kämpferischen Mann mit den sanften Umgangsformen, der an ihrer Seite sitzt, sehr gut. Sie weiß, wie sehr er sie liebt. Sie kann ihm vertrauen, braucht die schönsten Frauen der Welt, die ihn ständig umgeben, nicht zu fürchten. Er ist ein ehrlicher, hart arbeitender Mann, der etwas wagte, der schon viele Herausforderungen gemeistert hat, um heute in einer Luxuslimousine mit Chauffeur herumzufahren und seiner Frau Champagner oder ihr Lieblingsmineralwasser in einem Kristallglas anbieten zu können.

Er ist mächtig, imstande, sie vor jeder Gefahr zu beschützen, nur vor einer nicht, der schlimmsten von allen.

Vor ihrem Exehemann.

Sie möchte jetzt keinen Verdacht wecken, indem sie zu ihrem Handy greift, um die SMS noch einmal zu lesen. Außerdem kennt sie sie bereits auswendig.

›Ich habe eine Welt für dich zerstört, Katyusha.‹

Sie versteht nicht, was das bedeutet. Aber niemand sonst auf der Welt würde sie mit diesem Namen anreden.

Sie hatte Hamid liebengelernt, obwohl sie das Leben, das er führt, die Feste, auf die er geht, seine Freunde verachtet. Manchmal zweifelt sie daran, dass sie ihn wirklich liebt. Dann fällt sie in tiefe Depressionen und denkt sogar an Selbstmord. Keinen Zweifel aber hat sie daran, dass er ihre Rettung gewesen war, damals, als sie sich für immer verloren glaubte, weil sie fürchtete, ihrer Ehe nicht entkommen zu können.

Vor vielen Jahren hatte sie sich in einen Engel verliebt. Er hatte eine traurige Kindheit gehabt, war zum Heer der Sowjetunion eingezogen und in einen unsinnigen Krieg in Afghanistan geschickt worden und dann in ein Land zurückgekehrt, das sich in Auflösung befand. Dennoch hatte er es geschafft, alle Schwierigkeiten zu meistern. Er hatte hart gearbeitet. Er hatte Darlehen von zwielichtigen Menschen angenommen und anschließend schlaflose Nächte verbracht, in denen er sich fragte, wie er es anstellen sollte, ihnen das Geld zurückzuzahlen. Er hatte sich mit dem korrupten System arrangiert und gegebenenfalls auch einen Regierungsbeamten bestochen, um so die Genehmigung für ein neues Produkt zu erhalten, das die Lebensqualität seines Volkes verbessern würde. Er war idealistisch und liebenswert. Tagsüber konnte er seine Führungsrolle ganz selbstverständlich ausüben, denn das Leben hatte ihn führen gelehrt und der Militärdienst, mit einem hierarchischen System umzugehen. Nachts jedoch klammerte er sich an Ewa und bat sie, ihn zu beschützen, ihn zu beraten, für ihn zu beten, damit er den vielen Fallstricken entging, die tagtäglich auf seinem Weg ausgelegt wurden.

Ewa hatte ihm übers Haar gestreichelt, ihm versichert, alles werde gut, dass er ein guter Mensch sei und Gott immer die Gerechten belohne.

Ganz allmählich traten Chancen an die Stelle der Schwierigkeiten. Das kleine Unternehmen, das er gegründet hatte, begann zu wachsen, denn er war einer der wenigen gewesen, die in etwas investiert hatten, dem niemand in einem Land Erfolg prognostizierte, das noch immer unter veralteten und kaum funktionierenden Kommunikationssystemen litt. Die Regierung wechselte, und die Korruption nahm ab. Geld kam herein – anfangs langsam und später in großen Mengen. Dennoch vergaßen beide nie die Schwierigkeiten, die sie durchgemacht hatten, und vergeudeten nie auch nur einen einzigen Cent. Sie leisteten ihren Beitrag zu Wohltätigkeitswerken und unterstützten Veteranenvereine. Sie lebten ohne großen Luxus und träumten davon, einmal alles aufgeben und in einem Haus fern vom Trubel der Welt leben zu können. Wenn es soweit wäre, würden sie vergessen, dass sie gezwungen gewesen waren, mit Menschen ohne Würde und ethische Grundsätze Geschäfte zu machen. Sie verbrachten einen großen Teil ihrer Zeit auf Flughäfen, in Flugzeugen und Hotels, arbeiteten täglich 18 Stunden und konnten jahrelang nicht einmal ein paar Urlaubstage gemeinsam genießen.

Aber sie hatten beide den gleichen Traum: Es würde der Augenblick kommen, in dem dieser fiebrige Lebensrhythmus zu einer fernen Erinnerung werden würde. Die Narben aus dieser Zeit würden Orden aus einem Kampf sein, den sie im Namen des Glaubens und der Träume geführt hatten. Der Mensch – das hatten sie damals geglaubt – war schließlich dazu geboren worden, zu lieben und mit dem geliebten Menschen zusammenzuleben.

Die Dinge kamen ins Rollen. Sie mussten nicht mehr hinter Verträgen herlaufen, Leute wollten Verträge mit ihnen abschließen. Eine wichtige Wirtschaftszeitschrift veröffentlichte eine Coverstory über Ewas Mann, und sie wurden plötzlich zu allen wichtigen Partys eingeladen, wie königliche Hoheiten behandelt, und es kam immer mehr Geld herein.

Man musste sich an die neuen Zeiten anpassen: Sie kauften ein schönes Haus in Moskau, hatten alle nur erdenklichen Bequemlichkeiten. Die ehemaligen Geschäftspartner ihres Mannes – die ihm anfangs Geld geliehen hatten, das trotz übertrieben hoher Zinsen auf Heller und Pfennig zurückgezahlt worden war – waren aus Gründen, die Ewa nicht kannte und auch nicht kennen wollte, im Gefängnis gelandet. Von da an ließ sich Igor von Bodyguards begleiten. Anfangs nur von zweien – befreundete Veteranen aus dem Afghanistankrieg. Später, als sich die kleine Firma zu einem riesigen multinationalen Unternehmen mit Tochtergesellschaften in verschiedenen Ländern gemausert und in sieben verschiedenen Zeitzonen mit immer höheren und unterschiedlicheren Investitionen operierte, waren weitere Bodyguards hinzugekommen.

Ewa verbrachte ihre Tage in Shopping-Malls und bei Tees mit Freundinnen, bei denen immer über das Gleiche geredet wurde. Igor wollte noch höher hinaus.

Immer höher hinaus, was nicht verwunderlich war. Schließlich war er durch seinen Ehrgeiz und seine unermüdliche Arbeit dorthin gelangt, wo er jetzt stand. Wenn sie ihn fragte, ob sie nicht viel weiter gekommen wären, als sie geplant hatten, und nicht der Augenblick gekommen sei, etwas Abstand zu nehmen und ihren gemeinsamen Traum zu verwirklichen und nur die Liebe auszuleben, die sie füreinander empfanden, bat er jedes Mal um ein wenig Geduld. Damals hatte sie angefangen zu trinken. Eines Abends, als sie von einem langen Abendessen mit Freunden nach Hause kamen, bei dem viel Wodka und Wein geflossen war, hielt sie es nicht mehr aus und sagte ihm, sie könne dieses Leben nicht weiter ertragen; sie müsse etwas Sinnvolles tun, um nicht verrückt zu werden.

Igor fragte sie, ob sie mit dem, was sie hatte, nicht zufrieden sei.

»Ich bin zufrieden. Das genau ist das Problem: Ich bin zufrieden, aber du nicht. Und du wirst es niemals sein.

Du bist unsicher, hast Angst, das, was du erreicht hast, zu verlieren, du bringst es nicht fertig, aufzuhören, wenn du etwas erreicht hast. Und so zerstörst du dich, unsere Ehe und meine Liebe zu dir.«

Sie hatte immer offen mit ihrem Mann geredet. So aber noch nie. Sie war an einem Punkt angelangt, an dem sie nicht mehr weiterkonnte. Sie hatte es satt, ständig nur shoppen zu gehen, hasste die Nachmittagstees und das abendliche Warten auf ihn vor dem Fernseher.

»Sag nicht so etwas! Sag nicht, dass ich unsere Liebe zerstöre! Ich verspreche, dass wir all dies hinter uns lassen. Hab nur noch ein bisschen Geduld! Vielleicht ist ja der Augenblick gekommen, dass du selbst etwas Sinnvolles tust, denn dein Leben ist offenbar zurzeit die Hölle.«

Wenigstens erkannte er das.

»Was würdest du gern machen?«

Ja, möglicherweise lag hier der Ausweg.

»Mit Mode arbeiten. Davon habe ich immer geträumt.«

Ihr Mann hatte ihr umgehend den Wunsch erfüllt. Eine Woche später erschien er mit den Schlüsseln eines Ladens in einer der besten Shopping-Malls Moskaus. Ewa war begeistert – so bekam ihr Leben einen Sinn. Das tage- und nächtelange Warten hatte ein Ende. Sie bat Igor, ihr Geld zu leihen, und tätigte damit die notwendigen Investitionen, die den Grundstein für ihren zukünftigen Erfolg legen sollten.

Die Bankette und Partys, bei denen sie sich immer fremd gefühlt hatte, wurden plötzlich interessant für sie, denn dank der dort geknüpften Kontakte leitete sie nach zwei Jahren die beliebteste Haute-Couture-Boutique in ganz Moskau. Obwohl sie ein gemeinsames Konto hatten und Igor niemals fragte, wie viel Ewa ausgab, bestand sie darauf, ihm das geliehene Geld zurückzuzahlen. Sie begann auf der Suche nach exklusivem Design und exklusiven Labels allein zu reisen und entwickelte sich zu ihrer eigenen Überraschung zu einer ausgezeichneten Geschäftsfrau.

Igor hatte ihr alles beigebracht. Igor war das große Vorbild, dem sie folgen wollte.

Doch als alles sich zum Guten gewendet, ihr Leben einen Sinn bekommen hatte, wurde der Engel des Lichts, der sie bisher sicher geführt hatte, unberechenbar.

Sie waren in einem Restaurant in Irkutsk, nachdem sie das Wochenende in einem Fischerdorf am Baikalsee verbracht hatten. Damals hatte sein Unternehmen zwei Firmenjets und einen Hubschrauber, mit denen sie an den Wochenenden weite Reisen unternehmen konnten. Keiner von beiden beschwerte sich darüber, dass sie so wenig Zeit miteinander verbrachten, aber die langen Jahre unermüdlicher Arbeit hatten deutliche Spuren hinterlassen.

Dennoch wussten beide, dass ihre Liebe stärker als alles andere war und sie sich sicherfühlen konnten, solange sie zusammen waren.

Während des Kerzenlichtdinners betrat ein sichtlich angetrunkener Bettler das Restaurant, setzte sich unaufgefordert an ihren Tisch und versuchte, sie in ein Gespräch zu verwickeln; damit störte er die wenigen kostbaren Augenblicke, die sie fern von der Hetze in Moskau miteinander verbrachten. Eine Minute später war der Restaurantbesitzer zur Stelle, um den Bettler wegzuscheuchen, doch Igor bat ihn, nichts zu unternehmen – er werde sich der Sache schon annehmen. Der Bettler griff hoch erfreut zur Wodkaflasche, trank ein paar Schluck daraus und fing dann an, ihnen Fragen zu stellen (›Wer seid ihr? Wie kommt ihr zu Geld, wo wir hier alle in Armut leben?‹) und auf die Regierung zu schimpfen. Igor ertrug das ein paar Minuten lang.

Dann bat er Ewa, ihn kurz zu entschuldigen, packte den Mann am Arm und führte ihn hinaus – das Restaurant lag an einer Straße, die nicht einmal einen Bürgersteig hatte. Igors Bodyguards erwarteten ihn dort. Ewa beobachtete durch das Fenster, dass er nur ein paar Worte mit ihnen wechselte – wahrscheinlich etwas wie ›Bleibt hier, und behaltet meine Frau im Auge!‹ – und dann mit dem Bettler in eine kleine Querstraße ging. Ein paar Minuten später kam er lächelnd allein zurück.

»Er wird nun niemanden mehr stören«, sagte er.

Ewa sah, dass sein Blick sich verändert hatte. Er schien von einer ungeheuren Freude erfüllt zu sein, wie er sie während des ganzen gemeinsamen Wochenendes nicht gezeigt hatte.

»Was hast du getan?«

Aber Igor antwortete nicht und bestellte mehr Wodka. Gemeinsam tranken sie bis in die frühen Morgenstunden. Er strahlte und war guter Dinge, während Ewa sich die ganze Zeit fragte, was er draußen gemacht hatte: Vielleicht hatte er ja dem Mann Geld gegeben, damit dieser aus dem Elend herauskam, denn den weniger vom Glück Begünstigten gegenüber hatte er sich immer großzügig gezeigt.

Auf dem Rückweg zum Hotel sagte er plötzlich:

»Ich habe das bereits in meiner Jugend gelernt, als ich in einem ungerechten Krieg für ein Ideal gekämpft habe, an das ich selber nicht glaubte. Es ist immer möglich, dem Elend für immer ein Ende zu bereiten.«

Nein, Igor konnte nicht hier in Cannes sein, Hamid musste sich getäuscht haben. Die beiden hatten sich nur ein Mal gesehen, und zwar in dem Apartmenthaus, in dem sie in London lebten und in dem Igor plötzlich aufgekreuzt war, um Ewa anzuflehen, zu ihm zurückzukehren. Hamid hatte ihm aufgemacht, ihn aber nicht hereingelassen und gedroht, die Polizei zu rufen. Anschließend hatte Ewa sich eine Woche lang geweigert, das Haus zu verlassen und Kopfschmerzen vorgetäuscht, aber die Wahrheit war, dass sie wusste, der Engel des Lichts war zum absoluten Bösen geworden.

Sie klappt ihr Handy wieder auf und liest die SMS noch einmal.

Katyusha. Nur ein Mensch nannte sie so. Er gehörte ihrer Vergangenheit an und würde sie wahrscheinlich für den Rest ihres Lebens terrorisieren, auch wenn sie in einer geschützten Welt lebte, zu der er keinen Zutritt hatte.

Derselbe Mensch, der nach seiner Rückkehr aus Irkutsk, als wollte er sich von einem ungeheuren Druck befreien, angefangen hatte, über die Schatten zu sprechen, die seine Seele bevölkerten.

›Niemand, wirklich niemand darf unser Beisammensein stören. Wir arbeiten viel und bemühen uns, eine gerechtere, menschlichere Gesellschaft zu schaffen. Wer aber die wenige Zeit persönlicher Freiheit missachtet, die uns noch bleibt, der muss weggeschafft werden, und zwar so, dass es ihm niemals mehr in den Sinn kommt, es wieder zu tun.‹

Ewa hatte sich gefürchtet zu fragen, was dieses ›und zwar so‹ bedeutete. Sie hatte geglaubt, ihren Mann zu kennen, aber von einem Augenblick auf den anderen war ihr so, als habe ein Unterwasservulkan zu rumoren begonnen und als würden die Schockwellen des nahenden Ausbruchs sich immer weiter ausbreiten. Sie erinnerte sich an das, was Igor ihr vom Afghanistankrieg erzählt hatte, wie er sich verteidigen und aus diesem Grund auch hatte töten müssen. Doch Reue oder schlechtes Gewissen deswegen hatte sie nie in seinem Blick gesehen.

›Ich habe überlebt, darauf kommt es an. Mein Leben hätte an einem sonnigen Nachmittag zu Ende gehen können oder im Morgengrauen in den schneebedeckten Bergen oder in einer Nacht, in der wir, im Glauben, die Lage unter Kontrolle zu haben, in den Zelten Karten spielten. Und wäre ich gestorben, hätte das auf der Welt nichts verändert:

Mein Tod wäre nur ein weiterer Eintrag in der Heeresstatistik gewesen, und meine Familie hätte noch einen Orden erhalten.

Aber Jesus hat mir geholfen – ich habe immer rechtzeitig reagiert. Weil ich die schwierigsten Prüfungen bestanden habe, die ein Mensch bestehen kann, hat mir das Schicksal die zwei wichtigsten Dinge im Leben gegeben: Erfolg bei der Arbeit und den Menschen, die ich liebe.‹

Töten, um das eigene Leben zu retten, war eine Sache, eine andere war es, einen armen Trunkenbold, der ihr Abendessen unterbrochen hatte und leicht vom Restaurantbesitzer hätte entfernt werden können, ›für immer wegzuschaffen‹. Das war ihr nicht mehr aus dem Kopf gegangen. Am nächsten Morgen war sie früher als sonst in ihre Boutique gefahren und hatte nach der Arbeit noch bis spät in die Nacht zu Hause am Computer gesessen. Sie wollte unbedingt vermeiden, diese eine Frage zu stellen. Ein paar Monate lang hatte ihr das übliche Programm – Reisen, Messen, Abendessen, Treffen, Wohltätigkeitsversteigerungen – geholfen. Manchmal hatte sie sogar gedacht, sie hätte den Satz ihres Mannes damals in Irkutsk missverstanden, und sich Vorwürfe gemacht, vorschnell geurteilt zu haben.

Im Laufe der Zeit hatte die Frage an Bedeutung verloren, bis zu jener Wohltätigkeitsgala in einem der besten Restaurants in Mailand. Beide waren aus verschiedenen Gründen in der Stadt: Igor, um Einzelheiten eines Vertrages mit einer italienischen Firma zu regeln, Ewa zur Mailänder Modewoche, auf der sie für ihre Boutique in Moskau einkaufen wollte.

Was zuvor im fernen Sibirien geschehen war, wiederholte

sich in der eleganten italienischen Metropole. Ein angetrunkener gemeinsamer Bekannter setzte sich unaufgefordert an ihren Tisch und führte sich ungehörig auf. Ewa merkte, wie Igors Hand sich fest um den Messergriff schloss. Sie versuchte, den Bekannten so höflich wie möglich wegzuschicken. An dem Abend hatte sie bereits ein paar Gläser Asti spumante getrunken. Früher hatten die Italiener diesen Schaumwein ebenfalls Champagner genannt, aber wegen des markenrechtlichen Schutzes oder der kontrollierten Herkunftsbezeichnungen durften sie ihn nicht mehr so nennen. Champagner war ein Wein aus einem genau bestimmten Anbaugebiet, eben der Champagne, wo er nach einem bestimmten Herstellungsverfahren produziert wurde. Spumante war letztlich das Gleiche, nur wurde er eben nicht in Frankreich, sondern in Italien hergestellt.

Sie begannen ein Gespräch über Champagner, seine Herstellung und die Bedingungen, unter denen ein Schaumwein Champagner genannt werden durfte. Es kam Ewa sehr gelegen, um jene Frage zu verdrängen, die sich ihr plötzlich wieder mit Macht aufdrängte. Während sie sich unterhielten, trank sie weiter. Bis zu jenem Augenblick, an dem sie sich nicht mehr beherrschen konnte:

»Aber war ist denn schon dabei, wenn sich jemand ungehobelt benimmt und uns stört?«

Igors Stimme hatte plötzlich ganz anders geklungen, als er antwortete:

»Wir reisen selten zusammen. Wir verbringen so wenig Zeit miteinander. Und du weißt ja, was ich über die Welt denke, in der wir leben: Wir ersticken an unseren Lügen; wissenschaftlicher Fortschritt gilt den meisten mehr als spirituelle Werte; wir tun ständig Dinge, von denen die Gesellschaft behauptet, sie seien wichtig, und unsere Seele darbt dabei; uns ist klar, dass wir vieles von dem, was wir machen, nicht so gewollt haben, aber trotzdem sind wir außerstande, alles aufzugeben, um uns Tag und Nacht dem zu widmen, was uns wirklich glücklich macht: der Familie, der Natur, der Liebe. Warum? Weil wir uns verpflichtet fühlen, alles zu Ende zu führen, was wir begonnen haben. Um uns den Rest des Lebens einander widmen zu können, müssen wir zuerst einmal finanzielle Sicherheit erlangen. Weil wir verantwortungsbewusst handeln. Ich weiß, dass du manchmal findest, ich arbeite zu viel. Aber das stimmt nicht: Ich baue an unserer Zukunft, und bald schon sind wir frei, um zu träumen und unsere Träume zu leben.«

An finanzieller Sicherheit fehlte es ihnen wahrlich nicht. Zudem hatten sie keine Schulden und hätten sich einfach so vom Tisch erheben und die Welt verlassen können, die Igor so sehr zu verabscheuen schien. Sie hätten ein neues Leben anfangen können, ohne sich je Geldsorgen machen zu müssen. Ewa hatte das schon häufig angesprochen, aber Igor hatte immer nur entgegnet, was er gerade eben wieder gesagt hatte: Es fehlt noch ein bisschen. Immer noch ein bisschen.

Es war jetzt nicht der rechte Augenblick, über ihrer beider Zukunft zu streiten.

»Gott hat an alles gedacht«, fuhr Igor indes fort. »Wir sind zusammen, weil Gott es so wollte. Wahrscheinlich kann ich immer noch nicht ermessen, wie wichtig du tatsächlich für mich bist, aber ohne dich wäre ich nie so weit gekommen. Gott hat uns zusammengeführt und mir immer, wenn es notwendig wurde, die Kraft gegeben, dich zu verteidigen. Er hat mich gelehrt, dass alles einem festgelegten Plan folgt. Ich darf davon keinen Millimeter abweichen. Denn sonst wäre ich bereits in Kabul gestorben oder säße in Moskau im Elend.«

Aber dann hatte der Spumante oder Champagner oder wie auch immer man ihn nennen wollte, seine Wirkung gezeigt, und sie hatte die Frage gestellt:

»Was ist mit diesem Bettler in Sibirien passiert?«

Igor hatte nicht gleich gewusst, was sie meinte. Ewa erinnerte ihn an das, was damals im Restaurant vorgefallen war.

»Ich hätte gern den Rest erfahren.«

»Ich habe ihn gerettet.«

Sie hatte erleichtert aufgeatmet.

»Ich habe ihn vor einem schmutzigen, perspektivlosen Leben mit diesen dort üblichen eisigen Wintern gerettet, davor, dass sein Körper langsam vom Alkohol zerstört werden würde. Ich habe dafür gesorgt, dass seine Seele zum Licht aufsteigen konnte, weil ich in dem Augenblick, in dem er das Restaurant betrat und unser Glück störte, begriff, dass sein Geist vom Bösen besessen war.«

Ewa hatte gespürt, wie ihr Herz klopfte. Sie brauchte keine direkte Bestätigung, es war auch so klar, dass er ihn getötet hatte.

»Ohne dich existiere ich nicht. Alles, was uns trennt oder das bisschen Zeit stört, das wir gemeinsam verleben können, muss entsprechend behandelt werden.«

Oder mit anderen Worten, und vielleicht hatte er das ja sagen wollen: Jemand, der das tut, muss getötet werden. Ob das schon früher einmal passiert war, Ewa es aber einfach nicht mitbekommen hatte? Sie hatte getrunken, immer weitergetrunken, während Igor sich wieder entspannte: Da er niemandem sonst seine Seele öffnete, liebte er jedes Gespräch, das sie miteinander führten.

»Wir beide sprechen dieselbe Sprache«, fuhr er fort. »Wir sehen die Welt auf dieselbe Art. Wir ergänzen einander so vollkommen, wie es nur denen gestattet ist, die die Liebe über alles stellen. Ich sage es noch einmal: Ohne dich existiere ich nicht.

Schau dir die Angehörigen der Superklasse um uns herum an. Sie halten sich ja für so wichtig. Sie glauben, sie hätten ein soziales Gewissen, wenn sie für ein Vermögen wertlose Dinge bei Wohltätigkeitsversteigerungen erwerben, die unter dem Motto ›Rettet die Obdachlosen in Ruanda‹ oder ›Wohltätigkeitsdinner zur Rettung der Pandabären in China‹ veranstaltet werden. Für die Superklasse sind Pandas und Hungernde ein und dasselbe: Sie fühlen sich allein deshalb als etwas Besonderes, überlegen, weil sie etwas Nützliches tun. Haben sie schon einmal in einer Schlacht gekämpft? Nein! Sie schaffen die Kriege, kämpfen aber nicht in ihnen! Geht ein Krieg gut aus, ist es ihr Verdienst. Geht er schlecht aus, sind die anderen schuld. Sie lieben nur sich selber.«

»Mein Liebster, ich hätte dich gern noch etwas gefragt...«

In diesem Augenblick war der Moderator auf die Bühne gestiegen und hatte sich bei allen Anwesenden bedankt. Das gesammelte Geld werde für den Kauf von Medikamenten für Flüchtlingscamps in Afrika benutzt werden.

»Weißt du, was er verschweigt?«, hatte Igor gefragt, als hätte er ihre Worte nicht gehört. »Dass nur zehn Prozent des Betrages ihr Ziel erreichen. Der Rest wird dazu benutzt, diese Veranstaltung, die Kosten für das Dinner, die Pressearbeit, die Leute, die daran mitgearbeitet haben, zu bezahlen – besser gesagt, diejenigen, die die ›brillante‹ Idee hatten. Und der Preis, der für das alles bezahlt wird, ist ungeheuer hoch. Sie benutzen das Elend, um immer reicher zu werden.«

»Und warum sind wir dann hier?«

»Weil wir hier sein müssen. Das gehört zu meiner Arbeit. Ich habe nicht die geringste Absicht, Ruanda zu retten oder Flüchtlingen Medikamente zu schicken – aber mir ist das klar. Der Rest des Publikums benutzt sein Geld, um Gewissen und Seele von Schuld reinzuwaschen. Weißt du, während in Ruanda ein Völkermord begangen wurde, habe ich ein kleines Heer von ›Freunden‹ finanziert, das verhindert hat, dass es noch weitere zweitausend Tote im Kampf zwischen den Hutu und den Tutsi gab.«

»Davon hast du mir nie erzählt.«

»Das war auch nicht notwendig. Du weißt, dass ich mich immer um andere kümmere.«

Die Versteigerung begann mit einer kleinen Louis-Vuitton-Reisetasche. Sie wurde für das Zehnfache des Kaufpreises ersteigert. Igor hatte unbewegt zugeschaut, während Ewa noch ein Glas getrunken und sich gefragt hatte, ob sie die eine Frage, die ihr auf dem Herzen lag, stellen sollte oder nicht.

Ein Maler tanzte zu einem Song von Marilyn Monroe und bemalte dabei eine Leinwand. Die Gebote gingen hoch – man hätte sich von dem Geld eine kleine Wohnung in Moskau leisten können.

Noch einen Spumante. Ein weiteres Kunstobjekt wurde verkauft. Wieder zu einem absurden Preis.

Ewa hatte an jenem Abend so viel getrunken, dass sie ins Hotel getragen werden musste. Während Igor sie ins Bett legte, brachte sie endlich den Mut auf zu fragen:

»Wie würdest du reagieren, wenn ich dich eines Tages verlassen würde?«

»Trink nächstes Mal weniger!«

»Antworte mir!«

»Das wird niemals geschehen. Unsere Ehe ist vollkommen.«

Ewa wurde wieder nüchtern, stellte sich aber betrunkener, als sie tatsächlich war.

»Aber wenn ich es doch tun würde?«

»Dann würde ich dafür sorgen, dass du zurückkommst. Ich weiß, wie ich bekomme, was ich will. Auch wenn ich dafür ganze Welten zerstören muss.«

»Und wenn ich einen anderen Mann hätte?«

Er wirkte nicht verärgert, eher liebevoll.

»Auch wenn du mit allen Männern der Welt schlafen würdest, meine Liebe ist stärker.«

Seither war aus dem, was einmal als ein Segen begonnen hatte, ein Alptraum geworden. Ewa war mit einem Monster verheiratet, einem Mörder. Und was war das für eine Geschichte von der Finanzierung eines Söldnerheeres, um einen Stammeskrieg zu beenden? Wie viele Männer hatte Igor schon getötet, um zu verhindern, dass sie ihrer beider Ruhe störten? Er konnte natürlich den Krieg, die Traumata, die schwierigen Zeiten, die er durchgemacht hatte, ins

Feld führen; aber viele andere hatten ähnlich Schlimmes durchgemacht und hielten sich trotzdem nicht für Werkzeuge göttlicher Gerechtigkeit, die den Großen Plan erfüllten.

»Ich bin nicht eifersüchtig«, hatte Igor immer wieder gesagt, wenn einer von ihnen auf Geschäftsreise ging. »Denn du weißt, wie sehr ich dich liebe, und ich weiß, wie sehr du mich liebst. Nichts kann unser gemeinsames Leben aus dem Lot bringen.«

Sie war jetzt mehr denn je davon überzeugt: Das war keine Liebe. Das war etwas Krankes, Morbides, das sie entweder hinnehmen konnte, und dann würde sie für den Rest ihres Lebens Gefangene ihrer Angst sein; oder sie musste sich bei der erstbesten Gelegenheit befreien.

Gelegenheiten hatte es mehrere gegeben. Aber der Beharrlichste war ausgerechnet der Mann gewesen, von dem sie es am wenigsten erwartet hatte: der Couturier, der die Modewelt zum Staunen brachte, der immer berühmter und von seinem Land erheblich finanziell unterstützt wurde, damit die Welt sah, dass die »Nomadenvölker« nicht mit einer Handvoll religiös motivierter Terroristen gleichzusetzen waren. Der Mann, dem die Modewelt immer mehr zu Füßen lag.

Bei jeder Messe, auf der sie sich getroffen hatten, ließ er alles stehen und liegen, sagte sämtliche Termine ab, nur damit sie etwas Zeit in einem Hotelzimmer miteinander verbringen konnten, häufig sogar ohne miteinander zu schlafen. Sie sahen fern, aßen, Ewa trank (er rührte nie einen Tropfen Alkohol an). Sie gingen im Park spazieren, besuchten Buchhandlungen, unterhielten sich mit Wildfremden, redeten wenig über die Vergangenheit, nie über die Zukunft und viel über die Gegenwart.

Sie hatte ihm, solange sie konnte, widerstanden, war nie in ihn verliebt gewesen und war es auch jetzt nicht. Aber als er ihr vorgeschlagen hatte, alles aufzugeben und nach London zu ziehen, hatte sie sofort eingewilligt. Es war der einzige Ausweg aus ihrer privaten Hölle gewesen.

Wieder eine SMS auf ihrem Mobiltelefon. Das konnte nicht sein. Sie hatten seit Jahren keinen Kontakt mehr.

›Ich habe deinetwegen noch eine Welt zerstört, Katyusha.‹

»Wer ist das?«

»Keine Ahnung. Die Nummer wird nicht angezeigt.«

Am liebsten hätte sie gesagt: ›Ich habe wahnsinnige Angst.‹

»Wir sind fast da. Vergiss nicht, dass wir wenig Zeit haben.«

Langsam bahnt sich die Limousine ihren Weg zum Eingang des Hotel Martinez. Hinter den Absperrungen warten Menschen allen Alters den ganzen Tag und hoffen, irgendeine Berühmtheit aus der Nähe zu sehen. Sie machen Fotos mit ihren Digitalkameras, die sie im Internet in den virtuellen Communities hochladen, denen sie angehören. Wenn sie nur einen Blick auf die berühmte Schauspielerin, den bekannten Fernsehmoderator werfen dürfen, hat sich für sie das Warten schon gelohnt.

Auch wenn die Traumfabrik es nur solchen Menschen zu verdanken hat, dass sie weiter produzieren kann – näher dürfen sie ihren Stars nicht kommen. Wer ins Martinez hineinwill, muss gegenüber den an strategischen Punkten positionierten Sicherheitskräften den Nachweis erbringen, dass er entweder selbst Hotelgast oder mit einem Hotelgast verabredet ist. Dann muss er die Magnetkarte aus der Tasche ziehen, die als Zimmerschlüssel dient, oder er wird vor aller Augen weggeschickt. Wer einen Termin hat oder eine Einladung zu einem Drink an der Bar, nennt dem Sicherheitsmann seinen Namen und muss warten, bis jener mit seinem Funkgerät den Empfang angerufen und den Termin überprüft hat, und danach dauert es eine weitere Ewigkeit, bis er nach dieser öffentlichen Erniedrigung endlich eingelassen wird.

Der Fahrer und der Hotelportier öffnen die Türen des weißen Maybach. Die Kameras richten sich auf Ewa, und Fotos werden geschossen. Obwohl niemand sie kennt, ist sie, wenn sie mit einem sündhaft teuren Wagen vorfährt, automatisch jemand Wichtiges. Vielleicht die Geliebte des Mannes neben ihr – und in diesem Fall kann man die Fotos ja an irgendein Skandalblatt verkaufen. Oder, wer weiß, vielleicht ist die blonde Frau ja eine ausländische Berühmtheit, die in Frankreich noch nicht bekannt ist. Später würden sie ihren Namen in den sogenannten Society-Magazinen nachschlagen und sich freuen, dass sie in wenigen Meter Entfernung von ihr gestanden haben.

Hamid blickt auf die kleine Menschenmenge, die sich hinter der Absperrung drängt. Ihm ist das alles nicht geheuer, weil er das aus seiner Heimat nicht kennt. Ein Freund, dem er beiläufig davon erzählte, hatte gemeint:

»Glaub ja nicht, dass das immer Fans sind, die da stehen! Von Anbeginn der Zeit hat der Mensch geglaubt, dass die

Nähe zu etwas Unerreichbarem und Geheimnisvollem ihn segnet. Deshalb sind alle auf der Suche nach Gurus und unterwegs zu geheiligten Stätten.«

»In Cannes?«

»Wo auch immer, Hauptsache, eine unerreichbare Berühmtheit zeigt sich in der Ferne. Winkt sie, ist das so, als würde sie Ambrosia und Manna über den Häuptern ihrer Verehrer ausstreuen.

Denk nur zum Beispiel an die großen Popkonzerte. Sie sind letztlich auch nichts anderes als große religiöse Versammlungen. Das Publikum, das vor dem ausverkauften Theater steht und darauf wartet, dass die Superklasse hineingeht oder herauskommt, gehört ebenfalls zu diesem Phänomen. Oder die Menschenmassen, die in Fußballstadien gehen, um zuzuschauen, wie zweiundzwanzig Männer hinter einem Ball herrennen. Idole. Sie werden zu Ikonen mit einer ähnlichen Funktion wie die Bilder in der Kirche. Und sie werden in den Zimmern von Jugendlichen, von Hausfrauen und sogar in den Büros von Industriemanagern verehrt, die trotz ihrer eigenen ungeheuren Macht die Berühmten beneiden.

Es gibt nur einen Unterschied zu den Heiligen auf den Bildern in der Kirche: Bei diesen Idolen ist das Publikum der oberste Richter, der heute applaudiert und morgen etwas Schreckliches über seinen Liebling in einem Skandalblatt lesen und sich sagen möchte: ›Der arme Star. Wie gut, dass ich nicht so bin wie er.‹ Heute verehren sie ihr Idol, und morgen steinigen und kreuzigen sie es ohne das geringste Schuldgefühl.«

13 Uhr 37

Im Gegensatz zu allen anderen jungen Frauen, die an diesem Morgen zur Arbeit erschienen waren und die fünf Stunden Langeweile mit ihren iPods und Handys zu vertreiben versuchen, die sie noch vom Make-up und dem Frisieren vor der Modenschau trennen, hat Jasmine ein Buch vor sich. Ein gutes Buch mit Gedichten.

Zwei Wege trennten sich im gelben Wald,
und weil ich leider nicht auf beiden gehn
und Einer bleiben konnte, stand ich lang
und sah, so weit es ging, dem einen nach
bis dort, wo in der Dickung er verschwand.

Ich nahm den andern dann, auch der war schön
und hatte wohl noch eher Anspruch drauf:
Er war voll Gras und wollt begangen sein.
Was das betraf, so schien's, dass beide schon
vom Wandern ähnlich ausgetreten waren,

und beide lagen an dem Morgen gleich
im Laub, das noch nicht schwarz von Tritten war.
Ich ließ den ersten für ein andermal!

Wiewohl: Ein Weg führt in den nächsten Weg;
ich hatte Zweifel, je zurückzukehren.

Mit Seufzen sprech ich sicher einst davon
nach langer, langer Zeit und irgendwo:
Zwei Wege trennten sich im Wald, und ich –
ich nahm den Weg, der kaum begangen war,
das hat den ganzen Unterschied gemacht.

Sie hatte den weniger begangenen Weg gewählt. Und hatte dafür einen hohen Preis bezahlt, doch es hatte sich gelohnt. Die Dinge waren im richtigen Augenblick geschehen. Die Liebe war aufgetaucht, als sie sie am meisten brauchte – und war bis heute geblieben. Aus Liebe machte sie ihre Arbeit, mit ihr, für sie.

Besser gesagt: für ihr Liebe.

Jasmine heißt in Wirklichkeit Cristina. In ihrem Lebenslauf steht, dass Anna Dieter sie auf einer Reise durch Kenia entdeckt hätte. Näheres zu ihrem privaten Hintergrund steht dort nicht, damit man auf eine leidvolle, von Hunger geprägte Kindheit inmitten eines Bürgerkriegs schließen kann. Dabei ist Cristina trotz ihrer schwarzen Haut in der belgischen Stadt Antwerpen geboren – als Tochter von Flüchtlingen, die den ewigen Konflikten zwischen Hutus und Tutsis in Ruanda entkommen wollten.

Sie war sechzehn und half gerade ihrer Mutter, die sich als Putzfrau durchschlug, als sich ein Mann höflich an sie gewandt und sich als Fotograf vorgestellt hatte.

»Ihre Tochter ist eine einzigartige Schönheit«, sagte er. »Wäre schön, wenn sie als Model für mich arbeiten könnte.«

»Was glauben Sie, ist in der Tasche? Sachen zum Putzen! Ich arbeite Tag und Nacht, damit sie eine gute Schule besuchen und studieren kann. Sie ist erst sechzehn.«

»Das ist das beste Alter«, erwiderte der Fotograf und gab der Tochter seine Visitenkarte. »Rufen Sie mich an, falls Sie es sich anders überlegen.«

Sie putzten weiter, aber die Mutter merkte bald, dass die Tochter die Visitenkarte eingesteckt hatte.

»Glaub ihm nicht! Das ist nicht deine Welt! Die wollen alle nur mit dir ins Bett!«

Diese Bemerkung war überflüssig – obwohl die Mädchen aus Cristinas Klasse sie wegen ihres Aussehens beneideten und die Jungen alle unbedingt mit ihr ausgehen wollten, war sie deswegen nie arrogant geworden. Sie wusste, woher sie stammte und welche Grenzen ihr gesetzt waren.

Als es zum zweiten Mal passierte, traute sie wieder ihren Ohren nicht. Sie hatte gerade eine Eisdiele betreten, als eine Frau sie ansprach, ihr ein Kompliment zu ihrer Schönheit machte und sich als Modefotografin vorstellte. Cristina hatte dankend die Visitenkarte entgegengenommen und versprochen anzurufen – was sie keineswegs vorhatte, obwohl alle Mädchen in ihrem Alter davon träumten, Model zu werden.

Wenn etwas zweimal passiert, passiert es wahrscheinlich auch ein drittes Mal. Drei Monate später stand sie vor dem Schaufenster einer Boutique mit sündhaft teuren Kleidern, als der Besitzer heraustrat und sie ansprach.

»Was machst du so?«

»Was ich machen werde, sollten Sie mich fragen. Ich werde Veterinärmedizin studieren.«

»Da bist du auf dem falschen Weg. Möchtest du nicht für uns arbeiten?«

»Ich habe keine Zeit, Kleider zu verkaufen. Wenn ich kann, helfe ich meiner Mutter.«

»Es geht nicht darum, Kleider zu verkaufen. Ich hätte gern ein paar Fotos von dir mit unserer Kollektion gemacht.«

Diese Begegnungen wären nur nette Erinnerungen für ihr späteres Leben geblieben, in dem sie heiraten, Kinder bekommen und sich in ihrem Beruf und in der Liebe verwirklichen würde, wäre nicht ein paar Tage später noch etwas passiert.

Sie war mit ein paar Freunden in einer Disco, genoss das Leben und tanzte, als eine Gruppe von zehn jungen Männern grölend hereinkam. Neun von ihnen trugen mit Rasierklingen gespickte Stöcke und forderten alle brüllend auf, die Diskothek zu verlassen. Sofort brach Panik aus, die Leute stoben auseinander. Cristina wusste nicht recht, was sie tun sollte, obwohl ihr Instinkt ihr befahl, sich nicht zu bewegen und den Kopf abzuwenden.

In diesem Augenblick beobachtete sie, wie der zehnte Junge auf einen ihrer Freunde zuging, ein Messer aus der Tasche zog, ihn von hinten packte und ihm an Ort und Stelle die Kehle durchtrennte. Dann gingen die zehn wieder – während die Leute schreiend herumrannten oder sich auf den Boden setzten und weinten.

Ein paar stürzten zum Opfer, versuchten zu helfen, obwohl schnell klar war, dass es zwecklos war. Andere standen unter Schock, darunter auch Cristina. Sie kannte den ermordeten Jungen, sie kannte auch den Mörder und sogar das Motiv: ein Streit, der in einer Bar ausgebrochen war, kurz bevor sie in die Disco gegangen waren. Aber Cristina kam es so vor, als wäre alles nur ein Traum, aus dem sie bald schweißgebadet aufwachen würde. Zum Glück haben auch Alpträume ein Ende.

Aber das hier war kein Traum.

Erst ein paar Minuten später war sie wieder zu sich gekommen und hatte geschrien, jemand solle etwas tun, geschrien, sie sollten nichts machen, geschrien und geschrien, und ihre Schreie machten die anderen nur noch nervöser. Die Disco war zu einem Pandämonium geworden, die Polizei stürmte mit gezogenen Waffen herein, hinzu kamen noch Sanitäter und Kommissare, die alle jungen Leute an der Wand aufreihten, sie befragten und Ausweis, Telefonnummer und Adresse verlangten. Wer hatte das getan? Warum? Cristina brachte kein Wort heraus. Die von einem Tuch bedeckte Leiche wurde hinausgetragen. Eine Krankenschwester zwang Cristina, eine Tablette zu schlucken, und erklärte ihr, sie könne jetzt nicht mehr selber fahren, müsse ein Taxi oder ein öffentliches Verkehrsmittel nehmen, um nach Hause zu kommen.

Am nächsten Morgen klingelte in aller Frühe das Telefon. Die Mutter, die nicht zur Arbeit gegangen war, weil sie bei ihrer Tochter bleiben wollte, die völlig geistesabwesend wirkte, nahm den Hörer ab. Die Polizei wollte Cristina persönlich befragen – sie sollte sich noch am selben Vormittag in einer bestimmten Polizeiwache bei einem bestimmten Inspektor melden. Die Mutter weigerte sich. Die Polizei drohte. Am Ende hatten sie keine andere Wahl.

Sie waren pünktlich zur angegebenen Zeit erschienen. Der Inspektor wollte wissen, ob Cristina den Mörder kenne.

Sie hatte noch die Worte ihrer Mutter im Ohr: ›Sag nichts! Wir sind Immigranten, Schwarze, die Täter sind weiß, Belgier. Sobald sie aus dem Gefängnis herauskommen, werden sie hinter dir her sein.‹

»Ich weiß nicht, wer's war. Ich habe ihn noch nie gesehen.«

Als Cristina das sagte, spürte sie, wie ihr ihre ganze Lebensfreude abhandenkam.

»Selbstverständlich weißt du es!«, entgegnete der Polizist. »Hab keine Angst, dir passiert nichts! Die Gruppe wurde fast vollständig festgenommen, wir brauchen nur noch Zeugen für das Verfahren.«

»Ich weiß nicht, wie das passiert ist, ich stand nicht direkt daneben. Ich habe nicht gesehen, wer's war.«

Der Inspektor schüttelte verzweifelt den Kopf.

»Das wirst du vor Gericht wiederholen müssen«, meinte er. »Wie du sicher weißt, kommt man auch für Falschaussagen ins Gefängnis.«

Ein paar Monate später wurde Cristina zur Gerichtsverhandlung geladen. Die Jungen waren alle da. Sie hatten ihre Anwälte dabei und schienen noch immer guter Dinge zu sein. Eines der Mädchen, das auch in der Disco gewesen war, zeigte auf den Täter.

Dann war Cristina an der Reihe. Der Staatsanwalt bat sie, die Person zu identifizieren, die ihrem Freund die Kehle durchgeschnitten hatte.

»Ich weiß nicht, wer's war«, sagte sie noch einmal.

Sie war schwarz. Tochter von Immigranten. Hatte ein

Regierungsstipendium. Wochenlang hatte sie die Zimmerdecke angestarrt, hatte keine Lust zu lernen, zu gar nichts mehr Lust gehabt. Nein, die Welt, in der sie bislang gelebt hatte, gehörte ihr nicht mehr: Mit sechzehn hatte sie auf die schlimmstmögliche Weise gelernt, dass es für sie keine Sicherheit im Leben gab – wenn sie ihre Lebensfreude und ihre Kräfte wieder zurückbekommen wollte, musste sie Antwerpen unbedingt verlassen, auf Reisen gehen.

Die Jungen wurden aus Mangel an Beweisen freigesprochen – es wären zwei Zeugen notwendig gewesen, um sie zu verurteilen. Gleich nachdem sie das Gerichtsgebäude verlassen hatte, rief Cristina die Nummern auf den beiden Visitenkarten an, die die Fotografen ihr gegeben hatten, und vereinbarte einen Termin. Dann ging sie zu der Boutique, deren Besitzer sie angesprochen hatte.

Dort hieß es, der Besitzer sei verreist, er habe in ganz Europa Boutiquen und sei enorm beschäftigt und seine Telefonnummer geheim.

Zum Glück haben Fotografen ein gutes Gedächtnis. Sie wussten gleich, wen sie am Apparat hatten, und machten sofort einen Termin aus.

Zu Hause angekommen, teilte Cristina ihrer Mutter ihre Entscheidung mit. Sie bettelte nicht, versuchte nicht, ihre Mutter zu überzeugen. Cristina sagte schlicht und einfach, sie werde die Stadt für immer verlassen.

Und ihre einzige Chance dafür sei, als Model zu arbeiten.

Jasmine (Cristina) blickt noch einmal in die Runde. Noch sind es drei Stunden bis zur Modenschau, und die Models essen Salat, trinken Tee, unterhalten sich über ihre nächsten

Engagements. Sie sind aus unterschiedlichen Ländern gekommen, etwa gleich alt wie Jasmine – 19 – und haben alle nur zwei Dinge im Kopf: an diesem Nachmittag einen neuen Vertrag zu bekommen oder einen reichen Ehemann zu finden.

Cristina kennt die täglichen Pflegerituale einer jeden von ihnen: Vor dem Schlafengehen benutzen sie verschiedene Tonics, Feuchtigkeitslotionen und Cremes, um die Poren zu reinigen und die Haut geschmeidig zu erhalten, und machen sich früh von äußerlichen Wirkstoffen abhängig. Nach dem Aufwachen massieren sie den Körper mit weiteren Cremes und weiteren Feuchtigkeitslotionen ein. Sie trinken eine Tasse Kaffee ohne Zucker, essen dazu Obst mit vielen Ballaststoffen – damit die Nahrungsmittel, die sie im Laufe des Tages zu sich nehmen, den Darmtrakt schnell wieder verlassen. Sie machen etwas Gymnastik, bevor sie zur Arbeit oder auf Arbeitssuche gehen. Normalerweise machen sie nur Stretching. Fürs Training im Fitnessstudio sind sie noch zu jung, ihr Körper würde durch das Krafttraining zu männlich werden. Täglich steigen sie drei- oder viermal auf die Waage – die meisten haben sogar eine Waage im Gepäck, weil sie nicht immer in Hotels, sondern häufig in Pensionen untergebracht sind. Jedes zugenommene Gramm stürzt sie in Depressionen.

Die meisten sind zwischen 17 und 18 Jahre alt und werden deshalb von ihren Müttern begleitet. Sie sind zwar alle in jemanden verliebt, aber sie stehen nicht zu ihren Gefühlen, gestehen sie sich nicht einmal ein, denn Reisen würde dann heißen, den Liebsten zu verlassen, und wäre sehr viel schwerer erträglich. Auch darf derjenige, in den sie verliebt sind, nichts von ihren Gefühlen erfahren, denn sonst wäre er womöglich eifersüchtig und würde aus lauter Angst, seine Freundin an jemand anderen zu verlieren, erst gar keine Beziehung mit ihr haben wollen. Ja, und an Geld denken sie natürlich auch. Sie verdienen im Durchschnitt 400 Euro pro Tag, ein beneidenswert hohes Honorar für jemanden, der oft noch nicht einmal alt genug ist, um den Führerschein zu machen. Aber der Traum ist da noch nicht zu Ende. Die Mädchen wissen alle, dass sie bald schon von neuen Gesichtern, neuen Trends abgelöst werden, und wollen darum zeigen, dass sie für mehr Talent haben als nur für den Laufsteg. Sie liegen ihren Agenturen in den Ohren, ihnen Castingtermine für einen Film zu vermitteln, damit sie zeigen können, dass sie das Zeug zur Schauspielerin haben – und das ist dann der ganz große Traum.

Die Agenturen versprechen, sich darum zu kümmern, die Mädchen müssten sich nur etwas gedulden, ihre Karriere stehe ja erst am Anfang. Tatsächlich aber haben die Agenturen keinerlei Kontakte außerhalb der Modewelt. Sie verdienen einen anständigen Prozentsatz an den Honoraren der Models, stehen im Wettstreit mit anderen Agenturen, und so groß ist der Markt letztlich auch wieder nicht. Es ist besser, jetzt so viel wie möglich mitzunehmen, bevor das Model die gefährliche Altersgrenze von zwanzig überschreitet – wenn die Haut von zu vielen Cremes zerstört, der Körper von der kalorienarmen Ernährung geschwächt, das Gehirn bereits von Appetitzüglern angegriffen und der Blick leer geworden ist.

Anders als immer behauptet wird, kommen die Models für ihre Kosten selber auf – Flugticket, Hotel und die ewig gleichen Salate. Die Models, besser gesagt, diejenigen unter ihnen, die Chancen haben, auf wichtigen Modenschauen zu laufen oder in Modemagazinen zu erscheinen, werden von den Assistenten der Stylisten zu Castings eingeladen. Da stehen sie dann vor chronisch schlechtgelaunten Menschen, die die geringe Macht, die sie tatsächlich besitzen, dazu nutzen, ihre täglichen Frustrationen an den Models abzureagieren. Nie fällt auch nur ein freundliches oder ermutigendes Wort, vernichtende Kommentare wie »schrecklich!« dagegen schon eher. So geht es von einem Casting zum nächsten. Die Models hängen an ihren Mobiltelefonen wie an einem rettenden Strohhalm, als könnten diese ihnen die göttliche Erleuchtung, den Kontakt zu einer höheren Welt vermitteln, in der sich ihr Traum von Erfolg, Schönheit und Ruhm verwirklicht.

Die Eltern sind stolz auf ihre Töchter, deren Karrieren sich gut anlassen, und bereuen, anfangs gegen diese Berufswahl gewesen zu sein. Letztlich verdienen die Mädchen Geld und unterstützen die Familie. Ihre Freunde, die sie möglicherweise dann doch haben, kommen fast um vor Eifersucht, beherrschen sich aber, denn es schmeichelt ihrem Ego, mit einer aus der Modewelt zusammen zu sein. Ihre Agenten arbeiten mit zig anderen Mädchen im gleichen Alter und mit den gleichen Träumen zusammen und haben stets die üblichen ausweichenden Antworten auf die üblichen Fragen parat: ›Könnte ich nicht an der Modewoche in Paris teilnehmen?‹, ›Finden Sie nicht, dass ich genug Charisma habe, um es beim Film zu versuchen?‹ Und die Freundinnen beneiden sie insgeheim oder ganz offen.

Sie gehen zu allen Partys, zu denen sie eingeladen werden. Sie tun cool und abweisend und hoffen doch im Stillen, dass jemand diese kühle Fassade durchbricht. Älteren Männern begegnen sie mit einer Mischung aus Ekel und Faszination, denn sie wissen zwar einerseits, dass diese möglicherweise den Schlüssel zu ihrem Erfolg in der Tasche haben, möchten aber andererseits auch nicht für Edelnutten gehalten werden. Man sieht sie stets mit einem Glas Champagner in der Hand, doch das ist nur Teil des Images, das sie verbreiten wollen. Sie wissen, dass Alkohol dick machen kann, und trinken daher am liebsten Mineralwasser ohne Kohlensäure – denn Kohlensäure bläht den Magen auf. Sie haben Träume, Ideale, Würde, obwohl all das eines Tages mit den ersten Anzeichen von Cellulitis verschwinden wird.

Sie schließen einen Geheimpakt mit sich selber ab: niemals an die Zukunft zu denken. Sie geben einen Großteil ihres Verdienstes für Schönheitsprodukte aus, die ewige Jugend versprechen. Sie lieben Schuhe, aber die sind sündhaft teuer. Dennoch leisten sie sich hin und wieder ein Paar und natürlich ausgerechnet die besten und teuersten. Über Freunde gelangen sie an Kleider und Wäsche zum halben Preis. Sie leben in kleinen Wohnungen mit ihren Eltern, mit einem Bruder, der studiert, einer Schwester, die eine Ausbildung zur Bibliothekarin oder zur Wissenschaftlerin macht. Alle glauben, die Mädchen würden ein Vermögen verdienen, und pumpen sie ständig um Geld an. Und die Mädchen leihen ihnen das Geld, weil sie möchten, dass die anderen sie für wichtig, reich, großzügig und überlegen halten. Wenn sie zur Bank gehen, ist ihr Konto immer im Minus und das Limit der Kreditkarte überzogen

Sie haben Hunderte von Visitenkarten gesammelt, haben

sich mit gutangezogenen Männern getroffen, die ihnen Jobs angeboten haben, von denen sie von vornherein wussten, dass sie sie nicht bekommen würden. Sie rufen diese Männer hin und wieder an, um den Kontakt aufrechtzuerhalten, weil sie wissen, dass sie vielleicht eines Tages Hilfe brauchen könnten, auch wenn diese Hilfe etwas kostet. Alle sind schon in solche Fallen getappt. Alle haben schon von leicht erreichtem Erfolg geträumt, aber einsehen müssen, dass es so etwas nicht gibt. Und alle haben schon mit siebzehn unzählige Enttäuschungen, Verrat und Erniedrigungen hinter sich und trotzdem den Glauben nicht verloren.

Wegen der Tabletten schlafen sie schlecht. Sie hören Geschichten über Anorexie, eine in dieser Berufsgruppe weitverbreiteten Krankheit, beziehungsweise eine nervöse Störung, die durch obsessive Beschäftigung mit dem eigenen Gewicht und Aussehen hervorgerufen wird. Sie denken, ihnen würde so etwas nicht passieren, und merken nicht, wenn sich die ersten Symptome einstellen.

Sie sind aus der Kindheit direkt in diese Luxus- und Glamourwelt hinübergewechselt, ohne vorher die Jugendjahre und eine Zeit des Reifens durchgemacht zu haben. Wenn man sie nach ihren Zukunftsplänen fragt, haben alle die gleiche Antwort parat: ›Ein Studium an der Philosophischen Fakultät. Ich mache das hier nur, um später mein Studium finanzieren zu können.‹ Dabei wissen sie genau, dass das nicht stimmt. Besser gesagt, sie wissen, dass etwas an diesen Sätzen merkwürdig klingt, können es aber nicht benennen. Wollen sie wirklich ein Diplom machen? Brauchen sie das Geld wirklich, um ihr Studium zu bezahlen? Letztlich können sie sich den Luxus nicht leisten, eine Universität zu besuchen – morgens sind immer Castings, am Nachmittag Fotosessions, am frühen Abend Cocktails, Partys, auf die sie gehen müssen, um gesehen, bewundert, begehrt zu werden.

Nach außen sieht es so aus, als führten sie ein märchenhaftes Leben. Und eine Zeitlang glauben sie auch selber, dass dieses Leben die wahre Erfüllung sei. Sie besitzen fast alles, worum sie immer die anderen jungen Frauen in den Modereportagen und den Kosmetikanzeigen beneidet hatten. Mit etwas Disziplin können sie sogar etwas Geld zurücklegen. Bis sie bei der täglichen genauen Prüfung der Haut die ersten Altersanzeichen entdecken. Von dem Augenblick an wissen sie, dass es nur noch eine Frage der Zeit ist, bis der Stylist oder der Fotograf diese Zeichen auch sieht. Ihre Tage sind gezählt.

> Ich nahm den Weg, der kaum begangen war,
> das hat den ganzen Unterschied gemacht.

Anstatt ihre Lektüre wiederaufzunehmen, erhebt sich Jasmine, gießt sich ein Glas Champagner ein (das immer dasteht, aber selten getrunken wird), nimmt einen Hotdog und geht ans Fenster. Dort steht sie schweigend und schaut aufs Meer. Ihre Geschichte ist anders.

13 Uhr 46

Er wacht schweißgebadet auf. Schaut auf den Wecker auf dem Nachttisch und stellt fest, dass er nur vierzig Minuten geschlafen hat. Er ist erschöpft, aufgewühlt, in Panik. Er hatte immer geglaubt, niemandem auch nur ein Haar krümmen zu können, und jetzt hat er an diesem Morgen schon zwei Menschen getötet. Er hat nicht zum ersten Mal eine Welt zerstört, aber bisher hat er immer gute Gründe dafür gehabt.

Er hat von dem Mädchen auf der Bank am Strand geträumt. Im Traum hat sie ihn nicht verdammt, sondern gesegnet. Er hat in ihrem Schoß geweint, um Vergebung gebettelt, aber sie ist nicht darauf eingegangen. Sie hat ihm übers Haar gestrichen und ihm gesagt, er solle sich beruhigen. Olivia, die Großmütige, Vergebende. Jetzt fragt er sich, ob seine Liebe zu Ewa wert ist, was er ihretwegen tut.

Er möchte gern glauben, dass er richtig handelt. Wenn er das junge Mädchen auf seiner Seite weiß, wenn er ihr auf einer höheren, dem Göttlichen näheren Ebene begegnet und alles viel einfacher gewesen ist, als er erwartet hat, dann muss es für alles, was geschehen ist, einen guten Grund geben.

Es war nicht kompliziert gewesen, die Wachsamkeit von Javits' »Freunden« zu überlisten. Er kannte solche Leute: Sie waren nicht nur körperlich darauf vorbereitet, schnell und präzise zu reagieren, sondern auch darin geschult, sich jedes Gesicht zu merken, jede Bewegung zu registrieren, Gefahr vorauszusehen. Sie hatten bestimmt gemerkt, dass er bewaffnet war, und hatten ihn daher lange beobachtet, sich aber dann entspannt, als sie den Eindruck gewannen, dass er keine Bedrohung darstellte. Vielleicht hatten sie auch angenommen, dass er ein Kollege war, den man vorausgeschickt hatte, um das Zelt für seinen eigenen Chef einem Sicherheitscheck zu unterziehen.

Er hatte keinen Chef. Und er war eine Bedrohung. Als er hereingekommen war und entschieden hatte, wer das nächste Opfer sein würde, konnte er nicht mehr zurück – oder er hätte jede Selbstachtung verloren. Zehn Minuten später hatte er das Zelt bereits wieder verlassen und hoffte, Javits' »Freunde« würden es merken. Bei seiner Ankunft war ihm aufgefallen, dass die zum Zelt führende Rampe bewacht war, man aber unbeobachtet vom Strand hineingelangen konnte. Er war also die den Gästen des Hotels Martinez vorbehaltene Rampe hinuntergegangen, hatte die als Schlüssel dienende Magnetkarte vorgezeigt und war über den Strand ins Festzelt zurückgekehrt. Mit Schuhen durch den Sand zu gehen war nicht gerade angenehm gewesen, und Igor hatte gemerkt, wie müde er von der Reise und wie groß seine Angst war, dass sich sein Plan als undurchführbar erweisen könnte. Und da war noch die Anspannung, die er gespürt hatte, nachdem er die Welt der armen Kunsthandwerksverkäuferin zerstört und damit auch mögliche zukünftige Nachfahren verhindert hatte. Aber er durfte nicht aufgeben.

Bevor er wieder in das große Festzelt zurückkehrte, hatte er den Trinkhalm, den er vorsichtig weggesteckt hatte, aus der Tasche gezogen und die kleine Glasflasche geöffnet, die er Olivia gezeigt hatte. Im Gegensatz zu dem, was er ihr gesagt hatte, enthielt sie kein Benzin, sondern etwas ganz Unscheinbares: eine Nadel und ein Stück Korken. Mit einer Metallklinge hatte er den Korken so zugeschnitten, dass er in den Trinkhalm passte.

Die Lunchgäste waren inzwischen alle eingetroffen, gingen hin und her, verteilten Küsschen, umarmten sich, riefen sich Begrüßungen zu, hielten Cocktails in allen nur möglichen Farben, damit die Hände etwas zu tun hatten und die Wartezeit bis zur Eröffnung des Buffets überbrückt wurde, an dem sie nur maßvoll zulangen würden, denn es galt Diäten einzuhalten, die Ergebnisse von Schönheitsoperationen nicht zu zerstören, und zudem gab es am Ende des Tages noch ein Dinner, bei dem sie möglicherweise gezwungen waren, wieder etwas zu essen, obwohl sie keinen Hunger hatten.

Die meisten Gäste waren ältere Leute. Was bedeutete: Dies war eine Veranstaltung für etablierte Profis. Das Alter der Teilnehmer war ein weiterer Pluspunkt für Igors Plan, weil fast alle Brillenträger waren und ihre Brillen aus Eitelkeit nicht trugen, denn Sehschwäche wurde als Alterserscheinung angesehen. Hier mussten alle sich wie Menschen im besten Alter kleiden und aufführen, »geistig jung«, »beneidenswert fit« wirken und so tun, als würde sie nichts in ihrer Umgebung interessieren und als seien sie ganz mit eigenen Dingen beschäftigt – während sie in Wirklichkeit nur nicht genau sahen, was um sie herum vorging.

Nur zwei Gäste sahen alles und alle – Javits' »Freunde«. Diesmal aber waren sie es, die beobachtet wurden.

Igor hatte die an einem Korkstückchen befestigte Nadel in den Trinkhalm gesteckt und so getan, als würde er ihn wieder in sein Glas tauchen.

Eine Gruppe hübscher Mädchen lauschte an Javits' Nebentisch scheinbar verzückt den erstaunlichen Geschichten eines Jamaikaners. Tatsächlich machte jede Pläne, wie sie ihre Konkurrentinnen ausstechen und ihn ins Bett bekommen könnte – denn es hieß ja, dass Jamaikaner in Sachen Sex unschlagbar seien.

Igor hatte sich zu den Mädchen gestellt, den Trinkhalm aus dem Glas gezogen und die Nadel zu seinem Opfer hinübergeblasen. Er blieb nur so lange, bis er sah, dass sich Javits an den Rücken fasste. Dann ging er ins Hotel zurück, um noch etwas Schlaf zu bekommen.

Curare, das ursprünglich von den Indios in Südamerika bei der Jagd benutzt wurde, wird auch in Krankenhäusern verwendet – allerdings unter strengster Kontrolle, um durch gezielte Lähmung von Muskeln Chirurgen die Arbeit zu erleichtern. In tödlichen Dosen – wie auf der Nadelspitze, die Igor gerade abgeschossen hat –, führt Curare dazu, dass Vögel innerhalb von zwei Minuten zu Boden stürzen, Wildschweine nach einer Viertelstunde sterben und große Säugetiere wie der Mensch nach zwanzig Minuten.

Sobald Curare in den Blutkreislauf gelangt, entspannen

sich alle Nerven im Körper und hören dann nach und nach auf zu funktionieren, was zu langsamem Ersticken führt. Das Seltsamste – oder, wie einige sagen würden, Schlimmste – daran ist, dass das Opfer bewusst miterlebt, was mit ihm geschieht, sich aber nicht bewegen kann, um um Hilfe zu rufen, und auch die Lähmung nicht aufhalten kann, die allmählich seinen Körper befällt.

Falls im Urwald jemand während der Jagd einen Finger am vergifteten Pfeil verletzt, wissen die Indios, was zu tun ist: Mund-zu-Mund-Beatmung und die Gabe eines Gegengiftes aus Kräutern, die sie immer bei sich haben, da solche Unfälle häufig vorkommen. Hierzulande meinen die Rettungssanitäter in einem solchen Fall, sie hätten einen Herzanfall vor sich, und leiten die falschen Maßnahmen ein.

Igor hatte sich nicht umgeschaut, als er ins Hotel zurückging. Er wusste, dass einer der »Freunde« in diesem Augenblick den Übeltäter suchte, während der andere den Krankenwagen rief, ohne angeben zu könnnen, was passiert war. Die Sanitäter in ihren roten Westen würden mit einem Defibrillator (ein Apparat, der dem Herzen Elektroschocks versetzt) und einem tragbaren Gerät zur Aufzeichnung eines Elektrokardiogramms anrücken. Dabei wird bei einer Vergiftung mit Curare das Herz zuletzt angegriffen, es schlägt sogar noch nach dem Gehirntod weiter.

Die Rettungssanitäter würden am Herzschlag nichts Außergewöhnliches entdecken, Javits an einen Tropf hängen, in der Annahme, es handele sich um ein vorübergehendes Unwohlsein wegen der Hitze oder um eine Lebensmittelvergiftung. Gleichzeitig mussten sie die üblichen Maßnahmen einleiten, wie zum Beispiel das Anlegen einer Sauerstoffmaske. Die zwanzig Minuten würden dann schon um sein, und obwohl der Körper noch weiterlebte, würde er ohne Bewusstsein bleiben.

Ja, Igor hatte an alles gedacht. Er hatte seinen Privatjet benutzt, um in Frankreich mit einer nicht registrierten Pistole und den verschiedenen Giften einreisen zu können, die er über die tschetschenische Mafia in Moskau erhalten hatte. Jeden Schritt hatte er so sorgfältig vorbereitet wie einen Geschäftstermin. Er hatte sich im Kopf eine Liste der Arten von Opfer gemacht, die er suchen würde. Nur ein Opfer kannte er persönlich. Die anderen würden alle aus verschiedenen Gesellschaftsschichten, Altersstufen und Ländern stammen. Monatelang hatte er das Leben von Serienmördern studiert und dabei ein unter Terroristen sehr beliebtes Computerprogramm benutzt, das von den Nachforschungen, die er anstellte, keine Spuren hinterließ. Er hatte alle Maßnahmen getroffen, um nach Abschluss seiner Mission unbemerkt entkommen zu können.

Igor schwitzt. Nein, er bereut nichts – vielleicht ist Ewa diese ganze Mühe ja tatsächlich wert –, aber wenn nun das Projekt vergeblich war? Selbstverständlich muss die Frau, die er liebt, erfahren, dass er imstande ist, alles für sie zu tun, sogar dazu, Welten zu zerstören – aber lohnt es wirklich? Oder ist es in bestimmten Augenblicken notwendig, das Schicksal hinzunehmen, den Dingen ihren Lauf zu lassen und zu warten, dass die Menschen von selbst wieder vernünftig werden?

Er ist müde. Er kann nicht mehr richtig denken. Wer

weiß, vielleicht ist ja Märtyrertum besser als Mord. Sein eigenes Leben hingeben und so aus Liebe das größte Opfer zu bringen. Jesus ist dafür das beste Beispiel. Als seine Feinde ihn so besiegt an ein Kreuz genagelt sahen, dachten sie, damit wäre ihr Problem ein für alle Mal erledigt, und gingen stolz und siegesgewiss davon.

Igor ist verwirrt. Sein Plan ist, Welten zu zerstören, und nicht, sein Leben und seine Freiheit aus Liebe zu opfern. In seinem Traum hatte Olivia wie eine Mater dolorosa ausgesehen; die Jungfrau Maria mit ihrem Sohn in den Armen, stolz und leidend zugleich.

Igor geht ins Bad, hält den Kopf unter das kalte Wasser der aufgedrehten Dusche. Vielleicht liegt es ja am Schlafmangel, am fremden Ort oder an der Tatsache, dass er seinen Plan – von dem er nie gedacht hatte, dass er ihn angehen würde – bereits umsetzt. Er erinnert sich an das vor den Reliquien der heiligen Magdalena in Moskau abgelegte Gelübde. Aber tut er das Richtige? Er braucht ein Zeichen.

Die Opferung. Ja, er hätte daran denken sollen, aber vielleicht hatte ihn die Erfahrung der zwei an diesem Vormittag zerstörten Welten überhaupt erst klarer sehen lassen. Die Erlösung durch völlige Hingabe an die Liebe. Sein Körper wird dem Gericht übergeben werden, denn die Richter beurteilen nur die Taten, nicht aber die Absichten und Beweggründe, die hinter jeder von der Gesellschaft für »verrückt« gehaltenen Handlung stecken. Jesus (der versteht, dass die Liebe jedes Opfer verdient) wird seinen Geist empfangen und Ewa seine Seele. Sie wird verstehen, wozu er fähig ist: völlige Hingabe, Selbstauslöschung, und all das für eine einzige Person. Er wird nicht zum Tode verurteilt werden, da die Guillotine in Frankreich vor vielen Jahrzehnten abgeschafft worden ist, aber er wird wahrscheinlich viele Jahre hinter Gittern verbringen müssen. Ewa wird ihre Sünden bereuen. Sie wird ihn im Gefängnis besuchen, ihm Essen bringen, sie werden Zeit haben, miteinander zu reden, nachzudenken, Zeit haben zu lieben – auch wenn ihre Körper einander nicht berührten, würden ihre Seelen einander näher sein als je zuvor. Auch wenn sie lange darauf warten müssten, endlich in dem Haus zu leben, das er vorhat, am Baikalsee zu bauen – diese Wartezeit würde sie läutern und segnen.

Ja, die Opferung. Igor dreht den Duschhahn zu, betrachtet einen Augenblick lang sein Gesicht im Spiegel und sieht nicht sich selber, sondern das Lamm Gottes, das bald erneut geopfert werden wird. Igor zieht sich wieder an, geht hinunter auf die Straße bis zu der Stelle, an der Olivia gesessen hatte, und wendet sich an den erstbesten Polizeibeamten.

»Ich habe das Mädchen getötet, das hier seinen Stand hatte.«

Der Polizist sieht den Mann an, der zwar gut gekleidet ist, aber zerzaustes Haar und tiefe Ringe unter den Augen hat.

»Meinen Sie das Mädchen, das hier Kunsthandwerk verkauft hat?«

Igor nickt. Ja.

Der Polizist ist mit den Gedanken woanders. Er begrüßt ein Paar, das mit Tüten beladen aus dem nahe gelegenen Supermarkt kommt.

»Sie sollten jemanden einstellen, der Ihnen tragen hilft!«

»Wenn Sie das Gehalt zahlen«, entgegnet die Frau lächelnd. »Außerdem ist es unmöglich, hier Personal zu finden.«

»Sie tragen jede Woche einen neuen Brillantring am Finger, am Geld wird es vermutlich nicht scheitern.«

Igor versteht das Ganze nicht. Er hat gerade einen Mord gestanden.

»Haben Sie nicht gehört, was ich gesagt habe?«

»Es ist sehr heiß. Schlafen Sie ein wenig, ruhen Sie sich aus, Cannes hat seinen Besuchern sehr viel zu bieten.«

»Aber das Mädchen?«

»Kannten Sie sie?«

»Ich hatte sie vorher noch nie gesehen. Sie war heute Morgen hier. Ich –«

»... Sie haben den Krankenwagen kommen sehen, jemanden, der weggetragen wurde. Ich verstehe. Und sie haben daraus gefolgert, dass das Mädchen ermordet wurde. Ich weiß nicht, woher Sie kommen, ich weiß nicht, ob Sie Kinder haben. Aber seien Sie vorsichtig mit Drogen! Es heißt immer, sie seien gar nicht so schlimm, und sehen Sie, was mit der armen Tochter der Portugiesen passiert ist.«

Und damit geht der Polizist, ohne Igors Antwort abzuwarten, davon.

Igor hätte nicht lockerlassen sollen, Einzelheiten nennen. Vielleicht hätte ihn der Polizist dann ernst genommen. Natürlich war es unmöglich, jemanden am helllichten Tage auf der Strandpromenade von Cannes umzubringen. Er hätte auch gern etwas über die andere Welt gesagt, die bei dieser gutbesuchten Party erloschen war.

Aber der Gesetzeshüter hatte ihn nicht anhören wollen. In was für einer Welt lebte er eigentlich? Musste er erst die

Pistole ziehen und in alle Richtungen schießen, damit man ihm glaubte? Musste er sich wie ein blindwütiger Barbar aufführen, bis man ihm endlich zuhörte?

Igor sieht dem Polizisten nach, der die Straße überquert und einen Imbiss betritt. Er beschließt, noch ein wenig zu bleiben für den Fall, dass der Polizist es sich anders überlegt, vielleicht weil er von der Wache irgendeine Information erhalten hat und nun mit Igor reden will, um Näheres über den Mord zu erfahren.

Aber Igor ist sich ziemlich sicher, dass das nicht geschehen wird. Ihm fällt die Bemerkung des Polizisten über den Brillanten am Finger der Frau wieder ein. Wusste der Polizist überhaupt, woher der Diamant kam? Selbstverständlich nicht! Denn hätte er es gewusst, hätte er die Frau mit auf die Wache genommen und sie beschuldigt, Diebesgut zu besitzen.

Die Frau dachte natürlich, dass der Diamant wie durch ein Wunder in einem Luxusgeschäft aufgetaucht wäre, nachdem er – wie die Verkäufer immer sagten – von holländischen oder belgischen Spezialisten geschliffen worden und von Diamanthändlern nach Farbe, Schliff, Reinheit, Gewicht und Form klassifiziert worden sei. Der Preis eines Steines, der für die meisten Sterblichen sowieso schon unglaublich hoch war, konnte je nach Klassifizierung bei gleichem Gewicht um mehrere Tausend Euro differieren.

Diamanten. Brillanten, wenn man sie so nennen will. Wie jeder weiß, ein einfaches Stück Kohle, das Hitze und Zeit bearbeitet hatten. Da es nichts Organisches enthält, kann man unmöglich feststellen, wie lange es gedauert hat, bis das Stück Kohle seine Struktur veränderte, Schätzungen von

Geologen zufolge zwischen dreihundert Millionen und einer Milliarde Jahren. Zumeist entstehen Diamanten in 150 Kilometern Tiefe, aus der sie ganz allmählich aufsteigen, bis sie abgebaut werden können.

Der Diamant ist das widerstandsfähigste, härteste von der Natur geschaffene Material und kann selbst nur von einem anderen Diamanten zerschnitten oder geschliffen werden. Die Überreste des Schliffs werden in der Industrie in Schleif- und Poliermaschinen gebraucht. Aber hauptsächlich dient der Diamant als Schmuckstück. Er ist der höchste Ausdruck menschlicher Eitelkeit.

Vor ein paar Jahrzehnten, als sich die Welt verstärkt praktischen und der sozialen Gerechtigkeit dienenden Dingen zuzuwenden schien, verschwanden Diamanten weitgehend vom Markt. Bis die größte Minengesellschaft der Erde mit Sitz in Südafrika beschloss, eine der weltbesten Werbeagenturen zu engagieren. Mitglieder der Superklasse trafen sich mit anderen Mitgliedern der Superklasse, es wurden Marktuntersuchungen durchgeführt, und das Ergebnis war ein aus drei Worten bestehender Satz:

›Diamanten sind ewig.‹

Und damit war das Problem gelöst. Die Juweliere fingen an, mit diesem Slogan zu arbeiten, und die Industrie erblühte aufs Neue. Wenn Diamanten ewig sind, dann gibt es nichts Besseres, womit sich Liebe auszudrücken lässt, die ja theoretisch auch ewig währt. Nichts hob die Mitglieder der Superklasse besser von den Milliarden anderer Erdbewohner ab als die Diamanten, mit denen sie sich schmücken. Die Nachfrage nach den Steinen nahm zu, die Preise stiegen. Nicht lange, da tauchten unter den Diamanten der südafrikanischen Gruppe, die bis dahin die Regeln des internationalen Marktes diktiert hatte, sogenannte Blutdiamanten auf.

Igor weiß, wovon er spricht. Als er die Armee aufbaute, die einen blutigen Stammeskonflikt in Afrika beenden sollte, hatte sich dies als äußerst schwierige Aufgabe erwiesen. Aber er stand dazu, denn er hatte mit Hilfe von Diamanten viele Leben gerettet, wenngleich das in seiner Biografie nie erwähnt werden wird. Ewa gegenüber hatte er es einmal bei irgendeinem Abendessen kurz angedeutet, aber nicht weiter darüber reden wollen. Wenn man Gutes tut, soll die linke Hand nicht wissen, was die rechte tut.

Dieser Polizist, der einen Mörder nicht ernst nimmt, der seine Tat gesteht und gleichzeitig den Brillantring am Finger einer Toilettenpapier und Reinigungsmittel schleppenden Frau bewundert, hat seinen Beruf verfehlt. Er weiß nicht, dass jene überflüssige Industrie etwa 50 Milliarden Dollar im Jahr umsetzt, ein riesiges Heer von Minen- und Transportgeschäften, privaten Sicherheitsgesellschaften, Großhändlern und Einzelhändlern in Luxusboutiquen beherrscht. Er weiß nicht, dass so ein Brillant in einem Schmuckstück aus dem Schlamm kommt und Blut an ihm klebt. Schlamm, in dem der Arbeiter sein Leben lang den Stein sucht, der ihm endlich den ersehnten Reichtum bringen soll. Ein Stein, der ihm zwanzig Dollar einbringt, wird den Käufer am Ende zehntausend Dollar kosten. Aber der Arbeiter ist zufrieden, weil dort, wo er lebt, die Menschen weniger als fünfzig Dollar im Jahr verdienen und fünf Steine schon für ein wenig Glück im Leben reichen. Einem kurzen Leben, da die Arbeitsbedingungen denkbar schlecht sind.

Die Steine gelangen in die Hände anonymer Käufer und von dort zu Söldnerheeren und Privatarmeen in Liberia, im Kongo oder in Angola. Dort begibt sich dann ein Mittelsmann zu einem Landeplatz, der von illegalen, bis an die Zähne bewaffneten Soldaten bewacht wird. Ein Flugzeug kommt, ein Mann im Anzug steigt mit einem Köfferchen aus und wird von einem Mann in Hemdsärmeln begrüßt. Die Begrüßung ist kühl. Der Mittelsmann in Hemdsärmeln übergibt dem Mann im Anzug kleine Päckchen. Diese kleinen Päckchen sind, möglicherweise aus Aberglauben, mit getragenen Strümpfen umwickelt.

Der Mann im Anzug zieht eine Speziallupe aus der Tasche, klemmt sie sich in sein linkes Auge und beginnt, die Steine einzeln zu überprüfen. Nach anderthalb Stunden hat er eine genaue Vorstellung von der Qualität der Steine; dann holt er eine elektronische Präzisionswaage aus seinem Koffer und schüttet den Inhalt der Strümpfe in die Waagschale. Auf einem Blatt Papier stellt er ein paar Berechnungen an. Danach werden die Diamanten zusammen mit der Waage in den Koffer gepackt, der Mann im Anzug gibt den bewaffneten Sicherheitskräften ein Zeichen, und fünf oder sechs von ihnen steigen wieder ins Flugzeug. Sie entladen große Kisten, die auf der Landepiste zurückbleiben, während das Flugzeug wieder abhebt. Das Ganze hat nicht mehr als einen halben Tag gedauert.

Die großen Kisten werden geöffnet. Präzisionsgewehre, Antipersonenminen, Kugeln, die beim ersten Aufprall explodieren und zig kleine tödliche Metallkugeln freigeben. Die Waffen werden den Söldnern und Soldaten übergeben, und bald kommt es zum nächsten, unvorstellbar grausamen

Staatsstreich. Ganze Volksstämme werden hingemordet, Kinder verlieren wegen der Streumunition Arme und Beine, Frauen werden vergewaltigt. Währenddessen bearbeiten Tausende von Kilometern entfernt – üblicherweise in Antwerpen oder Amsterdam – ernste Männer hingebungsvoll die Steine, zerteilen sie, begeistert von der eigenen Geschicklichkeit, fasziniert von dem Blitzen, das von jeder neuen Facette dieses Stückchens Kohlenstoff ausgeht. Ein Diamant schneidet den Diamanten.

In einem Teil der Welt schreien Frauen verzweifelt unter rauchbedecktem Himmel, in einem anderen fällt der Blick aus hell erleuchteten Räumen auf schöne alte Häuser.

Im Jahr 2002 prangerte eine UN-Resolution den Verkauf von Diamanten aus Kriegsgebieten an. 2003 wurde der Kimberley-Prozess in Gang gesetzt, bei dem es darum ging, die Herkunft der Steine zurückzuverfolgen und Juwelieren zu verbieten, Steine aus Konfliktgebieten zu kaufen. Eine Zeitlang kehrten die respektablen europäischen Diamantschleifer zum südafrikanischen Monopolisten zurück, um Steine zu kaufen. Doch dann wurden neue Mittel und Wege gefunden, um einen Diamanten »offiziell« zu machen, und die Resolution wurde zur Farce, die lediglich Politikern ermöglichte, sagen zu können, »dass sie etwas gegen die Blutdiamanten« tun.

Vor fünf Jahren hatte Igor Steine gegen Waffen getauscht, eine kleine Privatarmee geschaffen, um einem blutigen Konflikt im Norden Liberias zu beenden, was ihm gelungen war – nur die Mörder wurden getötet. Die Diamanten wurden an Juweliere in Amerika verkauft, die keine indiskreten Fragen stellten, und anschließend kehrte in die kleinen Dörfer wieder Frieden ein. Wenn die Gesellschaft nichts tut, um dem Verbrechen Einhalt zu gebieten, hat der Mensch das Recht, das selber in die Hand zu nehmen.

Vor ein paar Minuten hatte er es in die Hand genommen, sich der Polizei zu stellen. Trotzdem würde es wie üblich heißen:

»Wir tun alle Menschenmögliche, um den Mörder zu finden.«

Sollen sie nur. Das stets großzügige Schicksal hatte ihm den Weg gewiesen, den er gehen musste. Selbstaufopferung war nicht genug. Letztlich würde Ewa unter seiner Abwesenheit leiden, sie würde niemanden haben, mit dem sie in den langen Nächten und nimmer endenden Tagen reden könnte, in denen sie auf seine Freilassung wartete. Sie würde jedes Mal weinen, wenn sie sich vorstellte, wie er frierend auf die weißen Gefängniswände starrte. Und wenn die Zeit gekommen war, endlich zum Haus am Baikalsee aufzubrechen, würde das Alter ihnen wahrscheinlich nicht mehr erlauben, all die Abenteuer zu erleben, die sie gemeinsam geplant hatten.

Der Polizist kommt aus dem Imbiss heraus zurück zu ihm.

»Sind Sie immer noch hier? Haben Sie sich verlaufen? Brauchen Sie Hilfe?«

»Nein, danke.«

»Sie sollten meinem Rat folgen und sich ausruhen. Um diese Zeit kann die Sonne ziemlich gefährlich sein.«

Igor kehrt ins Hotel zurück, duscht, bittet die Dame an der Rezeption, ihn um 16 Uhr zu wecken – er würde so ausreichend Zeit zum Ausruhen haben, um wieder die notwendige geistige Klarheit zu erlangen und nicht solchen Unsinn zu machen wie vorhin, als er seine Pläne fast aufgegeben hätte.

Er ruft im Restaurant an und reserviert einen Tisch auf der Terrasse. Er würde nach dem Aufwachen dort gern ungestört einen Tee trinken. Dann schaut er an die Decke und wartet auf den Schlaf.

Egal, woher die Diamanten kommen, Hauptsache, sie funkeln.

In dieser Welt war nur die Liebe von Belang. Alles andere war nebensächlich. Igor spürt wie schon oft in seinem Leben ein Gefühl vollkommener Freiheit. Die Verwirrung legt sich allmählich, die Klarheit kehrt zurück.

Er hatte sein Schicksal in Jesu Hände gelegt. Jesus hatte entschieden, dass er seine Mission fortsetzen sollte.

Igor schläft ohne das geringste Schuldgefühl ein.

13 Uhr 55

Gabriela geht langsam zum angegebenen Treffpunkt. Sie muss ihre Gedanken ordnen, sich beruhigen. Jetzt können nicht nur ihre geheimsten Träume, sondern auch ihre finstersten Alpträume Wirklichkeit werden.

Ihr Handy klingelt. Es ist eine SMS von ihrer Agentin:

»HERZLICHEN GLÜCKWUNSCH.
AKZEPTIERE ALLES. XXX.«

Gabriela schaut auf die Menge, die ziellos auf der Croisette auf und ab zu gehen scheint. Sie hat ein Ziel! Sie ist nicht eine dieser Abenteuerinnen, die nach Cannes kommen und überhaupt nicht wissen, wo sie anfangen sollen. Sie hat einen soliden Lebenslauf, respektable Berufserfahrung, hat niemals versucht, ihre körperlichen Reize auszuspielen, um an ihr Ziel zu gelangen. Sie war begabt! Deshalb hatte man sie für das Treffen mit dem berühmten Regisseur ausgewählt – sie hatte es ohne fremde Hilfe geschafft, ohne aufreizend angezogen zu sein, ohne vorab ihre Rolle studieren zu können.

Selbstverständlich würde der Regisseur das alles in Betracht ziehen.

Sie geht in einen Imbiss – heute hat sie noch überhaupt

nichts gegessen –, und mit dem ersten Schluck Kaffee werden ihre Gedanken realistischer.

Warum war ausgerechnet sie ausgewählt worden?

Was für eine Rolle würde sie in dem Film überhaupt spielen?

Und wenn nun Mr. Gibson, wenn er das Video sah, feststellte, dass sie doch nicht die Richtige war?

›Beruhige dich! Du hast nichts zu verlieren!‹, versucht sie sich einzureden. Doch ihre innere Stimme lässt nicht locker:

›Du stehst vor der einzigen Chance deines Lebens.‹

Es gibt nicht nur eine einzige Gelegenheit, das Leben gibt einem immer noch eine weitere Chance. Doch die Stimme beharrt weiter:

›Das mag sein. Aber wie viel Zeit bleibt dir noch? Du weißt doch, wie alt du bist!‹

Selbstverständlich. Fünfundzwanzig Jahre, und das ist schon ziemlich alt, auch für Schauspielerinnen, die sich redlich bemühen … usw.

Solche Gedanken kann sie jetzt überhaupt nicht brauchen. Sie bezahlt das Sandwich und den Kaffee und geht zum Kai. Sie zwingt sich, optimistisch zu sein, rekapituliert im Kopf die Regeln des positiven Denkens, an die sie sich noch erinnern kann.

›Wenn du an den Sieg glaubst, wird der Sieg an dich glauben.‹

›Nimm die Herausforderung an, riskiere alles! Weise alles von dir, was dir eine bequeme Welt verheißt!‹

›Talent ist eine universelle Gabe. Aber es braucht viel Mut, um es zu benutzen. Habe keine Angst, die Beste zu sein.‹

Es reicht nicht, sich die Worte der großen Meister vorzusagen, man muss auch den Himmel um Hilfe bitten. Sie beginnt zu beten, wie immer, wenn sie Angst hat. Sie hat das Gefühl, ein Gelübde ablegen zu müssen, und verspricht Gott, von Cannes zu Fuß bis zum Vatikan zu gehen, falls sie die Rolle bekommt.

Falls der Film überhaupt gedreht wird.

Falls er ein Welterfolg wird.

Nein, es reicht, in einem Film von Gibson mitzumachen, denn das würde andere Regisseure und Produzenten auf sie aufmerksam machen. Wenn das geschieht, würde sie die versprochene Wallfahrt machen.

Sie kommt am Treffpunkt an, schaut auf das Meer und liest noch einmal die SMS ihrer Agentin. Wenn ihre Agentin schon Bescheid weiß, dann muss es wirklich ernst sein. Aber was bedeutet AKZEPTIERE ALLES? Mit dem Regisseur schlafen? Mit dem Hauptdarsteller? Das hat sie zwar noch nie gemacht, aber jetzt ist sie zu allem bereit. Und wer träumt nicht davon, mit einem Filmstar zu schlafen?

Gabriela schaut wieder aufs Meer. Sie hätte in ihrem Apartment vorbeigehen und sich umziehen können. Aber sie ist abergläubisch: Wenn sie es in Jeans und weißem T-Shirt bis an diesen Anleger geschafft hat, dann sollte sie mit dem Umziehen mindestens bis zum Abend warten. Sie lockert den Gürtel, setzt sich im Lotussitz hin und macht Atemübungen. Sie atmet langsam, und Körper, Seele und Geist werden wieder eins.

Sie sieht das Boot herankommen. Ein Mann springt heraus, spricht sie an:

»Gabriela Sherry?«

Sie nickt. Der Mann bittet sie, ihm zu folgen. Sie steigen

ins Boot, fahren an Jachten aller Arten und Größen vorbei. Der Mann spricht nicht mit ihr, vielleicht stellt er sich vor, was in den Kabinen dieser Schiffe vor sich geht und wie schön es wäre, so eines zu besitzen. Gabriela zögert. Sie hat so viele Fragen und Zweifel. Ein freundliches Wort, und der Unbekannte könnte ihr Verbündeter werden, ihr Tipps geben, wie sie sich verhalten soll. Aber wer ist er überhaupt? Hat er irgendeinen Einfluss auf Gibson, oder ist er nur ein kleiner Angestellter, der unbekannte Schauspielerinnen abholen und zum Chef bringen muss?

Besser nichts sagen.

Fünf Minuten später machen sie an einem riesigen weißen Schiff fest. Am Bug liest sie den Namen: Santiago. Ein Matrose kommt die Gangway herunter und hilft ihr an Bord. Sie gehen durch den großen Salon, der offensichtlich für eine große Party am Abend vorbereitet wird, gehen weiter bis zum vorderen Teil des Schiffs, wo es einen kleinen Pool, zwei Tische mit Sonnenschirmen und ein paar Liegestühle gibt. Dort sitzen Gibson und der berühmte Filmschauspieler und genießen die Nachmittagssonne.

›Es würde mir bei keinem etwas ausmachen, mit ihm zu schlafen!‹, gesteht sie sich lächelnd. Gabriela fühlt sich zuversichtlicher, obwohl ihr Herz jetzt schneller schlägt.

Der berühmte Filmschauspieler mustert sie von Kopf bis Fuß und lächelt ihr freundlich und aufmunternd zu. Gibson erhebt sich, grüßt sie mit festem Händedruck, holt einen Stuhl vom Nebentisch und bittet sie, sich zu setzen.

Er ruft jemanden an, bittet, mit einem Hotelzimmer verbunden zu werden. Er wiederholt die Nummer, während er Gabriela anschaut.

Genau, wie sie es sich vorgestellt hatte. Ein Hotelzimmer.

Er legt auf.

»Von hier aus begeben Sie sich bitte direkt in diese Suite im Hilton. Dort sind die Kleider von Hamid Hussein ausgestellt. Heute Nacht sind Sie zu einem Fest in Cap d'Antibes eingeladen.«

Das hatte sie nicht erwartet. Sie hatte die Rolle! Und war zu einem Fest in Cap d'Antibes eingeladen, in *Cap d'Antibes*!

Gibson wendet sich an den Filmstar.

»Wie finden Sie sie?«

»Wollen wir uns nicht erst einmal anhören, was sie uns zu sagen hat?«

Gibson nickt und macht eine Geste, die wohl besagen soll: ›Erzählen Sie etwas über sich!‹ Gabriela beginnt mit dem Schauspielunterricht, den Werbespots, in denen sie aufgetreten ist. Sie bemerkt, dass beide überhaupt nicht zuhören; wahrscheinlich haben sie die gleiche Geschichte schon tausendmal gehört. Dennoch kann sie nicht aufhören, sie redet immer schneller, findet, dass sie nichts mehr zu sagen hat. Die Chance ihres Lebens hängt von einem richtigen Wort ab, das ihr einfach nicht einfällt. Sie atmet tief durch und tut so, als wäre sie ganz entspannt. Sie möchte originell sein und scherzt, kann sich aber nicht von den Sätzen lösen, die ihr ihre Agentin für solche Situationen eingetrichtert hat.

Nach zwei Minuten unterbricht Gibson sie.

»Großartig, das wissen wir alles schon aus Ihrem Lebenslauf. Warum sprechen Sie nicht über sich selber?«

Plötzlich bricht eine innere Sperre auf. Anstatt in Panik zu geraten, ist ihre Stimme jetzt ruhig und fest.

»Ich bin nur eine von Millionen von Menschen auf dieser Welt, die immer schon davon geträumt haben, auf einer solchen Jacht zu sein und über die Möglichkeit zu reden, mit wenigstens einem von Ihnen zu arbeiten. Und das wissen Sie beide. Außerdem glaube ich, dass ich nichts sagen könnte, was irgendetwas ändern würde. Ob ich ledig bin? Ja. Wie bei den meisten ledigen Frauen gibt es auch in meinem Leben einen Mann, der unsterblich in mich verliebt ist und in Chicago auf mich wartet und gerade jetzt, in diesem Augenblick, die Daumen drückt, dass möglichst alles schiefgeht.«

Die beiden Männer lachen. Gabriela entspannt sich noch etwas.

»Ich will kämpfen, um mein Menschenmögliches zu erreichen, obwohl ich weiß, dass ich fast an der Grenze meiner Möglichkeiten angelangt bin, weil mein Alter nach den Gesetzen des Filmgeschäfts bereits anfängt, ein Problem zu sein. Ich weiß, dass es viele Menschen gibt, die genauso begabt oder noch begabter sind als ich. Ich wurde ausgewählt, warum und wozu, weiß ich allerdings nicht genau. Aber ich habe beschlossen, die Chance zu nutzen, die Sie mir bieten, vielleicht ist es ja meine letzte. Vielleicht mindert die Tatsache, dass ich das ausspreche, gerade meinen Wert, doch ich habe keine andere Wahl. Ich habe mein ganzes Leben davon geträumt, bei einem Casting ausgewählt zu werden und mit echten Profis arbeiten zu können. Jetzt könnte es so weit sein. Sollte es nach diesem Treffen nicht weitergehen, sollte ich mit leeren Händen nach Hause zurückkehren, so weiß ich wenigstens, dass ich gekämpft und es zwei Eigenschaften zu verdanken habe, überhaupt so weit gekommen zu sein: Integrität und Beharrlichkeit. Ich bin meine eigene beste Freundin und meine ärgste Feindin. Auf dem Weg hierher habe ich mir gesagt, dass ich diese Chance nicht verdiene und dass Sie wahrscheinlich die Falsche ausgewählt haben. Gleichzeitig sagte mir mein Herz, dass ich dafür belohnt worden bin, dass ich beharrlich gekämpft und nicht aufgegeben habe.«

Gabriela wendet den Blick ab und spürt, wie Tränen in ihr aufsteigen. Doch sie beherrscht sich, denn Tränen könnten als emotionaler Erpressungsversuch gedeutet werden. Die schöne Stimme des Filmstars unterbricht die Stille.

»Wie in jeder Industrie gibt es auch im Filmgeschäft ehrliche Menschen, die professionelle Arbeit schätzen. Deshalb bin ich da, wo ich heute stehe. Und das Gleiche gilt auch für unseren Regisseur. Was Sie eben durchmachen, habe ich ebenfalls durchgemacht. Wir beide wissen, wie Sie sich fühlen.«

Ihr ganzes Leben läuft vor ihrem inneren Auge ab. All die Jahre, in denen sie erfolglos gesucht hat, an Türen geklopft, die sich nicht öffneten, gefragt hat, ohne eine Antwort zu erhalten. Bis heute hat sie nur Gleichgültigkeit erfahren, als würde sie gar nicht existieren. All die Absagen, die sie bekommen hat, obwohl sie doch zumindest eine Chance verdient gehabt hätte.

›Ich darf jetzt nicht weinen!‹, sagt sie sich.

Sie denkt an all die Menschen, die ihr gesagt hatten, sie würde einem unerfüllbaren Traum nachjagen, und die, wenn sie am Ende doch Erfolg hätte, sagen würden: ›Ich hab's ja immer gewusst, dass du begabt bist!‹ Ihre Lippen zittern, ihre Gefühle lassen sich nicht länger zurückhalten. Sie ist froh, den Mut gehabt zu haben, sich menschlich und schwach zu zeigen und auch, wie sehr es ihrer Seele gut getan hat, ausgewählt worden zu sein. Sollte Gibson jetzt seine Wahl bereuen, könnte sie ohne Bedauern das Boot zurück zum Anleger nehmen. Sie hatte im Augenblick des Kampfes Mut bewiesen.

Sie ist von anderen abhängig. Sie hat lange gebraucht, um das zu begreifen, aber jetzt hat sie es endlich akzeptiert. Gabriela kennt Menschen, die stolz auf ihre emotionale Unabhängigkeit sind, obwohl sie in Wahrheit ebenso zerbrechlich sind wie sie und heimlich weinen, aber niemals um Hilfe bitten. Diese Menschen glauben, dass »die Welt den Starken gehört« und dass nur »der Fähigste überlebt«. Wäre das tatsächlich so, gäbe es die Menschheit überhaupt nicht, denn sie ist eine Spezies, deren Nachkommen lange beschützt werden müssen. Ihr Vater hatte ihr einmal erzählt, dass der Mensch erst im Alter von neun Jahren die Fähigkeit erlangt, allein zu überleben, während eine Giraffe nur fünf Stunden braucht und eine Biene in weniger als fünf Minuten so weit ist.

»Woran denken Sie gerade?«, fragt der Filmstar.

»Dass ich nicht so tun muss, als wäre ich stark, und dass mich das sehr erleichtert. Ich habe in meinem Leben immer wieder Beziehungsprobleme gehabt, weil ich dachte, ich wüsste besser als alle anderen, wie ich mein Ziel erreichen könnte. Meine Liebhaber fanden mich immer wieder unmöglich, und ich wusste nicht, wieso. Als wir mit irgendeinem Stück auf Tournee waren, bekam ich eine schlimme

Grippe, die mich ans Bett fesselte, sosehr ich mich auch dagegen wehrte, weil mich der Gedanke erschreckte, jemand anders könnte meine Rolle übernehmen. Ich konnte nichts essen, hatte Fieberdelirien; ein Arzt wurde gerufen, der mich nach Hause schickte. Ich glaubte, meine Arbeit und die Achtung meiner Kollegen verloren zu haben. Aber das Gegenteil geschah: Ich bekam Blumen und Anrufe. Alle wollten wissen, wie es mir ging. Menschen, die ich für meine Feinde gehalten hatte, weil sie mir den Platz im Rampenlicht hätten streitig machen können, machten sich Sorgen um mich! Eine Schauspielkollegin schickte mir eine Karte mit dem Text eines Arztes, der aufgebrochen war, um in einem fernen Land zu arbeiten:

›*Wir kennen alle eine Krankheit in Zentralafrika – die Schlafkrankheit. Wir sollten wissen, dass es eine ähnliche Krankheit gibt, die die Seele angreift. Sie ist äußerst gefährlich, weil sie sich ganz unmerklich einstellt. Wenn man in der Beziehung zu seinesgleichen auch nur das geringste Anzeichen für Gleichgültigkeit und fehlende Begeisterung bemerkt, sollte man aufpassen! Die einzige Möglichkeit, sich vor dieser Krankheit zu schützen, ist, zu begreifen, dass unsere Seele leidet, und zwar sehr leidet, wenn wir sie dazu zwingen, oberflächlich zu leben. Die Seele liebt Schönes und Tiefgründiges.*‹

Sätze. Der Filmstar erinnert sich an seine Lieblingszeile aus einem Gedicht, das er in der Schule gelernt hat und das ihn immer mehr beängstigt, je älter er wird:

Du würdest alles andre lassen müssen, ich allein würde verlangen, der Einzige zu sein, nach dem du dich ausschließlich ausrichtest.

Während die junge Schauspielerin von sich erzählt, kommen ihm seine eigenen Anfänge wieder in den Sinn. Die erste große Chance beim Film, die auch er dank seiner Begabung als Theaterschauspieler erhalten hatte. Damals hatte sich sein Leben von einem Augenblick zum anderen verändert, der Ruhm war schneller gewachsen als seine Fähigkeit, mit ihm umzugehen. Und so hatte er Einladungen an Orte angenommen, an denen er nicht hätte sein sollen, Begegnungen abgelehnt, die ihm geholfen hätten, in seiner Karriere weiterzukommen. Obwohl es anfangs nicht viel war, hatte ihm das Geld das Gefühl gegeben, dass er alles konnte und durfte. Es hatte teure Geschenke gegeben, Reisen an ferne Orte, Privatflugzeuge, Luxusrestaurants, Hotelsuiten, die den Gemächern von Königen und Königinnen ähnelten, wie er sie sich als Kind vorgestellt hatte. Die ersten Kritiken kamen: Respekt, Lob, Worte, die sein Herz und seine Seele berührten. Er erhielt Briefe aus aller Welt, und anfangs beantwortete er jeden einzelnen. Er verabredete sich auch mit den Frauen, die ihm Fotos geschickt hatten, bis er merkte, dass es ihm zu viel wurde – zumal ihm sein Agent nicht nur von solchen Treffen abgeraten, sondern ihn auch gewarnt hatte, er könne dabei in eine böse Falle tappen. Dennoch macht es ihm bis heute eine besondere Freude, sich mit seinen Fans zu treffen, die jeden seiner Karriereschritte begleiten, Internetseiten über ihn erstellen, Fanzines vertreiben, in denen sie alles aus seinem Leben erzählen – besser gesagt, ausschließlich die positiven Dinge –, und ihn vor jedem Angriff seitens der Presse in Schutz nehmen.

Und die Jahre waren vergangen. Was ihm ursprünglich wie ein Wunder oder als eine einmalige Chance erschienen war und wovon er sich nie hatte versklaven lassen wollen, wurde allmählich zum einzigen Lebenssinn. Bis er in sich hineinschaute und merkte, wie sein Herz sich zusammenzog: Das alles könnte eines Tages zu Ende sein. Es würden andere, jüngere Schauspieler auftauchen, die weniger Geld für mehr Arbeit und mehr Medienpräsenz akzeptierten. Immer hörte er nur Kommentare zu dem großen Film, der ihn berühmt gemacht hatte und den alle zitierten, obwohl er seither in 99 weiteren mitgemacht hatte, an die sich niemand recht erinnerte.

Er verdiente weniger Geld als früher. Da er davon ausgegangen war, dass es mit seiner Karriere immer weiter aufwärtsgehen würde, hatte er seinen Agenten dazu angehalten, seine Gagenforderungen hochzuhalten. Ergebnis: Er bekam immer weniger Rollenangebote – obwohl er inzwischen nur noch die Hälfte verlangte. Allmählich kam Verzweiflung in ihm auf, denn bislang hatte er von der Hoffnung gelebt, dass es mit ihm immer nur noch höher und noch weiter gehen würde, und das immer schneller. Er durfte nicht von einem Augenblick zum anderen an Wert verlieren. Wenn heute ein Rollengebot kommt, muss er sagen: ›Ich finde die Rolle wunderbar und übernehme sie gern, auch wenn die Gage nicht meiner üblichen entspricht.‹ Die Produzenten tun so, als glaubten sie es. Der Agent tut so, als hätte er sie über seinen wahren Marktwert getäuscht, und er weiß, dass sein ›Produkt‹ sich weiter auf Festivals wie diesem zeigen muss, immer beschäftigt, immer freundlich, immer distanziert – wie man es von einer Filmikone erwartet.

Der Presseberater hat beispielsweise vorgeschlagen, ihn fotografieren zu lassen, wie er eine gerade angesagte, berühmte Schauspielerin küsst. Dieses Bild könnte es auf das Cover einer Skandalzeitschrift schaffen. Die Auserwählte – die ihrerseits auch etwas Extrapublicity gebrauchen kann – war bereits angesprochen worden. Jetzt geht es nur noch darum, den richtigen Augenblick während des Galadinners am heutigen Abend zu wählen. Die Szene soll spontan wirken, gleichzeitig muss sichergestellt sein, dass ein Fotograf in der Nähe ist – obwohl beide auf gar keinen Fall »merken« dürfen, dass sie beobachtet werden. Später, nach der Veröffentlichung der Fotos, kommen beide noch einmal in die Schlagzeilen, weil sie dementieren, eine Affäre zu haben, und eine Klage wegen des Eingriffs in ihre Privatsphäre einreichen. Anwälte werden Verfahren gegen die Zeitschriften anstrengen und die Presseberater der beiden versuchen, die Angelegenheit so lange wie möglich am Leben zu halten.

Im Grunde genommen befindet er sich trotz all der Jahre Arbeit und des weltweiten Ruhms in der gleichen Situation wie die junge Frau, die vor ihm sitzt.

›Du wirst alles aufgeben müssen, ich werde das einzige und alleinige Maß sein.‹

Gibson unterbricht das kurze Schweigen in diesem perfekten Szenario: Jacht, Sonne, eisgekühlte Getränke, das Kreischen der Möwen, eine erfrischende Brise.

»Sie werden sicher wenigstens etwas über Ihre Rolle erfahren wollen, wenn schon der Titel des Films sich bis zur Premiere noch ändern kann. Die Antwort ist: Sie werden seine Partnerin sein.«

Gibson zeigt auf den Filmstar.

»Oder genauer gesagt, Sie spielen die weibliche Hauptrolle. Und Sie wollen sicher auch gerne wissen: Warum ausgerechnet ich?«

»Genau.«

»Der Grund ist einfach: der Preis. Das Budget dieses ersten, von Hamid Hussein produzierten Films, bei dem ich Regie führen soll, ist relativ bescheiden. Und die Hälfte des Budgets fließt nicht etwa in die Produktion des Films, sondern in die Werbung. Um das Publikum anzulocken, brauchen wir also einen Star und daneben jemand Unbekannten, der nicht viel kostet, den der Film aber bekannt machen wird. Diese Idee ist alles andere als neu. Man arbeitet so, seit der Film zu einer wichtigen Industrie geworden ist. Aus der Sicht des Publikums leben sowohl Star als auch der unbekannte Co-Star im Luxus, da die Filmindustrie von jeher Bekanntheit und Reichtum gleichzusetzen bemüht war. Ich erinnere mich, wie ich als kleiner Junge in Hollywood diese großen Villen gesehen habe und dachte, dass alle Schauspieler ein Vermögen verdienen.

Das stimmt aber nicht. Nur zehn oder zwanzig Weltstars können von sich sagen, dass sie ein Vermögen verdienen. Der Rest lebt vom Schein. Die Villa ist vom Studio gemietet, Modedesigner und Juweliere leihen Kleider und Schmuck, Automobilfirmen stellen für eine bestimmte Zeit teure Wagen, um vom Hollywood-Glamour zu profitieren. Das Studio zahlt alles, was Glamour verheißt, und die meisten Schauspieler verdienen nur ein relativ kleines Honorar. Das trifft nicht auf unseren Freund hier zu, doch bei Ihnen wird es so sein.«

Der Filmstar weiß nicht, ob Gibson ehrlich ist, ob er tatsächlich glaubt, einen der größten Schauspieler der Welt vor sich zu haben, oder ob er eine Farce vorspielt. Aber das ist gleichgültig, solange sie den Vertrag unterzeichnen, der Produzent nicht in letzter Minute abspringt, solange die Drehbuchautoren ihren Text fristgerecht liefern, das Budget streng eingehalten und gute PR-Arbeit geleistet wird. Er hatte schon hundertmal erlebt, wie Filmprojekte in letzter Minute abgebrochen wurden. Aber das gehörte zum Leben. Doch nachdem sein letzter Film vom Publikum so gut wie nicht beachtet wurde, giert er umso mehr nach einem durchschlagenden Erfolg. Und Gibson bringt alle Voraussetzungen dafür mit.

»Ich nehme an«, sagte die junge Frau.

»Das haben wir bereits mit Ihrer Agentin besprochen. Sie werden einen Exklusivertrag mit uns unterzeichnen. Beim ersten Film verdienen Sie ein Jahr lang fünftausend Dollar im Monat – und dafür müssen Sie unserer PR-Abteilung zur Verfügung stehen. Sie reisen, wohin wir Sie schicken, Sie sagen, was wir wollen, und nicht, was Sie denken. Ist das klar?«

Gabriela nickt. Was sollte sie auch sagen? Dass sie in Europa schon als Sekretärin fünftausend Dollar verdienen konnte? Sie hat die Wahl: zugreifen oder gehen, und sie will nicht zögerlich wirken. Selbstverständlich kennt sie die Spielregeln.

»Also«, fährt Gibson fort, »werden Sie wie eine Millionärin leben, sich wie ein großer Star verhalten, aber vergessen Sie nie, dass das alles nur Schein ist. Wenn alles gut läuft, werden wir Ihr Gehalt beim nächsten Film auf zehntausend Dollar monatlich erhöhen. Dann reden wir wieder miteinander, denn Sie werden dann nur einen einzigen Gedanken haben: ›Eines Tages kriege ich meine Revanche.‹ Ihre Agentin kennt unseren Vorschlag selbstverständlich. Sie weiß, was zu erwarten ist. Ich weiß nur nicht, ob Ihnen das auch klar ist.«

»Das ist unwichtig. Ich habe auch nicht vor, mich irgendwann zu rächen.«

Gibson tut so, als höre er nicht zu.

»Ich habe Sie nicht hergebeten, um über ihr Casting zu sprechen. Die Testaufnahmen waren ausgezeichnet, die besten, die ich seit langem gesehen habe. Unsere Casting-Beauftragte fand das auch. Ich habe Sie hierhergebeten, damit von Anfang an klar ist, auf welchem Terrain Sie sich bewegen. Viele Schauspielerinnen und Schauspieler wollen nach dem ersten Film und nachdem sie begriffen haben, dass ihnen die Welt zu Füßen liegt, die Regeln ändern. Aber sie haben Verträge unterzeichnet, die dies unmöglich machen. Darum fallen sie dann in Depressionen, bekommen selbstzerstörerische Krisen oder so. Unsere Firmenpolitik ist es, von Anfang an keine Zweifel aufkommen zu lassen: Wir erklären klipp und klar, was Sache ist. Sie werden zwei Frauen zugleich sein: Geht alles gut, wird die eine von der ganzen Welt geliebt, während die andere weiß, dass sie die ganze Zeit über nicht die geringste Macht besitzt.

Ich rate Ihnen: Denken Sie gründlich über alle Konsequenzen nach, ehe Sie ins Hilton gehen, um die Kleider für diesen Abend abzuholen. Oben in Ihrer Suite werden Sie vier Kopien eines umfangreichen Vertrages vorfinden. Bevor Sie diese Kopien unterzeichnen, gehört Ihnen die ganze Welt, und Sie können tun und lassen, was Sie wollen. In dem Augenblick, in dem Sie Ihre Unterschrift daruntersetzen, sind Sie nicht mehr Ihre eigene Herrin: Wir werden sogar Ihre Frisur und die Restaurants bestimmen, in denen Sie essen sollen – auch wenn Sie keinen Hunger haben. Selbstverständlich können Sie Ihren neuen Ruhm dazu nutzen, mit Werbeverträgen Geld zu verdienen, allein aus diesem Grund akzeptieren die Leute diese Bedingungen.«

Die beiden Männer erheben sich. Gibson fragt den Star:

»Freuen Sie sich darauf, mit ihr zu drehen?«

»Sie wird eine ausgezeichnete Schauspielerin sein. Sie hat in einem Augenblick Gefühle gezeigt, in dem alle nur Effizienz zeigen wollen.«

»Glauben Sie ja nicht, dass diese Jacht mir gehört!«, sagt Gibson noch, nachdem er jemanden gerufen hat, der sie zum Boot bringen soll, das sie wieder in den Hafen zurückbringen wird.

Die Botschaft ist bei ihr angekommen.

15 Uhr 44

»Wollen wir auf einen Kaffee in den ersten Stock?«, fragt Ewa.

»Aber in einer Stunde beginnt doch die Modenschau. Du weißt, wie der Verkehr hier ist.«

»Die Zeit reicht für einen Kaffee.«

Sie steigen die Treppe hinauf, wenden sich nach rechts, gehen bis zum Ende des Korridors. Der Mann von der Security kennt sie bereits und nimmt kaum von ihnen Notiz. Sie kommen an einigen Vitrinen mit Schmuck vorbei – Diamanten, Rubine, Smaragde – und treten hinaus auf die sonnenüberflutete Terrasse im ersten Stock. Elegantes Mobiliar, ein großes Buffet mit Leckereien, die ständig nachgefüllt werden. Ein berühmter Juwelier mietet die Terrasse alljährlich, um dort Geschäftsfreunde, Celebritys und Journalisten zu empfangen. Ewa und Hamid setzen sich an einen Tisch unter einen Sonnenschirm. Ein Kellner kommt, sie bestellen ein Mineralwasser mit Kohlensäure und einen Espresso. Der Kellner fragt, ob sie etwas vom Buffet haben möchten. Sie lehnen dankend ab, sie hätten schon zu Mittag gegessen.

Nach kürzester Zeit ist er mit ihrer Bestellung zurück.

»Alles in Ordnung?«

»Alles in Ordnung.«

›Alles grauenhaft‹, denkt Ewa. ›Nur der Kaffee nicht.‹

Hamid fällt auf, dass etwas Seltsames mit seiner Frau vor sich geht, aber er schiebt ein Gespräch darüber auf. Er möchte nicht darüber nachdenken. Er möchte nicht Gefahr laufen, etwas zu hören wie ›Ich werde dich verlassen‹. Er verfügt über genug Selbstbeherrschung, um jetzt nichts zu sagen.

An einem der andern Tische sitzt einer der berühmtesten Modedesigner der Welt, neben ihm liegt sein Fotoapparat. Der Mann schaut ins Leere, er will offensichtlich nicht gestört werden. Niemand nähert sich ihm, und wer es dennoch versucht, wird von der PR-Dame des Hotels, einer sympathischen 50-Jährigen, höflich gebeten, ihn in Ruhe zu lassen, er müsse sich etwas vom ständigen Ansturm der Models, der Journalisten, der Kunden, der Impresarios erholen.

Hamid erinnert sich daran, wie er diesen Modeschöpfer zum ersten Mal gesehen hat. Es kommt ihm vor, als wäre es ewig lange her. Damals war er gerade seit elf Monaten in Paris, hatte einige Freunde in der Modeszene gefunden, an verschiedene Türen geklopft und dank der Kontakte des Scheichs (der entgegen seiner Behauptung, niemanden in der Branche zu kennen, überall wichtige Freunde hatte) eine Anstellung als Designer bei einem der renommiertesten Haute-Couture-Häuser erhalten. Anstatt aber nur Skizzen auf der Grundlage der ihm vorliegenden Stoffe zu machen, blieb Hamid bis spät in die Nacht im Atelier und arbeitete für sich selber mit Materialproben, die er aus seiner Heimat mitgebracht hatte.

In seiner Pariser Zeit musste er zweimal nach Hause fahren: Das erste Mal, als sein Vater gestorben war und ihm das kleine Familienunternehmen, den Stoffhandel, vererbt hatte. Doch noch bevor er sich deswegen Gedanken machte, erfuhr er von einem Abgesandten des Scheichs, dass jemand sich um die Verwaltung des Geschäfts kümmern und genügend investiert werden würde, um es erfolgreich zu machen, er als Sohn aber weiterhin Eigentümer bleibe.

Er fragte, warum, denn der Scheich hatte bisher weder Interesse an Mode noch am Geschäft seines Vaters gezeigt.

»Eine französische Firma, die ursprünglich nur Koffer hergestellt hat, möchte sich hier niederlassen. Als Erstes haben sie unsere Stofflieferanten aufgesucht und versprochen, deren Stoffe für einige ihrer Luxusprodukte zu benutzen. Also haben wir bereits einen Kunden, ehren unsere Traditionen und behalten die Kontrolle über die in unserem Land hergestellten Stoffe.«

Hamid kehrte mit dem Wissen nach Paris zurück, dass die Seele seines Vaters nun im Paradies war und sein Andenken in dem Land zurückbleiben würde, das er so sehr geliebt hatte. Er arbeitete weiter für sich, machte Entwürfe zu Beduinenthemen und experimentierte mit den Stoffen, die er mitgebracht hatte. Wenn diese französische Firma, die für ihre Kühnheit und ihren guten Geschmack bekannt war, an dem interessiert war, was in seinem Land hergestellt wurde, würde diese Nachricht sicher bald in der Modehauptstadt der Welt ankommen und die Nachfrage groß sein.

Alles war nur eine Frage der Zeit. Aber offensichtlich verbreiteten sich die Nachrichten schnell.

Eines Morgens wurde er zum Chef des Modehauses gerufen, für das er arbeitete. Zum ersten Mal betrat er das

Heiligtum, den Saal, in dem der große Couturier arbeitete. Hamid war von der dort herrschenden Unordnung beeindruckt. Überall verstreute Zeitungen, auf dem alten Tisch Papierstapel, Unmengen von Fotos von ihm mit Berühmtheiten, gerahmte Zeitschriftentitelseiten, Materialproben, eine Vase voller weißer Federn in allen Größen.

»Was Sie machen, ist großartig. Ich habe Ihre Entwürfe eingesehen, die Sie dort offen herumliegen haben. Ich möchte Sie bitten, vorsichtiger zu sein. Wir wissen nie, ob jemand morgen zur Konkurrenz wechselt und gute Ideen mitnimmt.«

Hamid gefiel der Gedanke nicht, dass er ausspioniert wurde. Aber er sagte nichts, während der Chef des Hauses fortfuhr:

»Warum sage ich, dass Sie gut sind? Weil Sie aus einem Land kommen, dessen Bewohner sich völlig anders kleiden als wir, und Sie in Ihren Entwürfen versuchen, die Kleidung Ihres Heimatlandes für den Westen zu adaptieren. Allerdings haben wir im Westen ein Problem: Die Stoffe, die Sie dort gebrauchen, gibt es hier nicht; außerdem arbeiten Ihre Muster mit religiösen Anspielungen. Mode kleidet zwar den Körper, spiegelt aber auch Geist und Seele dessen wider, der sie gemacht hat.«

Der Chef ging zu einem Zeitschriftenstapel in einer Ecke, als wüsste er ganz genau, was da alles lag. Er zog eine alte Zeitschrift heraus, die er wahrscheinlich bei den Pariser *bouquinistes* – den Buchhändlern, die seit Napoleons Zeiten ihre Bücher am Seineufer feilboten – gekauft hatte. Er schlug sie auf. Es war eine alte *Paris Match* mit Christian Dior auf der Titelseite.

»Was macht diesen Mann zur Legende? – Er hat das Wesen des Menschen begriffen. Von allen Revolutionen in der Mode ist eine besonders bemerkenswert: Gleich nach dem Zweiten Weltkrieg, als ganz Europa praktisch nichts anzuziehen hatte, weil Stoffe knapp waren, schuf er Modelle, für die unglaublich viel Stoff gebraucht wurde. So präsentierte er nicht nur eine schöne, gutgekleidete Frau, sondern einen Traum von Eleganz, Fülle, Überfluss, davon, dass alles wieder wie früher werden würde. Er wurde deswegen angegriffen und verleumdet, aber er wusste, dass er sich auf dem rechten Weg befand – immer in entgegengesetzter Richtung zu allen anderen.«

Der Chef legte die *Paris Match* genau an die Stelle zurück, von wo er sie weggenommen hatte, und zog eine andere Zeitschrift hervor.

»Und hier ist Coco Chanel. Sie wurde als Kind von ihren Eltern im Stich gelassen, schlug sich als Nachtclubsängerin durch. Sie war eine Frau, die vom Leben nur das Schlimmste erwarten konnte. Aber sie hat ihre einzige Chance genutzt – reiche Liebhaber – und wurde in kurzer Zeit zur wichtigsten Frau der Haute Couture ihrer Zeit. Was hat sie getan? Sie hat die Frauen von der Sklaverei der Korsetts befreit, diesen Folterinstrumenten, die den Oberkörper formten und keine freie, natürliche Bewegung erlaubten. Nur eines machte sie falsch: Sie verheimlichte ihre Vergangenheit, obwohl ihre Geschichte ihr geholfen hätte, zu einer noch größeren Legende zu werden – die Frau, die trotz allem überlebt hatte.«

Der Chef legte auch diese Zeitschrift an ihren Platz zurück. Er fuhr fort:

»Sie werden sich fragen: Und warum wurde das Korsett nicht schon lange vorher abgeschafft? Genau kann man das nicht sagen. Selbstverständlich wird es versucht worden sein – von Schneidern, die in Vergessenheit gerieten, weil ihre Kollektionen nicht den Zeitgeist widerspiegelten. Coco Chanels Arbeit wurde nicht nur wegen ihrer schöpferischen Begabung oder den reichen Liebhabern ein so nachhaltiger Erfolg – die Gesellschaft musste für die sich gleichzeitig vollziehende große feministische Revolution bereit sein.«

Der Chef machte eine Pause.

»Und jetzt ist der Augenblick für die Mode des Vorderen Orients gekommen. Gerade weil die Spannungen und die Angst, die die Welt in Atem halten, dort ihren Ursprung haben. Als Leiter dieses Hauses kenne ich diese Zusammenhänge. Ich weiß auch, wie wichtig Farben sind und die Zusammenarbeit mit den Lieferanten von Farben und Pigmenten. Jede Kollektion hat letztlich ihren Ursprung in einer Farbenfabrik.«

Hamid schaut wieder zum großen Modedesigner hinüber, der allein, den Fotoapparat auf dem Sessel neben sich, auf der Terrasse sitzt. Möglicherweise hat er ihn hereinkommen sehen und fragt sich jetzt, woher Hamid das viele Geld hat, das es ihm ermöglicht, sich jetzt zu seinem größten Konkurrenten zu entwickeln.

Der Mann, der ins Leere starrt und so tut, als würde ihn nichts kümmern, hat alles nur Erdenkliche getan, um zu verhindern, dass Hamid in die Fédération française de la couture aufgenommen wurde. Er war davon ausgegangen, Hamid würde seine Geschäfte mit Erdöl finanzieren, und hatte das für unlauteren Wettbewerb gehalten. Er wusste nicht, dass der Scheich Hamid acht Monate nach dem Tod seines Vaters zu einem persönlichen Gespräch zu sich gerufen hatte. Das war genau in dem Augenblick gewesen, als das Haus, für das er arbeitete, ihm eine bessere Stelle angeboten hatte, was aber nicht bedeutete, dass sein Name irgendwo genannt werden würde, da das Haus bereits einen anderen Designer unter Vertrag hatte, der unter den Scheinwerfern und auf den Laufstegen glänzen würde.

Als Hamid wegen des Gesprächs mit dem Scheich in seine Heimatstadt zurückkehrte, erkannte er sie erst nicht wieder. Am einzigen Boulevard der Stadt erhob sich eine endlose Reihe von Wolkenkratzerskeletten, der Verkehr war unerträglich, auf dem alten Flughafen herrschte vollkommenes Chaos. Aber die Idee des Scheichs, die hinter all dem stand, begann allmählich Gestalt anzunehmen: Dies würde ein Ort des Friedens inmitten von Kriegen sein, das Paradies für Investoren inmitten der Tumulte der internationalen Finanzmärkte, das Aushängeschild einer Nation, der so viele mit Vorurteilen begegneten. Andere Länder der Region begannen an die Stadt zu glauben, die sich inmitten der Wüste erhob, und das Geld begann endlich in Strömen zu fließen – erst wie eine Quelle, dann wie ein wasserreicher Fluss.

Der Palast des Scheichs sah noch aus wie früher, obwohl nicht weit davon entfernt ein neuer, sehr viel größerer, gebaut wurde. Hamid kam frohgestimmt zum Treffen und sagte, er habe ein ausgezeichnetes Arbeitsangebot erhalten und brauche die finanzielle Unterstützung des Scheichs nun nicht mehr. Ganz im Gegenteil, er würde auf Heller und Pfennig zurückzahlen, was in ihn investiert worden sei.

»Bitten Sie um Ihre Entlassung!«, forderte ihn der Scheich auf.

Hamid verstand das nicht. Er wusste wohl, dass das Unternehmen, das ihm sein Vater hinterlassen hatte, erfolgreich arbeitete, aber er hatte andere Pläne für seine Zukunft. Doch er durfte dem Mann, der ihm so sehr geholfen hatte, nicht noch einmal widersprechen.

»Bei unserem ersten Treffen habe ich Eurer Hoheit nein sagen können, weil ich die Rechte meines Vaters vertrat, die mir immer wichtiger waren als sonst etwas auf der Welt. Jetzt muss ich mich dem Willen meines Herrschers beugen. Wenn Ihr glaubt, Geld verloren zu haben, als Ihr in meine Arbeit investiert habt, werde ich tun, was Ihr sagt. Ich werde heimkehren und mich um mein Erbe kümmern. Wenn ich meinen Traum aufgeben muss, um den Gesetzen meines Stammes zu gehorchen, dann will ich es tun.«

Er sprach diese Worte mit fester Stimme. Er durfte gegenüber diesem Mann, der andere für ihre Stärke achtete, keine Schwäche zeigen.

»Ich habe dich nicht gebeten, hierher zurückzukehren. Wenn dir eine bessere Stellung angeboten wurde, dann weil du bereit bist, dein eigenes Label zu schaffen. Und genau das möchte ich.«

›Ich soll mein eigenes Label gründen? Habe ich richtig gehört?‹, dachte Hamid.

»Ich sehe, wie sich hier immer mehr Luxusmarken niederlassen«, fuhr der Scheich fort. »Und ich weiß auch, wozu das führt: Unsere Frauen sind dabei, ihre Art, zu denken und sich zu kleiden zu verändern. Die Mode hat unsere Region mehr verändert als alle ausländischen Investitionen. Ich habe mit Männern und Frauen gesprochen, die etwas davon verstehen. Ich bin nur ein alter Beduine, der, als er sein erstes Auto sah, dachte, es müsse gefüttert werden wie ein Kamel.

Ich möchte, dass die Ausländer unsere Dichter lesen, unsere Musik hören, dazu tanzen und die Melodien singen, die von Generation zu Generation mündlich weitergegeben worden sind. Aber offenbar ist niemand daran interessiert. Es gibt nur eines, was sie dazu bringen könnte, unsere Tradition zu achten: das, was du machst. Wenn sie durch die Art, wie wir uns kleiden, begreifen, wer wir sind, werden sie am Ende auch den Rest verstehen.«

Am nächsten Tag traf Hamid sich mit einer Gruppe ausländischer Investoren. Sie stellten ihm eine phantastische Summe Geld zur Verfügung und gaben ihm eine Frist, innerhalb deren er alles zurückzahlen musste. Sie fragten ihn, ob er die Herausforderung annehme, ob er darauf vorbereitet sei.

Hamid erbat sich Bedenkzeit. Er ging zum Grab seines Vaters und betete dort den ganzen Nachmittag. Nachts wanderte er durch die Wüste, spürte den kalten Wind auf seiner Haut und kehrte dann in das Hotel zurück, in dem die Ausländer untergebracht waren.

›Gesegnet sei der, der seinen Kindern Flügel und Wurzeln geben kann‹, lautet ein arabisches Sprichwort.

Man braucht Wurzeln: Es gibt einen Ort auf der Welt, an dem wir geboren werden, sprechen lernen und herausfinden, wie unsere Vorfahren ihre Probleme gelöst haben. Irgendwann kommt der Moment, in dem wir für diesen Ort Verantwortung übernehmen.

Man braucht Flügel: Sie zeigen uns die endlosen Horizonte der Phantasie, tragen uns zu unseren Träumen, führen uns an ferne Orte. Die Flügel erlauben uns, die Wurzeln von anderen kennenzulernen und aus ihnen zu lernen.

Hamid bat Gott um Inspiration und betete weiter. Zwei Stunden später erinnerte er sich an ein Gespräch seines Vaters mit einem seiner Freunde, der Stammkunde im Stoffladen gewesen war.

›Heute Morgen hat mein Sohn mich um Geld gebeten, um ein Lamm zu kaufen. Soll ich ihm helfen?‹

›Es handelt sich nicht um einen Notfall. Also warte noch eine Woche, bis du deinem Sohn eine Antwort gibst.‹

›Aber ich habe die Voraussetzungen, ihm zu helfen. Warum soll ich eine Woche warten? Was ändert das?‹

›Sehr viel. Meine Erfahrung hat mir gezeigt, dass Menschen etwas nur dann wertschätzen, wenn sie Gelegenheit haben, zu zweifeln, ob sie erhalten, was sie sich wünschen, oder nicht.‹

Hamid ließ die Investoren eine Woche lang warten und nahm dann die Herausforderung an. Er brauchte Leute, die sich um das Geld kümmerten, es nach seinen Anweisungen investierten. Er brauchte Angestellte, die möglichst aus demselben Dorf kommen sollten wie er. Er brauchte noch ein Jahr in seiner augenblicklichen Anstellung, um zu lernen, was er noch nicht wusste. Das war alles.

›Jede Kollektion hat letztlich ihren Ursprung in einer Farbenfabrik.‹

Ganz so ist es nun auch wieder nicht: Am Anfang stehen Marktforschungsunternehmen, die Trend- und Zukunftsforschung betreiben und feststellen, was welche Bevölkerungsschicht gerade am meisten interessiert – und zwar nicht nur in der Mode. Diese Feststellungen beruhen auf repräsentativen Verbraucherumfragen, vor allem aber auf der genauen Beobachtung des Verhaltens einer bestimmten Alterskohorte, normalerweise der 20- bis 30-Jährigen, die Discos besuchen, auf den Straßen flanieren, ständig im Internet unterwegs sind. Das, was in Schaufenstern zu sehen ist, interessiert sie nicht, auch wenn dort anerkannte Labels ausgestellt sind. Was dort zu sehen ist, hat das große Publikum bereits erreicht und ist zum Sterben verdammt.

Was die Trendforschungsinstitute genau wissen möchten, ist: Was wird den Verbraucher als Nächstes interessieren? Junge Leute verfügen nicht über genug Geld, um Luxusprodukte zu kaufen, und müssen sich daher neue Kleidungsstile ausdenken. Da sie ständig vor dem Computer sitzen, teilen sie ihre Interessen mit ihresgleichen, und häufig entsteht daraus etwas, was wie ein Virus die gesamte Community erfasst. Die jungen Leute beeinflussen ihre Eltern in Sachen Politik, Literatur und Musik – und nicht umgekehrt, wie naive Menschen meinen. Andererseits beeinflussen die Eltern die jungen Leute im Bereich des sogenannten »Wertesystems«. Auch wenn Jugendliche von Natur aus rebellisch sind, glauben sie letztlich doch meistens, was die Eltern sagen. Sie können sich merkwürdig kleiden und Sänger lieben, die Schreie ausstoßen und Gitarren zertrümmern – aber damit hat es sich auch schon.

›In der Vergangenheit haben sie das durchaus schon einmal getan. Wie gut, dass diese Welle vorübergegangen und ins Meer zurückgekehrt ist.‹

Im Moment sieht es so aus, als wäre die Gesellschaft auf dem Weg zu einem konservativeren Stil – das zeigt zumindest die Trendforschung –, der weit von der Bedrohung entfernt ist, die die Suffragetten (Frauen, die Anfang des 20. Jahrhunderts für das Wahlrecht von Frauen kämpften und es auch erlangten) oder die haarigen, ungewaschenen Hippies darstellten (eine Gruppe von Verrückten, die glaubten, es wäre möglich, eines Tages in Frieden und Liebe zu leben).

Um 1960 beispielsweise sehnte sich eine in die blutigen Kriege der nachkolonialen Zeit verwickelte, von der Gefahr eines Atomkrieges geängstigte Welt, in der zugleich die Wirtschaft blühte, nach etwas Fröhlichkeit. Wie einst Christian Dior begriffen hatte, dass die Hoffnung auf Überfluss in großen Stoffmengen ausgedrückt werden konnte, haben damals die Modeschöpfer eine Farbkombination gesucht, die allgemein die Laune heben würde. Sie kamen zu dem Schluss, dass Rot und Violett einen zugleich beruhigenden und provozierenden Effekt hatten.

Vierzig Jahre später hat sich die kollektive Weltsicht vollkommen verändert: Die Welt wurde nicht von einem Krieg bedroht, sondern von schweren Umweltproblemen. Die Modedesigner entschieden sich daraufhin für Naturtöne wie die Farben von Wüstensand, Wäldern, Meerwasser. Zwischen diesen beiden Perioden waren andere Tendenzen – der psychedelische, futuristische, aristokratische, nostalgische Stil – aufgetaucht und wieder verschwunden.

Bevor die großen Kollektionen geschaffen werden, geben die Untersuchungen der Trendforscher ein allgemeines Stimmungsbild der geistig-seelischen Befindlichkeit der Welt. Und jetzt scheint das zentrale Thema der menschlichen Sorgen trotz der Kriege, des Hungers in Afrika, des Terrorismus, der Nichteinhaltung von Menschenrechten zu sein: Wie retten wir unsere arme Erde vor all den von der Gesellschaft geschaffenen Bedrohungen?

›Ökologie. Den Planeten retten. Wie lächerlich!‹

Hamid weiß, dass es nichts bringt, gegen das kollektive Unbewusste zu kämpfen. Die Farbtöne, die Accessoires, die Stoffe, die sogenannten Wohltätigkeitsaktionen der Superklasse, die veröffentlichten Bücher, die Musik, die im Radio gespielt wird, die Dokumentarfilme von ehemaligen Politikern, die neuen Filme, das für Schuhe gebrauchte Material, die Biokraftstoffe für Autos, die von Kongressmitgliedern unterzeichneten Unterschriftensammlungen, die von den größten Banken der Welt verkauften Aktienfonds, all das scheint sich nur auf eines zu konzentrieren: den Planeten zu retten. Über Nacht werden Vermögen geschaffen, große multinationale Konzerne bekommen wegen der einen oder anderen in diesem Bereich absolut irrelevanten Aktion Raum in der Presse, skrupellose Nichtregierungsorganisationen buchen Werbezeit bei reichweitestarken Fernsehsendern und erhalten Spenden in Höhe von Hunderten Millionen Dollar, weil alle unglaublich um das Schicksal der Erde besorgt sind.

Jedes Mal, wenn Hamid in der Presse liest, wie Politiker die globale Erwärmung oder die Umweltzerstörung für ihre Wahlkampagnen ausnutzen, denkt er sich:

›Wie können wir so arrogant sein? Der Planet ist stärker als wir und wird es immer sein. Wir können ihn nicht zerstören; wenn wir eine bestimmte Grenze überschreiten, wird er es übernehmen, uns ganz von seiner Oberfläche verschwinden zu lassen, und weiterexistieren. Warum sagen die Politiker nicht: ›Wir können nicht zulassen, dass der Planet uns zerstört?‹

Weil ›den Planeten retten‹ einem das Gefühl von Edelmut und Macht gibt – das Gefühl, dass man etwas tut. Während ›Wir können nicht zulassen, dass der Planet uns zerstört‹ uns in Verzweiflung, Ohnmachtsgefühle stößt, uns die wahre Dimension unserer armen, begrenzten Fähigkeiten aufzeigen könnte.

Aber so sind nun mal die Ergebnisse der Trendforschung, und die Mode muss sich den Wünschen der Verbraucher anpassen. Die Farbenfabriken beschäftigen sich jetzt gerade mit den besten Farbtönen für die nächste Kollektion. Die Stofffabrikanten suchen natürliche Fasern, die Hersteller von Accessoires wie Gürteln, Taschen, Brillen, Uhren tun alles, um sich anzupassen – oder tun zumindest so, als würden sie sich anpassen –, und alle benutzen Broschüren auf Recyclingpapier, um darzulegen, welche ungeheuren Anstrengungen sie zum Schutz der Umwelt unternommen haben. Das alles wird den großen Modedesignern auf der größten, nur einem Fachpublikum zugänglichen Modemesse mit dem Namen Première Vision (Erster Blick) gezeigt werden.

Dann würde jeder seine Kollektionen entwerfen, seine Kreativität spielen lassen, und alle würden das Gefühl haben, die Haute Couture sei wahnsinnig kreativ, originell, anders. Nichts dergleichen. Alle befolgen buchstabengetreu, was die Studien der Tendenzforschung sagen. Je wichtiger das Label, umso geringer die Risikobereitschaft, denn die Arbeitsplätze von Hunderttausenden Menschen auf der ganzen Welt hängen von einer kleinen Gruppe, der Superklasse der Couture, ab, die alle sechs Monate aufs Neue überzeugend vorgeben müssen, sie hätten etwas ganz Neues zu verkaufen.

Dic ersten Zeichnungen werden von den ›verkannten Genies‹ gemacht, die davon träumen, eines Tages ihren Namen auf dem Etikett eines Kleidungsstücks zu sehen. Sie arbeiten etwa sechs bis acht Monate, anfangs nur mit Papier und Bleistift, dann stellen sie Prototypen aus billigem Material her, die aber an Models fotografiert und von den Chefs der Modehäuser kommentiert werden. Von jedem Prototyp werden dann etwa zwanzig für die nächste Modenschau ausgewählt. Nachbesserungen werden vorgenommen: neue Knöpfe, andere Ärmelschnitte, andere Nähte.

Noch mehr Fotos – diesmal mit sitzenden, liegenden, gehenden Models – und noch mehr Nachbesserungen, denn Bemerkungen wie ›das können nur Models auf dem Laufsteg tragen‹ können eine ganze Kollektion zerstören und den Ruf des Labels aufs Spiel setzen. Während dieses Prozesses werden einige der ›verkannten Genies‹ einfach auf die Straße gesetzt, ohne Abfindung, denn sie machten schließlich nur ein ›Praktikum‹. Die Begabteren müssen ihre Kreationen mehrmals überarbeiten und dabei immer im Sinn haben, dass, mochte ihr Modell noch so erfolgreich sein, nur der Name des Labels erwähnt werden würde, nicht der Name des Designers.

Alle nehmen sich vor, sich eines Tages zu rächen. Alle sagen sich, dass sie eines Tages ihr eigenes Label schaffen und dann anerkannt werden würden. Aber in der Zwischenzeit lächeln und arbeiten sie weiter, als wären sie begeistert, weil die Wahl auf sie gefallen ist. Noch mehr Leuten wird gekündigt, je näher die endgültige Fertigstellung der Kollektion rückt, und gleichzeitig werden neue Leute eingestellt (für die nächste Kollektion), und am Ende werden aus den anfangs ausgewählten Stoffen die Kleider geschneidert, die auf der Modenschau gezeigt werden.

Als würden sie dem Publikum zum ersten Mal vorgestellt. Was selbstverständlich auch mit zur Legende gehört.

Denn zu dem Zeitpunkt haben Weiterverkäufer aus der ganzen Welt bereits ihre Fotos von den Models in allen nur möglichen Positionen gemacht, haben alle Einzelheiten, von den Accessoires über den empfohlenen Preis bis zu den Materialien, festgehalten und sich notiert, wo sie das Material bestellen können. Je nach Größe und Bedeutung des Labels wird ›die neue Kollektion‹ dann in größeren Mengen an verschiedenen Orten der Welt produziert.

Dann kommt der große Tag – oder besser gesagt, kommen die drei Wochen, die den Beginn einer neuen Ära einleiten (die, wie allgemein bekannt, nur sechs Monate dauern wird). Der Marathon beginnt in London, macht Zwischenstation in Mailand und endet in Paris. Journalisten aus der ganzen Welt sind eingeladen, Fotografen streiten sich um die besten Plätze, alles unterliegt größter Geheimhaltung, Zeitungen und Zeitschriften widmen den Neuigkeiten Seiten über Seiten, die Frauen sind hingerissen, die Männer schauen herablassend auf etwas, was sie nur für eine ›Mode‹

halten, und denken daran, dass sie ein paar tausend Dollar für etwas werden zurücklegen müssen, dem sie keinerlei Bedeutung beimessen, was aber ihre Ehefrauen für die Insignien der Superklasse halten.

Eine Woche später ist das, was eben erst als etwas absolut Exklusives vorgestellt wurde, bereits in Läden auf der ganzen Welt erhältlich. Niemand fragt sich, wie das so schnell gehen konnte.

Aber die Legende ist wichtiger als die Wirklichkeit.

Die Verbraucher bemerken nicht, dass die Mode von denen geschaffen wird, die nur mutmaßlichen Trends folgen. Dass die Exklusivität nur eine Lüge ist, die sie glauben wollen. Dass ein großer Teil der in der Fachpresse gelobten Kollektionen großen Luxuskonzernen gehört, die ebendiese Zeitschriften und Zeitungen mit ganzseitigen Anzeigen unterstützen.

Selbstverständlich gibt es Ausnahmen, und nach ein paar Jahren, in denen Hamid hart kämpfen musste, gehört er jetzt zu ihnen. Und darin liegt seine Macht.

Er bemerkt, dass Ewa wieder ihr Mobiltelefon checkt. Normalerweise tut sie das nicht. Eigentlich hasst sie dieses Gerät, vielleicht weil es sie an eine frühere Beziehung erinnert, von der er wenig weiß, denn sie sprechen nie darüber. Er schaut auf die Uhr – sie können ihren Kaffee in Ruhe austrinken. Er blickt wieder zu dem anderen Couturier hinüber.

Wenn doch nur alles mit einer Besprechung in einer Farbenfabrik beginnen und auf dem Laufsteg enden könnte. Aber so ist es leider nicht.

Der Mann, der jetzt allein zum Horizont blickt, und er sind sich zum ersten Mal bei Première Vision begegnet. Hamid arbeitete damals noch bei dem großen Label, das ihn als Designer eingestellt hatte, obwohl der Scheich bereits eine kleine Armee von elf Personen in Bewegung gesetzt hatte, die die Idee umsetzen sollte, Mode als etwas zu benutzen, was seine Welt, seine Religion, seine Kultur ausdrückte.

»Die meiste Zeit hören wir uns Erklärungen an, wie einfache Dinge möglichst kompliziert gemacht werden können«, hatte Hamid zu dem anderen Couturier gesagt.

Sie waren gerade an den Ständen mit den neuen Stoffen vorbeigekommen, die nach innovativen Techniken und in den Farben hergestellt waren, die in den nächsten zwei Jahren getragen werden würden, an immer noch raffinierteren Accessoires – Gürtelschnallen aus Platin, Clutchbags, die sich auf Knopfdruck öffnen ließen, Armbändern, die mit Hilfe eines brillantbesetzten Kreises millimetergenau eingestellt werden konnten.

Der andere hatte ihn von Kopf bis Fuß gemustert.

»Die Welt war immer kompliziert und wird es immer bleiben.«

»Das finde ich nicht. Und wenn ich je meinen gegenwärtigen Arbeitsplatz verlasse, dann nur, um mein eigenes Label zu gründen, bei dem ich alles anders machen will als bis jetzt üblich.«

Der Couturier hatte gelacht.

»Sie kennen doch die Modewelt? Sie haben sicher schon von der Fédération gehört, nicht wahr? Ausländer müssen sich gewaltig anstrengen, wenn sie dort aufgenommen werden wollen.«

Die Fédération française de la couture sei einer der exklusivsten Clubs der Welt. Er lege fest, wer auf der Modewoche in Paris teilnimmt und wer nicht, und diktiere die Regeln für die Teilnehmer. Der 1868 gegründete Verband besitze ungeheure Macht: Er habe den Begriff »Haute Couture« registrieren lassen, so dass niemand ohne seine Einwilligung diesen Ausdruck benutzen könne, ohne Gefahr zu laufen, vor Gericht gestellt zu werden. Die Fédération sei der Herausgeber der zehntausend Exemplare des offiziellen Katalogs der beiden großen jährlichen Veranstaltungen, sie entscheide, wie die zweitausend Akkreditierungen für Journalisten aus aller Welt vergeben würden, sie bestimme, welche der großen Käufer zugelassen würden, sie bestimme den Veranstaltungsort der Modenschauen – je nach Bedeutung des Couturiers.

»Ich weiß«, hatte Hamid entgegnet und damit das Gespräch beendet. Dem arrivierten Couturier war klar, dass dem Mann, mit dem er gerade geredet hatte, eine große Zukunft als Modeschöpfer bevorstand. Aber er wusste auch, dass sie niemals Freunde werden würden.

Sechs Monate später war alles für Hamids großes Abenteuer bereit. Er kündigte seine Stelle, eröffnete seine erste Boutique in Saint-Germain-des-Prés und begann zu kämpfen, so gut er konnte. Er verlor viele Schlachten. Aber eines begriff er: Er durfte sich nicht der Tyrannei der Firmen beugen, die die Modetendenzen diktierten. Er musste originell sein, und es gelang ihm, denn er brachte nicht nur die Einfachheit der Beduinen und die Weisheit der Wüste mit, sondern auch ausgefallene, noch nie gesehene Stoffe und Finanzspezialisten.

Zwei Jahre später hatte er bereits ein halbes Dutzend große Läden im ganzen Land eröffnet und war in die Fédération aufgenommen worden – nicht nur wegen seiner Begabung, sondern auch wegen der Kontakte des Scheichs, dessen Gesandte über die Konzessionen für französische Unternehmen in seinem Land hart verhandelten.

Die Zeit verging, die Menschen änderten ihre Meinung, Präsidenten wurden gewählt und wieder abgewählt, die Computertechnologie wurde immer wichtiger, das Internet beherrschte allmählich weltweit die Kommunikation, die öffentliche Meinung gewann in allen Bereichen menschlichen Handelns größere Bedeutung, und Luxus und Glamour nahmen ihren alten Platz ein. Was Hamid auch entwarf, war jetzt überall auf der Welt zu finden, und zwar nicht mehr nur in der Mode, sondern auch bei Accessoires, Möbeln, Schönheitsprodukten, Uhren und exklusiven Stoffen.

Hamid stand jetzt an der Spitze eines Imperiums, und alle, die in seinen Traum investiert hatten, sahen sich mit den Dividenden, die er an die Aktionäre ausschüttete, überreich entschädigt. Er überwachte weiterhin einen großen Teil der Produktion seines Unternehmens, war bei Fotosessions zugegen, zeichnete seine Entwürfe selber, fuhr mindestens drei Mal im Jahr in die Wüste, betete dort am Grab seines Vaters und erstattete dem Scheich Bericht. Außerdem hatte er eine neue Herausforderung gefunden: die Produktion eines Films.

Hamid schaut auf die Uhr und sagt Ewa, es sei Zeit aufzubrechen. Sie fragt, ob sie denn unbedingt dorthin gehen müssten.

»Nicht unbedingt. Aber ich wäre gern anwesend.«

Ewa erhebt sich. Hamid wirft einen letzten Blick auf den allein dasitzenden berühmten Couturier, der geistesabwesend aufs Mittelmeer schaut.

16 Uhr 07

Wenn man jung ist, träumt man davon, die Welt zu retten. Einige vergessen diesen Traum schnell, denn sie sind später überzeugt, dass es andere, wichtigere Dinge zu tun gibt – wie beispielsweise eine Familie zu gründen, Geld zu verdienen, zu reisen, eine Fremdsprache zu lernen. Andere hingegen entscheiden sich dafür, an etwas mitzuarbeiten, was die Gesellschaft verändert, um kommenden Generationen eine bessere Welt zu hinterlassen.

Und dann wählen sie einen Beruf: Sie werden Politiker (die anfangs immer der Gesellschaft helfen wollen), Sozialarbeiter (die immer glauben, dass Verbrechen im Klassenunterschied begründet sind), Künstler (die glauben, man müsse bei null wieder neu anfangen) oder… Polizist.

Savoy hat nie daran gezweifelt, der Gesellschaft wirklich nützlich sein zu können. Die Lektüre vieler Kriminalromane hatte ihn zu der Überzeugung geführt, dass die Guten immer einen Platz an der Sonne haben, wenn nur die Bösen hinter Gittern landen. Er besuchte voller Begeisterung die Polizeiakademie, wo er in den theoretischen Fächern ausgezeichnete Abschlussnoten erzielte. Er trainierte seinen Körper, um gefährliche Situationen meistern zu können, und wurde Scharfschütze, obwohl er nicht vorhatte, jemals jemanden zu töten.

Im ersten Berufsjahr lernte er dann den Berufsalltag kennen – seine Kollegen beklagten sich über das niedrige Gehalt, die Inkompetenz der Justiz, die Vorurteile, mit denen ihrer Arbeit begegnet wurde, und das fast vollständige Fehlen von ›action‹ in dem Bereich, in dem sie arbeiteten. Im Laufe der Zeit änderten sich die Klagen zwar nicht, aber es kam noch etwas dazu.

Papier.

Zahllose Berichte über das Wo, Wie und Warum irgendeines Ereignisses. Ein einfacher Fall, wie an verbotener Stelle abgelegter Müll, verlangte, dass der Müll durchsucht wurde, um den Schuldigen zu finden (es gab immer Hinweise wie Briefumschläge, Flugtickets etc.), die Fundstelle musste fotografiert, eine sorgfältige Skizze angefertigt, die Person identifiziert werden, dann erfolgte eine freundliche Vorladung. Anschließend wurde eine zweite, weniger freundliche, Vorladung geschickt, der Fall vor Gericht gebracht, falls derjenige, der widerrechtlich gehandelt hatte, das alles für kompletten Blödsinn hielt und nicht erschien. Es folgten die Zeugenaussagen, die Urteile, die von kompetenten Anwälten dagegen eingelegten Berufungen. Es konnten durchaus zwei Jahre vergehen, bis das Verfahren ohne Konsequenzen für beide Seiten endgültig eingestellt wurde.

Verbrechen mit Todesfolge waren äußerst selten. Neuesten Statistiken zufolge hatten die meisten Delikte mit Konflikten zwischen Kindern reicher Eltern in teuren Nachtclubs, Diebstählen in Apartments, die nur im Sommer bewohnt wurden, mit Übertretungen der Straßenverkehrsordnung, Anzeigen wegen Schwarzarbeit und Ehestreitigkeiten zu tun. Darüber sollte er selbstverständlich froh sein:

In einer immer unruhigeren Welt war Südfrankreich ein Oase des Friedens, selbst wenn Tausende Ausländer, die an den Strand gehen oder Filme kaufen und verkaufen wollten, den Ort überschwemmten. Im letzten Jahr hatte er vier Selbstmordfälle bearbeitet (was sechs oder sieben Kilo Papier bedeutet hatte, das getippt, ausgefüllt und unterzeichnet werden musste) und zwei, nur zwei Angriffe mit Todesfolge.

Was statistisch gesehen sonst in einem ganzen Jahr geschah, war heute in ein paar Stunden passiert. Was war bloß los?

Die Bodyguards hatten sich aus dem Staub gemacht, ohne vorher eine Zeugenaussage gemacht zu haben – und Savoy notierte sich im Geiste, dass er, sobald er Zeit hätte, eine Beschwerde gegen die Polizisten schreiben würde, die mit dem Fall betraut waren. Schließlich hatten sie die einzigen wirklichen Augenzeugen laufenlassen – denn die junge Frau hier im Wartesaal wusste überhaupt nichts. Es hatte ihn keine zwei Minuten gekostet, zu begreifen, dass sie in dem Augenblick, in dem Javits getroffen worden war, abseitsgesessen hatte und die Situation nur dazu benutzte, in die Nähe des berühmten Filmverleihers zu kommen.

Savoy sitzt jetzt im Wartezimmer des Krankenhauses, vor sich zwei Berichte.

Der erste stammt vom diensthabenden Arzt und besteht aus zwei Seiten Fachchinesisch zu den Schäden, die im Organismus des Mannes hervorgerufen worden sind, der jetzt auf der Intensivstation liegt: Vergiftung durch unbekannte Substanz mittels Einstich links von der Lendenwirbelsäule.

Gerade wird die Substanz, die sich an der Nadel befand, mit der das Gift in den Körper gespritzt wurde, im Labor untersucht. Das einzige Gift, das ebenso heftig und schnell wirkt, ist Strichnin, doch das bewirkt Krämpfe. Den Sicherheitskräften zufolge, die durch die Sanitäter und die junge Frau im Wartesaal bestätigt worden waren, hatte es diese Symptome nicht gegeben. Es waren im Gegenteil sofortige Lähmungserscheinungen beobachtet worden, der Oberkörper sei nach vorn gefallen und das Opfer habe unauffällig aus dem Zelt geschafft werden können.

Der zweite, sehr viel längere Bericht kam von der EPCTF (der Taskforce der europäischen Polizeichefs) und der EUROPOL (Europäische Polizei), die das Opfer beschattet hatten, seit es europäischen Boden betreten hatte. Die Agenten hatten sich abgewechselt. Zum Zeitpunkt des Zwischenfalls wurde Javits gerade von einem schwarzen Agenten aus Guadeloupe beobachtet, der aber wie ein Jamaikaner aussah.

Der beauftragte Agent hatte jedoch nichts gesehen. Oder besser gesagt: In dem Augenblick, als es geschah, wurde ihm die Sicht von jemandem verstellt, der mit einem Glas gelbem Fruchtsaft in der Hand vorbeikam.

Das Opfer war zwar polizeilich nie aufgefallen und im Filmbusiness als einer der innovativsten Verleiher bekannt, doch seine Filmgeschäfte waren nur die Fassade für sehr viel rentablere Aktivitäten. EUROPOL zufolge war Javits Wild bis vor zwei Jahren ein zweitklassiger Produzent gewesen, als er von einem auf den Vertrieb von Kokain in den USA spezialisierten Kartell angesprochen worden war, um für es Geld zu waschen.

›Das beginnt interessant zu werden.‹

Zum ersten Mal gefällt Savoy, was er liest. Vielleicht ist er da ja an einen wichtigen Fall geraten, der weit über die üblichen Müllprobleme, die Ehestreite, ausgeraubten Apartments und die zwei Morde im Jahr hinausgeht.

Er weiß natürlich, wie Geldwäsche funktioniert. Die Dealer verdienen ein Vermögen mit dem Verkauf von Drogen, doch da sie Schwierigkeiten haben, die Herkunft des Geldes nachzuweisen, können sie keine Konten eröffnen, um Wohnungen, Autos oder Schmuck zu kaufen, Investitionen zu tätigen oder große Beträge von einem Land ins andere zu transferieren. Denn das Finanzamt wird fragen: ›Wie sind Sie so reich geworden? Womit haben Sie das ganze Geld verdient?‹

Dieses Problem wird durch »Geldwäsche« gelöst. Die Drogenhändler verwandeln durch Verbrechen erwirtschaftete Gewinne in respektable finanzielle Aktiva, die ins legale Wirtschaftssystem einfließen und noch mehr Geld hervorbringen können. Der Begriff Geldwäsche geht auf den amerikanischen Gangster Al Capone zurück, der in Chicago die Wäschereikette Sanitary Cleaning Shops kaufte und über sie das Geld auf Banken einzahlte, das er während der Prohibitionszeit in den USA mit dem illegalen Verkauf von Alkohol verdient hatte. Daher konnte er auf die Frage, wodurch er so reich geworden sei, antworten: ›Die Leute waschen mehr Wäsche als je zuvor. Ich bin froh, dass ich in diesen Wirtschaftsbereich investiert habe.‹

›Er hat alles richtig gemacht. Er hat nur vergessen, die Einkommenssteuer für sein Unternehmen zu zahlen‹, denkt Savoy.

Nicht nur Drogenhändler bedienen sich der Geldwäsche:

Politiker, die Kommissionen bei überhöhten Rechnungen für Bauvorhaben kassieren; Terroristen, die Operationen an verschiedenen Orten der Erde finanzieren müssen; Gesellschaften, die ihre Gewinne und Verluste lieber vor den Aktionären verbergen; Leute, die die Einkommenssteuer für eine nicht akzeptable Erfindung halten – alle praktizieren sie. Früher brauchte man nur ein Nummernkonto in einem Steuerparadies zu eröffnen, doch inzwischen haben die Regierungen eine Reihe von Gesetzen zur Zusammenarbeit verabschiedet, und die Geldwäscher müssen sich den neuen Zeiten anpassen.

Eines allerdings hat sich nicht geändert: Die Verbrecher sind den Behörden und den Finanzämtern immer mehrere Schritte voraus.

Wie funktioniert Geldwäsche heute? Sehr viel eleganter, raffinierter und kreativer als früher. Anders gesagt: in drei klar definierten Etappen: Geld einsetzen, Geld verbergen und Geld integrieren. Man nehme mehrere Orangen, presse sie, und bei dem Orangensaft, den man serviert, schmeckt niemand die Herkunft der Früchte heraus.

Diesen Orangensaft zu machen ist relativ einfach: Von einer Reihe von Konten aus werden häufig nach einem vom Computer errechneten System kleine Beträge so von einer Bank zur anderen überwiesen, dass sie ganz allmählich immer weiter neu kombiniert werden. Die Wege sind dermaßen verschlungen, dass es fast unmöglich ist, die Spur der elektronischen Impulse zu verfolgen. Denn von dem Augenblick an, in dem das Geld eingezahlt wird, ist es kein Papier mehr, sondern wird zu einem digitalen Zahlencode, der nur aus Nullen und Einsen besteht.

Savoy denkt an sein eigenes Bankkonto: Unabhängig davon, was er darauf hat – und viel ist es nicht –, sein Guthaben ist einem Zahlencode unterworfen, der durch Kabel wandert. Und wenn nun von einem Augenblick zum anderen beschlossen werden würde, das ganze Speichersystem zu ändern? Und was, wenn das neue Programm nicht funktionieren würde? Wie soll Savoy dann nachweisen, dass er einen bestimmten Geldbetrag besitzt? Wie würde er die Nullen und Einsen in etwas Konkretes wie ein Haus oder in Einkäufe im Supermarkt verwandeln können?

Er könnte überhaupt nichts beweisen: Er ist dem System ausgeliefert. Aber er nimmt sich vor, direkt nach seinem Besuch im Krankenhaus an einem Bankautomaten einen Kontoauszug auszudrucken. Savoy macht sich eine Notiz im Terminkalender: ›Jede Woche Kontoauszug ausdrucken‹. So wird er auf alle Fälle immer einen Nachweis auf dem Papier haben.

Savoy rekapituliert weiter, was er über Geldwäsche weiß. Die letzte Etappe ist die einfachste: Das Geld wird auf einem respektablen Konto neu zusammengeführt, wie beispielsweise dem einer Immobilieninvestmentgesellschaft oder eines Finanzfonds. Wenn die Steuerbehörden wieder mit der Frage kommen, woher das Geld stammt, ist dies leicht zu erklären: »Von kleinen Investoren, die an das glauben, was wir verkaufen.« Das Geld kann nun in Aktien, Grundstücke, Flugzeuge, Luxusgegenstände investiert werden, in Häuser mit Swimmingpool. Die Gesellschafter dieser Unternehmen sind dieselben, die ursprünglich den Kauf der Drogen, Waffen oder andere illegale Geschäfte finanziert haben. Doch jetzt ist das Geld sauber. Schließlich kann jede Gesellschaft mit Spekulationen an der Börse und mit Grundstücken Millionen von Dollars verdienen.

Wie aber sieht der erste Schritt aus, der schwierigste von allen: Wer sind diese kleinen Investoren?

Hier kommt die kriminelle Kreativität ins Spiel. Die ›Orangen‹ sind Leute, die in Ländern, in denen es viel Korruption und wenig Beschränkungen von Glücksspielen gibt, mit von einem ›Freund‹ geliehenem Geld in Casinos unterwegs sind. Niemandem ist verboten, ein Vermögen zu gewinnen. In diesem Fall gibt es Absprachen mit den Casinobesitzern, die einen Prozentsatz des an den Tischen gewonnenen Geldes einbehalten.

Der Spieler – jemand mit niedrigem Einkommen – kann am nächsten Tag seinem Banker die Herkunft der riesigen eingezahlten Geldsumme problemlos erklären.

Glück.

Und am Tag darauf wird er fast den gesamten Betrag an den ›Freund‹ überweisen, der ihm das Geld geliehen hat, während er als Kontobesitzer nur einen kleinen Prozentsatz für sich behält.

Früher war die beliebteste Masche, Restaurants zu kaufen – die ein Vermögen für ihre Gerichte verlangen konnten. Danach konnte man das Geld einzahlen, ohne Verdacht zu wecken. Selbst wenn ein Finanzinspektor vorbeikam und alle Tische leer waren, konnte er unmöglich nachweisen, dass dort den ganzen Tag lang niemand gegessen hatte. Doch jetzt war ein neuer, origineller Bereich entdeckt worden: der unvorhersehbare, vom Zufall regierte, unverständliche Kunstmarkt!

Ein älteres Ehepaar, Mittelklasse, bescheidenes Einkommen, bringt ein sehr wertvolles Stück zu einer Versteigerung und gibt vor, es auf dem Dachboden oder im Haus der Großeltern gefunden zu haben. Das Stück wird für viel Geld versteigert und in der darauffolgenden Woche für den zehn- oder zwanzigfachen Preis an eine spezialisierte Galerie verkauft. Die ›Orange‹ ist zufrieden, dankt den Göttern für die Großzügigkeit des Schicksals, zahlt das Geld auf ihr Konto ein und investiert dann das Geld in irgendeinem Land, wobei das ältere Ehepaar darauf achtet, seinen Anteil auf dem eigenen Konto zu belassen. Die Götter sind in diesem Fall die wahren Besitzer des Bildes, das sie von der Galerie zurückkaufen und dann über andere Hände wieder auf den Markt bringen.

Aber es gibt auch teurere Produkte wie Theater, die Produktion und den Verleih von Filmen. Und in diesem Bereich machen die Hände, die das Geld waschen, wirklich einen Riesenreibach.

Savoy liest den Bericht über das Leben des Mannes weiter, der jetzt auf der Intensivstation liegt, und füllt ein paar leere Stellen mit seiner eigenen Phantasie aus.

Ein Schauspieler, der ein großer Star werden will, findet keine Arbeit, obwohl er schon so auf sein Äußeres achtet, als wäre er es bereits. Doch er lernt die Filmindustrie kennen. Als er bereits um die vierzig ist, gelingt es ihm, Geld von Investoren zu bekommen und einen oder zwei Filme zu drehen, die zu einem enormen finanzieller Reinfall werden, weil sie keinen entsprechenden Verleih finden. Dennoch erscheint sein Name im Abspann und in Filmzeitschriften als der von jemandem, der etwas versucht hat, was nicht dem Schema der großen Studios entspricht.

Der Schauspieler ist verzweifelt, weiß nicht, was er aus seinem Leben machen soll. Niemand gibt ihm eine dritte Chance, und er ist es leid, Leute um Geld anzubetteln, die nur daran interessiert sind, in garantierte Erfolge zu investieren. Eines schönen Tages sucht ihn eine Gruppe von Leuten auf, von denen ein paar freundlich sind, die anderen kein Wort herausbringen.

Sie machen ihm einen Vorschlag: Er soll Filme verleihen, und sein erster Kauf muss etwas sein, was Chancen hat, das große Publikum zu erreichen. Die großen Studios würden für den Film hohe Summen verlangen, er brauche sich aber keine Sorgen zu machen – jeder geforderte Betrag werde von seinen neuen Freunden gedeckt. Der Film wird in vielen Kinos aufgeführt und bringt ein Vermögen ein. Javits gewinnt dadurch das, was er am meisten braucht: einen guten Ruf. Niemand untersucht zu diesem Zeitpunkt das Leben eines gescheiterten Schauspielers. Zwei oder drei Filme später fangen jedoch die Behörden an, zu fragen, woher das Geld kommt – doch der erste Schritt bleibt durch die bereits verstrichene Frist für Steueruntersuchungen im Verborgenen.

Für Javits beginnt eine phantastische Karriere. Die ersten Filme seiner Verleihfirma machen Gewinne, die Betreiber von Kinos glauben an sein Talent, das Beste, was es auf dem Markt gibt, auszuwählen, Regisseure und Produzenten wollen mit ihm zusammenarbeiten. Um den Schein zu wahren, nimmt er pro Halbjahr immer zwei oder drei kleine Projekte an; der Rest sind von in Steuerparadiesen angesiedelten Unternehmen finanzierte Filme mit gewaltigen Budgets, Topschauspielern, unverdächtigen, kompetenten

Profis, großen Werbeetats. Die eingespielten Summen werden in einen normalen, über jeden Verdacht erhabenen Investmentfonds eingezahlt, der einen Teil der ›Aktien des Films‹ hat.

Und das war es dann. Das schmutzige Geld ist zu einem Kunstwerk geworden, das sicherlich nicht den erwarteten Gewinn eingespielt, aber dennoch Millionen von Dollars eingebracht hat – die jetzt von einem der Gesellschafter eingesetzt werden.

Irgendwann weist ein aufmerksamer Finanzbeamter – oder ein Verräter aus dem Studio – auf eine sehr schlichte Tatsache hin, nämlich: Wie kommt es, dass so viele auf dem Markt unbekannte Produzenten die großen Stars, die talentiertesten Regisseure buchen und ein Vermögen für Werbung ausgeben und nur *einen* Verleiher haben? Die Antwort ist einfach: Die großen Studios sind nur an ihren eigenen Produktionen interessiert, und Javits ist der Held, der Mann, der die Diktatur der riesigen Konzerne bricht, der neue Mythos, der David, der gegen den Goliath eines ungerechten Systems kämpft.

Ein besonders eifriger Finanzbeamter beschließt trotz aller vernünftigen Erklärungen, noch weiter nachzuforschen. Er beginnt jetzt im Verborgenen mit seinen Ermittlungen. Die Gesellschaften, die in die Kassenschlager investiert haben, sind immer Aktiengesellschaften mit Sitz auf den Bahamas, in Panama oder Singapur. Da gibt jemand, der ins Finanzamt eingeschleust worden ist (solche Maulwürfe gibt es immer), die Warnung aus, dass dieser Kanal nicht mehr interessant ist – für die Geldwäsche muss ein neuer Verleiher gefunden werden.

Javits ist verzweifelt – er hat sich daran gewöhnt, das Leben eines Millionärs zu führen und wie ein Gott hofiert zu werden. Er reist nach Cannes, das Festival ist ein ausgezeichneter Deckmantel, unter dem man ungestört mit seinen ›Financiers‹ sprechen, abrechnen und persönlich die Bankdaten weitergeben kann. Er weiß nicht, dass er seit einiger Zeit beschattet wird, dass es nur noch eine Frage der Entscheidung einiger Krawattenträger in schlecht beleuchteten Büros ist, wann er ins Gefängnis wandert. Werden sie ihm erlauben, noch eine Weile weiterzumachen, um neue Beweise zu erhalten, oder werden sie die Geschichte hier und jetzt beenden?

Die ›Financiers‹ wollen allerdings kein unnötiges Risiko eingehen. Ihr Mann könnte jeden Augenblick festgenommen werden, eine Absprache mit der Justiz treffen und am Ende Details über das System weitergeben – darunter Namen und Bilder einzelner Personen, die ohne ihr Wissen fotografiert worden sind.

Es gibt nur eins, was man tun kann, um das Problem zu lösen: Sie müssen Javits kaltstellen.

Alles ist klar, und Savoy weiß genau, wie alles passiert ist. Jetzt muss er das Übliche tun.

Papier.

Einen Bericht ausfüllen, ihn EUROPOL übermitteln und es deren Bürokraten überlassen, die Mörder zu finden. Dies ist ein Fall, der vielen Leuten eine Beförderung verschaffen und stagnierende Karrieren wiederbeleben kann. Die Ermittlungen müssen Erfolg haben, und keiner seiner Vorgesetzten glaubt, dass ein Detektiv aus einer französischen Provinzstadt (ja, denn Cannes ist trotz allen Glanzes und

Glamours 350 Tage im Jahr nur eine kleine Provinzstadt) imstande ist, den Fall zu lösen.

Savoy hat einen der Bodyguards, der mit am Tisch gesessen hatte, in Verdacht, denn wer immer das Gift verabreicht hat, muss sich in unmittelbarer Nähe zum Opfer befunden haben. Aber er wird das nicht erwähnen. Er wird noch mehr Papier verbrauchen, die Angestellten, die im Zelt gearbeitet haben, verhören, aber keinen Zeugen finden und den Fall – nachdem er ein paar Tage lang Faxe und E-Mails mit den ihm übergeordneten Stellen getauscht hat – in seinem Bereich für abgeschlossen erklären.

Er wird zu seinen zwei Morden im Jahr zurückkehren, zu den Ehestreitigkeiten, den Bußgeldern, wo er doch so nah an etwas dran gewesen ist, was internationale Auswirkungen haben könnte. Sein Jugendtraum, die Welt zu verbessern, etwas zur größeren Sicherheit und Gerechtigkeit in der Gesellschaft beizutragen, befördert zu werden, um einen Posten im Justizministerium zu erlangen, seiner Frau und den Kindern ein bequemeres Leben zu verschaffen, etwas zum guten Ruf der Polizei beizutragen … all das endet immer mit demselben Wort.

Papier.

16 Uhr 16

Auf der Terrasse der Bar des Hôtel Martinez ist kein Platz mehr frei, was Igor nicht weiter stört. Obschon er zum ersten Mal in Cannes ist, hat er in weiser Voraussicht einen Tisch reserviert. Er ist stolz auf seine planerischen Fähigkeiten. Er bestellt einen Tee und Toast, zündet eine Zigarette an und blickt in die Runde. Als Erstes fallen ihm die vielen, mit Schmuck behängten Frauen auf, die entweder magersüchtig sind oder sich Botox haben spritzen lassen. Er sieht auch Eis essende Damen, Männer mit jüngeren Frauen, gelangweilt wirkende Ehepaare, lächelnde junge Frauen mit Erfrischungsgetränken ohne Kalorien, die so tun, als hörten sie den anderen jungen Frauen, mit denen sie zusammensitzen, konzentriert zu, dabei schweift ihr Blick ständig in der Hoffnung über die Terrasse, jemand Interessantes zu entdecken.

Die einzige Ausnahme sind drei Männer und zwei Frauen, die Papiere neben Bierdosen ausbreiten, leise reden und ständig Zahlen in einen Taschenrechner eintippen. Sie scheinen die Einzigen zu sein, die tatsächlich mit einem Projekt beschäftigt sind, doch das stimmt nicht. Alle Anwesenden arbeiten, und zwar einzig daran, gesehen zu werden.

Was, wenn alles gutgeht, dazu führt, dass man berühmt

wird. Was im besten Fall dazu führt, dass man am Ende Macht besitzt. Macht, das magische Wort, das den Menschen in einen Halbgott, in eine unerreichbare Ikone verwandelt, die es gewohnt ist, ihre Wünsche erfüllt zu sehen, und die Neid und Eifersucht weckt, wenn sie in einer Limousine mit getönten Scheiben oder im sündhaft teuren Sportwagen vorfährt, und die keine schwierigen Berge mehr zu erklimmen oder scheinbar Unmögliches mehr zu erreichen hat.

Die Besucher dieser Terrasse haben bereits einige Hürden überwunden – sie stehen nicht mit ihrem Fotoapparat draußen hinter den Metallgittern und warten darauf, dass jemand aus dem Hoteleingang heraustritt und ihre Welt mit Licht erfüllt. Ja, sie sind bereits bis in die Lobby des Hotels vorgedrungen, und jetzt fehlen ihnen nur noch Macht und Ruhm, gleichgültig in welchem Bereich. Die Männer wissen, dass Alter kein Problem ist, sie brauchen nur die richtigen Kontakte. Die jungen Frauen aber, die die Terrasse so aufmerksam wie erfahrene Sicherheitsleute überwachen, spüren, dass sie sich dem gefährlichen Alter nähern, in dem alle Möglichkeiten, etwas durch Schönheit zu erreichen, sich plötzlich in Luft auflösen. Die älteren Damen würden gern wegen ihrer Talente und ihrer Intelligenz anerkannt und respektiert werden, doch die Diamanten überstrahlen jede Möglichkeit, diese Talente zu entdecken. Ehepaare warten darauf, dass jemand vorbeikommt und sie grüßt, alle sich zu ihnen umdrehen und denken: ›Die sind bekannt. Oder sogar berühmt, wer weiß?‹

Das Berühmtheitssyndrom. Es kann Karrieren, Ehen, christliche Werte zerstören, die Klugen ebenso blenden wie die Dummen: große Wissenschaftler, denen ein wichtiger Preis verliehen wurde und die deswegen ihre Forschungen aufgeben, die der Menschheit dienen könnten, und ihr Leben stattdessen auf Konferenzen verbringen, die das Ego und das Bankkonto nähren; einen Indio aus dem Urwald des Amazonas, der unvermittelt von einem berühmten Sänger adoptiert wird und seine Wurzeln vergisst; einen Rechtsanwalt, der hart arbeitet, um die Rechte der weniger Privilegierten zu verteidigen, sich dann um ein öffentliches Amt bewirbt, die Wahl gewinnt und sich nun für unantastbar hält – bis er eines Tages in einem Motel mit einer Prostituierten entdeckt wird, die vom Steuerzahler bezahlt wird.

Das Berühmtheitssyndrom. Wenn die Leute vergessen, wer sie sind, und anfangen zu glauben, was andere über sie sagen. Die Superklasse, der Traum aller, eine Welt ohne Schatten und dunkle Ecken, in der jede Bitte nur mit ja beantwortet wird.

Igor ist mächtig. Er hat sein ganzes Leben lang darum gekämpft, einmal dorthin zu gelangen, wo er heute ist. Er war gezwungen gewesen, an langweiligen Abendessen, an nicht enden wollenden Vorträgen teilzunehmen, sich mit Menschen zu treffen, die er verabscheute, zu lächeln, wenn er eigentlich lieber ausfällig geworden wäre, oder ausfällig zu werden, obwohl er in Wirklichkeit Mitleid mit den armen Gestalten hatte, die für irgendjemanden als Sündenbock herhalten mussten. Er hatte Tag und Nacht gearbeitet, auch an den Wochenenden, er hatte unendlich viele Treffen mit seinen Rechtsanwälten, Geschäftsführern, Angestellten, Pressereferenten ertragen müssen. Er hatte nach dem Fall des kommunistischen Regimes bei null angefangen, und er hatte es bis ganz nach oben geschafft. Mehr noch, er hatte alle politischen und wirtschaftlichen Stürme überlebt, die sein Land in den ersten zwanzig Jahren des neuen Regimes heimgesucht hatten.

Warum? Weil er Gott fürchtet und weiß, dass sein Lebensweg ein Segen ist, den er achten muss, weil er sonst alles verlieren würde.

Selbstverständlich hatte ihm manchmal eine innere Stimme gesagt, dass er den wichtigsten Teil dieses Segens vernachlässigte: Ewa. Doch jahrelang war er sich sicher gewesen, dass sie ihn verstand, dass sie seine Arbeitswut als etwas Vorübergehendes akzeptierte. Danach würden sie ja schon bald alle Zeit der Welt miteinander verbringen können, ohne an Geld, Schulden, Verpflichtungen zu denken. Sie träumten von gemeinsamen Reisen, einem einsamen Haus in den Bergen, in dem sie am brennenden Kamin sitzen würden. Sie würden sich um die Schule für ihre vielen Kinder kümmern, die sie sich wünschten, ganze Nachmittage lang in den umliegenden Wäldern spazieren gehen und abends in den Dorfgasthöfen einkehren.

Sie hätten Zeit, sich um den Garten zu kümmern, zu lesen, ins Kino zu gehen, all die einfachen Dinge zu tun, von denen alle träumen – all die Dinge, die das Leben wirklich lebenswert machen. Wenn Igor mit einem Stapel Akten nach Hause kam, die er auf dem Bett verteilte, hatte er Ewa jedes Mal um noch etwas Geduld gebeten. Wenn das Mobiltelefon ausgerechnet mitten in ein abendliches Tête-à-tête in einem Gasthof hineinklingelte und Igor notgedrungen ihre Unterhaltung unterbrach und sich mit der Person am anderen Ende der Leitung auseinandersetzte, hatte er

Ewa wieder um etwas Geduld gebeten. Er wusste, dass sie alles nur Erdenkliche tat, damit er sich wohl fühlte, obwohl sie ihn zwischendurch immer wieder liebevoll ermahnte, doch das Leben zu genießen, solange sie jung waren, und ihn daran erinnerte, dass sie genügend Geld für die nächsten fünf Generationen hatten.

Das stimmte; Igor hätte noch am selben Tag aufhören können zu arbeiten. Ewa hatte lächelnd Igors Gesicht gestreichelt. Und in diesem Augenblick war ihm eingefallen, dass er etwas Wichtiges vergessen hatte, war ans Telefon oder an den Computer gegangen, hatte ein Telefonat geführt oder eine E-Mail geschrieben.

Ein etwa vierzigjähriger Mann erhebt sich plötzlich, blickt um sich, wedelt mit einer Zeitung und ruft:

»›Gewalt und Schrecken in Tokio‹, steht hier. ›Sieben Tote in einem Elektronikladen.‹«

Alle schauen zu ihm hinüber.

»Gewalt! Die wissen doch gar nicht, wovon sie reden! Die Gewalt ist hier!«

Igor läuft es kalt über den Rücken.

»Wenn ein Verrückter ein paar Unschuldige ersticht, ist die ganze Welt entsetzt. Aber wen kümmert die ganz andere und viel schlimmere Gewalt, die in Cannes auf der Tagesordnung steht? Unser Festival wird von einer Diktatur ermordet. Es geht hier nicht mehr darum, den besten Film auszuwählen, sondern um Verbrechen gegen die Menschlichkeit. Menschen werden gezwungen, Produkte zu kaufen, die sie nicht wollen, ihnen wird eingebleut, dass nicht Kunst, sondern Mode, nicht die Filmvorführungen, sondern die Partys wichtig seien. Das ist eine Schande! Ich bin hier, um –«

»Halt den Mund!«, sagt jemand. »Niemand will wissen, warum du hier bist.«

»... Ich bin hier, um die Versklavung der Wünsche des Menschen anzuklagen, der seine Wahl jetzt nicht mehr mit Verstand trifft, sondern aufgrund von Werbung, von Lügen! Warum interessieren Sie alle sich für die Messerstiche in Tokio und nicht für die Messerstiche, die eine ganze Generation von Filmschaffenden ertragen muss?«

Der Mann macht eine Pause und wartet auf Beifall, doch er erntet nicht einmal nachdenkliches Schweigen. An den Tischen haben alle ihre Gespräche wiederaufgenommen. Ihnen ist gleichgültig, was sie gerade gehört haben. Der Mann setzt sich wieder, macht ein würdevolles Gesicht, doch sein Herz ist gebrochen, weil er sich lächerlich gemacht hat.

›Es geht ums Gesehenwerden‹, denkt Igor. ›Das Problem ist nur, dass niemand hinschaut.‹

Und jetzt schaut er sich um. Ewa ist im selben Hotel, und nach vielen Ehejahren kann er beschwören, dass sie jetzt gerade nicht weit von seinem Platz entfernt einen Tee oder einen Kaffee trinkt. Sie hat seine Botschaften erhalten und sucht ganz bestimmt jetzt nach ihm, weil sie weiß, dass auch er in der Nähe sein muss.

Er kann sie nicht sehen. Und er kann auch nicht aufhören, an sie, an seine Obsession, zu denken. Er erinnert sich an eine Nacht, als er zusammen mit seinem Fahrer, der zugleich sein Bodyguard war (sie hatten zusammen in Afghanistan gekämpft, doch anschließend war ihnen das Glück unterschiedlich hold gewesen), spät nach Hause unterwegs gewesen war. Als sie am Hotel Kempinski vorbeifuhren, hatte er seinen Fahrer gebeten anzuhalten. Sein Mobiltelefon und seine Papiere hatte er im Wagen gelassen und war in die Bar auf der Empore über der Lobby gegangen. Anders als hier auf der Terrasse des Martinez in Cannes war es dort fast leer gewesen. Die Bar sollte gerade geschlossen werden. Igor hatte unter den Angestellten ein großzügiges Trinkgeld verteilt, damit sie die Bar noch eine Stunde länger offenhielten, ganz für ihn allein.

Und dort hatte er dann alles begriffen. Es stimmte nicht, dass er im nächsten Monat aufhören würde, auch nicht im nächsten Jahr und nicht in den nächsten zehn Jahren. Ewa und er würden niemals das Haus in den Bergen und die vielen Kinder haben, von denen sie träumten. Er hatte sich in jener Nacht gefragt, warum das unmöglich war, und nur eine einzige Antwort gefunden.

Der Weg der Macht kennt kein Zurück. Er würde ewig Sklave dessen sein, was er gewählt hatte, und sollte er tatsächlich seinen Traum verwirklichen, alle Macht aufzugeben, würde er in tiefe Depressionen verfallen.

Warum handelte er so? War es wegen der nächtlichen Alpträume, in denen er sich an die Schützengräben erinnerte, an den verängstigten jungen Mann, der er gewesen war und der eine Pflicht erfüllte, die er sich nicht ausgesucht hatte, und der zu töten gezwungen wurde?

Weil er sein erstes Opfer nicht vergessen konnte, einen Bauern, der in seine Schusslinie geraten war, als die Rote Armee gegen die afghanischen Rebellen kämpfte? Wegen der vielen Menschen, die nicht an ihn geglaubt und ihn anfangs verächtlich angesehen hatten, als er nach Investoren für seine Mobilfunkfirma suchte? War es, weil er sich anfangs mit zwielichtigen Gestalten zusammentun musste, der russischen Mafia, die das mit Prostitution verdiente Geld waschen wollte?

Ihm war es gelungen, das Darlehen zurückzuzahlen, ohne selbst korrumpiert zu werden und jemandem noch einen Gefallen zu schulden. Es war ihm gelungen, mit den Gestalten im Zwielicht zu verhandeln und dennoch das eigene Licht am Leuchten zu halten. Ihm war klar, dass der Krieg der Vergangenheit angehörte und dass er nie wieder auf ein Schlachtfeld zurückkehren würde. Er hatte die Frau seines Lebens gefunden. Er machte die Arbeit, die er immer hatte machen wollen. Er war reich, steinreich sogar, und selbst wenn morgen das kommunistische System zurückkehren würde, konnte ihn das nicht tangieren, denn sein persönliches Vermögen befand sich im Ausland. Er hatte gute Beziehungen zu allen Parteien. Er kannte hochgestellte Persönlichkeiten auf der ganzen Welt. Er hatte gerade eine Stiftung gegründet, die sich um die Waisen der während der sowjetischen Invasion in Afghanistan gefallenen Soldaten kümmerte.

Doch dort in jener Bar im Kempinski am Roten Platz in Moskau, als er merkte, dass er genug Geld und Macht besaß, um die Kellner die ganze Nacht für sich arbeiten zu lassen, hatte er es begriffen.

Er hatte es begriffen, weil er das Gleiche bei seiner Frau beobachtete, die jetzt auch ständig in der Welt herumreiste und, kaum dass sie wieder in Moskau war, direkt an den

Computer ging. Er hatte begriffen, dass, im Gegensatz zu dem, was die Menschen dachten, die totale Macht totale Versklavung bedeutete. Wer so weit kommt, will nie mehr zurück. Es gibt immer einen neuen Berg, der erklommen werden muss. Es gibt immer einen neuen Konkurrenten, der entweder überzeugt oder ausgeschaltet werden muss. Mit weiteren zweitausend gehört er zum exklusivsten Club der Welt, dem Weltwirtschaftsforum, das alljährlich in Davos zusammenkommt. Diese Menschen sind mehr als reich, sind Millionäre, mächtig. Und alle arbeiten von morgens bis abends, wollen immer noch höher hinaus, haben immer nur ein Thema – Ankäufe, Wertpapierbörse, Markttendenzen, Geld, Geld, Geld. Sie arbeiten nicht, weil sie es nötig haben, sondern weil sie sich für unentbehrlich halten. Sie glauben, für Tausende von Familien sorgen zu müssen, glauben, es ihren Regierungen und ihren Gesellschaftern schuldig zu sein. Sie arbeiten, weil sie ehrlich der Meinung sind, dass sie der Welt helfen – was wahr sein mag, was sie aber mit dem Verlust eines eigenen Lebens bezahlen müssen.

Am nächsten Tag hatte er etwas getan, was er sein Lebtag gehasst hat – er ging zu einem Psychiater. Irgendetwas stimmte nicht mit ihm. Bei diesem Termin hatte er herausgefunden, dass er unter einer Krankheit litt, die unter denen, die etwas geschafft hatten, was über die Grenzen eines gewöhnlichen Menschen hinausging, sehr verbreitet war. Er war jemand, der zwanghaft arbeitete, ein Workaholic, wie diese Störung weltweit genannt wird. Zwanghaft arbeitende Menschen, hatte der Psychiater gesagt, laufen Gefahr, in tiefe Depressionen zu verfallen, sobald sie nicht mit konkreten Herausforderungen oder Problemen beschäftigt sind.

»Es handelt sich um eine Störung, deren Ursache wir noch nicht kennen, die aber etwas mit Unsicherheit und kindlichen Ängsten zu tun hat und mit einer Realität, die man leugnen will. Sie ist so ernst zu nehmen wie beispielsweise die Drogenabhängigkeit.

Doch anders als bei Drogenabhängigkeit, die die Produktivität senkt, trägt der zwanghaft Arbeitende sogar noch zum Reichtum seines Landes bei. Daher ist niemand daran interessiert, ihn zu heilen.«

»Und was sind die Folgen?«

»Das werden Sie selber wissen, denn Sie haben mich schließlich deswegen aufgesucht. Die schwerwiegendste Folge ist die Zerstörung des Familienlebens. In Japan, einem Land, in dem diese Krankheit besonders häufig ist und manchmal tödlich ausgeht, gibt es verschiedene Verfahren, mit denen man die Obsession unter Kontrolle zu bringen versucht.«

In den zwei letzten Lebensjahren hatte er, soweit er sich erinnern konnte, niemandem mit so viel Aufmerksamkeit und Respekt zugehört wie diesem bebrillten, schnurrbärtigen Mann, der jetzt vor ihm saß.

»Dann gibt es also, wenn ich es recht verstehe, einen Ausweg...«

»Wenn ein Workaholic die Hilfe eines Psychiaters in Anspruch nimmt, dann ist er bereit für eine Heilung. Unter tausend Fällen wird nur einem bewusst, dass er Hilfe braucht.«

»Ich brauche Hilfe. Ich habe genug Geld...«

»Das sind die typischen Worte eines Workaholics. Ich weiß, dass Sie genug Geld haben, alle Workaholics haben das. Ich weiß, wer Sie sind, denn ich habe Fotos gesehen, die Sie auf Wohltätigkeitsveranstaltungen, Kongressen und bei einer Privataudienz bei unserem Präsidenten zeigen – er weist übrigens ebenfalls Symptome dieser Störung auf. – Geld reicht nicht. Ich möchte wissen, ob Ihr Wunsch, sich zu ändern, groß genug ist.«

Igor dachte an Ewa, an das Haus in den Bergen, an die Kinder, die er gern mit ihr gehabt hätte, an die Hunderte von Millionen Dollar auf der Bank. Er dachte an seine Stellung in der Gesellschaft und an seine Macht und daran, wie schwierig es sein würde, das alles aufzugeben.

»Ich sage Ihnen nicht, dass Sie alles aufgeben sollen, was Sie augenblicklich tun«, meinte der Psychiater, als könnte er Igors Gedanken lesen. »Ich sage nur, dass Sie Ihre Arbeit als Quelle der Freude sehen sollten und nicht als Obsession.«

»Ja, das kann ich schaffen.«

»Und warum wollen Sie das schaffen? Schließlich glauben alle zwanghaft Arbeitenden, dass sie mit dem, was sie tun, zufrieden sind. Keiner Ihrer Freunde, die sich in der gleichen Lage befinden, wird sich eingestehen, dass er Hilfe braucht.«

Igor senkte den Blick.

»Warum? Soll ich für Sie antworten? Nun denn. Wie ich bereits sagte, geht Ihre Ehe daran kaputt.«

»Schlimmer noch. Meine Frau weist dieselben Symptome auf. Seit einer gemeinsamen Reise an den Baikalsee distanziert sie sich von mir. Und wenn es jemanden auf der Welt gibt, für den ich wieder töten würde …«

Igor merkte, dass er zu viel gesagt hatte. Doch der Psychiater saß ungerührt auf der anderen Seite des Tisches.

»Wenn es jemanden auf der Welt gibt, für den ich alles, wirklich alles tun würde, dann ist es meine Frau.«

Der Psychiater rief seine Assistentin und bat sie, eine Reihe von Terminen auszumachen. Er fragte nicht, ob sein Patient an dem betreffenden Datum Zeit hätte: Es gehörte zur Behandlung, klarzumachen, dass jeder andere Termin, so wichtig er auch sein mochte, aufgeschoben werden konnte.

»Darf ich Sie etwas fragen?«

Der Arzt nickte.

»Kann die Tatsache, dass ich mehr arbeite, als ich muss, nicht auch als etwas Gutes angesehen werden? Als tiefe Achtung vor den Chancen, die mir Gott geschenkt hat? Als eine Möglichkeit, die Gesellschaft zu korrigieren, auch wenn ich manchmal gezwungen bin, Methoden anzuwenden, die etwas …«

Schweigen.

»… Etwas …?

»Ach, nichts.«

Igor verließ die Praxis verwirrt und zugleich erleichtert. Vielleicht hatte der Arzt das Wesen all dessen, was er tat, nicht begriffen. Für alles im Leben gibt es immer Gründe. Alle Menschen sind miteinander verbunden. Und häufig ist es notwendig, bösartige Tumore zu entfernen, damit der Körper gesund bleibt. Die Menschen verbarrikadieren sich in ihrer egoistischen Welt, machen Pläne, die den Nächsten nicht mit einschließen. Sie glauben, dass der Planet nur ein weiteres Terrain ist, das ausgebeutet werden muss. Sie folgen ihren Trieben und Wünschen, ohne dem Gemeinwohl zu dienen.

Igor zerstörte seine Ehe nicht. Er wollte nur den Kindern, die er sich erträumte, eine bessere Welt hinterlassen. Eine Welt ohne Drogen, ohne Kriege, ohne den skandalösen Sexmarkt, eine Welt, in der die große Kraft der Liebe alle Paare, Völker, Nationen und Religionen vereint. Ewa würde das verstehen – auch wenn ihre Ehe gerade in einer Krise steckte, die bestimmt vom Geist des Bösen geschickt worden war.

Am nächsten Tag bat Igor seine Sekretärin, die Termine mit dem Psychiater wieder abzusagen – er hatte Wichtigeres zu tun. Er arbeitete jetzt an einem großen Plan zur Läuterung der Welt. Dafür brauchte er Hilfe und hatte bereits eine Gruppe gefunden, die bereit war, für ihn zu arbeiten.

Zwei Monate später verließ ihn seine geliebte Frau – weil das Böse von ihr Besitz ergriffen hatte; weil ihr Mann nicht imstande gewesen war, ihre Gefühle zu verstehen.

Das Scharren eines Stuhles, der zurückgezogen wird, bringt ihn zurück nach Cannes. Neben ihm sitzt jetzt eine Frau mit einem Glas Whisky in der einen und einer Zigarette in der anderen Hand. Sie ist gut gekleidet, aber sichtlich angetrunken.

»Darf ich mich hierhin setzen? Alle Tische sind belegt.«

»Das haben Sie ja bereits getan!«

»Unmöglich!«, sagt die Frau, als würde sie ihn schon lange kennen. »Das ist einfach unmöglich. Die Polizei hat mich aus dem Krankenhaus rausgeworfen. Und der Mann, dessentwegen ich fast einen Tag lang gereist und ein Hotelzimmer zum doppelten Preis genommen habe, schwebt gerade zwischen Leben und Tod. So ein Mist!«

Ist sie von der Polizei? Hat das, was sie sagt, irgendeinen Bezug zu dem, was er denkt?

»Und was machen Sie hier? Ist Ihnen nicht heiß? Warum ziehen Sie Ihr Jackett nicht aus? Oder wollen Sie irgendjemanden mit Ihrer Eleganz beeindrucken?«

Die Leute wählen immer ihr eigenes Schicksal, das ist nun einmal so. Diese Frau tut das gerade.

»Ich trage immer ein Jackett, egal wie heiß es ist. Sind Sie Schauspielerin?«

Die Frau lacht, und es klingt geradezu hysterisch.

»Ja, sagen wir ruhig, ich bin Schauspielerin. Ich spiele die Rolle von jemandem, die als Jugendliche einen Traum hatte, mit ihm aufgewachsen ist, sieben elende Jahre ihres Lebens dafür gekämpft hat, um ihn Realität werden zu lassen, die eine Hypothek auf ihr Haus genommen und unablässig gearbeitet hat…«

»Ich weiß, wie das ist.«

»Nein, das wissen Sie nicht! Das bedeutet, Tag und Nacht immer an dasselbe zu denken. Zu Veranstaltungen zu gehen, zu denen Sie nicht eingeladen wurden. Leuten, die Sie verachten, die Hand zu schütteln. Einmal, zweimal, zehnmal anzurufen und jedes Mal vergebens, weil am anderen Ende der Leitung jemand sitzt, der nicht halb so gut oder mutig ist wie Sie selber, aber die Macht hat, Sie zu ignorieren, Ihnen das Leben zu vergällen und an Ihnen seinen ganzen Frust auszulassen.«

»… und jemand zu sein, der keine andere Freude im Leben hat, als sein Ziel zu verfolgen. Der stur nur darauf hinarbeitet. Alles andere langweilig findet. Und am Ende seine Familie zerstört.«

Die Frau schaut ihn verblüfft an. Plötzlich wirkt sie völlig nüchtern.

»Wer sind Sie? Wie können Sie meine Gedanken lesen?«

»Ich dachte gerade über das Gleiche nach, als Sie hereinkamen. Ich glaube, ich kann Ihnen helfen.«

»Niemand kann mir helfen. Der einzige Mensch, der es könnte, liegt in diesem Augenblick im Krankenhaus auf der Intensivstation. Und nach allem, was ich in Erfahrung bringen konnte, bevor die Polizei gekommen ist, wird er da nicht lebend wieder herauskommen. Mein Gott!«

Sie trinkt ihr Glas aus. Igor macht dem Kellner ein Zeichen. Dieser ignoriert ihn, bedient an einem anderen Tisch.

»Ich habe in meinem Leben immer ein zynisches Lob einer konstruktiven Kritik vorgezogen. Bitte sagen Sie, dass ich schön bin, dass ich Talent habe.«

Igor lacht. »Wieso glauben Sie, dass ich Ihnen nicht helfen kann?«

»Sind Sie zufällig Filmverleiher? Haben Sie Kontakte zur Filmwelt und zu Kinoketten?«

Vielleicht denken sie ja beide gerade an dieselbe Person. Wenn ja und wenn das eine Falle war, so ist es für ihn bereits zu spät zu fliehen. Offenbar steht er unter Beobachtung und wird, sobald er sich erhebt, verhaftet werden. Er spürt, wie sein Magen sich zusammenzieht, doch warum hat er Angst? Wenige Stunden zuvor hatte er erfolglos versucht, sich der Polizei zu stellen. Er hatte sich und seine Freiheit opfern wollen, doch Gott hatte sein Opfer nicht angenommen.

Und jetzt hatte Gott es sich offenbar noch einmal anders überlegt.

Igor denkt darüber nach, wie er aus der Situation, die ihm jetzt bevorsteht, heil herauskommen kann: Der Verdächtige wird identifiziert, eine Frau, die vorgibt, betrunken zu sein, geht voran und bestätigt die Angaben. Dann tritt ganz diskret ein Mann heran und bittet ihn, ihm zu folgen, damit sie sich ein bisschen unterhalten können. Dieser Mann ist ein Polizist. Igor hat in diesem Augenblick eine Art Kugelschreiber im Jackett, der unverdächtig wirkt – doch die Beretta wird ihn verraten. Sein ganzes Leben läuft in Sekundenschnelle vor seinem inneren Auge ab.

Würde er die Pistole benutzen können? Oder würde ihn die Polizei sofort erschießen, wenn sie sah, dass er in sein Jackett griff? Aber er ist nicht hierhergekommen, um wahllos und barbarisch Unschuldige zu töten. Er hat eine Mission, und seine Opfer – oder Märtyrer im Namen der Liebe, wie er sie lieber nennt – dienen einem höheren Zweck.

»Nein, ich bin kein Filmverleiher«, antwortet er. »Ich habe überhaupt nichts mit Film, Mode und Glamour zu tun. Ich arbeite in der Telekommunikationsbranche.«

»Großartig!«, sagt die Frau. »Sie haben bestimmt Geld. Sie werden in Ihrem Leben auch Träume gehabt haben und wissen, wovon ich rede.«

Langsam verliert Igor den Faden. Er macht einem anderen Kellner ein Zeichen. Diesmal wird er bedient und bestellt zwei Tassen Tee.

»Sehen Sie denn nicht, dass ich Whisky trinke?«

»Ja. Wie gesagt, ich glaube, ich kann Ihnen helfen. Dazu müssen Sie nüchtern sein, jeden Schritt bewusst erleben.«

Maureen wird von Minute zu Minute nüchterner. Seit dieser Fremde vorher ihre Gedanken erraten hat, kommt es ihr so vor, als fände sie schrittweise in die Realität zurück. Ja, wer weiß, vielleicht kann ihr dieser Mann tatsächlich helfen. Seit vielen Jahren hat niemand mehr versucht, sie mit einem der in ihrem Milieu bekanntesten Sätze zu verführen: ›Ich kenne einflussreiche Leute.‹ Nichts hebt die Laune einer Frau so sehr, wie wenn sie merkt, dass ein Mann sie begehrt. Plötzlich drängt es sie, sofort ins Bad zu gehen und ihr Make-up aufzufrischen. Doch vorher muss sie erst einmal deutlich ihr Interesse signalisieren.

Ja, sie braucht Gesellschaft, sie ist für Überraschungen des Schicksals offen – wenn Gott eine Tür schließt, öffnet er ein Fenster. Warum war sie ausgerechnet an den einzigen Tisch auf der Terrasse getreten, an dem nur eine einzelne Person saß? Da steckt ein Sinn dahinter, ein geheimes Zeichen: Es war vorherbestimmt, dass sie beide einander begegneten.

Sie lacht über sich selbst. In ihrer augenblicklichen Verzweiflung ist alles und jedes ein Zeichen, ein Ausweg, eine gute Nachricht.

»Zuerst einmal muss ich wissen, was Sie brauchen«, sagt der Mann.

»Ich brauche Hilfe. Ich habe einen fertigen Film mit einer erstklassigen Besetzung, der von einem der wenigen Menschen vertrieben werden sollte, die noch an das Talent von jemandem glauben, der nicht zum System gehört. Ich sollte mich morgen mit dem Verleiher treffen. Heute saß ich beim Lunch zufällig an seinem Nebentisch und bemerkte plötzlich, dass er sich unwohl fühlte.«

Igor entspannt sich. Möglicherweise stimmt es ja doch, dass in der realen Welt absurdere Dinge als in der fiktiven Welt der Bücher passieren.

»Ich bin aus dem Zelt hinausgegangen, habe mich erkundigt, in welches Krankenhaus er gebracht wird, und bin ihm nachgefahren. Unterwegs habe ich mir überlegt, was ich sagen soll: dass ich seine Freundin bin, dass wir ein gemeinsames Projekt haben. Ich hatte noch nie zuvor mit ihm gesprochen, aber ich war mir sicher, dass jemand, der sich in einer kritischen Lage befindet, froh ist, wenn irgendjemand bei ihm ist.«

Anders gesagt, sie wollte das Unglück eines anderen für sich ausnutzen, denkt Igor.

Die Menschen sind alle gleich, absolut gleich.

»Und was genau ist eine erstklassige Besetzung?«

»Bitte entschuldigen Sie mich einen Moment, ich muss schnell ins Bad.«

Igor erhebt sich höflich, setzt die Sonnenbrille auf und versucht, während sie sich entfernt, Gelassenheit vorzutäuschen. Er setzt sich wieder, trinkt seinen Tee, während seine Augen unaufhörlich über die Terrasse schweifen. Auf den ersten Blick sieht er nichts Verdächtiges, aber es ist auf jeden Fall besser, wenn er von hier verschwindet, sobald die Frau wieder auftaucht.

Maureen ist beeindruckt von der Höflichkeit ihres neuen Bekannten. Seit Jahren hat sie niemanden mehr kennengelernt, der sich den Regeln der Etikette entsprechend verhielt, die ihre Eltern ihr beigebracht hatten. Als sie die Terrasse verlässt, bemerkt sie, wie zwei junge, hübsche Frauen am Nebentisch, die bestimmt gelauscht haben, zu ihm hinüberblicken und lächeln. Sie sieht auch, wie er seine Sonnenbrille aufsetzt – vielleicht um die Frauen unbemerkt zu beobachten. Möglicherweise würden sie bereits miteinander Tee trinken, wenn sie zurückkommt.

Doch so ist nun mal das Leben: Klagen hilft nichts, man kann nur hoffen.

Maureen betrachtet ihr Gesicht im Spiegel: Es kann unmöglich sein, dass ein Mann sich für sie interessiert. Sie muss nüchtern werden, genau wie er vorgeschlagen hat. Ihre Augen sind müde, leer, sie ist erschöpft wie alle anderen Festivalteilnehmer auch, aber sie darf jetzt nicht aufgeben. Cannes ist noch nicht zu Ende, Javits könnte sich trotz allem erholen oder jemand anders würde sie an seiner Stelle empfangen. Sie hat Eintrittskarten für verschiedene Filme, eine Einladung zu einer Party der ›Gala‹, einer der wichtigsten Frauenzeitschriften in Frankreich, und könnte die restliche Zeit dazu nutzen, zu sehen, wie unabhängige Produzenten und Regisseure in Europa ihre Arbeit an den Mann beziehungsweise an einen Verleiher bringen. Sie muss sich schnell wieder fangen. Über den gutaussehenden Mann macht sie sich am besten keine Illusionen.

Als sie zum Tisch zurückkehrt, ist sie überzeugt, ihn dort mit den zwei jungen Mädchen sitzen zu sehen, doch er ist immer noch allein. Er erhebt sich wieder zuvorkommend, zieht ihren Stuhl zurück, damit sie sich setzen kann.

»Ich habe mich noch gar nicht vorgestellt. Ich heiße Maureen.«

»Igor. Angenehm. Wo waren wir stehengeblieben? – Richtig, Sie wollten mir gerade erzählen, was eine ideale Besetzung ist.«

Maureen beschließt, den jungen Mädchen am Nebentisch eins auszuwischen, und redet so laut, dass diese jedes Wort verstehen müssen.

»Hier in Cannes und bei jedem anderen Festival werden jedes Jahr neue Schauspielerinnen entdeckt, und jedes Jahr verlieren große Schauspielerinnen eine große Rolle – weil die Filmindustrie findet, dass sie zu alt geworden sind, obwohl sie eigentlich noch jung genug und voller Begeisterung dabei sind. Einige von den neu entdeckten Schauspielerinnen *(hoffentlich hören die Mädchen am Nebentisch gut zu!)* wollen nichts als in die Welt des Glamours gelangen. Mit den Filmen, in denen sie mitspielen, verdienen sie nicht viel, und die Regisseure wissen das und nutzen das weidlich aus – und so kommt es, dass sie genau in das Falsche investieren.«

»Und das wäre...«

»In die eigene Schönheit. Sie werden berühmt, fangen an, Geld dafür zu nehmen, dass sie auf Partys auftauchen, lernen die mächtigsten Männer und die begehrtesten Schauspieler kennen. Sie machen Werbung und verdienen damit viel Geld. Und weil sie jung und hübsch sind, gelingt es ihren Agenten, viele Verträge für sie an Land zu ziehen. Und sie lassen zu, dass ihre Agenten sie gängeln und ihrer Eitelkeit schmeicheln. Sie werden das Idol aller Hausfrauen, Teenager, Schauspielschülerinnen, die noch nicht einmal genügend Geld haben, um in den nächsten Ort zu fahren, und die sie gern zur Freundin hätten, gern ihr Leben hätten. Sie spielen weiter in verschiedenen Filmen mit, werden nach und nach etwas besser bezahlt, auch wenn die Pressesprecher von hohen Gagen reden, was ihnen natürlich keiner abnimmt. Auch die Journalisten glauben es nicht, verbreiten es aber trotzdem in ihren Blättern weiter, weil das Publikum Nachrichten mag und keine echten Informationen.«

»Und was ist der Unterschied?«, fragt Igor, der sehr entspannt dasitzt, aber dennoch weiterhin das Treiben auf der Terrasse aufmerksam beobachtet.

»Nehmen wir einmal an, Sie haben auf einer Versteigerung in Dubai einen vergoldeten Computer gekauft und beschließen, auf diesem technischen Wunderwerk ein neues Buch zu schreiben. Wenn ein Journalist davon erfährt, wird er Sie anrufen und fragen: ›Und wie ist nun Ihr goldener Computer?‹ Das ist eine Nachricht. Die Information – der Inhalt des Buches, das Sie gerade darauf schreiben – ist vollkommen unwichtig.«

›Ob Ewa wohl Nachrichten anstatt echten Informationen erhält?‹, überlegt Igor. Darüber hat er noch nie nachgedacht.

»Erzählen Sie weiter!«

»Die Zeit vergeht. Oder vielmehr, sieben oder acht Jahre vergehen. Nach und nach werden die Filmangebote rarer. Die Einladungen zu Partys und die Werbegagen ebenfalls. Der Agent der jungen Schauspielerin scheint anderweitig mehr zu tun zu haben als früher – und ruft immer seltener zurück. Der ›Star‹ ist empört: Was glaubt der Agent eigentlich, den ›Star‹ so zu behandeln, den Star, das große Sexsymbol, die Glamourikone? Anfangs gibt die Schauspielerin dem Agenten die Schuld, beschließt die Agentur zu wechseln, und zu ihrer Überraschung stört ihn das überhaupt nicht. Ganz im Gegenteil, der Agent bittet sie, ein Papier zu unterzeichnen, in dem steht, wie einvernehmlich ihre

Zusammenarbeit immer gewesen sei und dass er ihr alles Gute für die Zukunft wünsche. Damit ist ihre Beziehung beendet.«

Maureen blickt sich suchend nach einem Beispiel für das um, was sie eben gesagt hat. Leute, die noch berühmt, aber von der Leinwand verschwunden sind und nun verzweifelt nach einer neuen Chance Ausschau halten. Sie verhalten sich noch wie große Diven, tun immer noch so unnahbar wir früher, doch ihr Herz ist voller Bitterkeit, die Haut voller Botox und voller unsichtbarer Narben von Schönheitsoperationen. Sie sieht überall Spuren von Botox und Liftings, doch keine der Berühmtheiten des vergangenen Jahrzehnts ist hier in Cannes. Vielleicht fehlt ihnen inzwischen das Geld, um zu einem Festival wie diesem zu reisen, und sie schmücken stattdessen gerade irgendeinen Provinzball oder helfen beim Launch eines neuen Schokoriegels oder einer neuen Biermarke. Sie führen sich immer noch auf wie die Stars, die sie einmal waren, und wissen doch genau, dass sie keine mehr sind.

»Sie haben von zwei Typen von Menschen gesprochen.«

»Ja. Die zweite Gruppe von Schauspielerinnen trifft auf genau das gleiche Problem. Mit dem entscheidenden Unterschied« (und wieder wird ihre Stimme etwas lauter, denn inzwischen hängen die jungen Mädchen am Nebentisch buchstäblich an ihren Lippen, weil sie offensichtlich eine Insiderin ist), »dass sie sich bewusst sind, dass Schönheit nicht ewig währt. Sie tauchen nicht auf Werbeplakaten oder den Titelseiten von Society-Blättern auf, denn sie sind fleißig dabei, ihre Schauspielkunst zu vervollkommnen. Sie bilden sich weiter, knüpfen Kontakte, die ihnen in Zukunft nützlich sein werden, sie leihen ausgewählten Produkten ihren Namen und ihr Aussehen – nicht als Models, sondern als Geschäftspartnerinnen. Sie verdienen selbstverständlich weniger als die andern. Aber sie werden für den Rest ihres Lebens verdienen.

Und dann kommt jemand wie ich. Ich habe ein gutes Drehbuch, genügend Geld und möchte eine dieser Schauspielerinnen der zweiten Gruppe in meinem Film haben. Sie nimmt das Angebot an. Sie hat ausreichend Talent, um die Rolle zu spielen, die ich ihr anvertraue, und ist intelligent genug, um zu wissen, dass sie, selbst wenn der Film kein Erfolg wird, zumindest weiter auf der Leinwand präsent sein und auch in reiferem Alter noch arbeiten wird, weil, wer weiß, sich plötzlich ein Produzent für ihre Arbeit interessiert.«

Igor hat inzwischen auch gemerkt, dass die Mädchen am Nebentisch das Gespräch mithören.

»Wollen wir etwas spazieren gehen?«, fragt er leise. »Hier auf der Terrasse können wir nicht ungestört reden. Ich kenne einen schönen, ruhigen Ort, von dem aus man den Sonnenuntergang betrachten kann.«

Genau das will sie in diesem Augenblick hören: eine Einladung zu einem Spaziergang! Um den Sonnenuntergang zu sehen, obwohl bis dahin noch einige Zeit vergehen wird. Er probiert es nicht mit der bei Männern üblichen plumpen Tour: ›Kommen Sie doch noch kurz mit auf mein Zimmer, ich muss mir andere Schuhe anziehen‹, und oben im Zimmer dann: ›Ich habe Kontakte und weiß, wen Sie brauchen‹, wobei der Typ einen gleichzeitig packt und küssen will.

Sie hätte, ehrlich gesagt, nichts dagegen, von diesem hinreißenden Mann geküsst zu werden, über den sie allerdings überhaupt nichts weiß. Aber die Eleganz, mit der er sie verführt, würde sie so schnell nicht wieder vergessen.

Sie erheben sich. Am Ausgang bittet er den Kellner, alles auf sein Zimmer zu verbuchen (also logiert er im Martinez!). Auf der Croisette angekommen, schlägt er vor, nach links zu gehen.

»Da ist es ruhiger. Außerdem denke ich mir, dass der Blick von dort schöner ist, denn die Sonne geht über den Hügeln unter, die dann vor uns liegen.«

»Igor, wer sind Sie?«

»Gute Frage«, antwortet er. »Das wüsste ich auch gern.«

Noch ein Pluspunkt. Nichts von dieser Angeberei, er sei reich, intelligent und könne dies oder das. Er will nur mit ihr zusammen den Sonnenuntergang genießen, nichts anderes. Schweigend schlendern sie nebeneinander bis zum Ende des Strandes. Unterwegs begegnen ihnen alle möglichen Leute – ältere Ehepaare, die in einer anderen Welt zu leben scheinen und mit dem Filmfestival nichts zu tun haben, Jugendliche in engen Jeans, iPod-Stöpseln in den Ohren und Inlineskates an den Füßen. Straßenhändler, die ihre Waren auf Tüchern ausgebreitet haben, deren Ecken mit einer Schnur versehen sind, damit sie, sobald ein Polizist auftaucht, ihre ›Schaufenster‹ in Beutel verwandeln, aufstehen und weggehen können. Igor und Maureen kommen an einer von der Polizei abgesperrten Stelle vorbei – eine einfache Parkbank. Maureen bemerkt, dass ihr Begleiter sich immer wieder umdreht, als warte er auf jemanden …, aber möglicherweise hat er sich auch nur nach einem Bekannten umgesehen.

Sie gehen auf einen Pier, von wo die Sicht auf den Strand von den vertäuten Booten etwas verstellt ist, und finden schließlich ein einsames Plätzchen – eine bequeme Bank mit Rückenlehne. Sie sind ganz allein, denn wer sollte schon hierherkommen, wo überhaupt nichts los ist. Maureen ist bestens gelaunt.

»Wie schön es hier ist! – Wissen Sie, warum Gott am siebten Tag geruht hat?«

Igor versteht die Frage nicht, doch Maureen fährt fort:

»Weil am sechsten Tag, bevor er die Arbeit beendete und den Menschen eine vollkommene Welt hinterließ, eine Gruppe von Hollywoodproduzenten zu ihm kam und sagte: ›Überlassen Sie uns den Rest. Wir kümmern uns um einen Sonnenuntergang in Technicolor, Spezialeffekte für Stürme, perfekte Beleuchtung und ein Soundequipment, das die Menschen, wenn sie Brandung hören, glauben lässt, es sei das echte Meer.‹«

Der neben ihr sitzende Mann stimmt nicht in ihr Lachen ein, sondern blickt ernst vor sich hin.

»Sie haben mich gefragt, wer ich bin«, sagt er.

»Ich weiß nicht, wer Sie sind, aber die Stadt kennen Sie jedenfalls gut. Und ich kann dem noch hinzufügen: Es ist ein Segen, dass ich Sie getroffen habe. An einem einzigen Tag habe ich Hoffnung, Verzweiflung und Einsamkeit erlebt und nun auch noch die Freude, in Begleitung zu sein. Viele Gefühle auf einmal.«

Igor zieht einen Gegenstand aus der Tasche – er sieht wie ein kurzes Holzrohr aus.

»Die Welt ist ein gefährlicher Ort«, sagt er. »Egal, wo man ist, ständig läuft man Gefahr, Menschen zu begegnen, die ohne den geringsten Skrupel andere Menschen überfallen, zerstören, töten. Und keiner lernt, sich zu verteidigen. Wir sind alle anderen Menschen ausgeliefert, die mächtiger sind als wir.«

»Das stimmt. Ich nehme an, dieses Holzrohr ist ihre Verteidigungswaffe.«

Igor dreht am oberen Teil des Gegenstandes. Vorsichtig wie ein Künstler, der letzte Hand an sein Meisterwerk legt, nimmt er den Deckel ab. Es handelt sich letztlich nicht um einen Deckel, sondern den Kopf von etwas, was wie ein langer Nagel aussieht. Die Sonnenstrahlen brechen sich in dem Metall.

»Bei der Gepäckkontrolle am Flughafen kämen Sie mit so etwas im Koffer bestimmt nicht durch!«, sagt Maureen lachend.

»Allerdings.«

Maureen genießt das Gefühl, mit diesem höflichen, gutaussehenden, möglicherweise auch reichen Mann zusammen zu sein, der sie notfalls auch beschützen kann.

»Selbstverständlich muss man mit diesem Ding da gut umgehen können und genau wissen, wohin man stechen muss. Wegen seines geringen Durchmessers ist es zerbrechlich, auch wenn es aus Stahl ist. Und es ist zu klein, als dass es großen Schaden anrichten könnte. Ohne Präzision kein Ergebnis.« Er hebt die feine Klinge an und hält sie Maureen ans Ohr. Ihre erste Reaktion ist Angst, die dann in Erregung übergeht.

»Diese Stelle hier beispielsweise ist geradezu ideal. Etwas höher, und die Schädelknochen schützen vor dem Einstich. Etwas tiefer wird die Halsschlagader getroffen, der Mensch wird vermutlich sterben, kann aber vorher noch reagieren. Wenn er bewaffnet ist, kann er auf mich schießen und wird vermutlich auf die geringe Distanz auch treffen.«

Die Klinge wandert an ihrem Körper herunter. Streicht über ihre Brust, und Maureen folgert daraus: Er will sie beeindrucken und zugleich erregen.

»Ich hätte nicht gedacht, dass jemand aus der Telekommunikationsbranche so gut über Mordinstrumente Bescheid weiß. Aber so wie Sie es darstellen, ist es ziemlich schwer, mit diesem Ding da zu töten.«

Das sollte heißen: ›Ich bin an dem interessiert, was Sie mir da erzählen. *Sie* interessieren mich. Nehmen Sie bitte als Nächstes meine Hand, damit wir zusammen den Sonnenuntergang betrachten können.‹

Die Klinge gleitet über ihre Brust, bleibt dort aber nicht stehen. Schließlich hält sie etwas unterhalb ihrer Achselhöhle inne.

»Hier bin ich auf der Höhe Ihres Herzens. Rundherum liegen die Rippen als natürlicher Schutz. Würden wir kämpfen, wäre es unmöglich, Ihnen mit dieser kleinen Waffe Schaden zuzufügen. Sie würde mit Sicherheit eine Rippe treffen, und selbst wenn sie in den Körper eindringen würde, wäre die dadurch hervorgerufene Blutung nicht dafür ausreichend, den Gegner zu schwächen. Sie würden möglicherweise den Stich nicht einmal spüren. Aber an dieser Stelle hier ist er tödlich.«

Was macht sie hier an diesem einsamen Ort mit einem Wildfremden, der über so makabre Dinge redet? Im nächsten Augenblick spürt sie etwas wie einen elektrischen Schlag, der sie lähmt – die Hand hat die Klinge in ihren Körper gestoßen. Sie glaubt zu ersticken, will Atem holen, verliert aber sofort das Bewusstsein.

Igor umarmt sie – so wie er es schon mit seinem ersten Opfer getan hat. Doch diesmal rückt er den Körper so zurecht, dass er sitzenbleibt. Er streift Handschuhe über, dreht Maureens Kopf so, dass er ihr nach vorn auf die Brust fällt.

Jemand, der zufällig auf diesen einsamen Pier hinausblickt, würde eine Frau sehen, die auf ihrer Bank eingenickt ist – möglicherweise erschöpft von ihrer Suche nach einem Produzenten und nach einem Filmverleiher.

Hinter der alten Lagerhalle, wo er sich immer gern versteckt, weil er hier unbehelligt Paaren auflauern und masturbieren kann, während er zuschaut, wie sie Zärtlichkeiten austauschen, ruft jetzt ein Junge aufgeregt die Polizei an. Er hat alles gesehen. Anfangs hat er es für eine Spielerei gehalten, doch am Ende hat der Mann tatsächlich die Klinge in die Frau gestoßen! Der Junge muss jetzt warten, bis die Polizei kommt, und darf sein Versteck nicht verlassen. Dieser Verrückte könnte jeden Augenblick zurückkommen, und dann wäre er verloren.

Igor wirft die Klinge ins Meer und geht zurück zum Hotel. Diesmal hat sein Opfer den Tod selbst gewählt. Er hatte allein auf der Hotelterrasse gesessen, als Maureen zu ihm gekommen war. Er hätte nie geglaubt, dass sie in einen Spaziergang mit einem Wildfremden zu einem abgelegenen Ort einwilligen würde – doch sie hatte es getan. Sie hatte jede Möglichkeit gehabt zu fliehen, als er ihr die verschiedenen

Stellen zeigte, an denen der kleine Gegenstand tödliche Verletzungen hervorrufen konnte.

Ein Polizeiwagen fährt auf der für die Öffentlichkeit gesperrten Fahrspur an ihm vorbei. Igor schaut ihm nach und sieht zu seiner Überraschung, dass er genau auf den Pier zuhält, auf den während des Festivals sonst nie eine Menschenseele kommt. Er ist am Morgen dort gewesen und hat ihn ebenso verlassen vorgefunden wie jetzt am Nachmittag, obwohl es ein idealer Ort war, wo man den Sonnenuntergang genießen konnte.

Wenige Sekunden später fährt ein Krankenwagen mit Blaulicht und Sirenengeheul vorbei. Er fährt in dieselbe Richtung wie der Polizeiwagen.

Igor geht weiter. Er weiß jetzt: Jemand hat den Mord gesehen. Wie würde dieser Jemand ihn beschreiben? Grauhaariger Mann, Jeans, weißes Hemd, schwarzes Jackett. Der mögliche Zeuge würde eine mündliche Beschreibung liefern, und das würde nicht nur eine Weile dauern, sondern zu der Schlussfolgerung führen, dass es zig, möglicherweise Tausende Leute gibt, die ähnlich aussehen.

Seit er sich der Polizei stellen wollte und von dem Polizisten ins Hotel zurückgeschickt wurde, ist er davon überzeugt, dass niemand seine Mission noch aufhalten kann. Seine Zweifel sind jetzt ganz anderer Natur: Verdient Ewa überhaupt die Opfer, die er dem Universum darbringt? Als er nach Cannes gekommen war, hatte er nicht daran gezweifelt. Inzwischen aber bewegt ihn etwas anderes: Er vermeint den Geist der kleinen Kunsthandwerks-Verkäuferin mit ihren dichten Augenbrauen und ihrem unschuldigen Lächeln zu hören:

›Innerhalb der Schöpfung strebt ein jeder nach Liebe. Doch dieses Streben sollte nicht auf einen einzigen Menschen gerichtet sein. Die Liebe ist überall auf der Welt und wartet darauf, entdeckt zu werden. Wach auf, erwache für diese Liebe. Vergangenes soll nicht wiederkehren. Was kommt, muss erkannt werden.‹

Igor kämpft gegen diesen Gedanken an. Wir finden erst heraus, dass ein Plan falsch ist, wenn wir ihn bis in alle Konsequenzen durchführen. Oder wenn Gott, der Barmherzige, uns in eine andere Richtung führt.

Igor schaut auf die Uhr: Ihm bleiben noch zwölf Stunden in der Stadt, genügend Zeit, bevor er sein Flugzeug mit der Frau besteigt, die er liebt, und wieder zurückkehrt nach ...

... wohin? Zu seiner Arbeit in Moskau – nach allem, was er erlebt, gelitten, gedacht, geplant hat? Oder würde er endlich durch alle seine Opfer wiedergeboren werden, die absolute Freiheit wählen, Seiten von sich selber zu entdecken, die er noch nicht kennt, und von diesem Augenblick an genau die Dinge tun, von denen er geträumt hat, als er noch mit Ewa zusammen war?

16 Uhr 34

Jasmine raucht und schaut gedankenverloren aufs Meer. In solchen Augenblicken fühlt sie sich mit dem Unendlichen so tief verbunden, als wäre nicht sie es, die sich dort befindet, sondern etwas Mächtiges, das imstande ist, Außergewöhnliches zu vollbringen.

Sie erinnert sich an eine alte Geschichte, die sie einmal irgendwo gelesen hat:

Nasrudin erschien mit einem herrlichen Turban bei Hofe, um Geld für einen wohltätigen Zweck zu erbitten.

»Und um von mir Geld zu erbitten, kommt Ihr mit einem so teuren Kopfschmuck zu mir?! Wie viel hat dieses außergewöhnliche Stück denn gekostet?«, fragte der Herrscher.

»Fünf Goldstücke«, antwortete der Sufi-Gelehrte.

»Das ist gelogen. Kein Turban kostet so viel«, flüsterte der Minister dem Herrscher ins Ohr.

Nasrudin blieb beharrlich:

»Ich bin nicht nur gekommen, um zu bitten, sondern auch, um zu handeln. Ich habe so viel Geld für den Turban bezahlt, weil ich wusste, dass auf der ganzen Welt nur ein Herrscher in der Lage wäre, ihn mir für sechshundert Goldstücke abzukaufen, damit ich den Gewinn unter die Armen verteilen kann.«

Der Sultan war geschmeichelt und zahlte, was Nasrudin verlangte. Beim Hinausgehen sagte der Sufi-Gelehrte zum Minister:

»Sie mögen zwar genau wissen, was ein Turban kostet, aber ich weiß, wozu Eitelkeit einen Menschen bringen kann.«

Um ebendiese Eitelkeit geht es in Janines Umgebung. Sie mag ihren Beruf, sie gesteht jedem zu, nach seiner Fasson selig zu werden, weiß aber selber sehr genau, was im Leben wirklich wichtig ist. Und sie will mit beiden Beinen auf dem Boden bleiben, auch wenn überall Versuchungen lauern.

Jemand schaut zur Tür herein, sagt, in einer halben Stunde gehe es los, hinaus auf den Laufsteg. Das Schlimmste ist damit überstanden, nämlich das untätige Warten, das jeder Modenschau vorausgeht. Die Mädchen schalten ihre iPods und Handys aus. Die Make-up-Stylisten legen letzte Hand an. Die Hairstylisten richten widerspenstige Haarsträhnen.

Jasmine setzt sich in der Garderobe vor den Spiegel und lässt die Leute ihre Arbeit machen.

»Werden Sie nur nicht nervös, weil es Cannes ist!«, sagt die Make-up-Stylistin.

»Ich bin nicht nervös.«

Warum sollte sie auch? Ganz im Gegenteil. Jedes Mal, wenn sie auf den Laufsteg hinausgeht, fühlt sie sich wie im Rausch, spürt sie den berühmten Adrenalinschub. Die Make-up-Stylistin ist gesprächig, erzählt etwas über die Falten berühmter Leute, die durch ihre Hände gegangen sind, preist eine neue Creme an. Sie sagt, sie habe den ganzen Zirkus satt, und fragt Jasmine, ob sie eine Einladung zu einer Party habe. Jasmine lässt das alles geduldig über sich ergehen. In Gedanken ist sie weit weg, in Antwerpen, an dem Tag, an dem sie beschlossen hatte, die beiden Fotografen aufzusuchen.

Es hatte Schwierigkeiten gegeben, aber am Ende war alles gut geworden.

So würde es auch heute sein. So wie damals, als sie in Begleitung ihrer Mutter – die sich nichts sehnlicher wünschte, als dass ihre Tochter so bald als möglich aus ihrer Depression herausfände – bei dem Ersten der beiden Fotografen klingelte, die sie auf der Straße angesprochen hatten. Die Tür führte in einen kleinen Raum mit einem von Fotonegativen übersäten durchsichtigen Lichttisch. Neben dem Fotografen stand eine etwa 40-jährige Dame, die Jasmine von Kopf bis Fuß musterte, ehe sie sich lächelnd als Eventmanagerin vorstellte.

»Ich bin sicher, dass Ihre Tochter eine große Zukunft als Model hat«, sagte die Frau, als sie sich gesetzt hatten.

»Ich begleite meine Tochter nur«, antwortete Jasmines Mutter. »Wenn Sie ihr etwas zu sagen haben, wenden Sie sich bitte direkt an sie!«

Die Eventmanagerin stutzte verblüfft, dann nahm sie eine Karteikarte, notierte einige persönliche Daten und Maße und meinte dann beiläufig:

»Cristina ist kein guter Name für ein Model. Zu alltäglich. Das muss als Erstes geändert werden.«

›Cristina ist noch aus einem anderen Grund kein guter Name‹, hatte Jasmine da gedacht. ›Weil er zu einem Mädchen gehört, das an dem Tag gestorben ist, als es Zeugin eines Mordes wurde, der sie seither verfolgte, weil sie damals nicht den Mut gehabt hatte, den Mörder vor Gericht zu identifizieren. Als sie beschlossen hatte, alles zu verändern, war ihr zuerst ihr neuer Name eingefallen. Damit wollte sie beginnen. Daher hatte sie die Antwort gleich parat gehabt:

»Jasmine Tiger. Zart wie eine Blüte und gefährlich wie ein Raubtier.«

Der Eventmanagerin schien das zu gefallen.

»Model zu werden ist nicht einfach. Und du hast das Glück, entdeckt worden zu sein. Selbstverständlich muss noch vieles geregelt werden, aber dafür sind wir ja da. Wir werden Fotos von dir machen und sie an spezielle Agenturen schicken. Du wirst auch eine Set Card brauchen.«

Sie wartete ab, dass Cristina fragte: ›Was ist eine Set Card?‹ Aber die Frage kam nicht, was die Eventmanagerin ebenfalls verblüffte.

»Du weißt offenbar schon, was eine Set Card ist – die Visitenkarte eines Models. Auf der Vorderseite findet sich neben den Angaben zu deinem Aussehen – Augenfarbe, Haarfarbe, Größe, Gewicht, Konfektionsgröße – ein besonders gutes Foto von dir. Auf der Rückseite sind mehrere Fotos in verschiedenen Outfits, Porträts, mal weniger, mal stärker geschminkt, damit man dich auch auswählt, wenn man jemanden möchte, der etwas älter aussieht. Deine Brüste …«

Kleine Pause.

»… deine Brüste sind vielleicht etwas größer als bei Models üblich.«

Die Eventmanagerin wandte sich an den Fotografen.

»Das müssen wir überspielen. Notieren Sie sich das.«

Der Fotograf notierte es sich. Cristina – die jetzt ganz schnell zu Jasmine Tiger wurde – hatte damit gerechnet, denn sie hatte vorher schon gedacht: ›Wenn sie mich zu Fotos einladen, werden sie feststellen, dass meine Brüste größer sind als bei Models üblich.‹

Die Eventmanagerin griff nach einer schönen Ledermappe und entnahm ihr eine Liste, die sie nun Punkt für Punkt durchging.

»Wir müssen einen Make-up-Stylisten kommen lassen. Und einen Friseur. Du hast keine Laufstegerfahrung, oder?«

»Nein.«

»Nun, auf dem Catwalk geht man nicht so wie auf der Straße, und vor allem nicht so schnell, weil du sonst mit deinen Highheels hinfallen würdest. Auf dem Catwalk setzt man die Füße voreinander wie eine Katze. Lächle nie! Achte auf die Haltung, die ist das Wichtigste!«

Die Eventmanagerin machte drei Kreuze am Rand der Liste.

»Du wirst dir ein paar Kleider ausleihen müssen.«

Noch ein Kreuz.

»So, das wär's wohl erst mal für heute.«

Damit entnahm sie der eleganten Ledertasche einen Taschenrechner. Sie fuhr mit dem Finger die Liste entlang, tippte ein paar Zahlen ein und addierte sie. Keiner im Raum wagte auch nur ein Wort zu sagen.

»Das macht etwa zweitausend Euro, die Fotos nicht inbegriffen, denn Yasser«, und damit wandte sie sich dem Fotografen zu, »ist zwar sündhaft teuer, aber bereit, dich gratis abzulichten, wenn du ihm dafür erlaubst, das Material selbst zu benutzen. Wir können den Make-up-Stylisten und den Friseur für morgen früh bestellen. Außerdem werde ich mich für dich um einen Platz in der Modelschule bemühen. Das klappt bestimmt, so wie ich auch sicher bin, dass du diese Investition in deine Zukunft nicht bereuen wirst und die Kosten schon bald wieder hereinholst.«

»Wollen Sie damit sagen, dass ich zahlen soll?«

Wieder wirkte die Eventmanagerin etwas konsterniert. Normalerweise waren die Mädchen, die zu ihr kamen, verrückt danach, ihren Traum, der der Traum einer ganzen Generation war, zu verwirklichen. Sie wollten zu den begehrtesten Frauen der Welt gehören und stellten niemals solche deplatzierten Fragen.

»Hör mal zu, Cristina …!«

»Jasmine. Als ich hier durch die Tür trat, wurde ich Jasmine.«

Ein Handy klingelte. Der Fotograf zog seins aus der Hosentasche und ging in den hinteren Teil des Raumes; er lag ganz im Dunkeln und war durch Vorhänge vom Rest abgeteilt. Als er einen der Vorhänge öffnete, konnte Jasmine eine schwarze Wand, Stative mit Blitzlichtern, hell leuchtende, weiß bespannte Boxen und verschiedene Spots an der Decke erkennen.

»Hör mir mal gut zu, Jasmine! Es gibt Tausende und Abertausende von Menschen, die gern an deiner Stelle wären. Du wurdest von einem der wichtigsten Fotografen der Stadt entdeckt, ich selber werde deine Karriere in die Hand nehmen, und die besten Profis werden dich unterstützen. Aber wie bei allem im Leben muss man daran glauben, dass man es schafft, und dafür etwas investieren. Du bist schön genug, um großen Erfolg zu haben, aber das reicht in unserer von erbitterter Konkurrenz bestimmten Welt nicht aus. Man muss auch die Beste sein, und das kostet Geld, zumindest am Anfang.«

»Aber wenn Sie glauben, dass ich all diese Eigenschaften habe, warum investieren Sie dann nicht Ihr eigenes Geld?«

»Das kommt schon noch«, erwiderte die Frau, und sie klang plötzlich sehr streng. Zuerst sollst du uns zeigen, wie engagiert *du* bist. Ich möchte sicher sein, dass du wirklich ein Profi werden willst und nicht einfach nur von der Chance geblendet bist, zu reisen, die Welt kennenzulernen, einen reichen Mann zu finden.«

Der Fotograf kam ins Studio zurück.

»Der Make-up-Stylist ist am Apparat. Er möchte wissen, wann er morgen kommen soll.«

»Wenn es wirklich nicht anders geht, kann ich den Betrag auftreiben...«, sagte die Mutter.

Aber Jasmine war schon aufgestanden und ging, ohne den beiden die Hand zu geben, zur Tür.

»Vielen Dank. Ich habe das Geld nicht. Und selbst wenn ich es hätte, würde ich es für etwas anderes ausgeben.«

»Aber es geht doch um deine Zukunft!«

»Genau. Meine Zukunft, nicht Ihre.«

Jasmine war weinend hinausgerannt. Zuerst war sie schnurstracks zu der Luxusboutique gegangen, deren Besitzer sie einstmals angesprochen hatte. Der war jedoch nicht da, und die Verkäuferinnen behandelten sie herablassend und ließen sogar durchblicken, dass sie sie für eine Lügnerin hielten, als sie sagte, sie kenne den Besitzer. – Wie hatte sie bloß glauben können, sie würde ein neues Leben beginnen? Sie hatte zwar einen perfekten Namen für sich gefunden, doch jetzt sollte sie auch noch zweitausend Euro aufbringen, um den ersten Schritt zu tun.

Mutter und Tochter gingen wortlos nebeneinander nach Hause. Jasmines Handy klingelte mehrmals, doch nach einem Blick auf die Nummer auf dem Display steckte sie es wieder in die Tasche.

»Warum gehst du nicht dran? Haben wir heute Nachmittag nicht noch einen Termin?«

»Genau darum geht es. Wir haben keine zweitausend Euro.«

Die Mutter legte Jasmine begütigend den Arm um die Schultern. Sie wusste, wie labil ihre Tochter jetzt war.

»Doch, die haben wir. Wozu habe ich seit dem Tod deines Vaters täglich geschuftet? Ich habe gespart, wir haben die zweitausend Euro. Wenn es nötig sein sollte, auch noch mehr. Eine Putzfrau in Europa verdient gut, denn hier mag niemand den Dreck anderer wegmachen. Und wir reden hier von deiner Zukunft. Wir gehen jetzt nicht nach Hause!«

Das Handy klingelte erneut. Jasmine wurde wieder Cristina und gehorchte ihrer Mutter. Am anderen Ende der Leitung war eine Frau, die ihren Namen nannte und sich entschuldigte, es sei ihr etwas dazwischengekommen, sie müssten ihren Termin leider um zwei Stunden verschieben.

»Das ist nicht weiter schlimm«, antwortete Cristina. »Aber bevor Sie Ihre Zeit vergeuden, hätte ich gern gewusst, was Ihre Arbeit kosten wird.«

»Was sie kosten wird?«

»Ja. Ich komme gerade von einem Termin, und die wollen zweitausend Euro für die Fotos, das Make-up...«

Die Frau am anderen Ende der Leitung lachte.

»Es kostet gar nichts. Den Trick kenne ich, lass uns darüber reden, wenn du hier bist.«

Das Studio sah ganz ähnlich wie das vom Vormittag aus, aber die Unterhaltung verlief völlig anders.

Die Fotografin wollte wissen, warum Cristina trauriger aussah als bei ihrem erstes Treffen. Cristina erzählte, was ihr am Vormittag bei dem anderen Fotografen widerfahren war, worauf die Fotografin sie darüber aufklärte, dass dies vollkommen normal sei, die Behörden allerdings heutzutage solche Praktiken stärker im Auge behielten. In genau diesem Augenblick würden überall auf der Welt hübsche Mädchen eingeladen, ihr »Schönheitspotential« zu zeigen, was sie dann teuer zu stehen kam. Unter dem Vorwand, junge Talente zu suchen, mieteten solche Leute Zimmer in Luxushotels, stellten dort Fotoapparate auf und versprachen mindestens eine Modenschau pro Jahr oder »Geld zurück«. Sie nahmen ein Vermögen für die Fotos, holten gescheiterte Profis als Make-up- und Hairstylisten, brachten Modelschulen ins Spiel und verschwanden anschließend oft spurlos. Cristina habe Glück gehabt, zu einem echten Studio gegangen zu sein, sei aber auch klug genug gewesen, das Angebot abzulehnen.

»Sie setzen auf die Eitelkeit der Menschen, was ja primär nicht falsch ist – solange alle Beteiligten sich dessen bewusst sind, selbstverständlich. So was gibt es nicht nur in der Welt der Mode, sondern auch in anderen Branchen: Schriftsteller zum Beispiel publizieren ihre Arbeiten oft im Selbstverlag, Maler finanzieren ihre Ausstellungen, Filmemacher verschulden sich im Kampf mit den großen Studios, junge Mädchen in deinem Alter geben alles auf und arbeiten in der Großstadt als Kellnerinnen in der Hoffnung, eines Tages würde ein Produzent ihr Talent entdecken und aus ihnen einen Star machen.«

Sie würde nicht jetzt sofort Fotos machen, sagte die Frau. Dazu müsse sie Jasmine erst näher kennenlernen, denn das Drücken auf den Auslöser stehe am Ende eines langen Prozesses, an dessen Anfang es darum gehe, die Seele eines Menschen zu entdecken.

»Du musst dir einen anderen Namen aussuchen.«

»Jasmine Tiger.«

Ja, in diesem Augenblick war ihr Traum wieder lebendig geworden.

Die Fotografin hatte sie zu einem Wochenende an einen Strand nahe der holländischen Grenze eingeladen, wo sie dann mehr als acht Stunden am Tag damit verbrachten, alle möglichen Experimente vor der Kamera zu machen.

Jasmine hatte mit dem Gesicht Gefühle ausdrücken müssen, die bestimmte Wörter in ihr auslösten: »Feuer« oder »Verführung« oder »Wasser«. Jasmine hatte die gute und die schlechte Seite ihrer Seele zeigen müssen. Sie hatte nach vorn, zur Seite, nach unten, in die Ferne blicken müssen. Sie hatte sich Möwen und Dämonen vorstellen müssen oder dass sie in einer Bar von älteren Männern auf die Toilette gezerrt und reihum von ihnen vergewaltigt wurde. Sie hatte sich vorstellen müssen, Sünderin und Heilige zu sein, pervers und unschuldig.

Einige der Fotos machten sie auch im Freien. Es war bitterkalt, trotzdem konnte Jasmine die Anregungen und Vorschläge der Fotografin umsetzen. Sie benutzten auch das kleine improvisierte Studio in einem der Hotelzimmer. Dazu spielte Musik, die ebenso häufig wechselte wie die Beleuchtung. Jasmine schminkte sich selber, die Fotografin frisierte sie.

»Bist du mit mir zufrieden? Warum investierst du so viel Zeit in mich?«

Doch die Fotografin antwortete nur immer wieder, »lass uns später darüber reden«, und verbrachte die Abende damit, sich die Fotos anzusehen und sich Notizen dazu zu machen. Sie verlor kein Wort darüber, ob sie mit dem Ergebnis zufrieden oder darüber enttäuscht war.

Erst am Montagmorgen bekam Jasmine (Cristina war zu dem Zeitpunkt endgültig tot) einen ersten Kommentar zu hören. Sie warteten gerade im Brüsseler Bahnhof auf den Anschlusszug nach Antwerpen.

»Du bist das beste Model, mit dem ich je gearbeitet habe.«

»Du machst Witze!«

Die Fotografin sah sie ernst an

»Keineswegs. Kein Zweifel, du bist die Beste. Ich habe zwanzig Jahre Berufserfahrung und unzählige Menschen fotografiert. Ich habe mit professionellen Models und Filmschauspielern gearbeitet. Mit erfahrenen Leuten. Doch niemand, wirklich niemand hat die Fähigkeit gehabt, so wie du Gefühle auszudrücken.

Weißt du, wie man so etwas nennt? Talent. In bestimmten Bereichen ist Talent einfach feststellbar. Bei Managern, zum Beispiel, die einen vor der Pleite stehenden Betrieb retten und wieder erfolgreich machen. Bei Sportlern, die Rekorde brechen. Bei Künstlern, deren Werke über mehrere Generationen Anerkennung finden. Wie aber soll man Talent bei einem Model festmachen? Also ich kann es, denn ich bin Profi. Dir ist es gelungen, deine inneren Engel und Dämonen der Kamera zu zeigen, und das ist nicht einfach. Ich meine damit nicht die Attitüde von Jugendlichen, die sich als Vampire verkleiden und auf Gothic-Partys gehen, und auch nicht junge Mädchen, die eine unschuldige Miene aufsetzen und versuchen, in Männern pädophile Gefühle zu wecken. Ich rede hier von wahren Dämonen und wahren Engeln.«

Der Bahnhof wimmelte von Menschen. Jasmine schaute auf die Abfahrtszeit des Zuges und schlug vor, nach draußen zu gehen – sie hatte einen schrecklichen Schmacht, und Rauchen war drinnen verboten. Sie fragte sich, ob sie sagen sollte, was in diesem Augenblick in ihr vorging, oder besser nicht.

»Vielleicht habe ich ja Talent, aber wenn, dann habe ich es nur aus einem einzigen Grund zeigen können. Du hast in den Tagen, die wir gemeinsam verbracht haben, nie etwas über dein Privatleben erzählt und mich auch nicht nach meinem gefragt. Darf ich dir übrigens etwas von deinem Gepäck abnehmen? Der Beruf eines Fotografen scheint, zumindest in Bezug auf die Ausrüstung, die man schleppen muss, doch eher etwas für Männer zu sein.«

Die Fotografin lachte.

»Über mich gibt es nichts Besonderes zu erzählen. Außer dass ich meine Arbeit liebe. Ich bin achtunddreißig, geschieden, kinderlos, habe eine Reihe von Kontakten, die mir erlauben, sorgenfrei, jedoch ohne großen Luxus zu leben.

Aber einen Rat möchte ich dir noch mit auf den Weg geben: Falls alles gut läuft, solltest du dich *niemals* wie jemand aufführen, dessen Überleben von seinem Beruf abhängt, selbst wenn das der Fall sein sollte.

Folgst du diesem Rat nicht, könntest du leicht vom System manipuliert werden. Selbstverständlich werde ich deine Fotos benutzen und mit ihnen Geld verdienen. Aber du solltest dir ab jetzt eine professionelle Agentin oder einen Agenten suchen.«

Jasmine zündete sich noch eine Zigarette an. Jetzt oder nie.

»Weißt du, warum ich mein Talent zeigen konnte? Weil etwas geschehen ist, wovon ich nie geglaubt hätte, dass es mir passieren würde: Ich habe mich in eine Frau verliebt, von der ich mir wünsche, dass sie mir in Zukunft zur Seite steht und mich bei allem berät. In eine Frau, der es gelungen ist, mit ihrer Sanftheit und ihrer Strenge in meine Seele einzudringen, und die alles freigesetzt hat, was es dort an Schlimmem und Gutem gibt. Sie hat es nicht mit langen Meditationsstunden oder mit Psychoanalyse geschafft (meine Mutter wollte immer, dass ich so etwas mache), sondern sie hat …«

Sie machte eine Pause. Sie hatte Angst, konnte aber jetzt nicht mehr zurück, und sie hatte nichts mehr zu verlieren.

»Sie hat dazu einen Fotoapparat benutzt.«

Die Zeit stand still. Die Menschen vor dem Bahnhof gingen nicht mehr weiter, der Lärm verstummte, der Wind erstarb, der Zigarettenrauch gefror in der Luft, alle Lichter gingen aus. Nur zwei Augenpaare, die einander ansahen, leuchteten mehr denn je.

»Fertig!«, sagt die Make-up-Stylistin.

Jasmine steht auf und sieht ihre Lebensgefährtin an, die in dem zur Garderobe umfunktionierten Salon hin und her geht, Details nachbessert, Accessoires überprüft. Sie ist bestimmt nervös, schließlich ist es ihre erste Modenschau in Cannes, und von deren Erfolg hängt ab, ob sie einen guten Vertrag mit der belgischen Regierung bekommt.

Jasmine möchte am liebsten zu ihr gehen und sie beruhigen. Ihr sagen, dass alles gut werden wird, schließlich sei es bislang immer so gewesen. Darauf würde sie allerdings eine Bemerkung zu hören bekommen wie: ›Du bist erst neunzehn, was weißt du schon vom Leben?‹

Und Jasmines Antwort wäre dann: ›Ich kenne deine Fähigkeiten genau wie du meine. Seit du vor drei Jahren auf dem Brüsseler Bahnhof die Hand gehoben und sanft mein Gesicht berührt hast, sind wir zusammen, jener Augenblick hat unser Leben verändert. Damals waren wir beide erschrocken, weißt du noch? Aber wir haben unsere Angst überwunden. Deshalb bin ich hier und abgesehen davon, dass du eine ausgezeichnete Fotografin bist, tust du jetzt das, wovon du immer geträumt hast: Kleider entwerfen und produzieren.‹

Sie weiß, dass so eine Bemerkung keine gute Idee wäre: Jemanden, der nervös ist, zu bitten, sich zu beruhigen, hat immer den gegenteiligen Effekt.

Jasmine stellt sich ans Fenster und zündet sich noch eine Zigarette an. Sie raucht viel, aber was soll's? Es ist ihre erste große Modenschau in Frankreich.

16 Uhr 43

Eine junge Frau in schwarzem Kostüm und weißer Bluse öffnet die Tür. Sie fragt Gabriela nach ihrem Namen, sieht auf ihrer Liste nach und bittet sie, noch einen Augenblick zu warten. Zwei Männer und eine Frau, die möglicherweise noch jünger ist als sie, warten ebenfalls.

Alle warten ernst und stumm darauf, dass sie an die Reihe kommen. Wie lange wird es wohl dauern? Was mache ich eigentlich hier?, fragt sich Gabriela. Eine Frage, auf die sie zwei Antworten findet.

Die erste lautet: Mach weiter! Gabriela, die Optimistin, die so beharrlich daran gearbeitet hat, ein Star zu werden, und jetzt an die große Premiere, an die Einladungen, an die Reisen im Privatjet, an die Plakatwände, von denen sie in den Hauptstädten der Welt herablächelt, an die Fotografen denken muss, die ihr vor ihrer Wohnung auflauern, sich für ihre Kleidung interessieren, für die Boutiquen, in denen sie einkauft, für den blonden jungen Mann, mit dem sie in einer In-Bar gesehen wurde. Sie stellt sich ihre triumphale Rückkehr in ihre Heimat vor und wie die alten Freunde sie staunend und neidisch anschauen. Und sie denkt an die wohltätigen Einrichtungen, die sie unterstützen will.

Die zweite Antwort erinnert Gabriela, die Optimistin, die so beharrlich daran gearbeitet hat, ein Star zu werden, daran, dass sie jetzt auf Messers Schneide wandelt, von der man leicht abrutschen und in den Abgrund fallen kann. Denn Hamid Hussein hat noch nie von ihr gehört, seine Leute haben sie nie mit Abend-Make-up gesehen, womöglich passt ihr das Kleid überhaupt nicht und muss noch geändert werden, und dann kommt sie zu spät ins Martinez. Und außerdem ist sie schon 25 Jahre alt, vielleicht bewirbt sich dort draußen auf der Jacht bereits eine andere Kandidatin, oder Hamid Hussein hat es sich anders überlegt oder will genau das: zwei oder drei Mädchen in der Endauswahl haben und dann sehen, welche von ihnen aus der Menge heraussticht. Alle drei würden zur Party eingeladen werden, ohne dass sie voneinander wussten.

Paranoia.

Nein, das ist keine Paranoia, sondern Realität. Außerdem ist Erfolg nicht planbar, da mögen Gibson und der Filmstar bisher noch so erfolgreiche Filme gedreht haben. Und wenn in diesem Film etwas falschlaufen sollte, wäre es allein ihre, Gabrielas, Schuld. Das Gespenst des verrückten Hutmachers aus *Alice im Wunderland* ist immer noch gegenwärtig. Gabriela ist gar nicht so talentiert, wie sie immer geglaubt hat, sie ist nur jemand, der sich nach Kräften bemüht. Sie ist kein Glückspilz wie andere. Und obwohl sie Tag und Nacht gekämpft hat, hat sie bisher in ihrem Leben noch nichts erreicht. Seit ihrer Ankunft in Cannes hat sie nicht geruht und gerastet, hat ihre teuren Books an verschiedene Castingagenturen verteilt und ist trotzdem nur zu einem einzigen Casting eingeladen worden. Wäre sie wirklich jemand ganz Außergewöhnliches, könnte sie sich ihre Rollen jetzt aussuchen. Sie wollte zu hoch hinaus, Hochmut kommt schließlich vor dem Fall. Und bald wird sie eine Niederlage erleben, die umso bitterer sein wird, als sie es ja fast geschafft hat ... und dann doch kläglich gescheitert ist.

›Ich ziehe schlechte Schwingungen an. Ich spüre sie deutlich. Ich muss mich beherrschen.‹

Vor der Frau im Kostüm und den drei anderen schweigend Wartenden kann sie jetzt nicht gut Yogaübungen machen. Sie muss die negativen Gedanken verscheuchen. Doch woher kommen die nur? Sie hat viel über diese Dinge gelesen, weil sie früher gedacht hat, sie würde wegen des Neides anderer nichts erreichen. Und sie meint zu spüren, dass genau in diesem Moment eine Schauspielerin, die zuerst abgelehnt worden ist, all ihre Energie darauf konzentriert, die Rolle doch noch zu bekommen. Ja, das spürt sie. *Und darum ist es auch so!* Wie kann sie ihre Gedanken in andere Bahnen lenken, sich mit allen Kräften des Universums verbünden? Nur das wird ihr helfen!

Sie atmet tief ein, lächelt und sagt sich:

›In diesem Augenblick verbreite ich die Energie der Liebe um mich herum, sie ist mächtiger als die Kräfte der Finsternis; der Gott, der in mir wohnt, grüßt den Gott, der in allen Bewohnern des Planeten wohnt, auch in jenen, die –‹

Sie hört lautes Lachen. Die Tür, vor der Gabriela wartet, öffnet sich, und eine Gruppe fröhlicher junger Leute beiderlei Geschlechts kommt in Begleitung von zwei weiblichen Stars heraus und geht zum Fahrstuhl. Die beiden Männer und die Frau, die mit Gabriela gewartet haben, gehen hinein, greifen sich gleich hinter der Tür einige Tüten und schließen sich dann der Gruppe an, die vor dem Fahrstuhl wartet.

»Jetzt sind Sie dran!«, sagt die junge Frau im Kostüm.

›Meditation hilft immer‹, denkt Gabriela.

Sie lächelt die Empfangsdame an, und dann bleibt ihr fast die Luft weg. Die Suite hinter der Tür wirkt wie eine Schatzhöhle: Unmengen kostbarer Kleider auf Bügeln, Schmuck, Handtaschen, Brillen, Bodylotionen, Uhren, Schuhe, Strümpfe, elektronische Apparate. Eine blonde Dame, ebenfalls mit einer Liste in der Hand und mit einem Handy an einem Band um den Hals, kommt auf sie zu. Sie sucht Gabrielas Namen auf der Liste und bittet sie dann, ihr zu folgen.

»Wir haben keine Zeit zu verlieren. Kommen Sie mit!«

Sie treten in eines der Zimmer der Suite, und Gabriela sieht noch mehr Luxusartikel – Dinge, die sie bisher nur in Schaufenstern bestaunt hat oder auf Fotos, wo Prominente sie trugen.

Ja, alles das wartet jetzt auf sie. Sie muss sich beeilen und entscheiden, was sie anziehen wird.

»Kann ich mit dem Schmuck anfangen?«

»Sie werden überhaupt nichts aussuchen. Wir wissen, was HH will. Und Sie müssen uns das Kleid morgen früh wiederbringen.«

HH. Hamid Hussein. Sie wissen, was er an ihr sehen will!

Sie durchqueren ein weiteres Zimmer. Auf dem Bett und auf den Möbeln türmen sich weitere Gegenstände, beispielsweise T-Shirts und Gewürze. Neben dem Plakat einer bekannten Kaffeemaschine stehen ein paar davon als Geschenk verpackt. Sie kommen durch einen Korridor, und schließlich öffnen sich die Türen zu einem größeren Salon.

Gabriela hätte nie gedacht, dass Hotelsuiten so groß sein konnten.

»Wir sind im Tempel angelangt.«

Ein elegantes weißes Plakat mit dem Logo der berühmten Haute-Couture-Marke ist über einem riesigen Ehebett angebracht. Ein androgynes Wesen – Gabriela kann nicht sagen, ob es ein Mann oder eine Frau ist – liegt stumm da. Das Wesen ist extrem dünn, hat langes, vollkommen farbloses Haar, abrasierte Augenbrauen, Ringe an den Fingern, die hautenge Hose ist mit Kettchen verziert.

»Zieh dich aus!«

Gabriela zieht Bluse und Jeans aus, fragt sich dabei immer noch, welches Geschlecht das Wesen auf dem Bett wohl hat.

»Zieh auch den BH aus! Er zeichnet sich unter dem Kleid ab.«

Im Zimmer gibt es einen großen Spiegel, doch er ist von ihr weggedreht, so dass sie nicht sehen kann, wie das Kleid fällt.

»Wir müssen uns beeilen. Hamid hat gesagt, dass du nicht nur zur Party kommen, sondern auch mit dem berühmten Filmschauspieler auf dem roten Teppich die Stufen zum Palais des Congrès hinaufgehen sollst.«

Auf dem roten Teppich!

Die magischen Worte.

Das Kleid sitzt nicht. Die Frau und der Androgyne werden nervös. Die Frau bittet ihn, zwei oder drei andere Roben zu holen.

Mit dem Filmstar auf dem roten Teppich! Träumt sie?

Die beiden entscheiden sich für ein langes, goldfarbenes,

enganliegendes Kleid mit einem Ausschnitt bis zur Taille. Auf der Höhe der Brüste sorgt eine goldene Kette dafür, dass das Dekolleté den Rahmen der Schicklichkeit nicht sprengt.

Die Frau ist nervös. Der Androgyne geht wieder hinaus und kommt mit einer Schneiderin zurück, die letzte Hand am Saum anlegt. Gabriela würde am liebsten sagen, dass sie mit dem Nähen aufhören sollen, denn etwas an einem Kleidungsstück, das man trägt, aufzutrennen und zuzunähen bedeutet, am Schicksal herumzuflicken. Aber abergläubisch zu sein, dazu ist jetzt nicht der richtige Zeitpunkt – und außerdem müssen wahrscheinlich viele Stars so etwas täglich über sich ergehen lassen, ohne dass ihnen etwas Böses geschieht.

Noch jemand kommt herein. Er schleppt einen riesigen Koffer in eine Ecke des großen Raumes und klappt ihn dort auseinander. Es handelt sich um ein tragbares Make-up-Studio mit einem von Glühbirnen umrandeten Spiegel. Währenddessen kniet der Androgyne vor ihr und lässt sie einen Schuh nach dem anderen anprobieren.

Aschenputtel! Das bald schon dem Märchenprinzen begegnen und die Stufen mit ihm hinaufgehen wird.

»Diese hier sind okay«, sagt die Frau.

Der Androgyne packt die anderen Schuhe wieder in die Schachteln.

»Zieh dich wieder aus. Wir ändern das Kleid, während du frisiert und geschminkt wirst.«

Wie gut, dass das Genähe an ihrem Körper aufhört. Ihr Schicksal ist nun wieder unbelastet.

Nur mit dem Slip bekleidet, wird sie ins Badezimmer geführt. Dort ist bereits ein tragbares Frisierstudio eingerichtet. Ein Mann mit glattrasiertem Kopf erwartet sie und bittet sie, sich zu setzen und ihren Nacken auf eine Art Stahlschüssel zu legen. Der Mann benutzt eine an den Wasserhahn geschraubte Handdusche und scheint wie die beiden anderen am Rande des Nervenzusammenbruchs zu stehen. Er beklagt sich über den Lärm, der von draußen hereindringt. Er brauche einen ruhigen Ort, um ordentlich arbeiten zu können, aber niemand höre auf ihn. Außerdem habe er nie genug Zeit, das zu machen, was er möchte – er müsse alles immer in der letzten Minute tun.

»Niemand begreift, welche enorme Verantwortung auf meinen Schultern lastet.«

Er spricht nicht mit Gabriela, sondern redet mit sich selber. Und fährt fort:

»Glaubst du etwa, man sieht dich, wenn du die Treppe hinaufgehst? Nein, die Leute sehen meine Arbeit. *Mein* Make-up. *Mein* Hairstyling. Du bist nur die Leinwand, auf der ich male, das Material für meine Skulpturen. Was werden die anderen sagen, wenn ich etwas falsch mache? Ich kann meinen Job verlieren, ist dir das klar?«

Gabriela ist gekränkt, aber sie muss sich an so etwas gewöhnen. So ist es also in der Welt des Glamours und des Ruhms. Später, wenn sie wirklich jemand ist, wird sie sich wohlerzogene, freundliche Leute aussuchen, die mit ihr arbeiten. Jetzt bleibt ihr nichts anderes übrig, als sich auf ihre größte Tugend zu konzentrieren: Geduld.

Das Gespräch wird vom Lärm des Föhns unterbrochen, der so laut ist wie ein startendes Flugzeug. Wieso beschwert er sich über den Lärm von draußen?

Nachdem er ihr etwas ruppig das Haar getrocknet hat, bittet er sie, schnell zum tragbaren Make-up-Studio rüberzugehen. Dort ist der Mann plötzlich wie verwandelt: Schweigend betrachtet er Gabrielas Gesicht im Spiegel und scheint in einer anderen Welt zu sein. Er geht hin und her, arbeitet mit Föhn und Bürste wie Michelangelo vielleicht einst mit Hammer und Meißel, als er die Skulptur des David schuf. Und Gabriela schaut angestrengt geradeaus und erinnert sich an den Vers eines portugiesischen Dichters:

Der Spiegel gibt alles richtig wider;
er irrt sich nicht, weil er nicht denkt.
Denken heißt vor allen Dingen irren.

Der Androgyne und die Frau, die kurz hinausgegangen waren, kommen zurück. In zwanzig Minuten werde die Limousine vorfahren und Gabriela zum Martinez bringen, wo sie den Filmstar treffen soll. Dort könne man nicht parken. Sie müssten pünktlich dort sein. Der Hairstylist murmelt etwas, führt sich auf wie ein unverstandener Künstler, aber er weiß, dass er sich an die Zeitvorgaben halten muss. Er fängt an, auf ihrem Gesicht zu malen wie Michelangelo seine Fresken in der Sixtinischen Kapelle.

Eine Limousine! Der rote Teppich! Der Star! Berühmt sein!

›Der Spiegel gibt alles richtig wider. Er irrt sich nicht, weil er nicht denkt.‹

Sie sollte auch nicht denken, denn sonst lässt sie sich womöglich vom Stress oder von der schlechten Laune der anderen anstecken, und dann könnten die negativen Schwingungen zurückkehren. Sie würde gern fragen, was es mit dieser Suite voller Sachen auf sich hat, aber sie muss so tun, als sei ihr das alles längst vertraut. Unter der ernsten Miene der Frau und dem abwesenden Blick des Androgynen gibt Michelangelo seinem Werk den letzten Schliff. Gabriela steht auf, wird schnell angekleidet, schlüpft in die Schuhe. Alles ist Gott sei Dank so, wie es sein soll.

Irgendwo aus dem Salon holen sie eine kleine goldene Hamid-Hussein-Ledertasche. Der Androgyne öffnet sie, holt das Papier heraus, das sie in Form hält, stopft einen Teil wieder hinein und betrachtet das Ergebnis mit demselben abwesenden Blick, scheint aber zufrieden zu sein und überreicht ihr die Tasche.

Die Frau händigt Gabriela vier Kopien eines umfangreichen Vertrages aus, an dessen Rand überall kleine rote Haftzettel sind, auf denen ›Hier unterschreiben‹ steht.

»Entweder du unterschreibst ihn unbesehen, oder du nimmst ihn mit nach Hause und rufst deinen Anwalt an und sagst, du brauchst noch Bedenkzeit. Die Stufen wirst du so oder so hinaufgehen, daran lässt sich nichts mehr ändern. Aber wenn der Vertrag nicht morgen früh wieder da ist, musst du nur noch das Kleid zurückgeben, und das ist es dann gewesen.«

Gabriela erinnert sich an die SMS ihrer Agentin: Akzeptiere alles! Sie nimmt den Kugelschreiber, den ihr die Frau hinhält, blättert zu den Seiten mit den Haftzetteln, unterzeichnet alles sofort. Sie hat nichts, wirklich gar nichts zu verlieren. Wenn die Klauseln nicht angemessen sind, wird sie sie bestimmt später vor Gericht anfechten können mit der Begründung, sie hätte unter Druck unterzeichnen müssen. Aber jetzt muss sie erst einmal alles tun, was nötig ist, damit ihr Traum weitergeht.

Die Frau sammelt die Kopien ein und geht, ohne sich zu verabschieden. Michelangelo baut das Make-up-Studio wieder auseinander. Er ist in seiner Welt versunken, in der Ungerechtigkeit das einzige Gesetz ist, seine Arbeit nie anerkannt wird, er keine Zeit hat zu tun, was er gern möchte, und in der, wenn etwas schiefläuft, immer er die Schuld hat. Der Androgyne bedeutet Gabriela, ihn zur Tür der Suite zu begleiten. Er schaut auf die Uhr – auf deren Zifferblatt Gabriela einen Totenkopf erkennen kann – und spricht sie zum ersten Mal an.

»Wir haben noch drei Minuten. So zurechtgemacht kannst du nicht vor dem Hotel warten. Ich werde dich dann zur Limousine bringen.«

Die Anspannung ist wieder da: Gabriela denkt jetzt nicht mehr an die Limousine, den Filmstar, den roten Teppich – sie hat Angst. Sie muss jetzt unbedingt mit jemandem reden.

»Was hat es mit dieser Suite auf sich? Warum sind da so viele verschiedene Sachen?«

»Es gibt sogar eine Safari nach Kenia«, sagt der Androgyne und zeigt in eine Ecke. Sie hatte das diskrete Banner einer Luftfahrtgesellschaft und ein paar Briefumschläge auf einem Tisch nicht gesehen. »Gratis, wie alles sonst hier, mit Ausnahme der Kleider und der Einrichtungsgegenstände des ›Tempels‹.«

Kaffeemaschinen, elektronische Apparate, Kleider, Taschen, Uhren, Modeschmuck, eine Safari nach Kenia.

Alles vollkommen gratis?

»Ich weiß, was du denkst«, sagt der Androgyne mit einer

Stimme, die weder männlich noch weiblich klingt, sondern wie die eines interstellaren Wesens: »Ja, alles ist gratis. Besser gesagt, es ist ein ehrbares Tauschgeschäft, denn umsonst gibt es auf dieser Welt gar nichts. Dies ist einer der vielen ›Geschenksalons‹, die während des Festivals überall in Cannes entstehen. Die Auserwählten kommen dorthin und suchen sich aus, was sie wollen. Das sind Leute, die mit einer Bluse von A und einer Brille von B herumlaufen, sie werden andere wichtige Leute bei sich zu Hause empfangen und ihnen zum Schluss einen Kaffee mit der neuen Kaffeemaschine zubereiten. Sie werden ihre Computer in den von C gefertigten Taschen herumtragen und am Ende die Cremes von D empfehlen, die in Kürze auf den Markt gebracht werden, und sie werden sich dabei wichtig vorkommen, denn sie haben etwas Exklusives, etwas, was es noch nicht einmal im Fachhandel gibt. Sie werden mit dem Modeschmuck von E an den Swimmingpool gehen, werden mit dem Gürtel von G fotografiert werden – all das gibt es noch nicht zu kaufen. Wenn diese Dinge auf den Markt kommen, haben die Angehörigen der Superklasse bereits die nötige Werbung für sie gemacht – nicht, weil ihnen das Spaß macht, sondern einfach nur, weil niemand sonst diese Dinge bekommen kann. Sobald die nämlich erhältlich sind, werden die gewöhnlichen Sterblichen ein Heidengeld ausgeben, um sich diese Produkte zu kaufen.

Nichts einfacher als das, mein Liebe. Die Hersteller investieren in ein paar Warenproben und die Auserwählten werden zu wandelnden Werbeplakaten. ›Aber freu dich nicht zu früh. Du bist noch nicht dort angekommen!‹«

»Und was hat die Safari nach Kenia mit alldem zu tun?«

»Kannst du dir eine bessere Werbung als ein Paar vorstellen, das begeistert von seinem ›Abenteuer im Urwald‹ zurückkommt, die Kamera voller Fotos, und allen seinen Freunden diese exklusive Reise empfiehlt? Alle seine Freunde werden das auch erleben wollen. Ich wiederhole: Auf dieser Welt gibt es gar nichts umsonst. Übrigens sind die drei Minuten jetzt um, es wird Zeit hinunterzugehen, der rote Teppich wartet.«

Unten steht ein weißer Maybach für sie bereit. Der Fahrer, in Handschuhen und mit Mütze, öffnet den Schlag. Der Androgyne gibt Gabriela letzte Anweisungen.

»Vergiss den Film! Du gehst nicht wegen des Films, der heute im Palais des Congrès gezeigt wird, über den roten Teppich die Stufen hinauf. Wenn du oben angekommen bist, begrüße den Leiter des Festivals, den Bürgermeister, und sobald du drinnen bist, gehst du zu den Waschräumen im ersten Stock; von dort aus gehst bis zum Ende des Flurs, dann nach links und verlässt das Gebäude durch einen Seiteneingang. Dort wirst du erwartet. Die betreffende Person weiß, was du anhast, und wird dich zu einer erneuten Make-up- und Hairstylingsession bringen. Anschließend wirst du dich in Cap d'Antibes kurz auf einer Terrasse ausruhen können. Ich treffe dich dann dort und bringe dich zum Galadinner.«

»Aber werden der Regisseur und die Produzenten nicht verärgert sein?«

Der Androgyne zuckt mit den Achseln und geht mit seinem seltsamen, abgehackten Gang ins Hotel zurück. Der Film? Der Film ist vollkommen unwichtig. Wichtig ist:

Der rote Teppich!

Der Korridor des Ruhms, von dem alle träumen, der Ort, auf dem alle Prominenten aus der Welt des Films, der Kunst, des großen Luxus fotografiert werden. Anschließend wird das Fotomaterial von Agenturen in alle vier Himmelsrichtungen verschickt.

»Ist die Aircondition so recht, Madame?«

Sie nickt dem Fahrer zu.

»Wenn Sie etwas trinken möchten: In der Konsole links von Ihnen befindet sich eine Flasche Champagner.«

Gabriela öffnet die Konsole, nimmt ein Kristallglas heraus, hält die Arme weit von ihrem Kleid weg, hört das Geräusch des Korkens, der sich aus der Flasche löst, schenkt sich das Glas voll, trinkt es sofort aus und schenkt sich erneut ein. Draußen versuchen neugierige Köpfe zu sehen, wer in diesem riesigen Wagen mit den Rauchglasscheiben sitzt, der auf der reservierten Fahrspur vorbeifährt. Bald wird der Filmstar zusteigen, und vielleicht wird das nicht nur der Beginn einer Karriere, sondern auch einer unglaublich schönen, intensiven Liebesgeschichte.

Sie ist eine romantische Frau und stolz darauf.

Ihr fällt ein, dass sie ihre eigenen Kleider und ihre Handtasche im »Geschenksalon« vergessen hat. Sie hat keinen Schlüssel zum Apartment, in dem sie untergebracht ist. Wo soll sie nach dem Ende des Abends hingehen? Wenn sie irgendwann einmal ein Buch über ihr Leben schreibt, wird ihr niemand glauben, was an diesem Tag alles passiert ist: Sie ist verkatert in einem Apartment aufgewacht, in dem auf dem Boden überall Wäsche und Matratzen herumlagen – und sechs Stunden später sitzt sie in einer Limousine, bereit, vor einer Meute Journalisten neben einem der begehrtesten Männer der Welt auf dem roten Teppich die Stufen zum Palais des Congrès hochzugehen.

Ihre Hände zittern. Sie überlegt, ob sie noch ein Glas trinken soll, verzichtet aber darauf, weil sie nicht Gefahr laufen will, betrunken auf den Stufen des Ruhms zu erscheinen.

›Entspann dich, Gabriela! Vergiss nicht, wer du bist! Lass dich nicht von allem beeindrucken, was jetzt gerade geschieht – sei realistisch!‹

Sie wiederholt diese Sätze wie ein Mantra, bis sie beim Martinez angelangt sind. Aber, ob sie will oder nicht, sie wird nie wieder die sein können, die sie vorher gewesen war. Aus ihrer augenblicklichen Lage gibt es keinen Notausgang. Es gibt nur den Weg, den der Androgyne ihr angegeben hat, und der führt einen noch höheren Berg hinauf.

16 Uhr 52

Sogar der König der Könige, Jesus Christus, hat der Versuchung widerstehen müssen, der sich Igor jetzt ausgesetzt sieht: der Verführung durch den Teufel. Und er muss sich jetzt mit Zähnen und Klauen an seinen Glauben klammern, um bei seiner Mission nicht zu versagen.

Der Teufel bittet ihn, aufzuhören, zu vergeben, dies alles zu lassen. Der Teufel ist ein erstklassiger Profi, der weiß, wie man in den Schwachen Angst, Sorgen, Ohnmachtsgefühle, Verzweiflung weckt.

Bei den Starken sind die Versuchungen sehr viel raffinierter: gute Absichten. Die hat er Jesus vorgegaukelt, als er ihn in der Wüste traf: Er schlug ihm vor, Steine in Brot zu verwandeln. Damit hätte Jesus nicht nur seinen eigenen Hunger, sondern auch den all der anderen stillen können, die um etwas Essbares flehten. Jesus aber hatte mit der Weisheit reagiert, die von Gottes Sohn zu erwarten war, und geantwortet: ›Der Mensch lebt nicht vom Brot allein, sondern von einem jeglichen Wort Gottes.‹

Gute Absichten, Tugend, Anständigkeit, was genau war das? Die Leute, die in Deutschland Konzentrationslager bauten, hielten sich auch für anständig, weil sie der Regierung gehorchten. Ärzte, die davon überzeugt waren, dass der Kommunismus ein gerechtes System war, attestierten den Intellektuellen, die gegen das Regime waren, Geisteskrankheit und schickten sie ins Exil nach Sibirien. Soldaten, die in den Krieg zogen und im Namen eines Ideals töteten, das sie nicht genau kannten, waren ebenfalls voller guter Absichten, tugendhaft, anständig.

Nein, das stimmt nicht. Wenn die Sünde etwas Gutes schafft, ist es eine Tugend, wenn aber Tugend für etwas Böses eingesetzt wird, ist es eine Sünde.

In seinem Fall war Vergebung der Weg, den der Teufel gefunden hatte, um seine Seele in Konflikte zu stürzen. Er sagt: »Du bist nicht der Einzige, der so etwas durchmacht. Viele Menschen wurden von dem Menschen verlassen, den sie über alles liebten, und dennoch gelang es ihnen, Bitterkeit in Glück zu verwandeln. Stell dir die Familien der Menschen vor, die deinetwegen die Welt gerade verlassen haben: Sie werden von Hass, Rachegefühlen, Bitterkeit erfüllt werden. Willst du so die Welt verbessern? Willst du das der Frau schenken, die du liebst?«

Aber Igor ist klüger als die Versuchungen, die jetzt von seiner Seele Besitz zu ergreifen scheinen: Wenn er noch eine Weile widersteht, wird diese Stimme ermüden und verschwinden. Vor allem, weil einer der Menschen, die er ins Paradies geschickt hat, mit jeder Minute, die vergeht, in seinem Leben gegenwärtiger wird. Das Mädchen mit den dichten Augenbrauen sagt, alles sei gut, es gebe einen großen Unterschied zwischen Vergeben und Vergessen. In ihrem Herzen sei nicht der geringste Hass, Igor tue dies doch alles nicht, um sich an der Welt zu rächen.

Der Dämon lässt nicht locker, aber er muss stark bleiben, an den Grund denken, der ihn hierhergeführt hatte.

Er geht in die erstbeste Pizzeria. Bestellt eine Margherita und eine normale Coca-Cola. Besser jetzt etwas essen, er wird es nicht schaffen, nachher beim Dinner mit anderen Leuten am Tisch ordentlich zu essen. Alle fühlen sich immer verpflichtet, eine lebhafte, entspannte Unterhaltung am Laufen zu halten, und lieben es, ihn genau dann anzusprechen, wenn er gerade noch etwas von dem leckeren Gericht vor ihm genießen möchte.

Darum ist bei Anlässen wie heute seine Taktik normalerweise die, dass er die anderen mit Fragen bombardiert, so dass sie intelligente Dinge sagen können, während er in Ruhe zu Abend isst. An diesem Abend ist er nicht in Stimmung, freundlich und gesellig zu sein. Er wird unfreundlich und abweisend sein. Er könnte allenfalls sagen, er spreche die Sprache nicht.

Er weiß, dass in den nächsten Stunden die Versuchung noch stärker werden wird, stärker als jemals zuvor, und ihm raten wird aufzugeben. Er will aber seinen Plan nicht aufgeben, auch wenn sich der Grund seiner Mission verändert.

Er hat keine Ahnung, ob drei gewaltsame Tode an einem Tag in Cannes statistisch gesehen normal sind. Sollte das der Fall sein, wird die Polizei nicht bemerken, dass gerade etwas völlig Ungewöhnliches passiert. Die Leute werden nach ihren bürokratischen Vorgaben verfahren, und Igor wird, wie vorgesehen, früh am nächsten Morgen nach Moskau zurückfliegen können. Er weiß auch nicht, ob sie ihn bereits identifiziert haben. Da gibt es das Ehepaar, das am Morgen vorbeigekommen war und die Verkäuferin gegrüßt hatte; einer von Javits' Bodyguards hatte aufgepasst, und es gab einen Augenzeugen des Mordes am Pier.

Die Versuchung wechselt jetzt ihre Strategie: Sie möchte ihn in Angst versetzen, wie sie es bei schwachen Menschen tut. Offensichtlich unterschätzt ihn der Teufel und ahnt nicht, wie stark Igor aus der Prüfung hervorgegangen ist, die ihm das Schicksal auferlegt hat.

Igor holt sein Handy aus der Tasche und tippt eine weitere SMS ein.

Er stellt sich Ewas Reaktion vor, wenn sie die SMS erhält. Etwas sagt ihm, dass sie zugleich erschrocken und glücklich sein wird und dass sie den Schritt, den sie vor zwei Jahren getan hat, zutiefst bereut. Ewa hatte alles zurückgelassen, auch ihre Kleidung und ihren Schmuck, und ihren Anwalt gebeten, sich mit Igor wegen der Scheidung in Verbindung zu setzen.

Der angegebene Scheidungsgrund: Unvereinbarkeit der Charaktere. Als würden alle interessanten Leute auf der Welt absolut dasselbe denken oder viel gemeinsam haben. Das war selbstverständlich ein Vorwand: Sie hatte sich in jemand anderen verliebt.

Verliebtheit, Leidenschaft. Wer in der Welt kann ehrlich von sich behaupten, dass er nach mehr als fünf Jahren Ehe nicht mal einen Seitenblick riskiert und sich einen anderen Partner gewünscht hat? Welcher Mensch kann von sich sagen, dass er nicht schon mindestens einmal im Leben betrogen hat, auch wenn dieser Betrug nur in der Phantasie stattfand? Und wie viele Männer und Frauen haben deswegen ihr Heim verlassen, dann aber herausgefunden, dass Leidenschaft nicht andauert, und sind am Ende zu ihren wahren Partnern zurückgekehrt? Etwas Reife, und alles ist vergeben und vergessen. Das war vollkommen normal, akzeptabel, gehörte zur biologischen Veranlagung des Menschen.

Selbstverständlich hat auch er das ganz allmählich lernen müssen. Anfangs hatte er seine Anwälte angewiesen, rigoros dafür zu sorgen, dass Ewa nichts von dem Vermögen mitnehmen durfte, das sie in fast 20-jähriger Ehe gemeinsam angehäuft hatten. In der Woche, in der er auf ihre Antwort gewartet hatte, war er durchgehend betrunken gewesen. Das mit dem Geld war ihm eigentlich gleichgültig, es war nur das einzige Druckmittel, das ihm einfiel, denn er wollte Ewa unbedingt wieder zurückhaben.

Ewa war ein anständiger Mensch. Ihre Anwälte akzeptierten seine Bedingungen.

Die Presse erfuhr von dem Fall – und aus den Zeitungen wiederum erfuhr er von der neuen Beziehung seiner Exfrau. Einer der erfolgreichsten Modeschöpfer der Welt, jemand, der aus dem Nichts kam, wie er selber. Um die 40, genau wie er selber. Bekannt dafür, nicht arrogant zu sein und Tag und Nacht zu arbeiten.

Wie er.

Er verstand einfach nicht, wie das hatte geschehen können. Kurz vor Ewas Abreise zu einer Modemesse in London hatten sie zusammen ein romantisches Wochenende in Madrid verbracht. Obwohl sie im Firmenjet gereist und in einem Hotel mit allem erdenklichen Luxus abgestiegen waren, hatten sie beschlossen, die Welt gemeinsam auf ganz einfache Weise wiederzuentdecken. Sie bestellten nirgendwo vor, standen stundenlang vor den Museen Schlange, fuhren Taxi statt in einer Limousine mit Fahrer, gingen zu Fuß und verliefen sich in der Stadt. Sie aßen viel und tranken noch mehr, kamen erschöpft und glücklich ins Hotel zurück, liebten sich wie früher jede Nacht.

Beide mussten sich beherrschen, ihre Notebooks nicht anzuschließen und ihre Handys ausgeschaltet zu lassen. Aber es war ihnen gelungen. Sie waren mit vielen Erinnerungen im Herzen und einem Lächeln im Gesicht nach Moskau zurückgekehrt.

Igor hatte sich wieder in seine Arbeit gestürzt und überrascht festgestellt, dass ohne ihn auch alles sehr gut gelaufen war. Eine Woche später war Ewa nach London geflogen und nie mehr zurückgekehrt.

Igor hatte die besten Privatdetektive beauftragt, die sonst politische und Industriespionage betrieben, und hatte Hunderte von Fotos angesehen, auf denen seine Frau händchenhaltend mit ihrem neuen Partner zu sehen war. Aufgrund seiner Beschreibung war es den Detektiven gelungen, eine maßgeschneiderte »Freundin« für Ewa zu finden. Diese war Ewa dann »zufällig« in einem Kaufhaus über den Weg gelaufen. Sie sei aus Russland gekommen, von ihrem Ehemann verlassen worden, finde wegen der britischen Gesetze keine Arbeit und wisse kaum noch ein und aus. Anfangs war Ewa misstrauisch gewesen, hatte sich dann aber bereiterklärt, ihrer Landsmännin zu helfen. Sie redete mit ihrem Freund, der bereit war, ein Risiko einzugehen und ihr in seiner Firma einen Job anzubieten, obwohl sie keine Papiere hatte.

Sie war Ewas einzige »Freundin«, die ihre Muttersprache sprach. Sie war allein. Hatte Eheprobleme. Den Psychologen der Detektei zufolge war sie die ideale Person, durch die sie alles über Ewa erfahren würden: nämlich, dass diese sich noch nicht an die neue Umgebung gewöhnt und wie jeder Mensch in dieser Situation das Bedürfnis hatte, sich jemandem anzuvertrauen – nicht etwa, weil sie Rat suchte, sondern einfach nur, weil sie ihrem Herzen Luft machen wollte.

Die »Freundin« hatte alle Gespräche aufgenommen, die am Ende auf Igors Schreibtisch landeten und ihm mehr bedeuteten als die Papiere, die er unterzeichnen, die Einladungen, die er annehmen, Geschenke, die er an wichtige Kunden, Lieferanten, Politiker, Unternehmer schicken musste.

Die Aufzeichnungen waren sehr nützlich – und hatten ihn mehr leiden lassen als die Fotos. Durch sie hatte er erfahren, dass die Beziehung zu dem berühmten Couturier zwei Jahre zuvor während der Modewoche in Mailand begonnen hatte, wo die beiden sich beruflich begegnet waren. Anfangs hatte Ewa widerstanden – der Mann war immer von den schönsten Frauen der Welt umringt und Ewa bereits 38 Jahre alt. Dennoch waren sie eine Woche später in Paris miteinander ins Bett gegangen.

Als Igor davon erfuhr, bemerkte er, dass ihn der Gedanke erregte, dass seine Frau mit einem anderen Mann schlief, und er verstand die Reaktion seines Körpers nicht recht. Wieso führte allein die Vorstellung, dass seine Frau mit gespreizten Beinen dalag, während ein anderer Mann in sie eindrang, dazu, dass er eine Erektion bekam, anstatt Abscheu zu empfinden?

Das war der Augenblick, als Igor befürchtete, den Verstand zu verlieren. Und er beschloss, eine Art öffentlicher Beichte abzulegen, um seine Schuldgefühle zu mildern. Er erzählte Bekannten von »einem Freund«, der körperlich sehr erregt gewesen sei, als er erfuhr, dass seine Frau fremdging. Und er erlebte eine Überraschung.

Seine Bekannten, zumeist hochkarätige Manager und Politiker unterschiedlicher Herkunft und Nationalität, zeigten sich anfangs entsetzt. Aber nach dem zehnten Glas Wodka gestanden viele, dass so was in einer Ehe äußerst erregend sein könne. Einer von ihnen bat seine Frau immer, ihm ihre Affären bis in alle Einzelheiten zu beschreiben und ihm auch nicht vorzuenthalten, welche Worte sie und welche Worte ihr Liebhaber im Bett gebraucht hatte. Ein anderer gestand, dass der Besuch von sogenannten Swingerclubs, in denen Partnertausch und Gruppensex betrieben werden, die ideale Ehetherapie sei.

Igor hielt das zwar für etwas übertrieben. Aber er war froh gewesen zu erfahren, dass er nicht der einzige Mann war, den der Gedanke erregte, dass seine Frau mit anderen Männern schlief. Aber er war auch traurig, weil die Gespräche ihm gezeigt hatten, wie wenig er über andere Menschen und vor allem über die Männer wusste, mit denen er meist nur Geschäftliches beredete und selten Privates.

Seine Gedanken kehren wieder zu den Aufzeichnungen zurück. In London (die Modewochen fanden immer eine nach der anderen statt, um den Profis das Leben zu erleichtern) hatte besagter Modedesigner Ewa seine Liebe erklärt, was nicht weiter erstaunlich war, schließlich war Ewa eine der außergewöhnlichsten Frauen der Welt. Ewa hatte aber noch Zweifel gehabt: Hussein war der zweite Mann in ihrem Leben, mit dem sie je geschlafen hatte, sie arbeiteten in derselben Branche, und sie fühlte sich ihm unendlich unterlegen.

Sie hatte das Gefühl, ihren Traum aufgeben und wieder eine einfache Hausfrau werden zu müssen, denn mit ihrem zukünftigen Mann konnte sie einfach nicht konkurrieren.

Schlimmer noch: Sie konnte sich nicht erklären, wieso jemand so Mächtiges an einer fast 40-jährigen Russin interessiert sein sollte.

Igor hätte es ihr erklären können, wenn sie ihm wenigstens einmal die Gelegenheit zu einem Gespräch gegeben hätte: Wenn sie zur Tür hereinkam, ging für alle Anwesenden die Sonne auf, und alle wollten ihr Bestes geben, weil Ewa ihnen das Gefühl gab, dass auch sie sich von der Vergangenheit lösen und hoffnungsvoll in die Zukunft blicken könnten. Igor war es ja selbst genauso ergangen, als er als junger Mann aus einem blutigen, nutzlosen Krieg zurückkehrte.

Die Versuchung kehrt zurück. Der Teufel sagt, so sei es nicht gewesen, er habe seine Traumata durch zwanghaftes Arbeiten überwunden. Auch wenn dies die Psychiater als eine psychische Störung betrachteten, so sei es in Wahrheit eine Möglichkeit, die eigenen Wunden durch Vergeben und Vergessen zu überwinden. Die Versuchung redete ihm ein, Ewa sei letztlich nicht so wichtig: Igor müsse aufhören, alle seine Gefühle mit einer Beziehung zu identifizieren, die es nicht mehr gab.

›Du bist nicht der Erste‹, wiederholte der Teufel. ›Du lässt dich darauf ein, Böses zu tun, weil du glaubst, so das Gute zu wecken.‹

Igor fängt an, nervös zu werden. Er ist ein guter Mensch, und wenn er im Leben Härte an den Tag gelegt hat, dann immer nur für einen höheren Zweck: um seinem Land zu dienen, um Außenseiter wieder in die Gesellschaft zu integrieren. Und er hat es gemacht wie Christus, sein einziges Vorbild im Leben, der die andere Wange hingehalten hatte, als er geschlagen wurde, aber auch die Peitsche benutzt hatte, um zu züchtigen.

Er bekreuzigt sich in der Hoffnung, dass die Versuchung dann von ihm ablassen würde. Er zwingt sich, an die Aufzeichnungen zu denken, an das, was Ewa darauf gesprochen hatte: nämlich, dass sie manchmal an der Seite ihres neuen Partners unglücklich sei, aber trotzdem nie in ihr früheres Leben mit ihrem »geistig aus dem Gleichgewicht geratenen« Exmann zurückkehren würde.

So ein Schwachsinn! Offensichtlich wurde sie in ihrem neuen Ambiente einer Gehirnwäsche unterzogen. Sie schien in schlechte Gesellschaft geraten zu sein. Igor war sicher, dass sie log, als sie ihrer russischen Freundin gesagt hatte, sie habe nur wieder geheiratet, um nicht allein zu bleiben.

In ihrer Jugend, so erzählte sie ihrer Landsmännin weiter, habe sie sich ausgegrenzt gefühlt und sich nie zugetraut, sie selbst zu sein. Immer hatte sie geglaubt, sich für dieselben Dinge interessieren zu müssen wie ihre Freundinnen, ihre Spiele spielen, auf öden Partys herumhängen und sich einen gutaussehenden Mann angeln zu müssen, der ihr ein Haus, Kinder und eheliches Glück, kurz: Sicherheit schenkte. ›Eine einzige Lüge‹, befand sie im Nachhinein.

Sie hatte immer von Abenteuern und Neuem geträumt. Hätte sie als Jugendliche einen Beruf wählen dürfen, so wäre sie Künstlerin geworden. Als Kind hatte sie aus der Parteizeitung immer die Fotos ausgeschnitten, die düsteren Gestalten farbig ausgemalt und zu Collagen gestaltet. Die Kleidchen für Ewas Puppen nähte ihre Mutter selbst, und ihre Tochter liebte sie dafür und träumte davon, eines Tages auch Kleider zu schneidern.

In der alten Sowjetunion gab es keine Mode. Das entdeckten die Russen erst nach dem Fall der Berliner Mauer, als ausländische Zeitschriften das Land überschwemmten. Ewa, die damals ein Teenager gewesen war, hatte diese Zeitschriften verschlungen und angefangen, Kleider zu zeichnen. Irgendwann hatte sie dann ihrer Familie gesagt, ihr Traum sei, Mode zu entwerfen.

Ihre Eltern schrieben sie jedoch sofort nach ihrem Schulabschluss zum Jurastudium ein. Sie begrüßten die neue Freiheit, fanden aber gleichzeitig, dass bestimmte kapitalistische Vorstellungen das Land unterminierten, das Volk von der wahren Kunst abbrachten. Statt Tolstoi und Puschkin wurden nun Spionageromane gelesen, das klassische Ballett von modernen Abartigkeiten zersetzt. Ihre einzige Tochter sollte, so gut es ging, den Einflüssen dieses Sittenverfalls entzogen werden, der mit Coca-Cola und Luxuswagen Einzug gehalten hatte.

An der Universität traf Ewa dann einen gutaussehenden, ehrgeizigen Jungen, der genauso dachte wie sie: Das alte Regime ist ein für alle Mal abgeschafft. Es wird nicht wiederkommen. Jetzt ist es an der Zeit, ein neues Leben anzufangen.

Ewa fand den Jungen großartig. Sie fingen an, zusammen auszugehen. Sie fand ihn intelligent und war sicher, dass er es im Leben weit bringen würde. Er verstand sie. Selbstverständlich hatte er im Afghanistankrieg gekämpft und war auch verwundet worden, aber nicht schlimm. Er klagte nie über die Vergangenheit, und in den vielen Jahren ihres Zusammenlebens zeigte er nie Anzeichen seelischer Unausgeglichenheit oder eines Traumas.

Eines Tages hatte er ihr einen Strauß Rosen geschenkt und verkündet, er werde die Universität verlassen und sein eigenes Unternehmen gründen. Dann hatte er ihr einen Heiratsantrag gemacht, und sie hatte ja gesagt, obwohl sie für ihn nur Bewunderung und kameradschaftliche Gefühle empfand. Die Liebe, so dachte sie, würde mit der Zeit und mit dem Zusammenleben schon noch kommen. Außerdem war dieser Junge der Einzige, der sie wirklich verstand und geistig anregte. Wenn sie diese Chance nicht nutzte – wer weiß, vielleicht würde nie wieder jemand kommen, der sie so akzeptierte, wie sie war.

Sie heirateten ohne große Feierlichkeiten und ohne die Unterstützung der Familie. Der junge Mann lieh Geld von Leuten, die Ewa für gefährlich hielt, aber sie konnte nichts dagegen tun. Ganz allmählich begann das Unternehmen, das er gegründet hatte, zu wachsen. Nachdem sie vier Jahre zusammen waren, stellte sie ihre erste Forderung: Er solle seine Gläubiger auszahlen, obwohl oder gerade weil diese verräterisch wenig daran interessiert waren, ihr Geld zurückzubekommen. Er war ihrem Rat gefolgt und sollte ihr ewig dafür dankbar sein.

Die Jahre vergingen, die unvermeidlichen Niederlagen stellten sich ein und die damit einhergehenden durchwachten Nächte, bis sich allmählich alles zum Besseren wendete und sich das hässliche Entlein aus dem Märchen in einen von allen begehrten Schwan verwandelte.

Ewa beklagte sich über ihr Hausfrauendasein. Anstatt wie die Ehemänner ihrer Freundinnen zu reagieren, die arbeitende Frauen unweiblich fanden, kaufte er ihr in allerbester Moskauer Lage eine Boutique. Ewa verkaufte nun Modelle der großen internationalen Modeschöpfer, wagte aber nicht, eigene Modelle zu entwerfen. Doch ihre Arbeit entschädigte sie auf andere Weise: Ewa reiste zu den großen Modenschauen, kam mit interessanten Menschen zusammen. Und dann lernte sie Hamid kennen. Bis heute, so sagte sie ihrer »Freundin«, wisse sie nicht, ob sie ihn liebe – möglicherweise sei die Antwort ›nein‹. Aber sie fühle sich wohl an seiner Seite. Als er ihr gestanden habe, er sei noch nie jemandem wie ihr begegnet und ihr vorgeschlagen hatte, zusammenzuleben, habe sie nichts zu verlieren gehabt. Sie habe keine Kinder. Igor sei mit seiner Arbeit verheiratet und werde sie womöglich gar nicht vermissen.

»Ich habe alles hinter mir gelassen«, sagte Ewa in einer der Aufzeichnungen. »Und ich bereue meine Entscheidung nicht. Ich hätte dasselbe getan, auch wenn Hamid nicht das schöne Gut in Spanien gekauft und mir überschrieben hätte. Ich würde dieselbe Entscheidung treffen, wenn Igor, mein Exmann, mir die Hälfte seines Vermögens angeboten hätte. Ich würde dieselbe Entscheidung treffen, weil ich weiß, dass ich nun keine Angst mehr zu haben brauche. Und wenn nun einer der begehrtesten Männer der Welt mit mir zusammenleben will, sollte ich das annehmen und als Bestätigung sehen.

Mein Exmann hat den Verstand verloren«, berichtete Ewa

ihrer »Freundin« weiter. »Ich weiß nicht, ob sein Kriegstrauma daran schuld ist oder Stress. Aber er meint zu wissen, was Gott mit ihm vorhat. Bevor ich ihn verließ, habe ich einen Psychiater aufgesucht, der mir helfen sollte, meinen Mann besser zu verstehen und unsere Ehe zu retten. Ich bin in keine Einzelheiten gegangen und werde das auch dir gegenüber nicht tun. Aber ich glaube, er ist zu ganz schlimmen Dingen fähig, wenn er überzeugt ist, dass er damit Gutes tut.

Der Psychiater erklärte mir dann, dass großzügige Menschen, die mit viel Mitgefühl ausgestattet sind, sich manchmal von einem Augenblick auf den anderen vollkommen verändern können. Es wurden ein paar Untersuchungen zu diesem Phänomen gemacht, und diese Veränderung wurde darin ›Luzifer-Effekt‹ genannt, wegen Luzifer, des von Gott am meisten geliebten Engels, der am Ende genauso viel Macht haben wollte wie sein Schöpfer.«

»Und warum passiert das?«, hatte eine andere weibliche Stimme gefragt.

Offensichtlich aber war das Ende der Aufnahme nicht gut geplant gewesen. Die Aufzeichnung endete hier.

Igor hätte gern erfahren, wie Ewa darauf geantwortet hatte. Er weiß, dass er sich nicht Gott gleichstellt. Er ist auch sicher, dass die geliebte Frau sich das alles aus Angst ausgedacht hat, weil sie fürchtet, dass er sie nicht zurücknehmen würde.

Ja, es stimmt, er hat getötet, aber immer nur aus Notwendigkeit. Und was hat das mit seiner Ehe zu tun? Er hat im Krieg getötet, weil er als Soldat ausdrücklich dazu befugt war. Er hat auch sonst zwei oder drei Menschen getötet, weil ihnen für ein Leben in Würde die Voraussetzungen fehlten, und dabei war es ihm nur um ihr Seelenheil gegangen. Auch hier in Cannes erfüllt er nur eine Mission.

Aber die Frau, die er liebt, würde er nur töten, wenn er sähe, dass sie verrückt war, in die Irre ging und ihr eigenes Leben zerstörte. Er würde niemals zulassen, dass der Zerfall des Geistes eine glanzvolle, von Großzügigkeit geprägte Vergangenheit beschmutzte.

Er würde jemanden, den er liebte, nur töten, wenn er diesen Menschen damit vor einer langen, schmerzvollen Selbstzerstörung retten könnte.

Igor schaut auf den Maserati, der gerade vor ihm im Halteverbot stehenbleibt. Ein absurder, unbequemer Wagen, der zwar einen starken Motor hat, aber nur so schnell fahren darf wie die anderen, der für Nebenstraßen zu niedrig gelegt und auf der Autobahn zu gefährlich ist.

Ein etwa 50-jähriger Mann – der aber gern wie 30 aussehen würde – öffnet die Tür und steigt unter großen Mühen aus, denn der Ausstieg befindet sich dicht am Boden. Er geht in die Pizzeria, bestellt eine »quattro-formaggi« zum Mitnehmen.

Maserati und Pizza. Das passt nicht zusammen. Kommt aber vor.

Die Versuchung kehrt zurück. Jetzt spricht sie nicht mehr von Vergebung, Großzügigkeit, davon, die Vergangenheit zu vergessen und voranzuschreiten – Igor kommen echte Zweifel. Und wenn Ewa nun, wie sie sagte, vollkommen unglücklich ist? Wenn sie trotz der großen Liebe, die sie für ihn empfindet, schon in dem Abgrund einer schlechten Entscheidung abgetaucht ist, aus dem es keine Wiederkehr gibt, wie einst Adam, der, als er den ihm angebotenen Apfel annahm, Verdammnis über die gesamte Menschheit brachte?

Er hat alles geplant, sagt Igor sich zum tausendsten Mal. Ursprünglich hat er sich vorgestellt, er und Ewa würden zusammen zurückfahren, er würde nicht zulassen, dass ein kleines Wort wie ›Adieu‹ ihrer beider Leben ganz und gar zerstörte. Ihm ist klar, dass es in einer Ehe immer Krisen gibt, vor allem nach fast zwanzig Jahren.

Aber er weiß auch, dass ein guter Stratege seine Pläne ständig ändern muss. Er schickt Ewa eine weitere SMS, um sicherzugehen, dass sie seine Botschaft auch wirklich erhält. Er steht auf, betet: Er bittet darum, dass es ihm erspart werden möge, den bitteren Trank des Verzichts zu trinken.

Die Seele der kleinen Kunsthandwerksverkäuferin ist an seiner Seite. Er begreift jetzt, dass er etwas Ungerechtes getan hat. Er hätte durchaus noch etwas warten können, bis er einen ebenbürtigen Gegner gefunden hätte wie etwa diesen Pseudoathleten mit dem hennagefärbten Haar bei jenem Lunch. Oder er hätte aus der absoluten Notwendigkeit heraus handeln können, einen Menschen vor neuem Leid zu bewahren, wie er es bei der Frau am Pier getan hatte.

Das Mädchen mit den dichten Augenbrauen aber scheint wie eine Heilige um ihn herumzuschweben und beschwört ihn, nichts zu bereuen: Er habe richtig gehandelt, indem er sie vor einer Zukunft voller Leid und Schmerzen bewahrte.

Ihre reine Seele vertreibt ganz allmählich die Versuchung, lässt ihn begreifen, dass er nicht in Cannes ist, um die Rückkehr einer verlorenen Liebe zu erzwingen – das ist unmöglich.

Er ist hier, um Ewa vor Bitterkeit und Verfall zu erretten. Auch wenn sie ihn ungerecht behandelt hat, so hat sie doch auch viel für ihn getan, und das verdient eine Belohnung.

›Ich bin ein guter Mensch.‹

Er geht zur Kasse, zahlt, kauft noch eine Flasche Mineralwasser. Im Hinausgehen gießt er sich den Inhalt über den Kopf.

Er muss klar denken. Er hatte so lange von diesem Tag geträumt, dass dieser Tag endlich käme, und jetzt ist er verwirrt.

17 Uhr 06

Die Mode mag sich alle sechs Monate ändern, doch die Anzüge der Sicherheitskräfte am Eingang bleiben immer gleich: schwarz.

Hamid hatte schon über Alternativen bei seinen Modeschauen nachgedacht – Sicherheitskräfte in farbigen Anzügen, beispielsweise. Oder alle in Weiß. Aber die Kritiker hätten dann mehr über diese »unnötigen Neuerungen« geschrieben als über das wirklich Wichtige: Hamids Kollektion auf dem Catwalk. Außerdem ist Schwarz als Farbe perfekt: konservativ, geheimnisvoll, durch die alten Hollywood-Western ins kollektive Unbewusste eingeprägt. Die Guten trugen immer weiß, die Bösen schwarz.

›Man stelle sich vor, das Weiße Haus hieße Schwarzes Haus. Alle würden glauben, dass dort der Geist der Finsternis lebt.‹

Alle Farben erfüllen einen Zweck, auch wenn man glaubt, sie würden rein zufällig ausgewählt. Weiß steht für Reinheit und Integrität. Schwarz schüchtert ein. Rot schockiert und lähmt. Gelb zieht die Aufmerksamkeit auf sich. Grün lässt alles ruhig wirken, man kann weitergehen. Blau beruhigt. Orange verwirrt. Sicherheitskräfte müssen schwarz gekleidet sein. Das war von Anfang an so und musste so bleiben.

Wie immer gibt es drei Eingänge. Einen für die Presse – wenige Journalisten und viele Fotografen, die ihre ganze Ausrüstung anschleppen; sie gehen scheinbar freundlich miteinander um, sind aber auch jederzeit bereit, ihre Ellbogen einzusetzen, wenn es darum geht, den besten Winkel zu ergattern, das einzigartige Foto zu machen, den perfekten Augenblick, die schlimmste Entgleisung einzufangen. Einen zweiten Eingang für die Gäste, die nicht nur bei den Modenschauen hier in Cannes, sondern auch bei der Modewoche in Paris immer schlecht gekleidet sind und offensichtlich nicht in der Lage, sich die Modelle zu kaufen, die auf dem Laufsteg gezeigt werden. Aber Dabeisein ist alles, und so sitzen sie denn in schäbigen Jeans, geschmacklosen T-Shirts und in ihren nachgemachten Edelsneakern da und geben sich cool, was sie eindeutig nicht sind. Einige tragen teuer aussehende Taschen und Gürtel, doch das macht alles noch schlimmer: als würde man einen Velázquez in einen Plastikrahmen stecken.

Und als dritten noch den Eingang für die VIPs. Die Sicherheitskräfte dort kennen sich mit Berühmtheiten nicht aus, stehen einfach nur mit vor der Brust verschränkten Armen da und schauen bedrohlich drein, als wären sie die wahren Herren des Ortes. Eine junge Frau, die sich Gesichter und die dazugehörigen Namen merken kann, kommt freundlich lächelnd mit einer Liste in der Hand auf Hamid und Ewa zu.

»Herzlich willkommen, Monsieur et Madame Hussein. Schön, dass Sie kommen konnten.«

Sie dürfen als Erste hinein. Der Durchgang ist zwar derselbe, aber eine Abtrennung aus mit roten Samtkordeln verbundenen Metallpfosten zeigt eindeutig, wer die wirklich wichtigen Leute sind. Dieser Augenblick der Sonderbehandlung ist der glorreiche Augenblick, und auch bei dieser Modenschau, die nicht zum offiziellen Programm gehört – denn Cannes bleibt trotz allem in erster Linie ein Filmfestival –, geht alles streng nach Protokoll. Für diesen glorreichen Augenblick bei allen parallel zum Festival stattfindenden Events (Dinners, Lunchs, Cocktailpartys) verbringen Männer und Frauen Stunden vor dem Spiegel, fest davon überzeugt, dass künstliches Licht für die Haut weniger schädlich ist als die Sonne draußen, wo sie tonnenweise Schutzcremes auflegen. Obwohl es nur zwei Schritte zum Strand sind, ziehen sie die raffinierten Bräunungsapparate in den stets in Sichtweite von ihren Unterkünften entfernten Schönheitssalons vor. Bei einem Spaziergang auf der Croisette würden sie ein wunderschönes Panorama genießen können, aber wie viele Kalorien würden sie dabei verbrennen? Also benutzen sie lieber die Laufbänder der hoteleigenen Fitnesscenter.

So werden sie fit sein für die Lunchs, zu denen sie durchgestylt casual angezogen gehen und bei denen sie gratis essen und sich wichtig fühlen, weil sie eingeladen wurden; oder für die Galadinner, für die man viel Geld zahlen oder Kontakte in höchsten Positionen haben muss; für die After-Dinner-Partys, die sich bis in die frühen Morgenstunden hinziehen, oder für den letzten Espresso oder Whisky in der Hotelbar. Unverzichtbar ist auch der regelmäßige Gang ins Bad, um das Make-up aufzufrischen, die Krawatte zurechtzurücken, Haarschuppen oder ein paar Staubkörnchen von den Jackettschultern zu entfernen, die Lippen nachzuziehen.

Am Ende kehren sie auf ihre Zimmer im Luxushotel zurück, wo ein Glas warme Milch sie erwartet, die Frühstücksspeisekarte, die Wettervorhersage, eine Praline (die allerdings sofort entfernt wird, da sie jede Menge Kalorien bedeutet), ein Körbchen mit Obst (das gierig verschlungen wird, da es viele Ballaststoffe enthält, die gut für den Organismus und gegen Blähungen sind), daneben ein Umschlag mit ihrem in Schönschrift geschriebenen Namen darauf (der niemals geöffnet wird, denn darin steckt der für alle gleiche Willkommensgruß der Hotelleitung). Sie schauen in den Spiegel, während sie die Krawatte abnehmen oder sich abschminken, den Smoking oder das Kleid ausziehen, und sagen sich: ›Heute ist nichts Wichtiges passiert. Vielleicht wird es morgen ja besser.‹

Ewa trägt ein zurückhaltend elegantes Modell von Hamid Hussein. Beide werden zu ihren Plätzen direkt am Ende des Catwalks neben den Fotografen geleitet – die nun auch hereinkommen und ihre Ausrüstung aufbauen.

Ein Reporter tritt zu ihnen und stellt die übliche Frage:

»Monsieur Hussein, welcher ist der beste Film, den Sie bislang im Festivalprogramm gesehen haben?«

»Ich finde es verfrüht, jetzt schon eine Meinung abzugeben«, ist Husseins übliche Antwort. »Ich habe sehr viel Gutes gesehen, aber mit einer Stellungnahme möchte ich bis zum Ende des Festivals warten.«

Tatsächlich hat er keinen einzigen Film gesehen. Aber er würde später mit Gibson sprechen, um herauszufinden, welcher der »beste Film der Saison« ist.

Die blonde, höfliche, gutangezogene junge Event-Assistentin bittet den Reporter zu gehen. Sie fragt Ewa und Hamid, ob sie an dem Cocktail teilnehmen möchten, den die belgische Regierung nach der Modenschau geben wird. Sie fügt hinzu, einer der Minister sei anwesend und würde Hamid gern sprechen. Der überlegt, schließlich investiert Belgien ein Vermögen, um seine Modeschöpfer in der internationalen Szene bekannt zu machen – und so den mit dem Verlust ihrer Kolonien in Afrika verschwundenen Glanz wiederzuerlangen.

»Ja, wir kommen sehr gern.«

»Haben wir nicht gleich anschließend eine Verabredung mit Gibson?«, fällt Ewa ihm ins Wort.

Hamid versteht die Botschaft. Er sagt der Event-Assistentin, dass er diese Verabredung ganz vergessen habe, aber später Kontakt zum Minister aufnehmen werde.

Ein paar Fotografen haben Hamid und Ewa entdeckt und fangen an, Fotos von ihnen zu schießen. Im Augenblick sind sie die Einzigen, die die Presse interessieren. Später kommen ein paar ehemalige Topmodels dazu und posieren und lächeln um die Wette und geben einigen der schlechtgekleideten Leute im Publikum Autogramme, alles in der Hoffnung, dass ihr Gesicht wieder in die Blätter kommt. Die Fotografen lichten sie pro forma ab und wissen doch genau, dass keines dieser Fotos je veröffentlicht werden wird. Mode ist Gegenwart. An die Models von vor drei Jahren – mit Ausnahme derer, die es aufgrund von durch ihre Agenten sorgfältig inszenierten Skandalen schaffen, sich in den Schlagzeilen der Zeitungen zu halten, oder weil sie sich tatsächlich von den anderen abgehoben haben – erinnern sich nur die Zaungäste hinter den Metallabsperrungen am Eingang der

Hotels und ältere Damen, die schnelle Veränderungen nicht so recht mitbekommen.

Den alten Models ist das natürlich bewusst (und als »alt« gilt jede über 25), und sie nehmen die Fron nicht etwa auf sich, weil sie auf den Catwalk zurückwollen, sondern weil sie davon träumen, so an eine Filmrolle oder an einen Job als Moderatorin in einem Privatsender zu kommen.

Wer außer Jasmine, die der einzige Grund war, weshalb er zur Modenschau gekommen ist, wird heute noch auf dem Laufsteg sein?

Ganz bestimmt keines der vier oder fünf aktuellen Topmodels, denn die machen nur, wozu sie Lust haben, nehmen ein Vermögen dafür und haben kein Interesse daran, in Cannes aufzutreten, um die Events mit ihrem Prestige aufzuwerten. Hamid nimmt an, dass er zwei oder drei Models der A-Klasse wie Jasmine sehen wird, die für diesen Nachmittag rund 1500 Euro bekommen. Dazu muss man Charisma und vor allem Zukunft in der Branche haben. Weitere zwei oder drei Klasse-B-Models mit perfekten Körpern, Profis, die auf dem Catwalk perfekt sind, aber nicht das Glück haben, als Special Guests zu den Partys der Luxuskonzerne eingeladen zu werden und auch nur zwischen 600 und 800 Euro kosten. Die restlichen Models gehören der C-Klasse an, junge Mädchen, die neu in der schnelllebigen Welt der Mode sind und als Anfängerinnen zwischen 200 und 300 Euro verdienen.

Hamid weiß, was vielen der C-Klasse-Mädchen durch den Kopf geht: Alle wollen siegen. Alle wollen zeigen, dass sie das Zeug zum Topmodel haben. Dass sie es eines Tages zur Weltspitze schaffen werden, und wenn sie dafür ein paar ältere Männer verführen müssen.

Ältere Männer sind aber nicht so dumm, wie die Models glauben; die meisten dieser Mädchen sind minderjährig, und auf Sex mit Minderjährigen steht in den meisten Ländern der Welt Gefängnis.

Die Realität sieht vollkommen anders aus als die Legenden, die sich darum ranken: Keine gelangt durch sexuelle Großzügigkeit an die Spitze. Dazu braucht es sehr viel mehr.

Charisma. Glück. Die richtige Agentin oder den richtigen Agenten. Den rechten Augenblick. Zur richtigen Zeit am richtigen Ort sein.

Was die im Trend liegenden Studios im Moment suchen, ist nicht, was diese Mädchen, die gerade in die Modewelt hineingekommen sind, denken. Hamid hat die neuesten Untersuchungen gelesen, denen zufolge das Publikum es satt hat, magersüchtige Frauen mit provozierendem Blick und undefinierbarem Alter vorgeführt zu bekommen, die anders als normale Frauen aussehen. Die Casting-Agenturen suchen zurzeit etwas, das offenbar äußerst schwer zu finden ist: das Mädchen von nebenan, das allen anderen Frauen, die es auf Plakaten oder Fotos in Modezeitschriften sehen, das Gefühl gibt, ›ich bin wie sie‹.

Aber dieses außergewöhnliche, ganz »normale« Mädchen findet man ebenso selten wie eine Nadel im Heuhaufen.

Die Zeiten sind vorbei, in denen Mannequins für die Modeschöpfer nur wandelnde Kleiderbügel waren. Selbstverständlich ist es einfacher, jemand Dünnes anzuziehen – die Kleider fallen besser. Die Zeiten sind vorbei, in denen Werbung für männliche Luxusprodukte mit hübschen Models gemacht wurde. Das hat Ende der 1980er Jahre, in der Zeit der Yuppies, gut funktioniert, aber inzwischen längst nicht mehr. Im Gegensatz zur Frau hat der Mann keine festgelegte Schönheitsnorm: Er möchte in den Produkten, die er kauft, etwas finden, was ihn an seinen Kollegen im Büro oder seinen Kumpel beim Trinken erinnert.

Hamid hörte Jasmines Namen zum ersten Mal von Freunden in Verbindung mit der Bemerkung: ›Sie wäre das richtige Gesicht für Ihre Kollektion.‹ Dieselben Freunde sagten auch: ›Sie hat ein außergewöhnliches Charisma, und dennoch können sich alle in ihr wiedererkennen.‹ Im Gegensatz zu dem, was die Models der C-Klasse glauben, die hinter Kontakten und Männern her sind, die von sich behaupten, mächtig zu sein und in der Lage, einen Star aus ihnen zu machen, ist in der Welt der Mode – wie vermutlich in allen anderen Welten auch – die beste Empfehlung die durch Leute aus der Branche. So kommt es, dass der Wert eines Models beispielsweise, wenn es kurz vor seiner Entdeckung steht, häufig steigt, ohne dass es dafür eine logische Erklärung gibt. Manchmal klappt es. Manchmal klappt es nicht. Aber so ist der Markt nun einmal, man kann nicht immer gewinnen.

Der Saal beginnt sich zu füllen – die Plätze in der ersten Reihe sind reserviert, eine Gruppe von Männern im Anzug und elegant gekleideten Frauen hat einige Stühle besetzt, die andern bleiben vorläufig leer. Das gewöhnliche Publikum sitzt in der zweiten, dritten und vierten Reihe. Ein berühmtes, mit einem Fußballspieler verheiratetes Model, das schon viele Reisen nach Brasilien gemacht hat, weil sie »das Land so liebt«, steht jetzt im Zentrum des Interesses der Fotografen. Jeder weiß, dass ›Reisen nach Brasilien‹ ein Synonym für Schönheitsoperationen ist, aber niemand wagt, das offen auszusprechen. Dennoch wird, wenn man sich besser kennt, irgendwann diskret gefragt, ob es abgesehen von einem Besuch der Sehenswürdigkeiten von Salvador und Sambatanzen im Karneval von Rio dort auch erfahrene Schönheitschirurgen gibt. Eine Visitenkarte wechselt den Besitzer, und dann wird nicht weiter darüber geredet.

Die freundliche blonde junge Event-Assistentin wartet, bis die Presseleute ihre Arbeit gemacht haben (sie fragen auch das Model, welches der beste Film war, den sie bislang gesehen hat), dann führt sie das Model zum inzwischen einzigen freien Platz, neben Hamid und Ewa. Die Fotografen kommen und machen zig Fotos von den dreien – dem großen Modedesigner, von seiner Ehefrau und dem inzwischen Hausfrau gewordenen Model.

Ein paar Journalisten wollen wissen, was Hamid über die Arbeit der belgischen Modedesignerin denkt. Hamid, der diese Art Fragen bereits gewohnt ist, antwortet routiniert:

»Ich bin gekommen, um ihre Arbeit kennenzulernen. Ich habe gehört, sie soll phantastisch sein.«

Die Journalisten lassen nicht locker, als hätten sie die Antwort nicht gehört. Sie sind fast alle Belgier – die französische Presse hat bislang noch kein Interesse an ihr gezeigt –, und die blonde Event-Assistentin bittet sie, die Gäste in Ruhe zu lassen.

Die Presseleute ziehen sich zurück. Das Exmodel, das

sich neben Hamid gesetzt hat, sagt, sie liebe seine Arbeit. Er bedankt sich höflich für das Kompliment. Wenn sie gehofft hat, er würde sagen, ›wir müssen nach der Modenschau miteinander reden‹, wird sie jetzt enttäuscht sein. Dennoch fängt sie an, aus ihrem Leben zu erzählen – von Foto-Shootings, Partys, Auslandsengagements.

Hamid hört ihr geduldig zu, aber bei der erstbesten Gelegenheit (sie hat sich gerade umgedreht, um mit jemand anderem ein paar Worte zu wechseln) wendet er sich an Ewa und bittet sie, ihn vor diesem schwachsinnigen Monolog zu retten. Doch seine Frau wendet sich wortlos von ihm ab. Da bleibt ihm keine andere Wahl, als so zu tun, als würde er sich in das Faltblatt zur Modenschau vertiefen.

Die Kollektion ist eine Hommage an Ann Salens, Pionierin der belgischen Mode. Sie hatte Ende der 1960er Jahre mit einer kleinen Boutique angefangen und bald das Potential erkannt, das in Amsterdam mit seiner internationalen Hippieszene und der von ihr propagierten Art, sich zu kleiden, steckte. Sie schaffte es, dem zurückhaltenden, ernsten Stil, der damals in der bürgerlichen Welt angesagt war, etwas entgegenzusetzen, und am Ende trugen Ikonen wie Königin Paola oder die große Muse des französischen Existentialismus, Juliette Greco, ihre Kreationen. Sie erfand mit anderen zusammen die modernen Laufstegshows, die die Vorführung der Kleider, Licht, Ton und Kunst miteinander verbanden. Dennoch wurde Ann Salens kaum über die Grenzen ihres Landes bekannt. Sie hatte immer große Angst vor Krebs gehabt, und dann geschah es, genau wie in der Bibel im Buch Hiob beschrieben: »Denn was ich gefürchtet habe, ist über mich gekommen, und wovor mir graute, hat mich getroffen.« Vor ihrem Tod musste sie noch miterleben, wie ihre Firma Konkurs machte, weil sie mit Geld absolut nicht wirtschaften konnte.

Und wie so viele und vieles in der sich alle sechs Monate erneuernden Welt geriet auch Ann Salens in Vergessenheit. Daher war die Designerin, die in wenigen Minuten ihre Kollektion zeigen würde, sehr mutig: Anstatt die Zukunft zu erfinden, ging sie in die Vergangenheit zurück.

Hamid steckte das Faltblatt in die Tasche. Wenn Jasmine seine Erwartungen erfüllte, würde er mit der Designerin sprechen, um zu sehen, ob es eine Möglichkeit gab, etwas gemeinsam zu machen. Platz für neue Ideen gab es immer – solange man die Konkurrenten unter Kontrolle behielt.

Er blickt um sich: Die Scheinwerfer sind gut positioniert, die Anzahl der anwesenden Fotografen ist ansehnlich – er hatte nicht mit so vielen gerechnet. Vielleicht war die Kollektion ja wirklich sehenswert, oder die belgische Regierung hatte ihren ganzen Einfluss spielen lassen, um die Presse herzuschaffen, indem sie ihnen die Flugtickets und die Unterkunft bezahlt hatte. Es könnte noch einen Grund für das große Interesse geben, wobei Hamid hofft, dass er sich irrt: Jasmine. Zu seinem Plan gehört, dass sie beim großen Publikum nicht bekannt ist. Bislang hat er nur über Branchenprofis von ihr gehört. Wäre ihr Gesicht schon in vielen Zeitschriften erschienen, würde es sich nicht lohnen, sie zu engagieren – weil er dann nicht mehr der Erste wäre und weil sie dann nicht mehr ein neues Gesicht für ein neues Produkt sein könnte.

Hamid rechnet nach. Diese Show wird nicht billig sein,

aber die belgische Regierung weiß genauso gut wie sein Scheich: Mode für die Frauen, Sport für die Männer, Stars für beide Geschlechter, nur das interessiert alle Sterblichen, und nur das kann das Image eines Landes international bekannt machen. Selbstverständlich gab es im besonderen Fall der Mode das Problem mit der Fédération. Weil man oft jahrelang warten musste, bis man aufgenommen wurde. Aber einer der leitenden Funktionäre sitzt neben den belgischen Politikern, die offenbar die Gunst der Stunde nutzen wollen.

Weitere VIPs kommen, immer in Begleitung der sympathischen Blonden. Sie wirken etwas verloren, wissen nicht genau, was sie da eigentlich machen. Sie sind etwas zu elegant angezogen, es scheint die erste Modenschau zu sein, an der sie, direkt aus Brüssel eingeflogen, in Frankreich teilnehmen. Sie gehören bestimmt nicht zur Fauna, die in diesem Augenblick die Stadt wegen des Filmfestivals überschwemmt.

Die Show hätte vor fünf Minuten beginnen sollen. Im Gegensatz zur Modewoche in Paris, bei der jede Modenschau pünktlich anfängt, gibt es in Cannes ständig parallel noch andere Veranstaltungen, und die Presse kann nie lange bleiben, weil sie immer zum nächsten Event hasten muss. Doch dann sieht er, dass er sich geirrt hat: Die meisten Journalisten sind Belgier und nutzen die seltene Gelegenheit, die angereisten Minister zu interviewen.

Die sympathische blonde junge Frau fordert die belgischen Journalisten auf, an ihre Plätze zurückzukehren. Hamid und Ewa wechseln kein einziges Wort miteinander – und das ist das Allerschlimmste. Wenn Ewa sich wenigstens beklagen, lächeln, irgendetwas sagen würde! Aber von ihr kommt nichts, kein Hinweis auf das, was in ihrem Inneren vor sich geht.

Besser sich auf das konzentrieren, was hinter der Wandverkleidung an der Stirnseite des Raumes passiert, aus der gleich die Models herauskommen werden. Was da vor sich geht, das weiß er zumindest.

Vor ein paar Minuten haben die Models sich ausgezogen, auch ihre Unterwäsche, damit sich nichts unter den Kleidungsstücken abzeichnet, die sie vorführen werden. Sie haben bereits das erste Kleidungsstück angezogen und warten darauf, dass das Licht ausgeht, die Musik beginnt und jemand – meist eine Frau – ihnen genau in dem Augenblick auf die Schulter tippt, in dem sie zu den Scheinwerfern und dem Publikum hinausmüssen.

Die Models der Klassen A, B und C sind unterschiedlich nervös – die Unerfahrensten sind am aufgeregtesten. Einige beten, andere versuchen, durch einen Spalt im Vorhang irgendwelche Bekannte zu erspähen oder ob ihre Eltern auch ja gute Plätze ergattern konnten. Wahrscheinlich sind es zehn oder zwölf, ein Foto von jeder ist an dem Platz angebracht, an dem die Kleidungsstücke in der Reihenfolge aufgehängt sind, in der sie die Models in Sekundenschnelle wechseln, um dann wieder so lässig auf den Laufsteg hinauszugehen, als hätten sie dieses Kleidungsstück schon den ganzen Nachmittag getragen. An Make-up und Frisur wird letzte Hand angelegt.

Wie ein Mantra sagen sich die Models immer wieder vor:

›Ich darf nicht ausrutschen. Ich darf nicht über den Saum stolpern. Ich wurde unter sechzig Models eigens von der

Designerin ausgewählt. Ich bin in Cannes. Jemand Wichtiges wird im Publikum sitzen, zum Beispiel HH, der mich für seine Marke auswählen könnte. Es heißt, der Saal sei voller Fotografen und Journalisten.

Ich darf nicht lächeln! So lautet die Regel. Die Füße müssen einer unsichtbaren Linie folgen. Wegen der hohen Absätze muss ich marschieren. Egal, ob das künstlich wirkt oder ich mir dabei eigenartig vorkomme – ich darf das nicht vergessen!

Ich muss bis zur Markierung gehen, mich zu einer Seite drehen, ein paar Sekunden stillstehen, dann genauso schnell wieder zurückgehen, und sobald ich nicht mehr sichtbar bin, wartet da jemand auf mich, um mich auszuziehen und mir das nächste Modell anzuziehen, ohne dass ich vorher noch einmal in den Spiegel schauen kann! Ich muss darauf vertrauen, dass alles richtig läuft. Ich muss nicht nur meinen Körper, nicht nur mein Kleid vorführen, sondern mein Charisma.‹

Hamid schaut zur Decke: Dort ist die Markierung angebracht: ein besonders großer Scheinwerfer. Geht ein Model über diesen Punkt hinaus oder bleibt es zu früh stehen, kann es nicht gut fotografiert werden. Die Redakteure der Zeitschriften – in diesem Fall der belgischen – werden dann das Foto eines anderen Models abdrucken. Die französische Presse lauert jetzt gerade vor den Hotels herum, beim roten Teppich, auf den spätnachmittäglichen Cocktailpartys, isst einen Happen und bereitet sich auf das Galadinner des heutigen Abends vor.

Die Lichter im Saal gehen aus. Die Scheinwerfer über dem Laufsteg gehen an.

Der große Augenblick ist da.

Ein gewaltiges Soundsystem füllt den Raum mit westlicher Musik aus den 1960er und 1970er Jahren. Das versetzt Hamid in eine Welt, die er selbst nicht erlebt, über die er aber viel gehört und die er gern kennengelernt hätte, und etwas in ihm begehrt auf – warum durfte er damals nicht wie die anderen jungen Leute seiner Generation die Welt bereisen?

Das erste Model tritt auf, das Bild verbindet sich mit dem Sound – das farbige, lebendige, energiegeladene Kleidungsstück erzählt dabei eine Geschichte, die Jahre zurückliegt, die die Leute aber gern noch einmal hören wollen. Neben Hamid geht ein Blitzlichtgewitter los. Kameras nehmen alles auf. Das erste Model hat einen perfekten Auftritt, sie geht bis zum Lichtpunkt, dreht sich nach rechts, hält zwei Sekunden inne, kehrt zurück. Sie braucht etwa fünfzehn Sekunden, bis sie wieder hinter den Kulissen verschwindet – dort gibt sie ihre Pose auf, rennt zum Bügel, auf dem das nächste Kleidungsstück hängt, zieht das eben vorgeführte Kleid aus und das neue blitzschnell an, stellt sich an ihren Platz in der Reihe und ist zum nächsten Auftritt bereit. Die Designerin schaut alles über ein internes Fernsehnetz an, nagt an ihrer Unterlippe und hofft, dass keins ihrer Models ausrutscht, dass das Publikum ihre Botschaft begreift, dass sie am Ende Applaus erhält, dass der Vertreter der Fédération beeindruckt ist.

Die Show geht weiter. Aus Hamids Blickwinkel und dem Aufnahmewinkel der Kameras sieht man die elegante Haltung, die Beine, die festen Schritte der Models, die direkt auf ihn zuzukommen scheinen. Für diejenigen, die seitlich sitzen und Modenschauen nicht gewöhnt sind, wie es bei den meisten dort anwesenden VIPs der Fall sein wird, sieht das Ganze eigenartig aus: Warum marschieren die Models, anstatt zu gehen wie die Mannequins, die sie immer in den Modeprogrammen im Fernsehen sehen? Will die Designerin etwa originell sein?

Nein, gibt Hamid sich selber stumm die Antwort. Der Grund sind die Highheels. Nur wenn die Models marschieren, treten sie mit jedem Schritt fest auf. Die Kameras, die sie von vorn filmen, fangen nur einen Teil dessen ein, was vor sich geht.

Die Kollektion ist besser, als er erwartet hat – eine Rückkehr in vergangene Zeiten mit einem kreativen, der heutigen Zeit entsprechenden Touch. Keine Übertreibungen – denn in der Mode gilt dasselbe wie beim Kochen: Entscheidend ist die richtige Dosierung der Zutaten. An die verrückten Hippie-Jahre erinnernde Blumen und Perlen, die aber so angebracht sind, dass sie vollkommen modern wirken. Sechs Models haben schon defiliert, und bei einer hat Hamid einen Punkt am Knie entdeckt, den das Make-up nicht verbergen konnte. Wahrscheinlich hat sie sich ein paar Minuten vor der Show Heroin gespritzt, um sich zu beruhigen und den Hunger unter Kontrolle zu haben.

Dann betritt Jasmine den Laufsteg. Sie trägt eine weiße, langärmelige, handbestickte Bluse, einen über das Knie reichenden, ebenfalls weißen Rock. Sie schreitet sicher aus, und im Gegensatz zu ihren Vorgängerinnen, ist ihr Ernst nicht einstudiert, er ist natürlich, absolut natürlich. Hamid wirft einen raschen Blick ins Publikum: Alle schienen von Jasmine hypnotisiert zu sein, niemand schaut dem vorherigen Model nach oder beachtet das Model, das nach ihr kommt.

›Perfekt!‹

Bei ihren beiden weiteren Auftritten mustert Hamid ihren Körpers ganz genau. Er sieht, dass nicht ihre anmutigen Kurven ihre Anziehungskraft ausmachen, sondern ihre Ausstrahlung. Wie soll er es definieren? Die Vermählung von Himmel und Hölle, von Liebe und Hass, die hier Hand in Hand gehen?

Wie jede Modenschau dauert auch diese nicht länger als eine Viertelstunde – trotz der monatelangen Arbeit, die ihr vorausging, um die Kleider zu entwerfen und die Show auf die Beine zu stellen. Am Ende kommt die Designerin auf die Bühne, dankt für den Applaus, die Lichter gehen an, die Musik verstummt – und erst da bemerkt Hamid, wie sehr ihm der Soundtrack gefallen hat. Die sympathische junge Frau kommt wieder zu ihnen und teilt ihnen mit, dass die belgische Regierung sehr an einem Gespräch interessiert sei. Hamid öffnet seine Lederbrieftasche, holt eine Visitenkarte heraus, sagt, er logiere im Hotel Martinez und würde sehr gern einen Termin für den nächsten Tag vereinbaren.

»Aber ich möchte unbedingt mit der Designerin und dem schwarzen Model sprechen. Wissen Sie zufällig, an welchem Dinner die beiden heute teilnehmen? Kann ich hier auf eine Antwort warten?«

Er hofft, die sympathische Blonde würde schnell zurückkommen. Die Journalisten sind inzwischen zu ihm getreten und haben mit ihren üblichen Fragen begonnen: besser gesagt mit einer einzigen, die von verschiedenen Journalisten wiederholt wird:

»Wie fanden Sie die Show?«

»Sehr interessant!« Seine Antwort ist immer dieselbe.

»Und was heißt das?«

Mit der Höflichkeit eines erfahrenen Profis wendet sich Hamid dem nächsten Journalisten zu. Niemals die Presse schlecht behandeln, aber gleichzeitig die Frage nur immer indirekt beantworten, nie zu viel sagen.

Die sympathische Blonde kommt zurück. Nein, die beiden seien nicht zum Galadinner eingeladen. Auch wenn die Minister anwesend sind, das Festival wird von einer anderen Politik dirigiert.

Hamid sagt, er werde ihnen die notwendigen Einladungen umgehend zukommen lassen, was sofort akzeptiert wird. Die Designerin hat bestimmt damit gerechnet, weil sie weiß, was für einen Schatz sie da hat: Jasmine.

Ja, sie ist es. Er wird sie selten bei einer Modenschau einsetzen, weil sie die Kleider, die sie trägt, vergessen lässt. Aber als »das neue Gesicht von Hamid Hussein« ist niemand besser geeignet.

Ewa schaltete ihr Handy wieder ein. Sekunden später schwebt ein himmelblauer Briefumschlag über das Display und öffnet sich. Alles nur, um zu sagen: ›Sie haben eine Nachricht.‹

›Was für eine lächerliche Animation!‹, denkt Ewa.

Wieder die unterdrückte Nummer. Ewa fragt sich, ob sie die SMS lesen soll, aber die Neugier ist größer als die Angst.

»Offenbar hast du einen neuen Verehrer, der irgendwie an deine Handynummer gekommen ist«, scherzt Hamid. »So viele SMS wie heute hast du noch nie bekommen.«

»Mag sein.«

Tatsächlich hätte sie am liebsten gesagt: »Merkst du denn gar nichts? Zwei Jahre leben wir nun schon zusammen, und du kannst immer noch nicht erkennen, dass ich große Angst habe. Oder glaubst du etwa, ich hätte nur gerade meine Tage?«

Sie tut so, als würde sie ganz entspannt ihre Nachricht lesen:

Deinetwegen habe ich noch eine Welt zerstört. Und ich fange an, mich zu fragen, ob es lohnt, dies zu tun, weil du nichts zu begreifen scheinst. Dein Herz ist tot.

»Von wem ist die SMS?«

»Keine Ahnung. Die Nummer wird nicht angezeigt. Aber einen geheimen Verehrer zu haben tut immer gut.«

17 Uhr 15

Drei Morde. Innerhalb weniger Stunden sind 50 % mehr Morde begangen worden als sonst in einem ganzen Jahr.

Savoy geht zum Wagen und stellt eine besondere Funkfrequenz ein.

Die Stimme auf der anderen Seite murmelt irgendetwas. Das statische Rauschen zerhackt ein paar Worte, aber Savoy versteht, was gesagt wird.

»Ich bin mir nicht sicher. Aber ich habe auch keine Zweifel.«

Noch mehr Kommentare, noch mehr Rauschen.

»Ich bin nicht verrückt, Monsieur, ich widerspreche mir nicht. So bin ich zwar beispielsweise nicht sicher, dass mein Gehalt am Monatsende überwiesen wird, aber ich habe dennoch keinen Zweifel daran: Habe ich mich verständlich gemacht?«

Rauschen und eine ärgerliche Stimme am anderen Ende.

»Ich rede hier nicht von einer Gehaltserhöhung, sondern davon, dass Gewissheiten und Zweifel nebeneinander existieren können, vor allem in einem Beruf wie dem unseren. Es ist durchaus möglich, dass in den Fernsehnachrichten von drei Morden die Rede ist, denn der Mann im Krankenhaus ist gerade gestorben. Selbstverständlich wissen nur wir, dass alle diese Morde auf äußerst raffinierte Art und

Weise begangen wurden, und deshalb wird niemand vermuten, dass sie etwas miteinander zu tun haben könnten. Aber Cannes wird plötzlich als eine unsichere Stadt wahrgenommen. Und wenn das morgen so weitergeht, wird darüber spekuliert werden, ob es sich um einen einzigen Mörder handelt. Was soll ich also tun?«

Aufgeregte Kommentare am anderen Ende der Leitung.

»Ja, sie sind schon da. Der Junge, der den Mord gesehen hat, erzählt ihnen gerade alles. Zurzeit wimmelt es hier nur so von Fotografen und Journalisten. Ich dachte, sie stünden alle am roten Teppich, aber da habe ich mich offensichtlich geirrt. Offenbar gibt es dort nur viele Reporter und nichts zu berichten.«

Noch mehr aufgeregte Kommentare. Savoy zieht einen Block aus der Tasche, notiert eine Adresse.

»Ist gut. Ich werde gleich nach Monte Carlo fahren und ihn befragen.«

Das Rauschen hört auf. Der Teilnehmer am anderen Ende der Leitung hat aufgelegt.

Savoy geht bis zum Ende des Piers, stellt die Sirene auf dem Dach seines Wagens auf Höchstlautstärke und rast wie ein Wahnsinniger davon – er hofft, so die Reporter von dem jungen Mordzeugen weglocken zu können. Die aber kennen den Trick und fallen nicht darauf herein, interviewen den Jungen weiter.

Savoy ist elektrisiert. Endlich kann er den ganzen Papierkram einem Untergebenen überlassen und sich dem widmen, wovon er schon immer geträumt hat: Morde aufklären, die sich jeglicher Logik entziehen. Er hofft, er hat Recht mit seiner These, dass in der Stadt ein Serienmörder umgeht, der die Einwohner in Angst und Schrecken zu versetzen beginnt. So schnell, wie sich heutzutage Informationen verbreiteten, würde er bald schon im Scheinwerferlicht stehen: »Noch ist nichts bewiesen«, würde er erklären, aber in einem Ton, dass niemand ihm wirklich glauben würde, und so blieben die Scheinwerfer immer weiter auf ihn gerichtet, bis der Mörder gefasst wäre. Denn allem Glamour und Ruhm zum Trotz ist Cannes weiterhin nur eine kleine Provinzstadt – in der alle wissen, was los ist, und es würde nicht schwer sein, den Mörder zu finden.

Ruhm. Berühmtheit.

Denkt er etwa nur an sich anstatt an das Wohlergehen der Bürger?

Aber was ist schon falsch daran, selbst auch einmal ein bisschen berühmt sein zu wollen? Erlebt er nicht jedes Jahr wieder, wie alle während des Festivals zu glänzen versuchen? Das steckt alle an. Außerdem – wer möchte nicht seine Arbeit von der Öffentlichkeit anerkannt sehen, egal ob es Filmleute sind oder Polizisten?

›Hör auf, an Ruhm zu denken. Der kommt von allein, wenn du deine Arbeit gut machst. Der Ruhm ist ohnehin eine zweischneidige Sache: Stell dir vor, deine Mission geht schief – die Schmach ist dann ebenfalls öffentlich.

Konzentriere dich!‹

Zwanzig Jahre hat er nun schon auf allen möglichen Positionen bei der Polizei gearbeitet und ist verdientermaßen immer weiterbefördert worden. In dieser Zeit hat er begriffen, dass, um einen Verbrecher dingfest zu machen, in den meisten Fällen die Intuition genauso wichtig ist wie logisches Denken. Während er unter Sirenengeheul in Richtung

Monte Carlo braust, wird ihm klar, dass momentan die Gefahr nicht vom Mörder ausgeht – der wegen der Unmenge Adrenalin in seinem Blut erschöpft und zudem voller Angst sein muss, weil es einen Tatzeugen gibt. Die eigentliche Gefahr ist die Presse. Journalisten arbeiten auch mit Logik und Intuition. Wenn sie es schaffen, zwischen den drei Morden eine Verbindung herzustellen, sei sie auch noch so schwach, werden sie darüber schreiben, den Menschen damit Angst machen. Die Polizei würde die Kontrolle verlieren, das Festival im Chaos enden, die Gäste sich nicht mehr auf die Straße wagen, vorzeitig abreisen und die Ladenbesitzer die Polizei für ihre Gewinneinbußen verantwortlich machen. Der Fall würde weltweit Schlagzeilen machen, schließlich ist ein echter Serienmörder viel interessanter als einer auf der Leinwand.

Und in den kommenden Jahren würde das Festival von Cannes nicht mehr das sein, was es einmal war. Cannes würde mit Angst und Schrecken assoziiert werden, Luxus und Glamour würden sich einen passenderen Ort auswählen, wo sie ihre Produkte herzeigen könnten, und nach sechzig Jahren würde das Filmfestival allmählich zu einem zweitrangigen Ereignis herabsinken, fernab von Scheinwerfern und Medien.

Savoy trägt eine große Verantwortung. Besser gesagt, er trägt doppelte Verantwortung: Zum einen besteht sie darin, herauszufinden, wer diese Morde begeht, und zu verhindern, dass in seinem Zuständigkeitsbereich noch eine weitere Leiche auftaucht. Zum anderen besteht sie darin, die Presse unter Kontrolle zu halten.

Logik. Er muss logisch denken. Wer von diesen Reportern, die zumeist von weit her kommen, hat auch nur entfernt eine Ahnung, wie niedrig die Mordrate hier sonst ist? Wie viele von ihnen würden sich die Mühe machen, sich die Verbrechensstatistik zu beschaffen?

Logische Antwort: kein Einziger. Sie interessieren sich nur für das, was gerade passiert. Sie sind aufgeregt, weil ein wichtiger Filmverleiher während eines offiziellen Lunchs einen Herzinfarkt erlitten hat. Bisher weiß niemand, dass er vergiftet wurde – der Bericht des Gerichtsmediziners liegt auf dem Rücksitz von Savoys Wagen. Und bisher weiß auch niemand – und möglicherweise wird es auch nie jemand erfahren –, dass dieser Filmverleiher Teil eines Geldwäschesystems war.

Unlogische Antwort: Es gibt immer jemanden, der anders denkt als die anderen. Also sollte so schnell wie möglich eine Pressekonferenz einberufen und ein möglichst ausführliches Statement abgegeben werden, aber nur zu dem Mord an der amerikanischen Produzentin auf dem Pier. So würden die anderen Ereignisse vorübergehend in Vergessenheit geraten.

Eine wichtige Frau aus der Welt des Films wird ermordet. Das ist eine Nachricht. Wen interessiert da noch der Tod irgendeines unbedeutenden Mädchens, das am Morgen desselben Tages tot auf der Croisette gefunden wurde? Was sie betrifft, kämen sowieso alle zur selben Schlussfolgerung wie Savoy am Anfang der Ermittlungen: Drogenmissbrauch. Fall erledigt.

Doch zurück zur Filmproduzentin: Vielleicht ist sie ja nicht so wichtig, wie er denkt, denn sonst hätte ihn der Kommissar doch längst auf dem Handy angerufen. Fakt ist: Ein gutgekleideter, etwa 40-jähriger Mann mit leicht angegrautem Haar spricht eine Zeitlang mit ihr, während sie beide aufs Meer hinausschauen, und werden dabei von einem hinter einem Schuppen versteckten Jungen beobachtet. Nachdem der Mann der Frau zielsicher wie ein Chirurg eine Klinge in den Körper gerammt hatte, ging er langsam weg und mischte sich unter Hunderte, Tausende von Leuten, die ganz ähnlich aussahen wie er.

Savoy schaltet jetzt vorübergehend die Sirene aus, um den stellvertretenden Inspektor anzurufen, der am Tatort zurückgeblieben ist und jetzt vermutlich von den Journalisten befragt wird, anstatt andere befragen zu können. Savoy bittet ihn, den Journalisten, die mit ihren übereilten Schlussfolgerungen immer stören, auszurichten, dass es sich »mit an Sicherheit grenzender Wahrscheinlichkeit« um ein Verbrechen aus Leidenschaft handele.

»Sagen Sie nicht, wir sind sicher. Sagen Sie, die Umstände weisen darauf hin, denn die beiden hätten wie Verliebte dagesessen. Es handele sich eindeutig weder um Raub noch um einen Racheakt, sondern um eine dramatische Abrechnung im Rahmen persönlicher Probleme.

Und Sie dürfen auf gar keinen Fall lügen. Ihre Aussagen werden aufgenommen und könnten später gegen Sie verwendet werden.«

»Und warum soll ich das erklären?«

»Weil die Umstände darauf hinweisen. Und je schneller die Presse zufriedengestellt ist, umso besser ist es für uns.«

»Und wenn die Journalisten fragen, was die Tatwaffe war?«

»›Alles weist darauf hin‹, dass es sich, wie der Zeuge angegeben hat, um ein Stilett handelt.«

»Aber er ist sich nicht sicher.«

»Wenn sogar der Tatzeuge nicht weiß, was er gesehen hat, was wollen dann Sie behaupten, außer dass ›alles darauf hinweist‹. Jagen Sie dem Jungen Angst ein! Warnen Sie ihn, dass alles, was er sagt, von den Journalisten notiert und später gegen ihn verwendet werden könnte.«

Savoy legt schnell auf, ehe der stellvertretende Inspektor weitere unangenehme Fragen stellen kann.

›Alles weist darauf hin‹, dass es sich um ein Verbrechen aus Leidenschaft handelt, obwohl das Opfer eben erst aus den Vereinigten Staaten eingeflogen ist. Obwohl die Frau allein in ihrem Hotelzimmer untergebracht war. Obwohl sie, aufgrund des wenigen, was man hatte herausfinden können, nur eine einzige unbedeutende Verabredung auf dem Marché du Film neben dem Palais des Congrès gehabt hatte. Die Journalisten haben zu diesen Informationen keinen Zugang.

Und es gab noch etwas viel Wichtigeres, was nur er, Savoy, weiß – niemand sonst in der Mannschaft, niemand sonst auf der Welt.

Das Opfer war im Krankenhaus gewesen. Savoy und sie hatten kurz miteinander geredet, und er hatte sie weggeschickt – in den Tod.

Er schaltet die Sirene wieder ein, um mit dem ohrenbetäubenden Lärm seine Schuldgefühle zu verscheuchen. Nein, nicht er hatte das Stilett in ihren Körper gestoßen.

Er überlegt: ›Diese Frau hatte dort im Wartesaal gesessen, weil sie Verbindung zur Drogenmafia hatte und wissen wollte, ob das mit dem Mord geklappt hatte.‹ Das wäre logisch nachvollziehbar, und wenn er seinem Chef über die zufällige Begegnung berichtete, würde mit Ermittlungen in dieser Richtung begonnen. Selbstverständlich konnte das auch tatsächlich so gewesen sein; sie wurde auf ebenso raffinierte Weise umgebracht wie der Filmverleiher aus Hollywood. Beide waren Amerikaner. Beide waren mit spitzen Gegenständen getötet worden. Alles wies darauf hin, dass hinter den Morden ein und dieselbe Gruppe steckte und dass die beiden Mordopfer etwas miteinander zu tun hatten.

Aber vielleicht irrt sich Savoy ja auch, und es gibt gar keinen Serienmörder in der Stadt?

Denn das an der Croisette aufgefundene Mädchen, das Erstickungssymptome aufwies, die von erfahrenen Händen herrührten, hatte möglicherweise in der Nacht zuvor Kontakt mit jemandem aus der Gruppe gehabt, der sich später mit dem Filmverleiher treffen wollte. Eventuell hatte sie neben Kunsthandwerk ja noch etwas anderes verkauft: Drogen.

Savoy stellt sich die Szene vor: Eine Gruppe von Ausländern kommt nach Cannes, um abzurechnen. In einer der vielen Bars stellt der lokale Dealer einem von ihnen das hübsche Mädchen mit den dichten Augenbrauen vor, ›die mit uns arbeitet‹. Der Ausländer und das Mädchen landen schließlich im Bett, aber der Ausländer hat zu viel getrunken. Er fühlt sich wohl, verliert die Kontrolle und redet zu viel. Am nächsten Morgen wird ihm klar, dass er einen Fehler gemacht hat, und er engagiert einen Auftragskiller – eine Bande wie diese hat immer einen zur Hand –, der das Problem lösen soll.

Es passt alles so gut zusammen, es muss so gewesen sein.

Alles passt so offensichtlich zusammen, dass es allein schon aus diesem Grund unsinnig ist. Es ist höchst unwahrscheinlich, dass ein Kokainkartell ausgerechnet während des Filmfestivals nach Cannes kommt, wenn dort Hunderte zusätzliche Polizeikräfte aus anderen Teilen des Landes zusammengezogen worden sind – die privaten Bodyguards, die Sicherheitskräfte des Festivals, die Detektive, die rund um die Uhr den sündhaft teuren Schmuck der Festivalbesucher bewachen, nicht mitgerechnet.

So oder so ist der Fall gut für seine Karriere: Abrechnungen unter Mafiaangehörigen bringen ebenso viel Publicity wie ein Serienmörder.

Savoy kann sich entspannen. Was immer sich letztlich als Wahrheit herausstellt, er wird endlich die Bekanntheit erlangen, die ihm schon lange zusteht.

Er schaltet die Sirene aus. Er hat die Strecke auf der Autobahn in weniger als einer halben Stunde geschafft, ist dabei über eine unsichtbare Grenze in ein anderes Land gelangt und jetzt nur noch wenige Minuten von seinem Ziel entfernt. Doch auf der Fahrt hat er in seinem Kopf Gedanken gewälzt, die eigentlich nicht erlaubt sind.

Drei Morde an einem Tag. Seine Gebete gelten natürlich den Familien der Toten, wie die Politiker in solchen Fällen auch immer beteuern. Selbstverständlich bezahlt ihn der Staat dafür, dass er für Ruhe und Ordnung sorgt, und nicht dafür, dass er sich freut, wenn auf so gewaltsame Art und Weise dagegen verstoßen wird. Wahrscheinlich läuft sein Vorgesetzter gerade in seinem Büro auf und ab, weil er nun gleich zwei Probleme gleichzeitig angehen muss: den Mörder finden (oder die Mörder, sofern ihm Savoys These einleuchtet) und die Presse in Schach halten. Überall herrscht höchste Alarmstufe, alle Kommissariate der Region sind bereits benachrichtigt, die Wagen per E-Mail mit einer Beschreibung des Mörders versorgt worden. Wahrscheinlich wurde auch die wohlverdiente Ruhe eines Politikers unterbrochen, weil der Polizeichef den Fall so heikel findet, dass er die Verantwortung gern auf eine höhere Ebene abschieben möchte.

Der Politiker wird bei diesem Köder allerdings nicht anbeißen, sondern dem Polizeichef nachdrücklich raten, dafür zu sorgen, dass baldmöglichst wieder Normalität in der Stadt einkehrt, da ›Millionen oder Hunderte von Millionen Euro auf dem Spiel stehen‹. Er möchte sich nicht mit dem Problem herumschlagen. Er hat Wichtigeres zu tun, wie beispielsweise den Wein auszusuchen, den er am Abend einer ausländischen Delegation kredenzen möchte.

›Und ich? Bin ich auf dem richtigen Weg?‹

Die verbotenen Gedanken kommen zurück: Savoy ist glücklich. Es ist der Höhepunkt seines bisherigen Berufslebens, in dem er bislang hauptsächlich Formulare ausgefüllt und sich um belanglose Dinge gekümmert hat. Er hätte nie gedacht, dass eine Situation wie diese ihn derart euphorisch stimmen würde – endlich kann er ein echter Detektiv sein, mit einer Theorie, die gegen jede Logik verstößt, für die er aber am Ende geehrt werden würde, weil er als Erster erkannte, was außer ihm keiner zu erkennen in der Lage war. Das alles würde er niemandem beichten, nicht einmal seiner Frau, die bestimmt entsetzt und schockiert wäre und seinen euphorischen Zustand dem Stress und dem gefährlichen Fall anlasten würde, der ihren Mann noch um den Verstand bringen könnte.

›Ich bin glücklich und aufgeregt‹, stellt er fest.

Sein Gebet gilt den Familien der Opfer. Sein Herz aber lebt nach Jahren der Lethargie wieder auf.

Anders, als es sich Savoy vorgestellt hat – eine große Bibliothek voller staubiger Bücher, Stapel von Zeitschriften in den Ecken, ein von ungeordneten Papieren bedeckter Tisch –, ist das Büro makellos weiß: ein paar geschmackvolle Lampen, ein bequemer Sessel, ein Glastisch mit einem riesigen Computerbildschirm darauf. Bis auf eine kabellose Tastatur und einen kleinen Notizblock mit einem luxuriösen Montegrappa-Füllfederhalter ist die Tischplatte vollkommen leer.

»Hören Sie auf zu lächeln, und zeigen Sie etwas mehr Besorgnis!«, sagt der weißbärtige Mann, der trotz der Hitze ein Tweedjackett, eine Krawatte und eine gutgeschnittene Hose trägt und mit seinem Outfit überhaupt nicht in dieses Büro passt.

»Was meinen Sie damit, Monsieur?«

»Ich weiß, wie Sie sich jetzt fühlen. Sie bearbeiten den Fall Ihres Lebens, und das an einem Ort, an dem sonst nie etwas passiert. Ich habe den gleichen inneren Konflikt erlebt, als ich in Penyce bei Swansea in West Glamorgan gearbeitet habe. Und wegen eines ganz ähnlichen Falles wurde ich schließlich nach London zu Scotland Yard versetzt.«

›Paris. Ich träume von Paris‹, denkt Savoy. Aber er sagt nichts. Der Engländer bittet ihn, Platz zu nehmen.

»Ich hoffe, Sie können Ihren Berufstraum verwirklichen. – Angenehm, Stanley Morris.«

Savoy wechselt das Thema.

»Der Kommissar befürchtet, die Presse könnte die These verbreiten, es handele sich um einen Serienmörder.«

»Sollen die Journalisten doch annehmen, was sie wollen, wir leben in einem freien Land. Solche Themen verkaufen sich gut, bringen Auflage für die Printmedien und ein wenig Aufregung in das Leben von Rentnern, die in einer Mischung aus Angst und der Gewissheit, dass ›uns so was nie passieren wird‹, das Voranschreiten der Ermittlungen in den Medien aufmerksam verfolgen.«

»Ich hoffe, Sie haben eine genaue Beschreibung der Mordopfer erhalten. Sind Ihrer Meinung nach die Morde für einen Serienmörder typisch, oder haben wir es mit einer Racheaktion der großen Drogenkartelle zu tun?«

»Ja, ich habe genaue Beschreibungen bekommen – übrigens per Fax, das macht man doch heutzutage nicht mehr. Ich hatte darum gebeten, die Angaben per E-Mail zu erhalten, und wissen Sie, was die Antwort war? ›Das haben wir noch nie so gemacht.‹ Stellen Sie sich das bitte vor! Eine der am besten ausgerüsteten Polizeitruppen der Welt benutzt noch das Fax!«

Savoy rutscht ungeduldig auf dem Stuhl hin und her. Er ist nicht hier, das Für und Wider moderner Technologien zu diskutieren.

»Gehen wir an die Arbeit«, sagt Dr. Morris, der es bei Scotland Yard zu einiger Berühmtheit gebracht hat und der nun als Pensionär in Südfrankreich lebt und wahrscheinlich genauso froh ist wie Savoy, aus der langweiligen Routine der Lektüren, der Konzerte, der Wohltätigkeitstees und -dinners ausbrechen zu können.

»Da ich nie noch nie einen Fall wie diesen hatte, wüsste

ich vorab gern, ob Sie meine These teilen, dass wir es mit einem einzelnen Täter zu tun haben. Nur damit ich weiß, ob ich mit meiner Prämisse richtigliege.«

Dr. Morris gibt ihm insofern recht, als drei Morde mit mehreren gemeinsamen Eigenschaften theoretisch reichen, um von einem Serienmörder ausgehen zu können, der normalerweise in einem klar beschränkten Raum (in diesem Fall Cannes) agiert und ...

»Während ein Massenmörder ...«

Dr. Morris unterbricht ihn und ermahnt ihn, keine unkorrekten Bezeichnungen zu benutzen. Massenmörder seien Terroristen oder unreife Heranwachsende, die eine Schule, einen Imbiss stürmen, auf alles schießen, was sie sehen, und am Ende von der Polizei getötet werden oder sich selber töten. Sie benutzen vorzugsweise Feuerwaffen oder Bomben, um möglichst großen Schaden in möglichst kurzer Zeit anzurichten – gemeinhin in weniger als zwei, drei Minuten. Diese Leute scheren sich nicht um die Folgen ihrer Taten – weil sie das Ende der Geschichte bereits kennen.

»Im kollektiven Unterbewusstsein ist ein Massenmörder einfacher zu akzeptieren, weil er ›geistig verwirrt‹ ist und sich daher deutlicher von ›uns‹ unterscheidet. Beim Serienmörder ist das sehr viel komplizierter, denn bei ihm kommt der Zerstörungstrieb, den jeder Mensch in sich hat, zum Tragen.«

Er hält inne.

»Haben Sie schon einmal *Der seltsame Fall des Dr. Jekyll und Mr. Hyde* von Robert Louis Stevenson gelesen?«

Savoy erklärt, er komme neben der Arbeit kaum zum Lesen. Der Blick von Dr. Morris wird eisig.

»Und glauben Sie etwa, ich arbeitete nicht?«

»N-n-nein, das wollte ich damit nicht sagen. Hören Sie, Monsieur Morris, ich bin in einer dringenden Angelegenheit hier. Ich möchte weder über Fachbücher noch über Literatur mit Ihnen diskutieren. Ich hätte gern gewusst, welche Schlüsse Sie aus den Berichten gezogen haben.«

»Tut mir leid, aber in diesem Fall *müssen* wir uns der Literatur zuwenden. In *Der seltsame Fall des Dr. Jekyll und Mr. Hyde* geht es nämlich um einen vollkommen normalen Mann, Dr. Jekyll, der in bestimmten Augenblicken von unkontrollierbaren zerstörerischen Neigungen übermannt wird und zu einem anderen, amoralischen Menschen wird, Mr. Hyde. Wir alle haben diese Neigungen, Herr Inspektor. Ein Serienmörder bedroht nicht nur unsere Sicherheit, sondern auch unsere psychische Gesundheit. Denn ob es uns gefällt oder nicht, jeder Mensch auf dieser Erde trägt ein ungeheures zerstörerisches Potential in sich und würde oft gern den von der Gesellschaft am meisten unterdrückten Wunsch ausleben – einem andern das Leben zu nehmen.

Die Gründe, die dazu führen, dass jemand zum Mörder wird, können vielfältig sein: ein Bedürfnis, die Welt wieder in Ordnung zu bringen, ein Racheakt für etwas weit Zurückliegendes, Frühkindliches, lange aufgestauter Hass auf die Gesellschaft usw. Aber ob bewusst oder nicht, jeder Mensch hat schon einmal mit diesem Gedanken gespielt.«

Abermaliges beredtes Schweigen.

»Ich nehme an, Sie kennen dieses Gefühl genau. Und das ganz abgesehen von Ihrem Beruf. Auch Sie werden doch irgendwann eine Katze oder ein harmloses Insekt gequält haben...«

Nun ist es an Savoy, den eisigen Blick von vorhin zu erwidern. Morris allerdings interpretiert das Schweigen als Zustimmung und fährt genauso entspannt und herablassend fort wie zuvor:

»Glauben Sie nicht, einen sichtbar aus dem seelischen Gleichgewicht geratenen Menschen mit zerzaustem Haar und hasserfülltem Grinsen im Gesicht zu finden. Wenn Sie doch noch mal zum Lesen kommen – auch wenn Sie immer sehr eingespannt sind –, würde ich Ihnen ein Buch von Hannah Arendt, *Eichmann in Jerusalem*, empfehlen. In diesem Buch analysiert sie den Prozess eines der größten Massenmörder der Geschichte. Selbstverständlich hat er Gehilfen gebraucht, sonst hätte er die ungeheure ihm gestellte Aufgabe niemals bewältigen können: die Reinheit der menschlichen Rasse herzustellen. – Augenblick mal, bitte!«

Er tippt etwas in seinen Computer. Ihm ist natürlich klar, dass dieser Inspektor nur an Ergebnissen interessiert ist, aber er muss den jungen Mann vor ihm ein bisschen erziehen, etwas für seine Bildung tun, ihn damit auf die schwierige Zeit vorbereiten, die ihn erwartet.

»Da haben wir's. Hannah Arendt nimmt in ihrem Buch eine eingehende Analyse des Prozesses gegen Adolf Eichmann vor, der für die Ermordung von sechs Millionen Juden im nationalsozialistischen Deutschland verantwortlich war. Hier schreibt sie, *immerhin sei ein halbes Dutzend Psychiater zu dem Ergebnis gekommen, er sei ›normal‹ – ›normaler jedenfalls, als ich es bin, nachdem ich ihn untersucht habe‹, wie einer von ihnen sich ausgedrückt haben soll; ein anderer fand, Eichmanns ganzer psychologischer Habitus, seine Einstellung zu Frau und Kindern, Mutter und Vater, zu Geschwistern und Freunden seien ›nicht nur normal, sondern höchst vorbildlich‹.* An anderer Stelle heißt es: *Das Problem mit Eichmann ist, dass er war wie viele andere, dass man keinerlei perverse oder sadistische Tendenzen an ihm feststellen konnte. Aus der Sicht unserer Institutionen war seine Normalität so erschreckend wie die Verbrechen, die er begangen hat.*«

Nun kann er sich dem eigentlichen Thema zuwenden.

»Den Autopsieberichten habe ich entnommen, dass es keinerlei Versuch sexuellen Missbrauchs der Opfer gegeben hat...«

»Dr. Morris, ich bin hier, weil ich ein Problem lösen muss, und zwar schnell. Ich möchte sicher sein, dass wir es tatsächlich mit einem Serienmörder zu tun haben. Selbstverständlich konnten weder ein Mann bei einem offiziellen Lunch noch ein junges Mädchen am helllichten Tag auf der Croisette vergewaltigt werden.«

Der andere geht darauf nicht ein und fährt fort.

»... was bei Serienmördern häufig der Fall ist. Einige haben verschiedene, sagen wir ›menschliche‹ Eigenschaften. Krankenschwestern töten Patienten im Endstadium, Bettler werden ermordet, und niemand nimmt das wahr, Beamte der Sozialämter kommen aus Mitleid mit den Schwierigkeiten vieler alter, kranker Rentner zu dem Schluss, dass ein Leben im Jenseits für sie sehr viel besser wäre – kürzlich hat es in Kalifornien wieder so einen Fall gegeben. Es gibt auch solche, die die Gesellschaft neu ordnen wollen, in solchen Fällen sind in erster Linie Prostituierte die Opfer.«

»Monsieur Morris, ich bin nicht hergekommen, um...«

Diesmal hebt Morris leicht die Stimme.

»Und ich habe Sie nicht eingeladen. Ich tue Ihnen einen Gefallen. Wenn Sie wollen, können Sie gehen. Wenn Sie bleiben, unterbrechen Sie mich nicht ständig! Wenn wir jemanden dingfest machen wollen, müssen wir versuchen zu verstehen, wie er denkt.«

»Dann glauben Sie also tatsächlich, dass es sich um einen Serienmörder handelt?«

»Ich war noch nicht zu Ende.«

Savoy beherrscht sich. Wieso hat er es überhaupt so eilig? Was spricht dagegen, die Medien sich in irgendwelchen Spekulationen verheddern zu lassen und ihnen dann die Lösung zu präsentieren?

»Also gut. Fahren Sie fort!«

Morris dreht den riesigen Bildschirm so, dass Savoy mit draufschauen kann: Er sieht einen wahrscheinlich aus dem 19. Jahrhundert stammenden Kupferstich.

»Dies ist der berühmteste aller Serienmörder: Jack the Ripper. Er war nur in der zweiten Hälfte des Jahres 1888 aktiv und machte auf öffentlichen und halböffentlichen Plätzen dem Leben von fünf bis sieben Frauen ein Ende. Er schlitzte ihren Leib auf, holte ihre inneren Organe und den Uterus heraus. Er wurde nie gefunden. Wurde zu einem Mythos, und bis heute versucht man, seine wahre Identität aufzudecken.«

Auf dem Bildschirm war nunmehr eine Art Horoskop zu sehen.

»Dies war die ›Handschrift‹ von Zodiac. Er hat in Kalifornien innerhalb von zehn Monaten erwiesenermaßen fünf junge Liebespaare umgebracht, die ihre Wagen an abgelegenen Orten parkten, um für sich sein zu können. Er schickte der Polizei anschließend Briefe mit diesem Symbol, das wie ein keltisches Kreuz aussieht. Bis heute weiß niemand, wer Zodiac in Wirklichkeit war.

In beiden Fällen, in dem von Jack the Ripper und dem von Zodiac, geht die Forschung davon aus, dass es sich bei ihnen um Menschen handelte, die Moral und Sitte in ihrem Lebensumfeld wiederherstellen wollten. Sie hatten, wenn man so will, eine Mission zu erfüllen. Und anders, als es uns die Presse mit erfundenen Schauernamen wie ›Der Würger von Boston‹ oder ›Die Kindermörderin von Toulouse‹ suggerieren will, waren diese Mörder durchschnittliche Bürger, die am Wochenende mit ihren Nachbarn Kaffee tranken und hart arbeiteten, um ihren Lebensunterhalt zu verdienen. Weder der eine noch der andere profitierte finanziell von seinen Verbrechen.«

Das Gespräch beginnt Savoy zu interessieren.

»Also kann es irgendjemand sein, der zum Filmfestival nach Cannes gekommen ist…«

»…und ganz bewusst aus einem unerfindlichen Grund heraus Schrecken verbreiten will. Er will beispielsweise ›gegen die Modediktatur kämpfen‹ oder ›der Verbreitung von Gewalt verherrlichenden Filmen ein Ende bereiten‹. Die Presse wird früh genug einen schaurigen Namen für ihn finden und sich Verdachtsmomente zusammenreimen. Morde, die der Mörder nicht begangen hat, werden ihm zugeschrieben werden. Panik wird gesät, die erst aufhört, falls der Mörder zufällig – und ich betone ›zufällig‹ – gefasst wird. Denn häufig ist er nur eine bestimmte Zeitlang tätig und verschwindet dann vollkommen von der Bildfläche. Er hat eine Spur in der Geschichte hinterlassen, möglicherweise sogar ein Tagebuch geschrieben, das nach seinem Tod gefunden wird. Und das war's dann.«

Savoy schaut nicht mehr auf die Uhr. Sein Handy klingelt, aber er nimmt den Anruf nicht an: Der Fall ist viel komplizierter, als er gedacht hat.

»Sie sind also meiner Meinung?«

»Ja«, sagt die höchste Autorität von Scotland Yard, der Mann, der zur Legende geworden war, weil er fünf Fälle löste, die alle für unlösbar hielten.

»Warum glauben Sie, dass wir es mit einem Serienmörder zu tun haben?«

Morris lächelt, während er so tut, als lese er eine E-Mail. Endlich beginnt der Inspektor, ein wenig Respekt für seine Ausführungen zu zeigen.

»Weil es für die Morde, die er begeht, kein Motiv gibt. Die meisten dieser Täter haben eine ›Handschrift‹: Sie suchen sich nur einen Typ von Opfern, entweder Homosexuelle, Prostituierte, Bettler, Liebespaare usw. Andere werden ›asymmetrische Mörder‹ genannt: Sie töten, weil sie den Tötungstrieb nicht mehr kontrollieren können. Wenn sie den Trieb nicht mehr beherrschen können, befriedigen sie ihn und töten erst wieder, wenn der Druck wieder unkontrollierbar wird. Mit so einem Täter haben wir es hier zu tun.

In diesem Fall müssen unterschiedliche Dinge in die Betrachtung mit einbezogen werden: Der Täter geht sehr raffiniert vor. Er hat für jeden Mord ein anderes Mordinstrument gewählt – die eigenen Hände, Gift, ein Stilett. Er ist nicht von den klassischen Motiven getrieben: Sex, Alkoholismus, sichtbare geistige Zerrüttung. Er kennt die menschliche Anatomie – und das ist bislang seine ›Handschrift‹. Er wird die Taten lange Zeit im Voraus geplant haben, denn das von ihm benutzte Gift ist sicher nicht leicht zu beschaffen. Also können wir ihn denen zurechnen, die ›eine Mission erfüllen‹. Welche das ist, wissen wir allerdings noch nicht. Die einzige Spur, die wir bislang haben, gibt uns das Mädchen, bei dem er Sambo, eine russische Kampfsportart, angewandt hat.

Ich könnte noch weitergehen und sagen, dass es Teil seiner ›Handschrift‹ ist, sich dem Opfer zu nähern und eine Zeitlang dessen Freundschaft zu suchen. Diese Theorie passt jedoch nicht zu dem Mord an dem Filmverleiher bei dem offiziellen Lunch. Das Opfer war in Begleitung von zwei Bodyguards, die reagiert hätten, wenn der Mörder sich ihrem Boss genähert hätte, der im Übrigen auch von EUROPOL überwacht wurde.«

Russe. Savoy überlegt, ob er telefonisch die Anweisung zu einer Fahndung an alle Hotels der Stadt durchgeben soll. Steckbrief: ca. 40-jähriger Mann, gut gekleidet, leicht angegrautes Haar – und Russe.

»Die Tatsache, dass er eine russische Kampfsportart angewandt hat, besagt nicht unbedingt, dass er Russe ist.« Morris, als guter Expolizist, der er war, hatte Savoys Gedanken erraten. »Ebenso wenig können wir aus der Tatsache, dass er Curare angewandt hat, folgern, dass er ein Indio aus Lateinamerika ist.«

»Und jetzt?«

»Jetzt müssen wir den nächsten Mord abwarten.«

18 Uhr 50

Aschenputtel!

Sie fühlt sich wie im Märchen. Eltern und Partner, die immer sagten, so etwas gebe es nicht, hatten nicht immer recht. Denn sie sitzt jetzt in einer der vielen Limousinen, die sich langsam, aber unaufhaltsam auf den roten Teppich zubewegen, den größten Laufsteg der Welt.

Der berühmte Filmstar sitzt lächelnd und in einem eleganten Smoking neben ihr. Fragt, ob sie Lampenfieber habe. Selbstverständlich nicht: In schönen Träumen gibt es weder Anspannung noch Nervosität noch mulmige Gefühle noch Angst. Alles ist perfekt, läuft ab wie im Kino – die Heldin leidet, kämpft, aber sie erreicht immer, was sie sich vorgenommen hat.

»Falls Hamid Hussein sich entschließt, das Projekt umzusetzen, und falls der Film so erfolgreich wird, wie er hofft, können Sie auf weitere Augenblicke wie diesen gefasst sein.«

Falls Hamid Hussein sich entschließt, das Projekt umzusetzen? Aber ist denn nicht schon alles abgemacht?

»Ich habe einen Vertrag unterzeichnet, als ich im ›Geschenksalon‹ das Kleid geholt habe.«

»Vergessen Sie, was ich gesagt habe, ich möchte Ihren großen Augenblick nicht zerstören.«

»Bitte reden Sie weiter.«

Der Filmstar hat gewusst, dass das naive Mädchen auf den Vertrag zu sprechen kommen würde, und beeilt sich zu sagen:

»Ich habe schon bei unzähligen Projekten mitgemacht, die irgendwann im Sand verliefen. Das kann immer mal passieren. Aber machen Sie sich jetzt mal bloß keine Sorgen.«

»Aber der Vertrag?«

»Verträge sind etwas für Anwälte, die Geld damit verdienen, indem sie darüber streiten. Vergessen Sie bitte, was ich gesagt habe. Genießen Sie den Augenblick.«

Der »Augenblick« kommt immer näher. Da sie im stockenden Verkehr nur langsam vorankommen, können die Leute am Straßenrand die Auserwählten im Wageninnern trotz der getönten Scheiben sehen. Der Filmstar winkt, Hände klopfen an die Scheiben, Münder flehen, er möge sie doch bitte kurz herunterlassen, für ein Autogramm, ein Foto.

Der berühmte Filmschauspieler winkt, als würde er nicht verstehen, was sie wollen, und ist überzeugt davon, dass ein Lächeln genug sei, um die Welt mit seinem Licht zu erfüllen.

Draußen herrscht wahre Hysterie. Auf Klapphockern sitzen Frauen wahrscheinlich schon seit dem Morgen und stricken; neben ihnen stehen gelangweilte bierbäuchige Männer, die von ihren längst nicht mehr jungen Ehefrauen, die angezogen sind, als würden sie gleich selber den roten Teppich hinaufgehen, dazu verdonnert wurden, sie zu begleiten; und zu ihren Füßen spielen Kinder, die überhaupt nicht begreifen, worum es geht, aber spüren, dass etwas Wichtiges los ist; es gibt Asiaten, Schwarze, Weiße, Menschen allen Alters, durch Eisengitter von der schmalen Fahrspur getrennt, auf der die Limousinen fahren. Und alle möchten glauben, dass sie nur zwei Meter von den großen Mythen des Planeten entfernt sind, während in Wahrheit die Entfernung Hunderttausende von Kilometern beträgt. Denn nicht nur dieses Eisengitter und die getönten Wagenscheiben trennen sie, sondern Glück, Gelegenheit, Talent.

Talent? Aber Gabriela weiß ganz genau, dass sie die Tatsache, hier in der Limousine zu sitzen, nur dem Ergebnis eines Würfelspiels zwischen den Göttern verdankt. Einige haben Glück, die anderen werden auf die andere Seite eines unüberwindlichen Abgrunds gestellt und dürfen applaudieren, verehren oder – wenn sich das Glück ihrer Idole wendet – verurteilen.

Der Filmstar tut so, als würde er sich mit Gabriela unterhalten, tatsächlich aber sagt er nichts, sondern bewegt nur die Lippen, schließlich ist er ein großer Schauspieler. Er machte das nicht zum Spaß. Gabriela versteht sofort, dass er nur nicht unfreundlich zu seinen Fans sein möchte, aber keine Lust mehr hat, zu winken, Lächeln und Luftküsschen zu verteilen.

»Sie werden mich für arrogant, zynisch halten, für jemanden mit einem Herzen aus Stein«, sagt er schließlich. »Wenn Sie einmal dort hinkommen, wo Sie hinkommen möchten, werden Sie begreifen, was ich fühle: Es gibt keinen Ausweg. Der Erfolg macht einen zum Sklaven, und er macht einen süchtig. Und wenn Sie am Ende des Tages wieder einmal mit einer neuen Frau oder einem neuen Mann im Bett liegen, fragen Sie sich: Hat es sich gelohnt? Ist es das, was ich immer wollte?«

Er macht eine Pause.

»Reden Sie weiter.«

»Ich weiß nicht, warum ich Ihnen das alles erzähle.«

»Weil Sie mich beschützen wollen. Weil Sie ein anständiger Mensch sind. Bitte reden Sie weiter.«

Gabriela mag in vielerlei Hinsicht naiv sein, aber sie ist eine Frau und weiß, wie man einen Mann um den Finger wickelt. In diesem Fall packt sie ihn bei seiner Eitelkeit.

»Ich weiß nicht, ob es das ist, was ich immer wollte.« Der Filmstar ist ihr auf den Leim gegangen und zeigt nun seine zerbrechlichere Seite, während draußen die Fans weiter winken. »Wenn ich nach einem anstrengenden Drehtag ins Hotel komme, gehe ich unter die Dusche und höre einfach nur zu, wie das Wasser über meinen Körper rauscht. Ich bin dann von widersprüchlichen Gefühlen erfüllt. Eins sagt mir, dass ich dem Himmel danken müsse, das andere, dass ich mit der Schauspielerei aufhören soll, solange noch Zeit ist.

In solchen Augenblicken fühle ich mich dann wie der undankbarste Mensch der Welt. Ich habe meine Fans, nehme mir aber keine Zeit für sie. Ich werde zu den begehrtesten Partys der Welt eingeladen und würde, sobald ich dort bin, am liebsten gleich wieder gehen und in meinem Hotelzimmer in Ruhe ein gutes Buch lesen. Männer und Frauen, die es gut mit mir meinen, verleihen mir Preise, organisieren Veranstaltungen und versuchen mir jeden Wunsch von den Augen abzulesen, aber in Wahrheit fühle ich mich erschöpft, gehemmt, finde, dass ich das alles nicht verdient habe, weil ich meines Erfolges nicht würdig bin. Verstehen Sie?«

Für den Bruchteil einer Sekunde empfindet Gabriela Mitgefühl für den Mann neben ihr: Sie stellt sich die vielen Partys vor, zu denen er in diesem Jahr schon hat gehen müssen, bei denen er keine ruhige Minute hat, weil andauernd jemand ein Foto oder ein Autogramm von ihm will, während ein anderer ihm eine vollkommen uninteressante Geschichte erzählt, der er scheinbar interessiert zuhört, und ein weiterer ihm irgendein Projekt vorstellt und ihm sein Handy hinstreckt und ihn mit der peinlichen rhetorischen Frage ›Sie erinnern sich doch sicher noch an mich?‹ dazu bringt, dass er dem Sohn, der Ehefrau, der Schwester ein paar Worte in den Hörer sagt. Und immer bleibt er aufgeräumt, aufmerksam, gut gelaunt und höflich, ein absoluter Profi.

»Verstehen Sie?«

»Ja, ich verstehe Sie gut. Aber ich hätte gern die Konflikte, mit denen Sie sich herumschlagen müssen, und ich weiß, dass es bis dahin noch ein weiter Weg ist.«

Noch vier Limousinen, und sie würden an ihrem Ziel angelangt sein. Der Fahrer weist sie darauf hin, dass es Zeit ist, sich vorzubereiten. Der Filmstar klappt einen kleinen Spiegel von der Decke und rückt seine Krawatte zurecht, und Gabriela richtet ihr Haar. Sie kann schon ein kleines Stück vom roten Teppich sehen, obwohl die Treppe noch nicht in ihrem Blickfeld aufgetaucht ist. Die Hysterie ist jetzt wie durch Zauberhand verschwunden, die Menschenmenge besteht nun aus Leuten, die Badges um den Hals tragen, miteinander reden und sich überhaupt nicht um die Insassen der Wagen kümmern, weil sie die gleiche Szene jedes Jahr wieder erleben.

Noch zwei Wagen sind vor ihnen. Links tauchen jetzt ein

paar Stufen auf. Männer in Anzug und Krawatte öffnen die Wagentüren, und statt der blanken Eisengitter gibt es hier Samtkordeln, die von Pfosten aus Holz und Bronze gehalten werden.

»Mist!«

Der Filmstar stößt einen Schrei aus, und Gabriela zuckt zusammen.

»Mist! Schauen Sie bloß, wer da ist! Schauen Sie, wer dort vorn aus dem Wagen steigt!«

Gabriela sieht einen weiblichen Superstar (ebenfalls in einer Robe von Hamid Hussein), die gerade ihren Fuß auf den Anfang des roten Teppichs gesetzt hat. Der weibliche Superstar dreht sich um, und als Gabriela ihrem Blick folgt, staunt sie: eine fast drei Meter hohe Mauer aus Menschen, deren Blitzlichter unaufhörlich aufflammen.

»Sie schaut in die verkehrte Richtung«, tröstet sich der berühmte Schauspieler laut, dem sein ganzer Charme, seine ganze Freundlichkeit mitsamt den existentiellen Problemen abhandengekommen sind. »Die da sind nicht akkreditiert. Sie sind von der Presse zweiter Klasse.«

»Wieso haben Sie ›Mist‹ gesagt?«

Der Filmstar schnaubt nur empört. Jetzt ist nur noch ein Wagen vor ihnen.

»Checken Sie das denn nicht? Auf welchem Stern leben Sie bloß, Mädchen? Wenn wir den roten Teppich betreten, sind die Kameras der akkreditierten Fotografen, die genau in der Mitte des Weges zum Eingang postiert sind, auf sie gerichtet.«

Und, zum Fahrer gewandt:

»Fahren Sie langsamer!«

Der Fahrer zeigt auf einen nicht uniformierten Mann, der ebenfalls ein Badge um den Hals trägt und sie mit Handzeichen auffordert, weiterzufahren und den Verkehr nicht aufzuhalten.

Der berühmte Schauspieler atmet tief durch. Heute ist nicht sein Glückstag. Warum hat er das bloß alles der Jungschauspielerin neben sich erzählt? Ja, es stimmt, er hat das Leben, das er führt, satt, und dennoch kann er sich kein anderes vorstellen.

»Laufen Sie nicht gleich los!«, sagt er. »Wir werden alles tun, um uns so lange wie möglich hier unten aufzuhalten. Halten wir einen guten Abstand zwischen uns und dem Mädchen.«

Das »Mädchen« war der Superstar.

Das Paar aus dem Wagen vor ihrem scheint nicht viel Aufmerksamkeit auf sich zu ziehen – obwohl beide wichtig sein mussten, denn keiner, der in seinem Leben nicht schon viele Berge erklommen hat, gelangt auch nur in die Nähe dieser Stufen.

Ihr Begleiter wirkt jetzt entspannter, aber nun ist Gabriela nervös, weiß nicht genau, wie sie sich verhalten soll. Sie hat feuchte Hände, packt die Tasche, in der nur Papier steckt, atmet tief durch und spricht ein Gebet.

»Gehen Sie langsam«, sagt der berühmte Schauspieler. »Und bleiben Sie nicht so nah an mir dran.«

Die Limousine hält. Beide Türen werden geöffnet.

Und plötzlich bricht ein ungeheurer Lärm über sie herein, Schreie von allen Seiten – es war ihr nicht bewusst gewesen, dass sie in einem schalldichten Wagen gesessen und deshalb nichts davon mitbekommen haben. Der Filmstar steigt lächelnd aus, als wären die letzten zwei Minuten nicht gewesen und er immer noch der Mittelpunkt des Universums – ungeachtet seines Geständnisses im Wagen, das ehrlich gewirkt hatte: der Mann, der mit sich selbst, mit seiner Welt, mit seiner Geschichte im Widerstreit steht – und dennoch keinen Schritt zurück tun kann.

›Wo bin ich bloß mit meinen Gedanken?‹, ruft sich Gabriela zur Ordnung. ›Ich muss mich konzentrieren! Das Hier und Jetzt genießen! Die Stufen hinaufgehen!‹

Die beiden winken der Presse »zweiter Klasse« zu und verbringen dort eine geraume Zeit. Leute strecken ihnen irgendwelche Zettel hin, der Filmstar gibt Autogramme und bedankt sich bei den Fans. Gabriela weiß nicht recht, ob sie sich neben ihn stellen oder zum roten Teppich und zum Eingang des Palais des Congrès gehen soll – aber jemand, der ihr Papier und Kugelschreiber hinstreckt und um ein Autogramm bittet, rettet sie.

Es ist nicht das erste Autogramm ihres Lebens, aber das erste wichtige. Sie schaut die Frau an, die es bis in den reservierten Teil geschafft hat, fragt nach ihrem Namen – kann aber wegen des Geschreis der Fotografen nichts verstehen.

Ach, wie schön wäre es, wenn diese Zeremonie live in die ganze Welt übertragen würde, ihre Mutter sehen könnte, wie sie in einem umwerfenden Kleid in Begleitung eines wahnsinnig berühmten Filmschauspielers (obwohl sie, was dessen Berühmtheit betraf, langsam ihre Zweifel hat …, aber sie lässt sich schon wieder ablenken) den roten Teppich betritt, wie sie mit 25 Jahren ihr erstes wichtiges Autogramm gibt! Sie versteht den Namen der Frau nicht, lächelt und schreibt einfach »Herzlich«.

Der Filmstar kommt zu ihr.

»Kommen Sie, gehen wir! Der Weg ist frei!«

Die Frau, der sie gerade die freundlichen Worte geschrieben hat, liest sie und beschwert sich:

»Ich wollte kein Autogramm. Ich brauche Ihren Namen, um Sie auf dem Foto identifizieren zu können.«

Gabriela tut so, als habe sie es nicht gehört – nichts auf dieser Welt darf den magischen Augenblick zerstören.

Sie beginnen den wichtigsten Laufsteg Europas zu beschreiten, an dem, obwohl das Publikum weit weg ist, Polizisten eine Art Sicherheitskordon bilden. Zu beiden Seiten zeigen auf der Fassade des Gebäudes riesige Plasmabildschirme den gewöhnlichen Sterblichen, was gerade in diesem Freiluftheiligtum abläuft. Von fern ertönen hysterische Schreie und Applaus. Als sie auf einem Treppenabsatz angelangt sind, bemerkt sie noch eine Fotografenmeute, nur trägt diese Smoking. Sie schreien den Namen des berühmten Filmschauspielers, bitten ihn, sich hierhin, dorthin zu drehen, noch eins, kommen Sie bitte etwas näher, schauen Sie hoch, schauen Sie nach unten! Andere Personen gehen an ihnen vorbei die Stufen hinauf, aber die Fotografen sind an ihnen nicht interessiert. Der berühmte Filmschauspieler besitzt noch all seinen Glamour, tut etwas gelangweilt, scherzt, um zu zeigen, dass er entspannt und ihm das alles sehr vertraut ist.

Gabriela bemerkt, dass auch sie Aufmerksamkeit weckt. Niemand schreit ihren Namen (niemand hat eine Ahnung, wer sie ist), wahrscheinlich hält man sie für die neue Affäre des Filmstars. Sie bitten die beiden, enger zusammenzurücken, und machen ein paar Fotos von ihnen (was der berühmte Filmschauspieler ein paar Sekunden lang zulässt, aber immer mit vorsichtigem Abstand, so dass sie sich nie berühren).

Ja, es ist ihnen gelungen, dem weiblichen Superstar zu entgehen! Die in diesem Augenblick bereits an der Tür des Palais des Congrès angelangt sein wird und gerade den Vorsitzenden des Filmfestivals und den Bürgermeister von Cannes begrüßt.

Der Filmstar bedeutet Gabriela mit einer Handbewegung, die Treppe weiter hinaufzugehen. Sie gehorcht.

Sie schaut nach vorn, sieht einen weiteren riesigen Bildschirm, der so ausgerichtet ist, dass die Leute sich selber sehen können. Eine Stimme aus dem dort angebrachten Lautsprecher verkündet:

»Und jetzt kommt …«

Der Name des Filmstars wird angesagt, seine bekanntesten Filme genannt. Später wird ihr jemand erzählen, dass alle, die bereits im Saal sind, ebenfalls auf einem Plasmabildschirm verfolgen können, was gerade draußen passiert.

Sie schreiten die letzten Stufen hinauf, kommen an der Tür an, begrüßen den Vorsitzenden des Festivals, den Bürgermeister der Stadt, und betreten das Gebäude. All das hat weniger als drei Minuten gedauert.

Der berühmte Filmschauspieler ist inzwischen von Leuten umringt, die mit ihm reden, ihn ein wenig bewundern, Fotos von ihm machen wollen (sogar die Auserwählten machen das, sie machen Fotos von sich mit berühmten Leuten). Drinnen herrscht drückende Hitze, Gabriela befürchtet, dass ihr Make-up darunter leiden könnte, und …

Das Make-up!

Ja, das hatte sie vollkommen vergessen. Sie muss jetzt durch eine Tür links hinausgehen, draußen erwartet sie jemand. Sie geht mechanisch die Treppe hinunter, kommt an zwei oder drei Securityleuten vorbei. Einer fragt sie, ob sie zum Rauchen raus will und ob sie zur Filmvorführung wieder reinkommen möchte. Sie sagt nein und geht weiter.

Kommt an weiteren Eisengittern vorbei, niemand fragt sie – denn sie sucht ja einen Ausgang. Sie kann die Menschenmenge von hinten sehen, die weiter winkt und den nacheinander vorfahrenden Limousinen etwas zuruft. Ein Mann kommt auf sie zu, fragt nach ihrem Namen, bittet sie, ihm zu folgen.

»Könnten Sie eine Minute warten?«

Der Mann wirkt überrascht, nickt aber. Gabriela starrt auf ein altes Karussell, das wahrscheinlich schon seit dem Anfang des vergangenen Jahrhunderts dort steht, und sich immer weiter dreht, während Kinder auf den Figuren herumhüpfen.

»Können wir jetzt gehen?«, fragt der Mann höflich.

»Noch eine Minute.«

»Wir kommen zu spät.«

Aber Gabriela kann die Tränen nicht mehr zurückhalten. Die Anspannung, die Angst, die den drei Minuten vorangegangen waren, die sie gerade erlebt hat, waren zu viel für sie. Sie schluchzt hemmungslos – das Make-up ist ihr gleichgültig, es wird so oder so erneuert. Der Mann reicht ihr seinen Arm, damit sie sich an ihm festhalten kann und auf ihren hohen Absätzen nicht stolpert. Zusammen überqueren sie den Platz, der zur Croisette führt. Der Lärm der Menschenmenge ist hier kaum zu hören, während Gabriela immer hemmungsloser schluchzt. Sie weint die Tränen des Tages, der Woche, der Jahre, in denen sie von diesem Augenblick geträumt hat – und der vorbei war, ehe sie ihn richtig wahrnehmen konnte.

»Es tut mir so leid«, sagt sie zu ihrem Begleiter.

Er streicht ihr über den Kopf. Sein Lächeln zeigt Zärtlichkeit, Verständnis und Mitleid.

19 Uhr 31

Ihm ist endlich klargeworden, wie unsinnig es ist, das Glück um jeden Preis erlangen zu wollen, und dass das Leben zu ihm bisher immer großzügig gewesen ist. Von nun an wird er alles daransetzen, in seinem Leid das Glück zu entdecken, die glücklichen Augenblicke, die er dann auskosten will, als wären es die letzten.

Er hat der Versuchung widerstanden. Ihn beschützt der Geist des Mädchens, das begriffen hat, worin seine Mission besteht, und ihm nun langsam die Augen für die wahren Gründe seiner Reise nach Cannes öffnet.

Als er dort in der Pizzeria über Ewas Worte nachsann, hielt ihm die Versuchung vor, er sei verrückt, weil er glaube, im Namen der Liebe sei alles erlaubt. Doch Gott sei Dank lag dieser schwierige Augenblick nun hinter ihm.

Er ist vollkommen normal. Seine Arbeit verlangt Disziplin, Verhandlungsgeschick, Voraussicht. Viele seiner Freunde meinen, er sei in letzter Zeit noch mehr als sonst in sich gekehrt gewesen, sie wissen nicht, dass er im Grunde schon immer ein Einzelgänger gewesen ist. Dass er zu Partys, Hochzeiten und Taufen geht, dass er vorgibt, sich zu amüsieren, wenn er sonntags Golf spielt: all das ist nur eine Strategie, die ihn beruflich ans Ziel bringen soll. Er hat das gesellschaftliche Leben immer gehasst, in dem die Leute die wahre Traurigkeit ihrer Seele ständig hinter einem Lächeln verbergen. Er hat schnell herausgefunden, dass die Superklasse so abhängig von ihrem Erfolg ist wie ein Junkie von seiner Droge und sehr viel unglücklicher als jene, die mit einem Haus, einem Garten, einem darin spielendes Kind, einem Essen auf dem Tisch und einem Kaminfeuer im Winter zufrieden sind. Diese Menschen kennen ihre Grenzen, wissen, dass das Leben kurz ist, warum also sollten sie mehr wollen?

Die Superklasse versucht den anderen weiszumachen, wie sie lebe, sei erstrebenswert. Die normalen Sterblichen klagen darüber, wie ungerecht Gott doch sei, sind neidisch, wenn sie sehen, wie diese Auserwählten sich amüsieren; sie merken nicht, dass sich keiner von ihnen wirklich amüsiert, dass sie im Gegenteil voller Ängste, unsicher sind und hinter dem vielen Schmuck, den Autos, den prallen Portemonnaies ihre Minderwertigkeitskomplexe verstecken.

Igors Geschmack ist einfach, und Ewa hatte sich häufig über seine Art, sich zu kleiden, mokiert. Doch warum sollte er ein teures Designerhemd kaufen, wenn das Label ohnehin verdeckt war? Was brachte es, in irgendwelchen angesagten Restaurants zu essen, wenn dort niemand Interessantes verkehrte? Ewa hatte ihm immer wieder vorgeworfen, dass er auf Partys und bei Kongressen so wenig redete. Daraufhin hatte er versucht, sich zu ändern, leutseliger zu sein, aber letztlich war ihm das alles einfach egal. Er schaute zu, wie die Leute rings um ihn herum alle redeten und redeten, die Börsenkurse ihrer Aktien verglichen, mit ihren neuen Jachten prahlten, sich in langen Ergüssen über expressionistische Malerei ergingen (wobei sie nur wiederholten, was ein

Reiseführer während eines Museumsbesuchs in Paris gesagt hatte) und sich ein Urteil über Schriftsteller anmaßten, von denen sich nichts selbst, sondern nur, was Kritiker über sie schrieben, gelesen hatten.

Alle sind gebildet, reich und unglaublich charmant. Und alle fragen sich am Ende des Tages: ›Sollte ich nicht endlich damit aufhören?‹ Und alle geben sie sich dieselbe Antwort: ›Wenn ich das tue, verliert mein Leben seinen Sinn.‹

Als wüssten sie, was der Sinn des Lebens ist.

Die Versuchung hat die Schlacht verloren. Sie wollte ihn glauben machen, er sei verrückt: Es ist eines, zu planen, bestimmte Menschen zu opfern; etwas anderes ist es, imstande zu sein und den Mut zu haben, dies auch durchzuführen. Die Versuchung hatte gesagt, dass wir alle davon träumen, einen Mord zu begehen, aber nur die Geisteskranken diesen makabren Gedanken in die Tat umsetzen.

Igor ist psychisch ausgeglichen. Erfolgreich. Wenn er wollte, könnte er einem Profikiller, dem besten, die Aufgabe übertragen, Ewa die SMS zu schicken. Oder er könnte die beste Werbe- und Marketingagentur der Welt mit einer Rufmordkampagne beauftragen, die innerhalb eines Jahres von Fachzeitschriften und Gesellschaftsblättern aufgegriffen werden würde. Seine Exfrau würde jetzt garantiert unter den Folgen ihrer falschen Entscheidung leiden, während er nur den richtigen Zeitpunkt abpassen müsste, um ihr Blumen zu schicken und sie zu bitten, zu ihm zurückzukehren, ihr zu sagen, dass er ihr verziehen habe. Er hat überall Kontakte, zu Unternehmern, die es zielstrebig und mit harter Arbeit an die Spitze geschafft haben, ebenso zu Verbrechern, die niemals Gelegenheit bekamen, ihre besseren Seiten zu zeigen.

Er ist nicht nach Cannes gekommen, um einer morbiden Lust zu frönen und zu testen, was der Blick eines Menschen im Angesicht des Todes ausdrückt. Wenn er sich jetzt entschlossen hat, sich in die Schusslinie zu begeben, in die riskante Position, in der er sich jetzt befindet, dann nur, weil er sicher ist, dass alles, was er an diesem nicht enden wollenden Tag unternimmt, unabdingbar dafür ist, dass ein Igor, der in ihm bereits vorhanden ist, zum Leben erwacht, er selber wie ein Phönix aus der Asche aus der Tragödie neu wiederaufersteht.

Er hat in seinem Leben immer schwierige Entscheidungen treffen müssen und, was er einmal angefangen hat, auch immer zu Ende geführt. Nicht einmal Ewa hatte gewusst, was im dunklen Labyrinth seiner Seele vor sich ging. Jahrelang hatte er stumm die Drohungen von Einzelnen oder von Gruppen ertragen und diese, sobald er sich stark genug fühlte, diskret liquidiert. Es hatte ihn Mühe gekostet, sein Leben nicht von den schlechten Erfahrungen, die er gemacht hatte, bestimmen zu lassen. Seine Ängste und seine Furcht hatte er aber immer im Büro gelassen; Ewa sollte ein ruhiges Leben führen und von den Wechselfällen, denen jeder Geschäftsmann ausgesetzt ist, nichts mitbekommen. All das hatte er ihr erspart, und sie hatte es weder begriffen noch gewürdigt.

Der Geist des Mädchens beruhigt ihn mit diesen Überlegungen, ergänzt diese aber noch durch einen Gedanken, der ihm bislang noch nicht gekommen war: Er sei nicht hier, um die Frau, die ihn verlassen hatte, zurückzuerobern, sondern um endlich zu begreifen, dass diese Frau seine Liebe nicht wert sei, dass er all die Jahre gelitten, monatelang geplant, ihr immer vergeben habe, dass er großzügig und geduldig gewesen sei.

Ein, zwei, drei SMS hat er Ewa geschickt, und sie hat nicht reagiert. Es wäre ein Leichtes für sie gewesen, festzustellen, in welchem Hotel er abgestiegen war. Fünf oder sechs Anrufe bei Luxushotels hätten das Problem zwar nicht gelöst, da er sich unter einem anderen Namen und einem anderen Beruf eingetragen hatte; aber wer da suchet, der wird finden.

Er hat die Statistiken gelesen: Cannes hat nur 70 000 Einwohner, doch während des Film-Festivals leben hier dreimal so viele Menschen, wobei viele der Gäste, die alljährlich anreisen, immer im selben Hotel absteigen. Wo ist sie? Im selben Hotel wie er, sie besucht dieselbe Bar – schließlich hat er sie dort am vorangegangenen Abend gesehen. Dennoch geht Ewa nicht auf der Suche nach ihm über die Croisette. Sie ruft nicht gemeinsame Freunde an, um herauszubekommen, wo er ist. Mindestens einer hat alle Angaben, denn Igor hat sich gedacht, dass die Frau, die er für die Frau seines Lebens gehalten hat, sich mit diesem in Verbindung setzen würde, sobald sie erfährt, dass er in der Nähe ist.

Der Freund hat Anweisungen erhalten, ihr zu sagen, wie sie sich treffen könnten – aber bislang ist nichts passiert, absolut nichts.

Igor zieht sich aus. Geht unter die Dusche. Ewa verdient das alles nicht. Heute Nacht wird er sie treffen, da ist er sich fast sicher, aber das wird immer unwichtiger. Vielleicht geht es ja bei seiner Mission um mehr als einfach nur darum, die Liebe eines Menschen wiederzuerlangen, der ihn verraten hat, der Negatives über ihn verbreitet. Der Geist des Mädchens mit den dichten Augenbrauen erinnert ihn an eine Geschichte, die ihm ein Afghane in einer Gefechtspause erzählt hat:

Hoch oben in den einsamen Bergen von Herat liegt eine Stadt. Nach jahrzehtelanger Misswirtschaft hatte die Stadtbevölkerung ihre arroganten und egoistischen Herrscher satt. Da aber die bestehende Monarchie nicht ohne weiteres abgeschafft werden konnte, wurde die Loya Jirgah, der Rat der Stammesfürsten, einberufen.

Die Loya Jirgah beschloss dann Folgendes: Alle vier Jahre sollte ein neuer König gewählt werden, der absolute Macht besaß. Er konnte die Steuern erhöhen, unbedingten Gehorsam verlangen, jede Nacht eine andere Frau haben, essen und trinken, so viel er wollte. Er konnte die schönste Kleidung tragen, die besten Tiere reiten. Kurz und gut: Jede seiner Anweisungen musste befolgt und ihre Berechtigung durfte nicht in Frage gestellt werden.

Allerdings musste er nach diesen vier Jahren dem Thron entsagen und den Ort verlassen. Mitnehmen durfte er nur seine Familie und die Kleidung, die er am Leibe trug. Allen war klar, dass er nur wenige Tage überleben würde, denn ringsum war nur eine riesige, im Winter eisige und im Sommer unerträglich heiße Wüste.

Die Weisen der Loya Jirgah glaubten, niemand würde es wagen, die Macht zu übernehmen und am Ende würde das

Volk wieder ihnen die Wahl des Herrschers überlassen. Der Beschluss wurde öffentlich verkündet: Jedem stand es frei, den Herrscherthron zu besteigen – zu den bekannten harten Bedingungen. Anfangs meldeten sich verschiedene Männer, so zum Beispiel ein alter krebskranker Mann, der jedoch während seiner Regierungszeit mit einem Lächeln im Gesicht an seinem Leiden starb. Ihm folgte ein Verrückter, doch der trat wegen seines Geisteszustandes bereits vier Monate später zurück (er hatte die Regeln falsch verstanden) und verschwand auf Nimmerwiedersehen in der Wüste. Von da an hieß es, der Thron sei verhext, und keiner traute sich mehr, das Amt anzunehmen. Die Stadt hatte keinen Herrscher, Chaos machte sich breit. Die Bewohner kamen zu dem Schluss, die Monarchie habe sich überlebt, und sie schickten sich an, ihre Gebräuche zu ändern. Die Loya Jirgah erinnerte die Bevölkerung nun an ihre weise Entscheidung: Nicht sie habe das Volk gezwungen, eine Wahl zu treffen, sondern sie hatte die Ambitionen derer ins Leere laufen lassen, die Macht um jeden Preis wollten.

Just zu diesem Zeitpunkt erschien ein junger Mann, der glücklich verheiratet und Vater von drei Kindern war.

»Ich nehme das Amt an«, sagte er.

Die weisen Stammesfürsten versuchten, ihn mit dem Hinweis auf die Risiken von seinem Vorhaben abzubringen: Er habe doch Familie, und sie hätten die Regeln nur erfunden, um Abenteurer und Despoten vom Thron fernzuhalten. Doch der junge Mann ließ sich nicht beirren, und der Loya Jirgah blieb nichts anderes übrig, als sich bis zur Umsetzung ihrer eigenen Pläne weitere vier Jahre zu gedulden.

Der junge Mann wurde ein ausgezeichneter Herrscher; er war gerecht, verteilte den Reichtum besser, senkte den Preis für Lebensmittel, veranstaltete Volksfeste zum Jahreszeitenwechsel, unterstützte Handwerk und Musik. Doch jede Nacht verließ eine große Karawane von Pferdegespannen, deren Ladung mit Juteplanen bedeckt war, den Ort. Niemand wusste, was sie transportierten.

Und sie kehrten nie zurück. Anfangs glaubten die Weisen der Loya Jirgah, der Staatsschatz würde geplündert. Doch sie trösteten sich mit dem Gedanken, dass die Gespanne des jungen Mannes nicht weit kommen würden, denn sie befanden sich an einem der ungastlichsten Orte der Erde. Sie versammelten sich abermals und beschlossen: Lassen wir ihn gewähren. Sobald seine Herrschaft zu Ende ist, gehen wir zu der Stelle, an der die Pferde vor Erschöpfung zusammengebrochen und die Kutscher verdurstet sind, und holen uns alles zurück.

Sie machten sich also weiter keine Sorgen und warteten geduldig.

Und nach Ablauf der vier Jahre musste der junge Mann vom Thron steigen und die Stadt verlassen. Aber die Bevölkerung murrte, denn sie hatte lange keinen so weisen und gerechten Herrscher gehabt!

Aber die Entscheidung der Loy Jirgah war unumstößlich. Der junge Mann ging zu seiner Frau und seinen Kindern und forderte sie auf, ihn zu begleiten.

»Ich werde mitkommen«, sagte die Frau. »Aber lass wenigstens die Kinder hier, damit sie überleben und später unsere Geschichte erzählen können.«

»Vertrau mir!«

Da die Stammestraditionen streng waren, blieb der Frau nichts anderes übrig, als ihrem Mann zu gehorchen. So bestieg also die ganze Familie die Pferde, verabschiedete sich von den Freunden, die sie während der Regierungszeit des jungen Mannes im Ort gewonnen hatte, und ritt zum Stadttor hinaus. Die Loya Jirgah triumphierte, weil selbst die vielen Verbündeten nicht verhindern konnten, dass das Schicksal des Königs und seiner Familie besiegelt war. Nun würde niemand mehr wagen, den Thron zu besteigen, und die Weisen der Loya Jirga würden wie früher den Herrscher wählen.

So schnell sie konnten, würden sie sich den Schatz wiederholen, der jetzt in drei Tagereisen Entfernung in der Wüste liegen musste.

Die Familie des letzten Herrschers ritt schweigend dem Tal des Todes zu. Die Frau wagte nichts zu sagen, die Kinder verstanden nicht, was geschah, und der junge Mann schien in Gedanken versunken zu sein. Sie kamen über einen Hügel, durchquerten einen ganzen Tag lang eine riesige Ebene und schliefen oben auf dem nächsten Hügel.

Im Morgengrauen wachte die Frau auf – sie wollte ihre letzten Tage nutzen und den Anblick der Berge ihrer Heimat genießen, die sie so liebte. Sie stieg bis zum Gipfel, um von dort in die menschenleere Ebene zu schauen, die sie dort zu sehen erwartete. Und kam aus dem Staunen nicht heraus.

Die Karawanen, die in den vier Jahren nachts aufgebrochen waren, hatten weder Juwelen noch Geld mitgenommen.

Sie hatten Backsteine, Samen, Holz, Dachpfannen, Stoffe,

Gewürze, Tiere, traditionelle Gerätschaften zum Brunnenbau mitgenommen.

Vor ihren Augen erstreckte sich eine schöne neue Stadt.

»Das ist dein Reich«, sagte der junge Mann, der inzwischen aufgewacht und ihr nachgestiegen war. »Seit ich von dem Beschluss der Loya Jirgah gehört hatte, war mir klar, dass es unmöglich sein würde, in vier Jahren wiedergutzumachen, was Jahrhunderte der Korruption und schlechter Verwaltung zerstört hatten. Aber ich war mir eines immer gewiss: Es ist jederzeit möglich, noch einmal neu anzufangen.«

Und während das Wasser über sein Gericht rinnt, fängt auch für Igor alles neu an. Er hat endlich begriffen, warum der erste Mensch, mit dem er in Cannes wirklich gesprochen hat, ihm jetzt zur Seite steht, ihm hilft, seinen Kurs zu korrigieren. Olivia erklärt ihm, dass er sie weder zufällig noch unnötig geopfert hat. Sie macht ihm klar, dass Ewa schon immer ein verderbtes Geschöpf und nur am gesellschaftlichen Aufstieg interessiert gewesen sei, selbst wenn das bedeutete, ihren Mann zu verlassen.

›Wenn du in Moskau zurück bist, versuch, Sport zu treiben. Viel Sport. Das wird dir helfen, Spannungen abzubauen.‹

In den heißen Wasserdampfwolken sieht er ihr Gesicht Er ist noch nie jemandem so nah gewesen wie jetzt Olivia, dem Mädchen mit den dichten Augenbrauen.

›Mach weiter! Auch wenn du Zweifel hast, mach weiter! Gottes Ratschlüsse sind geheimnisvoll, und manchmal zeigt sich der Weg erst, wenn man anfängt, ihn zu gehen.‹

»Danke, Olivia.« Vielleicht ist er ja hier, um der Welt zu zeigen, wie verrottet die heutige Zeit ist, und in Cannes spiegelt sich dies am allerbesten wider.

Wie auch immer, seine Anwesenheit hier in Cannes hat einen Sinn, und der rechtfertigt sein Planen, die zwei Jahre voller Anspannung, Angst, Ungewissheit.

Er stellt sich vor, wie das nächste Festival aussehen wird: Die Besucher werden für alles Magnetkarten brauchen, sogar für die Strandpartys; auf den Dächern werden überall Scharfschützen postiert sein, Hunderte Polizisten in Zivil sich unter die Menge mischen, an jedem Hoteleingang Metalldetektoren installiert sein, bei denen die Angehörigen der Superklasse Schlange stehen müssen, bis die Polizisten ihre Taschen durchsucht haben. Die Damen müssen ihre hochhackigen Schuhe auszuziehen, die Männer ihre Hosentaschen leeren, weil sonst der Apparat piept. Ergraute Herren werden die Arme heben und es sich gefallen lassen müssen, wie Verbrecher abgetastet zu werden, und ältere Damen in einer Kabine aus Zeltplanen, die überhaupt nicht zur Eleganz des Hotels passen, geduldig Schlange stehen und sich von Metalldetektoren abtasten lassen müssen, bis die zuständige Polizistin herausfindet, was den Alarm ausgelöst hat: der Metallbügel des Büstenhalters.

Die Stadt wird allmählich ein anderes Gesicht zeigen. Nicht Luxus und Glamour, sondern Hektik, Unhöflichkeit, Gleichgültigkeit seitens der Polizei. Die Vereinzelung der Menschen wird immer mehr zunehmen, diesmal ist das System daran schuld und nicht die Erwählten mit ihrer ewigen Arroganz. Die Steuerzahler müssen für die enormen Kosten aufkommen, die durch die Entsendung von Militär in einen einfachen Badeort entstehen, das allein die Aufgabe hat, die Reichen zu beschützen, die nach Cannes gekommen sind, um sich zu amüsieren. Es wird Demonstrationen geben, weil biedere Arbeiter, die das alles für unsinnig halten, dagegen auf die Barrikaden gehen. Der Bürgermeister wird die Wogen zu glätten versuchen, indem er verkündet, man erwäge, diese Mehrkosten auf die Organisatoren des Festivals abzuwälzen. Die Sponsoren, die die Kosten übernehmen könnten, verlieren ihr Interesse daran, weil einer von ihnen von einem dahergelaufenen Sicherheitsbeamten gedemütigt wurde, der ihm befahl, gefälligst den Mund zu halten und die Sicherheitsanweisungen zu befolgen.

Cannes Niedergang beginnt. Nach zwei Jahren sieht die Stadtverwaltung, dass ihre Maßnahmen zur Sicherung von Ruhe und Ordnung sich gelohnt haben. Es gibt weder Morde während des Festivals noch Terroristen, die Panik verbreiten könnten.

Alle würden gern die Zeit zurückdrehen, aber das geht leider nicht. Der Niedergang von Cannes ist unaufhaltsam. Das neue Babylon ist zerstört, das Sodom der Moderne von der Landkarte getilgt.

Als er aus der Dusche kommt, steht sein Entschluss fest: Wenn er wieder in Russland ist, wird er seine Angestellten bitten, den Namen der Eltern des Mädchens in Erfahrung zu bringen. Er wird über unverdächtige Banken anonyme Schenkungen machen. Einen talentierten Schriftsteller schicken, der ihre Geschichte aufschreibt, und für die Übersetzungskosten im Rest der Welt aufkommen.

›Die Geschichte eines Mädchens, das Kunsthandwerk verkaufte, von seinem Verlobten geschlagen, von den Eltern ausgebeutet wurde, bis es eines Tages ihre Seele einem Fremden übergab und damit einen kleinen Winkel der Erde veränderte.‹

Er öffnet den Schrank, nimmt ein makellos weißes Hemd heraus, den gutgebügelten Smoking, die handgefertigten Lackschuhe. Der Knoten der Schleife macht ihm keine Schwierigkeiten, er bindet ihn mindestens einmal pro Woche.

Er schaltet den Fernseher ein: Es ist Zeit für die lokalen Nachrichten. Die Show auf dem roten Teppich nimmt einen großen Teil der Sendezeit ein, aber es gibt auch eine kleine Reportage über eine auf einem Pier ermordete Frau.

Die Polizei hat den Tatort abgeriegelt, der Tatzeuge, ein Junge (Igor sieht sich sein Gesicht genau an, aber nicht etwa, um ihn später zu töten) sagt aus, er habe ein Liebespaar gesehen, das sich hingesetzt und sich unterhalten habe. Der Mann habe dann ein kleines Stilett herausgeholt und sei damit über den Körper des Opfers gefahren; der Frau habe das offensichtlich gefallen, weshalb er auch nicht gleich die Polizei gerufen habe, denn er habe das alles für eine Spielerei gehalten.

›Wie sah er aus?‹

Weiß, etwa 40 Jahre alt, gut gekleidet, höfliche Umgangsformen.

Kein Grund zur Sorge also. Er öffnet eine lederne Aktentasche und entnimmt ihr zwei Umschläge. Die Einladung zu der Party, die in einer Stunde beginnen soll (obwohl alle wissen, dass sie mit mindestens neunzig Minuten Verspätung beginnt) und auf der er fast sicher Ewa treffen wird: Wenn sie nicht zu ihm kommt, dann geht er eben zu ihr. Jetzt ist es sowieso zu spät; trotzdem wird er auf jeden Fall zu der Party gehen, auf der auch sie erwartet wird. Er hat weniger als 24 Stunden gebraucht, um zu begreifen, was für eine Frau er geheiratet und dass er zwei Jahre lang umsonst gelitten hat.

Der andere Umschlag ist silbrig und hermetisch verschlossen. Darauf steht in einer schönen Schrift, die sowohl weiblich als auch männlich sein könnte: »Für Dich«.

Die Flure werden von Videokameras überwacht – wie heutzutage in den meisten Hotels. Irgendwo im Keller des Gebäudes gibt es einen abgedunkelten Raum voller Monitore, in dem Sicherheitspersonal alles, was dort oben geschieht, genau beobachtet. Ihr Augenmerk ist auf alles gerichtet, was vom Normalen abweicht, wie beispielsweise ein Mann, der vor ein paar Stunden die Treppen des Hotels hinauf- und hinuntergerannt ist. Sie hatten einen Sicherheitsmann geschickt, der ihn fragen musste, was er damit bezwecke, und hatten als Antwort »Fitness« erhalten. Da der Mann im Hotel logierte, zog sich der Sicherheitsmann unter Entschuldigungen zurück.

Selbstverständlich interessieren sie sich nicht für Gäste, die in die Zimmer von anderen Gästen gingen und erst am nächsten Tag, erfahrungsgemäß nach dem auf dem Zimmer servierten Frühstück, wieder herauskamen. Das war normal. Das ging sie nichts an.

Die Monitore sind an spezielle digitale Aufnahmegeräte angeschlossen. Die Aufzeichnungen werden sechs Monate in einem Panzerschrank verwahrt, zu dem nur die Hotelmanager Zugang haben. Kein Hotel der Welt möchte wegen irgendeines eifersüchtigen reichen Ehemannes einen Gast verlieren, der einen der Security-Leute bestochen hat, die die Bewegungen auf einem bestimmten Abschnitt des Flurs überwachen, und dann das Material an ein Skandalblatt weitergibt (oder verkauft, nachdem er die Beweise bei Gericht eingereicht hat und so dafür sorgt, dass seine untreue Ehefrau im Scheidungsfall leer ausgeht).

Ein solches Vorkommnis wäre ein tragischer Schlag für ein Hotel, das auf Diskretion und Vertrauenswürdigkeit hält. Die Belegungsrate würde drastisch zurückgehen – denn wenn ein Paar sich entschlossen hat, in ein Luxushotel zu gehen, dann doch, weil es weiß, dass die Angestellten nur das sehen, was sie von Berufs wegen sehen müssen. Wenn beispielsweise jemand sich Essen aufs Zimmer bestellt, hält der Kellner, der es ihm bringt, den Blick auf den Servierwagen gesenkt und streckt die Rechnung zum Abzeichnen demjenigen hin, der die Tür geöffnet hat; unter gar keinen Umständen aber schaut er in Richtung Bett.

Die weiblichen und männlichen Edelprostituierten sind zwar diskret gekleidet – aber die Männer, die im abgedunkelten Raum im Keller sitzen, kennen sie genau oder identifizieren sie mit Hilfe eines Datensystems, das ihnen von der Polizei zur Verfügung gestellt wurde.

Deren Tätigkeit geht sie auch nichts an, aber sie achten genau auf die Tür, zu der sie hineingehen, und darauf, wann sie wieder herauskommen. In einigen Hotels ist die Telefonistin beauftragt, einen Anruf zu fingieren, um nachzuprüfen, ob mit dem Gast alles in Ordnung ist: Geht der Gast ans Telefon, fragt eine weibliche Stimme nach einer nicht existierenden Person, worauf der Gast ›Da haben Sie sich in der Zimmernummer geirrt‹ ruft und wütend auflegt. Mission erfüllt, es gibt keinen Grund zur Sorge.

Betrunkene erleben überrascht, wenn sie stürzen oder mit ihrem Schlüssel in einem Türschloss herumstochern, das nicht zu ihrem Zimmer gehört, dass genau in dem Augenblick, in dem sie feststellen, dass die Tür nicht aufgeht, und mit den Fäusten dagegen zu trommeln beginnen, wie aus dem Nichts ein höflicher, ›zufällig vorbeikommender‹ Hotelangestellter auftaucht und sich anbietet, sie zum richtigen Zimmer zu bringen (in der Regel zu einem Zimmer mit einer ganz anderen Nummer auf einem anderen Stockwerk).

Igor weiß, dass jeder seiner Schritte im Keller des Hotels aufgezeichnet wird: Tag, Stunde, Minute und Sekunde, wenn er die Lobby des Hotels betritt, wenn er aus dem Fahrstuhl kommt, zur Tür seiner Suite geht und die als Schlüssel dienende Magnetkarte benutzt. Erst hinter der Zimmertür kann er aufatmen. Die Zimmer selbst werden nicht überwacht, das wäre Verletzung der Privatsphäre.

Er verlässt sein Zimmer und zieht die Tür hinter sich zu.

Seit seiner Ankunft am Vorabend hat er Zeit gehabt, die Hotelkameras zu studieren. Es ist wie bei den Autos – mögen sie auch noch so viele Rückspiegel haben, es gibt immer einen ›toten Winkel‹. Die Kameras zeigen deutlich, was auf dem Flur passiert, nur bei den vier Ecksuiten nicht. Doch sobald einer der Männer im Keller jemanden an einer bestimmten Stelle vorbeikommen und dann nicht auf dem nächsten Bildschirm auftauchen sieht, ist er sofort beunruhigt – vielleicht ist der Betreffende ja bewusstlos geworden – und schickt einen Kollegen vorbei, der das überprüft. Wenn der dann niemanden antrifft, schließt er daraus, dass die betreffende Person in die im toten Winkel liegende Suite eingelassen wurde. Und was hinter der Suitentür geschieht, ist Privatsache.

Doch Igor wird nicht stehenbleiben, sondern er geht den Flur entlang und schiebt den silbrigen Umschlag unter der Tür der an der Ecke zur Fahrstuhlhalle liegenden Suite durch.

Das Ganze hat weniger als eine Sekunde gedauert; dem Wachpersonal unten im Keller wird nichts Verdächtiges aufgefallen sein. Wer später die Bänder beschlagnahmt, wird Schwierigkeiten haben, festzustellen, wann und durch wen der Umschlag in die Suite gelangt und wann der Tod des Opfers eingetreten ist. Vielleicht ist der Gast gerade nicht da und öffnet den Umschlag erst spätnachts, wenn er von der After-Dinner-Party zurückkommt. Vielleicht macht er den Umschlag aber auch gleich auf, aber dessen Inhalt wirkt nicht sofort.

Nach Igor werden auch noch andere an der Ecksuite vorbeigehen, und nachträglich gelten alle als verdächtig; und wenn jemand das Pech hat, schlecht gekleidet zu sein oder einer (während des Filmfestivals nicht selten praktizierten) zwielichtigen Tätigkeit wie Massage, Prostitution oder Drogenhandel nachzugehen, wird er sofort festgenommen und verhört werden.

Igor ist bewusst, dass er mit etwas nicht gerechnet hat: nämlich dass es einen Tatzeugen geben könnte, wie für den Mord an der Frau am Pier. Nach einer Verzögerung durch die üblichen bürokratischen Abläufe würde man diesem Jungen irgendwann die Aufzeichnungen vorspielen. Aber Igor hat mit einem falschen Pass unter einem fiktiven Namen im Hotel eingecheckt, das Passfoto zeigt einen Mann mit Brille und Schnurrbart (am Empfang hatte man sich nicht die Mühe gemacht, Gast und Foto zu vergleichen; notfalls hätte er gesagt, er habe den Schnurrbart abrasiert und trage jetzt Kontaktlinsen).

Gesetzt den Fall, die hiesige Polizei kombinierte besonders schnell und käme zu dem Schluss, dass ein Einzeltäter hinter den Morden steckte, dann würden sie im Hotel auf ihn warten, um ihn zu verhören. Aber Igor weiß, dass er gerade zum letzten Mal durch die Flure des Martinez geht.

Sie werden in sein Zimmer gehen. Einen leeren Koffer ohne einen einzigen Fingerabdruck vorfinden. Sie werden ins Bad gehen und sich sagen: »Schau mal einer an, so reich und wäscht seine Wäsche im Hotelwaschbecken selbst! Kann er etwa die Wäscherei nicht bezahlen?«

Ein Polizist wird sogenannte Beweismittel – Fingerabdrücke, Haare – sichern und sammeln wollen … und gleich einen Schrei ausstoßen, weil ihm Schwefelsäure, die in diesem Augenblick alles auflösen wird, was Igor zurückgelassen haben könnte, die Hände verätzt. Igor braucht nur seinen falschen Pass, Kreditkarten und Bargeld: alles das hat er zusammen mit der kleinen Beretta, der von Kennern verachteten Waffe, in den Taschen seines Smokings verstaut.

Er reist immer nur mit leichtem Gepäck, weil er nicht gern viel mit sich herumschleppt. In Cannes stand ihm zwar eine schwierige Mission bevor, aber er hatte dafür nur Material mitgenommen, das wenig wog und einfach zu transportieren war. Er versteht nicht, wieso andere Leute, wenn sie nur zwei oder drei Tage unterwegs sind, riesige Koffer mit sich schleppen.

Wer den Umschlag öffnen wird, weiß er nicht, und es interessiert ihn auch nicht: Nicht er trifft die Wahl, sondern der Todesengel. Inzwischen kann viel geschehen – oder auch gar nichts.

Der Gast könnte den Empfang anrufen, sagen, jemand habe etwas nicht für ihn Bestimmtes abgegeben, und darum bitten, dass es abgeholt wird. Oder er wirft den Umschlag in den Papierkorb, weil er glaubt, es handele sich um ein weiteres freundliches Billett der Hotelleitung, die sich erkundigt, ob alles zu seiner Zufriedenheit sei. Ist es ein Mann, der jeden Augenblick mit der Rückkehr seiner Ehefrau rechnet, wird er den Umschlag in die Tasche stecken, in der Hoffnung, er enthalte eine positive Antwort einer anderen Frau, die er am Nachmittag getroffen und zu verführen versucht hat. Es könnte sich aber auch um ein Ehepaar handeln; keiner von beiden weiß, an wen das *›For you‹* gerichtet ist, und da sie sich nicht gegenseitig verdächtigen wollen, werfen sie den Umschlag kurzerhand aus dem Fenster.

Wenn aber trotz aller dieser Möglichkeiten der Todesengel tatsächlich entschlossen ist, das Gesicht des Empfängers mit seinen Schwingen zu berühren, dann wird der (männliche oder weibliche) Gast den Umschlag aufreißen und nachschauen, was er enthält.

Etwas, was nur unter großen Mühen dort hineingelangt ist.

Igor hat die Hilfe seiner alten ›Freunde und Mitstreiter‹ in Anspruch nehmen müssen, derselben, die ihm einst eine beträchtliche Summe als Startkapital für seine Firma geliehen und die sehr ungehalten reagiert hatten, als er ihnen das Darlehen vorzeitig zurückbezahlte. Dieses Darlehen war für sie ein ideales Mittel gewesen, Geld, dessen Herkunft schwer zu erklären war, legal in das neue russische Finanzsystem zu schleusen.

Trotz dieses »Affronts« hatten sie nach längerer Funkstille wieder Kontakt zu ihm aufgenommen. Bei jedem Gefallen, um den sie ihn baten – wie etwa der Tochter einen Studienplatz an der Moskauer Universität oder für ›Kunden‹ Karten für bestimmte Konzerte zu besorgen –, setzte Igor Himmel und Hölle in Bewegung, um ihre Wünsche zu erfüllen. Schließlich waren sie die Einzigen gewesen, die – von ihren Beweggründen einmal abgesehen – an seine Träume geglaubt hatten. Ewa – inzwischen konnte er nicht einmal mehr ohne Wut an sie denken – hatte sie beschuldigt, die Naivität ihres Mannes ausgenutzt zu haben, um Geld aus ihrem Waffenhandel zu waschen. Als wenn das etwas ausmachte: Igor war weder in den An- noch den Verkauf verwickelt, und bei jedem Geschäft, das auf der Welt getätigt wurde, ging es darum, dass beide Partner davon profitierten.

Und alle hatten schwierige Zeiten durchgemacht. Einige der Freunde, die ihn finanziert hatten, waren eine Zeitlang im Gefängnis, aber er hatte sie nie fallen lassen – obwohl er inzwischen nicht mehr auf ihre Hilfe angewiesen war. Die Würde eines Menschen bemisst sich nicht daran, wen er auf dem Gipfel des Erfolgs um sich schart, sondern daran, dass er diejenigen nicht vergisst, die ihm in Krisenzeiten die Hand geboten haben. Und es war gleichgültig, ob diese Hände voller Schweiß oder Blut waren: Am Rande des Abgrunds fragt ein Mensch nicht, wer ihm hilft, wieder festen Boden unter die Füße zu bekommen.

Dankbarkeit zeigen ist wichtig: Man bringt es im Leben nirgendwohin, wenn man vergisst, wer einem in der Not geholfen hat. Und niemand muss daran erinnert werden, dass er geholfen hat oder dass ihm geholfen wurde: Gott schaut auf seine Kinder und belohnt nur die, die sich der Segnungen als würdig erwiesen haben, die ihnen anvertraut wurden.

Igor wusste also, an wen er sich wenden konnte, als er Curare brauchte – auch wenn er einen exorbitant hohen Preis für etwas zahlen musste, was es im tropischen Regenwald überall sehr viel preiswerter gab.

Er betritt die Hotelhalle. Der Ort, an dem die Party stattfindet, zu der er eingeladen ist, liegt eine halbe Autostunde entfernt. Vom Mittelstreifen der Croisette aus ein Taxi herbeiwinken zu wollen, ist aussichtslos. Er hat gelernt, dass man in einem Hotel wie diesem am besten als Erstes dem Concierge ein großzügiges Trinkgeld gibt, ohne gleich um eine Gegenleistung zu bitten. Alle erfolgreichen Geschäftsleute tun das, und so bekommen sie immer problemlos einen Tisch im besten Restaurant, Eintrittskarten für begehrte Shows, Informationen über jene Örtlichkeiten der Stadt, die nicht in den Stadtführern aufgeführt sind, weil brave Bürger sonst geschockt wären.

Mit einem Lächeln bittet er darum, einen Wagen zu bekommen, und erhält sofort einen, während ein Gast neben ihm am Empfang sich bitter darüber beklagt, wie schwierig es ist, in Cannes ein Taxi zu finden. Dankbarkeit, Bedürfnisse, Kontakte. Jedes Problem kann gelöst werden.

Sogar die komplizierte Anfertigung eines silbrigen Umschlags mit dem suggestiven »Für Dich« in Schönschrift. Er hatte ihn sich aufgehoben, um ihn ganz zum Schluss seiner Mission einzusetzen, denn wenn Ewa schon seine anderen Botschaften nicht verstanden hatte, dann ließ diese – die raffinierteste von allen – keinen Raum für Zweifel.

Seine alten Freunde hatten alle Register gezogen. Sie hätten ihm seinen Wunsch auch umsonst erfüllt, doch er zahlte lieber den regulären Preis. Er hatte Geld und hasste Schulden.

Er stellte keine unnötigen Fragen, wusste aber, dass die Person, die den Umschlag verschlossen hatte, dazu Handschuhe und eine Gasmaske tragen musste. Nun, in diesem Fall war der Preis eher gerechtfertigt als der für das Curare, denn es war schwieriger, mit der Substanz umzugehen – auch wenn sie ziemlich leicht zu beschaffen war, denn sie wurde in der Metallverarbeitung, der Herstellung von Papier, Kleidung und Plastik verwendet. Sie trägt den merkwürdigen Namen Blausäure, riecht nach Bittermandeln und sieht harmlos aus.

Er verschwendet keinen Gedanken an die Person, die den Umschlag verschlossen hat, sondern stellt sich lieber vor, wer ihn öffnen könnte – nah am Gesicht, wie man es normalerweise tut. Der männliche oder weibliche Gast wird eine weiße Karte darin finden, auf der vom Computer gedruckt auf Französisch steht:

»Katyusha, je t'aime.«

›Katyusha? Was hat denn das zu bedeuten?‹

Der Gast bemerkt, dass die Karte mit Staub bedeckt ist. Der Kontakt mit der Luft lässt den Staub zu Gas werden. Bittermandelgeruch verbreitet sich.

Der Gast ist überrascht. Der Absender hätte sich einen schöneren Duft aussuchen können. Wahrscheinlich handelt es sich um eine dieser Parfumreklamen. Er zieht die Karte aus dem Umschlag, dreht sie hin und her, und das aus dem Staub entweichende Gas verbreitet sich immer schneller.

›Was soll der Unsinn?‹

Das wird sein letzter zusammenhängender Gedanke sein. Der Gast legt die Karte auf den Tisch und überlegt auf dem Weg ins Bad: Soll ich eine Dusche nehmen? Soll ich mich zu Ende schminken? Soll ich noch schnell die Krawatte zurechtrücken?

In diesem Augenblick merkt er, dass sein Herz rast. Er bringt das nicht sofort mit dem Duft in Zusammenhang, der sein Zimmer jetzt ganz erfüllt – schließlich hat er oder sie keine Feinde, nur Konkurrenten und Gegner. Noch bevor er das Bad erreicht, merkt der Gast, dass er sich nicht mehr auf den Beinen halten kann, setzt sich auf die Bettkante. Unerträglicher Kopfschmerz und Atemschwierigkeiten sind die nächsten Symptome. Kurz darauf folgt Brechreiz. Doch der Gast wird keine Zeit mehr haben, sich zu erbrechen. Er verliert schnell das Bewusstsein, noch bevor er den Inhalt des Umschlages mit seinem Zustand in Verbindung bringen kann.

Weil die Konzentration des Wirkstoffs hoch ist, hört wenige Minuten später die Lunge auf zu funktionieren, der

Körper verspannt sich, Krämpfe setzen ein, das Herz pumpt kein Blut mehr, und der Tod tritt ein.

Schmerzlos. Barmherzig. Human.

Igor steigt ins Taxi, gibt die Zieladresse an. Hôtel du Cap, Eden Roc, Cap d'Antibes.

Das große Galadinner dieses Abends.

19 Uhr 40

Der Androgyne, der jetzt zu seiner engen Hose, die seine Hagerkeit noch betont, ein schwarzes Hemd, eine weiße Fliege und eine Art indische Tunika trägt, meint, wenn der Verkehr weiterhin so problemlos fließe, würden sie unter den Ersten beim Eden Roc ankommen. Das könne Vor- und Nachteile haben.

Gabriela, die inzwischen eine weitere Make-up- und Hairstylingsession hinter sich hat (diesmal bei einer von ihrer Arbeit vollkommen gelangweilten Stylistin), versteht die Bemerkung nicht.

»Ist es bei all diesen Staus nicht besser, etwas früher unterwegs zu sein? Was kann daran schlecht sein?«

Der Androgyne stößt einen tiefen Seufzer aus, weil er jemanden vor sich hat, der von den einfachsten Regeln der Glanz-und-Glamour-Welt keine Ahnung hat und dem er nun etwas vollkommen Selbstverständliches erklären muss:

»Es könnte von Vorteil sein, weil du dann allein im Korridor bist...«

Er sieht sie an, merkt, dass sie nicht versteht, was er damit meint, seufzt wieder und setzt noch einmal an:

»Der Auftritt bei einer solchen Gala besteht nicht darin, dass man einfach in den Festsaal hineingeht. Man muss immer erst durch einen Korridor, auf dessen einer Seite die

Fotografen stehen, und auf der anderen Seite das Logo des Sponsors mehrfach an die Wand projiziert ist. Hast du dir nie Celebrity-Blätter angesehen? Ist dir nie aufgefallen, dass hinter den Berühmtheiten, während sie in die Kamera lächeln, immer die Marke irgendeines Produkts zu sehen ist?«

»Celebrity« – heißt das etwa, der arrogante Androgyne zählt sie auch zu den Berühmtheiten? Schon möglich, aber Gabriela weiß genau, dass es bis dahin noch ein weiter Weg ist.

»Und was könnte verkehrt daran sein, früh zu erscheinen?«

Noch ein Seufzer.

»Möglicherweise sind die Fotografen noch nicht da. Drücken wir die Daumen, dass alles klappt, dann kann ich gleich diese Flyer mit deiner Biografie unter die Leute bringen.«

»Mit meiner Biografie?«

»Glaubst du denn, die wissen alle, wer du bist? Nein, meine Liebe. Ich muss jedem dieses blöde Papier in die Hand drücken und sagen, dass gleich der große weibliche Star des nächsten Films von Gibson hereinkommt und er seine Kamera bereithalten soll. Sobald du im Korridor erscheinst, gebe ich den Fotografen ein Zeichen.

Sie sind es übrigens gewohnt, immer als diejenigen behandelt zu werden, die in Cannes in der Hierarchie ganz unten stehen. Also werde ich nicht besonders freundlich zu ihnen sein, sondern ihnen unmissverständlich klarmachen, dass ich ihnen einen großen Gefallen tue. Sie werden sich die Gelegenheit nicht entgehen lassen, schließlich steht ihr Job auf dem Spiel, denn Leute, die einen Fotoapparat und einen Internetanschluss haben und verrückt darauf sind, etwas ins Netz zu stellen, was alle anderen übersehen haben, gibt es zuhauf. Ich denke, in ein paar Jahren werden die Zeitungen nur noch die Dienstleistungen von solchen Namenlosen in Anspruch nehmen und damit ihre Kosten senken – denn Zeitschriften und Zeitungen haben immer geringere Auflagen.«

Der Androgyne möchte zeigen, dass er sich auch mit Medien auskennt, doch Gabriela zeigt kein Interesse. Sie nimmt einen Flyer und beginnt zu lesen.

»Wer ist Lisa Winner?«

»Du. Dein Name wurde geändert. Oder, besser gesagt, dieser Name stand schon fest, bevor du ausgewählt wurdest. Von nun an heißt du so. Gabriela ist zu italienisch, eine Lisa kann aus jedem Land kommen. Trendforscher haben herausgefunden, dass die Leute Namen mit vier bis sechs Buchstaben im Allgemeinen leichter behalten: Fanta, Taylor, Burton, Davos, Woods, Hilton – reicht dir die Erklärung, oder soll ich weitermachen?«

»Ich habe schon verstanden, dass du was von Marketing verstehst. Aber jetzt muss ich erst mal herausfinden, wer ich bin – meiner neuen Biografie zufolge.«

Sie hatte das ironisch gemeint, selbstbewusst, fast schon wie ein richtiger Star. Und dann liest sie: Die große Entdeckung, unter mehr als tausend Bewerberinnen dafür ausgewählt, bei der ersten Filmproduktion des berühmten Couturiers Hamid Hussein mitzuspielen, usw.

»Die Flyer wurden schon vor einem Monat gedruckt«, sagt der Androgyne und versetzt ihr damit einen Stich. »Das wurde von der Marketingmannschaft der Gruppe geschrieben. Sie machen immer das Richtige. Schau dir nur bestimmte Details an wie: ›Sie hat als Model gearbeitet, Schauspiel studiert.‹ Das trifft doch genau auf dich zu, oder etwa nicht?«

»Heißt das, ich wurde weniger aufgrund der Qualität meines Castings als wegen meiner Biografie ausgewählt?«

»Alle, die da waren, haben die gleiche Biografie.«

»Warum hören wir nicht einfach auf, uns gegenseitig zu provozieren, und versuchen, menschlicher miteinander umzugehen, Freunde zu sein?«

»In diesem Milieu? Vergiss es! Hier gibt es keine Freunde, nur Interessen. Hier gibt es keine Menschen, nur aus dem Ruder gelaufene Maschinen, die alles, was sich ihnen in den Weg stellt, niederwalzen, bis sie entweder an ihr Ziel gelangt sind oder gegen einen Laternenpfahl knallen.«

Trotz dieser patzigen Antwort merkt Gabriela, dass sie ins Schwarze getroffen hat. Ihr Mitfahrer beginnt, sich weniger feindselig zu verhalten.

»Und schau hier, was da noch steht: ›Jahrelang hat sie sich geweigert, in einem Film mitzuwirken, weil ihr die Ausbildung am Theater wichtiger war.‹ Das gibt viele Pluspunkte: Du bist jemand Integres und hast die Rolle nur angenommen, weil du von ihr wirklich begeistert bist, obwohl du Angebote hattest, in Stücken von Shakespeare, Beckett oder Genet aufzutreten.«

Der Androgyne zeigt Bildung. Shakespeare kennt jeder, aber Beckett und Genet sind nur etwas für Kenner.

Gabriela – oder Lisa – findet das auch. Der Wagen erreicht sein Ziel, und da sind wieder die Bodyguards in ihren schwarzen Anzügen, mit weißem Hemd und Krawatte;

mit ihren kleinen Funkgeräten in der Hand wirken sie wie Polizisten (möglicherweise der Traumberuf all dieser Leute?). Sie winken den Wagen weiter, weil es noch zu früh ist.

Der Androgyne hat nach reiflicher Überlegung beschlossen, es sei besser, früh anzukommen. Er springt aus der Limousine, geht auf einen der Männer zu, die doppelt so groß und breit sind wie er. Gabriela ist nervös. Sie muss sich ablenken, auf andere Gedanken kommen.

»Was für ein Wagen ist das hier?«, fragt sie den Fahrer.

»Ein Maybach 57S«, antwortet der mit deutschem Akzent. »Ein wahres Meisterwerk, perfekter Motor, höchster Luxus.«

Doch Gabriela hört schon nicht mehr hin. Sie sieht, wie der Androgyne mit dem Riesen streitet. Der scheint ihm nicht zuzuhören, bedeutet ihm, wieder einzusteigen, weil er den Verkehr behindere. Der Androgyne, die Mücke, macht auf dem Absatz kehrt und geht zum Wagen zurück.

Er öffnet die hintere Tür und fordert Gabriela auf auszusteigen.

Gabriela befürchtet das Schlimmste. Einen Skandal. Sie geht mit der Mücke am Elefanten vorbei, der ihnen zuruft:

»He, Sie können da nicht rein!«

Doch sie gehen einfach weiter. Andere Stimmen rufen: »Halten Sie sich bitte an die Anweisungen, die Tür ist noch nicht geöffnet!« Gabriela wagt nicht, sich nach der Elefantenhorde umzublicken, die ihnen jetzt wahrscheinlich auf den Fersen ist und sie in der nächsten Sekunde zertrampeln kann.

Doch nichts passiert, obwohl der Androgyne – wahrscheinlich aus Rücksicht auf das lange Kleid seiner Begleiterin – kein bisschen schneller geht. Sie durchqueren den makellos gepflegten Garten, der Horizont färbt sich rosa und blau, die Sonne geht unter.

Der Androgyne genießt seinen kleinen Sieg.

»Sie benehmen sich wie Machos, solange man ihnen nicht Kontra gibt. Aber man braucht nur die Stimme zu heben, ihnen tief in die Augen zu blicken und weiterzugehen, dann geben sie Ruhe. Solange ich Einladungen vorlegen kann, ist alles bestens; die Jungs sind groß, aber nicht so dumm, wie sie möglicherweise aussehen, und wissen, dass nur wichtige Leute so mit ihnen umspringen wie ich eben.«

Und er schließt überraschend bescheiden:

»Ich bin's schon gewöhnt, so zu tun, als wäre ich wichtig.«

Sie sind inzwischen am Eingang des Luxushotels angelangt, das weitab vom Rummel in Cannes liegt und in dem nur diejenigen absteigen, die es nicht nötig haben, auf der Croisette auf und ab zu gehen. Der Androgyne bittet Gabriela/Lisa, in die Bar zu gehen und zwei Gläser Champagner zu bestellen – so ist klar, dass sie in Begleitung ist. Keine Gespräche mit Fremden. Er will nachsehen, wie es am Eingang zum Festsaal aussieht, und die Flyer verteilen.

»Das ist reine Formsache. Niemand wird dein Foto veröffentlichen, aber ich werde dafür bezahlt. Ich bin gleich wieder zurück.«

»Aber hast du nicht gesagt, dass die Fotografen …«

Die Arroganz ist wieder da. Bevor Gabriela reagieren kann, ist er verschwunden.

Kein einziger Tisch ist mehr frei. Die Bar ist voller Menschen in Smoking und Abendroben. Alle reden leise – wenn sie denn reden, denn die meisten schauen aufs Meer, das man durch die großen Fensterscheiben sehen kann. Auch wenn Gabriela/Lisa zum ersten Mal hier ist, so spürt sie doch sofort die Langeweile, die wie eine unsichtbare Wolke über den Häuptern dieser Privilegierten schwebt.

Alle haben bereits an Hunderten, an Tausenden solcher Galas teilgenommen. Früher hatten sie es noch als Abenteuer empfunden, wie die Begegnung mit einer neuen Liebe, haben auf wichtige berufliche Kontakte gehofft; jetzt, wo sie alle ganz oben angekommen sind, gibt es keine Herausforderungen mehr. Sie können nur die eigene Jacht mit der des anderen, den eigenen Schmuck mit dem der Nachbarin vergleichen und vom kleinen Tisch weit hinten die Gäste an den Fenstertischen beneiden, denn ein Fenstertisch bedeutet natürlich mehr Prestige. Ja, das steht am Ende: Langeweile und Vergleiche. Nachdem sie Jahrzehnte damit verbracht haben, dorthin zu kommen, wo sie heute sind, scheint nichts anderes mehr übriggeblieben zu sein, nicht einmal die Freude daran, einen Sonnenuntergang an einem Ort wie diesem genießen zu dürfen.

Und woran denken die reichen, schweigenden Frauen, die in gewissem Abstand von ihren Männern stehen?

An das Alter.

Sie müssen wieder zu einem bestimmten Schönheitschirurgen, der wiederherstellen soll, was die Zeit zerstört hat. Gabriela weiß, dass dies eines Tages auch ihr blühen wird, und unversehens steigen wieder negative Gedanken in ihr hoch.

Angst schleicht sich in ihre Freude. Sie hat das Gefühl, dass sie trotz allem, was sie dafür getan hat, das alles jetzt nicht verdient. Sie hat sich nur sehr für diese Art Leben angestrengt, aber die richtigen Fähigkeiten bringt sie nicht mit. Sie kennt die Regeln nicht, sie wagt zu viel. Dies hier ist nicht ihre Welt, und sie wird niemals dazugehören. Sie fühlt sich hilflos, weiß nicht genau, was sie hier in Europa eigentlich macht – was ist denn Verkehrtes daran, in den USA Schauspielerin zu sein, nur das zu tun, was ihr Spaß macht, und nicht, was die anderen von ihr fordern? Sie möchte glücklich sein und ist nicht sicher, ob sie auf dem richtigen Weg ist.

›Hör auf! Schluss mit diesen Gedanken!‹, ermahnt sie sich.

Yoga kann sie hier nicht machen, aber sie versucht, sich auf das Meer und den rotgoldenen Himmel zu konzentrieren. Sie steht vor einer einmaligen Chance. Sie sollte ihre Abneigung überwinden und die Zeit, die ihr bis zum ›Korridor‹ noch bleibt, dazu nutzen, mit dem Androgynen zu reden. Sie darf jetzt keine Fehler machen. Sie hat Glück gehabt, jetzt heißt es, aus der Situation das Beste zu machen. Sie öffnet ihre Tasche, um den Lippenstift herauszuholen und die Lippen nachzuziehen, sieht aber darin nur zerknülltes Seidenpapier. (Sie ist ein zweites Mal, diesmal mit der gelangweilten Make-up-Stylistin, im »Geschenksalon« gewesen und hatte wieder vergessen, ihre Kleider und ihre Dokumente mitzunehmen. Doch selbst wenn sie daran gedacht hätte, wo hätte sie das alles lassen sollen?)

Die Tasche ist ein Sinnbild für das, was sie gerade erlebt – nichts als schöner Schein.

›Beherrsch dich!‹

›Die Sonne verschwindet am Horizont und wird morgen genauso kraftvoll wiedergeboren. Auch ich muss jetzt neu erstehen. Dass ich mir diesen Augenblick im Traum so oft ausgemalt habe, muss als Vorbereitung reichen, mir Selbstvertrauen geben. Ich glaube an Wunder und fühle, dass Gott mich gesegnet hat, dass er meine Gebete erhört hat. Ich sollte mich an das erinnern, was mein Lehrer in der Schauspielschule vor jeder Probe immer gesagt hat: ›Auch wenn du etwas schon tausendmal wiederholt hast, solltest du im immer Gleichen jedes Mal etwas Neues, Phantastisches, Unglaubliches entdecken, etwas, was dir zuvor entgangen ist.‹

Ein etwa 40-jähriger, gutaussehender, leicht ergrauter Mann kommt in einem makellosen, garantiert maßgeschneiderten Smoking herein und geht auf sie zu. Er sieht das zweite Champagnerglas, dreht ab und geht ans andere Ende der Bar. Sie hätte gern mit ihm geredet; der Androgyne braucht eine Ewigkeit. Doch sie erinnert sich an seine rüden Worte:

›Kein Gespräch mit Fremden!‹

Tatsächlich schickt es sich nicht für eine junge Frau, die allein an einer Bar steht, einen älteren Gast anzusprechen – das könnte falsch interpretiert werden.

Sie trinkt den Champagner und bittet um ein weiteres Glas. Wenn der Androgyne sich in Luft aufgelöst hätte, könnte sie nicht einmal die Rechnung bezahlen, aber was macht das schon. Der Champagner lässt ihre Zweifel und ihre Unsicherheit verschwinden, doch bereits meldet sich ein nächster schrecklicher Gedanke: Was ist, wenn der Androgyne nicht wiederkommt? Kann sie dann überhaupt zur Gala hinein und ihren Verpflichtungen nachkommen?

Nein, sie ist nicht mehr nur das Mädchen aus der Provinz, das darum gekämpft hat, im Leben aufzusteigen – sie hat sich verändert. Der Weg liegt offen vor ihr. Noch ein Glas Champagner. Die Angst vor dem Unbekannten schlägt um in die Sorge, es nicht ganz nach oben zu schaffen. Jetzt schreckt sie die Vorstellung, dass sich alles von einem Augenblick zum nächsten ändern könnte. Was kann sie tun, damit das Wunder von heute nicht morgen schon wieder vorbei ist? Was garantiert ihr, dass alle Versprechen, die sie in den letzten Stunden gehört hat, auch tatsächlich eingehalten werden? Sie hatte schon so oft vor phantastischen Gelegenheiten gestanden, hatte tage- und wochenlang von der Möglichkeit geträumt, ihr Leben für immer zu verändern, um dann am Ende nur zu erleben, dass das Telefon nicht klingelte, ihr Lebenslauf in irgendeiner Ecke vergessen worden war, dass der Regisseur sie im allerletzten Moment unter vielen Entschuldigungen anrief, weil er für die ihr versprochene Rolle nun doch eine besser geeignete Schauspielerin gefunden hatte – wodurch sie sich keinesfalls entmutigen lassen dürfe, weil es nichts mit ihrem Talent zu tun habe. Das Leben hat viele Möglichkeiten, einen Menschen auf die Probe zu stellen. Entweder sorgt es dafür, dass nichts passiert, oder dafür, dass alles auf einmal passiert.

Der Mann, der allein hereingekommen ist, starrt sie und das zweite Champagnerglas an. Gabriela wünscht, er käme zu ihr herüber. Seit heute Morgen hat sie mit niemandem über das, was sie erlebt hat, reden können. Sie würde jetzt gern ihre Eltern anrufen – aber ihr Handy ist in ihrer eigenen Handtasche im »Geschenksalon« geblieben, wahrscheinlich sind inzwischen Dutzende SMS von ihren Mitbewohnerinnen drauf, die wissen wollen, wo sie steckt, ob sie überzählige Einladungskarten hat oder sie zu irgendeiner zweitklassigen Veranstaltung begleiten möchte, bei der die Celebrity Soundso erscheinen soll.

Sie hat niemanden, dem sie sich mitteilen kann. Sie hat einen großen Schritt vorwärts gemacht, steht jetzt allein und voller Angst, der Traum könnte enden, an einer Hotelbar. Ihr ist bewusst, dass sie nie mehr die Alte sein wird. Sie ist fast am Gipfel des Berges angelangt: Entweder strengt sie sich noch einmal tüchtig an, oder der Wind wird sie umblasen.

Der etwa 40-jährige angegraute Mann ist immer noch da. Er trinkt einen Orangensaft. Irgendwann kreuzen sich ihre Blicke, und er lächelt. Sie tut so, als hätte sie es nicht gesehen.

Warum hat sie nur solche Angst? Was wird als Nächstes auf sie zukommen? Wie soll sie sich dann verhalten? Ständig sagt man ihr, was sie tun soll, aber nie, wie. Sie fühlt sich wie ein kleines Mädchen, das in ein dunkles Zimmer gesperrt wurde und nun von allein den Weg zur Tür finden muss, während jemand mit mächtiger Stimme nach ihm ruft und erwartet, dass es aufs Wort gehorcht.

Der Androgyne, der gerade hereingekommen ist, holt sie in die Gegenwart zurück.

»Wir warten noch ein bisschen. Die ersten Gäste gehen gerade hinein.«

Der gutaussehende Mann steht auf, zahlt und geht zum Ausgang. Er wirkt enttäuscht: Vielleicht hat er auf den richtigen Augenblick gewartet, herüberzukommen, sich ihr vorzustellen und …

»… mit mir zu reden.«

»Was?«, fragt der Androgyne.

Die Worte sind ihr herausgerutscht. Zwei Gläser Champagner, und ihre Zunge hat sich schon viel zu sehr gelockert.

»Nichts.«

»Doch, du hast irgendetwas von ›mit mir reden‹ gesagt.«

Das dunkle Zimmer und das Mädchen, das niemanden hat, der ihm den Weg zeigt. Demut. Stehe zu deinem Wunsch!

»Das stimmt. Ob du es glaubst oder nicht, aber als du weggegangen bist, um mit den Fotografen zu reden, habe ich mich verlassen und verängstigt gefühlt. Ich brauche deine Hilfe. Und sag mal, wie bist du eigentlich in diese Glitzerwelt geraten? Alles ist so anders, als ich es mir vorgestellt habe. Außerdem würde ich auch gern wissen, ob du bei deiner Arbeit glücklich bist.«

Irgendein Engel – einer, der ganz bestimmt Champagner mag – gibt ihr die richtigen Worte ein.

Der Androgyne schaut sie überrascht an. Versucht sie tatsächlich, sich mit ihm anzufreunden? Warum stellt sie Fragen, die sonst niemand zu stellen wagt? Sie kennt ihn doch erst ein paar Stunden.

Er ist kein Mann für Vertraulichkeiten, er ist nicht wie andere – er ist einzigartig. Allem Anschein zum Trotz ist er nicht homosexuell, ihn interessieren die Menschen nur einfach nicht mehr. Er hat sein Haar gebleicht, kleidet sich so, wie er es sich immer gewünscht hat, er wiegt genauso viel, wie er immer schon wiegen wollte. Er weiß durchaus, dass er auf andere eigenartig wirkt, aber er muss zu niemandem nett sein, solange er seinen Job gut macht.

Und jetzt will diese Frau wissen, was er denkt? Wie er sich fühlt? Er streckt die Hand zum Champagnerglas aus, das auf ihn gewartet hat, und leert es in einem Zug.

Bestimmt denkt sie, er gehöre zur Hamid-Hussein-Gruppe, hätte einigen Einfluss, und wünscht sich, dass er ihr hilft und ihr sagt, was sie als Nächstes tun, wie sie sich verhalten soll.

Er weiß das wohl, doch er ist nur für die Dauer des Festivals und nur für einen bestimmten Job gebucht worden, und nur den wird er erfüllen. Wenn die Luxus- und Glamourtage vorüber sind, wird er in seine Wohnung in einem Pariser Vorort zurückkehren, wo ihn seine Nachbarn nur deshalb schikanieren, weil er äußerlich nicht den Leitbildern entspricht, die irgendein Verrückter, indem er eines Tages ›Alle Menschen sind gleich‹ schrie, festgelegt hat. Es stimmt nicht. Im Gegenteil: Alle Menschen sind unterschiedlich und haben ein Recht darauf, diese Unterschiedlichkeit bis in die letzten Konsequenzen auszuleben.

Er wird fernsehen, im Supermarkt nebenan einkaufen, sich Zeitschriften besorgen und lesen, hin und wieder ins Kino gehen. Weil er den Ruf hat, jemand zu sein, dem man Verantwortung übertragen kann, bekommt er hin und wieder einen Anruf von Agenten, die Assistenten mit »viel Erfahrung« im Modebereich suchen, die Models anziehen, Accessoires auswählen können und Leute begleiten, die noch nicht gelernt haben, sich in dieser Welt richtig zu bewegen, und dabei nicht nur verhindern, dass sie sich danebenbenehmen, sondern ihnen gleichzeitig beibringen, was man tun sollte und auf gar keinen Fall tun darf.

Nun, Träume hat er schon. Er ist einzigartig, das sagt er sich immer wieder. Er ist glücklich, weil er nichts mehr vom Leben erwartet. Auch wenn er viel jünger aussieht, ist er schon 40 Jahre alt. Ja, er hatte versucht, Stylist zu werden, aber keine vernünftige Arbeitsstelle bekommen. Er hat sich mit den Leuten zerstritten, die ihm hätten helfen können. Er erwartet nichts mehr vom Leben – obwohl er gebildet ist, einen guten Geschmack und eiserne Disziplin besitzt. Er glaubt nicht mehr daran, dass jemandem auffällt, wie er sich kleidet, und dass dieser Jemand dann sagt: »Phantastisch, wir sollten miteinander reden.« Vor vielen Jahren hatte er ein oder zwei Angebote gehabt, zu modeln, sie aber nicht angenommen, weil es nicht zu seinem Lebensprojekt gehörte, und er bereut es nicht.

Er fertigt seine Kleidung aus Stoffresten aus den Ateliers der Haute Couture selber an. In Cannes ist er mit zwei anderen Männern hoch oben in den Bergen untergebracht, vielleicht gar nicht einmal weit von der Frau, die jetzt neben ihm steht. Sie bekommt jetzt ihre große Chance, und auch wenn er das Leben ungerecht findet, darf er sich jetzt nicht von Frustration oder Neid beherrschen lassen – er wird sein Bestes geben, sonst wird er nie wieder als ›Produktionsassistent‹ gebucht.

Selbstverständlich ist er glücklich: Jemand, der sich nichts wünscht, ist glücklich. Er schaut auf die Uhr – jetzt könnte der richtige Augenblick gekommen sein hineinzugehen.

»Lass uns gehen. Reden können wir ein andermal.«

Er zahlt die Getränke und lässt sich eine Quittung geben – um später, wenn diese Tage des Luxus und Glamours vorüber sind, über jeden Cent abrechnen zu können. Einige Leute erheben sich und tun es ihm gleich. Sie beide müssen sich jetzt beeilen, damit Gabriela nicht in der Menge untergeht, die jetzt hineinzuströmen beginnt. Sie gehen durch den Salon des Hotels bis zum Beginn des Korridors. Der Androgyne gibt die beiden Eintrittskarten ab, die er sorgfältig in seiner Tasche verwahrt hat. Mit solchen Details gibt sich eine Berühmtheit nicht ab, dafür gibt es immer einen Assistenten.

Er ist der Assistent. Sie ist die wichtige Frau und wirkt bereits ein wenig blasiert. Sehr bald schon wird sie erfahren, was es mit dieser Glamourwelt auf sich hat: dass sie einen auslaugt, einem Träume vorgaukelt, die Eitelkeit manipuliert und einen genau in dem Augenblick fallenlässt, wenn man zu allem bereit ist. Ihm selber und allen vor ihm ist es ebenso ergangen.

Sie steigen die Treppe hinunter. In der kleinen Halle vor dem ›Korridor‹ bleiben sie stehen. Es besteht kein Grund zur Eile. Hier ist das anders als auf dem roten Teppich. Wenn jemand deinen Namen ruft, drehe dich hin, und lächle. Wenn einer deinen Namen kennt, bedeutet das, dass du wichtig bist, und dann stehen die Chancen gut, dass alle anderen auch anfangen, Fotos zu machen. Posiere nie länger als eine Minute, auch wenn es anders aussieht, handelt es sich hier nur um ein Galadinner. Wenn du ein Star sein willst, musst du anfangen, dich wie einer zu benehmen.

»Warum muss ich allein, ohne Begleitung, hineingehen?«, fragt sie den Androgynen.

»Es scheint irgendein Problem zu geben. Er wird gleich da sein. Schließlich ist er ein Profi. Er wird sich aus irgendeinem Grunde verspätet haben.«

›Er‹ ist der berühmte Filmschauspieler. Der Androgyne hätte auch sagen können, was er denkt: ›Er wird ein Mädchen aufgetrieben haben, das verrückt danach war, mit ihm ins Bett zu gehen, und ist deshalb nicht zur angegebenen Zeit aus seinem Zimmer gekommen.‹ Doch die Wahrheit hätte diese Anfängerin verletzen können, die wahrscheinlich von einer romantischen Liebesbeziehung träumt, auch wenn es dafür keinen Anlass gibt. Es reicht, wenn er seine Pflicht tut und dann nach Hause geht. Ihr Freund muss er nicht sein. Aber auch nicht grausam. Und wenn das naive Mädchen seine Gefühle nicht unter Kontrolle hat, werden die Fotos im Korridor nicht gut.

Er reiht sich vor ihr in der Schlange ein und bittet sie, ihm im Abstand von ein paar Metern zu folgen. Sobald er in den Korridor einbiegt, wird er direkt auf die Fotografen zugehen und versuchen, das Interesse von einem zu wecken.

Gabriela wartet ein paar Sekunden, setzt ihr schönstes Lächeln auf, hält die Tasche, wie es sich gehört, kontrolliert ihre Haltung und marschiert dann los, bereit, sich den Blitzlichtern zu stellen. Der Korridor führt um eine Biegung in einen hell erleuchteten Raum, dessen eine Wand mit den Logos des Sponsors bedeckt ist. Auf der anderen Seite befindet sich eine kleine, halbrunde Tribüne, von der aus Kameraobjektive auf sie gerichtet sind.

Sie geht langsam weiter, diesmal macht sie jeden Schritt bewusst – sie will nicht noch einmal, wie auf dem roten

Teppich, nachträglich feststellen, dass das große Erlebnis zu Ende ist, bevor sie es bewusst genießen konnte. Jetzt geht es darum, den Augenblick wie in Zeitlupe zu erleben. Gleich würden die Blitzlichter aufflammen.

»Jasmine!«, ruft jemand.

Jasmine? Aber sie heißt doch Gabriela.

Sie bleibt den Bruchteil einer Sekunde lang mit eingefrorenem Lächeln stehen. Nein, ihr Name ist nicht mehr Gabriela. Aber wie war er noch? Jasmine!

»Beweg dich!«, sagt einer der Fotografen. »Dein Augenblick des Ruhms ist vorbei. Lass mich arbeiten.«

Sie kann es nicht fassen. Lächelt weiter, geht aber etwas schneller auf den dunklen Tunnel zu, der dort zu beginnen scheint, wo der Lichtkorridor endet.

»Jasmine! Schau hierher! Hier!«

Die Fotografen scheinen alle von einer kollektiven Hysterie ergriffen zu sein.

Gabriela gelangt an das Ende des »Korridors«, und keiner hat ihren Namen gerufen, den sie im Übrigen vergessen hat. Der Androgyne erwartet sie dort.

»Mach dir nichts draus«, sagt er und zeigt zum ersten Mal etwas Menschlichkeit. »Du wirst sehen, heute Abend passiert das auch noch anderen. Schlimmer noch: Du wirst Leute erleben, deren Namen früher gerufen wurden und die heute lächelnd dort entlanggehen und erwarten, fotografiert zu werden. Aber niemand, wirklich niemand ist so barmherzig, auch nur einmal das Blitzlicht auszulösen.«

Sie muss jetzt kaltblütig wirken. Sich beherrschen. Das ist nicht das Ende der Welt, ihre inneren Dämonen haben hier jetzt nichts verloren.

»Ich mache mir nichts draus. Schließlich habe ich heute erst angefangen. Wer ist Jasmine?«

»Sie hat auch heute angefangen. Am frühen Abend wurde verkündet, dass Hamid Hussein sie unter Vertrag genommen hat. Aber keine Angst, es ist kein Filmvertrag!«

Sie hat keine Angst. Sie wünscht sich nur, der Boden würde sich auftun und sie verschlucken.

20 Uhr 12

›Lächle!

Tu einfach so, als wüsstest du nicht, warum so viele Leute deinen Namen rufen!

Geh so, als würdest du über einen roten Teppich gehen und nicht über einen Laufsteg!

Achtung, es kommen neue Gäste herein, die für die Fotos notwendigen Sekunden sind vorbei, du solltest weitergehen.‹

Doch die Fotografen hören nicht auf, ihren Namen zu rufen. Es ist ihr peinlich, denn die Nächsten – es handelt sich um ein Paar –, müssen warten, bis die Fotografen zufriedengestellt sind, was nie der Fall sein wird, weil sie immer den idealen Winkel, das einzige Foto (als wenn das möglich wäre!), einen direkten Blick in das Objektiv ihrer Kamera wollen.

›Verabschiede dich jetzt! Lächle immer weiter! Geh weiter!‹

Als sie am Ende des Korridors angelangt ist, wird sie von einer Gruppe Journalisten umringt. Sie wollen alles über den großen Vertrag mit einem der wichtigsten Modedesigner der Welt wissen. Jasmine möchte am liebsten sagen: »So stimmt das nicht.«

»Wir prüfen gerade die Details«, ist ihre Antwort.

Sie lassen nicht locker. Eine Fernsehkamera und eine Reporterin mit einem Mikrofon in der Hand kommen auf sie zu. Die Reporterin fragt, ob sie glücklich über diese Wende in ihrem Leben sei. Ja, antwortet sie, die Modenschau sei großartig gelaufen. Als Nächstes werde Anna Dieter – sie nennt extra den Namen der Designerin – eine Show auf der Modewoche in Paris haben.

Die Journalistin scheint nicht zu wissen, dass an diesem Nachmittag deren Kollektion gezeigt wurde, und stellt vor laufender Kamera noch weitere Fragen.

›Sei konzentriert, gib nur Antworten, die dir nützen, und nicht solche, die sie dir zu entlocken versuchen! Tu so, als kenntest du die Einzelheiten nicht, und rede nur über den Erfolg der Modenschau, die verdiente Hommage für Ann Salens, das vergessene Genie, das nicht das Privileg hatte, in Frankreich geboren zu sein!‹ Ein junger Mann, der sich offenbar für witzig hält, fragt sie, wie sie die Gala findet. Jasmine gibt ebenso ironisch zurück: »Sie haben mich ja noch nicht hineingehen lassen.« Ein ehemaliges Model, das jetzt Fernsehmoderatorin bei einem Privatsender ist, fragt sie, welche Gefühle die Tatsache in ihr ausgelöst habe, zum Gesicht der nächsten HH-Kollektion ausgewählt worden zu sein. Ein besser informierter Journalist möchte wissen, ob es stimme, dass sie einen mehr als sechsstelligen Betrag im Jahr verdienen werde:

»Sie hätten in der Pressemitteilung siebenstellig schreiben sollen, finden Sie nicht? ›Mehr als sechsstellig‹ ist doch etwas unsinnig, finden Sie nicht? Sie hätten besser ›mehr als eine Million Euro‹ sagen sollen, statt Leser und Publikum die

Stellen vor dem Komma zählen zu lassen, finden Sie nicht? Sie hätten auch Nullen anstatt Stellen vor dem Komma sagen können, finden Sie nicht?«

Jasmine findet gar nichts.

»Wir prüfen das«, wiederholt sie. »Bitte lassen Sie mich etwas frische Luft schnappen. Wenn es geht, werde ich später weitere Fragen beantworten.«

Das ist natürlich gelogen. Später wird sie ein Taxi nehmen und nach Hause fahren.

Jemand fragt, warum sie kein Kleid von Hamid Hussein trage.

»Ich habe heute Nachmittag für Anna Dieter gearbeitet.«

Sie legt Wert darauf, Annas Namen zu nennen. Einige notieren ihn sich, andere gehen einfach darüber hinweg – sie sind wegen einer Nachricht, einer Neuigkeit hier, die sie veröffentlichen wollen, und nicht, um die Wahrheit hinter den Fakten zu erfahren.

Die Ablaufzwänge bei einem solchen Ereignis retten sie: Auf dem ›Korridor‹ hört man wieder die Fotografen rufen. Wie von einem unsichtbaren Dirigenten geführt, wenden sich die Journalisten, die sie gerade umringt hatten, von ihr ab, weil sie jemanden sehen, der berühmter, wichtiger ist als sie. Jasmine nutzt das sekundenlange Zögern der Presse, geht bis zur Brüstung des schönen Gartens, der in einen Salon verwandelt wurde, in dem nun die Leute trinken, rauchen, herumspazieren.

Bald wird auch sie trinken, rauchen, in den Himmel schauen, kurz auf die Brüstung klopfen, sich umdrehen und dann gehen.

Aber eine Frau und ein merkwürdiges Wesen – er sieht

aus wie ein Android aus einem Science-Fiction-Film – starren sie an und versperren ihr den Weg. Beide wirken etwas verloren, vielleicht sollte sie sie einfach ansprechen. Sie stellt sich vor. Das merkwürdige Wesen zieht sein Mobiltelefon aus der Tasche, verzieht das Gesicht, entschuldigt sich, er müsse kurz weg.

Die junge Frau bleibt stehen, und ihr Blick sagt: ›Du hast mir den Abend verdorben‹.

Jasmine bereut, die Einladung zu der Gala angenommen zu haben. Zwei Männer hatten die Einladung überbracht, als sie mit ihrer Lebensgefährtin gerade zu einem kleinen Empfang der Belgian Clothing Association aufbrechen wollte, dem belgischen Mode-Dachverband. Aber alles hat auch seine guten Seiten: Anna Dieters Kleid wird auf den Fotos zu sehen sein, falls diese veröffentlicht werden. Vielleicht würde ja jemand recherchieren, wer die Designerin des Modells ist, und Annas Namen abdrucken.

Die Männer, die ihr die Einladung überbracht hatten, waren sehr höflich gewesen. Sie sagten, draußen warte eine Limousine, und ein so erfahrenes Model wie sie brauche doch bestimmt nicht mehr als eine Viertelstunde, um sich fertigzumachen. Einer der Männer hatte dann in seine Aktentasche gegriffen, ein Notebook sowie einen tragbaren Drucker herausgeholt und gesagt, sie seien hier, um einen Vertrag mit ihr abzuschließen. Es gehe jetzt nur noch um Details, die sie gleich einsetzen würden. Unterschreiben werde dann ihre Agentin. Beide wussten also, dass die Frau an ihrer Seite auch ihre Agentin war.

Sie versprachen ihrer Lebensgefährtin alle nur mögliche Unterstützung bei ihrer nächsten Kollektion. Selbstverständlich dürfe sie ihren Namen und ihr Label beibehalten und gleichzeitig den Pressedienst des Konzerns nutzen! Mehr noch: HH würde ihr Label gern kaufen und das notwendige Geld investieren, um ihr eine gute Präsenz in den italienischen, französischen und englischen Medien zu verschaffen.

Aber es gab zwei Bedingungen: Die erste war, dass alles sofort entschieden würde, damit sie der Presse vor Redaktionsschluss für die Ausgabe vom nächsten Tag eine Mitteilung zukommen lassen konnten.

Die zweite: Cristina müsse ihren Vertrag als Jasmine Tiger mit Anna Dieter auf Hamid Hussein übertragen, für den sie von nun an exklusiv arbeiten würde. Es seien genug Models auf dem Markt und ihr Verlust für Anna darum kein Drama, denn ein Ersatz sei schnell gefunden. Und als Jasmines Agentin würde sie viel Geld verdienen.

»Ich bin damit einverstanden, den Vertrag mit Jasmine auf Hamid Hussein zu übertragen«, hatte ihre Lebensgefährtin sofort gesagt. »Über den Rest reden wir später.«

Wieso hatte sie die Bedingung so schnell akzeptiert? Sie, die Frau, die für alles verantwortlich war, was neuerdings in Jasmines Leben geschah? Warum wollte sie sich jetzt leichten Herzens von ihr trennen? War Jasmine dem Menschen, den sie auf dieser Welt am meisten liebte, plötzlich egal?

Der Mann hatte seinen BlackBerry aus der Tasche gezogen.

»Wir schicken die Pressemitteilung gleich ab. Geschrieben ist sie bereits: ›Ich bin überglücklich über die Gelegenheit –‹«

»Moment mal. Ich bin nicht überglücklich.«

Ihre Lebensgefährtin hatte dann angefangen, den Text durchzusehen, hatte ›überglücklich‹ durch ›glücklich‹, ›Gelegenheit‹ durch ›Einladung‹ ersetzt. Sie prüfte jeden Satz sorgfältig, Wort für Wort. Sie verlangte, dass ein unsinniger Preis genannt wurde, womit die beiden Männer zuerst absolut nicht damit einverstanden waren – das könnte sich inflationär auf den Markt auswirken, meinten sie. Dann gäbe es eben keinen Vertrag, kam die Antwort. Daraufhin hatten sich die beiden Männer entschuldigt und waren zum Telefonieren hinausgegangen. Kurz darauf kamen sie wieder herein. Sie würden etwas Vages angeben – einen Vertrag über eine mehr als sechsstellige Summe, ohne den genauen Betrag zu nennen. Sie schüttelten beiden Frauen die Hand, brachten noch ein paar lobende Worte zur Kollektion und zum Model zustande, steckten Notebook und Drucker wieder in die Aktentasche und baten darum, auf dem Mobiltelefon des einen eine formelle mündliche Übereinkunft aufnehmen zu dürfen, als Beweis dafür, dass die Jasmine betreffenden Verhandlungen zum Abschluss gekommen waren. Sie schärften Jasmine noch einmal ein, sich nur ja in einer Viertelstunde fertig umgezogen bereitzuhalten, denn die Gala an diesem Abend sei bereits Teil des Vertrages, den sie gerade abgeschlossen hatten. Dann verschwanden sie ebenso schnell, wie sie gekommen waren, der eine mit dem Handy am Ohr, weil er bereits wieder telefonierte.

»Na, dann mal los!«, hatte Anna Dieter gerufen, als sie allein waren.

»Wie kommst du dazu, einfach so über mein Leben zu bestimmen?«, hatte Jasmine heftig zurückgegeben. »Du weißt, dass ich nicht einverstanden bin! Du hast mich noch nicht einmal gefragt! Ich will für niemand anderen als dich arbeiten.«

Daraufhin hatte ihre Lebensgefährtin nur ruhig aus den auf dem Boden verstreuten Kleidern das schönste ausgesucht – ein weißes Modell mit aufgestickten Schmetterlingen –, kurz überlegt, welche Schuhe und welche Handtasche am besten dazu passen würden, und sich dann schnell entschieden. Es galt, keine Zeit zu verlieren.

»Sie haben vergessen zu sagen, dass du heute Abend ein Modell von HH tragen sollst. Das gibt uns die Gelegenheit, etwas aus meiner Kollektion zu zeigen.«

Jasmine traute ihren Ohren nicht.

»Nur deshalb?«

»Ja, nur deshalb.«

Die beiden standen voreinander, schauten sich direkt in die Augen.

»Du lügst.«

»Ja, ich lüge.«

Sie fielen einander um den Hals.

»Seit dem Wochenende am Strand, als wir die ersten Fotos gemacht haben, wusste ich, dass dieser Augenblick kommen würde. Es hat etwas gedauert, aber du bist jetzt neunzehn und alt genug, eine solche Herausforderung anzunehmen. Es hatten mich zuvor schon andere angesprochen. Ich habe immer nein gesagt und mich dabei gefragt, ob ich es aus Eifersucht tat, weil ich dich nicht verlieren wollte, oder weil du noch nicht bereit warst. Heute, als ich Hamid Hussein im Publikum sah, wusste ich, dass er nicht nur dort war, um Ann Salens die Ehre zu erweisen –

er musste etwas anderes im Sinn haben, und das konntest nur du sein.

Als er mir dann ausrichten ließ, dass er mit uns sprechen wolle, wusste ich erst nicht genau, was ich tun sollte, gab ihm aber den Namen unseres Hotels an. Ich war nicht überrascht, als die beiden mit dem Vertragsentwurf anrückten.«

»Aber warum hast du den Vertrag angenommen?«

»Weil derjenige, der liebt, Freiheit gewährt. Dein Potential ist zu groß für das, was ich dir bieten kann. Ich segne deine Schritte. Ich möchte, dass du alles erhältst, was du verdienst. Wir bleiben zusammen, denn dir gehören mein Herz, mein Körper, meine Seele.

Aber ich werde meine Unabhängigkeit bewahren, obwohl ich weiß, dass in der Mode Paten wichtig sind. Wenn Hamid sich tatsächlich an mich wenden und mir vorschlagen würde, mein Label zu übernehmen, hätte ich kein Problem damit, es ihm zu verkaufen und für ihn zu arbeiten. Aber in der Verhandlung vorhin ging es nicht um mein Talent, sondern um dich. Ich wäre mir selbst untreu geworden, wenn ich auf diesen Teil des Vorschlages eingegangen wäre.«

Sie küsste Jasmine.

»Das kann ich nicht annehmen. Als ich dich kennenlernte, war ich nur ein verschrecktes Mädchen, das aus Feigheit eine falsche Zeugenaussage gemacht hatte. Ich war unglücklich, weil die Verbrecher freikamen, und erwog ernsthaft, Selbstmord zu begehen. Dir habe ich zu verdanken, dass mein Leben eine Wendung zum Guten genommen hat.«

Ihre Lebensgefährtin bat sie, vor dem Spiegel Platz zu nehmen. Bevor sie sie frisierte, strich sie ihr zärtlich übers Haar.

»Und als ich dich kennenlernte, hatte auch ich meine Lebensfreude verloren. Ein Mann hatte mich wegen einer jüngeren, reicheren Frau verlassen, und ich war gezwungen, mich als Fotografin durchzuschlagen. Die Wochenenden verbrachte ich zu Hause, las, surfte im Internet oder schaute alte Filme im Fernsehen an. Mein großer Traum, Mode zu machen, schien in immer weitere Ferne zu rücken, denn ich bekam die nötige Finanzierung nicht zusammen und ertrug es nicht mehr, an Türen zu klopfen, die sich nicht öffneten, oder mit Leuten zu reden, die mir nicht zuhörten.

Dann bist du aufgetaucht. An dem Wochenende, das muss ich gestehen, habe ich mehr an mich selbst gedacht: Ich hatte einen einmaligen Schatz gefunden und wusste, dass ich mit dem Abschluss eines Exklusivvertrages ein Vermögen machen könnte. Ich habe dir sogar vorgeschlagen, deine Agentin zu sein, erinnerst du dich daran? Aber nicht weil ich dich vor der Welt beschützen wollte, sondern weil ich damals genauso eigennützig war wie Hamid Hussein heute. Ich wusste, wie ich meinen Schatz nutzen konnte. Ich würde durch die Fotos reich werden.«

Sie gab Jasmines Frisur den letzten Schliff.

»Und du hast mir, obwohl du erst sechzehn warst, gezeigt, wie Liebe einen Menschen verändern kann. Durch dich habe ich herausgefunden, wer ich bin. Um der Welt dein Talent zu zeigen, habe ich die Kleider gezeichnet, die du tragen würdest – Kleider, die ich schon lange im Kopf gehabt hatte und die darauf warteten, mit Stoffen, Stickereien, Accessoires Gestalt anzunehmen. Wir sind den Weg zusammen gegangen, haben zusammen gelernt, obwohl ich fast doppelt so alt bin wie du. Nach und nach wurden einige Leute auf meine Arbeit aufmerksam, beschlossen, Geld in mich zu investieren. Zum ersten Mal konnte ich umsetzen, wovon ich immer geträumt hatte. Wir sind zusammen nach Cannes gekommen. Kein Vertrag kann uns je trennen.«

Sie ging ins Bad und holte die Tasche mit den Schminkutensilien. Ihr Tonfall war jetzt geschäftsmäßiger.

»Du musst heute Abend umwerfend aussehen. Nur wenige Models treten so wie du unvermittelt aus der Anonymität heraus und werden über Nacht berühmt, deshalb wird sich die Presse auf dich stürzen. Sag ihnen, du kennst keine Details! Das reicht. Sie werden trotzdem nicht lockerlassen. Schlimmer noch, sie werden dir Antworten in den Mund legen wollen wie: ›Ich habe immer davon geträumt, für Hamid Hussein zu arbeiten‹, oder: ›Ich mache gerade einen wichtigen Schritt in meiner Karriere.‹«

Dann begleitete sie Jasmine hinunter. Der Chauffeur hielt den Wagenschlag auf.

»Halte dich daran! Du kennst die Details des Vertrages nicht, deine Agentin kümmert sich darum. Und genieß die Gala!«

Die Gala.

In Wahrheit das Galadinner – aber Jasmine sieht weder Tische noch Essen, nur Kellner, die mit allen möglichen Getränken, auch Mineralwasser, hin und her gehen. Es bilden sich kleine Gruppen. Leute, die allein gekommen sind, wirken verloren. Die Gala findet in einem riesigen Garten statt, in dem überall Sessel und Sofas verteilt sind. Auf einigen etwa einen halben Meter hohen Pfeilern tanzen spärlich bekleidete Models mit vollkommenen Körpern zu Musik, die aus strategisch klug versteckten Lautsprechern kommt.

Immer mehr berühmte Leute treten ein. Die Gäste wirken glücklich. Sie lächeln und gehen so vertraut miteinander um, als würden sie sich schon viele Jahre kennen. Jasmine weiß, dass dies nicht stimmt. Sie begegnen einander nur bei Veranstaltungen wie dieser, erinnern sich nie an den Namen der Person, mit der sie gerade sprechen, müssen aber allen zeigen, dass sie einflussreich und bekannt sind, bewundert werden und jede Menge Kontakte haben.

Die junge Frau, die anfangs so verärgert geschaut hat, zeigt jetzt, dass sie sich ebenso verloren fühlt wie Jasmine. Sie bittet sie um eine Zigarette und stellt sich vor. Wenige Minuten später kennt Jasmine bereits ihr ganzes Leben. Sie lotst sie mit zur Brüstung, von wo sie gemeinsam aufs Meer hinausschauen, während immer mehr Berühmte und Unbekannte hereinströmen. Sie finden jetzt heraus, dass beide, wenn auch bei unterschiedlichen Projekten, für denselben Mann arbeiten. Beide kennen ihn nicht, und bei beiden ist alles an diesem einen Tag passiert.

Immer wieder kommen Männer vorbei und versuchen, die jungen Frauen in ein Gespräch zu verwickeln, aber die beiden beachten sie nicht. Jasmine hat genau jemanden wie Gabriela gebraucht, um über ihr Gefühl von Verlorenheit reden zu können, das sie trotz der liebevollen Worte ihrer Lebensgefährtin erfüllt. Müsste sie zwischen ihrer Karriere und der Liebe ihres Lebens wählen, gäbe es für sie keinen Zweifel – sie würde immer die Liebe über die Karriere stellen, auch wenn man ihr das als pubertär auslegen würde. Die Liebe ihres Lebens hat sie gedrängt, sich für die Karriere zu entscheiden. Und damit Anna stolz auf sie sein kann und damit Jasmine ihr dankbar ist – für die Umsicht, mit der sie ihre Schritte gelenkt, für die liebevolle Art, wie sie auf ihre Fehler reagiert, und dafür, dass sie sie immer unterstützt hat, mit Taten und Worten. Auch wenn sie manchmal heftig gewesen waren, hatte doch immer Begeisterung darin mitgeschwungen.

Und auch Gabriela brauchte jetzt jemanden wie Jasmine, den sie um Rat bitten kann, und um sich in diesem Augenblick weniger allein zu fühlen. In Jasmine hat sie einen lebenden Beweis dafür gefunden, dass jedem ein so großes Glück zuteilwerden kann. Sie ist froh, jemandem erzählen zu können, wie sehr es sie ängstigt, dass ihr Begleiter sie einfach mir nichts dir nichts stehen ließ, obwohl es doch seine Aufgabe war, sie anderen Leuten vorzustellen.

»Er glaubt, seine Gefühle verbergen zu können. Aber ich ahne, dass da irgendetwas Schlimmes passiert ist.«

Jasmine sagt, sie soll sich keine Sorgen machen, sich entspannen, etwas Champagner trinken, die Musik und den Meerblick genießen. Es werde immer Unvorhergesehenes passieren, und es gebe ein Heer von Leuten, deren Aufgabe es sei, so damit umzugehen, dass niemand, wirklich niemand mitbekam, was hinter den Kulissen von Luxus und Glamour geschah. Der Filmstar werde sicher gleich kommen.

»Es wäre schön, wenn du noch ein bisschen hier bei mir bleiben würdest. Es wird sicher nicht lange dauern.«

Jasmine verspricht ihr, noch etwas zu bleiben. Sie ist jetzt Gabrielas einzige Freundin in dieser neuen, fremden Welt.

Sie mag zwar ihre einzige Freundin sein, aber Jasmine ist

viel jünger, und das gibt Gabriela das Gefühl, bereits zu alt für einen Neuanfang zu sein. Der berühmte Filmschauspieler hat sich unterwegs zum Palais des Congrès als jemand ganz und gar Oberflächliches erwiesen. Sein anfänglicher Zauber ist verflogen. Und so nett und sympathisch die junge Frau da neben ihr auch ist, Gabriela braucht für diesen Abend einen männlichen Begleiter. Sie bemerkt den Mann, den sie vorher an der Bar gesehen hat. Er lehnt jetzt an der großen Brüstung des Gartens, hat dem bunten Treiben den Rücken zugekehrt und schaut aufs Meer. Er hat Charisma, sieht gut aus, wirkt elegant, geheimnisvoll. Wenn der richtige Augenblick gekommen ist, wird sie ihrer neuen Freundin vorschlagen, zu ihm zu gehen und ein Gespräch anzufangen – worüber auch immer.

Heute ist trotz allem ihr Glückstag, und dazu gehört, dass sie eine neue Liebe trifft.

20 Uhr 21

Der Gerichtsmediziner, der Kommissar, Inspektor Savoy und eine vierte Person, die der Kommissar mitgebracht, die sich aber nicht vorgestellt hat, sitzen an einem Tisch.

Sie haben sich nicht zusammengesetzt, um über den jüngsten Mord zu reden, sondern um eine gemeinsame Erklärung für die vor dem Krankenhaus versammelten Journalisten zu verfassen. Eben gerade ist ein weltbekannter Filmschauspieler gestorben, ein berühmter Regisseur liegt auf der Intensivstation, und die Nachrichtenagenturen der ganzen Welt haben ihren Mitarbeitern offenbar unmissverständlich klargemacht: Entweder bekommt ihr etwas Konkretes heraus, das wir drucken können, oder ihr werdet gefeuert.

»Die Gerichtsmedizin ist eine der ältesten Wissenschaften der Welt. Ihr haben wir es zu verdanken, dass die Spuren von Giften zurückverfolgt, Gegengifte entwickelt werden konnten. Dennoch haben Herrscher und Adlige es stets vorgezogen, einen ›Vorkoster‹ zu haben, um unangenehmen Überraschungen vorzubeugen.«

Savoy hatte den ›Weisen‹ bereits am Nachmittag getroffen. Diesmal überlässt er es dem Kommissar, einzugreifen und den hochtrabenden Vortrag zu unterbrechen.

»Es ist jetzt nicht der Zeitpunkt, mit Bildung zu protzen, Herr Doktor. In der Stadt läuft ein Mörder frei herum.«

Doch der Arzt lässt sich nicht beirren.

»Als Pathologe steht es mir nicht zu, mich zu einem Verbrecher zu äußern. Aber ich kann die Todesursache bestimmen, die benutzte Waffe, die Identität des Opfers und mehr oder weniger auch den Zeitpunkt, zu dem das Verbrechen begangen wurde.«

»Sehen Sie einen Zusammenhang zwischen beiden Todesfällen? Gibt es eine Verbindung zwischen dem versuchten Mord an dem Filmverleiher und dem Mord an dem Filmschauspieler?«

»Ja. Beide haben beim Film gearbeitet.«

Er schmunzelt. Die anderen bleiben ernst, offenbar sind sie ziemlich humorlos.

»Die einzige Verbindung zwischen beiden Fällen besteht darin, dass Gifte verwendet wurden, die sehr schnell wirken. Die große Überraschung beim zweiten Mord ist die Verpackung der Blausäure. Im Umschlag gab es eine feine, vakuumversiegelte Plastikmembran, die aber beim Öffnen des Umschlags leicht zu zerreißen war.«

»Könnte dieser Umschlag hier hergestellt worden sein?«, fragt der vierte Mann; er hat einen starken ausländischen Akzent.

»Schon möglich. Aber es wäre sehr schwierig, denn das Verfahren ist sehr komplex, und derjenige, der den Umschlag präpariert hat, wusste genau, dass dieser dazu dienen würde, einen Mord zu begehen.«

»Mit anderen Worten, der Mörder hat den Umschlag nicht selber präpariert.«

»Ich bezweifle es. Höchstwahrscheinlich hat er eine Gruppe von Spezialisten damit beauftragt. Beim Curare könnte der Täter selbst die Nadel in das Gift getaucht haben, aber bei Blausäure sind besondere Methoden erforderlich.«

Savoy denkt an Marseille, an Korsika, an Sizilien, an die Länder in Osteuropa, an Terroristengruppen im Nahen Osten. Er verlässt kurz den Raum, ruft EUROPOL an, erklärt den Ernst der Lage. Er bittet um eine Liste aller Laboratorien, die solche Waffen herstellen können.

Er wird an jemanden weitergereicht, der sagt, ein ganz ähnliches Ansinnen sei gerade von einem der US-Geheimdienste gekommen. Was denn los sei?

»Nichts. Aber melden Sie sich bitte, sobald Sie eine Spur haben, ich brauche Ihre Antwort in spätestens zehn Minuten!«

»Unmöglich!«, sagt die Stimme am anderen Ende der Leitung. »Wir geben Ihnen die Antwort, sobald wir sie haben, nicht früher und nicht später. Wir müssen einen Antrag stellen, um –«

Savoy legt an dieser Stelle auf und kehrt zur Gruppe zurück.

Elende Bürokratie.

Es scheint bei allen, die für die öffentliche Sicherheit arbeiten, nicht ohne Bürokratie zu gehen. Niemand wagt einen Schritt zu tun, ohne sich zuvor bei seinen Vorgesetzten rückzuversichern. Männer, die eine brillante Karriere vor sich hatten und voller Kreativität und Begeisterung mit ihrer Arbeit angefangen haben, hocken jetzt ängstlich in einer Ecke. Sie wissen, dass sie vor einer ernsten Herausforderung stehen und eigentlich schnell handeln müssten, doch Hierarchie und die Rückversicherung nach oben ist wichtiger. Die Presse wartet nur darauf, der Polizei Brutalität vorwerfen zu können, die Steuerzahler beklagen sich, dass nichts geschieht – beides ist Grund genug, die Verantwortung nach oben weiterzureichen.

Savoys Anruf ist reiner Bluff. Der Inspektor weiß bereits, wer der Mörder ist. Er wird ihn allein festnehmen, niemand anders wird sich für die Lösung des größten Falles der Polizei von Cannes die Lorbeeren anstecken können. Er muss kaltblütig bleiben, kann aber gleichzeitig das Ende dieses Treffens kaum erwarten.

Als er sich wieder zu den anderen an den Tisch setzt, eröffnet ihm der Kommissar, Stanley Morris, der große Spezialist von Scotland Yard, habe gerade aus Monte Carlo angerufen. Seiner Ansicht nach müssten sie sich keine Sorgen machen, der Täter würde kaum noch einmal dieselbe Waffe benutzen.

»Wir könnten es mit einer neuen Terrordrohung zu tun haben«, sagt der Ausländer.

»Das ist durchaus möglich«, pflichtet ihm der Kommissar bei. »Aber im Gegensatz zu Ihnen wollen wir auf gar keinen Fall, dass die Bevölkerung in Panik gerät. Wir müssen hier eine Pressemitteilung formulieren, damit die Journalisten nicht selber ihre Schlüsse ziehen und sie heute Abend in den Fernsehnachrichten verbreiten. Wir haben es mit einzelnen terroristischen Akten zu tun: möglicherweise einem Serienmörder.«

»Aber –«

»Kein ›aber‹ ...!« Die Stimme des Kommissars klingt jetzt hart und autoritär. »Die Botschaft Ihres Landes wurde kontaktiert, weil der Tote von dort stammt. Sie sind hier, weil wir Sie hergebeten haben. Im Falle der beiden anderen

Opfer, die Amerikaner waren, hat niemand es für nötig befunden, einen Vertreter zu schicken, obwohl in einem der beiden Fälle ebenfalls Gift verwendet worden ist.

Wenn Sie uns hier jetzt glauben machen wollen, dass wir es mit einer kollektiven Drohung zu tun haben, in der biologische Waffen angewendet werden, können Sie sofort gehen. Wir werden aus einem Kriminalfall keinen politischen Fall machen. Wir wollen hier nämlich nächstes Jahr wieder ein Filmfestival mit dem üblichen Glanz und Glamour haben, und darum glauben wir dem Spezialisten von Scotland Yard und werden eine Pressemitteilung entwerfen, die seinen Ausführungen folgt.«

Der Ausländer schweigt.

Der Kommissar ruft einen Assistenten, bittet ihn, zu den Journalisten zu gehen und ihnen zu sagen, dass sie in zehn Minuten die Informationen erhalten werden, auf die sie warten. Der Gerichtsmediziner sagt, es sei möglich, die Herkunft der Blausäure zurückzuverfolgen, weil sie eine ›Handschrift‹ hinterlasse, doch das könne mehr als zehn Minuten dauern – möglicherweise eine ganze Woche.

»Es gibt Spuren von Alkohol in seinem Organismus. Die Haut ist rot, der Tod ist also fast sofort eingetreten. Es gibt keinen Zweifel darüber, welches Gift verwendet wurde. Wäre es eine Säure gewesen, hätten wir Verätzungen an Nase und Mund gefunden; im Falle von Belladonna wären die Pupillen erweitert, und –«

»Herr Doktor, wir wissen, dass Sie Medizin studiert haben und die Todesursache bestimmen können, und wir zweifeln auch nicht an Ihrer Kompetenz. Wir folgern also daraus, dass es sich um Blausäure handelt.«

Der Mediziner nickt und beißt sich auf die Lippe, schluckt seinen Ärger herunter.

»Und was ist mit dem zweiten Mann im Krankenhaus, dem Filmregisseur?«

»Wir behandeln ihn mit reinem Sauerstoff, alle zehn Minuten werden intravenös sechshundert Milligramm Kelcyanor gegeben, und wenn das nicht hilft, können wir eine fünfundzwanzigprozentige Natriumtrisulphatlösung zugeben.«

Die Stille im Raum ist fast mit Händen zu greifen.

»Verzeihung. Die Antwort ist: Er kommt durch.«

Der Kommissar notiert sich etwas auf einem gelben Zettel. Er hat keine Zeit zu verlieren, dankt allen, sagt dem Ausländer, er solle, um Spekulationen zu vermeiden, nicht mit ihnen zusammen hinausgehen. Dann geht er kurz ins Bad, rückt die Krawatte zurecht, bittet Savoy, dies auch zu tun.

»Morris hat gesagt, der Mörder werde das nächste Mal nicht wieder Gift verwenden. Er meint, der Mörder folge womöglich unbewusst einem Muster. Welches könnte das sein?«

Savoy hat auf der Rückfahrt von Monte Carlo auch schon darüber nachgedacht. Ja, es gibt eine Handschrift, die möglicherweise nicht einmal der große Inspektor von Scotland Yard bemerkt hat.

Opfer auf der Parkbank: Der Täter befindet sich in der Nähe.

Opfer beim Lunch: Der Täter ist nicht in der Nähe.

Opfer auf dem Pier: Der Täter befindet sich in der Nähe.

Opfer im Hotel: Der Täter ist nicht in der Nähe.

Also wird bei der nächsten Tat der Täter in der Nähe des

Opfers sein. Besser gesagt: Das ist der Plan, dem der Täter folgen wird, sofern er nicht in den nächsten dreißig Minuten gefasst wird. Das hat sich Savoy alles aus Bemerkungen seiner Kollegen in der Polizeiwache zusammengereimt, die ihm diese Informationen weitergegeben haben, ohne ihnen große Bedeutung beizumessen. Und Savoy hat ihnen zuerst auch keine große Bedeutung beigemessen. Doch inzwischen hat er das fehlende Bindeglied, die richtige Spur, das einzige Stück in dem Puzzle, das noch fehlte.

Sein Herz klopft wie wild: Sein ganzes Leben lang hat er davon geträumt, und diese verdammte Versammlung hat überhaupt nicht aufgehört.

»Hören Sie mir überhaupt zu?«

»Ja, Herr Kommissar.«

»Also, eines sollten Sie wissen: Die Leute dort draußen erwarten keine offizielle Erklärung mit technischen Details, keine genauen Antworten auf ihre Fragen. Tatsächlich werden sie alles tun, damit wir das antworten, was sie hören wollen. Aber wir dürfen ihnen nicht auf den Leim gehen. Sie sind nicht hergekommen, um uns zuzuhören, sondern um uns zu sehen. – Und damit ihr Publikum uns ebenfalls sehen kann«, sagt der Kommissar blasiert, als hätte er als Einziger in diesem Fall den Überblick.

Offensichtlich war das Protzen mit dem eigenen Wissen nicht nur ein Vorrecht Morris' oder des Gerichtsmediziners – alle hatten so eine indirekte Art, zu verstehen zu geben: ›Ich verstehe etwas von meiner Arbeit.‹

»Seien Sie präsent! Besser gesagt: Ihr Körper und Ihr Gesicht werden mehr als Worte sagen. Ihr Blick muss fest, Ihr Kopf erhoben sein, die Schultern müssen locker hängen und leicht nach hinten gedrückt sein. Hochgezogene Schultern sind ein Zeichen für Anspannung und ein untrügliches Signal dafür, dass wir völlig im Dunkeln tappen.«

»Jawohl, Herr Kommissar!«

Sie treten aus dem Eingang des Gerichtsmedizinischen Instituts. Scheinwerfer gehen an, Mikrofone werden hingehalten, Leute fangen an zu drängeln. Nach ein paar Minuten ordnet sich das Durcheinander. Der Kommissar zieht einen gelben Zettel aus der Tasche.

»Der berühmte Filmstar wurde mit Blausäure getötet, einem tödlichen Gift, das auf unterschiedliche Weise angewandt werden kann, in diesem Fall als Gas. Der Filmregisseur wird mit dem Leben davonkommen. In seinem Fall handelt es sich um einen Unfall; er ist in einen geschlossenen Raum getreten, in dem noch Reste von Blausäure in der Luft lagen. Den Sicherheitskräften fiel auf den Monitoren auf, dass ein Mann den Flur entlangkam, in eines der Zimmer ging, fünf Minuten später wieder herauskam und auf dem Hotelflur zusammenbrach.«

Der Kommissar verschweigt, dass das betreffende Zimmer von der Kamera nicht erfasst wurde. Eine Auslassung ist keine Lüge.

»Die Sicherheitskräfte haben unverzüglich reagiert und gleich einen Arzt geschickt. Der bemerkte sofort den Bittermandelgeruch der Blausäure, die aber bereits so verdünnt war, dass sie keinen Schaden mehr anrichten konnte. Die Polizei war fünf Minuten später am Tatort, hat den Bereich abgesperrt, einen Krankenwagen gerufen, die Ärzte kamen ihm mit Sauerstoffmasken zu Hilfe.«

Savoy ist von der Lockerheit des Kommissars ehrlich beeindruckt. Muss man einen Kurs in Public Relations machen, wenn man Kommissar werden will?

»Das Gift kam in einem Umschlag, dessen Aufschrift wir bislang weder einem Mann noch einer Frau zuordnen konnten. Im Umschlag steckte ein Zettel.«

Kein Wort darüber, dass die Technik, mit der der Umschlag verschlossen wurde, äußerst raffiniert war; es ist höchst unwahrscheinlich, dass einer der anwesenden Journalisten darüber Bescheid weiß, obwohl später entsprechende Fragen unausweichlich sein würden. Der Kommissar sagt auch nicht, dass ein anderes Mitglied der Filmindustrie am Nachmittag ebenfalls vergiftet worden ist. Offenbar gehen alle davon aus, der berühmte Filmverleiher sei an einem Herzinfarkt gestorben, obwohl niemand von der Polizei das behauptet hatte. Es ist gut, zu wissen, dass die Presse manchmal – aus Faulheit oder Nachlässigkeit – zu ihren eigenen Schlussfolgerungen und damit der Polizei nicht ins Gehege kommt.

»Was stand auf dem Zettel?«, lautet die erste Frage.

Der Kommissar erklärt, dass er darüber jetzt nichts sagen dürfe, weil es sonst die Ermittlungen behindern könnte. Savoy merkt allmählich, wohin der Kommissar die Pressekonferenz lenken will, und kann nicht umhin, ihn erneut zu bewundern – der Mann hat seinen Posten wirklich verdient.

»Könnte es ein Verbrechen aus Leidenschaft sein?«, fragt jemand.

»Alle Möglichkeiten werden diskutiert. Und jetzt, meine Damen und Herren, müssen wir wieder an die Arbeit.«

Der Kommissar steigt in den Polizeiwagen, stellt die Sirene an und braust davon. Savoy geht zu seinem Fahrzeug. Er ist stolz auf seinen Chef. Großartig! Er kann sich die Schlagzeilen bereits vorstellen, die kurz darauf erscheinen werden:

›Filmstar wird Opfer eines Verbrechens aus Leidenschaft.‹

Nichts kann hier mehr Interesse wecken als das. Berühmt wie der Filmschauspieler war, drängt sein Tod alle anderen Morde in den Hintergrund. Wen kümmert daneben schon ein armes, möglicherweise drogensüchtiges Mädchen, das auf einer Parkbank gefunden wurde? Oder der Herzinfarkt eines Filmverleihers mit hennagefärbtem Haar bei einem der offiziellen Lunchs? Was soll man über ein Verbrechen – ebenfalls aus Leidenschaft – auf einem entlegenen Pier sagen, in das zwei Personen verwickelt waren, die keiner kennt und die niemals im Scheinwerferlicht gestanden haben? Über so etwas wurde täglich in den Abendnachrichten berichtet, aber interessant wurde es nur, wenn das Opfer jemand Berühmtes war. Und wenn es einen Briefumschlag gab und darin einen Zettel, auf dem etwas stand!

Savoy stellt die Sirene seines Wagens an und fährt in die entgegengesetzte Richtung, zur Polizeiwache. Um keinen Verdacht zu erwecken, benutzt er das Funkgerät im Wagen. Er geht auf die Frequenz des Kommissars.

»Meinen Glückwunsch!«

Der Kommissar ist auch stolz auf sich. Sie haben ein paar Stunden gewonnen, vielleicht ein paar Tage, aber beide wissen, dass es einen Serienmörder gibt, der raffinierte Waffen benutzt. Er ist männlich, grauhaarig, gut gekleidet, etwa 40 Jahre alt. Er ist in der Kunst des Tötens versiert. Er könnte sich mit den bereits begangenen Morden zufriedengeben oder noch einmal zuschlagen, und zwar jederzeit.

»Schicken Sie Beamte zu allen offiziellen Partys!«, ordnet der Kommissar an. »Die Beamten sollen Ausschau nach allein auftretenden Männern halten, die dieser Beschreibung entsprechen, und sie überwachen. Fordern Sie Verstärkung an, ich möchte diskrete, dem Anlass entsprechend gekleidete Beamte in Zivil. Jeans oder Smoking. Ich wiederhole, bei allen offiziellen Partys. Und wenn wir die Verkehrspolizisten mobilisieren müssen...«

Savoy gibt die Anweisungen sofort weiter. Währenddessen erhält er eine SMS auf seinem Handy: EUROPOL braucht noch mehr Zeit, um die erbetene Liste der Laboratorien zusammenzustellen. Mindestens drei Werktage.

»Schicken Sie mir das bitte schriftlich! Ich möchte nicht die Verantwortung dafür tragen, wenn hier etwas schiefläuft.«

Er lacht sich ins Fäustchen. Bittet auch darum, dass pro forma eine Kopie an den ausländischen Agenten geschickt wird. Er rast mit Höchstgeschwindigkeit ins Hotel Martinez, lässt seinen Wagen am Eingang stehen, versperrt die Auffahrt. Der Portier schimpft, aber Savoy wirft ihm die Autoschlüssel zu, zeigt ihm seine Polizeimarke und rennt hinein.

Er fährt in den ersten Stock hinauf, wo ein Polizist neben der diensthabenden Managerin und einem Kellner steht.

»Wie lange müssen wir hier noch warten?«, erkundigt sich die Managerin. Savoy ignoriert ihre Frage und wendet sich an den Kellner.

»Sind Sie sicher, dass die ermordete Frau, deren Bild in

den Nachrichten gezeigt wurde, dieselbe ist, die heute Nachmittag bei Ihnen auf der Hotelterrasse gesessen hat?«

»Ich bin mir so gut wie sicher. Auf dem Foto sieht sie jünger aus, die Haare sind gefärbt, aber ich bin gewöhnt, mir die Gesichter meiner Kunden zu merken, damit keiner weggehen kann, ohne zu zahlen.«

»Sind Sie sicher, dass sie mit dem Gast zusammen war, der den Tisch reserviert hatte?«

»Absolut. Ein etwa vierzigjähriger Mann, gut gekleidet, mit grauen Schläfen.«

Savoys Herz klopft heftig. Er wendet sich an die Managerin und den Polizisten.

»Gehen wir in sein Zimmer!«

»Haben Sie einen Durchsuchungsbefehl?«, fragt die Managerin.

Savoy verliert für einen Moment seine Kaltblütigkeit.

»Nein, habe ich nicht!«, bellt er. »Ich fülle keine Formulare aus. Wissen Sie, was das Problem in unserem Land ist, Madame? Wir sind alle zu gehorsam! Aber das ist nicht nur unser Problem, sondern das Problem der ganzen Welt! Würden Sie etwa nicht gehorchen, wenn Ihr Sohn in den Krieg geschickt würde? Würde Ihr Sohn etwa nicht gehorchen? Da sehen Sie es! Und wo Sie schon so gehorsam sind, begleiten Sie mich jetzt bitte hinauf, oder ich nehme Sie fest wegen Begünstigung!«

Die Frau ist vor Schreck zusammengezuckt. Brav geht sie mit Savoy und dem anderen Polizisten zum Fahrstuhl, der von ganz oben herunterkommt und in jedem Stockwerk anhält, wo doch jetzt jede Minute zählt und Menschenleben davon abhängen, dass sie schnell handeln. Sie beschließen, die Treppe zu nehmen. Die Managerin schimpft, sie trägt hohe Absätze, aber Savoy sagt, sie solle die Schuhe ausziehen und mitkommen. Sie eilen die Marmorstufen hinauf, ziehen sich an den bronzenen Treppengeländern hoch. Die vor den Fahrstühlen wartenden Gäste, an denen sie vorbeikommen, fragen sich bestimmt, wer die barfüßige Frau mit den Schuhen in der Hand ist, was ein Polizist in Uniform im Hotel macht und warum die drei so rennen? Passiert da gerade etwas Schlimmes? Und wenn ja, warum nehmen sie dann nicht den Fahrstuhl, der doch viel schneller ist? Und die Gäste sagen sich auch: Das verkommt hier ja zu einem fünftklassigen Festival, wenn die Hotels sich bei der Auswahl ihrer Gäste schon keine Mühe mehr geben und wenn die Polizei ins Haus eindringt wie in ein x-beliebiges Bordell. Gleich werden sie sich beim Manager beschweren – ohne zu ahnen, dass es sich bei der Frau ohne Schuhe, die gerade die Treppe hinaufrennt, um ebendiesen Manager handelt.

Sie kommen schließlich an die Tür des Zimmers, in dem der Mörder untergebracht ist. Zu diesem Zeitpunkt hat ein Mitglied der »Flurüberwachungsabteilung« bereits jemanden geschickt, um nachzusehen, was dort los ist. Der erkennt die Managerin, fragt, ob er helfen kann.

Savoy bittet ihn, leiser zu sprechen, ja, er könne helfen. Ob er eine Waffe habe. Der Sicherheitsmann verneint das.

»Bleiben Sie trotzdem hier!«

Sie flüstern. Die Managerin soll an die Tür klopfen, während die drei – Savoy, der Polizist in Uniform und der Sicherheitsmann – sich draußen an die Wand drücken. Savoy zieht seine Waffe aus dem Halfter. Der Polizist in Uniform tut es ihm gleich. Die Managerin klopft dreimal, erhält keine Antwort.

»Er wird ausgegangen sein.«

Savoy bittet sie, mit dem Generalschlüssel zu öffnen. Sie erklärt, darauf sei sie nicht vorbereitet – und selbst wenn sie es wäre, würde sie diese Tür nur mit der Erlaubnis des Generaldirektors öffnen.

Erstaunlicherweise trägt Savoy ihre Weigerung mit Fassung.

»Ach, lassen Sie nur. Dann fahre ich jetzt eben hinunter und warte im Raum der Sicherheitskontrolle. Der Gast wird früher oder später wiederkommen, und ich wäre gern der Erste, der ihn vernimmt.«

»Wir haben eine Fotokopie seines Passes und die Nummer seiner Kreditkarte. Warum sind Sie an diesem Mann interessiert?«

»Das ist jetzt nicht so wichtig.«

21 Uhr 02

Eine halbe Autostunde von Cannes entfernt, in einem anderen Land, in dem dieselbe Sprache gesprochen, dieselbe Währung benutzt wird, es keine Grenzkontrolle gibt, das aber ein ganz anderes politisches System hat als Frankreich – es wird wie in alten Zeiten von einem Fürsten regiert –, sitzt ein Mann vor seinem Computer. Vor einer Viertelstunde hat er eine E-Mail mit der Mitteilung erhalten, dass ein berühmter Schauspieler ermordet wurde.

Morris schaut das Bild des Opfers an: Er hat nicht die geringste Ahnung, um wen es sich handelt, da er lange nicht im Kino war. Aber er muss jemand Wichtiges sein, wenn ein Nachrichtenportal die Nachricht umgehend verbreitet.

Obwohl Morris schon im Ruhestand ist, sind Fälle wie dieser für ihn wie ein großes, faszinierendes Schachspiel, und er hat beim Schach noch nie gern verloren. In diesem Fall geht es nicht um seine Karriere, sondern um sein Selbstwertgefühl.

Es gibt ein paar Regeln, die er immer befolgt hat, als er noch bei Scotland Yard arbeitete: zuerst an alle falschen Möglichkeiten denken. Es war wie eine Lockerungsübung – weil man dann nicht darauf fixiert war, richtigzuliegen. Bei den langweiligen Treffen mit den Kollegen hatte er es immer geliebt, die anderen zu provozieren, indem er sagte:

›All Ihr Wissen stammt aus jahrelanger Erfahrung. Doch diese alten Lösungen sind nur für ebenfalls vergangene Probleme gut. Wenn Sie kreativ sein wollen, vergessen Sie einfach, dass Sie Erfahrung haben!‹

Die höheren Dienstgrade taten dann jedes Mal so, als würden sie sich Notizen machen, die jungen Leute schauten ihn entsetzt an, und das Treffen wurde fortgesetzt, als hätte er nichts gesagt. Aber er wusste, dass seine Botschaft angekommen war und die Vorgesetzten – selbstverständlich ohne ihm die verdiente Anerkennung dafür zu geben – bald anfangen würden, neue Ideen zu verlangen.

Er druckt die Dateien aus, die ihm die Polizei aus Cannes geschickt hat. Er hasst Papierverschwendung, weil er nicht als Mörder des Waldes dastehen möchte, doch manchmal ist es unvermeidbar.

Er beginnt damit, den *modus operandi* oder, anders gesagt, die Vorgehensweise des Täters zu untersuchen. Die Tageszeit (ebenso morgens wie nachmittags wie abends), die Waffe (Hände, Gift, Stilett), Art des Opfers (Männer und Frauen verschiedenen Alters), Annäherung an das Opfer (zwei Morde mit direktem Kontakt, zwei ganz ohne Kontakt), Reaktion der Opfer dem Täter gegenüber (in allen Fällen nicht vorhanden).

Wenn er spürt, dass er vor einem Tunnel ohne Ausgang steht, lässt er seine Gedanken am liebsten schweifen, während sein Unbewusstes weiterarbeitet. Er geht auf die Website der New York Stock Exchange, studiert die Börsenkurse. Da er selber kein Geld in Aktien angelegt hat, gibt es für ihn nichts Langweiligeres, aber genauso funktioniert es: Die langjährige Erfahrung analysiert alle bislang gespeicherten Informationen, die Intuition formuliert derweil neue und kreative Antworten. Als zwanzig Minuten später sein Kopf ganz leer ist, schaut er wieder in die Dateien.

Das Verfahren hat Erfolg: Die Morde weisen doch Gemeinsamkeiten auf.

Der Mörder ist gebildet. Er wird Tage, Wochen in einer Bibliothek verbracht, studiert haben, wie er seine Vorhaben am besten umsetzen soll. Er kann mit Giften umgehen – und wird nicht selber mit der Blausäure hantiert haben. Er hat genug Anatomiekenntnisse, um das Stilett an der richtigen Stelle, ohne auf einen Knochen zu treffen, in den Körper zu stoßen. Er kennt sich mit Curare aus. Möglicherweise hatte er etwas über Serienverbrechen gelesen und weiß deshalb, dass die Polizei über eine Art »Handschrift« immer zum Täter findet, und hat darum seine Morde ganz unterschiedlich, ohne einen *modus operandi,* ausgeführt.

Doch das ist unmöglich: Das Unbewusste des Mörders hat ohne Frage seine Handschrift hinterlassen – nur kann Morris sie bislang nicht entziffern.

Dann gibt es noch etwas Wichtiges: Geld. Genug, um einen Kurs in Sambo zu machen und um ganz sicher zu sein, welche Punkte am Körper des Opfers er berühren muss, um es zu lähmen. Der Mörder verfügt auch über Kontakte, denn die Gifte hat er schließlich nicht in der Apotheke an der Ecke gekauft. Es sind raffinierte chemische Waffen, deren Herstellung er bestimmt anderen überlassen hat und deren Anwendung einiges Können voraussetzt.

Außerdem arbeitet er schnell, woraus Morris schließt, dass der Mörder nicht mehr lange in Cannes bleiben wird. Vielleicht noch eine Woche, vielleicht noch ein paar Tage.

Was könnte der Täter beabsichtigen?

Wenn es Morris jetzt nicht gelingt, zu einer Schlussfolgerung zu kommen, dann kann es nur daran liegen, dass er sich an die Spielregeln gewöhnt und jene Unschuld verloren hat, die er seinen Untergebenen früher immer abverlangte. Aber erwarten das letztlich nicht alle von einem? Dass man im Laufe seines Lebens mittelmäßig wird und die Begeisterung verliert? Und das Alter wird von der Gesellschaft als Stigma, nicht als Zeichen von Weisheit angesehen. Alle glauben, dass jemand über fünfzig nicht mehr imstande ist, sich den schnellen Veränderungen in der heutigen Welt anzupassen.

Selbstverständlich kann er nicht mehr so schnell laufen wie früher, und er braucht eine Lesebrille. Aber sein Verstand ist klarer denn je – jedenfalls möchte er das gern glauben.

Aber was ist nun mit den Morden? Wenn er so intelligent ist, wie er glaubt, warum gelingt es ihm dann nicht, die Lösung zu finden, was ihm anfangs so einfach vorgekommen ist?

Im Augenblick sieht er diese Lösung nicht. Es bleibt ihm nichts anderes übrig, als zu warten, bis der nächste Mord geschieht.

21 Uhr 11

Ein Paar kommt vorbei, beglückwünscht ihn lächelnd zu seinen schönen Begleiterinnen.

Igor lächelt zurück. Etwas Zerstreuung tut ihm gut. Bald wird die heißerwartete Begegnung stattfinden. Er ist es gewohnt, Druck auszuhalten. Er muss an die Patrouillengänge im Afghanistankrieg denken. Damals hatten er und seine Kameraden vor jeder gefährlicheren Mission getrunken, über Frauen und Fußball geredet, sich unterhalten, als wären sie nicht in der Nähe von Kabul, sondern zu Hause in ihren Dörfern und säßen mit ihren Familien und Freunden um einen Tisch. Damit beruhigten sie ihre Nerven, wurden wieder ganz sie selber und waren für die Herausforderungen des kommenden Tages besser gerüstet.

Als guter Soldat weiß Igor, dass Kampf nichts mit Streit zu tun hat, sondern mit einem Ziel, das erreicht werden muss. Als gutem Strategen (schließlich ist er aus dem Nichts gekommen und hat sein kleines Unternehmen zu einem der anerkanntesten Russlands gemacht) ist ihm bewusst, dass dieses Ziel immer dasselbe bleiben muss, wohingegen sich die Motivation, die einen anfangs geführt hat, im Laufe der Zeit ändern kann. Genau das ist heute im Laufe des Tages passiert. Er ist aus einem bestimmten Grund nach Cannes gekommen, doch erst als er handelte, wurden ihm seine wahren Motive bewusst. Er ist die letzten Jahre wie blind gewesen, erst jetzt sieht er alles ganz klar, erst jetzt ist ihm eine Erleuchtung zuteil geworden.

Und aus genau diesem Grunde muss er seinen Weg bis zum Ende gehen. Seine Entscheidungen hat er wie immer im Leben mutig, uneigennützig und manchmal mit einem Quentchen Verrücktheit getroffen – nicht mit der zerstörerischen, sondern mit *der* Verrücktheit, die den Menschen dazu bringt, über seine Grenzen hinauszugehen. Er hat es zu etwas gebracht, weil er im entscheidenden Augenblick diese kontrollierte Verrücktheit hat spielen lassen. Seine Freunde, die gerade noch gesagt hatten »Du riskierst zu viel«, änderten von einer Sekunde zur nächsten ihre Meinung in »Ich war sicher, dass du den richtigen Schritt tust«. Er ist innovativ, risikofreudig, überrascht immer alle mit neuen Ideen.

Doch hier in Cannes ist er unnötige Risiken eingegangen – vielleicht liegt es an der fremden Umgebung, vielleicht am mangelnden Schlaf. Sonst hätte alles früher enden können. Wäre das geschehen, hätte er nie diesen Augenblick geistiger Klarheit erreicht, der ihn die Frau, die er zu lieben glaubte und derentwegen er jedes Opfer auf sich nahm, mit anderen Augen sehen ließ. Er erinnert sich an den Augenblick, in dem er zu dem Polizisten gegangen ist, um seinen ersten Mord zu gestehen. Da hat die Veränderung eingesetzt. Ab dann hat ihn der Geist des Mädchens mit den dichten Augenbrauen beschützt und ihm erklärt, dass er das Richtige tat, allerdings aus den falschen Gründen. Liebe anhäufen bedeutet Glück, Hass anhäufen bedeutet Unglück. Wer den Zugang zu den Problemen nicht erkennt, lässt das

Tor zu ihnen am Ende offen stehen, und das Unglück kann hereinkommen.

Er hat die Liebe des Mädchens angenommen. Er ist ein Werkzeug Gottes gewesen, das geschickt worden war, um es vor einer düsteren Zukunft zu retten; jetzt hilft es ihm weiterzumachen.

Ihm ist bewusst, dass er unmöglich an alles denken kann und dass seine Mission auch jetzt noch vorzeitig abgebrochen werden könnte. Aber es gibt keinen Grund zur Klage oder zu Befürchtungen: Er hat getan, was er konnte, keine Fehler gemacht, aber wenn Gott nicht will, dass er seine Mission zu Ende führt, muss er dessen Entscheidung hinnehmen.

Entspann dich!, ermahnt er sich. Unterhalte dich mit den Mädchen. Wenn du deinen Muskeln jetzt Ruhe gönnst, werden sie besser für den letzten Schlag gerüstet sein. Gabriela – die junge Frau, die allein an der Bar gestanden hatte, als er hereinkam – wirkt überdreht, und jedes Mal, wenn ein Kellner mit einem Tablett voller Gläser vorbeikommt, tauscht sie ihr halbvolles gegen ein neues, volles Glas aus.

»Eiskalt schmeckt am besten!«

Er lässt sich von ihrer Fröhlichkeit anstecken. Nach dem, was sie sagt, ist sie gerade für einen Film unter Vertrag genommen worden, kann sich aber weder an den Titel erinnern, noch weiß sie genau, für welche Rolle sie vorgesehen ist, nur dass es die weibliche Hauptrolle sein wird. Der Regisseur ist bekannt dafür, gute Schauspieler und Drehbücher auszuwählen. Der männliche Hauptdarsteller, den Igor kennt und bewundert, flößt Respekt ein. Als Gabriela den Namen des Produzenten erwähnt, nickt Igor und weiß schon, dass seine Begleiterin sein Nicken als ›Ich weiß zwar nicht, wer das ist, möchte aber nicht als Ignorant dastehen‹ deuten wird. Sie redet ununterbrochen von Zimmern voller Geschenke, vom roten Teppich, von einem Vorstellungsgespräch auf einer Jacht, von strengen Auswahlkriterien, ihren Zukunftsplänen.

»Es gibt jetzt bestimmt Tausende von Mädchen in Cannes und Millionen auf der ganzen Welt, die fürs Leben gern mit mir tauschen und sich gern mit Ihnen hier unterhalten und so etwas erzählen würden. Meine Gebete wurden erhört. Meine Mühen belohnt.«

Seine andere junge Begleiterin wirkt zurückhaltender, aber auch trauriger – vielleicht liegt es an ihrer Jugend und der fehlenden Erfahrung. Igor stand genau hinter den Fotografen, als sie vorbeikam, und hörte, wie sie ihren Namen riefen und sie am Ende des »Korridors« mit Fragen bestürmten. Aber offensichtlich haben die anderen Gäste der Gala keine Ahnung, wer sie ist. Erst so bestürmt und dann so unvermittelt fallengelassen.

Bestimmt war die Initiative, sich zu ihm zu stellen und ihn zu fragen, was er hier machte, von dem redseligen Mädchen ausgegangen. Anfangs war es ihm unangenehm, aber er wusste, dass sonst andere Leute zu ihm kommen würden, um den Eindruck zu vermeiden, sie seien ganz allein – verloren auf der Gala und würden hier niemanden kennen. Darum hat er sich bereitwillig in ein Gespräch verwickeln lassen, obwohl er in Gedanken ganz woanders war. Er stellte sich seinen Begleiterinnen als Gunther vor, ein auf schwere Maschinen spezialisierter Deutscher (etwas, was niemanden interessierte), der auf Einladung von Freunden zu der Gala erschienen war. Er würde am nächsten Tag wieder abreisen (was er inständig hofft, obwohl Gottes Ratschlüsse geheimnisvoll sind).

Als Gabriela erfuhr, dass er nicht in der Filmindustrie arbeitete und nicht lange beim Festival bleiben würde, wollte sie sich sofort von ihm abwenden. Doch die Jüngere hinderte sie daran, indem sie meinte, es sei doch immer schön, neue Leute kennenzulernen. Und da standen die drei dann: Er wartete auf einen Freund, der nicht kam, sie auf einen Assistenten, der verschwunden war, und das schweigende Mädchen auf gar niemanden, nur auf ein wenig Frieden.

Dann passiert alles ganz schnell: Die Schauspielerin hat offenbar etwas Staub auf seinem Smokingjackett bemerkt und ihn weggewischt, noch bevor er reagieren kann.

»Rauchen Sie Zigarre?«, fragt sie überrascht.

Glück gehabt: Zigarre.

»Ja, nach dem Abendessen.«

»Wenn Sie möchten, lade ich Sie beide später zu einer Party auf einer Jacht ein. Aber dazu muss ich erst meinen Assistenten finden.«

Das jüngere Mädchen meint, sie soll nichts überstürzen. Sie sei doch gerade erst für einen Film unter Vertrag genommen worden und noch lange nicht so weit, dass sie mit Freunden oder einer Entourage umherziehen könne, wie diese Parasiten im Schlepptau der Stars weltweit genannt werden. Sie müsse schon dem Protokoll folgen und allein hingehen.

Die Schauspielerin bedankt sich für den Ratschlag, und

sobald der nächste Kellner vorbeikommt, tauscht sie ihr halbvolles Glas wieder gegen ein volles aus.

»Ich finde übrigens, Sie sollten nicht so schnell so viel trinken«, sagt Igor/Gunther, indem er ihr galant das Glas abnimmt und den Inhalt über die Balustrade kippt. Die Schauspielerin ist erst entgeistert, dann ist sie froh: Der Mann will offensichtlich nur ihr Bestes.

»Ich bin sehr aufgeregt«, gesteht sie. »Ich muss mich etwas beruhigen. Könnte ich vielleicht eine Ihrer Zigarren rauchen?«

»Tut mir leid, ich hatte nur eine. Und außerdem ist wissenschaftlich bewiesen, dass Nikotin aufputschend wirkt und nicht beruhigend.«

Eine Zigarre. Nun ja, die Form ist ähnlich, aber sonst haben die beiden Gegenstände nichts gemein. In der linken oberen Tasche seines Jacketts steckt ein Schalldämpfer.

Ein etwa zehn Zentimeter langer Gegenstand, der, an das Rohr seiner in der Hosentasche verwahrten Beretta geschraubt, wahre Wunder wirken kann, nämlich aus einem ›Peng!‹ ein ›Puff!‹ machen.

Und das, weil ein einfaches physikalisches Gesetz in Aktion tritt, wenn eine Waffe mit einem Schalldämpfer abgefeuert wird: Die Geschwindigkeit der Kugel wird vermindert, weil sie eine Reihe von Gummiringen passieren muss, während die beim Abfeuern entstehenden Gase den Hohlraum um den Zylinder füllen, schnell abkühlen und damit verhindern, dass die Explosion des Pulvers zu hören ist.

Sehr schlecht für Schüsse aus großer Distanz, weil das Projektil abgelenkt wird, aber ideal für aufgesetzte Schüsse.

Igor wird allmählich ungeduldig. Hat das Paar die Einladung womöglich abgesagt? Oder ist die Suite – und jetzt fühlt er sich für den Bruchteil einer Sekunde aus der Bahn geworfen – unter deren Tür er den Briefumschlag durchgeschoben hat, etwa diejenige, in der die beiden untergebracht sind?

Nein, das kann nicht sein. Das wäre ein zu großes Pech. Er denkt an die Familien derer, die gestorben sind. Wenn es weiterhin sein einziges Ziel wäre, die Frau zurückzuerobern, die ihn wegen eines anderen Mannes verlassen hat, der sie nicht verdient, dann wäre die ganze Arbeit vergebens gewesen.

Seine Kaltblütigkeit verlässt ihn. Kann das der Grund sein, weshalb Ewa trotz der vielen SMS, die er ihr geschickt hat, nicht versucht hat, mit ihm Kontakt aufzunehmen? Zweimal hat er bereits ihren gemeinsamen Freund angerufen und erfahren, dass auch er nichts von Ewa gehört hatte.

Der Zweifel wird allmählich zur Gewissheit: Ja, die beiden sind jetzt tot. Das erklärt den unvermittelten Aufbruch des »Assistenten« der Schauspielerin. Und die vollkommene Niedergeschlagenheit des 19-jährigen Mädchens, das gebucht wurde, um an der Seite des großen Modedesigners aufzutreten.

Möglicherweise straft Gott Igor dafür, dass er eine Frau, die es nicht verdiente, so sehr geliebt hat? Es war seine Exfrau, die seine Hände dazu benutzt hat, ein junges Mädchen zu erwürgen, das sein ganzes Leben noch vor sich hatte und zum Beispiel ein neues Mittel gegen Krebs hätte entdecken oder die Menschheit dazu bringen können, schonender mit dem Planeten umzugehen! Auch wenn Ewa nichts von den Morden weiß, so hat sie ihn doch dazu angestiftet, die Gifte zu benutzen; Igor war sich sicher, absolut sicher gewesen, dass er nur eine einfache Welt zu zerstören brauchte, damit die Botschaft an ihr Ziel gelangte. Er hatte sein kleines Arsenal nur mitgenommen, weil er davon ausging, dass alles nur ein Spiel war; dass Ewa an seinem ersten Abend im Martinez in die Bar kommen und vor der Party einen Champagner trinken, Igors Gegenwart bemerken und sofort begreifen würde, dass er ihr all das Böse und die Zerstörung verzieh, die sie ausgelöst hatte. Aus wissenschaftlichen Untersuchungen weiß er, dass Menschen, die lange miteinander gelebt haben, die Gegenwart des anderen spüren, selbst wenn sie nicht wissen, dass er im Raum ist.

Das war nicht geschehen. Ewas Gleichgültigkeit am Vorabend – oder vielleicht ihre Schuldgefühle ihm gegenüber – hatten verhindert, dass sie den Mann entdeckte, der sich hinter einer Säule versteckte, aber in der Bar russische Wirtschaftszeitschriften ausgelegt hatte, Hinweis genug für jemanden, der ständig auf der Suche nach seinem verlorenen Partner ist. Jemand, der liebt, hofft überall, auf seine Liebe zu treffen: auf der Straße, auf einer Party, im Theater; doch Ewa hat offensichtlich ihre Liebe zu Igor gegen Ruhm und Glamour eingetauscht.

Igor beruhigt sich wieder. Ewa ist das wirkungsvollste Gift auf der ganzen Welt, und wenn die Blausäure sie getötet hätte, wäre das noch ein viel zu gnädiger Tod gewesen, denn eigentlich verdient sie Schlimmeres.

Die beiden jungen Frauen unterhalten sich weiter. Igor entfernt sich, er darf sich nicht von der panischen Angst beherrschen lassen, möglicherweise selbst sein eigenes Werk zerstört zu haben. Er will kurz allein sein, denn er muss einen kühlen Kopf bewahren, jederzeit auf jede Veränderung schnell reagieren können.

Er tritt zu einer Gruppe, die sich lebhaft über die Methoden unterhält, sich das Rauchen abzugewöhnen.

Ja, das ist eines der Lieblingsthemen in dieser Welt: den Freunden zeigen, dass man imstande ist, Willenskraft aufzubringen, den inneren Feind zu besiegen. Um sich abzulenken, zündet Igor sich eine Zigarette an und weiß, dass er damit provoziert.

»Das schadet der Gesundheit«, meint eine mit Diamanten behängte, ausgemergelte Frau mit einem Glas Orangensaft in der Hand.

»Leben schadet der Gesundheit«, entgegnet er. »Früher oder später endet es immer mit dem Tod.«

Die Männer lachen. Die Frauen beäugen den Neuankömmling interessiert. Doch in diesem Augenblick fangen die Fotografen im etwa zwanzig Meter entfernten »Korridor« wieder an zu schreien.

»Hamid! Hamid!«

Auch aus der Ferne, obwohl die im Garten herumspazierenden Menschen ihm die Sicht etwas verstellen, sieht er, wie der Modeschöpfer mit seiner Begleiterin hereinkommt – mit der *er selbst* früher auf Partys erschienen war und die dann immer zärtlich, leicht und elegant seinen Arm gehalten hatte.

Bevor Igor noch erleichtert aufatmen kann, lässt ihn etwas in die Gegenrichtung schauen. Ein Mann betritt, ohne von den Sicherheitsleuten aufgehalten zu werden, von der anderen Seite den Garten und bewegt den Kopf in alle Richtungen: Er sucht offensichtlich jemanden, und es handelt sich eindeutig nicht um einen Freund, den er in der Menge aus den Augen verloren hat.

Igor geht, ohne sich von der neuen Gruppe zu verabschieden, zurück zur Brüstung, wo immer noch die beiden jungen Frauen stehen und sich unterhalten. Er ergreift die Hand der Schauspielerin, spricht ein stummes Gebet zum Mädchen mit den dichten Augenbrauen; bittet sie um Vergebung, weil er gezweifelt hat; doch er ist eben auch nur ein Mensch, und Menschen sind nicht geläutert, sind unfähig, die Segnungen zu begreifen, die ihnen so großzügig zuteilwerden.

»Finden Sie nicht, dass Sie etwas zu schnell vorgehen?«, fragt die Schauspielerin, macht allerdings keine Anstalten, ihren Arm wegzuziehen.

»Das mag sein. Aber nach allem, was Sie mir vorhin erzählt haben, scheinen sich die Dinge in Ihrem Leben gerade generell sehr schnell zu entwickeln.«

Sie lacht. Das traurige Mädchen lacht auch. Der Polizist geht vorbei, achtet nicht auf sie; er sucht etwa 40-jährige, grauhaarige Männer – ohne Begleitung.

21 Uhr 20

Ärzte sehen immer wieder Untersuchungsergebnisse, die eine andere Krankheit ausweisen, als sie vermutet hatten, und sie müssen entscheiden, ob sie der Wissenschaft oder ihrer Intuition Glauben schenken sollen.

Große Geschäftsleute studieren eine Grafik nach der anderen, kaufen oder verkaufen aber am Ende genau gegenläufig zur Markttendenz und werden dadurch noch reicher.

Künstler schreiben Bücher oder Filme, von denen alle sagen »Das wird kein Erfolg, das Thema ist absolut nicht aktuell«, und am Ende werden sie genau deswegen zu Ikonen der Popkultur.

Religiöse Führer appellieren an Angst und Schuldgefühle statt an Liebe, von der man annehmen könnte, dass sie für alle das Wichtigste auf der Welt ist, und ihre Kirchen erhalten großen Zustrom.

Sie alle widersprechen mit ihrem Verhalten den gängigen Regeln. Aber eine Gruppe bildet eine Ausnahme: die Politiker. Diese möchten allen gefallen und folgen dem Handbuch des korrekten Verhaltens. Am Ende müssen sie zurücktreten, sich entschuldigen, dementieren.

Morris öffnet auf seinem Bildschirm ein Fenster nach dem anderen. Er folgt dabei keinem Plan, sondern seiner Intuition. Er hat sich bereits mit dem Dow Jones abzulenken versucht, war aber mit dem Ergebnis nicht zufrieden. Er sollte sich jetzt besser auf die Leute konzentrieren, mit denen er einen großen Teil seines Lebens zugebracht hat.

Er schaut sich noch einmal das Video an, auf dem Gary Ridgway, der »Green River Killer«, mit ruhiger Stimme erzählt, wie er 48 Frauen, fast ausnahmslos Prostituierte, getötet hat. Ridgway tat das nicht etwa, weil er die Absolution von seinen Sünden erwartet oder sein Gewissen erleichtern wollte, sondern um der Todesstrafe zu entgehen. Der Mörder hatte ungehindert einen Mord nach dem anderen begangen, ohne überführt werden zu können.

Aber vielleicht hatte er ja die makabre Aufgabe, die er sich gestellt hatte, satt, oder sie langweilte ihn.

Ridgway hatte eine sichere Arbeitsstelle als Lastwagenkarosserie-Lackierer. An seine Opfer kann er sich nur erinnern, indem er sie mit seinen arbeitsfreien Tagen in Verbindung bringt. Zwanzig Jahre lang waren ihm manchmal bis zu fünfzig Detektive auf den Fersen gewesen, und trotzdem hatte er es geschafft, weitere Verbrechen zu begehen, ohne seine Handschrift oder Spuren zu hinterlassen, die ausgewertet werden konnten.

»Er war kein besonders brillanter Mensch, sein Arbeitsverhalten ließ zu wünschen übrig, er war nicht gebildet, aber ein perfekter Mörder«, hatte einer der Detektive zu Protokoll gegeben.

Oder, besser gesagt, er war der geborene Mörder gewesen. Er hatte einen festen Wohnsitz. Sein Fall wurde sogar zeitweilig als unlösbar zu den Akten gelegt.

Dieses Video hat Morris in seinem Leben schon Hunderte Male angesehen. Bei der Lösung anderer Fälle hat es ihn oft inspiriert, aber heute klappt es nicht. Er schließt dieses Fenster, öffnet ein anderes mit dem Brief des Vaters von Jeffrey Dahmer, dem »Milwaukee Monster«, der zwischen 1978 und 1991 für den Mord und die Zerstückelung von 17 Männern verantwortlich war.

Selbstverständlich konnte ich nicht glauben, was die Polizei über meinen Sohn sagte. Wer glaubt schon so was von seinem Sohn? Ich hatte häufig an dem Tisch gesessen, der als satanischer Altar gedient und auf dem die Zerstückelungen stattgefunden hatten. Wenn ich seinen Kühlschrank öffnete, fand ich darin nur ein paar Flaschen Milch und Erfrischungsgetränke. Wie kann es sein, dass das Kind, das ich so viele Male in meinen Armen getragen habe, und das Monster, dessen Gesicht jetzt in allen Zeitungen zu sehen ist, ein und derselbe Mensch sind? Ach, wäre ich doch an der Stelle der andern Eltern, die im Juli 1991 die gefürchtete Nachricht erhielten – dass ihre Kinder nicht einfach verschwunden, sondern ermordet worden waren. Dann könnte ich jetzt an ihr Grab gehen und ihrer gedenken. Aber nein: Mein Sohn lebt und hat diese entsetzlichen Verbrechen begangen.

Satanischer Altar. Charles Manson und seine ›Familie‹. 1969 gingen drei junge Leute in das Haus eines Filmstars und brachten alle Anwesenden um, sogar einen Jungen, der gerade das Haus verließ. Es folgten noch zwei Morde.

»Ich allein könnte die ganze Menschheit umbringen«, hatte Manson gesagt.

Morris sieht sich zum tausendsten Mal das Foto des Mannes an, der hinter diesen Morden steckte und der da inmitten einiger Hippie-Freunde, darunter ein damals berühmter Musiker, in die Kamera lächelt. Alle wirken absolut unverdächtig und reden nur von Frieden und Liebe.

Morris schließt alle Dateien auf seinem Bildschirm. Der Fall Manson kommt den Morden in Cannes am nächsten – Filmmilieu, bekannte Opfer. Eine Art politisches Manifest gegen Luxus, Konsumterror, Starkult. Obwohl er der Mentor war, hatte sich Manson nie selbst am Tatort befunden. Er benutzte seine Jünger.

Nein, dort war die Spur nicht zu finden. Und trotz der E-Mails, in denen er beteuert hatte, er könne in so kurzer Zeit keine Antwort geben, reagiert Morris wie alle Kriminalbeamte zu allen Zeiten angesichts von Serienmördern:

Er beginnt den Fall persönlich zu nehmen.

Auf der einen Seite steht ein Mann, der höchstwahrscheinlich einen ganz anderen Beruf hat, von dem man aufgrund der Waffen, die er benutzt, annehmen kann, dass er seine Verbrechen sorgfältig geplant hat; allerdings agiert er auf ihm völlig unbekanntem Terrain und in völliger Unkenntnis der Fähigkeiten der örtlichen Polizei; er ist also keineswegs unverwundbar. Auf der anderen Seite steht die Erfahrung verschiedenster Sicherheitsorgane, die gewohnt sind, mit allen Abartigkeiten der Gesellschaft umzugehen. Die aber dennoch außerstande sind, das mörderische Vorhaben eines einfachen Amateurs zu stoppen.

Er hätte den Anruf des Kommissars nicht annehmen dürfen. Er hatte beschlossen, in Südfrankreich zu leben, weil das Klima dort besser, die Menschen fröhlicher und das Meer in der Nähe war. Er hatte gehofft, viele Jahre vor sich zu haben, in denen er das Leben genießen konnte.

Als er in Rente ging und London verließ, galt er als der Beste von allen. Und wenn er jetzt versagen und dies seinen ehemaligen Kollegen zu Ohren kommen würde – dann könnte sein wohlverdienter Ruf darunter leiden, den er sich durch viel Arbeit und viel Engagement erworben hat. Die ehemaligen Kollegen würden sagen: »Er hat seine Mängel zu kompensieren versucht, als er als Erster darauf bestanden hat, moderne Computer in unserer Abteilung einzusetzen. Doch die ganze neue Technologie ändert nichts daran, dass er zu alt ist, um mit den Herausforderungen unserer neuen Zeit Schritt zu halten.«

Morris drückt auf den Knopf: Ausschalten. Kurzes Aufflackern des Logos der benutzten Software, der Bildschirm wird dunkel. In der Maschine erlöschen die elektronischen Impulse des Arbeitsspeichers und hinterlassen dort keinerlei Schuldgefühl, schlechtes Gewissen, Ohnmachtsgefühl.

Morris' Körper hat keinen Abschaltknopf. Die Leitungen in seinem Gehirn funktionieren weiter. Sie wiederholen ständig dieselben Schlussfolgerungen, versuchen Nichtzurechtfertigendes zu rechtfertigen, sein Selbstwertgefühl zu untergraben, ihm einzureden, dass seine Kollegen recht haben und dass sein Alter tatsächlich seinen Instinkt und seine analytischen Fähigkeiten beeinträchtigt.

Er geht in die Küche, schaltet die Espressomaschine an, die Probleme macht. Er hat sich schon überlegt, sie wegzuwerfen und eine neue zu kaufen.

Glücklicherweise hat die Maschine diesmal beschlossen

zu funktionieren, und er trinkt gemächlich den Kaffee. Ein Großteil des Tages vergeht bei ihm mit Knöpfedrücken: Notebook, Drucker, Handy, Licht, Herd, Kaffeemaschine, Faxgerät.

Jetzt aber muss er den richtigen Knopf in seinem Hirn drücken. Es bringt nichts, die ihm von der Polizei geschickten Dateien noch einmal zu lesen. Er muss anders denken. Eine Liste anlegen, auch wenn sie nur bereits Bekanntes wiederholt:

a) Der Täter ist ziemlich gebildet und raffiniert – zumindest, was die Wahl seiner Waffen betrifft, mit denen er sich außerdem sehr gut auskennt.

b) Er ist nicht aus der Gegend, sonst hätte er sich nicht ausgerechnet die Zeit im Jahr ausgesucht, in der es in Cannes von Polizisten wimmelt.

c) Er hinterlässt keine deutliche Handschrift. Oder, besser gesagt, er will nicht identifiziert werden. Obwohl es offensichtlich ist, sind Handschriften bei Verbrechen eine verzweifelte Art, das vom Monster begangene Böse zu verhindern, hat doch schon Dr. Jekyll zu Mr. Hyde gesagt, er solle ihn aufhalten, er füge der Gesellschaft nur Schaden zu und könne sich nicht beherrschen.

d) Die Tatsache, dass er in zwei Fällen imstande war, sich seinem Opfer zu nähern, ihm in die Augen zu schauen, Näheres über sein Leben zu erfahren, bedeutet, dass er es gewohnt ist, ohne Gewissensbisse zu töten. Er wird also in irgendeinem Krieg gekämpft haben.

e) Er muss Geld haben, viel Geld – nicht nur, weil Cannes während des Festivals teuer ist, sondern allein schon wegen der Kosten für den Blausäureumschlag. Morris schätzt, dass er dafür etwa fünftausend Dollar – 40 für das Gift und 4960 für die Verarbeitung und Verpackung bezahlen muss.

f) Er gehört weder zur Drogenmafia, noch ist er Waffenhändler oder so, sonst wäre ihm EUROPOL schon auf den Fersen. Anders als die meisten Kriminellen annehmen, sind sie oft nur noch auf freiem Fuß, weil die Zeit noch nicht reif dafür ist, sie hinter Gitter zu bringen. Solche Gruppen sind von Agenten unterwandert, deren Tätigkeit mit Gold aufgewogen wird.

g) Da er nicht gefasst werden will, geht er äußerst vorsichtig vor. Sein Unterbewusstsein aber hat er nicht unter Kontrolle, und das gehorcht – unwillkürlich – einem bestimmten Muster.

h) Er wirkt vollkommen normal, erweckt keinerlei Verdacht; wahrscheinlich ist er sogar sanft und nett und gewinnt spielend das Vertrauen derer, die er anschließend tötet. Er verbringt eine gewisse Zeit mit seinen Opfern, zwei davon Frauen, die gemeinhin misstrauischer sind als Männer.

i) Er wählt seine Opfer nicht aus. Sie können Männer oder Frauen sein, Alter und gesellschaftliche Stellung spielen keine Rolle.

Morris hält einen Augenblick inne. Etwas von dem, was er aufgeschrieben hat, passt nicht zum Rest.

Er liest alles noch zwei- oder dreimal. Beim vierten Durchgang merkt er, was nicht passt:

c) Er hinterlässt keine deutliche Handschrift. Oder, besser gesagt, er will nicht identifiziert werden.

Also ist der Mörder nicht wie Manson darauf aus, die Welt zu säubern; er will auch nicht wie Rudgway seine Stadt läutern; er will nicht den Appetit der Götter stillen wie Dahmer. Ein großer Teil der Verbrecher will nicht gefangen werden, wohl aber identifiziert. Einige, um in die Schlagzeilen zu kommen, berühmt zu werden wie Zodiak oder Jack the Ripper – vielleicht meinen sie ja, ihre Enkel würden stolz auf sie sein, wenn sie dereinst eine verstaubte Zeitung auf dem Dachboden finden. Andere haben eine Mission zu erfüllen: Terror verbreiten und Prostituierte vertreiben beispielsweise. Psychoanalytiker, die hierzu angehört wurden, kamen zu dem Schluss, dass Serienmörder, die von einem Augenblick auf den anderen aufgehört haben zu töten, dies getan haben, weil die Botschaft, die sie schicken wollten, angekommen war.

Ja. Das ist die Antwort. Warum war er nicht schon eher darauf gekommen?

Aus einem einfachen Grund: weil der Mörder die polizeilichen Ermittlungen einerseits auf sich selber und andererseits auf die Person lenkt, für die die Botschaft bestimmt ist. Der Mörder von Cannes tötet schnell. Morris ist sich fast sicher, dass er bald verschwinden wird, dann nämlich, wenn seine Botschaft angekommen ist.

In zwei, höchstens drei Tagen. Und wie bei einigen der Serienmorde, bei denen die Opfer keine gemeinsamen Merkmale haben, wird die Botschaft an eine Person gerichtet sein.

Eine einzige Person.

Morris kehrt zu seinem Notebook zurück, schaltet es wieder ein und schreibt dem Kommissar eine E-Mail:

»Machen Sie sich keine Sorgen, die Verbrechen werden plötzlich aufhören, noch bevor das Festival zu Ende ist.«

Nur zum Spaß schickt er eine Kopie an einen Freund bei Scotland Yard – damit man dort weiß, dass Frankreich ihn als Fachmann schätzt, ihn um Hilfe gebeten und sie erhalten hat; dass er noch professionell arbeiten und zu Schlussfolgerungen kommen kann, die sich schon bald als richtig erweisen werden. Er gehört noch nicht zum alten Eisen.

Sein Ruf steht auf dem Spiel. Aber er ist sich der Richtigkeit dessen, was er gerade geschrieben hat, ganz sicher.

22 Uhr 19

Hamid schaltet das Mobiltelefon aus – ihn interessiert kein bisschen, was in der Welt passiert. In der letzten halben Stunde hat ihn sein Handy mit negativen Nachrichten überschwemmt.

Das alles wertet er als Zeichen dafür, dass er sich diesen absurden Gedanken, einen Film zu machen, ein für alle Mal aus dem Kopf schlagen soll. Er hatte sich von Eitelkeit leiten lassen, anstatt den Ratschlag des Scheichs und den seiner Frau zu befolgen. Offenbar hat er den Kontakt zu sich selbst verloren: Die Welt des Luxus und des Glamours beginnt ihn zu vergiften – ausgerechnet ihn, der sich dagegen immer immun gefühlt hat!

Es reicht. Morgen, wenn alles sich beruhigt hat, wird er die Weltpresse einbestellen und verkünden, dass er das Projekt, in das er bereits eine beträchtliche Summe gesteckt hat, aufgeben wird, weil »es der gemeinsame Traum aller Beteiligten gewesen ist, von denen einer jetzt nicht mehr unter uns weilt«. Irgendein Journalist wird bestimmt wissen wollen, ob er andere Projekte vorhat. Er wird antworten, dass es noch zu früh sei, darüber zu reden, »wir müssen das Gedenken dessen ehren, der von uns gegangen ist«.

Selbstverständlich bedauert er, wie jeder Mensch, der noch einen Funken Anstand hat, dass der Schauspieler, der die Hauptrolle spielen sollte, vergiftet wurde und dass der Regisseur seines Films im Krankenhaus ist – wenn auch gottlob außer Lebensgefahr. Die Botschaft ist dennoch zwei Mal: Kein Kino, das ist nicht deine Branche, du verlierst nur dein Geld und gewinnst nichts.

Kino ist etwas für die Cineasten, Musik für die Musiker, Literatur für die Schriftsteller. Seit er sich zwei Monate zuvor auf dieses Abenteuer eingelassen hat, sind immer mehr Probleme aufgetaucht; er hat sich mit riesigen Egos herumschlagen, unrealistische Kostenvoranschläge ablehnen und ein Drehbuch korrigieren müssen, das mit jeder neuen Version, die man ihm vorlegte, schlechter wurde; er hat affektierte Produzenten ertragen müssen, die ihn herablassend behandelten, als hätte er von alldem überhaupt keine Ahnung, dabei war er doch mit den allerbesten Absichten angetreten: die Kultur seiner Heimat zu zeigen, die Schönheit der Wüste, die tausendjährige Weisheit und den Ehrenkodex der Beduinen. Er meinte, dies seinem Stamm schuldig zu sein, obwohl der Scheich ihn immer gewarnt hatte, sich nicht von seinem Weg zu entfernen.

»Die Menschen verirren sich in der Wüste, weil sie sich von Fata Morganas leiten lassen. Du bist ein ausgezeichneter Modedesigner, also konzentriere dich ganz darauf.«

Aber Hamid wollte mehr: Er wollte zeigen, dass er noch zu ganz anderen Dingen fähig war, wollte noch höher, noch weiter hinauf, etwas riskieren. Seine Sünde war sein Stolz gewesen, und das durfte nicht wieder vorkommen.

Die Journalisten bestürmen ihn mit Fragen – offensichtlich hat sich die Nachricht in Windeseile verbreitet. Er sagt noch, dass er keine Einzelheiten des Falles kenne, aber am nächsten Tag etwas dazu sagen werde. Er wiederholt die Antwort zweimal, bis einer seiner Sicherheitsleute kommt und die Presse auffordert, das Ehepaar Hussein in Ruhe zu lassen.

Hamid ruft einen Assistenten; bittet ihn, Jasmine zu finden, die bestimmt im Garten ist, und sie zu ihm zu bringen. Er braucht ein paar Fotos von ihnen beiden und dann eine neue Pressemitteilung, die den Vertrag bestätigt, und eine gute PR-Frau, die die Sache bis zur Pariser Modewoche im Oktober in den Medien am Laufen hält. Später will er die belgische Modedesignerin persönlich bitten, mit ihrem Label unter sein Dach zu kommen; ihre Arbeit hat ihm sehr gefallen, und er ist sicher, dass sie seinem Konzern Geld und Prestige bringen wird. Aber er weiß auch, was sie im Augenblick denkt: dass er sie mit seinem Angebot, ihr Label zu kaufen, nur dazu bringen wollte, den Vertrag mit ihrem wichtigsten Model aufzulösen. Sich ihr jetzt zu nähern hieße, den Preis in die Höhe zu treiben, und es wäre zudem auch noch unhöflich. Alles hat seine Zeit, besser auf den richtigen Augenblick warten.

»Ich finde, wir sollten gehen.«

Offenbar fühlt sich Ewa von den Fragen der Journalisten bedrängt.

»Vergiss es! Ich will nicht herzlos sein, aber gleichzeitig kann ich nicht ausgerechnet dann kneifen, wenn offenbar wird, was du mir von vornherein gesagt hast: dass ich das mit dem Film lassen soll. Wir sind auf dieser Gala und werden bleiben, bis sie zu Ende ist.«

Seine Stimme hat härter geklungen als beabsichtigt, doch

Ewa scheint sich daran nicht zu stören – als wären ihr seine Liebe oder sein Hass gleichgültig. Er fährt in angemesseneрem Tonfall fort:

»Schau nur, die Gala ist doch perfekt! Unser Gastgeber muss ein Vermögen dafür bezahlt haben, hier in Cannes präsent zu sein, ganz zu schweigen von den Reise- und Hotelkosten für die Celebritys, die er eigens eingeflogen hat, damit sie an diesem sündhaft teuren Galadinner seine Gäste sind. Du kannst sicher sein, dass er mit der Präsenz dieser Leute zehn- bis zwölfmal so viel Gewinn machen wird, wie sie ihn gekostet hat: ganze Seiten in Zeitschriften, Zeitungen, Sendezeit bei Fernsehsendern, Stunden in den Sendern des Kabelfernsehens, die nichts weiter zeigen als große gesellschaftliche Ereignisse. Frauen werden seinen Schmuck mit Glamour und Ruhm verbinden, Männer seine Uhren als Zeichen von Macht und Reichtum tragen wollen. Junge Leute werden die Modeseiten aufschlagen und denken: ›Eines Tages möchte ich dahin und das Gleiche tragen.‹«

»Lass uns bitte gehen! Ich habe eine böse Vorahnung!«

Das ist der Tropfen, der das Fass zum Überlaufen bringt. Den ganzen Tag hat er die schlechte Laune seiner Frau anstandslos ertragen. Ständig hat sie ihr Mobiltelefon aufgeklappt, um nachzusehen, ob weitere SMS gekommen waren. Er fängt sogar ernsthaft an, zu befürchten, dass etwas Seltsames im Gange ist. Ein anderer Mann? Ihr Exmann, den er in der Hotelbar gesehen hat und den sie irgendwo treffen will? Aber wenn das so ist, warum verschließt sie sich dann so, anstatt mit ihm offen über ihre Gefühle zu sprechen?

»Komm mir nicht mit bösen Vorahnungen! Ich versuche,

dir liebevoll zu erklären, wozu solche Galas gut sind. Wenn du deinen Traum verwirklichen und Modedesignerin werden, oder auch, wenn du wieder eine Boutique eröffnen und Haute Couture verkaufen willst, kannst du heute Abend auf dieser Gala viel lernen.

Übrigens, als ich dir sagte, ich hätte gestern Abend in der Bar deinen Exmann gesehen, warst du es, die meinte, er könne es unmöglich gewesen sein. Behältst du seinetwegen dein Handy ständig an?«

»Er hat hier überhaupt nichts zu tun!«, antwortet Ewa, dabei hätte sie viel lieber gesagt: ›Ich weiß, wer dein Filmprojekt sabotiert hat. Und ich weiß auch, dass er noch viel mehr tun kann. Versteh doch, dass wir beide in Gefahr sind! Lass uns bitte gehen!‹

»Du hast meine Frage nicht beantwortet.«

»Die Antwort ist: Ja. Deshalb habe ich mein Handy an. Denn ich kenne ihn, ich spüre, dass er in der Nähe ist, und ich habe Angst.«

Hamid lacht. »Ich bin auch in der Nähe.«

Ewa nimmt ein Champagnerglas und trinkt es in einem Zug aus.

Er dagegen schweigt, sieht darin nur eine weitere Provokation.

Er blickt um sich, versucht die Nachrichten zu vergessen, die auf seinem Handydisplay erschienen waren. Er wartet auf eine Möglichkeit, Fotos mit Jasmine machen zu lassen, bevor alle in den Saal gerufen werden, in dem das Abendessen serviert wird und zu dem Fotografen keinen Zutritt haben. Es hätte keinen schlechteren Zeitpunkt für den Vergiftungstod des berühmten Schauspielers geben können:

Niemand fragt jetzt mehr nach dem großen Vertrag, den er mit dem unbekannten Model abgeschlossen hat. Eine halbe Stunde zuvor hatten sie sich für nichts anderes interessiert; aber jetzt nicht mehr.

Obwohl ihm die Welt des Luxus und des Glamours seit vielen Jahren vertraut ist, bleibt ihm noch viel zu lernen. Sein Millionenvertrag mit Jasmine ist schnell in Vergessenheit geraten, seinem Gastgeber aber gelingt es, das Interesse an der Gala weiterhin aufrechtzuerhalten. Keiner der Fotografen und Journalisten hat die Gala verlassen und ist zur Polizeistation oder ins Krankenhaus gefahren, um an Ort und Stelle zu erfahren, was genau geschehen war. Zugegeben, es sind Modejournalisten und -fotografen, doch auch sonst hätten die Fernseh- und Zeitschriftenredaktionen nie gewagt, sie von der Gala abzuziehen, und zwar aus dem einfachen Grund, weil Verbrechen nicht in dieselbe Sparte wie gesellschaftliche Ereignisse fielen und nicht halb so viel Auflagen oder Quoten brachten wie diese.

Wer auf Luxusjuwelen spezialisiert ist, lässt sich nicht auf abenteuerliche Filmprojekte ein. Wer große Veranstaltungen managt, weiß, dass ungeachtet allen Blutes, das in diesem Augenblick auf der Welt vergossen wird, die Leute immer in erster Linie auf Fotos scharf sein werden, die eine heile, unerreichbare, opulente Welt vorgaukeln.

Morde passieren jederzeit und überall, im Nachbarhaus oder eine Straße weiter, Galas wie diese dagegen nur auf dem Gipfel der Welt. Was aber könnte Normalsterbliche mehr interessieren?

Die vollkommene Party natürlich!

Deren Vorbereitungen Monate zuvor bereits mit Pressemitteilungen begonnen hatten, in denen berichtet wurde, ein weltbekannter, renommierter Juwelier werde wie jedes Jahr seine große Gala in Cannes ausrichten und alle Einladungen seien bereits verschickt worden. Ganz so war es aber nicht: Zu dem Zeitpunkt hatte die Hälfte der Eingeladenen eine Art Voreinladung erhalten, die sie höflich aufforderte, sich das Datum frei zu halten.

Da sie die Notiz in der Presse gelesen haben, werden sie sofort antworten. Sie halten sich das Datum frei. Kaufen ihre Flugtickets und zahlen bereitwillig zwölf Hotelübernachtungen, obwohl sie nur 48 Stunden in der Stadt bleiben werden. Sie müssen allen zeigen, dass sie immer noch zur Superklasse gehören, was letztlich Geschäfte erleichtern, Türen öffnen, das Ego nähren wird.

Zwei Monate später kommt die luxuriöse Einladung. Die Frauen beginnen nervös zu werden, weil sie noch immer nicht entschieden haben, welches das beste Kleid für die Gelegenheit sein würde, die Männer weisen ihre Sekretärin an, ein paar Bekannte anzurufen, um nachzufragen, ob sie sich vor dem Galadinner in der Bar treffen könnten, um Berufliches zu besprechen. Das ist die männliche Art zu sagen: »Ich bin zur Gala eingeladen, du auch?« Wenn die anderen antworten, sie seien zu beschäftigt und würden es wahrscheinlich in diesem Jahr nicht schaffen, nach Cannes zu reisen, ist die Botschaft klar: Der »volle Terminkalender« ist die Ausrede für die Tatsache, dass bislang noch keine Einladung eingegangen ist.

Kurz darauf wird der »vielbeschäftigte Mann« damit beginnen, Freunde, Berater, Gesellschafter zu mobilisieren, bis auch er eine Einladung bekommt. Der Gastgeber kann so auswählen, wer in die zweite Hälfte der Gäste aufrücken darf, wobei ihm drei Dinge wichtig sind: Macht, Geld, Kontakte.

Die perfekte Gala.

Ein professionelles Team wird engagiert. Wenn der große Tag gekommen ist, lautet die Anweisung, so viel alkoholische Getränke wie möglich zu servieren, vorzugsweise den unübertroffenen, legendären französischen Champagner. Die ausländischen Gäste glauben dann, etwas enorm Teures zu trinken, was nicht der Fall ist, weil der Champagner im Herstellungsland selbstverständlich viel billiger ist als bei ihnen zu Hause. Die Frauen – auch Ewa – finden, dass die goldfarbene Flüssigkeit in ihrem Glas ihr Kleid, die Schuhe, die Handtasche bestens zur Geltung bringt. Die Männer haben ebenfalls ein Glas in der Hand, trinken aber sehr viel weniger. Sie sind gekommen, um sich mit einem Konkurrenten auszusöhnen, den Vertrag mit einem Lieferanten festzuzurren oder einen potentiellen Kunden zu treffen, der ihre Produkte vertreiben soll. Hunderte von Visitenkarten werden an einem solchen Abend ausgetauscht – meist zwischen Geschäftsleuten. Ein paar werden selbstverständlich den schönen Frauen zugesteckt, aber alle wissen, dass dies reine Papierverschwendung ist, denn niemand ist dort, um den Mann oder die Frau seines Lebens zu treffen, sondern nur um Geschäfte zu machen, zu glänzen und um sich möglicherweise etwas zu amüsieren. Das Amüsement ist allerdings nur Zugabe und darum verzichtbar.

Die Gäste der Gala könnte man an den drei Winkeln eines imaginären gleichschenkligen Dreiecks ansiedeln. Auf der einen Seite der Basis befinden sich die, die alles erreicht haben, ihre Tage auf Golfplätzen, bei nicht enden wollenden Lunchs in exklusiven Clubs verbringen – und die genügend Geld haben, um in teuren Läden nicht nach dem Preis fragen zu müssen. Sie sind gesellschaftlich ganz oben angelangt und bemerken nun etwas, was sie von sich nie erwartet hätten: Sie können nicht allein sein. Die Gesellschaft des Ehepartners ertragen sie nicht mehr, also sind sie ständig unterwegs im Glauben und in der Hoffnung, für den Rest der Menschheit noch wichtig zu sein. Aber sie haben auch herausgefunden, dass in dem Augenblick, in dem sie sich aus dem Berufsleben zurückziehen, ihr Alltag genauso langweilig wird wie der eines Angehörigen der Mittelschicht: Frühstück, Zeitungslektüre, Mittagessen, anschließend eine kleine Siesta, Abendessen, Fernsehen. Einladungen zu Abendessen nehmen sie meistens an. An den Wochenenden gehen sie zu gesellschaftlichen und sportlichen Veranstaltungen. Und den Urlaub (selbst wenn sie schon nicht mehr im Berufsleben stehen, sprechen sie noch von »Urlaub«) verbringen sie an Orten, die gerade in Mode sind.

Im gegenüberliegenden Winkel des Dreiecks sind an der Basis die zu finden, die es noch nicht geschafft haben: Sie rudern im aufgewühlten Wasser und versuchen krampfhaft, den Widerstand der Sieger zu brechen und selbst dann Fröhlichkeit an den Tag zu legen, wenn ihre Eltern im Krankenhaus liegen oder wenn sie verkaufen müssen, was ihnen noch nicht gehört.

Auf dem Scheitelpunkt des Dreiecks aber befindet sich die Superklasse.

Das ist die ideale Mischung für ein Galadinner: Diejenigen, die es geschafft haben, oben anzukommen, ihr Leben gelebt haben, jetzt aber, obwohl ihr Geld für mehrere Generationen reicht, keinen Einfluss mehr haben und nun, wo es zu spät ist, sehen müssen, dass Macht wichtiger ist als Reichtum. Diejenigen, die es noch nicht geschafft haben und sich mit aller Kraft und Begeisterung bemühen, der Gala Glanz zu verleihen, und dann trotz der vielen verteilten Visitenkarten ein paar Wochen später feststellen müssen, dass niemand sie anruft. Und schließlich diejenigen, die in dem Wissen, dass dort oben ein scharfer Wind weht und sie leicht in den Abgrund stürzen könnten, ganz oben auf dem Gipfel balancieren und das Gleichgewicht zu halten versuchen.

Leute kommen weiterhin auf Hamid zu, um sich mit ihm zu unterhalten; niemand erwähnt den Mord – entweder, weil in der Welt, in der sie leben, solche Dinge nicht geschehen und sie deshalb nichts davon erfahren, oder aus Höflichkeit, was er allerdings stark bezweifelt. Er blickt um sich und sieht die üblichen Modesünden: Frauen mittleren Alters, die sich wie 20-Jährige kleiden. Merken sie denn nicht, dass es an der Zeit ist, ihren Stil zu ändern? Hamid wechselt mit diesem oder jenem ein paar Worte, nimmt lächelnd Komplimente entgegen, stellt Ewa den wenigen vor, die sie noch nicht kennen. Dabei hat er nur einen Gedanken: Jasmine zu treffen und in den nächsten fünf Minuten für die Fotografen zu posieren.

Ein Industrieller und seine Frau schwärmen von ihrer letzten Begegnung mit ihm – Hamid kann sich nicht daran erinnern, nickt aber höflich. Sie reden von Reisen, die sie unternommen, Menschen, die sie getroffen haben, und von neuen Projekten. Niemand stellt entscheidende Fragen wie »Sind Sie wirklich glücklich?« oder »Worin liegt, nach allem, was wir erlebt haben, tatsächlich der Sinn des Sieges?«. Wenn man zur Superklasse gehört, hat man sich so zu verhalten, als wäre man zufrieden und erfüllt, und damit basta. Die Frage »Was werde ich, jetzt, wo ich alles habe, was ich mir erträumte, in Zukunft machen?« stellt man sich allenfalls selber.

Eine hagere, düstere Gestalt in enger schwarzer Hose unter einer indischen Tunika und die aussieht, als sei sie einem Comic entstiegen, tritt zu ihm hin:

»Entschuldigen Sie bitte, wenn ich störe, Monsieur Hamid, aber…«

»Wer sind Sie?«

»Ich arbeite zurzeit für Sie.«

Was sollte das?

»Sie sehen doch, dass ich beschäftigt bin. Über den traurigen Todesfall bin ich hinreichend informiert, bitte behelligen Sie mich nicht weiter.«

Doch der seltsame Kerl lässt sich nicht abwimmeln. Hamid ist die Situation peinlich. Seine Bekannten, die den seltsamen Dialog womöglich mitbekommen haben, werden sich fragen, was für seltsame Leute für ihn arbeiten.

»Monsieur Hamid, ich werde jetzt die junge Schauspielerin holen, die in ihrem Film mitspielen wird, und sie Ihnen vorstellen. Ich musste sie einen Augenblick allein lassen, weil ich einen Anruf erhalten habe…«

»Später. Ich warte gerade auf Jasmine Tiger.«

Endlich ist er das seltsame Wesen los! Die Filmschauspielerin! Armes Mädchen, an ein und demselben Tag unter Vertrag genommen und gekündigt.

Ewa hält in der einen Hand ein Champagnerglas und in der anderen das Mobiltelefon, zwischen den Fingern eine noch nicht angezündete Zigarette. Der Industrielle zückt sein goldenes Feuerzeug und will ihr Feuer geben.

»Lassen Sie nur!«, sagt Ewa. »Ich habe extra keine Hand frei, weil ich weniger rauchen will.«

Sie hätte am liebsten gesagt: ›Ich habe das Mobiltelefon in der Hand, um den Idioten neben mir zu schützen. Der nicht an mich glaubt. Der sich nie für mein Leben und für das, was ich durchgemacht habe, interessiert hat. Wenn ich noch *eine* weitere SMS erhalte, mache ich einen Aufstand, und er wird nicht anders können, als die Gala mit mir zu verlassen. Vielleicht beschimpft er mich deswegen später, aber ich könnte mich damit trösten, ihm das Leben gerettet zu haben. Ich weiß, wer der Mörder ist. Ich spüre, dass das absolute Böse ganz in der Nähe ist.‹

Eine Eventmanagerin bittet jetzt die Gäste, sich in den oberen Saal zu begeben. Hamid Hussein sagt sich resigniert, dann würde das Foto von ihm mit Jasmine eben am nächsten Tag gemacht, wenn er mit ihr die Stufen zum Palais des Congrès hinaufginge. Einer seiner Assistenten tritt auf ihn zu.

»Wir können Jasmine Tiger nicht finden. Sie scheint gegangen zu sein.«

»Das macht nichts. Vielleicht hat ihr niemand ausgerichtet, dass wir uns hier treffen sollten.«

Hamid wirkt ruhig wie jemand, der gewohnt ist, mit solchen Situationen fertig zu werden. Aber innerlich kocht er: Sie ist einfach gegangen? ›Für wen hält sie sich eigentlich?‹

Sterben ist manchmal so einfach. Auch wenn der menschliche Organismus einer der am besten erdachten Mechanismen der Schöpfung ist, braucht es nur ein kleines Projektil aus Blei, das wahllos irgendwo eindringt, und das war es dann.

Tod: dem Wörterbuch zufolge das Ende des Lebens (das damit noch nicht definiert ist), der permanente Stillstand der vitalen Körperfunktionen, des Gehirns, der Atmung, des Lungen- und Herzkreislaufs. Zwei Dinge verweigern sich allerdings diesem Prozess noch ein paar Tage oder Wochen: Haar sowie Finger- und Fußnägel wachsen weiter.

Die Definition sieht aus der Sicht der Religionen anders aus: Einige sehen im Tod den Übergang in einen höheren Zustand, andere einen vorübergehenden Zustand, nach dem die Seele in einem anderen Körper und einem neuen Leben wiederkommt, entweder um für ihre Sünden zu büßen oder die Segnungen zu genießen, die ihr in der vorangegangenen Inkarnation versagt blieben.

Die junge Frau steht stumm neben ihm. Entweder tut der Champagner seine Wirkung oder schon nicht mehr – und die junge Frau stellt ernüchtert fest, dass sie niemanden kennt, dass die Gala hier ihre erste ist und zugleich ihre letzte gewesen sein mag und dass Träume manchmal auch zu Alpträumen werden können. Ein paar Männer hatten die Gelegenheit genutzt, als Igor das traurige Mädchen hinausbegleitet hatte, und waren auf sie zugegangen, aber offensichtlich hatte sie sich in ihrer Gesellschaft nicht wohl gefühlt. Jedenfalls hat sie Igor bei seiner Rückkehr gebeten, an ihrer Seite zu bleiben, und ihn auch gefragt, ob er sie anschließend in die Stadt mitnehmen könne, da sie kein Geld und ihr Begleiter sich offensichtlich in Luft aufgelöst habe.

»Ja, ich bringe Sie gern nach Hause.«

Das gehört zwar nicht zu seinem Plan, aber seit er den Polizisten gesehen hat, der die Menge überwacht, hat er begriffen, dass er sich am besten in Begleitung zeigt; so ist er einfach nur eine unter vielen wichtigen, unbekannten Persönlichkeiten, stolz darauf, eine schöne, sehr viel jüngere Frau an seiner Seite zu haben, was hier offenbar dazugehört.

»Sollten wir nicht hineingehen?«

»Doch. Aber ich kenne diese Art von Veranstaltungen. Am besten warten wir, bis alle sich gesetzt haben. Mindestens drei oder vier Tische haben reservierte Plätze, und wir sollten besser keine peinliche Situation schaffen.«

Die junge Frau wirkt etwas enttäuscht, weil er keinen reservierten Platz hat, aber sie schickt sich achselzuckend drein.

Die Kellner sammeln jetzt die überall im Garten verstreuten leeren Gläser ein. Die Models sind von ihren lächerlichen Säulen heruntergestiegen, auf denen sie getanzt hatten, um den Männern zu zeigen, dass es auf Erden noch etwas gab, wovon man träumen konnte, und um die Frauen daran zu erinnern, dass sie dringend eine Fettabsaugung, etwas Botox, eine Silikonanwendung, eine Schönheitsoperation brauchten.

»Lassen Sie uns bitte hineingehen. Ich muss etwas essen. Mir wird sonst schlecht.«

Sie hakt sich bei ihm unter, und beide gehen in den Saal im oberen Stockwerk. Die Botschaft für Ewa ist offensichtlich angekommen und abgelehnt worden; aber er weiß jetzt, was er von einer so verdorbenen Person wie seiner Exfrau erwarten kann. Der Engel mit den dichten Augenbrauen steht ihm weiterhin unsichtbar zur Seite, er war es gewesen, der ihn, als alle Blicke sich auf den Auftritt des berühmten Couturiers richteten, sich im richtigen Augenblick nach dem Polizisten in Zivil hatte umdrehen lassen.

»Gut, gehen wir hinein!«

Sie steigen die Treppe hinauf und betreten den Saal. Als sie hineingehen, bittet er sie höflich, seinen Arm loszulassen, weil seine Freunde ihre Geste sonst falsch interpretieren könnten.

»Sind Sie verheiratet?«

»Geschieden.«

Ja, denkt Ewa, ihr Gefühl hat sie nicht getäuscht. Die Probleme, die der Abend bereits gebracht hat, sind nichts gegen das, was ihr noch bevorsteht. Beruflich hat ihr Exmann, der mit einer jungen Frau auf sie zukommt, nichts auf einem Filmfestival zu suchen. Es gibt nur einen Grund, weshalb er hier ist.

»Igor!«, ruft Hamid überrascht.

Ewas Herz rast.

»Was soll das?«, zischt sie Hamid zu.

Doch er ist bereits vom Tisch aufgestanden. Nein, er weiß wirklich nicht, was er da tut. Er geht auf das absolute, grenzenlose Böse zu, das zu allem, wirklich allem, fähig ist. Er nimmt an, einen Erwachsenen vor sich zu haben, dem er sich mit körperlicher Kraft oder logischen Argumenten stellen kann. Er kann nicht wissen, dass das Absolute Böse das Herz eines Kindes hat, verantwortungslos handelt und immer im Recht zu sein glaubt. Und wenn dieses Kind nicht bekommt, was es will, hält nichts es davon ab, alles nur Erdenkliche anzustellen, um seine Wünsche befriedigt zu sehen. Ewa wird schlagartig klar, wie der Engel sich so schnell in einen Teufel hatte verwandeln können: weil er Rache und Groll in seinem Herzen bewahrt hat, obwohl er behauptete, erwachsen geworden zu sein und seine Traumata überwunden zu haben; weil er unschlagbar ist, wenn es im Leben ums Siegen geht, und sich deshalb für allmächtig hält; weil er nicht verlieren kann; weil er die schlimmsten Qualen überlebt und diese ihn stark gemacht haben, und weil er seither nur an eines denkt: ›Eines Tages komme ich zurück, und dann werdet ihr sehen, wozu ich fähig bin.‹

»Offensichtlich ist da jemand gekommen, der noch wichtiger ist als wir«, stichelt eine Ex-Miss-Europa, die mit dem Gastgeber und anderen Berühmtheiten ebenfalls am Ehrentisch sitzt.

Ewa versucht, die peinliche Situation zu überspielen. Den Gastgeber scheint die Szene eher zu amüsieren. Er wartet darauf, wie Ewa reagieren wird.

»Entschuldigen Sie bitte! Ein alter Freund von mir...«

Hamid geht auf Igor zu, der plötzlich zögert. Das Mädchen, das ihn begleitet, ruft:

»Ja, hier bin ich Monsieur Hussein! Ich bin die Hauptdarstellerin in Ihrem Film.«

Die Leute an den anderen Tischen drehen sich um, wollen wissen, was da los ist. Der Gastgeber lächelt – es ist immer gut, wenn etwas Außergewöhnliches passiert, so haben die Gäste anschließend viel Gesprächsstoff. Hamid ist derweil vor dem Mann stehengeblieben; der Gastgeber merkt, dass etwas nicht stimmt, und wendet sich an Ewa.

»Ich glaube, es ist besser, Sie holen ihn zurück. Oder wenn Sie wollen, können wir einen Stuhl für Ihren Freund dazustellen, seine Begleitung müsste allerdings an einem anderen Tisch Platz nehmen.«

Die Gäste wenden sich wieder ihren Gesprächen über Jachten, Privatjets, Börsenkurse zu. Nur der Gastgeber verfolgt aufmerksam das Geschehen.

»Gehen Sie zu ihm!« Er lässt nicht locker.

Doch Ewa ist in Gedanken Tausende Kilometer weit weg, in einem Restaurant in Irkutsk in der Nähe des Baikalsees. Die Szene war damals anders gewesen: Igor hatte den Mann hinausgeführt.

Es kostet sie ungeheure Überwindung, aufzustehen, aber sie tut es und geht zu den beiden.

»Geh an den Tisch zurück!«, befiehlt Hamid leise. »Wir beide werden hinausgehen und miteinander reden.«

Das ist das Unsinnigste, was er in diesem Augenblick tun kann. Sie packt ihn am Arm, tut so, als würde sie lachen und sich freuen, weil sie jemanden trifft, den sie lange nicht gesehen hat, und sagt mit der ruhigsten Stimme der Welt.

»Aber das Abendessen wird gleich serviert.«

Sie vermeidet es, ›mein Schatz‹, zu sagen. Sie will nicht die Tore zur Hölle aufstoßen.

»Sie hat recht. Am besten reden wir gleich hier.«

Hat Igor das gesagt? Hat sie sich etwa alles nur eingebildet und aus dem Kind ist tatsächlich ein verantwortungsbewusster Erwachsener geworden? Ist der Teufel geläutert zu Gott zurückgekehrt?

»Freut mich sehr. Mein Name ist Gabriela ...«

Hamid erwidert den Gruß nicht. Die Augen des anderen Mannes funkeln.

»Dort in der Ecke gibt es einen Tisch. Dort können wir uns hinsetzen«, schlägt Ewa vor.

Ein Tisch in der Ecke? Seine Frau will ihren Platz am Ehrentisch aufgeben und sich an einen Tisch in der Ecke setzen? Doch Ewa hat beide Männer bereits untergehakt und führt sie zum einzigen freien Tisch in der Nähe der Tür, aus der die Kellner kommen. Die »Schauspielerin« folgt ihnen. Hamid macht sich kurz los und geht zum Ehrentisch, um sich beim Gastgeber zu entschuldigen.

»Ich habe gerade einen Jugendfreund getroffen, der schon morgen früh wieder abreist, und da möchte ich mich eine Weile mit ihm unterhalten. Warten Sie bitte nicht auf uns, ich weiß nicht, wie lange es dauern wird.«

»Kein Problem«, antwortet lächelnd der Gastgeber, der weiß, dass die Plätze frei bleiben werden.

»Ich dachte, es sei ein Jugendfreund Ihrer Frau«, stichelt Ex-Miss-Europa erneut.

Doch Hamid ist bereits auf dem Weg zum schlechtesten Tisch im Saal – der für die Assistenten der Berühmtheiten bestimmt ist, die immer doch noch einen Weg finden, sich einzuschleichen, obwohl sie nicht erwünscht sind.

›Hamid ist ein anständiger Mensch‹, denkt der Gastgeber, während er den berühmten Modedesigner erhobenen Hauptes weggehen sieht. ›Der Beginn dieses Abends scheint sich für ihn allerdings recht schwierig zu gestalten.‹

Sie nehmen am Tisch in der Ecke Platz. Gabriela sieht darin eine einzigartige Chance – noch eine der einzigartigen Chancen, die sich an diesem Tag aufgetan haben. Sie sagt, wie glücklich sie über die Einladung sei und dass sie alles tun werde, um die in sie gesetzten Erwartungen zu erfüllen.

»Ich habe volles Vertrauen zu Ihnen. Ich habe den Vertrag unterzeichnet, ohne ihn vorher zu lesen.«

Die anderen drei sagen kein Wort, schauen einander nur an. Stimmt da irgendetwas nicht? Oder liegt es an der Wirkung des Champagners? Am besten redet sie weiter.

»Ich freue mich umso mehr, weil das Auswahlverfahren, im Gegensatz zu dem, was immer gesagt wird, sehr gerecht war. Keine Extragefälligkeiten. Beim Casting konnte ich noch nicht mal meinen Text zu Ende sprechen, da wurde ich bereits unterbrochen und gebeten, mich zu einer Jacht zu begeben, um dort mit dem Regisseur zu reden. Ihre Kollegen sollten sich an Ihnen ein Beispiel nehmen, Monsieur Hussein, ich meine, sie behandeln die Leute, mit denen Sie arbeiten wollen, sehr respektvoll und anständig ... Die Filmwelt hat den Ruf, dass immer nur eins wichtig ist ...«

Sie wollte gerade sagen, ›mit dem Produzenten zu schlafen‹, doch er sitzt neben seiner Frau.

»... das Aussehen.«

Der Kellner bringt die Vorspeise und beginnt den von ihm erwarteten Monolog abzuspulen:

»Als Vorspeise Artischockenherzen an mit Kräutern verfeinerter Dijon-Senf-Sauce, dazu dünne Scheibchen Pyrenäenziegenkäse ...«

Nur die junge Frau hört lächelnd zu. Der Kellner begreift, dass er unerwünscht ist, und geht.

»Das sieht ja köstlich aus!«

Sie blickt ihre Tischgenossen an. Keiner von ihnen hat bislang das Besteck in die Hand genommen. Irgendetwas stimmt hier wirklich nicht.

»Sie wollen miteinander reden, nicht wahr? Vielleicht ist es besser, ich setze mich an einen anderen Tisch.«

»Ja«, sagt Hamid.

»Nein, bleiben Sie hier!«, sagt seine Frau.

Was soll sie jetzt machen?

»Mögen Sie Ihren Begleiter?«, fragt die Frau.

»Ich habe Gunther gerade erst kennengelernt.«

Gunther? Hamid und Ewa schauen den ungerührt dasitzenden Igor an.

»Und was macht Gunther so?«

»Aber Sie sind doch seine Freunde?«

»Ja. Und wir wissen, was er macht. Wir wissen nur nicht, wie gut Sie sein Leben kennen.«

Gabriela wendet sich an Igor. Warum hilft er ihr nicht?

Jemand kommt und erkundigt sich, ob sie lieber Rot- oder Weißwein trinken möchten.

Ein Fremder hat sie gerade gerettet.

»Rotwein für alle«, bestellt Hamid.

»Um noch einmal auf die Frage zurückzukommen: ›Was macht Gunther so?‹«

Diesmal wurde sie nicht gerettet.

»Schwere Maschinen, soweit ich verstanden habe. Wir haben keine enge Beziehung, uns hat nur zusammengebracht, dass wir beide auf Freunde gewartet haben, die nicht gekommen sind.«

Gute Antwort, denkt Gabriela. Wer weiß, ob die Frau

nicht eine geheime Liebschaft mit ihrem neuen Begleiter hat, von der der Ehemann just an diesem Abend erfahren hat – das könnte die gespannte Stimmung am Tisch erklären.

»Sein Name ist Igor«, klärt die Frau sie auf. »Ihm gehört eine der größten Mobiltelefongesellschaften Russlands. Das ist sehr viel wichtiger und einträglicher, als schwere Maschinen zu verkaufen.«

Und wenn das so war, warum hatte er dann gelogen? Sie beschließt, von nun an den Mund zu halten.

»Ich hatte nicht damit gerechnet, dich hier zu treffen, Igor«, sagt die Frau jetzt zu Gunther beziehungsweise Igor.

»Ich war gekommen, um dich zu holen. Aber ich habe es mir anders überlegt«, ist die Antwort.

Gabriela berührt ihre mit Seidenpapier vollgestopfte Tasche und macht ein überraschtes Gesicht.

»Mein Handy klingelt. Wahrscheinlich ist mein ursprünglicher Begleiter zurück und ich muss zu ihm. Ich bitte vielmals um Entschuldigung, aber er ist von weit her gekommen und kennt sonst niemanden hier, und ich fühle mich für ihn verantwortlich.«

Sie erhebt sich. Die Etikette lehrt, dass man jemandem, der gerade isst, nicht die Hand gibt – obwohl bislang keiner das Besteck auch nur angerührt hat. Aber die Weingläser sind bereits leer.

Und der Mann, der bis vor zwei Minuten noch Gunther hieß, hat gerade eine neue Flasche für den Tisch bestellt.

»Ich hoffe, du hast meine Botschaften erhalten«, sagt Igor.

»Ich habe drei erhalten. Vielleicht ist ja das Telefonsystem hier schlechter als deins.«

»Es geht nicht ums Telefonsystem.«

»Dann weiß ich nicht, worauf du hinauswillst.«

Sie möchte am liebsten sagen: ›Selbstverständlich weiß ich das.‹

Igor müsste wissen, dass sie im ersten Jahr ihrer Beziehung mit Hamid auf einen Anruf, eine Botschaft, eine Mitteilung von einem gemeinsamen Freund mit der Nachricht gewartet hatte, dass er sie vermisste. Sie wollte ihn nicht in ihrer Nähe haben, aber sie wusste, ihn zu verletzen war das Schlimmste, was sie machen konnte – sie musste zumindest seine Wut lindern, ihm vorspielen, dass sie beide letztlich gute Freunde bleiben würden. An einem Abend, als sie etwas getrunken und ihn angerufen hatte, war seine Mobilnummer nicht mehr die alte. Als sie in seinem Büro anrief, sagte man ihr, er sei »in einer Besprechung«. Bei ihren nächsten Anrufen – immer wenn sie sich etwas Mut angetrunken hatte – hieß es entweder, Igor sei »auf Reisen« oder »er wird Sie gleich zurückrufen«. Was selbstverständlich nie geschah.

Und dann hatte sie angefangen, überall Gespenster zu sehen, hatte sich beobachtet gefühlt, gezittert, weil sie fürchtete, demnächst werde sie das gleiche Schicksal ereilen wie einst den Bettler und die anderen Leute, von denen er hatte durchblicken lassen, er habe ihnen »ein besseres Leben ermöglicht«. Hamid wollte nie etwas über ihre Vergangenheit wissen, meinte immer, jeder habe das Recht, sein Privatleben im Untergrund der Erinnerung zu verwahren. Er tat alles, um sie glücklich zu machen, sagte, sein Leben habe erst seit ihrer Begegnung einen Sinn, und zeigte ihr, dass sie sich bei ihm sicher fühlen konnte.

Und dann klingelte eines Tages das Absolute Böse an ihrer Londoner Haustür. Hamid war zu Hause und warf Igor hinaus. Der Vorfall blieb ohne Nachspiel.

Sie redete sich ein, sie hätte die einzig richtige Wahl getroffen. In dem Augenblick, in dem wir uns für einen Weg entscheiden, hören die anderen Wege auf zu existieren. Es war kindisch von ihr gewesen, anzunehmen, sie könnte mit dem einen verheiratet und mit dem anderen befreundet sein – so etwas ging nur bei psychisch ausgeglichenen Menschen, was ihr Exmann nicht war. Sie tat besser daran, zu glauben, irgendeine unsichtbare Macht habe sie vor dem Absoluten Bösen errettet.

Als echter Frau gelang es ihr, den neuen Mann an ihrer Seite von sich abhängig zu machen und ihm in allem, wo es ging, zu helfen: als Geliebte, Ratgeberin, Ehefrau, Schwester. Sie verwandte all ihre Kraft darauf, ihren neuen Lebensgefährten zu unterstützen. Währenddessen hatte sie nur eine richtige Freundin, die so unvermittelt, wie sie aufgetaucht war, auch wieder verschwand. Sie war ebenfalls Russin, doch anders als Ewa hatte nicht sie ihren Mann, sondern ihr Mann sie verlassen, und sie wusste weder aus noch ein. Fast täglich hatte Ewa mit ihr geredet.

»Ich habe alles hinter mir gelassen«, hatte sie ihrer Freundin gesagt, »und ich bereue es nicht. Ich hätte es auch getan, wenn Hamid nicht – gegen meinen Willen – die schöne Finca in Spanien gekauft und auf meinen Namen überschrieben hätte. Und ich hätte es auch getan, wenn Igor, mein Exmann, mir die Hälfte seines Vermögens angeboten hätte. Ich würde heute dieselbe Entscheidung treffen, denn ich weiß, dass ich keine Angst mehr zu haben brauche. Wenn einer der begehrtesten Männer der Welt an meiner Seite leben will, kann ich nicht so schlecht sein, wie ich immer gedacht habe.«

Alles gelogen. Sie hatte nicht versucht, ihre einzige Vertraute zu überzeugen, sondern sich selber. Es war eine Farce. Hinter der starken Frau, die jetzt mit zwei wichtigen, mächtigen Männern an diesem Tisch saß, stand ein Mädchen, das Angst vor Verlust hatte, Angst davor, allein, arm zu sein, das nie hatte erleben dürfen, Mutter zu sein. Hat sie sich an Luxus und Glamour gewöhnt? Nein. Sie versucht, immer darauf vorbereitet zu sein, alles von einem Tag auf den anderen zu verlieren, sollte ihr neuer Lebenspartner beschließen, dass sie doch nicht die Frau ist, die er in ihr gefunden zu haben glaubt.

Kann sie Männer manipulieren? Allerdings. Alle halten sie für stark, selbstsicher, Herrin ihres eigenen Schicksals, imstande, von einem Augenblick auf den anderen jeden Mann zu verlassen, mag er noch so wichtig und begehrt sein. Schlimmer noch: Die Männer denken es nicht nur, sie glauben es. Auch Igor. Auch Hamid.

Weil sie schauspielern kann. Weil sie niemals genau sagt, was sie denkt. Weil sie die beste Schauspielerin der Welt ist und weiß, wie sie ihre schwachen Seiten verbergen kann.

»Was willst du?«, fragt sie Igor auf Russisch.

»Mehr Wein.«

Seine Stimme klingt so, als sei ihm die Antwort ziemlich gleichgültig; als hätte er bereits alles gesagt.

»Bevor du gegangen bist, habe ich etwas zu dir gesagt. – Du hast es offenbar vergessen.«

Er hat viel gesagt, Sachen wie »Bitte, ich verspreche, mich zu ändern und weniger zu arbeiten«, oder »Du bist die Frau meines Lebens« oder »Wenn du gehst, zerstörst du mich« – Sätze, die jeder schon einmal gehört hat und von denen sie weiß, dass sie nichts bedeuten.

»Ich habe dir gesagt: Wenn du gehst, werde ich eine Welt zerstören.«

Daran kann sie sich nicht erinnern, aber möglich ist es schon. Igor war schon immer ein äußerst schlechter Verlierer.

»Und was meinst du damit?«, fragt sie auf Russisch zurück.

»Seid wenigstens so höflich, englisch zu sprechen«, unterbricht Hamid die beiden.

Igor schaut ihm ins Gesicht.

»Ich werde nicht aus Höflichkeit englisch sprechen, sondern weil ich möchte, dass Sie es verstehen.«

Und, indem er sich an Ewa wendet:

»Ich habe gesagt, ich würde die Welt zerstören, um dich wieder zurückzubekommen. Ich habe angefangen, es zu tun, wurde aber von einem Engel gerettet. Ich merkte, dass du es nicht wert bist. Du bist eine Egoistin, nie zufrieden, willst nur immer noch mehr Ruhm, noch mehr Geld. Du hast verschmäht, was ich dir an Gutem zu bieten hatte, weil du fandest, dass ein Haus in der russischen Provinz nicht zu der Welt passt, in der du zu leben träumtest – zu der du aber nicht gehörst und niemals gehören wirst.

Ich habe mich aufgeopfert und andere deinetwegen geopfert, und das darf nicht sein. Ich muss meinen Weg bis zum Ende gehen, damit ich mit dem Gefühl in die Welt der Lebenden zurückkehren kann, meine Pflicht erfüllt und meine Mission abgeschlossen zu haben. In diesem Augenblick, in dem wir miteinander sprechen, befinde ich mich in der Welt der Toten.«

Die Augen dieses Mannes verheißen das Absolute Böse, denkt Hamid, während er dem unsinnigen Gespräch zuhört, das immer wieder von langem Schweigen unterbrochen wird. Großartig: Er wird zulassen, dass die Dinge zu ihrem Ende kommen, wie er es andeutet, vorausgesetzt, das Ende bedeutet nicht, dass er Ewa verliert. Besser noch: Der Exehemann ist in Begleitung dieser vulgären Person erschienen und hat Ewa in ihrer Gegenwart beschimpft und beleidigt. Aber wenn Igor es zu weit treibt, wird er sofort einschreiten.

Ewa wird Igor so sehen, wie er auch: seinen blinden Hass gegen alles und alle, nur weil *ein* Mensch ihm nicht zu Willen war. Er fragt sich, was er an der Stelle dieses Mannes tun würde, der jetzt um die geliebte Frau zu kämpfen scheint.

Er wäre imstande, ihretwegen zu töten.

Der Kellner kommt und bemerkt, dass die Teller nicht angerührt worden sind.

»Hat etwas mit dem Essen nicht gestimmt?«

Niemand antwortet. Der Kellner versteht alles: Der Ehemann hat seine Ehefrau in flagranti mit ihrem Liebhaber erwischt, und jetzt fechten sie das aus. Der Kellner hat solche Szenen schon sehr oft miterlebt, und meist endeten sie in Streit oder in einem Skandal.

»Noch eine Flasche Wein«, sagt einer der Männer.

»Du hast nichts von alldem verdient«, sagt der Grauhaarige und starrt dabei die Frau an. »Du hast mich benutzt, so wie du jetzt diesen Idioten neben dir benutzt. Du warst der größte Fehler meines Lebens.«

Der Kellner beschließt, sich beim Gastgeber rückzuversichern, ehe er die neue Flasche bringt, aber der andere Mann ist bereits aufgestanden und sagt zur Frau:

»Das reicht! Lass uns gehen!«

»Ja, wir können gehen, aber wir werden hinausgehen«, sagt der Grauhaarige. »Ich möchte sehen, wie weit Sie gehen, um jemanden zu verteidigen, der nicht weiß, was Worte wie ›Ehre‹ und ›Würde‹ bedeuten.«

Die Männchen geraten wegen des Weibchens aneinander. Die Frau bittet sie, sich wieder zu setzen, aber ihr Mann will dem anderen offenbar nicht durchgehen lassen, dass der seine Frau beleidigt hat. Der Kellner überlegt, ob er die Sicherheitskräfte warnen soll, dass es draußen zu einem Streit kommen könnte, aber der Oberkellner hat sich schon einmal über den langsamen Service beschwert und ihm gesagt, er solle nicht herumstehen. Es hilft also nichts, er muss an den anderen Tischen bedienen.

Es ist auch besser so: Was draußen passiert, ist nicht sein Problem. Wenn er zugibt, dass er gelauscht hat, würde er zudem noch getadelt werden.

Er ist hier, um zu bedienen, und nicht, um die Welt zu retten.

Die drei gehen durch den Garten, in dem zuvor der Aperitif serviert worden war und der gerade zu einer Disco umgebaut wird. Wenn die Gäste vom Galadinner herunterkommen, werden sie eine Tanzfläche mit Discobeleuchtung vorfinden, ein paar Sesselgruppen und viele kleine, überall verteilte Bars, an denen gratis Getränke ausgeschenkt werden.

Igor geht wortlos voraus. Ewa folgt ihm stumm, und Hamid kommt als Letzter. Die Treppe zum Strand ist durch eine kleine Metalltür versperrt, die leicht zu öffnen ist. Igor bittet beide voranzugehen. Ewa weigert sich. Igor kümmert sich nicht weiter darum und geht die vielen Stufen voran zum Meer hinunter. Er weiß, dass Hamid nicht feige sein wird. Bis zu ihrer Begegnung auf der Gala war er für ihn nur ein skrupelloser Modedesigner gewesen, der eine verheiratete Frau verführen und die Eitelkeit anderer manipulieren konnte. Jetzt aber bewundert er ihn insgeheim. Hamid ist ein richtiger Mann, der bis zum Ende um die Frau kämpfen wird, die ihm wichtig ist. Igor ist allerdings auch klar, dass Ewa nicht einen Bruchteil so viel wert ist wie die junge Schauspielerin, die er an diesem Abend getroffen hat. Ewa ist keine Schauspielerin, sie kann ihre Angst nicht verbergen. Er weiß, dass sie schwitzt und fieberhaft überlegt, wen sie anrufen soll, wen sie um Hilfe bitten könnte.

Unten am Strand geht Igor bis zum Ende des Sandstreifens und setzt sich neben ein paar Felsen. Er fordert die beiden anderen auf, sich neben ihn zu setzen. Er weiß, dass Ewa zwar Angst hat, aber auch an ihr Kleid und ihre Schuhe denkt, die sie nicht schmutzig machen will. Aber sie setzt sich neben ihn. Hamid bittet sie, etwas zur Seite zu rücken, weil er sich zwischen sie und Igor setzen möchte. Ewa rührt sich nicht.

Er beharrt nicht weiter darauf. Nun sitzen die drei wie alte Bekannte nebeneinander, die einen friedlichen Augenblick ausgesucht haben, um den aufgehenden Vollmond zu betrachten, bevor sie wieder zur höllisch lauten Galadisco zurückgehen müssen.

Hamid nimmt sich vor, Igor zehn Minuten zu geben, zu sagen, was er auf dem Herzen hat, seine Wut abzulassen und dann dorthin zurückzukehren, woher er gekommen ist. Falls der andere gewalttätig werden sollte, würde er den Kürzeren ziehen: Hamid ist eindeutig stärker und hat von den Beduinen gelernt, schnell und wirkungsvoll auf jeden Angriff zu reagieren. Er will natürlich keinen Skandal, doch dieser Russe kann sich auf etwas gefasst machen: Hamid ist auf alles vorbereitet.

Wenn sie wieder oben wären, würde er zum Gastgeber gehen und sich entschuldigen. Er würde ihm sagen, dass die Angelegenheit inzwischen geklärt sei. Er weiß, er kann ihm offen sagen, dass der Exehemann seiner Frau unangekündigt aufgetaucht und er, Hamid, gezwungen gewesen sei, mit ihm nach draußen zu gehen, ehe er irgendwelche Probleme machte. Wenn Igor nicht bald ginge, würde er einen seiner eigenen Sicherheitsleute rufen und ihn anweisen, Igor vor die Tür zu setzen. Egal wie reich Igor ist und selbst wenn er das größte Mobiltelefonunternehmen Russlands besitzt – er ist hier fehl am Platz.

»Du hast mich verraten. Nicht nur in den zwei Jahren, in denen du bei diesem Mann warst, sondern während unseres ganzen gemeinsamen Lebens.«

Ewa schweigt.

»Was wären Sie imstande zu tun, damit Ewa bei Ihnen bleibt?«

Hamid überlegt, ob er antworten soll oder nicht. Ewa ist keine Ware, um die man feilschen kann.

»Formulieren Sie Ihre Frage anders!«

»Sehr gut. Würden Sie Ihr Leben für die Frau, die neben Ihnen sitzt, hingeben?«

Aus dem Blick des Mannes spricht reine Bosheit. Selbst wenn es Igor gelungen sein sollte, aus dem Restaurant ein Messer mitzunehmen (er hatte nicht darauf geachtet, aber er muss an alle Möglichkeiten denken), wird er ihn schnell entwaffnen können. Nein, er wird für niemanden sein Leben hingeben, nur für Gott oder den Stammesobersten. Doch er muss etwas sagen.

»Ich würde um sie kämpfen. Ich denke, wenn es zum Äußersten käme, wäre ich bereit, für sie zu töten.«

Ewa hält den Druck nicht mehr aus. Sie möchte am liebsten alles sagen, was sie über den Mann weiß, der rechts neben ihr sitzt. Sie ist sicher, dass *er* den Filmstar ermordet hat, dass *er* den Lebenstraum ihres neuen Lebensgefährten, Filmproduzent zu werden, sabotiert hat.

»Lass uns wieder hinaufgehen.«

Tatsächlich aber möchte sie sagen: ›Bitte lass uns sofort von hier verschwinden. Du redest mit einem Psychopathen.‹

Igor scheint nicht gehört zu haben, was sie sagte.

»Sie wären imstande, für sie zu töten. Also wären Sie auch imstande, für sie zu sterben.«

»Ich denke schon, beispielsweise wenn ich kämpfen und verlieren sollte. Aber wir werden jetzt doch hier am Strand keine Szene machen.«

»Ich möchte hinaufgehen«, wiederholt Ewa.

Doch Igor hat gerade an Hamids Stolz appelliert. Hamid kann jetzt nicht einfach gehen wie ein Feigling. Der uralte Tanz, den Männer und Tiere aufführen, um das Weibchen zu beeindrucken, beginnt.

»Seit du gegangen bist, bin ich nicht mehr ich selber«, sagt Igor zu Ewa, als wären sie beide allein an diesem Strand. »Meine Geschäfte liefen gut. Tagsüber gelang es mir, kaltschnäuzig zu sein, doch nachts versank ich in tiefsten Depressionen. Damals ging etwas von mir unwiederbringlich verloren. Als ich dann nach Cannes aufbrach, glaubte ich noch, ich könnte es zurückerlangen. Aber jetzt, wo ich hier bin, sehe ich, dass etwas in mir endgültig gestorben ist und nicht wieder zum Leben erweckt werden kann oder sollte. Ich würde dich nie zurücknehmen, selbst wenn du vor mir auf dem Boden kriechen, um Vergebung bitten, mit Selbstmord drohen würdest.«

Ewa atmet auf. Wenigstens würde es keinen Kampf geben.

»Du hast meine Botschaften nicht verstanden. Ich sagte darin, dass ich imstande wäre, Welten zu zerstören, und du hast nichts begriffen. Und falls du es doch begriffen hast, so hast du mir nicht geglaubt. Was heißt es, eine Welt zu zerstören?«

Er steckt die Hand in die Hosentasche und zieht eine kleine Waffe hervor. Doch er richtet sie auf niemanden, starrt weiter aufs Meer. Hamids Blut fließt schneller: Entweder will der andere ihnen nur Angst einjagen oder sie weiter beleidigen. Oder ihm steht ein tödlicher Kampf bevor. Doch hier auf der Gala? Wo er weiß, dass ihm Verhaftung droht, sobald er die Treppe wieder hinaufsteigt? So verrückt kann er doch nicht sein – sonst hätte er nie so viel im Leben erreicht.

Er muss sich jetzt konzentrieren. Er ist ein Krieger, der anzugreifen und sich zu verteidigen weiß. Er darf sich jetzt nicht bewegen, denn der andere registriert jede seiner Bewegungen, auch wenn er ihn nicht direkt ansieht.

Unbemerkt von ihm kann er nur seine Augen bewegen. Die drei sind ganz allein am Strand. Oben erklingen die ersten Akkorde der Band, die ihre Instrumente stimmt, sich darauf vorbereitet, für ausgelassene Stimmung zu sorgen. Hamid denkt jetzt nicht – er ist dazu ausgebildet, instinktiv zu handeln.

Zwischen ihm und dem anderen Mann sitzt, vom Anblick der Waffe hypnotisiert, Ewa. Würde er etwas versuchen, würde der andere sich zur Seite drehen, schießen und Ewa treffen.

Nun, wahrscheinlich stimmt die erste Annahme. Igor will ihnen beiden nur Angst einjagen. Er will Hamid zwingen, sich feige zu verhalten, seine Ehre zu verlieren. Hätte Igor tatsächlich die Absicht, zu schießen, würde er die Waffe nicht so nachlässig halten. Es ist also besser, weiterzureden, ruhig zu bleiben und nach einem Ausweg zu suchen.

»Was meinen Sie mit ›eine Welt zerstören‹?«, fragt er.

»Es bedeutet einfach nur, ein Leben zu zerstören. Damit hört ein ganzes Universum auf. Alles, was der betreffende Mensch gesehen, erlebt hat, alle guten und bösen Dinge, die ihm auf seinem Weg widerfahren sind, all seine Träume, Hoffnungen, Niederlagen und Siege, all das hört auf zu sein. Als ich ein Kind war, haben wir in der Schule einen Text gelesen, von dem ich erst sehr viel später erfuhr, dass er von einem protestantischen Geistlichen stammt. Darin hieß es in etwa: ›Wenn dieses Meer, das vor uns liegt, ein Sandkorn in seine Tiefen mitnimmt, wird ganz Europa kleiner.‹ Selbstverständlich bemerken wir das nicht, denn es ist nur ein Sandkorn. Aber in diesem Augenblick wird der Kontinent verkleinert.«

Igor macht eine Pause. Ihn ärgert der Lärm dort oben, die Wellen hatten ihn beruhigt, bereit gemacht, diesen Augenblick mit dem ihm gebührenden Respekt auszukosten. Der Engel mit den dichten Augenbrauen ist die ganze Zeit anwesend und freut sich über das, was er sieht.

»Wir mussten diesen Text lernen, um zu begreifen, dass wir für die vom Kommunismus getragene vollkommene Gesellschaft mitverantwortlich waren«, fährt er fort. »Alle Menschen sind Brüder, heißt es. Tatsächlich aber war jeder der Bewacher oder Verräter des anderen.«

Igor beruhigt sich, ist nachdenklich.

»Ich kann Sie schlecht verstehen«, sagt Hamid und hofft, einen Vorwand gefunden zu haben, sich zu Igor rüberzubeugen und Ewa aus der Schusslinie zu bekommen.

»Selbstverständlich verstehen Sie mich. Selbstverständlich wissen Sie, dass ich eine Waffe in der Hand habe, und wollen sie mir jetzt wegnehmen. Sie versuchen, mich in ein Gespräch zu verwickeln, um mich abzulenken, während Sie sich überlegen, was Sie als Nächstes tun sollen. Ab jetzt bitte keine Bewegung mehr. Der Augenblick ist noch nicht reif.«

»Igor, lassen wir das doch alles!«, sagt Ewa auf Russisch. »Ich liebe dich. Lass uns zusammen weggehen.«

»Sprich englisch. Dein Lebensgefährte soll alles mitbekommen.«

Hamid wird verstehen, wie sie das meint. Später wird er ihr dafür danken.

»Ich liebe dich«, wiederholt sie auf Englisch. »Ich habe deine Botschaften nie erhalten, sonst wäre ich sofort zu dir zurückgekommen. Ich habe mehrfach vergeblich versucht, dich zu erreichen. Habe deiner Sekretärin Nachrichten für dich hinterlassen, aber du hast nie zurückgerufen.«

»Das stimmt.«

»Als heute eine SMS nach der anderen von dir eintraf, konnte ich es nicht erwarten, dich wiederzusehen. Ich hatte keine Ahnung, wo du bist, wusste aber, dass du mich finden würdest. Ich weiß, dass du mir nicht verzeihen willst. Aber erlaube mir wenigstens, an deine Seite zurückzukehren. Ich werde deine Dienerin, deine Putzfrau sein, mich um dich und deine Geliebte kümmern, falls du beschließen solltest, dir eine anzuschaffen. Ich will nur an deiner Seite sein.«

Später wird sie Hamid alles erklären. Jetzt muss sie irgendetwas sagen, nur damit sie hier weg- und wieder nach oben kommen, in die reale Welt zurückkehren können, wo es Polizisten gibt, die verhindern können, dass das Absolute Böse weiter seinen Hass zeigt.

»Großartig. Ich würde dir gern glauben. Besser gesagt, ich würde gern glauben, dass auch ich dich liebe und dich wieder zurückhaben möchte. Aber das stimmt nicht. Ich glaube, du lügst, so wie du immer gelogen hast.«

Hamid hört schon nicht mehr, was beide sagen – er ist in Gedanken weit weg bei seinen Vorfahren, den Kriegern, und bittet sie um Eingebung für den richtigen Angriffsschlag.

»Du hättest mir sagen können, dass unsere Ehe nicht so lief, wie wir es beide erhofften. Wir haben so vieles gemeinsam aufgebaut; konnten wir dann nicht auch gemeinsam eine Lösung für unsere Probleme finden? Es gibt immer Mittel und Wege, das Glück wieder hereinzulassen, doch das bedingt, dass beide Partner die Existenz ihrer Probleme auch anerkennen. Ich hätte mir alles angehört, was du mir hättest sagen wollen. Unsere Ehe wäre wieder aufregend und voller Freude wie nach unserer ersten Begegnung geworden. Aber das wolltest du nicht. Du hast den einfacheren Weg vorgezogen.«

»Ich hatte immer Angst vor dir. Und jetzt, wo du diese Waffe in der Hand hältst, habe ich noch mehr Angst.«

Ewas Bemerkung holt Hamid abrupt ins Hier und Jetzt zurück.

Sie hätte das nicht sagen dürfen, denn damit gibt sie dem Feind Macht über sich, lässt ihn wissen, dass er sie in Angst und Schrecken versetzen kann.

»Und ich hätte dir gern bei einem Abendessen zu zweit gesagt, dass mir die Bankette, Juwelen, Reisen und Begegnungen mit Königen und Präsidenten gestohlen bleiben konnten, weil ich mich einsam fühlte«, fährt Ewa fort. »Und weißt du, was noch? Du hast mir immer teure Geschenke mitgebracht, mir aber das Einfachste der Welt nie geschickt. Blumen.«

Aus dem Gespräch ist ein gewöhnlicher Ehekrach geworden.

»Ich lasse euch besser allein weiterreden.«

Igor sagt nichts. Er starrt immer noch aufs Meer, hält aber die Waffe so auf Hamid gerichtet, dass diesem klar sein muss: Keine Bewegung! Der Mann ist verrückt, seine scheinbare Ruhe gefährlicher als wütendes Geschrei oder lautstarke Gewaltandrohungen.

»Nun«, fährt er fort, als hätte er weder Ewas Einwände gehört noch gesehen, dass Hamid sich geschickt in seine Schusslinie gebracht hat. »Du hast den einfachsten *Aus*weg gewählt. Mich zu verlassen. Du hast mir keine Chance gegeben, hast nicht verstanden, dass ich alles nur für dich tat.

Dennoch hätte ich trotz allem, obwohl du mir unrecht getan und mich gedemütigt hast, alles getan, um dich wieder zurückzugewinnen. Bis heute. Bis zu dem Augenblick, in dem ich dir die Botschaften geschickt habe und du so getan hast, als hättest du sie nicht bekommen. Mit anderen Worten, bis Menschen geopfert wurden – doch selbst das hat dich nicht berührt, dir waren Macht und Luxus wichtiger.«

Der vergiftete Filmstar und der Regisseur, der zwischen Leben und Tod schwebt: Begreift Hamid jetzt endlich das Unvorstellbare? Denn damit würde er etwas noch viel Schwerwiegenderes begreifen: dass nämlich der Mann, der neben ihm sitzt, mit seinem Geständnis gerade ihrer beider Todesurteil gefällt hat – entweder bringt er sich jetzt selber um, oder er tötet Ewa und Hamid, weil sie zu viel wissen.

Vielleicht deliriert sie ja. Vielleicht bildet sie sich das alles auch nur ein, vielleicht versteht sie Igor nicht richtig. Eines aber weiß sie: Die Zeit drängt.

Hamid blickt auf die Waffe in der Hand des anderen Mannes. Kleines Kaliber. Wenn es keine lebenswichtigen Stellen im Körper trifft, wird es keinen großen Schaden anrichten. Igor scheint keine große Erfahrung in diesen Dingen zu haben, sonst hätte er ein größeres Kaliber gewählt. Er wird einfach die erstbeste Waffe gekauft haben, die schießt und töten kann.

Die Band oben beginnt zu spielen. Die laute Musik wird verhindern, dass man einen Schuss hört. Und wenn trotzdem jemand etwas hört, würde er dann aus dem künstlichen Lärm, der zurzeit die Umwelt verpestet – denn anders kann man es nicht nennen – einen Schuss heraushören?

Igor schweigt, und das ist gefährlicher, als wenn er sich Bitterkeit und Hass von der Seele reden würde. Hamid geht noch einmal alle Möglichkeiten durch, denn er muss in den nächsten Sekunden handeln. Er muss sich mit ausgestreckten Händen auf Ewa werfen und die Waffe packen, die Igor immer noch nachlässig auf dem Schoß hält. Igor würde vor Schreck zurückweichen, und damit käme Ewa aus der Schusslinie heraus. Igor würde den Arm heben, auf ihn zielen, aber da wäre Hamid schon nah genug und könnte ihn am Handgelenk packen. Alles würde nur eine Sekunde dauern.

Jetzt.

Vielleicht bedeutet das Schweigen ja etwas Positives, nämlich dass Igor kurz geistesabwesend ist. Oder aber es bedeutet im Gegenteil den Anfang vom Ende. Igor hat ja bereits alles gesagt.

Jetzt.

Im ersten Bruchteil der Sekunde spannt sich der Muskel in seinem rechten Schenkel kräftig an, katapultiert Hamid mit großer Geschwindigkeit und Kraft auf das Absolute

Böse zu; während er sich mit ausgestreckten Händen auf den Schoß seiner Frau wirft, bietet sein Körper weniger Angriffsfläche. Die erste Sekunde läuft weiter, er sieht, wie die Waffe direkt auf seine Stirn zielt – Igor reagiert schneller, als Hamid vorausgesehen hatte.

Sein Körper fliegt weiter auf die Waffe zu. Ewa und er hätten mehr über ihre Vergangenheit reden sollen. Von sich aus hatte sie nie viel von ihrem Exmann erzählt, als wollte sie sich auf gar keinen Fall an ihn erinnern. Auch wenn alles wie in Zeitlupe abläuft, weicht Igor schnell wie eine Katze zurück. Die Hand mit der Pistole zittert nicht.

Die erste Sekunde geht zu Ende. Hamid sieht die Bewegung des Fingers, hört aber kein Geräusch, spürt nur einen Druck, der ihm den Schädel mitten auf der Stirn durchschlägt. Jetzt erlischt allmählich sein Universum und mit ihm die Erinnerungen eines jungen Mannes, der davon träumte, jemand zu werden; es erlischt die Erinnerung an seine Ankunft in Paris, an seinen Vater in seinem Stoffladen, an den Scheich, an die vielen Kämpfe um einen Platz an der Sonne, an die Modenschauen, die Reisen, die Begegnung mit der geliebten Frau, an die glücklichen Tage, die Tage des Lächelns und der Tränen, an den letzten Mondaufgang, die Augen des Absoluten Bösen, die erschrockenen Augen seiner Frau – alles verschwindet.

»Schrei jetzt nicht! Kein Wort! Beruhige dich!«

Selbstverständlich wird sie nicht schreien, er braucht sie auch nicht darum zu bitten, sich zu beruhigen. Sie steht unter Schock. Ihr Blut fließt langsamer, ihr Gesicht wird blass, ihre Stimme versagt, ihr Blutdruck sinkt schlagartig. Er weiß genau, was sie fühlt – er hat das Gleiche damals im Krieg erlebt, als das Gewehr eines afghanischen Kriegers auf seine Brust gerichtet war. Totale Lähmung, Unfähigkeit zu reagieren. Er wurde nur gerettet, weil einer seiner Kameraden zuerst schoss. Er ist seinem Retter bis heute dankbar; alle halten ihn nur für seinen Chauffeur, wo er in Wahrheit doch Besitzer vieler Aktien seiner Gesellschaft ist. Sie reden immer miteinander, haben noch am heutigen Nachmittag miteinander gesprochen – Igor hatte ihn angerufen, um zu erfahren, ob Ewa sich gemeldet und hatte durchblicken lassen, dass sie die Botschaften erhalten hat.

Ewa, arme Ewa. Ein Mann stirbt in ihrem Schoß.

Die Menschen sind vorhersehbar; sie reagieren wie dieser Dummkopf, der hätte wissen müssen, dass er nicht die geringste Chance hat, Igor zu besiegen. Waffen sind unvorhersehbar; Igor hatte angenommen, die Kugel würde auf der anderen Seite des Kopfes wieder austreten, den Hirndeckel herausreißen, aber allem Anschein nach ist sie wegen des Einschusswinkels durchs Gehirn gedrungen, dann von einem Knochen ab- und in den Oberkörper weitergelenkt worden. Der nun unkontrolliert zittert, ohne sichtbar zu bluten.

Es muss dieses Zittern sein, das Ewa in diesen Zustand versetzt hat, nicht der Schuss.

Igor schiebt den Körper mit den Füßen weg und schießt Hamid in den Nacken. Das Zittern hört auf. Der Mann verdient einen würdigen Tod – er war tapfer bis zum Ende.

Die beiden sind allein am Strand. Er kniet vor ihr und setzt die Pistole auf ihrer Brust auf. Ewa rührt sich nicht.

Er hat sich das Ende dieser Geschichte immer anders vorgestellt: Sie würde die Botschaften verstehen. Ihrem Glück eine neue Chance geben. Er hatte sich überlegt, was er sagen würde, wenn sie schließlich allein wären und wie jetzt auf das ruhige Mittelmeer blickten, einander anlächelten und sich unterhielten.

Auch wenn sie jetzt vollkommen nutzlos waren, er würde diese Worte nicht für sich behalten:

»Ich habe mir immer vorgestellt, dass wir wieder Hand in Hand durch einen Park oder am Meer entlanggehen und einander all die immer wieder aufgeschobenen Liebesworte sagen würden. Dass wir einmal in der Woche auswärts essen, an Orte reisen würden, an denen wir zuvor nie gewesen waren, nur um gemeinsam Neues zu entdecken.

Während du weg warst, habe ich Gedichte in ein Heft abgeschrieben, um sie dir ins Ohr zu flüstern, während du einschläfst. Ich habe Briefe geschrieben, in denen ich alles aussprach, was ich fühlte, und durch die mir klar wurde, dass ich dich keinen einzigen Tag, keine Minute lang vergessen könnte. Wir würden gemeinsam über das Haus sprechen, das ich nur für uns beide am Ufer des Baikalsees bauen würde; ich weiß, dass du dazu eine Reihe Vorschläge hattest. Ich plante einen privaten Flugplatz, wollte dir und deinem guten Geschmack die Ausstattung des Hauses überlassen. Dir, der Frau, die mein Leben gerechtfertigt und ihm einen Sinn gegeben hatte.«

Ewa schweigt. Sie schaut aufs Meer.

»Deinetwegen bin ich hierhergekommen. Und ich habe am Ende begriffen, dass alles nutzlos war.«

Er drückt ab.

Der Schuss ist kaum zu hören, weil der Lauf der Waffe auf den Körper gedrückt ist. Die Kugel durchschlägt den Körper an der richtigen Stelle, und das Herz hört sofort auf zu schlagen. Trotz aller Schmerzen, die sie ihm bereitet hatte, wollte er doch nicht, dass sie leiden müsste.

Wenn es ein Leben nach dem Tod gab, gingen jetzt beide – die Frau, die ihn verraten hatte, und der Mann, der erlaubt hatte, dass dies geschah – Hand in Hand durch den Mondschein, der bis zum Rand des Strandes reichte. Sie begegneten dem Engel mit den dichten Augenbrauen, der keinen Groll und keinen Hass zuließ und ihnen genau erklären würde, warum alles so geschehen musste. Dass alle eines Tages vom Planeten namens Erde aufbrechen müssen. Und dass die Liebe bestimmte Taten rechtfertigt, die die Menschen nicht verstehen können – es sei denn, sie hätten erlebt, was er erlebt hatte.

Ewas Augen sind geöffnet, aber ihr Körper erschlafft und fällt in den Sand. Igor lässt die beiden dort liegen und geht zur Felsklippe am Ende des Strandes, wischt die Fingerabdrücke sorgfältig von der Waffe ab und wirft diese so weit wie möglich von der Stelle entfernt ins Meer, an der sie zu dritt im Sand gesessen und den Mondschein betrachtet haben. Er steigt die Treppe wieder hinauf, kommt unterwegs an einem Papierkorb vorbei. Er wirft den Schalldämpfer weg – er hat ihn nicht gebraucht, die Band war im richtigen Augenblick lauter geworden.

22 Uhr 55

Gabriela geht auf den einzigen Menschen zu, den sie hier kennt.

Die Gäste stehen gerade vom Tisch auf. Die Band spielt Stücke aus den sechziger Jahren, die Party beginnt, Leute lächeln und reden trotz des ohrenbetäubenden Lärms miteinander.

»Ich hatte Sie schon gesucht! Wo sind Ihre Freunde?«

»Und wo ist Ihr Freund?«

»Er ist gerade gegangen, weil es angeblich ein großes Problem mit dem Schauspieler und dem Regisseur gegeben hat! Er hat nur noch gesagt, die Party auf der Jacht sei gecancelt.«

Igor begreift, was passiert ist. Er hatte nicht die geringste Absicht gehabt, den Filmstar zu töten, den er bewunderte und dessen Filme er immer ansah, wenn er es zeitlich einrichten konnte. Aber das Schicksal wählt – der Mensch ist nur sein Werkzeug.

»Ich wollte gerade gehen. Wenn Sie mögen, setze ich Sie vor Ihrem Hotel ab.«

»Aber die Party beginnt doch gerade erst!«

»Na, dann genießen Sie sie. Ich reise morgen ganz früh ab.«

Gabriela muss sich schnell entscheiden. Entweder bleibt

sie dort mit einer Tasche voller Seidenpapier an einem Ort stehen, an dem sie niemanden kennt, wartet auf eine barmherzige Seele, die sie zur Croisette mitnimmt – wo sie die Schuhe ausziehen würde, bevor sie den nicht enden wollenden Hang hinauf zu dem Zimmer steigt, das sie sich mit vier Freundinnen teilt.

Oder sie nimmt die Einladung des netten Mannes an, der ausgezeichnete Kontakte haben muss, schließlich ist er ein Freund von Hamid Husseins Frau. Sie hat den Anfang ihrer Auseinandersetzung mitbekommen, denkt aber, dass solche Dinge tagtäglich passieren und sich bald wieder einrenken.

Sie hat ihre Filmrolle bereits in der Tasche. Ist erschöpft von all den Emotionen des Tages. Sie befürchtet, am Ende zu viel zu trinken und damit alles zu zerstören. Einsame Männer werden sich zu ihr gesellen und sie fragen, ob sie allein ist, was sie anschließend vorhat, ob sie am nächsten Tag mit ihnen einen Juwelier besuchen möchte. Sie wird den Rest der Nacht damit verbringen, sich freundlich aus der Affäre zu ziehen, ohne jemanden zu verletzen, denn man kann nie wissen, mit wem man es gerade zu tun hat. Diese Gala ist eine der exklusivsten des ganzen Festivals.

»Gehen wir!«

Ein Star verhält sich so; er geht, wenn niemand es erwartet.

Sie gehen zum Empfang des Hotels. Gunther (sie kann sich an den anderen Namen nicht erinnern) bittet um ein Taxi, der Mann am Empfang sagt, dass sie Glück haben – hätten sie noch etwas gewartet, hätten sie sich in eine riesige Schlange stellen müssen.

Auf der Fahrt fragt sie, warum er hinsichtlich seiner Tätigkeit gelogen habe. Gunther antwortet, er habe nicht gelogen – er habe tatsächlich eine Telefongesellschaft besessen, aber sie dann verkauft, weil er glaube, die Zukunft liege in der Schwerindustrie.

Und der Name?

»Igor ist ein Kosename, die Verkleinerungsform von Gunther auf Russisch.«

Gabriela wartet jede Minute auf die berühmte Einladung ›Wollen wir vor dem Schlafengehen im Hotel nicht noch einen Drink zusammen nehmen?‹ Doch nichts dergleichen geschieht: Igor setzt sie vor ihrer Haustür ab, verabschiedet sich mit einem Händedruck und fährt weiter.

Das ist Höflichkeit!

Ja, das war ihr erster Glückstag. Der erste von vielen. Morgen, wenn sie ihr Handy wiederhat, wird sie ein R-Gespräch in eine Stadt in der Nähe von Chicago machen. Sie wird ihren Eltern die großen Neuigkeiten erzählen, sie bitten, die Zeitschriften zu kaufen, weil sie mit dem berühmten Filmschauspieler auf dem roten Teppich fotografiert worden ist. Sie wird dann auch sagen, dass man sie gezwungen habe, ihren Namen zu ändern. Aber wenn ihre Eltern aufgeregt fragen würden, wie es denn nun weitergehe, würde sie das Thema wechseln: Sie ist abergläubisch und redet nicht über Projekte, solange sie nicht tatsächlich umgesetzt werden. Sie würden schon alles erfahren, wenn die Nachrichten sich verbreiten würden: Unbekannte Schauspielerin ergattert Hauptrolle. Lisa Winner der Ehrengast eines Festes in New York. Bislang unbekanntes Mädchen aus Chicago ist die große Entdeckung in Gibsons Film.

Agent verhandelt über Millionenvertrag mit einem der großen Filmproduzenten Hollywoods.

Der Himmel allein ist die Grenze.

23 Uhr 11

»Wieso bist du schon zurück?«

»Ich wäre schon viel eher hier gewesen, aber der Verkehr war einfach schlimm.«

Jasmine schleudert die Schuhe in eine, die Tasche in die andere Ecke. Sie wirft sich erschöpft in den Kleidern aufs Bett.

»Die wichtigsten Worte sind in allen Sprachen kurz. ›Ja‹ beispielsweise. Oder ›Liebe‹. Oder ›Gott‹. Es sind Worte, die leicht auszusprechen sind und die leeren Stellen in unserer Welt ausfüllen. Doch es gibt auch ein Wort – ebenfalls sehr kurz –, das ungeheuer schwer auszusprechen ist. Aber ich werde es jetzt tun.«

Sie blickt ihre Lebensgefährtin an:

»Nein.«

Sie klopft auf das Bett und bittet sie, sich neben sie zu setzen. Streichelt ihr übers Haar.

»Das ›Nein‹ hat den Ruf, ein verfluchtes, egoistisches, wenig spirituelles Wort zu sein. Wenn wir ›ja‹ sagen, finden wir uns großzügig, verständnisvoll, wohlerzogen. Aber ich sage dir jetzt: ›Nein.‹ Ich werde nicht tun, worum du mich gebeten hast, weil du findest, es sei für mich das Beste. Selbstverständlich wirst du jetzt sagen, ich sei erst neunzehn und verstünde noch nicht viel vom Leben. Aber mir reicht eine Gala wie die von heute Abend, um zu wissen, was ich will und was ich auf gar keinen Fall will.

Ich wollte nie Model werden. Ich habe nie gedacht, dass ich mich einmal verlieben könnte. Ich weiß, dass die Liebe nur in Freiheit leben kann. Aber wer sagt denn, ich sei jemandes Sklavin? Ich bin nur Sklavin meines Herzens. Ich hatte dich erwählt, noch bevor du mich erwählt hast. Ich habe mich auf ein Abenteuer eingelassen, das mir unmöglich erschien. Ich habe, ohne zu klagen, alle Konsequenzen auf mich genommen – von den Vorurteilen der Gesellschaft bis hin zu den Problemen mit meiner Familie. Ich habe das alles überwunden, um hier in Cannes bei dir zu sein, den Triumph einer großartigen Modenschau zu genießen und dabei zu wissen, dass ich im Leben noch andere Chancen haben werde. Ich weiß, ich werde sie haben, an deiner Seite.«

Jasmines Lebensgefährtin legt sich neben sie aufs Bett und den Kopf in ihren Schoß.

»Ein Ausländer, den ich heute Nacht kennengelernt habe, hat mich darauf aufmerksam gemacht, als ich verloren in der Menge herumstand und nicht recht wusste, was ich sagen sollte. Ich fragte ihn, was er dort auf dem Fest mache. Er antwortete, er habe seine Liebe verloren und sei gekommen, um sie zu holen, sei sich aber nicht mehr ganz sicher, ob er das noch wolle. Er bat mich, in die Runde zu schauen: Wir waren von Leuten voller Gewissheiten, Ruhm und Siegen umringt. Und er meinte dann: ›Die amüsieren sich nicht. Sie finden, dass sie auf dem Höhepunkt ihrer Karriere angelangt sind, und der unausweichliche Abstieg erschreckt sie. Sie haben vergessen, dass es noch eine ganz andere Welt zu erobern gibt, weil …«

»… sie sich daran gewöhnt haben.«

»Genau. Sie besitzen viele Dinge, haben aber keine Träume mehr. Sie haben jede Menge Probleme bereits gelöst, Projekte sind auf dem Weg, die Unternehmen laufen gut, nun bleibt ihnen nur noch die Angst vor der Veränderung. Und deshalb gehen sie auf jede Party, zu jedem Treffen – um nur ja keine Zeit zum Nachdenken zu haben. Um immer dieselben Leute zu treffen und um das Gefühl zu haben, alles würde wie gehabt weitergehen. Gewissheiten haben Leidenschaften ersetzt.«

»Zieh dich aus!«, sagt die Lebensgefährtin, weiter nichts.

Jasmine steht auf, zieht sich aus und schlüpft unter die Bettdecke.

»Zieh dich auch aus! Nimm mich in den Arm! Ich muss jetzt deine Arme um mich spüren, denn heute hatte ich zum ersten Mal das Gefühl, dass du mich gehen lassen wolltest.«

Ihre Lebensgefährtin zieht sich auch aus, löscht das Licht. Jasmine schläft sofort in ihren Armen ein. Anna bleibt noch eine Weile wach, schaut zur Decke und denkt dabei, dass eine Neunzehnjährige manchmal in ihrer Unschuld weiser sein kann als eine Achtunddreißigjährige. Ja, sosehr sie sich auch fürchtet, so unsicher sie sich auch fühlen mag, sie wird gezwungen sein zu wachsen. Sie wird einen mächtigen Feind vor sich haben, HH, der ihr bestimmt alle möglichen Knüppel in den Weg legen wird, um zu verhindern, dass sie im Oktober an der Pariser Modewoche teilnimmt. Zuerst einmal wird er darauf bestehen, ihre Marke zu kaufen. Da dies unmöglich ist, wird er versuchen, sie bei der Fédération in Misskredit zu bringen, indem er sagt, sie sei vertragsbrüchig geworden.

Die nächsten Monate werden sehr schwierig sein.

Aber weder HH noch sonst jemand weiß, dass sie eine absolute, totale Kraft hat, dank der sie alle Schwierigkeiten überwinden kann: die Liebe der Frau, die sich jetzt in ihre Arme schmiegt. Für sie würde sie alles, wirklich alles tun. Nur nicht töten.

Gemeinsam mit ihr ist sie zu allem fähig – sogar zu siegen.

1 Uhr 55

Der Firmenjet steht mit laufenden Triebwerken da. Igor setzt sich auf seinen Lieblingsplatz – zweite Reihe links – und wartet auf den Start. Als die Anzeige zum Anlegen der Sicherheitsgurte erlischt, geht er zur Bar, schenkt sich einen großen Wodka ein und trinkt ihn in einem Zug aus.

Einen Augenblick lang fragt er sich, ob die Botschaften, die er an Ewa geschickt hatte, deutlich genug gewesen waren. Ob er nicht noch einen Namen oder sonst etwas hätte hinzufügen sollen. Das wäre aber zu riskant gewesen – man hätte ihn für einen Serienmörder halten können.

Das war er nicht: Er hatte ein Motiv, das er zum Glück rechtzeitig revidiert hatte.

Die Erinnerung an Ewa lastet nicht mehr so auf ihm wie früher. Er liebt sie nicht mehr wie einst, und der Hass auf sie ist auch verflogen. Im Laufe der Zeit wird sie ganz aus seinem Leben verschwinden. Eigentlich schade: Trotz all ihrer Fehler wird er kaum noch einmal einer Frau wie ihr begegnen.

Er geht noch einmal an die Bar, öffnet ein Wodkafläschchen und trinkt es aus. Ob sie in Cannes wohl dahinterkommen werden, dass ein einziger Mensch sechs andere Welten ausgelöscht hat? Doch letztlich ist ihm das gleichgültig. Er bereut nur jenen Augenblick am Nachmittag, an dem er sich der Polizei hatte stellen wollen. Aber das Schicksal war auf seiner Seite gewesen und er hat seine Mission zu Ende führen können.

Ja, er hat gesiegt. Aber der Sieger bleibt nicht allein. Seine Alpträume sind vorüber, ein Engel mit dichten Augenbrauen wacht über ihn und wird ihm den Weg weisen, den er von nun an zu gehen hat.

Am Tag des heiligen Josef,
19. März 2008

Danksagungen

Es wäre unmöglich gewesen, dieses Buch ohne die Hilfe vieler Menschen zu schreiben, die mir offen oder vertraulich wichtige Informationen geliefert haben. Als ich mit den Vorarbeiten begann, hatte ich nicht erwartet, dass ich hinter der Fassade von Luxus und Glamour so viele interessante Seiten finden würde. Ich danke allen Freunden, die direkt oder indirekt an diesem Buch mitgearbeitet haben. Einige von ihnen haben darum gebeten, sie nicht namentlich zu erwähnen. So danke ich denn Alexander Osterwald, Bernadette Imaculada Santos, Claudine und Elie Saab, David Rothkopf (der den Begriff ›Superklasse‹ geprägt hat), Deborah Williamson, Fátima Lopes, Fawaz Gruosi, Franco Cologni, Hildegard Follon, James W. Wright, Jennifer Bollinger, Johan Reckman, Jörn Pfotenhauer, Juliette Riga, Kevin Heienberg, Kevin Karroll, Luca Borei, Maria de Lourdes Débat, Maria Rosa, Monty Shadow, Steffi Czerny, Victoria Navaloska, Yasser Hamid und Zeina Raphael. Ich muss allerdings gestehen, dass ihre Mitarbeit zumeist indirekt war, denn ich pflege nie über das Thema zu sprechen, über das ich gerade schreibe.

Avant-propos

Préparez-vous à vivre une aventure incroyablement colorée avec Morgane, ses nouveaux amis et ses nombreux textos !

Bien qu'écrite en français, cette série a été créée par une pure Québécoise (MOI !) et se déroule dans la Belle Province. Ne soyez pas effrayés par les expressions typiques de mon coin de pays. Laissez-vous plutôt imprégner de cette saveur locale qui lui est propre. Les mots identifiés par un astérisque sont expliqués en bas de page lors de leur première utilisation, et par la suite, vous pourrez les retrouver si nécessaire dans le lexique alphabétique à la fin du livre. Vous apprendrez ainsi ce que signifient certains mots tels que *chum* (copain), *cell* (portable) et *gougounes* (tongs).

Bonne lecture et surtout, amusez-vous bien !

Geneviève XXX

CHAPITRE 1

Changement de décor

CHAPITRE 1

Yanie: Morgane? Es-tu là?

Moi: Oui! Qu'est-ce qu'il y a, encore?

Yanie: Je m'ennuie de toi!

Moi: Je le sais, Yanie. Tu me l'as déjà écrit trois fois ce matin. Tu vas survivre, ne t'inquiète pas!

Yanie: Je ne pense pas! Je n'arrive plus à dormir depuis que tu m'as fait tes adieux.

Moi: C'était hier!

Yanie: Ben, c'est ça! Je n'ai pas dormi de la nuit non plus!

Moi: Arrête d'être aussi dramatique. Je ne suis pas morte, quand même!

Yanie: Pas encore, mais ça va venir! Tu t'apprêtes à passer toute une année dans un pensionnat hyper sévère! Crois-moi, tu vas vouloir mourir!

Moi : Ce n'est pas un pensionnat, c'est une résidence.

Yanie : Je ne vois pas la différence. Oh ! Et attends d'enfiler ton uniforme ! Tu vas le détester, je te jure !

Moi : Ça suffit, Yanie ! Je ne porterai pas d'uniforme, je te l'ai déjà dit. Ce n'est pas une école privée, c'est un secondaire * comme les autres.

Yanie : En tout cas, moi, on me paierait cher pour que j'accepte de dormir à mon école !

Moi : Je n'ai pas vraiment le choix si je ne veux pas faire une heure d'autobus tous les jours.

Yanie : Ta nouvelle maison est si loin que ça ?

Moi : Que veux-tu, c'est la campagne ! 😄

* **Secondaire** – Au Québec, on fréquente l'école secondaire pendant 5 ans (de la première à la cinquième), de 13 à 17 ans.

CHAPITRE 1

Yanie : Je te souhaite beaucoup de plaisir avec les vaches, les poules et les champs de maïs !

Moi : Écoute, je dois te laisser. J'ai une journée plutôt chargée. On se revoit bientôt ?

Yanie : Oui, mais tu me promets de m'écrire souvent, hein ?

Moi : C'est sûr !

Yanie : Quand ? Tout à l'heure ? Ce soir ? Pas plus tard que ce soir, OK ? Parce que je te connais ! Indépendante comme tu es, tu serais capable de m'oublier pendant la nuit.

Moi : Je ne vois pas comment ça pourrait arriver, avec la quantité de textos que tu m'envoies dans une journée ! Je t'écris avant d'aller au lit, c'est promis.

Yanie : Je compte sur toi !

Moi :

J'éteins mon cell* et le range dans la poche de ma veste, un grand sourire aux lèvres. Pauvre Yanie ! Elle me fait bien rire avec son ton dramatique. Je change d'école, je ne m'en vais quand même pas à l'abattoir ! La vie m'offre la chance de découvrir autre chose et de me faire de nouveaux amis. Aussi bien en profiter, non ? Il n'y a rien de mal là-dedans !

Le changement fait peur à beaucoup de monde. Mais moi, je ne suis pas comme tout le monde. À quoi bon l'être, de toute façon ? Pourquoi chercher à entrer dans un moule qui ne me ressemble pas ? Oh ! Je pourrais faire semblant, c'est vrai ! Mais serais-je vraiment plus heureuse ? Je ne crois pas.

C'est ma vie. Et la beauté, c'est que je peux en faire ce que je veux, de ma vie. Je prends mes propres décisions. Je trace ma route. Je tire le bout de cette longue ficelle et je la déroule un centimètre à la fois afin de découvrir les mille et un trésors cachés de ce monde. À mon rythme. *Quand* je le veux et *comme* je le veux.

« Quel sera ton métier, quand tu seras grande, Morgane ? » Ah ! Cette fameuse question ! On se la fait poser si souvent quand on est jeune ! Girouette comme je suis (ça, c'est l'expression préférée de ma mère pour me décrire),

---

* **Cellulaire/Cell** – Téléphone portable.

j'ai changé d'idée des centaines, voire des milliers de fois.

Quand j'avais trois ans, je voulais être une princesse en pyjama. Pourquoi en pyjama? Parce que les robes ne m'intéressaient pas. Et soyons honnêtes, elles ne m'intéressent toujours pas. Tout ce que je voulais, c'était monter à cheval, m'amuser avec le fou du roi et manger du pain jusqu'à ce que mon ventre soit sur le point d'exploser.

À six ans, je rêvais de devenir une sirène-infirmière pour soigner les dauphins malades, prendre soin des bébés hippocampes et jouer avec les étoiles de mer. Rien de bien compliqué, non?

Ensuite, vers dix ans, j'ai eu la meilleure idée de tous les temps! J'allais devenir la première fille à faire le tour du monde en marchant sur les mains, les pieds dans les airs. Je me suis donc entraînée, entraînée et entraînée, et, finalement, j'ai abandonné ce projet au coin de la rue. C'était beaucoup trop long, le tour du monde! Et beaucoup trop douloureux, aussi!

Aujourd'hui, je dois sérieusement penser à mon avenir. Je ne suis pas encore une adulte, mais je ne suis plus une enfant non plus. Ma mère dirait: une ado. Je déteste ce mot, parce qu'il nous bombarde d'images hyper négatives. Ado = boutons plein le visage, appareil dentaire, début des règles, voix qui mue, moustache qui n'en est pas vraiment une (rasez-moi ça, les gars !), hormones qui nous font rire quand c'est le temps de pleurer (et qui nous font pleurer quand c'est le temps de rire), peines d'amour, amis qui nous laissent tomber. Mais surtout, ado = coups. Beaucoup de coups. Des coups de cœur, des coups de fatigue, des coups d'œil, des coups de fil, des coups bas, des coups d'éclat, des coups de soleil, des coups de pouce, des coups de barre et, aussi, des coups de foudre.

Mais les coups de foudre, ce n'est pas pour moi. C'est une perte de temps. J'ai beaucoup mieux à faire que m'extasier devant les beaux yeux d'un tel ou la nouvelle coupe de cheveux d'un autre. Je me fiche de savoir si le gars le plus populaire de l'école a remarqué mon nouveau t-shirt. Je m'en balance, de l'opinion des gens à propos de la couleur de mon vernis à ongles. Vraiment ! Je ne dis pas que je suis complètement indifférente à la gent masculine — je ne suis pas faite en bois, quand même ! —, mais je suis bien plus attirée par celui qui écoute des documentaires et qui s'intéresse à ce qui se passe dans le monde que par celui qui marque des buts à la pelle lors des matchs de football. Vous voyez ? Et des gars comme ça, il n'y en a pas des centaines dans mon entourage.

Pour en revenir à la question à mille dollars, vous savez, celle qui va faire de moi une adulte responsable et équilibrée (hum ! hum !), la réponse s'est imposée d'elle-même avec les années. Maintenant, tout est clair. Je vais devenir journaliste. Mais pas n'importe quelle sorte de journaliste. Oh non ! La météo, très peu pour moi. L'horoscope et les sports, c'est sans intérêt. Les petites nouvelles de quartier qui ne servent qu'à alimenter les ragots (du genre : saviez-vous que la municipalité vient d'établir une nouvelle loi en matière de ramassage de crottes de chien ?), il est hors de question que je m'en charge. Non, moi, ce que j'aimerais, c'est faire du journalisme humanitaire. Voyager. Découvrir le monde. Partir à la recherche de sujets de société à la fois passionnants et controversés. Des sujets qui amèneront la population à réfléchir. À se poser des questions. À prendre des décisions.

C'est moi, ça.

C'est Morgane.

Et j'ai trouvé le moyen parfait de m'exercer, tout en montrant aux autres qui je suis réellement : je vais mettre sur pied un journal étudiant. Mais attention ! Je parle ici d'un vrai journal ! Rien à voir avec ces atrocités sans contenu qui circulent habituellement dans les écoles secondaires. J'ai envie de monter un périodique unique, à ma couleur. Et je me suis bien préparée pendant l'été. J'ai écrit quelques chroniques inspirées de ma propre expérience de vie. En voici un exemple.

Pas si terrible, **LE CHANGEMENT !**

Quel beau titre pour un article, n'est-ce pas ? Il y a tant de choses à dire à propos du changement que je ne sais pas trop par où commencer.

Allons-y tout d'abord avec la définition du mot «changement». Selon le Larousse, il s'agit «d'une action, du fait de changer, de modifier quelque chose, du passage d'une étape à une autre». Le changement peut être lent et progressif ou, à l'inverse, brutal et précipité.

Mais la question qu'on doit se poser, c'est: que souhaitons-nous vraiment modifier ? Nos habitudes alimentaires ? Notre mentalité ? Notre engagement dans la sauvegarde de la planète ? Notre lieu de résidence, nos fréquentations, notre cercle d'amis ? Pourquoi ne pas prendre un moment pour y réfléchir ? Chaque être humain réagit différemment au changement.

Pour ma part, je l'accueille à bras ouverts ! Je profite des occasions qui s'offrent à moi pour...

Bout de luzerne que j'ai du talent! Mon article mériterait d'être publié dans un grand journal!

SOIS RÉALISTE, MORGANE! TU DOIS COMMENCER EN BAS DE L'ÉCHELLE, COMME TOUT LE MONDE!

C'est vrai! Voici donc ce que je vais faire. Je vais aller voir les responsables du journal étudiant et les convaincre de me faire une place au sein de leur équipe. Je me suis préparé une argumentation solide et convaincante, ils ne peuvent pas refuser. Et si, malgré tout, ils décident qu'ils n'ont pas besoin de moi, eh bien, je vais foncer et démarrer mon propre journal! Tant pis pour eux!

TOUT DOUX, MORGANE! C'EST TA PREMIÈRE JOURNÉE DANS CETTE ÉCOLE. PRENDS ÇA

CHAPITRE 1

RELAXE ! TU N'ES PAS OBLIGÉE DE TE FAIRE DES ENNEMIS TOUT DE SUITE EN COMMENÇANT !

Non, mais je ne dois pas me laisser marcher sur les pieds non plus. J'ai accepté de relever le défi et de changer d'école, alors maintenant, c'est à moi de prouver que j'ai pris la bonne décision.

Il y a quelques semaines, ma mère s'est fait offrir un emploi de rêve. Évidemment, je l'ai encouragée à accepter le poste. Quand elle m'a avoué qu'on devrait déménager pour que ce soit possible, je lui ai assuré que ça m'allait. Changer de maison ? Pas de problème ! Changer de ville ? Pourquoi pas ? Mais quand elle m'a expliqué qu'on habiterait en pleine campagne, que je devrais quitter mon école et qu'en plus je devrais loger dans les résidences de mon nouvel établissement scolaire, j'ai hésité un peu. Mais pas plus de trente secondes. Ensuite, j'ai dit oui !

Pour plusieurs, ça peut sembler effroyable, voire mortel. Pas pour moi. Je ne suis pas comme ça. Mes amies sont un peu différentes (pour ne pas dire totalement différentes). Elles ont pleuré toutes les larmes de leur corps quand je leur ai annoncé la nouvelle. Louba m'a suppliée de convaincre ma mère de laisser tomber ce projet de fou et Yanie m'a menacée de ne plus jamais m'adresser la parole si j'acceptais de déménager. Je les entends encore argumenter pour essayer de me faire changer d'idée :

— Quoi ? Tu vas dormir dans ton école ? C'est l'horreur ! m'a dit Louba, les yeux exorbités et le teint blême.

— Et tu vas partager ta chambre avec une inconnue ? a ajouté Yanie, en me regardant comme si j'étais la pire des irresponsables. Ben voyons !

— Tu vas être hyper malheureuse !

— Tu vas trop nous manquer !

— C'est la fin du monde !

Elles ont oublié qui je suis, on dirait. J'ai toujours aimé relever des défis. Je m'intéresse à tout, partout, et tout le temps. J'accueille à bras ouverts chaque possibilité que m'offre la vie et j'essaie d'en tirer le maximum. Cette formidable aventure, je l'embrasse sur les deux joues et je lui fais un énorme câlin. C'est une chance inestimable qui s'offre à moi.

C'est certain que je vais m'ennuyer de mes amies. On a vécu tellement de belles expériences, toutes les trois ! Mais je ne déménage pas au

Pérou, quand même ! On va se voir une fois de temps en temps. On va s'appeler. On va se texter.

Là où ça risque d'être un peu plus difficile, c'est avec ma mère. Elle est de loin la personne qui va me manquer le plus. Et je sais qu'elle va trouver ça difficile, sans moi. Malgré tout, je ne suis pas inquiète. On est fortes, toutes les deux. On va s'en sortir. On l'a toujours fait, alors je ne vois pas pourquoi ça changerait.

Aujourd'hui, c'est enfin le grand jour. Après un été bien rempli, je mets enfin les pieds dans ma nouvelle école. Les cours commencent seulement dans deux jours, mais l'accueil a lieu plus tôt afin de nous donner le temps de nous installer avant la rentrée.

À mon arrivée, on m'a donné une foule de papiers, on m'a attribué un numéro de chambre et on m'a souhaité une belle année scolaire. Et moi, j'ai gentiment demandé à maman de retourner à la maison et de me laisser seule. Je sais que ça lui a fait de la peine, mais j'ai envie de faire ce bout de chemin par moi-même. Découvrir mon nouvel environnement. M'installer. Rencontrer des gens. Faire ma place. Évidemment, elle ne met pas longtemps à m'envoyer un message :

Maman : Est-ce que tout va bien ? As-tu trouvé ta chambre ? Tu n'es pas perdue, j'espère ?

Moi : Tu es partie ça fait deux minutes ! Laisse-moi le temps ! Je t'écris plus tard, OK ?

Maman : Promis ?

Hi ! Hi !

Moi : Promis. Mais là, je ne peux pas avancer et te texter en même temps. J'ai plein de bagages, au cas où tu l'aurais oublié.

Maman : Oui, désolée. N'oublie pas, je viens te chercher vendredi après tes cours. On va se faire un beau week-end, toutes les deux.

Moi : Parfait ! Embrasse Fripouille pour moi.

Maman : Juste Fripouille ? 😉

Moi : Ben non. Embrasse aussi Gamine. Et Johnny Depp. Et... Bon ! Embrasse-les tous de ma part !

CHAPITRE 1

Maman : Des bisous soufflés, ça te va ? Hors de question que je pose les lèvres sur tes bestioles !

Moi : Oui, oui. Bisous soufflés, c'est parfait ! Je t'aime !

Maman : Moi aussi, je t'aime, ma colombe ! ♥

J'TDR

CHAPITRE 2

Première impression

CHAPITRE 2

J'avance dans le corridor, une valise dans chaque main et un immense sourire aux lèvres. C'est parti pour une excitante, exaltante, stimulante et passionnante aventure ! Et la petite voix dans ma tête me répète sans arrêt ce que je dois absolument faire aujourd'hui.

TROUVER MA CHAMBRE,
POUR COMMENCER !

Ça, c'est tout un défi ! Cette école est tellement grande que j'ai l'impression de tourner en rond depuis des heures. Un vrai labyrinthe ! Bon. Je ne devrais pas me plaindre, j'aime ça, les labyrinthes. Je rêve même de visiter les pyramides d'Égypte un jour. Certaines d'entre elles sont fascinantes, à ce qu'il paraît. Mais je ne sais pas pourquoi je parle de ça… OK. *Next !*

DÉCORER MON ESPACE.

C'est hyper important pour moi. Pourquoi endurer des murs blancs — ou pire :

beiges ! — pendant toute une année scolaire, quand on peut les embellir avec quelques affiches, des cadres et des articles de journaux ?

ME FAIRE DES AMIS.

Pas trop compliqué, je suis tellement merveilleuse !

FINALEMENT, ET LE PLUS
IMPORTANT DE TOUT :
CONVAINCRE LES MEMBRES
DU JOURNAL ÉTUDIANT
DE M'ACCUEILLIR DANS
LEUR ÉQUIPE.

J'en fais une mission prioritaire. C'est un objectif personnel ! Mais je pense que ça va bien aller. Comme je l'ai déjà dit, je suis merveilleuse ! ☺ En plus, j'ai plein d'idées. Ensemble, on va révolutionner le monde du journal étudiant. Rien de moins !

CHAPITRE 2

Pendant que j'établis une stratégie et que j'élabore une liste d'arguments irréfutables à présenter à l'équipe du périodique, les numéros de porte défilent devant mes yeux.

Quarante ; j'approche !

Je suis impatiente de connaître ma coloc. Euh... Est-ce que c'est vraiment ça, le terme exact ? Coloc ? Ou *cochambreuse* ? Ou partenaire d'espace vital ? Bah ! Peu importe ! Je suis sûre qu'elle est géniale et qu'on va devenir les meilleures amies du monde. Tiens, tiens, je pourrais faire une entrevue avec elle ! J'imagine déjà le titre : « Partenaires pour l'année scolaire ». Ou alors : « Le début d'une fabuleuse aventure ». Oui, c'est bon, ça !

Quarante et un ; j'ai les mains moites. Il fait si chaud, ici !

Quarante-deux ; j'y suis ! C'est la porte de ma chambre.

Je m'arrête et je dépose mes valises pour essuyer la paume de mes mains sur mon pantalon. Qu'est-ce qui me prend ? On dirait que j'hésite. Je n'ai pourtant pas l'habitude de manquer de confiance en moi !

Pour me rassurer, je glisse la main à l'intérieur d'une pochette de ma valise et j'en sors l'un de mes plus récents articles. Je l'ai écrit hier soir, celui-là. C'est l'un de mes meilleurs.

La confiance **EN SOI**

On en entend parler partout ! Dans les revues, dans les émissions de télé, dans les études menées auprès des jeunes enfants, etc. À notre âge, il pourrait être tentant de lever le nez sur ce genre de documentation, mais sachez qu'une parfaite maîtrise de nos capacités est un atout majeur dans la réalisation de nos rêves les plus profonds. De là l'importance d'encourager les gens autour de nous, de leur dire à quel point ils sont bons et qu'ils méritent toute notre attention.

Dans cet article, je vous propose diverses méthodes à mettre en œuvre pour améliorer votre propre confiance en vous. Ne vous imposez pas de limites, voyez comment

CHAPITRE 2

Bang ! Un élève me percute si fort que je laisse tomber mon papier au sol. Bout de luzerne ! Il pourrait faire attention ! Il s'agit là d'un document de la plus haute importance ! Bon. C'est peut-être signe qu'il est temps que j'entre dans ma nouvelle chambre (et dans ma nouvelle vie).

Je frappe trois petits coups et j'agrippe les poignées de mes valises. J'attends qu'on vienne m'ouvrir. Je suis polie quand même. OK, je l'avoue, j'ai surtout les mains pleines. Euh… On dirait que j'entends chanter à travers la porte. Et c'est… C'est quoi, cette musique, au juste ? Un mélange de flûte de pan et de harpe. Oh ! Oh ! Ce n'est pas bon signe, ça !

Bon. Du calme. Je ne dois pas juger cette fille avant de la connaître. Ce n'est pas parce qu'elle écoute de la musique archinulle et qu'elle chante de façon archinulle qu'elle est forcément archinulle elle aussi. Oups ! Est-ce que c'était un jugement, ça ? Hum, peut-être… Je devrais faire plus attention.

Je frappe à nouveau, un peu plus fort cette fois. La musique arrête et la porte s'ouvre.

— Quoi ?

— Salut ! Je suis Morgane !

Wow ! Ma coloc est vraiment, mais vraiment belle ! Elle mesure près de dix centimètres de plus que moi (pourtant, je ne suis pas petite), elle a de longs cheveux blonds et des yeux verts aussi grands et aussi ronds que ceux d'une biche. Bref, elle m'énerve ! (Mais non ! Elle ne m'énerve pas vraiment. Mais avouez qu'on a affaire ici à un cas d'injustice flagrante dans la répartition des attributs physiques au sein de la population !) Elle a même un style que la plupart des filles – et des gars – doivent qualifier de *look* d'enfer ! Une chemise fleurie, un short de jeans très court, un bottillon noir et un chignon mi-soigné mi-négligé, qui laisse tomber quelques mèches sur son visage bronzé. Si elle n'avait pas les yeux si gonflés et si rougis (tiens, tiens, aurait-elle pleuré ?), elle serait parfaite !

Pendant que j'examine ma coloc de la tête aux pieds, elle se permet de faire la même chose. Son regard étonné se promène de bas en haut et de haut en bas, comme si elle n'arrivait pas à assimiler les informations transmises par son cerveau. Je fais parfois cet effet-là aux gens. Les premières minutes, tout au moins. Ensuite, ils s'habituent. Je n'ai pas la réputation d'être conventionnelle ni de me fondre dans la masse. Celle qu'on remarque, c'est moi.

CHAPITRE 2

— Qu'est-ce que tu veux? me demande enfin la belle blonde. Tu es perdue ? ajoute-t-elle en penchant légèrement la tête.

— Non. Je suis ta coloc, dis-je en lui tendant une main qu'elle ignore en relevant le menton. On va partager la même chambre, toutes les deux. Tu t'appelles Rosalie, c'est bien ça ? En tout cas, c'est ce qu'on m'a dit à l'accueil.

Un mélange de colère et de frustration passe sur son visage, l'instant d'une seconde. Son beau teint bronzé de l'été devient aussi rouge qu'une tarte aux cerises et ses pupilles se dilatent, comme si elle voulait me dévorer. Je recule d'un pas malgré moi. Heureusement que je l'ai fait, parce que j'aurais reçu la porte en plein visage.

Vlan !

Non, mais ! Tu parles d'une effrontée ! Elle m'a claqué la porte au nez !

— Hé ! Rosalie !

Je frappe encore. Elle n'ouvre pas. Décidément, ça commence mal. Je tourne la poignée et j'entre difficilement en tirant... Euh non. En poussant... Euh, ça ne marche pas non plus. En soulevant mes valises pour les déposer dans la pièce. Le souffle court, parce que je ne suis pas vraiment un modèle de forme physique, je m'essuie le front du revers de la main. Ouf !

Campée devant moi, ma coloc se gratte nerveusement le bras. Sa colère semble disparue. Peut-être a-t-elle compris que je n'ai pas choisi d'être avec elle, moi non plus. J'ose faire un pas dans sa direction, mais elle lève aussitôt l'index pour me pointer un lit vide. Puis, elle soupire un grand coup et va s'asseoir à son petit bureau en prenant soin de me tourner le dos. Je déplace mes valises et je les dépose au pied de mon lit. Je suis trop curieuse. Je ne peux pas m'empêcher de la questionner.

— Est-ce que ça va, Rosalie ? dis-je, plantée au beau milieu de la chambre. Tu as l'air bouleversée.

— Mon nom, c'est Annabelle ! grogne-t-elle, les poings serrés.

— Oh ! Désolée. Ils ont dû faire une erreur à la réception.

Mes doigts s'agitent machinalement sur la fermeture éclair de ma veste.

— Mais tu as quand même l'air bouleversée. Est-ce que je peux faire quelque chose pour t'aider ?

— Tu crois vraiment que je vais parler de ça avec toi ? marmonne Annabelle, sans se retourner. On ne se connaît même pas.

CHAPITRE 2

— Justement. Je suis la mieux placée pour t'aider à poser un regard objectif sur la situation, tu ne penses pas ? dis-je sur le ton d'un professeur. Mon jugement ne risque pas d'être altéré par ma propre interprétation des événements.

Ma coloc pivote sur elle-même et me lance un regard perçant.

— Est-ce que tu parles toujours comme ça ? Parce que, franchement, c'est un peu bizarre, ton affaire.

— Désolée. Je vais essayer de faire attention, fais-je, en baissant la tête.

Je ne veux pas l'effrayer. Ni la bousculer. Je décide donc de m'asseoir sur mon lit pour garder une certaine distance entre nous. Personnellement, la proximité ne me gêne pas, mais ce n'est pas tout le monde qui est à l'aise avec ça.

— Alors ? Tu me racontes ?

L'hésitation se lit sur son visage. Annabelle ferme les yeux, pince les lèvres et lâche un autre grand soupir. Décidément, elle en a gros sur le cœur. Au moment où elle ouvre la bouche pour me parler, mon téléphone se met à vibrer. Bout de luzerne ! Ce n'est pas le moment !

Je glisse la main dans la poche de ma veste pour éteindre mon appareil, mais c'est trop tard :

Annabelle a compris qu'elle était sur le point de se confier à une parfaite inconnue. Le nez plissé et les poings serrés, elle court se réfugier dans la salle de bain en refermant la porte derrière elle. Bon. Ce sera pour une autre fois, les confidences ! Je ne peux rien faire de plus pour l'instant.

Curieuse de savoir qui m'a textée, je m'empare de mon cell pour lire le message. C'est mon amie Louba.

Louba : Hé ! Comment tu vas, Gougoune ? Tu devais m'écrire ce matin. J'espère que tu ne m'as pas déjà oubliée ! Ou pire : remplacée !

Moi : Salut, microbe ! Mais non, voyons ! Comment pourrais-je te remplacer ? Tu es la seule au monde qui arrive à chanter du heavy métal en dansant la claquette dans le fond d'une piscine !

Louba : Ah ! Tu me rappelles des souvenirs ! C'était vraiment cool, ça !

Moi : Ouaip ! Méchant party* !

* **Party** – Fête.

CHAPITRE 2

Louba : Alors, est-ce que ta nouvelle école est plus hot que la nôtre ?

Moi : Difficile à dire, je viens d'arriver. Je ne suis même pas encore installée.

Louba : Rassure-moi, dis-moi que tu ne t'es pas déjà fait des tas d'amis ! Parce que si c'est le cas, je t'ouvre le bide et je déroule les trois mètres d'intestins qu'il y a à l'intérieur afin de les piétiner jusqu'à ce qu'ils forment un tas de chair sanguinolente. Compris ?

Moi : Wow ! Charmant !

Louba : Merci ! C'est toi qui m'as tout appris.

Moi : Petite rectification, cependant : on n'a pas trois, mais environ sept mètres de boyaux dans le bide, si on compte l'intestin grêle et le gros intestin.

Louba : Tant que ça ?

Moi : Yep !

Louba : Tu m'étonneras toujours, toi !

Louba : Alors ? C'est comment, la campagne ? Es-tu assaillie par les mouches ? Ça sent la crotte de vache ?

Moi : Non, au contraire ! C'est merveilleux ! Je me suis réveillée super tôt pour voir le soleil se lever. Ensuite, j'ai marché dans les champs pendant des heures. J'ai cueilli un superbe bouquet de fleurs, j'ai caressé des chevaux, j'ai ramassé des œufs frais et je suis rentrée pour préparer le petit déjeuner à ma mère.

Louba : Tu te moques de moi ?

Moi : Pas du tout ! J'ai même eu le temps de récolter du miel, de traire deux ou trois vaches et faire les foins.

Louba : Ah ! Ah ! Très drôle !

Hi ! Hi ! Hi !

CHAPITRE 2

Moi : Tu veux la vérité ? Je me suis couchée hyper tard hier soir (tu me connais !), je me suis levée en retard ce matin (évidemment !), et j'ai avalé une banane dans l'auto pendant que maman me conduisait à l'école.

Louba : Là, je retrouve ma Gougoune à moi !

Louba : Qu'est-ce que tu portes ?

Moi : Comment ça, qu'est-ce que je porte ?

Louba : Je suis curieuse. La première impression, c'est hyper important ! Et tu n'es pas toujours très douée pour ça, on ne se le cachera pas !

Moi : J'étais pressée ce matin. Tous mes plus beaux vêtements étaient déjà dans mes valises, alors je n'ai pas eu tellement le choix.

Louba : Aboutis !

Moi : Mes leggings avec des dessins de Smarties.

Louba : Tu me fais peur. Qu'est-ce que tu as mis avec ça ?

Moi : Mon t-shirt vert.

Louba : Oh non ! Rassure-moi ! Tu parles bien de celui qui est tout vert, hein ?

Moi : Non, l'autre. Celui avec la grenouille.

Moi : Quoi ? Qu'est-ce qu'il y a ? C'est super beau !

Moi : Ben... Pas si beau que ça ! Qui ça intéresse, de toute façon ?

Moi : Pourquoi tu ne réponds pas ?

Moi : Lou ?

CHAPITRE 2

Louba : Laisse tomber ! Ne viens pas te plaindre si tu ne te fais pas d'amis d'ici la fin de l'année scolaire. Franchement, Morgane !

Moi : Quoi ? Les Smarties et les grenouilles ont tout à fait le droit de cohabiter ! Tu ne peux pas les en empêcher ! C'est de la discrimination !

Louba : Là, je te reconnais bien ! ☺ Bon, je dois y aller ! Mon père m'attend dans l'auto. On va magasiner * pour la rentrée.

Moi : Amuse-toi bien ! Je te redonne des nouvelles très bientôt !

Louba : Tiguidou !

---

* **Magasiner** – Faire les magasins, faire du shopping.

CHAPITRE 3

Confidences

Le chagrin

Loin de moi l'idée de vous effrayer avec des idées noires, mais sachez que le chagrin fait partie intégrante de notre quotidien, alors il ne faut pas le considérer à la légère. Tout récemment, j'ai rencontré une personne affligée par la peine et la désolation. Devinez comment je me suis sentie ? Désespérée ! Eh oui ! Le malheur est doté d'un grand défaut : il se répand comme une traînée de poudre. Heureusement, je ne suis jamais triste bien longtemps, alors je me suis vite ressaisie avant d'être aspirée dans ce tourbillon de désespoir qui a le pouvoir de nous détruire de l'intérieur.

Pour contrer le chagrin et espérer un retour à la vie normale, il faut éviter de se complaire dans la facilité et accepter qu'une tierce personne nous botte les fesses, si je peux m'exprimer ainsi.

Voyez comment votre entourage peut vous aider à...

Je me retiens pour ne pas relire mon article au complet. Si ça continue, je vais le connaître par cœur ! Mais c'est vraiment bon ! Sérieusement, je suis une super auteure. ☺ Je réussis à écrire des textes à la fois pratiques, percutants et empreints d'un réalisme saisissant. Les autres vont adorer ça ! J'ai hâte que tout ça soit enfin publié et distribué dans toute l'école !

Bon ! Ça suffit pour aujourd'hui. J'éteins mon ordinateur et le dépose sur mon lit. Il serait peut-être temps que je m'approprie mon petit coin de chambre. Lentement, sans me presser, je range mes vêtements dans ma commode, j'installe mon oreiller et mes toutous préférés sur mon lit (j'assume très bien mon côté bébé), et je dépose mes articles de toilette dans un petit panier, dans la salle de bain.

Annabelle n'a plus ouvert la bouche depuis que j'ai essayé de la faire parler tout à l'heure. Je pense qu'elle a peur de moi. Elle est restée allongée sur son lit à texter et à écouter sa musique de flûte de pan. (Sérieux, c'est quoi, le but de cette musique, si ce n'est pas de nous faire saigner des tympans ?) J'ai essayé de lui faire comprendre à coups de grands soupirs que je ne partageais pas ses goûts musicaux, mais vu son état dépressif, je me suis dit qu'on débattrait de ce point un autre jour. (N'allez pas dire que je ne suis pas gentille !)

Une fois ou deux, elle s'est levée pour écrire quelques pages de ce qui semble être un journal intime, mais c'est tout. Elle n'a pas répondu à son cell quand il a sonné et n'est pas sortie de la chambre pour aller manger non plus. Dommage, j'aurais bien aimé avoir de la compagnie pour mon premier repas ici. Au lieu de ça, j'ai avalé quelques bouchées dans un coin de la cafétéria, pendant que les regards inquiets se tournaient vers moi. Louba avait peut-être raison, finalement. J'aurais dû faire un peu plus attention à mon choix de vêtements pour ma première journée.

Bah ! Ce n'est pas grave ! J'en suis sortie vivante, non ? C'est ça le plus important. Me voilà revenue dans ma chambre, en compagnie de ma coloc dépressive. J'aimerais bien savoir ce qui la met dans cet état. La rentrée scolaire ? Non, quand même pas ! L'école, ce n'est pas si terrible ! Se séparer de ses parents ? La mort de sa grand-mère ? Une maladie qui s'attaque à son système nerveux et qui lui fera perdre ses capacités cognitives avant la fin de l'année ?

EUH, TU ES UN BRIN DRAMATIQUE, LÀ ! CALME TON IMAGINATION !

Tiens, j'ai une idée ! En faisant semblant de rien, je me lève pour installer quelques affiches sur le mur du côté de mon lit. Les bras allongés, le corps bien droit, j'étire le cou juste assez pour réussir à poser les yeux sur le journal intime d'Annabelle. Je n'arrive pas à lire les phrases au complet parce que c'est écrit trop petit, mais quelques mots en caractère gras m'apparaissent plus clairement. Trahison. Colère. Amour. Désespoir. Et un nom. Justin. Hum ! À moins que ce soit Justine ? Les lettres sont très stylisées, ce n'est pas très clair. J'aimerais bien approcher davantage pour en avoir le cœur net, mais Annabelle risque de ne pas aimer ça.

De toute façon, ce n'est pas mes affaires. Ce Justin — ou cette Justine — lui a peut-être brisé le cœur. Ou alors, cette personne lui a menti. Ou l'a trahie. Ou humiliée. Ou tout ça en même temps, qu'est-ce que j'en sais ? Chose certaine, sa tristesse fait peine à voir. Et moi, je ne suis pas du genre à regarder les autres se complaire dans le malheur avec les bras croisés. Surtout que, comme je l'ai mentionné dans mon article, le malheur a tendance à prendre ses aises une fois qu'il est installé. Hors de question que je sois malheureuse moi aussi. Je décide d'intervenir :

— Bon ! Qu'est-ce que je peux faire pour t'aider ?

Annabelle lève les yeux de son journal. Sa main arrête de griffonner. Elle replace une mèche dorée derrière son oreille et marmonne, sans se retourner :

— Est-ce que j'ai l'air d'avoir besoin d'aide ?

— Ben… Oui, justement. Tu sembles super triste, alors j'ai pensé que…

— Tu penses trop. Fiche-moi la paix.

Et elle recommence à écrire. J'essuie la rebuffade sans broncher. Au fond de moi, je sais qu'elle n'est pas méchante. Elle cherche simplement à se protéger. À se protéger de quoi ? Je ne sais pas. Je ne représente pas vraiment une menace, mais les gens qui ont de la peine ont parfois tendance à se construire une carapace. Et plus le temps passe, plus cette carapace risque de s'épaissir, de se solidifier, jusqu'à ce qu'elle devienne plus dure que le roc.

WOW! C'EST BON, ÇA! TU DEVRAIS AJOUTER UN PARAGRAPHE LÀ-DESSUS, DANS TON ARTICLE!

Ouaip! Bonne idée!

Mais tout cela n'arrivera pas à Annabelle, parole de Morgane! Je vais m'occuper d'elle et lui changer les idées. Je suis divertissante, comme fille, alors aussi bien me servir de mes atouts pour lui faire du bien!

Pendant que je me convaincs que je suis la meilleure personne pour aider ma coloc, on frappe à notre chambre. Annabelle ne bronche pas, alors je dépose mes affiches et je vais ouvrir.

— Salut! me dit un gars à la peau noire et aux cheveux crépus. On vient voir Anna. Est-ce qu'elle est là?

Mon visiteur est plutôt grand et porte un t-shirt d'un groupe de musique avec une cravate orange et un pantalon vert. Je ne le connais même pas, mais je le trouve déjà cool! Je l'accueille avec enthousiasme:

— Wow, j'adore ton look!

CHAPITRE 3

— Euh... *Thanks!* J'aimerais en dire autant, articule-t-il, en reluquant les boules de billard (en plastique, bien sûr), qui servent à attacher mes cheveux.

— Bah! Ne t'en fais pas avec ça! dis-je, en balayant l'air d'un mouvement de la main. Je suis habituée. Vous êtes des amis d'Annabelle?

— *Right!* Je m'appelle Eddy. Et lui, c'est Thomas.

Eddy pointe un grand brun qui n'a besoin que d'un jeans et d'un t-shirt pour être incroyablement séduisant. Des yeux plus bleus que nature, un sourire enjôleur, des cheveux mi-longs qui dépassent de sa casquette des Canadiens*.

— Tom pour les intimes, précise le beau brun en m'adressant un clin d'œil évocateur.

— Parfait. Je vais t'appeler *monsieur* Thomas, alors, dis-je, en relevant un sourcil.

Eddy laisse échapper un petit rire, tandis que son ami fait un pas dans ma direction, les mains dans les poches. Je connais ce genre de gars. Il est parfait. Trop parfait. Physiquement, je veux dire. Parce qu'en ce qui concerne la cervelle, il n'y a souvent pas grand-chose à découvrir avec ce type d'individu. Très peu pour moi.

— J'imagine que tu as un nom, beauté?

* **Canadiens** - Équipe de hockey sur glace de Montréal.

Je roule les yeux. Beauté ? Qu'est-ce qu'il s'imagine ? Que je suis une de ces écervelées qui va lui tomber dans les bras aux premiers battements de cils ? Je fais un pas de plus pour me retrouver nez à nez avec lui et je lâche :

— Appelle-moi encore beauté et je te promets que tu vas planer jusqu'à l'autre bout du corridor avant même de comprendre ce qui t'arrive. C'est clair ?

Il écarquille les yeux. Je le fixe d'un air mauvais. Il m'accorde un sourire en coin.

— Très clair.

— Parfait. On se comprend.

— Est-ce que je peux quand même savoir ton nom ?

Je respire un grand coup et réponds :

— Je m'appelle Morgane, mais tout le monde m'appelle Gougoune.

— Qui, ça, tout le monde ? s'enquiert Thomas, l'air narquois.

— Ben, mes amis.

J'inspecte la pièce du regard. Oh ! Je me sens bien seule, tout à coup !

— Gougoune* ? répète Eddy, avec étonnement. Ça vient d'où, ce surnom-là ?

— De mes pieds, dis-je en agitant les orteils.

* **Gougoune** - Tong, sandale à deux brides dont le point d'attache sur le devant de la semelle se trouve entre le gros et le deuxième orteil.

CHAPITRE 3

Les deux gars baissent les yeux et lorgnent mes sandales de plastique orange ornées de coccinelles et de papillons scintillants. Je sais, même les petites filles de huit ans ne veulent pas porter ça tellement c'est bébé: mais moi, j'aime ça, des sandales bébé. J'en ai des dizaines de paires!

Thomas ouvre la bouche bien grand, et pousse un index dans le fond de sa gorge pour faire semblant de vomir. Eddy esquisse un sourire. J'ai compris. Mes gougounes ne font pas l'unanimité. Je crois qu'on vient d'assister à l'extinction de mon surnom.

— Alors? Comment elle va, notre belle demoiselle? demande Thomas, en s'approchant d'Annabelle. En forme?

Le nez dans son journal, ma coloc fait comme si elle n'avait rien entendu. Thomas pose une main dans le dos de la pauvre fille éplorée pour la réconforter, mais elle lâche un grognement et repousse le nouveau venu d'un coup d'épaule. Thomas ne sourit plus. La tête sur le côté, une main derrière la nuque, il fait demi-tour et rejoint son ami à l'entrée de notre chambre.

— Elle ne va pas mieux, *right*? s'informe Eddy, découragé.

— Ben, au moins, elle a arrêté de pleurer, répond Thomas, en levant le ton pour couvrir le bruit d'élèves qui s'agitent dans le corridor. C'est bon signe, non?

— Vu comme ça… OK. On reviendra plus tard.

Eddy passe sa main dans ses cheveux crépus et me salue d'un hochement de tête. Non ! Ils ne peuvent pas partir tout de suite ! Je dois en savoir plus !

— Attendez ! dis-je, en retenant Thomas par le bras. Qu'est-ce qu'elle a, votre amie ? Est-ce que je peux faire quelque chose ? Si vous m'expliquiez ce qui s'est passé, je pourrais l'aider à…

— *Sorry*, mais ça ne te regarde pas vraiment, me répond Eddy. Si Annabelle a envie de t'en parler, c'est *good*. Sinon, ce n'est pas à nous de le faire.

— On va la texter demain pour voir comment elle va, ajoute Thomas. Ne t'inquiète pas, on ne la laissera pas tomber.

My God! Ça semble sérieux ! Je suis si curieuse que je n'arrive pas à les laisser partir. Je veux tout savoir. Le plus vite possible !

— Ne partez pas tout de suite !

OK, je dois me calmer, j'ai presque l'air hystérique. Je lâche le bras de Thomas, qui me regarde de plus en plus bizarrement, et je reprends le contrôle de ma voix :

— Vous devriez me laisser votre numéro de chambre, juste au cas. Comme ça, je saurai où vous joindre si l'état d'Annabelle empire.

Eddy consulte son ami du regard. Mon dévouement envers une parfaite inconnue semble l'étonner un peu.

— On ne dort pas à la résidence, m'informe-t-il. On habite tout près d'ici.

— Vous êtes des frères ?

— Euh, allô ! me fait Eddy, en agitant sa main devant mes yeux. Je suis *black*, au cas où tu ne l'aurais pas remarqué.

— Et alors ?

— Réfléchis !

— N'aie pas l'esprit si étroit, dis-je. Vous pourriez être des demi-frères. Ou des enfants adoptés. Ou bien, plus intéressant encore, vous avez les mêmes parents et vous êtes des jumeaux non identiques. Oui ! Ça serait génial, ça ! Je pourrais faire un article sur vous ! Dites-moi tout ! Vous êtes des frères ou non ?

— Non ! tranche Thomas, en reculant d'un pas, comme s'il avait peur de moi. On a chacun notre maison et chacun notre famille. C'est bon ? On peut s'en aller ?

— Ah ! Dommage ! Ça aurait fait un super reportage. Bon, ce n'est pas grave. Vous revenez demain ?

— On n'a pas vraiment le droit d'être ici, m'explique Eddy. Les gars sont interdits dans les chambres des filles.

— Pourtant, vous êtes là.

— Oui, mais si on se fait prendre, on risque d'avoir des ennuis.

— Comment je peux vous joindre, alors, si Annabelle a besoin de vous ?

Eddy et Thomas ne réagissent pas.

QU'EST-CE QU'ILS ONT ?
TU N'ES PAS UNE PSYCHOPATHE
QUAND MÊME ! TU NE VAS
PAS LES TUER DANS
LEUR SOMMEIL !

— OK. Donne-moi ton cell, me dit enfin Thomas, en me présentant une main ouverte. Je vais y entrer nos numéros. Tu n'auras qu'à nous texter s'il y a quoi que ce soit.

— C'est bon, ça !

CHAPITRE 3

En un rien de temps, Eddy et Thomas sont ajoutés à mes contacts et je suis ajoutée aux leurs. Une fois qu'ils sont partis, je me retrouve seule avec Annabelle. Elle n'a toujours pas bougé. On dirait une statue. Ce qu'elle ne sait pas, c'est que je ne suis pas seulement une fouine qui veut tout savoir, tout entendre, tout connaître. Je suis aussi capable d'être une bonne amie. C'est ce que je vais faire. Elle en a vraiment besoin.

* * *

Après une journée bien remplie et un long bain moussant, je m'installe dans mon lit, cellulaire à la main. J'ai tellement de textos à envoyer que je ferais mieux de commencer tout de suite. Ma mère m'a écrit. Louba m'a écrit. Yanie m'a écrit. Et Thomas a démarré une conversation à trois avec Eddy. Curieuse, je commence par celle-là.

Tom : Et puis ? Comment va la coloc la plus déprimante au monde ? Est-ce qu'elle t'a parlé ?

Eddy : Est-ce qu'elle a recommencé à pleurer ?

Moi : Ça a l'air d'aller. Elle a pris une douche et elle s'est couchée tôt. Elle dort depuis environ une heure.

Eddy : *Good*. Elle avait besoin de récupérer.

Moi : Bon ! Je suis prête. Allez-y !

Tom : Prête pour quoi ?

Moi : Expliquez-moi tout !

Eddy : *No way !*

Tom : Hors de question !

Eddy : *Sorry*, mais on te l'a déjà dit. C'est à Anna de le faire.

Moi : Oui, je comprends. Vous avez raison. Vous ne seriez pas de très bons amis si vous trahissiez sa confiance.

Tom : Tu as tout compris.

CHAPITRE 3

Moi : Je parie que toute l'école est au courant ?

Tom : Ce n'est pas le genre de truc qui passe inaperçu dans un petit patelin comme le nôtre !

Moi : J'imagine !

Hi ! Hi !

Moi : Donc, demain, quand je vais aller déjeuner, je n'aurai qu'à poser la question au premier venu pour avoir tous les détails. C'est ça ?

Tom et Eddy ne répondent pas tout de suite. Ils savent que j'ai raison. C'est Eddy qui se lance en premier.

Eddy : *All right !* Tu as gagné.

Tom : Ed ! Annabelle va te tuer !

Eddy : Peut-être, mais au moins Morgane va savoir la vérité. C'est mieux que n'importe quelle histoire racontée n'importe comment par le premier *nobody* !

Moi : Vas-y. Je suis prête !

Je replace l'oreiller sous ma tête, contente de moi, et j'attends qu'Eddy finisse de taper son message. Je n'ai pas besoin de patienter très longtemps. La première phrase arrive presque aussitôt.

Eddy : Anna s'est fait piquer son *lover*.

Bout de luzerne ! C'est tout ? Elle est dans un état quasi catatonique à cause des beaux yeux d'un gars ? C'est un peu exagéré, non ?

Moi : Elle n'a qu'à s'en trouver un autre !

Eddy : C'est un air que tu te donnes ou tu n'as vraiment pas de cœur ?

Moi : Pfff !

Tom : Ce que tu dois comprendre, Morgane, c'est qu'Annabelle et Justin étaient ensemble depuis le premier jour du secondaire. Ils ne se sont jamais quittés pendant tout ce temps-là. C'était le petit couple parfait de l'école !

CHAPITRE 3

Moi : Justement, il était peut-être temps de passer à autre chose. On n'a pas trente ans quand même. Il faut vivre notre jeunesse !

Eddy : Passer à autre chose quand ton chum * te trompe avec ta *best*** ! *Not easy !*

Moi : Quoi ? Il est parti avec sa meilleure amie ?

Eddy : *Yes !*

Moi : Là, c'est différent !

Moi : Ça fait partie du code d'honneur des filles, ça ! Tu ne sors jamais avec le chum de ta *best*. Jamais ! *Never !* Sous peine de... sous peine de... Je ne sais pas quoi, mais ça ne se fait tellement pas !

Eddy : *Exactly !*

Tom : En tout cas, c'est une fameuse responsabilité que tu as là, Morgane. Remplacer Rosalie, ça ne sera pas facile !

---

* **Chum** - Petit ami, amoureux, copain.
** ***BFF/Best*** - *Best friend forever*, meilleur(e) ami(e).

Moi : Comment ça, la remplacer ? C'est qui, Rosalie ?

Tom : C'est elle, la voleuse de chum ! L'ex meilleure amie.

Eddy : Et c'est toi qui prends sa chambre !

Tom : C'est toi qui dors dans son lit !

Moi : Oh ! Je comprends mieux, maintenant.

Pas étonnant qu'Annabelle n'ait rien voulu savoir de moi, quand elle m'a vue pour la première fois. C'est la place de Rosalie, ici ! Je chausse les bottines d'une ex-meilleure-amie-qui-passait-tout-son-temps-avec-elle-et-qui-est-devenue-une-garce-du-jour-au-lendemain-et-qui-embrasse-son-chum-à-pleine-bouche-devant-toute-l'école ! Ouf !

Moi : Je vais prendre soin d'elle, vous pouvez compter sur moi.

Eddy : *Thanks*, Morgane.

Tom : En tout cas, ne t'avise pas de lui voler son chum quand elle s'en fera un nouveau.

Moi : Est-ce que j'ai l'air d'une fille qui s'intéresse aux mêmes gars qu'Annabelle ?

Eddy : Euh... *No !*

Tom : Tellement pas !

Moi : Alors, il n'y a rien à craindre. Je vais la garder occupée, votre Anna. Vous allez voir ! Elle va avoir tellement de projets et d'idées en tête qu'elle va oublier Justin le temps de le dire.

Eddy : *Good !*

Soudain, une super idée naît dans mon esprit. Une idée qui me permettra à la fois de réaliser mon rêve et de venir en aide à Annabelle, à Thomas et à Eddy. Oui. Je suis géniale !

Moi : Venez nous rejoindre dans notre chambre demain matin. J'ai un truc à vous proposer.

CONFIDENCES

Tom : On te l'a déjà dit, c'est compliqué, pour nous, de se pointer dans la résidence des filles.

Eddy : Peut-être pas tant que ça…

Tom : Qu'est-ce que tu veux dire ?

Eddy : Poilue n'est pas encore arrivée, alors ça devrait bien aller.

Moi : Poilue ? C'est quoi, ça, Poilue ?

Tom : C'est la surveillante de votre étage. Disons qu'elle est un peu…

Moi : Poilue ? Voyons, les gars ! Ce n'est pas une raison pour l'appeler comme ça ! Ce n'est pas très gentil, vous savez. Qu'est-ce qu'elle a ? Des sourcils bien garnis ? Du duvet sur les jambes ?

Tom : Tu comprendras quand tu la verras. 😄

Eddy : Elle est *so crazy* ! En tout cas, moi, elle me fiche la trouille.

Moi : Bah ! Vous exagérez ! On parle d'un être humain, pas de King Kong !

Tom : Ça, c'est ce que tu crois. Tu m'en redonneras des nouvelles quand tu l'auras rencontrée ! En attendant, Ed a raison. Profitons-en pendant qu'elle est encore en vacances.

Moi : Parfait ! On se voit demain ?

Tom : OK. On va être là à neuf heures.

Moi : Es-tu fou ? À neuf heures, je dors !

Tom : Dix heures ?

Moi : Onze heures, ça sera parfait.

Eddy : On peut arriver après le souper, si tu préfères !

Moi : Vous serez là ou pas ?

Eddy : C'est *good* pour moi.

Tom : Oui. Pour moi aussi.

Hi ! Hi !

Moi : OK. À demain, alors !

Comme c'est excitant ! Je suis vraiment géniale ! Je suis sûre que les gars vont être emballés par mon idée ! Et Annabelle... Eh bien, Annabelle n'aura pas vraiment le choix d'embarquer, elle aussi. Sinon, je jure de la harceler nuit et jour jusqu'à ce qu'elle change d'avis. Hé, hé !

Je sais qu'il est tard, mais je n'ai pas sommeil. Je suis comme ça. Un oiseau de nuit. Si je pouvais, je me coucherais à une heure du matin et je dormirais jusqu'à midi. Tout le temps. C'est mon horloge biologique. Malheureusement, les contraintes de la société moderne (l'école !) ne me permettent pas un tel luxe. Résultat : la plupart du temps, je me lève de peine et de misère et je me présente en classe avec un visage encore plus fripé qu'une chemise laissée des jours durant au fond d'une valise. Sauf que ma face, je ne peux pas lui donner un coup de fer à repasser !

Je tente ma chance, j'écris à ma mère. Elle n'est peut-être pas encore au lit.

Moi : *Mom !* Tu es là ?

Maman : Tu en as mis, du temps ! Tu avais dit que tu me texterais un peu plus tard !

Moi : C'est ça.

Maman : Il est onze heures et demie ! Je trouve que tu exagères. Tu as école, demain.

Moi : Non, justement. Les cours commencent mercredi, tu t'en souviens ? Je me coucherai plus tôt demain soir. Promis.

Maman : Quand même ! Ce n'est pas parce que tu es loin de moi que tu peux te permettre de faire n'importe quoi. C'est important, l'hygiène de vie.

Moi : Si tu continues à m' ennuyer, j'éteins mon téléphone.

Maman : Ah oui ! Eh bien, si tu l'éteins, j'annule ton forfait cellulaire.

Moi : Tu n'oserais jamais faire ça ?

Maman : Tu veux parier ? C'est moi qui paie les factures, après tout !

Moi : Argument valable. Je laisse tomber les menaces. Mais permets-moi de faire une petite parenthèse avant de revenir à l'hygiène de vie. En m'inscrivant dans cette école, tu m'as assurée que je mangerais bien.

Maman : Ce n'est pas le cas ?

Moi : Le seul repas végé au menu, ce soir, c'était des pâtes blanches. Pas de sauce. Pas de légumes. Je veux bien être gentille et m'adapter, mais je risque de manquer de protéines et de vitamines d'ici la fin de l'année si c'est toujours comme ça.

Maman : Peut-être que tu pourrais faire un effort pour avaler quelques bouchées de viande !

Moi : Euh ! Tu me connais mieux que ça, *Mom* ! On va devoir me passer sur le corps avant que j'accepte d'encourager une industrie qui élève des animaux, qui les maltraite et qui les tue simplement pour satisfaire les caprices de la race humaine !

Maman : Oui, je sais, ma colombe ! Tu me l'as déjà dit des milliers de fois. Mais tu dois te nourrir convenablement, si tu veux être en bonne santé. Quelques bouchées de viande à l'occasion ne te feraient pas de mal !

Moi : Yark !

Maman : Tiens, pourquoi ne pas commencer avec du poulet ? C'est moins pire que le reste, le poulet, tu ne penses pas ?

Moi : Je ne comprends pas ton raisonnement. Tu crois que les poulets méritent plus d'être torturés que les autres animaux ?

Maman : Non, ce n'est pas ce que j'ai voulu dire, tu le sais bien.

Moi : De toute façon, tu ne réussiras pas à me convaincre. L'avenir de la planète dépend de nos choix alimentaires et des gestes que nous posons aujourd'hui. Je pense que tu ne réalises pas l'importance de l'enjeu, ici. Manger de la viande, c'est très polluant.

Maman : OK, Morgane. Je ne sais même pas pourquoi j'ai abordé le sujet avec toi. Je connais ta position et personne ne te fera changer d'avis.

Moi : Oh que non !

Maman : Tu feras des provisions quand tu viendras à la maison ce week-end. D'accord ? On pourrait même vérifier s'il est possible de t'installer un mini frigo dans ta chambre. Ça pourrait être une bonne solution.

Moi : Oui, c'est bon, ça ! J'aime l'idée du frigo.

Maman : Maintenant, va dormir. Il est tard.

Je roule les yeux. Heureusement que maman est à une heure d'ici, parce qu'elle déteste quand je roule les yeux. Ça me fait sourire. Mais ça non plus, elle ne le voit pas.

Moi : OK. Bonne nuit, *Mom* ! xxx

Maman : Bonne nuit, ma colombe. xxx

Bye !

CHAPITRE 4

Petite menteuse !

CHAPITRE 4

On frappe à la porte. Encore à mi-chemin entre le rêve et la réalité, je tire mes couvertures et je me tourne sur le côté. Je suis bien. Si je m'écoutais, je resterais au lit encore des heures. Mais connaissant ma mère, elle va revenir d'une minute à l'autre pour me supplier de me lever, de ranger ma chambre, de mettre mes vêtements sales au lavage ou de me préparer pour aller à l'école.

On frappe encore. Et voilà ! Qu'est-ce que je vous disais ? Pas moyen de dormir tranquille dans cette maison !

— Morgane ! Ouvre !

Bout de luzerne ! Ce n'est pas du tout la voix de maman ! En tout cas, si c'est elle, ce n'est pas un chat qu'elle a dans la gorge, mais une panthère au grand complet (avec les griffes, les poils et les moustaches qui vont avec). Qui est là, alors ? Encore un peu dans les vapes, je descends ma couverture jusqu'à mon menton et j'ouvre lentement les yeux. Ce n'est pas ma chambre. Ce n'est pas ma maison non plus. Les secondes filent et mon esprit s'éveille peu à peu. C'est bon. Je me replace. Je suis à la résidence.

— Morgane ! Si tu n'ouvres pas, on s'en va ! crie la voix impatiente de Thomas.

Oups ! C'est vrai ! J'ai demandé aux gars de venir ce matin. Je saute sur mes pieds et je cours leur ouvrir la porte.

— Salut ! dis-je, en passant (très rapidement) une main dans mes cheveux pour avoir l'air un peu moins décoiffée.

Thomas et Eddy ne répondent pas tout de suite. Ils ont la même expression qu'hier, quand ils m'ont aperçue pour la première fois. Quoi ? Ils n'ont jamais vu une fille porter un pyjama à pattes ?

— Euh, salut, Morgane, bafouille Thomas, en me lorgnant de la tête aux pieds. C'est quoi, ton pyjama ? Un panda ?

— Un hamster.

— Ah ! Cool, ajoute-t-il, mal à l'aise. On te réveille ?

— Hein ? Non, voyons ! dis-je, en me tenant bien droite. Pfff! Je suis debout depuis des heures !

— Ça ne paraît pas. Tu as le *stamp* de ton oreiller dans le visage, fait remarquer Eddy, en s'appuyant au cadre de porte.

— Tu as de la bave séchée sur le menton, ajoute Thomas, l'air dégoûté.

— Et tes yeux sont encore collés.

— Tes cheveux sont mêlés.

— Tu pues de la bouche.

CHAPITRE 4

Franchement ! Ils ne sont pas gênés !

— OK ! OK ! C'est bon ! Vous m'avez réveillée, vous êtes contents ?

— Pour être honnête, non, avoue Thomas, en pénétrant dans la chambre. J'aurais préféré ne jamais te voir comme ça, ajoute-t-il sur un ton moqueur en pointant son index vers moi pour désigner l'ensemble de mon accoutrement. Cette vision va rester gravée dans ma mémoire jusqu'à ma mort. Elle va hanter tous mes cauchemars.

Ses lèvres s'étirent en un minuscule sourire. À peine froissée, je lui donne une tape sur l'épaule et me dirige vers la salle de bain.

— J'en ai pour deux minutes !

Un coup de gant de toilette dans le visage, un brossage de dents express, un tour aux toilettes, et je suis prête. *My God !* Faire pipi pendant que deux gars m'attendent dans la pièce juste à côté, c'est assez embarrassant. Est-ce qu'ils peuvent m'entendre ? J'étire le bras et je tourne le robinet pour faire couler l'eau de l'évier en même temps. Super astuce ! Quand je les rejoins dans la chambre, je me sens un peu plus réveillée et un peu moins fripée.

— Tu es certaine que tu ne veux pas t'habiller ? suggère Eddy en grimaçant. Tu ne vas quand même pas passer la journée en pyjama. C'est un peu bizarre.

Je soupire un grand coup et j'ouvre les tiroirs de ma commode pour attraper les premiers vêtements qui me tombent sous la main. Un autre petit tour dans la salle de bain ; j'en ressors deux minutes plus tard, pyjama à pattes enlevé et vêtements de jour enfilés.

— Bon ! Vous êtes contents ?

— Tout compte fait, tu aurais pu rester déguisée en hamster, déclare Thomas en rigolant. Ce n'est pas beaucoup mieux !

Je lui lance mon pyjama en plein visage et il s'empresse de le jeter au sol avec dédain.

— Bon ! Passons aux choses sérieuses maintenant, dis-je, en me tirant une chaise. Assoyez-vous.

Thomas se laisse tomber sur mes oreillers, tandis qu'Eddy choisit le pied du lit. Juste au moment où je m'apprête à leur exposer mon idée, un raclement de gorge se fait entendre. Oh ! Annabelle ! Je l'avais presque oubliée ! Je pivote et constate qu'elle est encore sous les couvertures, son cellulaire à la main. Je ne sais pas si elle a fait exprès d'attirer notre attention ou si elle a juste la gorge un peu sèche. (J'irais avec la première option à quatre-vingt-dix-huit pour cent.) Je lui fais un grand sourire et lui propose:

— Tu veux te joindre à nous?

Annabelle relève à peine la tête. Elle me considère un moment et repose les yeux sur son téléphone.

— Non.

— OK. On va commencer sans toi. Tu n'auras qu'à le dire quand tu auras changé d'idée.

Annabelle a peut-être atteint le fond du baril, ça ne veut pas dire que je vais la laisser tomber. Elle souhaite avoir la paix pour l'instant? Pas de problème! Mais je vous garantis qu'elle ne résistera pas bien longtemps à la tentation de faire partie de mon projet. Paroles de Morgane! Plus motivée que jamais, je regarde tour à tour Thomas et Eddy.

— Bon! Première chose que je dois savoir: est-ce qu'il y avait un journal étudiant dans cette école l'année dernière?

— *Yes*, répond Eddy en sortant un sac de bonbons de la poche de sa chemise. Il y en a toujours eu un. Pourquoi?

— Je vais avoir besoin que vous m'en fournissiez des exemplaires.

— Oui, mais pourquoi? demande-t-il sur un ton insistant.

— Parce que je veux savoir ce qui a été fait auparavant.

— Même question : pourquoi ?

— Varie un peu ton vocabulaire, Eddy, dis-je, en roulant les yeux.

— *Why ?*

Thomas éclate de rire et Eddy me fait un clin d'œil amusé. Puis, il me lance un serpent en gelée. Je l'attrape, le fais tourner dans tous les sens et le lui renvoie aussitôt. Mais Thomas le saisit au vol et lui arrache la tête avec les dents.

— Tu vas répondre à nos questions ou pas ? demande-t-il, en mâchant son serpent.

— Oui. Voilà. En fait, j'ai un incroyable projet en tête. Je veux lancer un tout nouveau journal étudiant.

Je passe les minutes suivantes à expliquer à mes nouveaux amis (est-ce que je peux déjà les considérer comme mes amis ?) tout ce qu'il y a à savoir sur mon parcours de fille curieuse, cultivée et hyper motivée. Je leur vends l'idée de révolutionner le monde du journal étudiant en publiant des articles uniques, dynamiques et au goût du jour. Et ça, je leur propose de le faire avec nulle autre que moi.

Je leur fais lire ce que j'ai commencé à écrire pendant l'été et leur réaction ne tarde pas à venir :

— C'est… C'est…, articule Eddy, en passant la main dans ses cheveux crépus.

— Génial ? dis-je, enthousiaste. Brillant ? Innovateur ? Je peux t'aider à trouver des adjectifs, si tu veux. J'en ai plein la tête.

— Je dirais plutôt que c'est… Différent ?

— Tu es trop poli, Ed, déclare Thomas, en laissant tomber mes articles au sol. Je vais être franc. Personne ne voudra lire ça, Morgane. C'est loin d'être intéressant, ton truc.

QU'EST-CE QU'IL RACONTE, LUI ?

Je me précipite à quatre pattes pour récupérer mes précieux articles, insultée.

— Tu n'es pas gêné ! J'ai travaillé tout l'été pour écrire ça !

— Désolé, mais tu as perdu ton temps, tranche Thomas, sans prendre la peine de m'aider. Si tu veux que les élèves te lisent, tu vas devoir parler de sujets qui les intéressent.

Je dépose ma pile de papiers sur mon lit et je me redresse pour lui faire face.

— Mes sujets sont super intéressants ! dis-je, en levant l'index. C'est toi qui es trop immature pour t'en rendre compte. Hein, Eddy ?

Eddy recule pour s'adosser au mur, songeur. Il avale trois oursons en gelée et propose enfin :

— Je peux m'occuper du volet littérature, *if you want.*

Thomas écarquille les yeux, l'air de dire « espèce de traître ! » et croise les bras pour montrer son désaccord. De mon côté, j'hésite un peu. Je ne veux pas insulter Eddy, mais…

— Mais il faut être un bon lecteur, pour ça. Je veux dire…

Je m'assois à côté de lui pour lui expliquer :

— Pas juste des BD et des magazines. Tu dois être capable de parler de tout. Et en français !

Eddy se penche vers l'avant et me défie du regard.

— Tu me prends pour un inculte, *or what* ?

— Mais non, voyons ! Je dis juste que…

— Quel est le dernier livre que tu as lu ? me demande-t-il.

— Euh, je ne m'en souviens plus trop. Je consulte plutôt les journaux ces temps-ci.

— Eh bien moi, j'en ai lu onze le mois dernier. Tu veux que je te fasse un résumé de chacun d'eux *right now* ? Je peux te donner les titres et le nom des auteurs qui les ont écrits, et te faire une critique par ordre alphabétique de sujets, d'époques ou de maisons d'édition. À moins que tu veuilles le faire toi-même, vu que tu es *so smart* !

Sur le lit à côté du mien, j'aperçois le visage d'Annabelle ; elle esquisse un sourire. Moi et ma grande trappe* !

— Non, bien sûr que non, dis-je maladroitement.

— Ce n'est pas parce que je suis *black* et que mes parents parlent anglais que je ne suis pas capable d'apprécier un livre et d'en faire la critique.

— Hé ! Attention à ce que tu dis ! Tu as devant toi la fille la moins raciste de la terre !

Eddy me considère un moment. Il ne le sait pas encore, mais je suis un modèle de tolérance en ce qui a trait à la diversité culturelle. J'aime tout le monde, moi ! Pas besoin d'être blanc, grand, beau et riche pour devenir mon ami.

— Je te fais confiance, dis-je, pour clore le sujet. C'est réglé. Tu seras responsable du volet littérature.

Eddy hoche la tête.

* **Trappe** - Bouche.

— *Thanks*. Tu ne seras pas déçue. Mais je ne veux pas passer mes soirées là-dessus, alors ne t'attends pas à des dissertations de dix pages. *Right ?*

— Un ou deux paragraphes, ça sera parfait.

À côté d'Eddy, Thomas pose une main sur son menton, l'air de réfléchir.

— C'est bien beau, tout ça, mais je ne comprends pas pourquoi on devrait démarrer un nouveau journal étudiant, alors qu'il y en a déjà un en place, marmonne-t-il, incertain.

— C'est simple. On va offrir quelque chose de différent, dis-je, convaincue.

— Tu ne penses pas que ça va nous attirer des ennuis ? fait Thomas, inquiet.

— C'est vrai, ça, ajoute Eddy, la voix grave. Surtout que c'est Rosalie, la rédactrice en chef !

Cette fois-ci, je ne rêve pas. Annabelle sourit à belles dents ! Elle est vraiment jolie quand son visage s'illumine ainsi.

— J'embarque ! s'exclame-t-elle en se redressant d'un trait. Peu importe ce que vous comptez écrire dans votre journal, j'en ferai partie !

Oh ! Je crois que je viens de réveiller la bête !

CHAPITRE 4

— Tu sais, dis-je prudemment, si tu veux faire partie de l'équipe seulement pour te venger de Rosalie, je ne suis pas certaine que ce soit une bonne idée.

— Au contraire ! C'est génial, comme idée ! Je vais la faire suer au max ! Elle va souffrir ! Notre journal va être tellement hot qu'elle va subir la pire humiliation de toute sa vie. Son torchon va se retrouver dans les poubelles le temps de le dire. Il ne sera même pas assez bon pour le recyclage.

J'hésite. Ce n'est pas très sain, une telle animosité. Si elle se laisse dominer par ses émotions, elle risque d'empirer les choses en publiant des articles de mauvais goût. Ce n'est pas le genre d'effet que je voulais créer en lui proposant de se joindre à nous. Je dois la calmer.

— La vengeance n'est pas la meilleure source de motivation pour se lancer dans un projet d'une telle envergure, Annabelle. Peut-être que tu devrais reconsidérer la question.

Thomas répond à sa place, l'air mécontent.

— Lâche-la un peu, veux-tu ? Tu voulais qu'elle se change les idées ? C'est réussi ! On va le faire, ton journal, alors ne nous prends pas la tête avec tes grandes phrases que personne n'arrive à comprendre. Tu parles comme ma mère !

Une partie de moi jubile (j'ai une équipe de travail !), tandis que l'autre partie, un peu moins enthousiaste, se dit que je ne me suis peut-être pas entourée des meilleurs collaborateurs qui soient. Sauf peut-être Eddy. Bon. Qu'à cela ne tienne ! Ce sera à moi de leur enseigner les ficelles du métier. Et ça me donnera la chance d'apprendre à mieux les connaître.

Je m'empare d'un calepin et d'un crayon, et je leur pose mille et une questions. Je veux tout savoir au sujet de leurs goûts, de leurs familles, de leurs projets, de leurs habitudes, de leur façon de voir le monde.

— Sérieux, Morgane ? demande Eddy, impatient, après la dix-huitième question. Tu veux vraiment connaître la marque de mes sous-vêtements préférés ?

— Pourquoi pas ?

— Sous-vêtements de filles ou de garçons ? fait Thomas, soudainement intéressé. Parce que là, tu entres dans mon champ d'expertise ! J'adore les sous-vêtements, ajoute-t-il, en se levant pour nous montrer ce qu'il porte ! Sur moi, je préfère les caleçons très colorés, genre bleu et rouge, ou avec des motifs. Vous voyez ? Un peu comme ça. Mais pour les filles, j'aime mieux les dessous qui…

CHAPITRE 4

— On va s'arrêter là ! dis-je assez fort pour ne pas entendre le reste de sa phrase. Ça ne m'intéresse pas !

— Ah non ? conclut-il pour me narguer, l'œil coquin. Dommage ! J'aurais pu te faire une démonstration de ma collection personnelle.

— Pas intéressée !

— Et tu aurais pu me faire une petite parade en retour. Je suis sûr qu'il y a plein de choses très intéressantes dans les tiroirs de ta commode. Comme des petites culottes avec des motifs de Jelly Bean* ou des soutiens-gorge qui éclairent dans le noir !

Je ne connais pas Thomas depuis très longtemps, mais j'en sais assez sur lui pour ne pas m'en faire. Il dit ça pour rire. Ça lui donne un genre. (Un genre pathétique et insignifiant, mais un genre quand même !)

— Bon ! On commence ou pas ? demande Annabelle, impatiente. Il ne va pas s'écrire tout seul, notre journal !

J'avale en vitesse une barre de céréales qui traînait au fond d'une valise et je sors mon matériel : crayons, papier, musique, ordinateur portable. C'est bon. On est prêts à passer à l'attaque !

* * *

* **Jelly Bean** - Bonbon en gelée solidifiée (dragibus).

— Annabelle ? Dors-tu ?

Ma coloc ne me répond pas. Soit elle dort vraiment, soit elle n'a pas envie de faire la conversation. C'est correct. Elle m'a entendue jacasser toute la journée. Certaines personnes ont besoin de quelques jours (voire quelques mois), pour s'habituer à ma présence en continu. Je peux taper sur les nerfs, parfois. (Au moins, j'en suis consciente. C'est un début, non ?)

— Alors ? Tu dors ou pas ?

Toujours pas de réponse. Bon. Qu'est-ce que je fais ? Je ne suis pas fatiguée, il est juste dix heures. Je ne pensais pas partager ma chambre avec une couche-tôt. (Ou devrais-je dire : couche ultra-ultra-ultra tôt !) Ce n'est pas pour me plaindre, mais disons que ça limite considérablement mes options de divertissement. (Je suis respectueuse des besoins et des autres, quand même !) Je ne peux pas regarder la télé, je ne peux pas allumer la lumière pour lire, je ne peux pas parler au téléphone non plus. Bout de luzerne ! Je ne peux rien faire ! L'année scolaire va être longue !

Allongée sur mon lit, cellulaire en main, je décide de texter ma mère. Je sais, ça va vous paraître bébé, mais je m'ennuie d'elle. Je vous l'ai déjà dit que j'assumais mon côté bébé à cent pour cent, vous vous en souvenez ?

CHAPITRE 4

Moi : Salut, *Mom* ! Toujours debout ?

J'attends. J'attends. La suite ne vient pas. Bon, elle est sûrement couchée. Ou dans son bain. Elle aime bien prendre un bain en fin de soirée. J'essaie avec Louba et Yanie. Leurs parents n'ont pas l'habitude de les laisser texter aussi tard, mais je tente quand même ma chance. Elles me manquent, elles aussi. On aurait tellement de plaisir, toutes les trois, dans la même chambre ! On en rigolerait un coup, ça, c'est certain !

Moi : Hé ! Ma Lou ! Hé ! Yanie !

Aucune réponse. Bon, qu'est-ce que je fais ? Résignée, je ferme les yeux pour essayer de m'endormir, mais, au bout de dix minutes, je comprends que ça ne sert à rien. Je reprends mon cell et tente autre chose.

Moi : Les gars ? Vous êtes là ?

Une réponse me vient presque aussitôt.

Tom : Présent. Mais ne compte pas sur Eddy pour nous faire l'honneur de sa présence. Il a oublié son cell à l'école.

Moi : Bah ! Pas grave ! Je vais me contenter de toi. Qu'est-ce que tu fais ?

Tom : Je texte Éliane.

Moi : C'est qui, Éliane ?

Tom : Ma blonde*.

Moi : Cool ! Est-ce qu'elle vient à notre école ?

Tom : Ouaip !

Moi : Est-ce qu'elle est en troisième secondaire elle aussi ? Est-ce qu'elle te connaît bien ? Est-ce qu'elle serait disposée à me rencontrer pour qu'on puisse discuter un peu, toutes les deux ?

Tom : Si tu penses que tu peux la soumettre à un interrogatoire pour obtenir des informations secrètes à mon sujet, tu te mets le doigt dans l'œil. Elle ne dira rien.

* **Blonde** – Petite amie, amoureuse, copine.

CHAPITRE 4

Moi : Tu me sembles sur la défensive. Aurais-tu des choses à cacher, par hasard ?

J'attends la réponse de Tom, mais rien ne vient. Hum, c'est louche. Peut-être qu'il a VRAIMENT quelque chose à cacher !

Moi : Hé ! Es-tu encore là ?

Hi ! Hi ! Hi !

Moi : Youhou !

Moi : J'attends !

Tom : Relaxe, *miss* ! Je répondais à Éliane. Tu n'es pas la seule à réclamer mon attention. Je ne peux pas être partout à la fois. Bon. Qu'est-ce qu'on disait, déjà ?

Moi : Que j'ai très hâte de rencontrer ta blonde.

Tom : Oui, tu pourras la voir dès demain. On s'est donné rendez-vous à l'agora * avant le début des cours. Tu n'auras qu'à venir nous rejoindre, si tu veux.

* **Agora** - Lieu de rassemblement, de détente.

Moi : Oui, dès que j'aurai fini de distribuer le journal.

Tom : Comment ça ? Je croyais qu'on se laissait le reste de la semaine pour le terminer.

Moi : Pas besoin. J'ai fini de l'imprimer tout à l'heure. Je voulais qu'il soit prêt pour le jour de la rentrée. Tant qu'à lancer un nouveau produit, autant faire ça en grand !

Moi : Tu ne crois pas ?

Moi : Tom ? Tu es toujours là ?

Moi : Ne me dis pas que tu es encore avec Éliane ! On est en train de se parler, là ! On appelle ça une conversation !

Moi : Et une conversation, ça se fait à deux !

Moi : Bon ! Comme tu voudras. Je vais être obligée d'éteindre !

Tom : Wow ! Ce n'est vraiment pas ton fort, la patience ! Deux minutes sans répondre et tu montes sur tes grands chevaux. Éliane se couche. Je voulais prendre le temps de lui souhaiter bonne nuit.

Moi : Ce n'est pas long, ça ! Tu écris « Bonne nuit », et c'est tout !

Tom : Tu es la pire des romantiques, dis donc ! Pas étonnant que tu n'aies pas de chum !

Moi : Qui te dit que je n'ai pas de chum ?

Tom : Euh, ton look suffit pour que tu restes célibataire toute ta vie, si tu veux mon avis.

Moi : Ce n'est pas très gentil, ça ! Tu devrais faire attention à tes propos, monsieur je-me-crois-meilleur-que-les-autres-en-amour-parce-que-j'ai-une-belle-gueule.

Tom : Tu trouves que j'ai une belle gueule ? Oh ! Petite coquine ! Tu ne m'avais pas dit ça !

Moi : Ne t'enfle pas la tête. C'était une façon de parler. De toute façon, tu as tout faux. J'ai un chum. On sort ensemble depuis presque un an !

Bout de luzerne ! Qu'est-ce que je raconte ! Mes doigts ont bougé trop vite. Ils ont écrit cet horrible mensonge tout seuls ! Espèces d'indisciplinés !

Tom : Ah oui ? Comment il s'appelle ?

J'ai deux choix. Soit je lui dis la vérité tout de suite — ce qui serait tout à fait humiliant ! —, soit je continue sur ma lancée et je vois où ça me mènera — c'est-à-dire : dans le trouble ! Qu'est-ce que je fais ?

Tom : Ne me dis pas que tu as oublié le nom de ton chum ?

Moi : Pedro.

Quoi ? Pedro ? Qu'est-ce qui me prend ? Ça vient d'où, un nom pareil ? Du Mexique ? De l'Espagne ? Ah ! Que je m'énerve, des fois !

Moi : Pedro De La Fantasia, pour être plus précise. Il vient de la Colombie, c'est le plus beau gars que j'aie rencontré de ma vie et il est super gentil avec moi.

Tom : OK. Si tu le dis !

Moi : Tu ne me crois pas ? Tu me prends pour une menteuse ?

CE QUE TU ES, EN FAIT !

Tom : Non, non. Je suis super content pour toi. J'espère juste que vous allez pouvoir continuer à sortir ensemble même si vous n'habitez plus dans la même ville. Ce n'est pas facile, les relations à distance.

Moi : Je vais faire de mon mieux. Bon, je te laisse. Il est tard.

Tom : OK. Bonne nuit !

Moi : Quoi ? C'est tout ? Tu es le pire des romantiques, dis donc ! 😉

Tom : Qu'est-ce que tu veux que je te dise ?

Moi : Je ne sais pas. Trouve un truc, toi qui es si fin !

Tom : *Laila Tov.*

Tom : Ça te va ?

KOI ?

Moi : *Laila Tov ?* Où es-tu allé pêcher ça ?

Tom : Ma mère me disait ça tous les soirs avant d'aller au lit, quand j'étais petit. Ça veut dire « bonne nuit » en hébreu.

Moi : Ta mère est juive ?

Tom : Elle, non. Mais ses grands-parents venaient d'Israël.

Moi : En tout cas, c'est très mignon.

CHAPITRE 4

Moi : *Laila Tov*. J'aime ça, c'est *cute**. À demain !

Tom : Ouaip ! À demain.

J'éteins mon cell et je réfléchis à ce qui vient de se passer. Je suis vraiment la meilleure des meilleures pour me créer des ennuis. Qu'est-ce qui m'a pris de faire semblant d'avoir un chum ? Je suis une terrible menteuse ! C'est sûr que je vais m'attirer des ennuis avec cette histoire de Pedro qui n'existe même pas. Bon, on dit que la nuit porte conseil. Tant mieux. Je vais avoir besoin de tous les conseils du monde pour m'en sortir sans trop de dommages.

En même temps, un mystérieux amoureux inventé, c'est excitant, non ?

* ***Cute*** – Mignon, charmant.

CHAPITRE 5

Le No Name !

CHAPITRE 5

Ça y est, je m'apprête à faire mon apparition dans l'agora avec la toute première édition de notre journal étudiant. Moi, Morgane Tessier, j'ai réussi à me lever à six heures du matin pour régler les derniers détails. (Mes excuses les plus sincères à tous et à toutes pour l'état de mes cheveux et mes énormes poches sous les yeux!) N'ayez crainte, je n'en ferai pas une habitude. Mon horloge interne n'est pas du tout programmée pour ouvrir les paupières avant le lever du soleil.

Le journal est sacrément beau! Bon, ça n'a pas été facile au début, parce que mes collaborateurs et moi n'avons pas tout à fait les mêmes idées en ce qui a trait aux sujets que nous souhaitons aborder. Mais je suis plutôt fière de moi. J'ai réussi à faire des compromis pour plaire à tout le monde. J'ai même accepté de laisser tomber le super nom que j'avais choisi (*Le Visionnaire*) pour un nom provisoire (le *No Name*). Je sais, ça fait « vaguement » penser à une marque de produits bon marché vendus dans les épiceries. Mais c'est en attendant qu'on trouve mieux. Eddy a proposé de lancer un concours et je trouve que l'idée est bonne. Ça va augmenter nos chances de trouver le nom parfait.

J'y suis. Je commence la distribution.

Un par ici, un par là…

ÉDITION SPÉCIALE – **NO NAME** – ÉDITION SPÉCIALE – **NO NAME** – ÉDITION SPÉCIALE

Bonne rentrée, tout le monde !

C'est la fin des vacances et le début d'une nouvelle année scolaire !

Certains diront: «Youppi!» alors que d'autres auront envie de se rouler en boule et de pleurer jusqu'au mois de juin. Je vous le dis tout de suite: ne faites pas ça! Pourquoi? Parce que vous risquez de passer à côté de quelque chose de TROP important. Et aussi parce que les couloirs ne sont pas toujours très propres, on ne se le cachera pas! Alors, voilà! Sans plus attendre, je vous dévoile le *scoop* de la rentrée: la rédactrice en chef de votre nouveau journal étudiant est nulle autre que: MOI! Vous ne savez pas qui je suis? Normal, je suis nouvelle. Mais ne vous inquiétez pas, je ne passerai pas inaperçue très, très longtemps. Habituellement, je suis assez facile à repérer.

Bref, je m'appelle Morgane et je suis en troisième secondaire. Je me fais un point d'honneur de vous livrer un journal branché, dynamique et divertissant, et qui répond à VOS besoins. Rien à voir avec les parutions de l'année dernière qui étaient, disons... plutôt ennuyeuses. Je n'étais peut-être pas encore arrivée dans cet

ÉDITION SPÉCIALE – ***NO NAME*** – ÉDITION SPÉCIALE – ***NO NAME*** – ÉDITION SPÉCIALE

établissement, mais j'ai eu accès aux archives et je n'ai qu'une chose à dire : pauvre de vous ! Dommage que vous ayez eu à endurer ça toutes ces années !

Maintenant que je suis aux commandes, je peux vous assurer que vous allez avoir un plaisir fou à lire votre journal étudiant. Sans plus tarder, laissez-moi vous présenter mes précieux collègues. Bon, vous les connaissez sûrement mieux que moi, mais vous ne les avez peut-être jamais vus sous ce jour.

Voici Annabelle !

Romantique à souhait, Annabelle est la personne tout indiquée pour vous conseiller dans vos relations amoureuses.

Loisirs : Cinéma, musique, photo.
Repas préférés : Les sushis et le chocolat.
Manie : Plisse le nez lorsqu'elle est contrariée.
Ne sort jamais sans : Son cellulaire.
Rôle au sein du journal étudiant : Courrier du cœur et horoscope.

N'hésitez pas à lui écrire si vous avez des questions relatives à l'amour. Qui sait ? Peut-être vous répondra-t-elle dans le prochain numéro de votre journal étudiant préféré !

ÉDITION SPÉCIALE - ***NO NAME*** - ÉDITION SPÉCIALE - ***NO NAME*** - ÉDITION SPÉCIALE

Voici Thomas !

Apparemment, tout le monde connaît Tom. (N'est-ce pas, les filles ?) Un sourire enjôleur, des yeux plus bleus que la mer des Caraïbes, des bras bien musclés. Ne vous faites pas trop d'idées, cependant. Son cœur est déjà pris. (Pour l'instant !)

Repas préférés : Le steak, la poutine * au steak et les sous-marins ** steak et fromage.
Vêtement chouchou : Sa (trop) vieille casquette des Canadiens de Montréal.
Ce qui le passionne : À part les filles ? La musique, le hockey et son cellulaire.
Rôle au sein du journal étudiant : Les actualités sportives et les petites annonces.

Voici Eddy !

Grand passionné de lecture, il a toujours un livre à la main. Vous avez envie de parler littérature ? N'hésitez pas ! Il a TOUT lu ! Des livres d'horreur aux romans policiers, en passant par les grands classiques.

* **Poutine** - Mets typique au Québec, fait de frites, de sauce et de fromage. La poutine est devenue une sorte d'emblème dans la province.
** **Sous-marin** - Type de sandwich réalisé avec du pain baguette ou un pain long, en opposition au sandwich club réalisé avec un pain de mie carré.

ÉDITION SPÉCIALE - ***NO NAME*** - ÉDITION SPÉCIALE - ***NO NAME*** - ÉDITION SPÉCIALE

Repas préférés : Tout ce qui se réchauffe au four à micro-ondes.
La première chose qu'il fait en se levant le matin : Il ouvre les yeux, les referme, les ouvre encore et les referme à nouveau, jusqu'à ce que ses parents le sortent du lit de force.
Rôle au sein du journal étudiant : Les suggestions littéraires et les mots croisés.

La dernière et non la moindre : Morgane ! (c'est moi, ça !)

Je me considère comme une fille dynamique et qui n'a pas peur des défis. Soyez assurés que j'assume totalement mon look, au cas où vous vous poseriez la question.

Mon idole de tous les temps : Lady Gaga.
Mon expression fétiche : Le ridicule ne tue pas !
Mon repas préféré : Le chili végétarien.
Les causes qui me tiennent à cœur : L'environnement, la protection des animaux, la faim dans le monde, la guerre,

ÉDITION SPÉCIALE - ***NO NAME*** - ÉDITION SPÉCIALE - ***NO NAME*** - ÉDITION SPÉCIALE

les enfants malades, le compostage efficace, la récupération des matières dangereuses, etc. En voulez-vous d'autres? Je peux vous fournir une liste, si vous le souhaitez!
Mon rôle au sein du journal étudiant: Éditorial, arts et culture, politique, environnement.

CONCOURS! – CONCOURS! – CONCOURS!

Notre super journal n'a pas encore de nom!

Soumettez-nous vos idées et la personne qui aura trouvé le nom le plus original fera LA UNE de notre prochaine édition. Wow! Une super façon de voler la vedette!

Date limite: 10 septembre.
Lieu: Boîte à suggestions, près du local B-108.

CHAPITRE 5

Tom : Morgane ! Où es-tu ? Je te cherche partout !

Moi : Je suis à l'agora. J'ai commencé à distribuer le journal. Il est vraiment trop beau. Il faut que tu le voies en vrai !

Tom : J'en ai un exemplaire entre les mains, justement ! Je ne te trouve pas drôle. Arrête tout de suite la distribution !

Moi : Hein ? Pourquoi ?

Tom : C'est n'importe quoi, ce que tu as écrit ! Tu n'avais pas le droit de changer ma description sans me demander mon avis !

Moi : Bah ! Tu exagères ! J'ai seulement récrit une ou deux phrases !

Tom : Si tu continues, tu vas ternir ma réputation.

Moi : Tu es capable de la ternir tout seul, ta réputation, si tu veux mon avis !

Tom : Comment peux-tu dire des choses pareilles ? Tu me connais à peine !

Moi : Trois jours, c'est bien assez pour me faire une idée du genre de gars que tu es !

Anna : Moi, je suis d'accord avec Morgane. Son texte est parfait.

Tom : Hé !

Eddy : Moi aussi.

Tom : Hé ! J'ai une blonde, vous saurez ! Je n'ai pas envie qu'elle lise ça !

Anna : Elle va s'en remettre, ne t'en fais pas.

Moi : Au moins, elle saura à quoi s'en tenir !

Tom : Ben voyons ! Je ne suis quand même pas comme ça !

MDR

Anna : Ah non ? Tu ne sortais pas avec Kirah, il y a deux semaines ?

Hi ! Hi !

Tom :

Eddy : Et la semaine d'avant, tu avais un *kick** sur la belle Éléonore ! Tu m'as même dit qu'elle était l'amour de ta vie.

Tom : OK ! OK ! J'ai compris ! Vous avez peut-être « un peu » raison. Mais ce n'est pas ma faute si j'aime tant les filles ! Elles sont toutes belles !

Eddy : Ce n'est pas une raison pour les collectionner. Les filles, ce n'est pas comme tes figurines de Disney ! Tu ne peux pas les ranger dans une boîte quand tu as fini de t'amuser !

Moi : Euh, attendez un peu, là ! Tom, tu collectionnes les figurines de Disney ?

Anna : Elle est bonne, celle-là !

---

* **Avoir un *kick* (sur quelqu'un)** – Avoir le béguin (pour quelqu'un).

Tom : Mais non, voyons ! Je n'ai pas deux ans, quand même !

Eddy : Elles sont cachées dans le fond de ta garde-robe. Je les ai vues l'autre jour.

Tom : Veux-tu bien la fermer, espèce de traître ! Je les garde en souvenir, c'est tout !

Moi : Moi, je trouve ça super cool, les figurines de Disney !

Tom : De toute façon, je ne vois pas pourquoi on change de sujet. On était en train de parler du journal étudiant. Anna, tu ne dois pas être contente, toi non plus ?

Anna : Pourquoi ?

Tom : Ben, Morgane a changé ton profil, à toi aussi.

Anna : Oui, et il est parfait.

CHAPITRE 5

J'TDR

Tom : Tu veux vraiment t'occuper du courrier du cœur ?

Anna : Pourquoi pas ?

Tom : Tu viens de te faire planter là ! Ça va te démolir !

Anna : Je te remercie pour ta délicatesse, Tom. C'est très gentil. Mais Morgane et moi, on en a discuté et on pense que ça peut être très thérapeutique dans mon cas.

Eddy : *Of course !* Tu es super bien placée pour te mettre dans la peau des filles en peine d'amour. Tu sauras quoi leur répondre. Je trouve que c'est une *good idea*, moi aussi.

Anna : Et ça va me donner l'occasion de me venger de Rosalie.

Tom : Moi, je continue de penser que Morgane n'aurait pas dû faire des changements dans le journal sans nous en parler.

Eddy : *Anyway*, c'est trop tard. Elle a déjà fini de le distribuer. *Right, Mo ?*

Moi : Je suis curieuse... As-tu la figurine de Goofy, dans ta collection, Tom ? C'est mon personnage préféré. Il me fait trop rire avec son drôle de chapeau et ses grandes oreilles.

Eddy : Lâche les figurines, Morgane !

Moi : Est-ce que tu accepterais de me les montrer, un de ces jours ?

Eddy : Morgane ! *Wake up !* Journal étudiant ! Tu es avec nous, oui ou non ?

Moi : Oui ! Oui ! Désolée, je me suis laissé distraire.

Moi : La première édition du journal est parfaite. On ne change rien. En plus, le concours va faire fureur, je le sens.

Moi : Vous me rejoignez à l'agora ?

Eddy : J'y suis depuis dix minutes.

CHAPITRE 5

Je tourne la tête dans tous les sens et je repère rapidement Eddy — facile, il n'y a pas des tonnes de Noirs dans cette école. Il est bien installé dans les marches de l'agora, cellulaire dans une main, poignée de bonbons dans l'autre.

Moi : Pourquoi tu ne m'as pas aidée à distribuer les exemplaires ?

Eddy : Bah ! Trop fatigant. Mais tu étais super bonne ! Tu as fait ça comme une pro !

Moi : 

Eddy : Bon ! Vous arrivez ou pas ?

Anna : Je passe aux toilettes et j'arrive.

Eddy : Pas besoin. Ton maquillage est parfait. Tes cheveux aussi. Et tes vêtements sont magnifiques.

Anna : Tu ne m'as même pas vue encore !

Eddy : Non, mais je te connais. Je sais que tu es belle comme un cœur.

Anna : Tu es toujours gentil, toi !

Moi : Bon ! Ça suffit, les mamours ! Ramenez vos fesses au plus vite si vous voulez qu'on ait le temps de se voir avant que les cours commencent !

Tom : Les mamours ? Ed, ne me dis pas qu'Anna et toi ?

Hi ! Hi !

Anna : Mais non, voyons !

Eddy : Es-tu malade ? Je l'aime bien, notre petite princesse, mais elle ne m'intéresse pas du tout. *By the way*, je sais reconnaître une fille qui a de la classe. Et toi, Anna, tu as de la classe !

Anna : Merci beaucoup !

Tom : Je ne peux pas en dire autant de Morgane. Sérieux, Mo, je te vois de loin, tu as vraiment choisi de porter ce t-shirt le jour de la rentrée ?

CHAPITRE 5

Moi : Quoi ? Tu ne l'aimes pas ? Je l'ai commandé sur Internet. Il est cool, hein ?

Tom : Ben, disons qu'il est un peu...

Eddy : Intense ?

Tom : Dégueu ?

Eddy : Affreux ?

Anna : Attendez-moi, j'arrive !

C'est comme ça que commence ma première journée de cours dans cette nouvelle école. L'agora. Des amis. Des fous rires. Je sens qu'on va s'amuser ! Même si on n'est pas toujours d'accord sur tout. Même si on est différents les uns des autres. Même si mon t-shirt ne fait pas l'unanimité. (Il faut croire que ce n'est pas tout le monde qui aime voir l'intérieur d'un corps humain sur un bout de tissu. Personnellement, je trouve le résultat époustouflant !)

Un cell à la main, on prend une photo afin d'immortaliser ce précieux moment.

— Poussez-vous, je ne veux pas toucher au t-shirt de Morgane, lâche Anna, dégoûtée. Et je ne veux pas que les autres me voient à côté d'elle non plus, ajoute-t-elle, en jetant des regards nerveux aux élèves qui circulent dans l'agora.

— Tu devrais te tourner, me propose Thomas, en me saisissant par les épaules. Ton t-shirt est sûrement plus beau de dos !

— Non ! intervient Eddy avant que j'aie eu le temps de bouger. Si elle se tourne, on va voir les trucs étranges qu'elle a dans le fond de la tête, précise-t-il, en pointant ma coiffure.

Anna me contourne et inspecte mes cheveux du bout des doigts. Autour de nous, j'entends des gens se moquer.

— Qu'est-ce que…, bégaye-t-elle. Tu es sérieuse, Morgane ? Des pantoufles ?

— Ce ne sont pas des pantoufles ! dis-je pour me défendre. Ce sont des minipelotes de laine.

— Pourquoi ? demande-t-elle, découragée. Tu prévois de tricoter pendant tes cours ?

— Mais non, voyons ! C'est pour faire joli !

— Raté ! dit Eddy, en toussant dans sa main pour que je l'entende juste à moitié.

Je le pousse avec l'une de mes épaules pour lui faire comprendre qu'il n'est pas drôle.

Il me chatouille la taille et je le repousse parce que je déteste ça. Derrière nous, Thomas allonge les bras et nous serre contre lui, tandis qu'Annabelle s'étire pour essayer de nous cadrer tous les quatre. On dit « *Cheeze !* » et on prend la plus belle et la plus vivante des photos de début d'année de tous les temps.

CHAPITRE 6

Organes et désespoir

CHAPITRE 6

Mon premier cours se déroule dans la classe de monsieur Falardeau — que je pourrais aussi rebaptiser monsieur Coincé, d'après ma première observation. Pour vous donner une idée du personnage, ce prof-là, c'est : chemise, veston, cravate, lotion après-rasage, gel dans les cheveux, barbe taillée aux ciseaux, ongles manucurés (sans le vernis quand même !) et chaussures cirées. Vous voyez le genre ? Rien à voir avec moi ! On est aux antipodes, tous les deux ! Ma mère m'a toujours dit qu'il ne fallait pas se fier à l'apparence des gens pour se faire une opinion d'eux. J'essaie. Vraiment. Mais ce n'est pas toujours facile.

Si je laissais mon imagination déployer ses ailes, je dirais que monsieur Falardeau habite une maison de plain-pied bien entretenue de la rue Champfleury, qu'il a une femme et deux enfants — un garçon et une fille, évidemment ! —, qu'il fait de l'activité physique tous les jours pour se garder en forme, qu'il met des sous de côté pour ses vieux jours et que, de temps en temps, il se permet de manger des chips en regardant la télé. Mais pas trop souvent, parce que les chips, ce n'est pas bon pour la santé.

J'espère donc que monsieur Coincé et moi allons nous entendre. L'idéal, ce serait que je réussisse à passer inaperçue, mais soyons honnêtes : je doute que ce soit possible.

Il y a quand même un aspect positif, dans tout ça : Anna est dans le même cours que moi. Elle va donc pouvoir m'aider si je ne comprends rien aux statistiques, aux probabilités ou aux expressions algébriques. Je suis plutôt bonne à l'école et je me débrouille bien dans la plupart des matières, mais les math, ce n'est vraiment, mais vraiment pas ma tasse de thé. (Tiens, je suis sûre qu'il en boit, du thé, monsieur Falardeau. C'est tellement plus zen que le café !) Au fait, est-ce qu'Anna est bonne à l'école ? Aucune idée ! Il faudrait que je m'informe un peu sur ses performances scolaires avant de m'en remettre à elle.

Dès que j'entre dans le local, je ne peux pas faire autrement que de m'immobiliser net. Incroyable ! Un vrai régal pour les yeux ! Il y a au moins dix exemplaires du *No Name* qui circulent parmi les élèves. Ils le lisent, l'inspectent, le commentent à voix basse. J'ai envie de me précipiter vers eux pour savoir ce qu'ils en pensent, mais Annabelle m'agrippe par le bras et chuchote à mon oreille :

— Wow ! Tu as vu ça, Morgane ?

— Oui ! C'est fou ! Je n'arrive pas à y croire !

CHAPITRE 6

— Il est encore plus beau que l'année dernière ! ajoute Anna, les yeux brillants.

— Tellement !

— Et tu as vu son teint bronzé ? Ça lui va bien, tu ne trouves pas ?

HEIN ? SON TEINT BRONZÉ ?

— Euh, c'est quand même juste du papier et de l'encre !

Le sourire d'Annabelle disparaît de son visage. Le nez plissé, elle tourne la tête vers moi et me demande :

— De quoi tu parles ?

— Du journal, évidemment ! Et toi ? De quoi tu parles ?

Pour toute réponse, elle me pointe le devant de la classe, l'air de dire : « C'est évident, voyons ! » Mais c'est sûrement une erreur ! Monsieur Falardeau ? Dites-moi que c'est une blague ? Il a au moins quarante ans ! C'est un dinosaure ! Une antiquité ! Un fossile !

— Quoi ? Tu es complètement folle, Anna ! Ne me dis pas que tu tripes * sur le prof de math ?

---

* **Triper (sur quelqu'un)** – Aimer (quelqu'un).

— Mais non, voyons, grosse nouille ! lâche-t-elle en s'esclaffant et en essayant de ne pas rire trop fort. Je te parle de Greg !

— C'est qui, ça, Greg ?

Elle me montre le gars juste à côté du bureau du prof. Il parle avec deux jolies filles.

— Hé ! Tu n'étais pas en peine d'amour, pas plus tard qu'hier, toi ?

— Justement ! C'était hier. Je ne vais pas passer l'année à me lamenter sur mon sort.

— Non, mais une semaine ou deux pour t'en remettre avant de sauter dans les bras d'un autre, ça serait peut-être une bonne idée.

— Justement ! C'est déjà fait ! J'ai pleuré sans arrêt pendant deux semaines. Je ne mangeais plus. Je ne dormais plus. J'avais honte. J'étais humiliée. Je voulais détruire la terre entière. Là, c'est assez. La vie reprend aujourd'hui ! Je ne vais sûrement pas donner la satisfaction à Rosalie de me voir malheureuse. Encore moins à Justin !

— Wow ! Tu m'impressionnes ! J'admire ta détermination. Tu veux que j'aille parler à Greg ?

— Ça ne va pas, la tête ! proteste Annabelle en me tirant le bras pour me traîner de force jusqu'au fond de la classe.

Elle se choisit un bureau et je m'assois à côté d'elle, un peu confuse.

— Qu'est-ce qu'il y a ? Je suis sûre que Greg ne sait pas que tu es intéressée. Je vais aller le voir…

— Non ! Morgane ! chuchote-t-elle en me saisissant le bras pour m'empêcher de bouger. Si tu fais ça, je ne te parle plus jusqu'à la fin de mes jours ! ajoute-t-elle paniquée.

— Tu ne seras jamais capable. On dort dans la même chambre, tu t'en souviens ? lui dis-je en faisant semblant de me lever.

— Je ne te parle plus jusqu'à la fin de la semaine, alors !

— Impossible !

— La fin de la journée ? La fin du cours ?

Je secoue la tête de gauche à droite, un sourire satisfait sur mon visage.

— Bah ! Laisse tomber ! Fais donc ce que tu veux !

Elle croise les bras et s'appuie au dossier de sa chaise. J'ai juste envie de rire, parce que, franchement, elle est très drôle. Comme si j'allais me mêler de ses histoires de cœur ! Je n'ai pas assez d'expérience avec les garçons pour mériter le rôle d'entremetteuse. Ça serait un vrai désastre !

— Veuillez vous asseoir, on va commencer.

Monsieur Falardeau ferme la porte de la classe, lisse ses cheveux et s'installe derrière son bureau pour nous expliquer le fonctionnement du cours et les règles qu'il souhaite mettre en place « pour un déroulement optimal et des résultats efficaces dans vos capacités d'apprentissage et de mise en application des stratégies d'enseignement, et blablabla ».

Son monologue s'éternise. Il nous parle d'un ton morne, sans expression et sans passion. Personne ne l'écoute. Anna parcourt la pièce du regard, les yeux brumeux, tandis que je prends des notes pour le prochain numéro du *No Name*.

— Et vous comprendrez qu'on ne peut pas se permettre de perdre son temps avec des blagues idiotes ou des commentaires inappropriés, ajoute le prof, avant de s'interrompre brusquement.

Dans la classe, c'est le silence total. Puis, des chuchotements s'élèvent. La moitié du groupe ne réalise pas tout de suite qu'il se passe quelque chose. Moi non plus, d'ailleurs. C'est au moment où Anna me donne un coup de coude que je comprends que monsieur Falardeau a les yeux fixés sur moi. Pas le genre de regard qui dit : « Tiens, tiens, cette jeune fille n'est pas très attentive, je devrais peut-être la ramener à l'ordre. »

CHAPITRE 6

Mais plutôt: «Oh! Mon Dieu! Quel genre de parent peut laisser sa fille aller à l'école accoutrée comme ça? C'est une horreur! Une abomination! Un scandale!»

— Quittez ma classe immédiatement, m'ordonne-t-il, la voix étouffée.

On dirait qu'il va vomir. Il a les lèvres pincées. Il est vert. Une goutte de sueur coule le long de sa tempe. (Un peu intense, non?) Je ne vais quand même pas m'en aller sans explication. Je croise les bras et lui demande:

— Pourquoi?

— Vous osez me demander pourquoi? articule-t-il, les yeux exorbités.

— Ben, oui!

Reste polie, Morgane! Reste polie!

— Je n'ai rien fait de mal, dis-je, la voix posée et le visage neutre. Je n'ai pas bavardé, je n'ai insulté personne, je ne vous ai pas lancé de boules de gomme derrière la tête, alors je ne vois pas ce qui justifie mon renvoi de la classe.

— Votre t-shirt à lui tout seul justifie ma décision, explique monsieur Falardeau. Sortez d'ici!

Je me lève. Non pas pour exécuter ses ordres, mais pour plaider ma cause. Sauf qu'en agissant ainsi, j'offre une vision bien plus détaillée de mon t-shirt au prof, qui tourne la tête pour ne pas avoir à me regarder. Ça lui donne l'air d'un chien qui vient de se faire gronder. Pathétique ! Dans la classe, les chuchotements s'intensifient.

— Je suis désolée si je vous ai offensé, mais je ne mérite pas d'être expulsée parce que mes vêtements ne correspondent pas à vos goûts.

— Ce n'est pas une question de goût. Le règlement de l'école stipule…

— Le règlement interdit les vêtements troués, déchirés, qui symbolisent la violence, la discrimination, la consommation de drogues ou d'alcool et tout autre geste jugé immoral aux yeux de la société. Ce n'est pas le cas de mon t-shirt. Il représente le corps humain dans son ensemble.

— Ce sont des organes !

— Oui, les mêmes organes qui sont à l'intérieur de votre corps et de celui de tous les élèves ici présents. Il n'y a pas d'éclats de sang ni de lambeaux de chair décomposée. C'est juste une représentation sincère et fidèle de l'anatomie humaine. Si on était en faculté de médecine, vous seriez très heureux de mon choix vestimentaire.

Monsieur Falardeau se mord la lèvre. Il sait que j'ai raison. Sans attendre qu'il m'en donne l'ordre, je me rassois à mon bureau et je l'invite à poursuivre son cours d'un geste de la main. Il a besoin de quelques secondes pour reprendre ses esprits, puis il ouvre son manuel. C'est parti ! L'année scolaire commence ! Et je m'en sors plutôt (pas mal !) bien.

* * *

La cafétéria est bondée. C'est bruyant. C'est chaotique. Ça sent toutes sortes de trucs (un mélange de pâté au saumon et de poulet général Tao * réchauffés au four à micro-ondes, de pain de viande de la cantine et de gâteau aux carottes et à la cannelle). Bref, il faut avoir l'estomac solide pour se nourrir dans cet environnement.

Thomas et Eddy sont déjà installés à table. Je m'approche d'eux avec mon plateau, pressée de leur raconter ma matinée.

— Vous auriez dû me voir pendant le cours de math, les gars ! J'ai été trop forte !

— Vraiment ? demande Thomas pour me narguer. Ne me dis pas que tu connais tes tables de multiplication ? Wow ! Tout un exploit, en effet !

— Ha ! Ha ! Tu es un petit comique, toi ! dis-je en grimaçant. Non, j'ai fait preuve d'un sang-froid et d'une débrouillardise hors du commun

* **Poulet général Tao** – Mets d'origine asiatique composé de petits morceaux de poulet frits enrobés dans une sauce sirupeuse sucrée.

pour me sortir d'une situation embarrassante qui aurait pu virer au drame.

Thomas lève les yeux au ciel. Il déteste quand je m'exprime de cette façon.

— Peux-tu être plus claire? lance-t-il, la bouche pleine. Sinon, je vais aller m'asseoir ailleurs. Il y a plein de place de libres dans la cafétéria.

Je prends une gorgée de mon jus et leur explique mon affrontement avec monsieur Falardeau. Je n'oublie aucun détail: mes arguments, plus solides que le roc, le visage déconfit du prof quand il a compris qu'il n'avait aucun pouvoir sur moi, l'expression admirative des élèves, jusqu'à ce que je remarque le regard en point d'interrogation d'Eddy.

— Hé! Tu m'écoutes ou pas?

— Oui... Non... *Sorry*, mais, tu vas manger autre chose que des patates et des haricots, hein? demande-t-il, inquiet, en pointant le contenu déprimant de mon assiette.

— C'est tout ce qu'il y a à la cantine, dis-je, pour me justifier.

— Ben non, justement, me contredit-il en relevant les épaules. Il y a du pain de viande et du jambon à l'ananas.

CHAPITRE 6

Je grimace à l'idée d'avaler ces trucs infects et lui explique :

— C'est tout ce qu'il y a d'écologiquement responsable, sans exploitation et sans cruauté animale.

Thomas laisse tomber sa pointe de pizza pepperoni et bacon, s'essuie la bouche avec la main et exprime son dégoût sans ménagement :

— Yark ! Tu es végétarienne ?

— Comment ça, yark ? As-tu vu ce que tu manges ? C'est ça, qui est yark ! Ton truc est bourré de produits chimiques, de gras, de sel, de sucre et d'animaux ! Et tous les autres ? dis-je, en pointant les élèves assis à la même table que nous. Tu as vu ce qu'ils ont dans leur assiette ? C'est immonde !

Oups ! J'ai peut-être parlé un peu trop fort ! Les filles à ma droite cessent subitement de parler et les élèves assis derrière moi me lancent des morceaux de jambon sur la tête. Franchement !

— Au moins, on se nourrit ! se défend Thomas, en faisant signe à ses amis de me laisser tranquille.

— Je n'appelle pas ça me nourrir, fais-je en retroussant le nez. C'est du poison, tout ça !

Eddy pose une main sur mon bras beaucoup trop blanc comparé au sien et se penche vers l'avant pour que personne d'autre que Tom et moi ne puisse l'entendre.

— Es-tu anorexique, Morgane ? Parce que si c'est le cas, on peut t'aider à obtenir de l'aide.

— Anorexique ? Voyons, Eddy ! J'aime beaucoup trop manger pour être anorexique !

— Les troubles alimentaires peuvent toucher *anybody**, précise-t-il, sans détourner les yeux des miens. Ma cousine…

— Je ne veux pas connaître l'histoire de ta cousine, Eddy. Désolée, mais je n'ai aucun trouble alimentaire. Je fais des choix responsables, c'est tout !

— Je veux bien, mais tu vas mourir de faim si tu ne manges pas plus que ça.

— Mourir de faim ? Aucune chance ! Ne t'inquiète pas pour moi, je vais trouver une solution. Et là, je pense qu'on peut changer de sujet.

Thomas croque à belles dents dans sa pizza dégoulinante, Eddy prend une bouchée de sa lasagne et moi… Eh bien, moi, je déguste ma patate bouillie. Miam ! (Euh... Non !)

— Où est Anna ? demande tout à coup Eddy, inquiet. Elle ne vient pas manger avec nous ?

— Je ne sais pas. Je ne l'ai pas vue depuis la fin de notre cours de math. Attends, je vais la texter.

---

* ***Anybody*** – N'importe qui.

CHAPITRE 6

Moi : Hé ! Où es-tu, Anna ?

Anna : Dans le local du journal étudiant.

Moi : Oh ! Bonne idée de vérifier si on a reçu des choix de noms dans la boîte à suggestions. Il y en a beaucoup ? Lequel est ton préféré ?

Anna : En fait, je n'ai même pas regardé.

Moi : Qu'est-ce que tu fais là, alors ?

Anna : Je mange.

Moi : Toute seule ? Pourquoi ?

Thomas sort son cell et décide de se mêler de la conversation.

Tom : On est à la cafétéria. Viens nous rejoindre !

Anna : Impossible ! Cette nuit, j'ai rêvé que je sortais de ma chambre sans m'habiller et que j'arrivais toute nue à la cafétéria. Devant tout le monde !

Moi : Ce n'était qu'un rêve, voyons !

Anna : Ensuite, je me dirigeais vers l'escalier pour discuter avec un morceau de quiche. Ça veut tout dire !

Moi : Euh, ça veut tout dire quoi ?

Eddy s'impatiente à mes côtés.

— Qu'est-ce qu'elle fait ? Elle vient ou pas ?

— Attends. On a des problèmes de quiches à régler.

— Hein ?

Il s'empare lui aussi de son téléphone et la discussion se poursuit à quatre.

Anna : C'est évident, voyons ! Si j'ai le malheur de mettre les pieds dans la cafétéria, tout le monde va me montrer du doigt et rire tellement fort que les lumières au plafond vont éclater.

Moi : Pourquoi tout le monde rirait de toi ? Tu es habillée, non ? S'il te plaît, dis-moi que tu es encore habillée !

CHAPITRE 6

Anna : Mais oui ! Franchement ! C'est juste que les rêves ne mentent pas. Il faut savoir les interpréter.

Moi : Et toi, tu sais le faire ?

Eddy : Anna est la spécialiste des rêves.

Anna : Crois-moi, ma vie va s'écrouler si je vous rejoins.

Soudain, je comprends. Anna est en train d'inventer n'importe quoi ! Elle essaie de se défiler pour ne pas avoir à affronter ses peurs.

Moi : C'est à cause de Rosalie, hein, c'est ça ? Tu es paniquée à l'idée de la croiser dans les couloirs ?

Anna : Tellement pas ! Rosalie ne me fait pas paniquer. Je me fiche bien d'elle. Elle a essayé de me parler, dans le cours de français. Elle veut s'excuser, tu imagines ? Pour qui elle me prend ? Mais je l'ai ignorée.

Hein ?

Moi : Vraiment ? Est-ce qu'elle t'a parlé du journal étudiant ? Elle est furieuse qu'on ait lancé le *No Name* ?

Anna : Non. Elle m'a même dit qu'elle nous laissait la voie libre. Elle ne veut plus s'occuper du journal.

Moi : C'est vrai ? Ah ! C'est un peu plate *, ça !

Anna : Tu n'es pas contente ?

Moi : Oui, oui ! Seulement, j'aimais bien l'idée d'avoir un concurrent. Ça ajoutait un peu de piquant. Mais bon. Ça n'explique pas pourquoi tu m'inventes une histoire de rêves et de quiches.

Eddy : Moi, j'ai compris. C'est à cause de Justin. *Right*, Anna ?

Anna met quelques secondes à répondre.

Anna : Tu me connais trop, Ed ! La vérité, c'est que j'ai peur de me mettre à pleurer comme un bébé si je le croise. Je l'aime ! ♥

* **Plate** – Ennuyeux.

CHAPITRE 6

KOI ?!

Moi : Je croyais que c'était de l'histoire ancienne ! Ce matin, tu disais que tu l'avais déjà oublié.

Anna : Comment je pourrais l'oublier ? Il est trop parfait ! Il me manque, tu n'as pas idée ! Ce gars-là me chamboule complètement.

Vraiment ? Chanceuse ! Pourquoi aucun gars ne m'a jamais chamboulée complètement, moi ? Bon, j'ai déjà eu une ou deux petites batailles de papillons dans le ventre, mais sans plus. Et ça n'a jamais duré plus que quelques heures. Pas de quoi former un couple très solide ! Oh ! C'est vrai ! J'ai dit à mes amis que j'avais un chum ! Je ne dois pas oublier de parler de lui de temps en temps !

Moi : Oui, je comprends, Anna. L'amour, c'est vraiment intense ! Je n'ose pas imaginer comment je réagirais si Pablo me laissait tomber.

Tom : Je croyais que ton chum s'appelait Pedro !

Bout de luzerne ! C'est bien trop vrai ! Je suis en train de m'emmêler dans mes mensonges !

Moi : Oui. C'est bien Pedro. Désolée, c'est la faute du correcteur automatique ! En tout cas, je vais t'aider à traverser ça, Anna. Tu n'es pas toute seule !

Tom : Je suis là, moi aussi.

Hi ! Hi !

Eddy : Yep ! Moi aussi !

Anna : Vous êtes vraiment gentils ! La vérité, c'est que je ne sais pas comment je vais réagir quand je vais voir mon ex se promener dans les corridors avec une autre fille.

Tom : Pas n'importe quelle fille ! Ta meilleure amie !

Je donne un coup de pied à Tom sous la table. Il pourrait faire preuve d'un peu plus de délicatesse, franchement ! Un vrai gars !

Anna : Rosalie est maintenant mon ex-*best* ! Nuance.

CHAPITRE 6

Moi : Je peux t'aider à la détester, si tu veux ! ☺

Anna : Bonne idée ! Parce qu'en réalité elle n'est pas si géniale que ça.

Moi : Moi, je trouve qu'elle n'est pas très jolie. Et elle a les dents de travers. Et le nez trop long.

Anna : Tu l'as déjà vue ?

Moi : Non ! Mais je suis sûre qu'elle pue !

Anna : LOL !

Moi : Bon. Attends-moi. J'arrive.

Anna : Non, non, ça va aller. Je suis bien toute seule. Misérable. Délaissée. Incomprise. Abandonnée de tous.

Mon cell se retrouve dans le fond de ma poche en un rien de temps.

— Qu'est-ce que tu fais ? demande Thomas, intrigué.

— Je vais rejoindre Anna, voyons !

— Pourquoi ?

— Comment ça, pourquoi ? dis-je en me levant de mon banc. Quand une amie a besoin de toi, tu ne fais rien pour l'aider ?

— Elle t'a répondu qu'elle était bien toute seule, me répond Thomas en haussant les épaules. Je pense qu'il faut respecter ça, non ?

C'est plus fort que moi, je lui donne une petite claque en arrière de la tête. Tu parles d'un idiot !

— Hé ! se plaint Thomas, en se massant le crâne de façon exagérée. Qu'est-ce qui te prend ?

Il jette un œil aux environs pour s'assurer que personne n'a été témoin de la scène, mais tout le monde s'en fiche un peu. J'en profite pour me pencher et murmurer à son oreille :

— Pour un gars qui a eu des centaines de blondes, je trouve que tu ne décodes pas tellement bien le langage des filles.

— Je n'ai pas eu des centaines de…

— Peu importe ! Si Anna te dit qu'elle est bien toute seule, tu ne dois pas en croire un mot. Tu te lèves et tu y vas. Compris ?

Thomas croise les bras, bourru. Eddy semble un peu plus convaincu.

CHAPITRE 6

— *Let's go!* ordonne-t-il, en rangeant le reste de son repas dans son sac à lunch. On finira de manger là-bas.

Thomas se lève en soupirant et nous suit à l'extérieur de la cafétéria. Une fois dans le corridor, il me donne un coup de coude pour attirer mon attention.

— Une chance qu'Anna n'est pas avec nous, chuchote-t-il en pointant un couple en train de s'embrasser devant les toilettes des filles. Elle serait dévastée de les voir ainsi.

Je regarde la brunette et le grand blond se nettoyer le fond de la bouche avec la langue — un peu intense, le bécotage ! — et je comprends :

— Ce sont eux, Justin et Rosalie ?

— *Right !* me confirme Eddy en continuant d'avancer, les poings serrés. Ne t'arrête surtout pas, sinon je vais leur dire ma façon de penser.

— Attends ! dis-je, intéressée. Je pourrais…

— Non ! tranche Thomas, en m'agrippant par le bras. Tu ne vas pas les voir et tu ne vas pas leur demander une entrevue non plus, continue-t-il en me traînant de force jusqu'au local du journal étudiant.

— OK. Comme tu veux ! Mais lâche-moi, je suis capable d'avancer toute seule.

ORGANES ET DÉSESPOIR

Je pousse la porte du local B-108 et je retrouve une Anna esseulée, déprimée et, surtout, bien soulagée de nous voir arriver. On essaie de la faire rire. On lui remonte le moral. On fait des blagues. On prend des photos.

Et moi, je tente de passer par-dessus mon énorme déception (Sérieux ! Personne n'a encore proposé de nom pour le journal étudiant !) pour me concentrer sur le bonheur de mon amie.

CHAPITRE 7

Belles familles

Anna : Comment ça va, *miss* ? Tu passes un beau week-end ?

Moi : Oui. Ça fait du bien de passer du temps avec ma mère. Et toi ? Est-ce que tu te sens un peu mieux ?

Anna : Bof. J'essaie de me convaincre que le pire est derrière moi.

Moi : C'est bon, ça !

Anna : Le problème, c'est que je m'ennuie à mourir. Je n'ai rien à faire. J'ai fini mes devoirs, il n'y a rien de bon à la télé et je suis toute seule à la maison.

Moi : Appelle des amis.

Anna : Je préfère les texter.

Je suis contente de savoir qu'Annabelle me considère comme son amie, mais ça me surprend qu'elle se tourne vers moi en premier lieu. Elle n'a personne d'autre ? Aucune autre fille avec qui elle s'entend bien ?

C'est vrai qu'elle a perdu sa meilleure amie et son chum du même coup !

Anna : J'ai écrit aux gars, mais Eddy a une soirée dans sa famille et Thomas joue au hockey. Toi ? Qu'est-ce que tu faisais ?

Moi : J'étais en train de dresser une liste des sujets à aborder pour le premier vrai numéro du journal.

Anna : Dis-moi tout ! Ça va me changer les idées.

Moi : OK. Tout d'abord, j'aimerais faire une entrevue avec la directrice de l'école.

Anna : Avec la directrice ? Pourquoi ? Ça va être d'un ennui mortel !

Moi : Non, justement. Je veux réaliser une entrevue différente, qui va permettre aux élèves de la voir sous un jour nouveau.

CHAPITRE 7

Anna : Je pense que personne n'a envie de savoir ce qu'elle mange pour déjeuner.

Anna : Ni d'entendre parler de son chat, de ses deux enfants et de son mari trompettiste, d'ailleurs.

Moi : Son mari est musicien ? Génial !

Anna : Je n'en ai aucune idée, Morgane, je disais ça comme ça. Je ne sais même pas si elle est mariée. Ça te donne une idée à quel point sa vie m'intéresse ! Sans rire, trouve autre chose. C'est trop ennuyant.

Moi : Comme quoi ? Un article sur l'importance d'instaurer un système de compostage à même la cour d'école ?

Anna : Ennuyant.

Moi : L'utilisation de l'énergie solaire pour augmenter les capacités d'attention des élèves en classe ?

Anna : Ennuyant fois mille.

Moi : Tu refuses toutes mes idées ! Oh ! Je sais ! On pourrait proposer aux élèves de s'engager de façon bénévole au sein de la communauté ; ils pourraient ensuite écrire des articles pour nous faire part de leur expérience.

Anna : Arrête, je vais vomir !

Moi : OK. J'abandonne ! Qu'est-ce que tu suggères ? Qu'est-ce qui intéresse les jeunes de cette école ?

Anna : Je ne sais pas trop. On devrait faire un sondage, tiens !

Moi : Un sondage ? Bonne idée ! Je m'en occupe !

Anna : Non, laisse-moi faire, ça me tiendra occupée.

Moi : Es-tu sûre ? Je peux te donner des pistes, si tu veux. Je suis super bonne pour rédiger des questions à choix multiples.

NON ?!

CHAPITRE 7

Anna : J'ai une meilleure idée ! Viens chez moi, on fera ça ensemble.

Moi : Ça me tente ! Où habites-tu ?

Anna : Près de l'école.

Moi : Oh ! C'est à plus d'une heure de chez moi. Impossible.

Anna : Tes parents ne pourraient pas venir te reconduire ?

Moi : Non. Ma mère est sortie faire des courses. De toute façon, elle ne voudrait pas. C'est trop loin.

Anna : Et ton père ?

Moi : Mon père ? Envolé depuis longtemps !

Anna ne répond pas tout de suite. Je lui ai balancé l'info comme si je lui parlais de la pluie et du beau temps. Normal qu'elle soit choquée. Mais je ne suis pas du genre à prendre des gants blancs quand j'aborde le sujet. Mon père est parti quand j'étais bébé. Fin de l'histoire.

Anna : Est-ce qu'il est mort ?

Moi : Aucune idée. La dernière fois que je l'ai vu, j'avais deux ans, alors je ne me souviens même pas de son visage. Ma mère et moi, on a vite appris à vivre sans lui.

Anna : Je suis vraiment désolée. C'est super triste. Tu n'as pas de frères ni de sœurs ?

Moi : Non. Juste un furet, deux tortues, un chien, un chat et une perruche.

Anna : Wow ! C'est vrai ? Tu veux t'ouvrir un zoo ou quoi ?

Moi : Presque. Et chez toi, ça ressemble à quoi ?

Anna : Un chat, un grand frère et un père qui n'est presque jamais là.

Là, c'est moi qui hésite. Pas de maman ? Ouf ! J'ai toujours bien vécu sans mon père, mais je ne sais pas si j'aurais réussi à être heureuse sans ma mère. Ce n'est pas du tout la même histoire. Anna poursuit avant que je lui pose la question qui me démange :

Anna : Ma mère est morte d'un cancer il y a cinq ans. C'est tout. Je n'ai pas envie d'en parler.

Moi : OK. Fin du sujet. Mais il y a une chose que je ne comprends pas. Pourquoi passes-tu tes semaines à la résidence si tu habites près de l'école ? Tu pourrais retourner chez toi tous les soirs, non ?

Anna : Oui, mais si je faisais ça, mon père serait obligé de s'intéresser à moi. Il serait même obligé de me parler et d'entretenir une conversation, tu imagines ?

Pas besoin d'avoir un diplôme en études comportementales pour comprendre qu'Anna utilise le sarcasme pour cacher son chagrin. J'ai de la peine pour elle. Mais en même temps, je lui suis incroyablement reconnaissante de s'ouvrir à moi ainsi. Sa vie ne doit pas être facile tous les jours.

Moi : Est-ce qu'il est là, en ce moment ?

Anna : Non. Il est aux États-Unis pour le travail. C'est mon frère qui a le *grand plaisir* de s'assurer que je ne fais pas de bêtises pendant son absence.

Moi : Au moins, tu n'es pas toute seule.

Anna : Il n'a pas le choix. Ça fait partie de son contrat. Mon père le paye pour ça.

Moi : ☺

Anna : Ce n'est pas une blague.

Moi : Ben voyons !

Anna : Quand mon père s'absente, Anthony reçoit une allocation pour me ramener à la maison le vendredi après les cours. Il me surveille, il s'assure que je ne me laisse pas mourir de faim et, surtout, que je ne profite pas de l'occasion pour inviter des centaines d'amis et faire un méga party. Comme il a besoin d'argent de poche pour payer ses dépenses, il joue son rôle de grand frère parfait.

Moi : Et il s'absente souvent, comme ça, ton père ?

Anna : De plus en plus. Hé ! Je dois y aller, ça sonne à la porte.

Truc numéro un pour mettre fin à une conversation qui nous rend mal à l'aise: faire semblant qu'on est appelé ailleurs.

Moi : OK. On se voit demain soir ?

Anna : Oui ! À demain !

Bye !

J'éteins mon téléphone et m'allonge sur le canapé. Les yeux rivés aux lattes de bois du plafond, je repasse dans ma tête les derniers mots qu'Annabelle et moi nous sommes échangés. La vie est injuste. Personne ne devrait avoir à vivre sans sa maman. C'est trop grave. Trop triste. Même si Annabelle n'est plus vraiment une enfant, sa mère doit lui manquer terriblement.

Je ne sais pas comment je ferais sans ma mère. Elle est si importante, dans ma vie ! C'est sûr qu'il y a des jours où elle m'énerve royalement, mais la majorité du temps, on s'entend plutôt bien. Je la soupçonne même de faire semblant d'être en désaccord avec mes idées, à l'occasion, juste pour faire preuve d'autorité. Raté. Ma mère est une très mauvaise menteuse. Un peu comme moi !

Elle est tout ce que j'ai et je suis tout ce qu'elle a, alors on essaie de prendre soin l'une de l'autre. Bon, OK. Elle est meilleure que moi dans ce domaine, je l'avoue. Mais je promets de faire des efforts, pas plus tard que maintenant ! Tiens, la voilà qui arrive ! Je me lève d'un bond et la rejoins dans l'entrée.

— Laisse-moi te donner un coup de main ! Ces sacs ont l'air vraiment très lourds !

CHAPITRE 7

— Eh bien, dis donc! lâche maman, étonnée, en relevant la tête, l'air suspicieuse. As-tu quelque chose à te faire pardonner? Tu n'as jamais été aussi pressée de m'aider.

— Je t'aide souvent, franchement!

Ce qui veut dire (en langage Morgane): je t'aime.

Je ne suis plus une enfant, mais ça ne m'empêche pas d'avoir besoin d'amour et de réconfort! Surtout venant de ma mère. Je suis en vie. Elle est en vie. Aussi bien en profiter, non? Personne ne peut prédire l'avenir. Tout peut arriver. Qui dit que je ne me ferai pas renverser en traversant la rue lundi matin? (Euh, mauvais exemple. Je n'aurai pas à traverser la rue, maman va me déposer en face de l'école.) Qui dit que je ne me ferai pas décapiter par un terroriste sanguinaire, armé jusqu'aux dents? (OK. Un peu intense, j'avoue!) Mais bon. Mon point est le suivant: je peux mourir n'importe quand. Ma mère peut mourir n'importe quand. Je ne veux pas gâcher le temps qu'il me reste avec elle en jouant la fille rebelle qui se fiche de tout le monde, et qui passe ses journées enfermée dans sa chambre sans parler à personne. Voilà!

Je dépose les sacs sur le comptoir de la cuisine et maman me rejoint, les cheveux en bataille.

— Ouf ! Il y a un de ces vents, dehors ! râle-t-elle, en essayant de se coiffer avec ses doigts. Mets une veste, si tu sors ; sinon, tu…

Elle n'a pas le temps de finir sa phrase que déjà, mes bras entourent son petit corps. La tête sur son épaule, le nez au creux de son cou, je lâche un soupir de ravissement.

— Hé ! marmonne-t-elle, en caressant mon dos avec une main. Est-ce que ça va, Morgane ?

— Oui ! Je suis contente de te voir, c'est tout, dis-je simplement.

— Je suis partie seulement une heure.

— Je sais. Mais tu aurais pu ne jamais revenir.

Maman se détache de moi et s'étire pour m'embrasser sur le front. Elle doit me trouver tellement grande ! J'ai gagné au moins dix centimètres, ces derniers mois. J'imagine que je tiens ça de mon père, parce que ma mère, elle, est toute mini. Elle a les cheveux noirs, les yeux foncés et le teint basané en été comme en hiver. Rien à voir avec ma peau rousselée et ma tignasse qui change de couleur selon mes humeurs.

— Je suis là, ma colombe, me dit-elle de son plus beau sourire. Ne t'inquiète pas pour moi.

Je lui souris à mon tour. Ensemble, nous vidons les sacs d'épicerie et je découvre avec joie qu'elle a vraiment voulu me faire plaisir.

— Wow ! Tu as acheté mon beurre d'arachide préféré !

— Oui, mademoiselle !

— Mais il coûte une fortune !

— Peut-être, mais il est entièrement naturel, déclare maman en imitant ma voix, qui est un peu plus aiguë que la sienne. Il n'y a aucun agent de conservation ! Aucun colorant ! De plus, aucun animal n'a été tué ni torturé dans les différentes étapes de fabrication de ce produit !

— C'est seulement du beurre d'arachide ! dis-je, en rigolant. Tu exagères !

Maman continue de se moquer de moi en présentant les différents articles qu'elle a achetés pour me faire plaisir. Du pain bio, des pousses, de l'humus, du pâté végétarien... Elle les range un à un dans le frigo en énumérant leurs valeurs nutritives et en vantant leurs procédés de création. Ce moment mère-fille me fait du bien. Il me rassure. Je sais que, malgré la distance, malgré le peu d'heures qu'on passera ensemble pendant l'année scolaire, on trouvera toujours le temps pour ces moments privilégiés. Ils nous appartiennent. Personne ne peut nous les enlever.

La soirée se termine dans la bonne humeur. Maman m'annonce qu'elle a trouvé un petit frigo pour ma chambre et me propose d'apporter un bac rempli d'assiettes, d'ustensiles et de petits accessoires de cuisine. Ensuite, on se fait des pâtes. Elle se sert un verre de vin et je la questionne sur son nouveau travail. Elle me raconte tout, dans les moindres détails. Elle semble heureuse. Pour une fois, je parle très peu de moi et je prends le temps de l'écouter. De vraiment l'écouter. Je devrais faire ça plus souvent.

Un peu plus tard dans la soirée, alors qu'elle est partie se coucher, je reçois un texto de Thomas.

ALLÔ !

Tom : Qu'est-ce que tu fais ? Pourquoi tu n'es pas là ?

Moi : Où, ça ?

Tom : Chez moi ! Sur mon patio !

Moi : Pourquoi je serais sur ton patio ?

Tom : *Party time !* Il y a plein de monde ! Il ne manque que toi !

CHAPITRE 7

Moi : Tu ne m'as même pas invitée.

Tom : Qu'est-ce que je suis en train de faire, tu crois ?

Moi : C'est un peu tard, tu ne trouves pas ?

Tom : Viens ! Je t'attends !

Moi : Impossible. Ma mère est couchée et j'habite à l'autre bout du monde.

Tom : Trouve une solution. C'est trop la fête, ici !

Moi : Loue-moi une limousine et j'arrive.

Tom : Ha ! Ha !

Moi : Ou un hélico, tiens ! Oui, je préfère un hélicoptère, c'est plus rapide !

Tom : Dommage que mon pilote soit en vacances. J'aurais pu t'envoyer mon jet privé.

Moi : Quoi ? Tu ne sais même pas piloter ? Tu me déçois un peu.

Tom : Sans blague, tu viens ou pas ?

Moi : À moins que tu aies un cheval, un chameau, ou même un âne à me prêter, la réponse est non. Désolée. Préviens-moi, la prochaine fois.

Tom : OK. Samedi prochain. Chez moi. Tu ferais mieux d'être là !

Moi : Tu organises des partys toutes les semaines ou quoi ?

Tom : Pourquoi pas ?

Moi : Tes parents sont d'accord avec ça ?

Tom : Tant que je m'amuse et que je ne saccage pas la maison, ils n'ont pas d'objection.

Moi : Ils sont vraiment cool, dis donc ! Est-ce qu'Eddy et Annabelle sont là ?

Tom : Eddy oui, mais pas Anna. Elle n'était pas d'humeur à ça. Heureusement, parce que Rosalie et Justin viennent juste d'arriver.

Moi : Attends, je ne suis pas sûre de comprendre. Tu as invité Justin et Rosalie ?

Tom : Ouais. (Oups !)

Moi : Comment ça, oups ? C'est tout ce que tu trouves à dire pour ta défense ?

Tom : Bah ! Ce n'est pas si grave. Plus on est de fous, plus on rit, non ? ☺

Moi : Tu as mis ta cervelle sur *off* pour le week-end ou quoi ? Je me doutais que tu n'étais pas une lumière, mais je pensais que tu avais un minimum de jugeote !

Tom : Hé ! As-tu fini de m'insulter ?

Moi : As-tu fini d'être un idiot ?

KOI ?!

Tom : Ça suffit ! J'éteins mon cell. Bonne soirée, l'hystérique !

Moi : Amuse-toi bien, espèce de traître !

Est-ce qu'on vient vraiment d'avoir cette conversation ? Thomas est le roi des imbéciles ! Inviter Justin et Rosalie à son party ! Franchement ! J'ose à peine imaginer la tête d'Annabelle si elle s'était décidée à y aller. Les gars, ça ne comprend rien à rien. Ils ne pensent qu'à eux ! Tant qu'ils s'amusent, c'est parfait. Les autres, ils s'en fichent !

Bon. Je dois me calmer. Je ne peux rien changer à la situation de toute façon. Une bonne douche va me faire du bien ! Je me déshabille, j'agrippe le premier pyjama qui me tombe sous la main (Cool ! Celui avec une ouverture pour faire pipi !), et je me dirige vers la salle de bain.

Hum ! L'eau est chaude ! Je la sens couler sur ma tête, sur mes épaules, le long de mon dos ! Je ne sais pas pourquoi, mais l'eau a toujours eu un effet thérapeutique sur moi. Toute petite, ma mère avait l'habitude de me faire couler un bain rempli de mousse lorsque j'étais malade. Je pouvais rester là pendant plusieurs minutes à jouer, à chanter des chansons et à m'amuser toute seule. Aujourd'hui encore, quand je suis triste ou en colère, je n'ai qu'à prendre une douche pour sentir mon corps se détendre et mon humeur s'améliorer.

Tiens, je pense que je vais me faire des mèches demain. J'ai envie de changer un peu la couleur de mes cheveux. Efficacité assurée quant aux effets bienfaisants sur mon tempérament de fille intense et passionnée. Je pourrais essayer le rose. Ou le bleu. Pourquoi pas du mauve, tiens ? Bah ! Je verrai ça demain. Je vais aussi essayer le nouveau vernis que ma mère m'a acheté la semaine dernière. Ça va être super beau avec mon nouveau t-shirt. Bon, ça y est ! J'ai hâte de retourner à l'école ! Je vous l'avais dit que ça changeait tout, une douche : ma bonne humeur est revenue.

Il est temps de sortir. Une fois essuyée et habillée, je me brosse les dents, je me démêle les cheveux, j'applique ma crème dermatologique et je me glisse sous les couvertures. Je m'apprête à écrire à Louba, mais je suis trop curieuse : Thomas n'a pas arrêté de me texter pendant que j'étais sous la douche. Je vais tout de suite lire ses messages.

Tom : Je lève le drapeau blanc. On arrête les hostilités.

Tom : Morgane ? Tu es là ?

Tom : Ne me dis pas que tu boudes ? Ce n'est pourtant pas ton genre. D'habitude, tu ne te gênes pas pour dire ce que tu penses !

Tom : Ohé ! Qu'est-ce qu'il y a ? Tu m'en veux à ce point ?

Tom : OK, je m'excuse ! Je n'aurais jamais dû inviter Rosalie et Justin. Ce n'était pas une super bonne idée. Annabelle est mon amie, j'aurais dû faire plus attention à elle.

Tom : Pourquoi tu ne réponds pas ? Qu'est-ce que tu veux de plus ? Que je me mette à genoux ? Que j'avoue que je suis le pire idiot de tous les temps ?

Bout de luzerne ! Je ne peux pas faire autrement qu'éclater de rire en lisant les messages de Thomas. J'ai bien envie de le laisser mijoter dans son jus encore un peu. Il est vraiment prêt à tout pour se faire pardonner, dis donc ! Mais bon, je ne suis pas si cruelle quand même !

Moi : Tu es excusé si tu me promets de m'aider toute l'année à faire mes devoirs de math.

Tom : Hé ! Pourquoi tu ne répondais pas ?

Moi : Relaxe, l'angoissé ! J'étais sous la douche.

Tom : Je ne suis pas angoissé !

Moi : Ah non ? Relis tes messages. Tu étais prêt à me lécher les bottes pour que j'oublie ta gaffe.

Thomas hésite à répondre. Est-ce que je lui aurais cloué le bec, par hasard ? Hi, hi ! Ou pas… Il est peut-être juste en train de parler à quelqu'un d'autre. Il est au beau milieu d'un party, après tout !

Moi : Ta blonde est là ?

Hi ! Hi !

Tom : Non. Elle n'a pas pu venir.

Moi : Ah ! Dommage.

Tom : Bah ! Pas tant que ça. Elle commence à me taper sur les nerfs.

Moi : Vous sortez ensemble depuis quoi ? Dix heures ? Et elle te tape déjà sur les nerfs ?

Tom : Pas dix heures. Dix jours. Et c'est bien suffisant. C'est un vrai pot de colle !

Moi : Ce n'est pas très gentil, ça !

Tom : Pourquoi les filles se sentent-elles obligées de nous toucher tout le temps ? Sérieux ! Elle ne me lâche pas deux secondes. Quand elle ne joue pas avec mes cheveux, elle me tient la main ou elle me caresse le dos.

Moi : J'imagine que c'est censé être agréable, non ?

Tom : De temps en temps, oui. Mais pas vingt-quatre heures sur vingt-quatre ! Elle est en train de m'user la peau !

Moi : Que veux-tu ? C'est le prix à payer pour avoir un corps d'adonis, mon cher ! Assume !

Tom : Es-tu comme ça avec ton Pedro ? Parce que si c'est le cas, je veux que tu me donnes son numéro. Il pourrait me donner des trucs. Je ne suis plus capable !

Moi : Bah ! Je ne suis pas du genre scotch tape. Je suis plutôt indépendante. Mais tu sais, je pense que tu devrais en parler à Éliane. C'est elle que ça concerne. Pas moi.

Tom : Oui, tu as sûrement raison.

Moi : Bon ! C'est super de parler avec toi, mais tu devrais peut-être retourner à ton party.

Tom : Ouais. Les gars doivent se demander ce que je fais. Tu n'es plus fâchée ?

Moi : Non. Bonne nuit, là ! On se voit lundi.

Tom : Bonne nuit. Ou plutôt : *Laila Tov !* 😉

Moi : Ouaip ! *Laila Tov !*

Bye !

CHAPITRE 8

Rencontre avec Johnny Depp

CHAPITRE 8

ALLÔ!

Moi : Salut, les gars ! Je n'arrive pas à joindre Anna. Quelqu'un sait où elle est ?

Eddy : Chez elle.

Moi : C'est dimanche ! On a école demain.

Eddy : *No stress !* Son frère va venir l'amener juste à temps pour le début des cours.

Moi : Pourquoi pas ce soir ? Elle est malade ?

Tom : Non, c'est parce que tu ronfles comme un tracteur. Ça l'empêche de dormir.

Moi : Premièrement, je ne ronfle pas !

Moi : Deuxièmement, c'est très apaisant, le bruit d'un tracteur. Ça produit des vibrations qui conditionnent le cerveau à se détendre et à entrer dans une phase de relaxation profonde.

Tom : Ron-pfff ! Ron-pfff !

Moi : Je ne ronfle pas !

Eddy : *Enough*, tous les deux ! Vous êtes vraiment bébés ! Si Anna n'est pas rentrée, c'est parce qu'elle avait quelque chose à faire.

Moi : Quoi ?

Tom : Quoi ?

Eddy : Aucune idée. Elle ne me l'a pas dit.

Moi : OK. Ce n'est pas grave. J'avais un truc super cool à lui montrer, mais ça attendra à demain.

Tom : Quel genre de truc ?

Moi : Top secret.

Tom : Allez, Morgane ! Tu ne peux pas nous balancer ça et ne rien dire ensuite !

Eddy : Tom a raison ! Tu en as déjà trop dit. *It's not fair !**

Moi : Je ne vous pensais pas si curieux ! Hi ! Hi ! Vous êtes bien gentils de vous intéresser à ma vie, mais je n'en dis pas plus pour l'instant.

Tom : On ne s'intéresse pas à ta vie ! On s'intéresse aux secrets. Ce n'est pas pareil !

Hi ! Hi !

Moi : Tu es toujours gentil, toi !

Tom : Merci !

Eddy : *Shoot***, Morgane !

Moi : Désolée. Je dois d'abord consulter Anna. Si elle est d'accord, je vous en parlerai ensuite. En tant que collègue d'espace de vie, elle a un droit acquis dans la prise de décision en ce qui concerne les aires communes.

Tom : Zzzz...

* ***It's not fair !*** – Ce n'est pas juste !

** ***Shoot !*** – Vas-y, accouche !

Tom : Tu es si ennuyante, quand tu t'y mets !

Moi : Je sais ! C'était voulu ! 😜

Eddy : On ne te lâchera pas comme ça ! Balance les infos !

Moi : Je vous donne un indice. Mais un seul.

Eddy : *Go.*

Moi : Johnny Depp.

Tom : Quoi, Johnny Depp ? Qu'est-ce qu'il a à voir là-dedans ? Tu veux écouter un film ? Tourner un court-métrage ? Faire un article de journal sur lui ?

Eddy : Peu importe la réponse, ça ne m'intéresse pas. Bon. Je vous laisse.

Tom : Moi aussi. On en reparlera demain.

Moi : Okidou. À +

CHAPITRE 8

* * *

Argh ! Je déteste les lundis matin !

Les cours commencent bientôt. Je devrais me lever. Les yeux collés, les cheveux ébouriffés, j'étire le bras pour prendre mon téléphone. Sept heures trente. Je m'accorde cinq minutes de sommeil supplémentaires. Ça peut paraître banal, cinq petites minutes, mais c'est bien suffisant pour faire la différence entre une journée parfaite et une journée archinulle. Je me tourne sur le côté et je referme les yeux. À quoi je rêvais, déjà ? Ah oui ! Je me sauvais d'un tigre féroce en pleine savane africaine. Pas terrible, comme scénario. Je vais essayer de faire mieux. Surtout que les tigres vivent en Asie, pas en Afrique !

J'essaie de m'inventer un rêve plus palpitant, mais je n'ai pas le temps d'aller bien loin dans mon imaginaire. La porte vient de s'ouvrir.

— Quoi ? Tu n'es pas encore levée ? s'écrie Annabelle, surexcitée. Debout, paresseuse ! J'ai quelque chose à te montrer !

Curieuse comme je suis, il ne m'en faut pas plus pour que je repousse mes couvertures et que je bondisse sur mes pieds. Ma coloc cache à peine son étonnement quand elle voit que je porte des chaussettes avec des trous pour les orteils et des motifs assortis à mon pantalon de pyjama.

— J'ai fini de préparer le sondage, m'explique-t-elle enfin, le visage radieux. Regarde comme il est beau !

Elle me tend une feuille qui sent la fraise. Je fronce les sourcils.

— Tu l'as imprimé sur du papier rose ?

— Oui ! C'est cool, hein ?

Ce n'est pas l'adjectif qui me vient en tête. Mais je garde ça pour moi, évidemment. Il est clair qu'Annabelle a travaillé fort pour en arriver à ce résultat, alors je vais au moins me donner la peine de jeter un œil sur le « fruit » de ses efforts avant d'émettre des commentaires. Je parcours le sondage des yeux, en avalant difficilement ma salive. C'est… euh… Je n'ai pas de mots. Je suis littéralement bouche bée. Elle n'est pas sérieuse ? Annabelle ne veut quand même pas distribuer ça à toute l'école ?

✷ SONDAGE ✷ SONDAGE ✷ SONDAGE ✷

Salut ! Voici un sondage. Remplis-le et viens le porter au local du journal étudiant. Merci !

1. Es-tu en couple ?
A) Oui
B) Non
C) Je ne sais pas, ce n'est pas clair

2. Laquelle de ces causes est la plus importante pour toi ?
A) Trouver l'amour au plus vite
B) Renouveler ma garde-robe
C) Réussir mon année scolaire
D) Lutter contre l'exploitation des perchaudes** d'Atlantique

3. Quel est ton endroit de rêve ?
A) Mon lit
B) Une île paradisiaque
C) Mon lit sur une île paradisiaque
D) Un site archéologique réputé pour ses récentes découvertes

4. Comment décrirais-tu la soirée parfaite ?
A) Cinéma avec ma tendre moitié et souper romantique
B) Saut en bungee, paintball et descente de rivière en kayak
C) Gros party avec ma gang*
D) Visite du musée du Louvre à Paris, suivie d'un opéra

5. Qu'est-ce qui te fait le plus rire ?
A) Des vidéos de personnes qui tombent
B) Les gens qui pètent en public
C) Tout ! En plus, j'adore faire des mauvais coups
D) Une bonne blague de protons et de neutrons, ça fait toujours rire !

SUITE AU VERSO ➡

* **Gang** – Groupe d'amis, bande.
** **Perchaude** – Poisson d'eau douce de la famille de la perche.

✵ SONDAGE ✵ SONDAGE ✵ SONDAGE ✵

6. Parmi ces sujets, lequel devrait être abordé dans le *No Name*? (Choisis toutes les réponses qui t'intéressent.)

A) Les résultats de nos équipes sportives
B) L'horoscope
C) Les campagnes de financement de l'école
D) Les nouveautés technologiques (applications, sites cool, accessoires pratiques, découvertes)
E) Le courrier du cœur
F) Les petites annonces
G) Les jeux et les bandes dessinées
H) Les suggestions littéraires
I) La politique
J) L'environnement
K) Les arts
L) Les découvertes musicales
M) Autres: ______________

7. Lequel de ces titres d'articles t'inspire le plus?

A) Comment récupérer ton ex en cinq étapes faciles
B) Tests pour apprendre à mieux te connaître
C) Reportage-choc sur les réfugiés de guerre à travers le monde
D) Mille et une astuces pour préparer une super soirée de filles
E) Présentation de l'athlète du mois

8. As-tu une idée d'article à nous proposer pour le *No Name*?

____
____
____
____

9. As-tu un nom à nous proposer pour le *No Name*?

____

Merci de ta participation. Tu peux déposer ton sondage rempli au local B-108.

CHAPITRE 8

Les mots me manquent. Annabelle m'observe intensément, prête à entendre mes commentaires — et sûrement même mes félicitations ! —, mais je n'arrive pas à exprimer ce que je ressens. C'est juste… C'est trop… Bout de luzerne !

— Alors ? C'est génial, hein ? s'exclame-t-elle, en m'arrachant le papier des mains. J'ai travaillé là-dessus comme une folle ! Je sais que la mise en page n'est pas parfaite, mais je vais m'améliorer avec le temps.

Annabelle est radieuse. Un éclat de bonheur brille dans ses yeux. Un bonheur que je ne me sens pas la force de détruire. On est très différentes, toutes les deux. Vraiment très différentes. (Cet effroyable sondage en est la preuve !) Et si je ne veux pas que des paroles regrettables sortent de ma bouche, je ferais mieux de tenir ma langue.

— Je saute dans la douche, dis-je, en m'enfuyant dans la salle de bain. Je vais être en retard, si ça continue.

— Hé ! Tu ne m'as pas dit ce que tu en pensais ! lâche Annabelle, étonnée que je me sauve sans commenter son travail. C'est bon ou pas ?

— Oui, oui ! C'est bon ! Mais je suis pressée, là !

Je peux très bien imaginer la tête d'Anna, plantée au beau milieu de notre chambre, pendant que je me déshabille à la hâte. La vérité, c'est que je n'avais pas prévu de prendre une douche ce matin, mais j'ai besoin d'une échappatoire, et vite ! Sinon, je vais détruire ma nouvelle amie le temps de le dire. Les mots qui me viennent en tête ne sont pas jolis, jolis !

Annabelle n'est pas très douée en composition. Pas d'introduction digne de ce nom, presque pas de remerciements, et des choix de réponses… *My God !* Des choix de réponse totalement idiots ! Non, mais ! Qu'est-ce qui lui a pris ? On n'est pas en train de lancer une revue à potins ! Ni un magazine de mode ! C'est un journal étudiant, bout de luzerne ! C'est du sérieux ! Les élèves ne vont quand même pas choisir un article sur le vernis à ongles plutôt qu'un reportage éducatif sur l'impact néfaste des déchets sur la qualité de l'air que nous respirons ! Non ? Je doute un peu de leur jugement, tout à coup ! Mais je n'ai pas le temps de m'en faire trop, parce qu'un cri strident me perce les tympans.

— Hiiiiiiii !

C'est Annabelle ! Qu'est-ce qui lui arrive ? J'arrête l'eau, je sors de la douche et je quitte la salle de bain en vitesse, toute dégoulinante, une serviette enroulée autour du corps. Je comprends que quelque chose ne va pas. Ma coloc est sur le point de perdre connaissance ! Je l'agrippe par le bras et je l'aide à s'asseoir sur son lit. Elle a le teint blême, la bouche grande ouverte. Toutes les feuilles roses sont éparpillées au sol.

— Qu'est-ce qu'il y a, Anna ? Tu ne te sens pas bien ? Tu vas vomir ?

Elle me fait signe que non.

— On dirait que tu as vu un zombie ou une créature sanguinaire !

Elle hoche vaguement la tête. Puis, elle lève le doigt et pointe un truc dans un coin de la chambre.

— Il est sorti de nulle part ! Je… Je me suis assise sur mon lit et là, il a bondi sur moi pour m'attaquer !

— Pour t'attaquer ?

Je me retourne… et je comprends !

— Ah ! C'est Johnny Depp ! dis-je, en éclatant de rire. Désolée, Anna, j'ai oublié de t'en parler tout à l'heure ! Il dormait sur son petit coussin. Ne t'inquiète pas, il ne va pas te faire de mal.

Je me penche et j'appelle mon furet en frappant le sol avec mes doigts.

— Viens, Johnny Depp ! Viens par ici !

Excitée comme une puce, ma petite bête noire s'élance à ma rencontre et grimpe sur mon bras. Puis, elle saute sur le sol et grimpe sur le lit d'Anna, qui lâche un petit cri.

— Qu'est-ce que c'est que cette bestiole ?

— Je viens de te le dire, c'est mon furet.

— Oui, mais pourquoi il est là ?

— Je l'ai ramené de chez moi hier soir. Il s'ennuyait trop à la maison.

— Qu'est-ce qui t'a pris ? On n'a pas le droit de garder des animaux dans notre chambre, Morgane ! On va se faire renvoyer !

— Mais non, voyons ! Personne ne le saura. Johnny Depp est super gentil. Il va rester ici bien sagement pendant qu'on est en classe, tu vas voir.

— Il va tout détruire ! Il va faire des crottes partout. Ça va sentir mauvais.

— Il fait ses besoins dans une petite litière, dans la salle de bain. Ça ne sent pas plus qu'un chat. Et Johnny Depp n'a pas l'habitude d'abîmer mes affaires. Il a ses jouets.

Devant l'hésitation de ma coloc, j'ajoute :

— Je pensais que tu aimais les animaux.

— Bien sûr, que j'aime les animaux, réplique-t-elle, hésitante. C'est juste que… Je ne sais pas… C'est risqué, tu ne trouves pas ? Si Poilue s'en rend compte, on va se faire renvoyer, c'est certain.

CHAPITRE 8

— On n'a qu'à en parler à personne, dans ce cas. Je te le dis, tu vas l'adorer !

J'ai à peine fini ma phrase que Johnny Depp grimpe sur les cuisses d'Anna et s'y installe confortablement, comme s'il s'était trouvé un petit nid douillet. Mon amie plisse le nez. Je vois bien qu'elle est contrariée. Je n'aurais peut-être pas dû lui imposer un animal de compagnie sans la consulter. Mais elle va tomber sous le charme de ma bestiole, c'est certain ! Elle est trop mignonne !

— Je... je peux le caresser, ton furet, tu crois ? demande-t-elle, hésitante.

— Il va adorer ça.

Anna pose les doigts sur la fourrure de Johnny Depp, et celui-ci, ravi, tourne la tête et se laisse tomber sur le dos. Les quatre pattes en l'air, il profite des caresses en émettant des petits couinements de satisfaction. Je crois qu'ils viennent de s'apprivoiser l'un l'autre !

— OK, annonce finalement Annabelle. Il peut rester. Mais je te préviens, ajoute-t-elle en levant le doigt, s'il abîme une seule de mes affaires...

— Il n'abîmera rien du tout !

— Et si on se fait prendre, je...

— J'en assumerai l'entière responsabilité, c'est promis !

— Va t'habiller, maintenant. On va être en retard.

Je m'empresse d'enfiler un jeans et un t-shirt, je donne un coup de peigne dans mes cheveux et je me brosse les dents en vitesse. Pendant ce temps, Annabelle dit au revoir à mon furet et ramasse les copies de son sondage. En ce qui me concerne, elle pourrait bien les mettre à la poubelle, mais, au lieu de cela, elle en fait une pile bien droite, m'en donne une partie et glisse le reste dans son sac d'école. Pas le choix. Je vais devoir les distribuer.

CHAPITRE 9

Roméo sans sa Juliette

CHAPITRE 9

Le cours d'éducation physique se déroule à l'extérieur aujourd'hui. Il fait beau et chaud, alors madame Francœur, notre enseignante, a décidé qu'on ferait du jogging dans les rues du quartier. Elle veut savoir combien de fois on arrivera à faire le tour du pâté de maisons sans perdre connaissance. OK. J'exagère un peu. La perte de conscience n'est pas un préalable, mais notre enseignante a bien insisté sur l'importance « d'aller au bout de soi », de « donner notre cent dix pour cent » et de « montrer à quel point la détermination peut nous amener à dépasser nos propres limites ».

Je n'en suis qu'à mon deuxième tour et, déjà, je sens un point se former au creux de mon estomac. Je ne suis pas totalement nulle en sports, mais je ne suis pas une super athlète non plus. Disons que je me situe dans la moyenne. C'est juste que la course à pied, c'est tellement ennuyant ! La plupart des élèves ont pensé apporter leur cell pour écouter de la musique en courant, mais moi, belle tarte, je l'ai laissé dans ma case. Tant pis ! Je ne vais pas me décourager. Je vais utiliser ce temps perdu pour faire ma petite enquête. Trois jours se sont écoulés depuis qu'on a distribué les sondages du journal étudiant et on a reçu très peu de réponses. Ce matin, je vais en avoir le cœur net.

Tiens ! J'aperçois un gars de mon cours d'anglais devant moi. Je vais essayer de le rejoindre pour lui poser quelques questions. Motivée, j'accélère le pas jusqu'à ce que je me retrouve à sa hauteur.

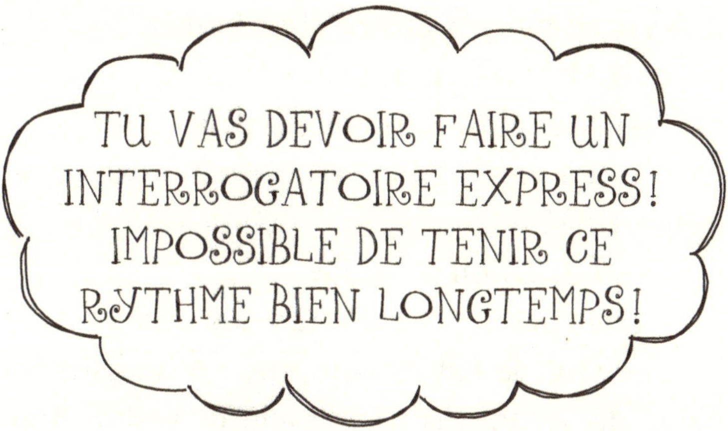

— Hé ! Salut, Charles-Antoine ! dis-je, en courant à ses côtés.

Le grand blond tourne la tête dans ma direction et me demande, étonné :

— C'est à moi que tu parles ?

— Je n'ai pas l'habitude de discuter avec les trottoirs, alors oui, c'est à toi que je parle.

Oups ! J'ai peut-être été un peu bête. Je dois faire plus attention si je veux qu'il coopère. J'étire les lèvres pour lui faire un grand sourire.

CHAPITRE 9

— Je m'appelle Thierry, m'apprend-il, le ton neutre. Pas Charles-Antoine.

— Ah ! Oui, c'est ça, Thierry. Désolée. On est dans le même cours d'anglais, je crois.

— Je ne pense pas.

Je crois que je l'exaspère, parce qu'il accélère le pas sans démontrer le moindre intérêt. Mais je ne suis pas prête à abandonner.

— Ah ! En français, alors ?

— Non plus. Fiche-moi la paix.

— Tu es sûr ? On est ensemble dans quel cours, déjà ?

— Éducation physique.

Il me prend pour une tarte ou quoi?

— Oui, je l'avais compris, ça, imagine-toi donc, dis-je, une main sur le côté du ventre. Bon, ce n'est pas grave. Ce n'est pas de ça que je voulais te parler. Est-ce qu'on peut ralentir ?

— Pourquoi ?

— Pour qu'on discute. Et aussi parce que j'ai une crampe.

— De quoi veux-tu discuter ? me demande Thierry, le regard curieux.

— Du journal étudiant.

Je lève le poing dans les airs et je souris de plus belle. Il ne pourra pas résister ! Mais Thierry roule les yeux et pique un sprint.

— Hé !

Qu'est-ce qui lui prend ? J'essaie de le suivre en accélérant le pas, mais il est trop rapide pour moi. Il disparaît avant que j'aie le temps de lui poser la moindre question. Bon. Tant pis. Je vais trouver quelqu'un d'autre — quelqu'un de moins rapide, on s'entend. Je m'arrête quelques secondes pour retrouver mon souffle, mais Thomas et Eddy me rejoignent presque aussitôt.

— Ça va, Morgane ? s'informe Eddy en m'agrippant par le bras pour me forcer à reprendre le pas de course. Tu tiens le coup ?

— Ça dépend, dis-je, en me massant les côtes. Tu veux savoir si j'ai du plaisir à tourner en rond, alors que je pourrais être en train de faire des trucs plus productifs, comme pondre un article ou monter un comité pour assurer la sécurité des piétons en face de l'école ? La réponse est non. Mais si tu veux juste t'informer au sujet de mes capacités physiques, alors oui, je tiens le coup.

— Et tu as dit tout ça sans reprendre ton souffle ? demande Thomas pour se moquer en m'ébouriffant les cheveux. Wow ! Tu es plus en forme que tu en as l'air !

Je le frappe avec mon coude. Non, mais franchement, je ne suis pas un chien ! Et qu'est-ce que ça veut dire, ça, « tu es plus en forme que tu en as l'air » ?

— C'est une insulte ou un compliment que tu viens de lui faire ? marmonne Eddy, perplexe.

— Ben… un peu des deux. Pourquoi ? s'enquiert Thomas.

— Je pense que tu aurais mieux fait de te taire.

— Je n'ai rien dit de mal, réplique-t-il pour se défendre. Ce n'est pas ma faute si Morgane n'a pas l'air très en forme !

Si je pouvais lancer des flammes, Thomas serait déjà en cendres. Il formerait un petit tas de poussière au sol et je donnerais un grand coup de pied dedans pour qu'il s'envole au vent. Disparu, le Thomas. Mais je n'ai pas ce super pouvoir, alors je me contente de répliquer :

— Je te parie un dollar que je te bats au sprint n'importe quand, monsieur muscles !

Thomas laisse échapper un petit rire et Eddy me lance un regard étonné. Il doit me prendre pour une folle.

— Deux dollars, renchérit-il.

— Marché conclu !

Satisfait, il s'empresse de préciser les conditions de l'entente :

— OK. Le premier qui arrive au coin de la rue a gagné.

— Ça me va. Tu donnes le départ, Eddy ?

Notre ami, qui semble trouver ce petit jeu complètement stupide, ne se complique pas la vie :

— *Go !*

Thomas grogne un petit coup et file à toute allure, pendant que je continue paisiblement mon petit jogging. À côté de moi, Ed avance à mon rythme, un sourire au coin des lèvres.

— Tu n'avais pas l'intention de faire la course ? déclare-t-il.

Je secoue la tête de gauche à droite, un grand sourire aux lèvres.

— Et je serais montée jusqu'à deux dollars cinquante pour me débarrasser de lui.

Je lui lance un regard complice et tous les deux, on éclate de rire. On continue à courir un peu (Tiens, tiens, on dirait que Thomas a enfin compris qu'il s'était fait avoir ! Il fait toute une tête !) et une fois que nous sommes arrivés devant le parc, je propose à Eddy de faire une petite pause.

— C'est bon. Je préfère continuer, me répond-il.

CHAPITRE 9

— Tu es sûr ? Il n'y a pas de mal à s'arrêter un peu.

— Non, non. Ça va. Mais vas-y, toi. Je me joindrai à toi au tour suivant.

— Comme tu veux.

Je change ma trajectoire et me dirige vers une série de bancs. Les deux premiers sont utilisés par d'autres élèves aussi peu motivés que moi à faire trois mille tours en trente minutes, mais le troisième est libre. Je cours donc m'y installer.

Cette petite pause est agréable. Le soleil est chaud, alors autant en profiter avant que le froid de l'automne ne s'installe pour de bon. La tête penchée vers l'arrière, les yeux fermés, je prends une grande inspiration. Ça sent bon. Ça sent l'été ! Et ça sent quand même un peu la sueur ! Ouf ! Et ça, c'est parce que quelqu'un est venu s'asseoir à côté de moi. Je pense d'abord qu'Eddy a changé d'idée et qu'il a décidé de me rejoindre, mais le bruit de respiration qui me parvient aux oreilles est bien trop fort. Ce n'est pas Eddy. J'ouvre les paupières, je tourne la tête et j'observe le nouveau venu : chaussures de *skate,* chemise à carreaux, visage rouge comme une tomate ; on dirait bien que ce gars-là n'est pas un coureur olympique.

— Ça va ? Fais-moi signe si tu veux que je te fasse le bouche-à-bouche, lui dis-je, l'air sérieux. J'ai suivi mes cours de premiers soins.

— Merci, je devrais m'en sortir, m'assure mon voisin de banc en massant un point sous ses côtes. Si je ne retrouve pas une respiration normale dans les deux prochaines minutes, tu n'auras qu'à appeler les secours.

— Impossible. J'ai laissé mon cell à l'école.

Le gars sort son téléphone de sa poche et le dépose entre nous deux sans m'adresser un regard.

— Tu n'as qu'à faire la recomposition automatique. Je les ai déjà appelés ce midi quand j'ai goûté le repas qu'ils servaient à la cafétéria.

— Yark ! Ne me dis pas que tu as mangé la purée brune qui sentait le brûlé ?

— Non ! Le truc visqueux qui roulait dans la bouche. Ce n'était pas vraiment mieux.

Il grimace et un sourire s'étire sur mes lèvres. Je suis prête à répliquer quelque chose de très drôle (l'univers des blagues autour du menu de la cafétéria de l'école nous ouvre une infinité de possibilités), mais il consulte son téléphone pour connaître l'heure, et l'image de son fond d'écran apparaît. Oh ! Je n'en crois pas mes yeux !

— C'est le symbole de la Société mondiale de protection des animaux ?

Ce n'était pas vraiment une question, parce que *je sais* qu'il s'agit du symbole de la Société mondiale de protection des animaux. Je le reconnaîtrais n'importe où !

— Ouais. Tu connais ?

— Bien sûr ! Je collecte des fonds chaque année pour venir en aide aux animaux en voie de disparition.

— Oui, moi aussi, précise-t-il, un peu étonné par ma révélation. Ça fait trois ans maintenant que je fais partie du comité.

Je n'aurais jamais cru ça possible ! Il y a bel et bien un spécimen de mon espèce dans ma nouvelle école ! Tout à coup, j'ai envie de tout savoir à son sujet. D'où il vient, ce qu'il veut faire plus tard, le titre de sa chanson fétiche, l'animal qu'il préfère, etc. Par quoi je commence ?

— Comment tu t'appelles ?

— Roméo, répond-il, en s'essuyant le front avec le bas de son t-shirt.

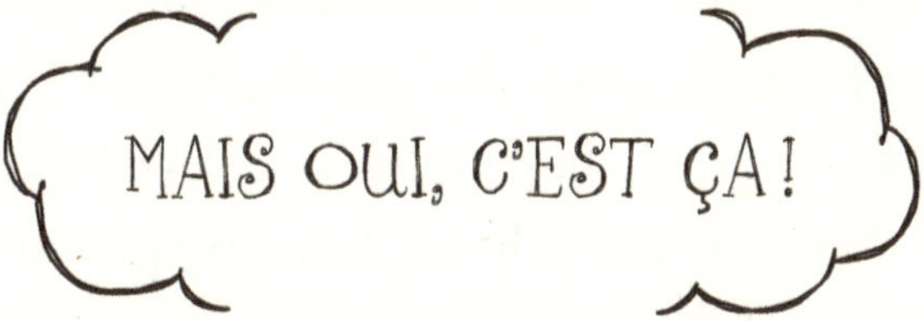

— Et moi, je m'appelle Juliette !

J'émets un petit ricanement, mais je comprends vite que je suis la seule à rire. Bon. OK. Je ne suis pas drôle. Mais je suis quand même curieuse :

— Sans blague, c'est quoi, ton nom ?

— Désolé de te décevoir, mais c'est toujours Roméo.

Je l'étudie un moment, incertaine. Il n'a pas l'air de se moquer de moi. Il s'appelle vraiment comme ça ? Pauvre gars !

— Mes parents sont passionnés des œuvres de Shakespeare, m'explique-t-il, en haussant les épaules. Ils ont joué plusieurs de ses textes quand ils étaient jeunes. *Roméo et Juliette,* c'était leur pièce de théâtre préférée.

— Wow ! Ils ont joué dans *Roméo et Juliette* ?

— Oui, mais ça fait longtemps. Ils étaient au secondaire. C'est comme ça qu'ils se sont connus.

CHAPITRE 9

Je pince les lèvres. L'histoire de la rencontre de ses parents est tellement clichée qu'elle semble tout droit sortie d'un mauvais film de filles. Vous savez, le genre de production à l'eau de rose dans laquelle la princesse se réveille chaque matin avec un teint de pêche, des cheveux parfaitement ondulés et une haleine aussi fraîche qu'un verre de Scope* ? Cliché ! Et impossible ! Je parie que son père jouait Roméo, que sa mère jouait Juliette, et qu'ils sont tombés amoureux au moment où ils ont dû s'embrasser.

— Ils vécurent heureux et eurent beaucoup d'enfants, dis-je, à voix basse.

— Euh, non, précise Roméo, la voix grave. Ils se sont suicidés.

Mon sang se glace.

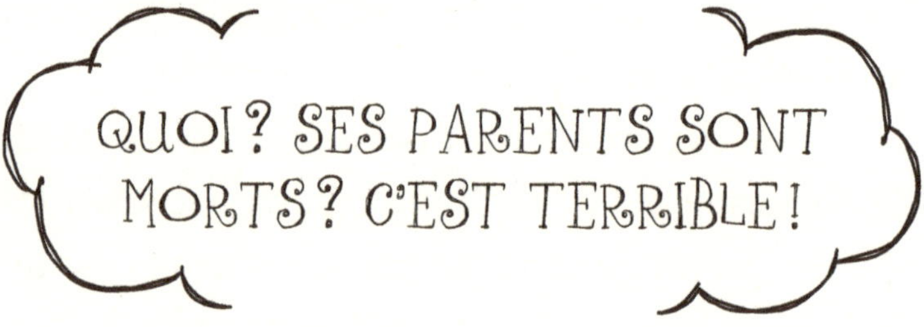

C'est plus fort que moi, je pivote sur le banc pour lui montrer que je suis de tout cœur avec lui et je pose une main sur son épaule, chamboulée.

— Je suis vraiment désolée ! Je suis là, si tu as envie d'en parler !

* **Scope** – Marque de bain de bouche.

— Parler de quoi ? demande Roméo, en posant les yeux sur son épaule (ma main s'y trouve toujours).

— Ben, de tes parents !

— Pourquoi j'aurais envie de te parler de mes parents ?

Je retire ma main et je ferme les paupières un instant. Là, je dois avouer que je suis un peu confuse. Pendant que j'essaie de rassembler mes pensées, Roméo éclate de rire.

— OK ! Je viens de comprendre ! fait-il en s'esclaffant. Tu pensais que je te livrais une grande confidence sur mon drame familial ? Sérieux ?

— Pourquoi pas ? Je suis une super confidente ! Je suis la personne parfaite pour venir en aide aux autres. J'ai une bonne capacité d'écoute, j'ai un grand cœur et je suis prête à tout pour…

— Je faisais référence à la pièce de théâtre, Morgane ! lâche Roméo qui me coupe.

— La pièce de théâtre ? Ah ! Bien sûr ! Les deux amoureux se suicident à la fin !

Là, je me trouve un peu nouille. Je bafouille de plates excuses et j'ajoute, quand même soulagée :

— Tant mieux si tes parents sont encore en vie. Mais hé ! Qui t'a dit mon nom ?

CHAPITRE 9

— Ben, tout le monde connaît ton nom.

— Comment ça ?

— Tu es nouvelle dans la place, tu as un style assez particulier, pour ne pas dire « marginal », voire « décapant », et tu cherches à lancer un nouveau journal étudiant. Difficile de passer inaperçue, non ?

Ouais. Il n'a pas tout à fait tort. Bon. Roméo vient de me parler du journal, autant en profiter. Je commence mon interrogatoire :

— Parlant du journal étudiant, j'aimerais savoir ce que tu en penses.

— Pourquoi ?

— Parce que ton opinion m'intéresse.

Roméo me regarde intensément. Ses yeux sont très foncés. Presque noirs. On dirait un trou sans fin. J'ai l'impression qu'en les fixant trop longtemps, je pourrais plonger dans le vide et me retrouver dans un tout autre univers.

— On ne se connaît même pas, me fait-il remarquer.

— C'est vrai, mais on a un point en commun, tous les deux. Ça m'arrive rarement, ce genre de truc, alors en ce qui me concerne, c'est comme si on se connaissait déjà un peu.

Ses yeux en point d'interrogation m'indiquent bien qu'il ne comprend rien à ce que je raconte. Je dois être plus claire.

— Tu es la première personne que je rencontre qui semble avoir un peu de matière grise dans la tête, depuis que je suis arrivée dans cette ville, lui dis-je, en guise d'explication.

— Ce n'est pas très gentil pour tes amis.

— Bah ! Ce n'est pas leur faute. Et je les aime comme ça, mais ça ne change rien au fait qu'ils sont aussi cultivés qu'un plant de tomates. C'est tout sec, là-dedans, dis-je, en pointant ma tempe.

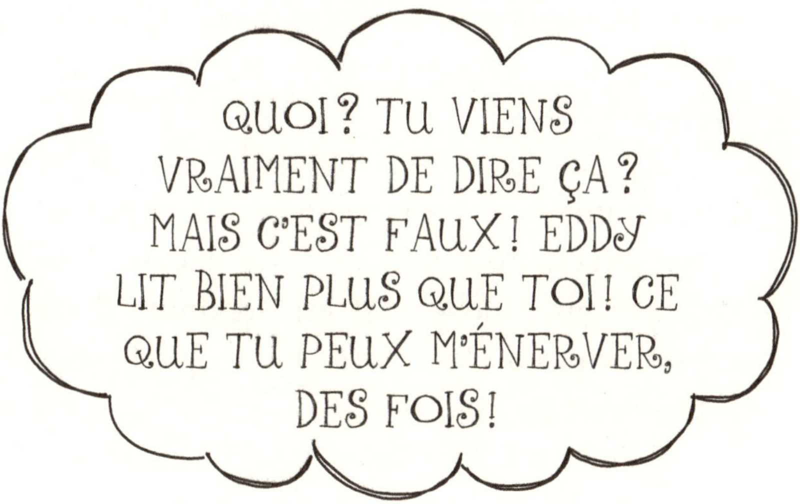

Roméo étire les lèvres, mais je n'arrive pas à savoir s'il me trouve drôle ou s'il est seulement poli. J'appuie mon dos au banc, je croise une jambe et j'allonge un bras sur le dossier pour montrer que je suis tout à fait relaxe. Puis, je le questionne à nouveau :

— Alors ? Le journal ? dis-je, sur le ton de la conversation.

— Qu'est-ce que tu veux savoir, au juste ? me demande Roméo, en tournant la tête pour surveiller ma main, tout près de son épaule.

— Dans l'édition spéciale, j'ai promis de mettre sur pied un journal différent des autres, avec des reportages de qualité et des enquêtes approfondies, et d'aborder des sujets poignants. Qu'est-ce que tu penses de tout ça ?

— Je pense que tu devrais t'en tenir aux résultats du sondage, répond-il, en se faisant craquer les doigts.

— Arrête ça, c'est dégoûtant! dis-je, en lui donnant une tape sur la main pour l'empêcher de continuer. Pourquoi tu veux que je fasse confiance au sondage? Il est archinul ! Il ne représente pas du tout l'orientation que je souhaite donner au *No Name*.

— Pourtant, il rejoint la majorité des jeunes de cette école, fait Roméo, l'air convaincu.

— Tu crois ?

Là, je dois avouer que je suis étonnée. Je croyais vraiment que Roméo (bout de luzerne, je dois me retenir pour ne pas éclater de rire quand je pense à son nom) était plus cultivé, plus curieux, plus engagé.

— Tout ce qui les intéresse, ajoute-t-il pour s'expliquer, c'est la mode, l'amour, les filles, le sport, la musique, encore l'amour, les jeux vidéo, encore et toujours l'amour, les chansons d'amour et les films d'amour.

— Tu sais que tu as dit le mot « amour » cinq fois ?

— C'était voulu. Si tu t'entêtes à écrire des articles d'opinion ou des entrevues pour les faire réfléchir, tu risques de les perdre.

Je crois qu'il a raison. Mais ça me met tellement en colère que j'ai juste envie de crier.

— C'est pathétique ! dis-je, en appuyant les coudes sur mes genoux. Les jeunes ne sont plus au courant de rien. On dirait que le monde leur échappe.

— Ouais, ajoute Roméo, la mine basse.

Un écureuil apparaît devant nous. Il s'arrête, nous observe un instant, l'air de vouloir prendre part à notre conversation, et récupère une noisette pour la cacher dans ses joues. Il est vraiment mignon, avec ses petites pattes et sa fourrure toute grise ! Je suis sûre qu'il s'entendrait bien avec Johnny Depp.

CHAPITRE 9

Malheureusement, je ne peux pas l'observer bien longtemps, parce que les élèves assis sur le banc près du nôtre ont eu la brillante idée de lui lancer des cailloux. Bravo !

— Encore une belle preuve d'intelligence ! dis-je, découragée. Sérieusement, où s'en va notre monde ? Ce n'est pas pour rien que je veux monter un journal différent des autres. Il n'est peut-être pas trop tard pour leur apprendre un truc ou deux…

— Tu vas y arriver, j'en suis sûr, m'encourage Roméo, en me tapant l'épaule avec la main. Étape par étape. Fie-toi au sondage, ajoute-t-il, l'air convaincu qu'il s'agit de la bonne méthode. Vas-y pour la version cool. Ça va te permettre de prendre de l'expérience. D'aller chercher les lecteurs. De les rendre accros. Ensuite, tu pourras faire des changements. Pas de gros changements, là ! De petites insertions ici et là, sans que les élèves s'en rendent trop compte. Et je parie que d'ici la fin de ton secondaire, ton objectif sera atteint.

— La fin de mon secondaire ? C'est dans une éternité !

Je dois avoir l'air complètement bouleversée, parce que Roméo éclate de rire en voyant ma tête.

— Ça va passer vite, tu vas voir, dit-il en rigolant. En plus, la patience est une super belle qualité. À toi de la cultiver.

Je ne sais plus trop quoi penser de tout ça. Je comprends le point de vue de Roméo, mais je ne suis pas sûre que ce soit une bonne idée. Je me laisse un peu de temps pour y penser.

Autour de nous, les élèves sont de plus en plus agités. Un groupe de garçons se chamaille à notre droite et quelques filles se sont regroupées à notre gauche pour discuter. Je crois que le cours est bientôt terminé. Si je veux faire une proposition à Roméo, c'est le moment ou jamais.

— Ça te dirait de m'aider ?

— À écrire dans le *No Name* ? me demande-t-il, le nez plissé. Hors de question !

— Pourquoi pas ? dis-je, limite insultée par sa réaction. Tu pourrais me donner des trucs. Je suis sûre que tu aurais plein d'idées pour que la transition se fasse en douceur. Je suis loin d'être délicate ou subtile, dans la vie, alors tu pourrais… Hé ! Je n'ai pas fini de parler !

Pendant que j'essayais de le convaincre de se joindre à mon équipe, Roméo s'est levé sans me dire un mot. Le voilà maintenant qui s'éloigne au pas de course. Ben voyons ! Qu'est-ce qui lui prend ?

CHAPITRE 9

— Où vas-tu ?

Mais j'ai beau crier, il continue sa route sans se retourner. Et sans me répondre. Eh bien ! Quelle mouche l'a piqué, lui ? Est-ce que j'ai dit ou fait quelque chose qui l'a blessé ? Est-ce que je pue ? C'est quand même un peu impoli, s'en aller comme ça. Tandis que je me questionne sur mon comportement (et sur mon odeur corporelle), Eddy et Thomas me rejoignent et s'assoient à côté de moi.

— Alors ? On se la coule douce, *miss* paresseuse ? me lance Thomas, en me poussant un peu avec l'une de ses épaules. Tu ne t'es même pas levée de ton banc ? Tu es trop épuisée ?

— C'est bon, petit champion ! Pas besoin de te vanter ! Tu as gagné la course contre une fille trois fois moins en forme que toi. Tu veux une médaille ?

Mes deux amis m'observent un moment, étonnés par ma réaction un peu trop directe.

— Hé ! Pourquoi tu m'attaques comme ça ? demande Thomas, fâché. Je ne t'ai rien fait, moi !

— *What's wrong**, Morgane ? me demande Eddy.

— C'est bon ! Tout va bien !

En fait, je suis peut-être un peu contrariée par le départ précipité de Roméo. Je pense que

* ***What's wrong ?*** - Qu'est-ce qui ne va pas ?

j'aurais aimé continuer à discuter avec lui. Ça me changeait des conversations vides de sens et des blagues idiotes de Thomas. Mais bon. Il peut bien faire ce qu'il veut, après tout. Je ne suis pas sa mère.

— Désolée, Tom. J'avais la tête ailleurs. Alors, ce jogging ?

Encouragé par mes questions et le retour de ma bonne humeur, Thomas m'explique avec fierté qu'il a couru tout ce temps sans s'arrêter une seule fois (tout comme Eddy, qui ne s'en vante pas, lui), et qu'il a même réussi à attirer l'attention de la belle Léa-Rose. J'ai beau lui rappeler qu'il a déjà une blonde, Thomas ne m'écoute pas. Il est trop absorbé par son récit, et par les grands yeux verts de sa nouvelle proie.

Ensemble, on se relève et on rejoint le reste du groupe pour reprendre le chemin de l'école. Tout à l'avant, Roméo avance sans me lancer le moindre regard. Étrange…

CHAPITRE 10

La grande demande

CHAPITRE 10

Tom : Mo ? Es-tu couchée ?

Moi : Il est dix heures ! Tu me connais assez pour savoir que je ne serai pas au lit avant un bon bout de temps.

Tom : C'est vrai, mais on ne sait jamais. Je me suis dit que tu étais peut-être épuisée par tes trois tours du quartier de ce matin.

Moi : Deux tours.

Tom : Désolé. J'ai surestimé tes capacités. Alors, qu'est-ce que tu faisais ?

Moi : Devine.

Tom : Tu étais en train de lire un article sur les conséquences désastreuses de la fonte des glaciers sur l'instinct migratoire des huards en Océanie ?

Moi : ???

Tom : Non ? Attends, je vais trouver. Tu essayais d'en apprendre un peu plus sur la domination politique des Sud-Africains sur les communautés autochtones.

Moi : Veux-tu bien arrêter d'écrire n'importe quoi ? Ça ne se peut même pas, ce que tu racontes !

Tom : Tu voulais que je devine… Je fais ce que je peux !

Moi : Tu peux faire mieux.

Tom : OK. Je dirais qu'il y a quatre-vingt-quinze pour cent de chances que tu sois en train de travailler sur le journal étudiant.

Moi : Bingo !

Tom : Annabelle n'est pas couchée ?

Moi : Oui, depuis une demi-heure. Mais je fais attention pour ne pas la déranger.

Tom : *Good.* Et ça avance, le journal ? Est-ce que tu as aimé mon « Coin des blagues » ?

Moi : C'est parfait. Je vais le glisser juste après le « courrier du cœur » d'Anna. J'attends qu'Eddy me ponde une critique du livre qu'il vient de lire, et je vais pouvoir finir la mise en page.

Tom : Quoi ? Déjà fini ? Ce matin, tu disais que tu voulais prendre le temps d'interroger quelques membres du personnel pour connaître leur opinion au sujet des denrées périssables qui sont jetées chaque jour à la cafétéria.

Moi : Je sais. J'ai changé d'idée.

Et ça me fait mal au cœur. J'aurais aimé m'en charger maintenant, mais j'ai décidé de suivre le conseil de Roméo et de remettre ça à plus tard. Je me promets toutefois de prendre contact avec quelques organismes humanitaires pour leur offrir les repas qui n'ont pas été consommés à la fin de la journée. Oh ! Je pourrais même proposer aux élèves de familles plus démunies d'emporter les restes ! Ça ferait des heureux et ça éviterait le gaspillage.

MORGANE, TU ES UN GÉNIE!

Tom: OK. Tu vas parler de quoi dans ton éditorial, alors?

Moi: J'ai écrit un article sur l'importance de faire une bonne première impression.

Tom ne répond pas tout de suite. J'en profite pour ajouter quelques phrases à mon article. Au bout de quelques minutes, je reviens à la charge.

Moi: Hé! Tu textes encore Éliane en même temps que moi?

Tom: Oui, désolé.

Moi: Ce n'est pas grave, je comprends. Je fais la même chose en ce moment même avec mon chum.

OH! LA MENTEUSE!

CHAPITRE 10

Tom : Pour être honnête, ça ne va pas super bien, Éliane et moi.

Tiens, tiens, pourquoi je ne suis pas surprise ?

Moi : Tu veux en parler ?

Tom : On ressemble déjà à un vieux couple.

Moi : Laisse-moi m'étouffer avec ma salive. Un vieux couple ? Après deux semaines de fréquentation ?

Tom : Presque trois.

Moi : Ah ! Ça change tout, alors ! Qu'est-ce que tu attends pour la laisser ?

Tom : Ben, c'est délicat, comme situation.

Moi : Pas vraiment. Tu lui dis que c'est fini, et c'est tout.

Hein?

Tom : En pratique, c'est autre chose, laisse-moi te le dire ! C'est très compliqué, les filles !

Moi : Je ne dois pas être une vraie fille, alors.

Tom : Tout le monde le sait, ça ! 😉

Oh ! Je viens d'avoir un flash ! Sans le savoir, Thomas m'a donné le sujet parfait pour un article de journal. Tant pis pour ma chronique sur la première impression. Elle attendra. J'explique rapidement mon idée à Thomas et lui propose de m'aider.

Tom : Pas de problème ! Tu veux qu'on se voie demain ?

Moi : Où ? À la bibliothèque ?

Tom : Pourquoi pas dans votre chambre ? J'aimerais beaucoup rencontrer Johnny Depp. Tu n'arrêtes pas de me parler de lui !

Hi ! Hi !

CHAPITRE 10

Moi : Avec Poilue dans les parages ? Hors de question, je vais me faire arracher la tête !

Tom : Oh ! Tu as enfin rencontré votre surveillante ? Et puis, comment tu l'as trouvée ?

Moi : Poilue. Et grande. Et drôlement musclée. Es-tu sûr que c'est une femme ?

Tom : LOL ! Pas de doute ! Elle a un amoureux, je l'ai vue l'embrasser, l'autre jour, à la sortie de l'école.

Moi : Yark ! Ça doit piquer !

Tom : Ouais, comme tu dis ! Bon. On se rejoint demain à la bibliothèque, d'abord. J'apporte du chocolat et des framboises.

Moi : On a le droit de manger à la bibliothèque ?

Tom : Non. Mais il n'y a rien de mieux pour travailler que le chocolat et les framboises. Tu vas voir. ☺

Moi : ☺

Tom : Hé ! Tu pourrais emmener Johnny Depp à mon party samedi prochain. C'est une bonne idée, non ?

Tom : Je dois y aller, Éliane ne me laisse pas tranquille deux minutes.

Moi : Je n'ai jamais dit que j'irais à ton party !

Hi ! Hi !

Moi : Tom ? Tu es là ?

Moi : J'ai l'impression que tu me prends un peu trop pour acquise.

Moi : OK. Tu as décidé de m'ignorer pour me faire croire que le sujet est clos, mais ce n'est pas comme ça que ça marche. Je dois d'abord demander à ma mère.

Moi : Hé ! C'est cool ! Je peux écrire tout ce que je veux, tu ne réponds pas.

Moi : Si je vais à ton party, je vais me faire toute belle ! Je vais mettre mon t-shirt en gazon synthétique et mon pantalon aux motifs de balles de golf. Hi, hi ! Je vais emmener plein d'amis. Je vais concocter mon punch spécial fait à partir de germe de blé et de feuilles de pissenlit. (C'est bon pour le transit intestinal.) Ah oui ! Je vais apporter ma musique de Lady Gaga et je vais te présenter la chorégraphie que j'ai préparée avec mes amies l'année dernière.

Le message de Thomas ne tarde pas à apparaître.

Tom : Lady Gaga = non.

Tom : Punch aux graines de bégonias = non !

Tom : T-shirt en brins de pelouse = triple non !

Tom : Des amis = OK (Tu ne pourras pas dire que je ne suis pas gentil !)

Tom : Je te laisse vraiment. *Laila Tov !*

Moi : *Laila Tov !*

J'ai le sourire fendu jusqu'aux oreilles en lisant ses derniers messages. C'est étrange ! Thomas et moi, on est hyper différents, on se dispute sur tout, tout le temps, on ne voit pas du tout la vie de la même manière, mais on prend le temps de s'écrire presque tous les soirs avant d'aller au lit. C'est maintenant une habitude. Et quand on ne peut pas se texter parce que l'un de nous deux n'est pas disponible, on dirait qu'il me manque un petit quelque chose pour m'endormir. Ça doit être ce qu'on appelle le début d'une belle amitié.

Mais pour l'instant, je ne suis pas fatiguée. Je décide de faire un petit saut sur Facebook, question d'aller aux dernières nouvelles. Tiens, Greg est passé de « en couple » à « célibataire ». Il faudrait que j'en glisse un mot à Annabelle, elle sera sûrement contente. Quoique, je ne sais plus trop… Hier, elle m'a dit qu'elle pensait inviter

Will à sortir. J'ai un peu de mal à la suivre dans ses histoires de cœur, pour être honnête.

Oh ! Roméo a commenté la photo de Stephany, une fille de mon cours d'anglais. Ça me donne envie de lui faire une demande d'amitié. (À Roméo, pas à Stephany.) J'hésite. Est-ce qu'il va se souvenir de moi ? Je clique sur son nom pour ouvrir sa page et la première chose que je remarque, c'est qu'il n'est pas en couple. Le soulagement que je ressens me prend un peu par surprise.

VOYONS, MORGANE ! QU'EST-CE QUI T'ARRIVE ? C'EST JUSTE UN GARS COMME LES AUTRES.

Mon doigt est prêt. Il ne bouge pas. Qu'est-ce que j'attends ? Mon cœur sursaute dans ma poitrine quand j'appuie finalement sur le bouton « Ajouter ». Voilà. C'est fait. Ne reste plus qu'à attendre.

Mais la réponse est presque instantanée. Roméo a tout de suite accepté. Maintenant, qu'est-ce que je fais ? Est-ce que je lui écris ?

Est-ce que je fouille son profil pour inspecter chacune de ses photos, juste par curiosité ?

Pas le temps. Mon téléphone vibre dans ma main. C'est ma mère. Je lis son message et j'étire le bras pour que Johnny Depp vienne se blottir contre moi.

Maman : Salut, ma colombe. J'ai une grande nouvelle à t'annoncer !

Moi : Tu as gagné à la loterie !

Maman : Il faudrait que j'achète des billets, pour ça. ☺

Moi : Tu t'es fait un chum ?

Maman : Même pas proche. Essaie encore. C'est une nouvelle qui va te faire plaisir.

Moi : Tu es enceinte !

Maman : Tu brûles !

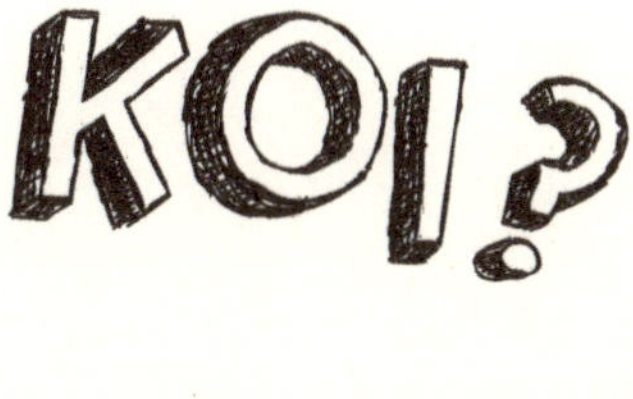

Moi : Hein ? Je brûle ? Ben voyons ! Je voulais faire une blague ! Tu es beaucoup trop vieille pour être enceinte !

Maman : Je te remercie ! Sache que je suis encore en âge de procréer, jeune fille !

Moi : Tu es trop célibataire, alors !

Maman : Hum ! Là, tu n'as pas tort.

Moi : Allez, donne-moi un indice.

Maman : OK. Je ne suis pas enceinte, mais quelqu'un d'autre l'était.

Moi : Euh, pas sûre de comprendre. Quelqu'un d'autre l'était ? Ça veut dire qu'elle ne l'est plus ? Donc... Oh ! Josianne a eu son bébé ?

Maman : Oui !

Moi : Youppi ! C'est un garçon ou une fille ? Ça s'est bien passé ? Le bébé va bien ? Wow ! Ma cousine qui est maintenant maman ! Incroyable !

Maman : Pas toutes les questions en même temps ! Hi, hi ! Tout le monde se porte bien, y compris bébé Léa. Imagine-toi donc que Jonathan lui a fait sa grande demande juste après l'accouchement.

Moi : Ils vont se marier ?

Maman : Oui ! C'est merveilleux, n'est-ce pas ? Aimerais-tu qu'on aille les voir ce samedi ?

Moi : Tellement !

Maman : OK. Et on ira magasiner si tu veux. Tant qu'à faire tout ce chemin, autant en profiter, qu'est-ce que tu en dis ?

Moi : Tout à fait d'accord ! Les boutiques se font plutôt rares dans notre nouveau coin de pays.

Maman : Parfait ! Tout est réglé, alors ! Je passe te chercher demain soir comme prévu.

Maman : Bisous, ma belle !

J'TDR

Moi : Bisous. *Laila Tov !*

Maman : Quoi ?

Moi : Oups ! Je voulais dire : bonne nuit !

Maman : Bonne nuit ! xxx

Un nouveau bébé dans la famille ! Comme c'est excitant ! J'adore les bébés ! Tant que ce ne sont pas les miens ! Si je devais me retrouver avec un petit truc vivant dans les bras à longueur de journée, ça serait l'enfer. À moins que ce soit un animal, évidemment !

Avant d'éteindre mon cell, j'envoie un dernier message.

Moi : Hé, Tom ! Je vais encore manquer ton party. Obligations familiales. On se reprend !

Bye !

Je vérifie rapidement mon profil Facebook. Rien. Roméo ne m'a pas écrit. Il n'a commenté aucun de mes statuts ni aimé aucune de mes photos. Zut !

CHAPITRE 11

L'art de rompre, ce n'est pas donné à tout le monde !

CHAPITRE 11

— Alors ? Qu'est-ce que vous en pensez ?

— Qu'est-ce qu'on pense de quoi ? marmonne Thomas, plus ou moins intéressé par ce que je viens de raconter.

— Tu ne m'écoutais pas ?

— Personne ne t'écoutait, précise Eddy, sans démontrer une once de culpabilité.

— Ça alors !

Je lève la tête de mon cahier de notes, légèrement insultée, et me retourne pour examiner ma chambre. Mes amis sont relaxes. Assise en tailleur sur son matelas, Annabelle fait le ménage de sa quantité phénoménale de photos sur son cell. Quant à Thomas et Eddy, ils sont installés au sol, le dos appuyé contre mon lit et s'amusent à lancer des raisins secs à Johnny Depp, qui se fait un plaisir de se déplacer à travers la pièce pour aller les chercher.

— Hé ! Vous ne lui donnez pas de bonbons, hein ?

— *Don't worry*, répond Eddy pour me rassurer en fouillant dans son sac de Jelly Beans. Je les garde pour moi.

Il en avale quatre ou cinq d'un seul coup, et Thomas lâche un grand cri en levant le poing dans les airs, comme s'il venait de remporter une victoire épique.

— Oh ! Avez-vous vu ça ? Je suis trop fort ! Mon tir était tellement précis que Johnny Depp l'a attrapé au vol !

— Oui, bravo, réplique Annabelle, sans quitter son cellulaire des yeux. Tu as réussi à lancer un raisin dans la gueule d'un furet. Tu es incroyable !

— Tu ris, mais c'est plus difficile que ça en a l'air, rouspète Thomas. Ça exige une extrême précision. Pas vrai, Ed ?

— Hum, hum ! fait celui-ci d'un air approbateur, la bouche toujours pleine de bonbons.

— Attendez, vous allez voir ! Tiens, Johnny Depp ! Attrape !

Au moment où il s'élance, je me lève et j'ouvre la bouche bien grande, si bien que le raisin, au lieu d'atterrir dans la gueule de mon furet, tombe directement sur ma langue.

BRAVO, MORGANE !

Thomas me fait un *high five* pour me féliciter, tandis qu'Annabelle et Eddy ne nous accordent pas la moindre attention. Pfft ! Ils ne savent pas reconnaître le vrai talent quand il s'exprime !

CHAPITRE 11

— Qu'est-ce que tu voulais nous dire, tout à l'heure, Mo ? demande Annabelle, en étirant le bras pour nous prendre en photo, tous les quatre.

— Oui ! C'est vrai ! Je voulais vous parler au sujet du...

— Journal étudiant, lancent Thomas et Eddy d'une même voix.

— Évidemment ! lâche Annabelle, en appelant Johnny Depp pour qu'il grimpe sur son épaule. Je ne sais même pas pourquoi j'ai posé la question.

Je les regarde, tous les trois, et je ne comprends pas trop leur réaction.

— Qu'est-ce qu'il y a? Vous me trouvez énervante avec ça ?

— Énervante ? Non, répond Eddy, amusé par mon air offensé. Je dirais plutôt insistante.

— Exaspérante, ajoute Annabelle.

— Ou peut-être même un peu contrôlante, conclut Thomas en dissimulant un sourire moqueur.

Contrôlante? Bout de luzerne! Ils me trouvent contrôlante? Ils n'ont vraiment rien compris, ces trois-là !

— Sérieux! On dirait que vous ne réalisez pas l'ampleur du problème! dis-je, pour ma défense. On doit trouver une solution le plus vite possible! Le *No Name* ne peut pas s'appeler comme ça jusqu'à la fin de l'année!

— *Why not?* lâche Eddy, en relevant les épaules. Je trouve ça *nice*, moi, le *No Name*! On ne va quand même pas se faire arrêter pour « non-respect des procédures légales de nomination d'un journal étudiant » !

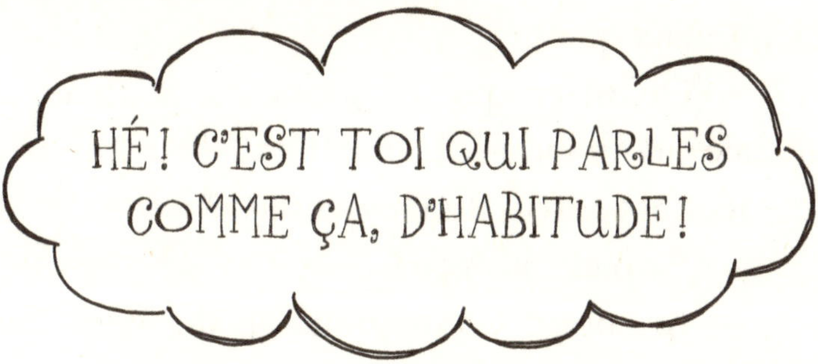

— Au fond, ça ne devrait pas être compliqué de s'entendre, nous fait remarquer Annabelle, optimiste. On a eu plein de belles suggestions! Moi, j'aime bien *La P'tite Vedette*. Ça sonne bien, vous ne trouvez pas ? Ou le *New Look*. C'est bien, ça aussi, le *New Look*, ajoute-t-elle, en se levant pour parader comme si elle était sur un tapis rouge.

— Bof! Je trouve que ça fait trop prétentieux, genre « Hollywood », commente Eddy, les bras croisés. Moi, je préfère *Le Bouffe Papier*.

— Voyons! Vous n'avez vraiment aucune imagination! dis-je, en levant les deux bras dans les airs ! Pourquoi pas le *Top Méga Cool*, tant qu'à y être !

— Justement ! C'est mon préféré, celui-là ! lâche Thomas, le doigt levé. Content que tu en parles.

— C'était une blague, Tom ! Franchement ! On vaut bien mieux que ça ! *Notre journal* vaut bien mieux que ça !

— Qu'est-ce que tu proposes, si tu es si géniale ? demande-t-il, impatient. Peu importe les idées proposées, tu n'es jamais d'accord !

— Ce n'est pas vrai !

— Ah non ? C'est quand la dernière fois qu'une de nos suggestions a été retenue ?

Pour répondre à sa question, je m'empare d'un exemplaire du *No Name* et le lui colle au visage.

— Est-ce que c'est assez concret pour toi, ça ?

— Euh, ouais ! Oublie ce que je viens de dire.

Thomas arrête d'argumenter, parce que c'est lui qui a eu l'idée du sujet de notre chronique, dans le dernier numéro. Oui, bon… En fait, c'était mon idée, mais il m'a inspirée en me parlant de sa relation difficile avec Éliane, alors je fais comme s'il avait eu un éclair de génie. (Je dois faire des efforts si je ne veux pas avoir l'air trop contrôlante !)

SPÉCIAL AMOOOOOOUR !

Le No Name !

Bonjour à vous, chers lecteurs ! Voici un numéro spécial sur le thème de l'amour !

Vous êtes à la recherche de l'âme sœur ? Vous sortez dans la rue chaque fois qu'il y a un orage dans l'espoir d'être frappé par le plus grand des coups de foudre ? Vous avez tellement envie d'être en couple que vous êtes prêts à kidnapper Cupidon pour le forcer à vous bombarder de flèches ensorcelées ? Super ! Vous allez bien vous amuser !

Mais tout d'abord, abordons un sujet des plus importants, c'est-à-dire faire le point sur votre relation avec votre actuel partenaire. Vous êtes ensemble depuis trop longtemps ? Vous ne savez plus si l'amour est au rendez-vous ? Voici un petit questionnaire qui vous permettra d'en avoir le cœur net.

1. Tout ce que ta douce moitié dit ou fait te tape sur les nerfs. Sa respiration te tape sur les nerfs. (Ouf ! Pas bon signe, ça !)

2. Tu te sens revivre chaque fois que cette même personne s'absente toute une journée de l'école. (Et la grippe qui dure une semaine, ça, c'est carrément la joie !)

3. Ses blagues sont soudainement devenues ri-di-cu-les. Elles font rire tout le monde, SAUF TOI !

4. Tu trouves toujours le temps pour commenter le statut d'un ami, jouer à ton jeu préféré et écouter des vidéos sur YouTube, mais pas quand vient le moment de répondre aux textos de ton partenaire ; tu es soudainement très occupé. Hum !

5. Tes yeux commencent à se promener dangereusement sur les spécimens désirés tout autour de toi. Les belles personnes ne te laissent plus du tout indifférent.

OPTION 1 :
Aucun de ces énoncés ne s'applique à ta situation. Tu es amoureux par-dessus la tête et il est hors de question de mettre fin à ta relation. Tant mieux pour toi ! Tu peux jeter ce journal (encore mieux: le recycler, le réutiliser comme papier d'emballage, comme litière à hamster ou simplement le refiler à ton voisin) et retourner à ta petite vie amoureuse remplie de confettis et d'arcs-en-ciel.

OPTION 2 :
Un de ces énoncés décrit ce que tu vis. Pire encore, deux d'entre eux ! Ou alors, catastrophe de catastrophe (il était temps que tu te réveilles !), ces énoncés décrivent tous ce que tu vis. OUF ! Tu DOIS reprendre le contrôle de ta vie amoureuse ! Ta relation est fichue ! C'est bel et bien le moment de tourner la page.

Maintenant que ce point est éclairci, passons aux choses sérieuses. Mais attention! Mieux vaut rompre efficacement si tu ne veux pas rater ton coup, ternir ta réputation ou même devenir la risée de toute l'école. Voici les conseils qu'on vous propose.

Rupture efficace en 3 ÉTAPES FACILES

1. Choisir le bon lieu et le bon moment. Laisser tomber sa douce moitié alors qu'elle vient d'apprendre que ses parents se séparent, que son chien est mort ou que sa mère est gravement malade, ÇA NE SE FAIT PAS ! Un peu de savoir-vivre, quand même ! Et régler ses comptes devant sa gang de chums non plus, ça ne se fait pas. C'est TOTALEMENT humiliant.

2. Trouver les bons mots. Même si on veut rester gentil, il vaut mieux laisser tomber les banalités telles que : « Je veux juste faire une pause », « On reste des amis, si tu veux », « Ce n'est pas toi, le problème, c'est moi ! » Il faut être clair, net et précis. On peut commencer par : « Il faut qu'on se parle. » Ça donne un indice à propos de la suite. Puis, on continue avec quelque chose d'aussi simple que : « Je suis désolé, mais ça ne marche plus, nous deux. Bye ! »

3 Éviter de faire les pires bêtises du monde comme :

★ Rompre par texto. (Quelle lâcheté !)

★ Annoncer à ta tendre moitié que tu la quittes pour sa meilleure amie. (Quelle imbécillité !)

★ Modifier ton statut Facebook pour le faire passer de « En couple » à « Célibataire » AVANT d'avoir rompu. (Quel manque de jugement !)

Quoi ? Vous pensez qu'on exagère ? Vous croyez qu'il est impossible d'agir aussi stupidement ? Détrompez-vous ! Un certain Justin L. (pour ne pas le nommer), nous en a déjà donné la preuve. Que voulez-vous ? Ce n'est pas donné à tout le monde, le bon sens !

Voilà ! Vous avez tout ce qu'il vous faut pour rompre simplement et efficacement ! Il ne reste plus qu'à passer à l'action. Bonne chance !

Ne manquez pas le prochain numéro du ***No Name***, parce qu'on va enfin vous aider à trouver l'amour. En attendant, voici le courrier du cœur, les nouvelles du sport, la chronique littéraire et le coin des jeux.

— J'ai hâte de voir la tête de Justin quand il va voir qu'on parle de lui dans le journal étudiant, déclare Thomas sur un ton amusé, en relisant notre article. Il risque de ne pas être content ! ajoute-t-il.

— Ouais, mais ça, c'est son problème ! grogne Eddy. C'était à lui de ne pas faire l'idiot avec Anna ! On aurait pu être bien plus vaches si on avait voulu !

— Vache, toi ? s'étonne Annabelle, un grand sourire aux lèvres. J'aimerais bien voir ça !

Eddy lui lance un crayon par la tête et Annabelle lui répond en faisant une grimace. De son côté, Johnny Depp, qui a cru que le crayon lui était destiné, descend en vitesse de l'épaule de mon amie et court sur le tapis de notre chambre.

— Reviens par ici, petite bestiole, lui murmure Anna, en tapant sur le sol avec ses doigts. Allez, viens ! Tu veux faire une petite sieste ? Regarde, j'ai ton doudou, juste ici. Voilà ! Comme ça ! C'est parfait. Tu es bien, là, hein ?

Thomas et Eddy relèvent la tête pour observer Annabelle, alors qu'elle dorlote Johnny Depp comme s'il était un tout petit bébé.

— Tu sais que c'est un furet, hein ? lui fait remarquer Thomas, les yeux plissés. Il ne va pas t'appeler « maman » ni te faire un câlin !

CHAPITRE 11

— Mais oui, je sais, répond aussitôt Anna, la bouche en cœur. C'est juste que je l'aime trop, cette petite bête-là !

Je suis contente que mon amie ait adopté mon furet, parce que j'aurais eu beaucoup de peine s'il était retourné à la maison. Il fait partie de ma vie depuis si longtemps que je ne m'imagine pas finir mon année scolaire sans lui. En même temps, je crois que ça fait du bien à Anna, toute cette affection. Elle ne l'a pas eu facile, ces dernières semaines. Elle a bien le droit d'avoir un peu de douceur, non ?

Pendant qu'Eddy continue à s'empiffrer de bonbons, je décide de me prendre un pot de yogourt dans mon petit frigo. Inutile d'en offrir à mes amis, je sais qu'ils n'en voudront pas. Ed est intolérant au lactose, Anna n'aime pas le yogourt et Tom dit que ma recette maison est trop santé, trop grano* et, surtout, pas assez sucrée à son goût. L'autre jour, il m'a même demandé si je mettais des graines et de la luzerne dans mon yogourt. Sur le coup, je n'ai pas fait attention à sa remarque, mais je me suis vite dit que ça pourrait être une bonne idée. Pas la luzerne, parce que là, ce serait dégoûtant. Mais du yogourt avec des graines de chia et des graines de chanvre, c'est très bon au goût et, surtout, c'est super bon pour

* **Grano/Granola** – Se dit d'une personne dont le style de vie est basé sur une alimentation naturelle, sur des valeurs écologiques et pacifistes.

la santé. Si j'y ajoute des petits fruits en plus, c'est une collation parfaite !

Je pourrais passer le reste de la journée à parler d'alimentation, mais mes amis ne partagent pas cet intérêt avec moi. Je reste donc assise là avec eux, à paresser, à écouter de la musique et à parler de tout et de rien. Au bout d'un certain temps, Thomas reçoit un message, le lit et s'empresse de répondre, un immense sourire aux lèvres.

— *Who's that ?** veut savoir Eddy, curieux.

— Pas de tes affaires, marmonne Thomas en continuant à écrire, les yeux brillants.

Mais Eddy allonge le cou pour lire pardessus son épaule.

— *What ?* C'est Jeanne ? Sérieux ?

— Ouaip ! répond fièrement Thomas en écrivant plus vite, la langue sortie. Je te l'avais dit qu'elle ne pourrait pas résister à mon charme !

— C'est qui, Jeanne ?

Je ne connais pas le dixième des élèves de cette école, alors si quelqu'un pouvait m'éclairer, ça ne serait pas de refus.

— C'est une fille que Thomas a connue à son party, le week-end dernier, m'explique Anna. C'est la cousine de l'amie de la voisine de la mère d'Eddy.

* ***Who's that ?*** - Qui c'est ?

CHAPITRE 11

— Non, lâche Eddy. C'est la voisine de l'amie de la cousine de ma mère.

— On s'en fiche ! réplique aussitôt Thomas. L'important, c'est que j'ai passé une super soirée avec elle. Je crois que je suis amoureux ! En plus, elle est trop belle, trop gentille ! Et trop célibataire !

Euh, j'ai loupé quelque chose ou quoi ? Je ne peux pas m'empêcher de lui demander, un peu contrariée :

— Et toi ?

— Moi, quoi ? marmonne Thomas, la langue sortie, comme si ça l'aidait à écrire plus vite.

— Es-tu célibataire ? Parce qu'aux dernières nouvelles, tu sortais toujours avec Éliane. Tu te souviens d'Éliane ? dis-je, en agitant la main devant son visage pour le faire réagir. Ta blonde ! Ça te rappelle quelque chose ?

— Ah, oui ! Éliane ! Attends !

Thomas lève un index pour me faire patienter et continue à écrire sur son cellulaire. Un sourcil relevé, un sourire en coin, il termine son message et déclare :

— Voilà ! C'est réglé !

— Quoi ? demande Annabelle, inquiète. Qu'est-ce qui est réglé ?

— Je viens de rompre avec Éliane. Je suis donc libre comme l'air ! Je peux inviter Jeanne à…

Mais je ne le laisse pas terminer sa phrase. Je suis bien trop en colère pour ça !

— Tu me niaises* ? Dis-moi que c'est une blague !

— Non. Pourquoi ?

— Tu l'as quittée par texto ? Sérieux ? On vient d'écrire tout un article là-dessus ! On a dressé la liste des pires choses à faire et toi, tu agis comme si tu étais au courant de rien !

Thomas dépose son téléphone, étire les bras et les croise derrière sa tête, l'air tout à fait relaxe.

— Ben oui, mais c'est juste un article, déclare-t-il, le sourire aux lèvres. C'est pour s'amuser, voyons ! Ce n'est pas sérieux, ce qu'on écrit là-dedans !

À côté de moi, Annabelle et Eddy retiennent leur respiration. Ils savent que Thomas vient de faire une bêtise. Une énorme bêtise ! Personne n'a le droit d'insulter mon journal étudiant. Personne n'a le droit de prendre mes articles à la légère. Et surtout, personne n'a le droit de dire que ce n'est pas sérieux !

Incapable de croire qu'il puisse être aussi stupide (et inconscient, et paresseux, et égoïste), je me lève et lui pointe la sortie.

* **Niaiser (quelqu'un)** – Se moquer de quelqu'un, le charrier ; faire marcher quelqu'un, lui raconter des sornettes.

CHAPITRE 11

— Sors de ma chambre !

— Hein ?

— Sors de ma chambre immédiatement !

Thomas me regarde avec des yeux ronds et lève les épaules comme un enfant de trois ans en train de se faire gronder.

— Pourquoi ?

— Si tu es trop idiot pour comprendre, c'est tant pis pour toi ! Ça me confirme que tu n'as rien à faire ici. J'ai inventé un scénario abracadabrant pour réussir à éloigner Poilue, le temps que vous entriez dans notre chambre, Eddy et toi! J'ai dû transgresser au moins dix mille règles ! Ce n'est certainement pas pour te regarder quitter ta blonde par texto et dénigrer mon journal étudiant.

Je tends le bras bien droit et j'ajoute :

— Dehors !

— Ce n'est pas à toi de décider ! déclare Thomas, indigné. Anna aussi a son mot à dire, c'est votre chambre à toutes les deux, après tout ! Hein, Anna ?

Thomas tourne la tête en direction de mon amie, dans l'espoir d'obtenir un minimum de soutien, mais Anna pince les lèvres et fait non de la tête.

— Désolée, Tom, mais je suis d'accord avec Morgane. Ce n'était pas super brillant, ton histoire !

Thomas ouvre grand la bouche pour répliquer, mais Eddy l'en dissuade en lui donnant un coup de coude dans les côtes. Le paria se lève d'un bond, marmonne deux ou trois trucs impossibles à comprendre et sort de notre chambre en claquant la porte.

Partagée entre la colère et des envies de meurtre, je m'assois à côté d'Anna et je la remercie d'un hochement de tête.

— Pas de quoi, Mo, déclare-t-elle. Faut bien être solidaire, non ? Les gars sont tellement stupides, des fois, que je ne comprends pas comment ils ont pu survivre pendant des millénaires. Si on n'avait pas besoin d'eux pour se reproduire, ils seraient déjà en voie d'extinction !

À côté de nous, Ed tousse dans sa main pour nous rappeler sa présence. Je le considère un moment et j'en viens à la conclusion qu'il n'est pas comme les autres gars. Il est plus gentil. Plus respectueux. Plus ouvert et plus sensible aussi. Dommage qu'il ne soit pas mon genre, parce qu'il ferait un super chum.

À moins que… Tiens, tiens…

CHAPITRE 11

Pourquoi pas Annabelle et Eddy ? Ils feraient un beau couple, non ? Ça mériterait que je me penche là-dessus !

Ouaip ! Dossier à suivre…

CHAPITRE 12

Party ou pas party?

CHAPITRE 12

Tom : Ça suffit, Morgane ! Vas-tu finir par répondre à mes textos ?

Tom : Sérieux, tu exagères, là ! Tu t'entraînes pour devenir la meilleure boudeuse au monde ou quoi ?

Tom : Ça fait trois jours que tu fais comme si je n'existais pas !

Tom : Je me suis excusé au moins deux mille fois, qu'est-ce que tu veux de plus ?

Thomas n'a pas arrêté de m'envoyer des messages depuis que je l'ai mis à la porte de ma chambre lundi dernier. Dès qu'il a une minute de libre, il m'écrit. En se levant le matin, juste avant les cours, entre les cours, après les cours, et même le soir, avant d'aller se coucher, comme on avait l'habitude de faire avant qu'il ne fasse preuve d'une totale incompétence amoureuse. Je sais que j'aurais dû lui répondre depuis un moment déjà, mais je voulais être sûre qu'il avait pris le temps de réfléchir à la façon dont il a agi. C'était mon devoir, en tant qu'amie.

Tom : Tu ne trouves pas que ça a assez duré ? Parle-moi, Morgane ! Tu ne peux pas continuer à m'ignorer comme ça !

Tom : Si ça peut te consoler, dis-toi que je me suis fait pincer par Poilue, en sortant de votre chambre, l'autre jour. J'ai eu droit à tout un sermon de sa part ! Et j'ai même une note à mon dossier. Si elle me reprend sur l'étage des filles, je risque d'être renvoyé !

Tom : Dis quelque chose !

ALLÔ ?!

Tom : C'est super lourd, comme ambiance ! Ed et Anna commencent à en avoir assez, eux aussi !

C'est vrai que c'est assez tendu depuis que je suis muette comme une carpe. Je change de couloir dès que j'aperçois Thomas, je refuse de m'asseoir près de lui à la cafétéria et je lui lance même des boules de papier pendant les cours. (Il arrive que mon côté immature prenne le dessus à l'occasion. Que voulez-vous, je ne suis pas parfaite !)

CHAPITRE 12

Bon, il est peut-être temps de mettre un terme à tout ça. Mais avant, je dois vérifier si Thomas a tiré une leçon de toute cette histoire.

Moi : Comment va Éliane ?

Tom : Oh ! Enfin, te voilà ! Merci, Morgane ! Je me demandais si tu allais me reparler un jour !

Moi : Ça ne répond pas à ma question.

Tom : Elle va bien. Je suis allé lui parler et je me suis excusé. Je l'ai même laissée me traiter de tous les noms devant la moitié de la classe pour me faire pardonner.

Moi : Donc, la prochaine fois que tu voudras laisser une fille…

Tom : Je ne le ferai pas par texto, c'est certain !

Moi : Bon ! Tu commences à comprendre !

Tom : Je vais plutôt lui envoyer un e-mail. C'est plus respectueux.

Moi : Quoi ?

Tom : Je t'ai eue ! Hé ! Hé ! Je donnerais n'importe quoi pour voir ta tête, en ce moment !

Tom : Au fait, tu es où, là ?

Hi ! Hi !

Moi : À la bibliothèque. On est en période d'étude. J'ai fini mes devoirs, alors je fais des recherches pour mon prochain article.

Tom : Cool. Je te laisse travailler, alors. Hé ! Tu vas venir à mon party, samedi, hein ?

Moi : Je ne sais pas.

Tom : Comment ça, tu ne sais pas ? Tu ne vas pas encore te défiler ?

CHAPITRE 12

Moi : J'ai promis à Yanie et à Louba de les inviter à la maison ce week-end. Elles ne seront pas contentes si j'annule à la dernière minute. On ne s'est pas beaucoup vues, depuis la rentrée. Elles pensent que je les laisse tomber.

Tom : Tes amies vont comprendre. Allez ! Tu les verras une autre fois ! Tu ne le regretteras pas, c'est promis. Oh ! Je dois te laisser ! Jeanne vient de m'écrire.

Moi : Alors, ça y est ? Vous sortez ensemble ?

Tom : *Yes*, madame ! Et toi, comment ça va avec Pedro ?

Je crois qu'il est temps que je mette un terme à mon mensonge. De toute façon, ce n'est pas comme si j'étais super bonne pour faire semblant. Je ne parle presque jamais de lui, on dirait que je sors avec un fantôme !

BEN... COMME IL N'EXISTE PAS, C'EST UN PEU UN FANTÔME, NON ?

Moi : On a rompu.

Tom : Vraiment ? Je suis désolé, Morgane.

Moi : Bah ! Les amours à distance, ce n'est pas super. Je vais m'en remettre.

Tom : Écoute, je dois vraiment te laisser. Jeanne commence à s'impatienter.

Moi : OK. Pas de problème !

Tom : Content que tu ne sois plus fâchée. *Laila Tov !*

Moi : Euh, il est quatre heures. Tu ne trouves pas qu'il est un peu tôt pour se souhaiter bonne nuit ?

Tom : Je sais. Mais ça me manquait. 😉

Bye !

Moi : Ouais, moi aussi ! ☺ *Laila Tov !*

CHAPITRE 12

J'éteins mon cellulaire, le sourire fendu jusqu'aux oreilles. Je ne le dirai pas à voix haute, mais je suis bien contente de m'être réconciliée avec Thomas. D'abord, parce que je ne suis pas fan des disputes (il y en a assez à travers le monde, non ?) ; ensuite (c'est là le plus important), parce que je crois bien avoir réussi à lui mettre un peu de plomb dans la tête.

Je reprends le travail et, au bout d'un moment, je vois que Roméo s'est installé à la table juste à côté de la mienne. Il ne semble pas m'avoir remarquée ; c'est assez surprenant, parce qu'avec mes mèches bleues et mon t-shirt aux motifs de flûtes à bec, je ne passe pas tellement inaperçue. Peut-être qu'il ne se souvient pas de moi ? Non, impossible ! Peut-être qu'il n'a pas envie de me voir ? Euh, ça aussi, c'est impossible ! Peut-être qu'il est juste trop timide pour me parler ? Oui, c'est sûrement ça ! Je vais l'aider un peu !

Je prends mon crayon et le lance en direction de sa table. Mais je suis loin d'être précise, et Roméo le reçoit derrière la tête. Oups ! J'aurais dû le lancer moins fort ! Tout d'abord insulté, il se retourne vivement, cherchant à savoir qui l'a attaqué ; je lui fais un petit coucou de la main. Il fronce les sourcils un moment, sûrement à cause du collier de trombones que je porte autour du cou, et finit par me sourire. C'est bon ! Il me reconnaît !

Je lui fais signe de venir s'asseoir avec moi, mais il me fait non de la tête. Tant pis ! Je vais aller le rejoindre. J'empile mes affaires en vitesse et m'installe en face de lui. Hum, la chemise qu'il porte est vraiment très belle. Et Roméo est charmant. Contrairement au look négligé qu'il avait pendant les cours d'éduc, ses cheveux sont coiffés, son visage n'est pas couvert de sueur et, surtout, il sent bon. Oh ! Vraiment bon, même !

— Salut ! Ça va ? lui dis-je, en déposant mes cahiers plus ou moins délicatement.

— Ça ne t'est pas passé par l'esprit que je voulais peut-être être seul ?

— Non. Hé ! As-tu lu mon dernier article, dans le journal étudiant ? C'était drôle, hein ? En tout cas, je me suis bien amusée à l'écrire !

Un élève assis à ma droite pose son doigt devant sa bouche et nous souffle un grand :

— Chuuuuuut !

Ben quoi ! Ce n'est pas comme si je hurlais à tue-tête ! Je lui fais de gros yeux, je baisse un peu le ton de ma voix et je continue :

— L'as-tu lu ? Comment tu l'as trouvé ?

— Correct, me répond Roméo en plongeant les yeux dans son manuel de math. Maintenant, laisse-moi travailler.

— Comment ça, correct ? Tu n'as rien de mieux à dire que *correct* ?

— Si tu veux la vérité, je n'ai pas été impressionné. Je ne pensais pas que tu descendrais si bas…

Je recule la tête d'un mouvement brusque.

— Qu'est-ce que tu veux dire ?

— « Comment se quitter en trois étapes faciles. » C'est assez bas de gamme pour un journal étudiant, tu ne trouves pas ?

— C'est toi qui m'as suggéré d'écrire ce genre d'article. Réveille-toi !

Roméo hausse les épaules et se met à griffonner dans son cahier. Ses formules mathématiques semblent bien passionnantes, tout à coup.

— Hé ! C'est quoi, ton problème ? On est en train de se parler, là ! Dis-le, si tu veux que je m'en aille !

— Je veux que tu t'en ailles.

— Pas question ! Je ne te laisserai pas tranquille tant que tu ne m'auras pas dit ce qui ne va pas.

— Tu sais que tu m'énerves ?

— Oui, je fais souvent cet effet-là aux gens. Tu vas finir par t'habituer.

Roméo pince les lèvres et hoche la tête. Je pense qu'il a compris que je n'abandonnerai pas si facilement. Il dépose son crayon, referme son cahier d'un mouvement sec et m'annonce sans émotion :

— Ça ne va pas trop en ce moment, c'est tout.

— Je peux faire quelque chose ?

— Non. C'est… Je dois gérer ça moi-même. Mais ne t'inquiète pas pour ton journal. Tout le monde l'adore. Sérieux, j'en entends parler partout, même que c'est limite énervant.

Roméo étire les lèvres pour m'encourager avant de poursuivre :

— C'est juste que… Je suis célibataire, alors je ne me suis pas senti tellement concerné par les propos de ton article.

— Oh ! Je comprends. Tu aurais plutôt besoin de conseils pour te trouver quelqu'un, alors.

— Non ! Je ne veux pas d'aide pour ça non plus. J'ai déjà trouvé. C'est ça, le problème.

Roméo lève la tête et plonge son regard dans le mien ; son teint rosit. Tout à coup, je sens une vague de chaleur se répandre dans mes joues. Bout de luzerne !

CHAPITRE 12

EST-CE QU'IL PARLE DE TOI ? NON, CE N'EST SÛREMENT PAS ÇA. TU TE FAIS DES IDÉES... OU PAS...

Une partie de mon cerveau me dit que Roméo est en train de me faire des avances. (Est-ce que c'est bien ça ? Qu'est-ce que j'en sais, après tout ? Je ne suis pas vraiment le genre de fille qui reçoit des déclarations d'amour à la tonne !) Et l'autre partie, bien plus raisonnable, m'assure que mon imagination est beaucoup trop fertile et que mon vis-à-vis parle d'une autre fille de l'école.

Bon, qu'est-ce que je fais ?

SOURIS, MORGANE, SOURIS !

OK. Je souris. Et ensuite ?

Je reprends contact avec la réalité et je secoue la tête de gauche à droite. Qu'est-ce qui me prend ? Depuis quand je suis à court de mots ? Depuis quand je laisse quelqu'un m'intimider — un gars, en plus. Je ne sais pas quelles sont les intentions de Roméo. Je ne sais pas s'il me plaît non plus. Tout ce que je sais, c'est que j'ai là une belle occasion d'apprendre à le connaître. Le pire qu'il puisse arriver, c'est que ça ne colle pas entre nous.

— Je viens d'avoir une idée, lui dis-je, en m'approchant de lui pour ne pas déranger ceux qui travaillent autour de nous.

Mais un élève est allé prévenir la surveillante (franchement, on n'est plus en maternelle), et celle-ci approche, l'air mauvais. Sans émettre un seul son (c'est une pro, on voit qu'elle a raffiné sa technique avec les années), elle nous fait signe de sortir ou de garder le silence. Roméo lui assure que tout est OK, me tend un bout de papier avec son numéro et sort son téléphone. Quelques secondes plus tard, il fait partie de mes contacts et je reçois son premier message :

Roméo : Qu'est-ce que c'est, ton idée ?

Moi : Un party, ça te dit ?

CHAPITRE 12

Je lève la tête et remarque un brin d'hésitation dans les yeux de Roméo. Je voudrais lire dans son regard, mais celui-ci est rivé à l'écran.

Moi : Qu'est-ce qu'il y a ?

Roméo : Rien. C'est bon, je viens. Ça va me faire du bien de me changer les idées !

Moi : Cool !

Roméo : C'est quand ?

Moi : Samedi prochain. Es-tu dispo ?

Roméo : Libre comme l'air ! C'est chez qui ?

Moi : Chez Thomas.

J'attends la suite, mais elle ne vient pas. Mes yeux quittent une fois de plus mon écran et je constate que le visage de Roméo a perdu un peu de ses couleurs. Ses paupières se ferment et il lâche un grand soupir. Qu'est-ce qu'il y a ? Je lui donne un coup de pied en dessous de la table (pas un gros coup, là, juste un petit kick pour le ramener à la vie). Roméo me fait un sourire forcé et tape :

Roméo : Désolé, je ne suis pas libre samedi. J'avais oublié, mais j'ai quelque chose de prévu.

Moi : Ne me prends pas pour une cruche. C'est quoi, le problème ?

Roméo : Aucun problème. Tout va bien !

Moi : Dis-le à ta face, parce qu'elle n'a pas l'air au courant. Tu fais peur, tellement tu es blême.

Roméo lève la tête dans ma direction et serre les dents. Difficile de texter n'importe quoi quand la personne est juste en face, hein ?

Moi : Je ne sais pas ce qui t'empêche de venir, mais je pense que ça va être cool, comme party ! Il va y avoir plein de monde !

Roméo : Comme qui ?

CHAPITRE 12

> **Moi :** Je ne sais pas trop. Anna va être là, Eddy, aussi. Et peut-être même la moitié de l'école, si j'en crois les rumeurs. Allez, viens !

Roméo a l'air tiraillé ; on dirait qu'il a vraiment envie de venir, mais que quelque chose le retient. Je mets les coudes sur la table et je lance avec conviction :

— Je ne te laisse pas le choix. On se voit samedi !

— OK.

A-t-il vraiment dit « OK » ? Bout de luzerne ! Le sentiment qui m'habite est difficile à décrire. C'est comme un mélange de mal de cœur, de joie et de peur. Peur de quoi ? Je n'en sais rien du tout ; c'est ça, le plus étrange.

Je range mon cellulaire et j'ouvre mon cahier pour recommencer à travailler. Mais mon cerveau n'a plus envie de se forcer. Mon esprit a plutôt envie de divaguer. Hop ! Un petit tour par-ci. Hop ! Un petit tour par-là ! Hop ! Je pense à une chanson. Hop ! Je me rappelle un vieux souvenir. Hop ! Je me demande ce que je vais manger pour déjeuner demain matin. Tout, sauf la tâche à accomplir.

Tant pis ! Je referme mon cahier, je range mes affaires et je salue Roméo avant de quitter la bibliothèque. En marchant, j'écris à Thomas. C'est Yanie et Louba qui ne seront pas contentes…

Moi : Samedi = *party time !* Je vais être là !

Tom : *Niet !* Party annulé.

Moi : Comment ça ?

Tom : Mes parents reviennent de voyage demain soir.

Moi : Et alors ?

Tom : Je ne vais quand même pas faire un party pendant qu'ils sont là !

Moi : Euh, ils sont où, d'habitude ?

Tom : Ça dépend. Quand ils ne travaillent pas à la pharmacie, ils sont en congrès en Italie. Ou en Russie. Ou en Inde. Ça dépend des fois.

Moi : Tu es sérieux ?

Tom : Ouaip ! C'est cool, hein ? La moitié du temps, j'ai la maison pour moi tout seul.

Cool ? Je ne sais pas…

Ça fait du bien d'être tout seul de temps en temps, mais ça me manquerait de ne voir personne, si j'étais à sa place.

Bon ! Tant pis pour le party. On se reprendra une autre fois. Et puis, je vais pouvoir recevoir Louba et Yanie, comme prévu, ce qui n'est pas mal non plus !

CHAPITRE 13

Tous les chemins mènent à Roméo

CHAPITRE 13

— Anna ?

— Hum ?

Je dois faire vite, parce que, dans quelques minutes, je risque de parler toute seule. Bien installée sur le fauteuil le plus confortable de la salle de repos, mon amie écoute sa musique, les yeux fermés, les jambes allongées, et les pieds sur la petite table en bois. Elle s'est endormie tard hier soir (dix heures trente : un record !), alors elle en profite pour faire une petite sieste.

— J'ai pris une grande décision, dis-je, avec le plus grand des sérieux.

Aucune réaction d'Anna. Je ne sais pas comment elle arrive à se reposer dans cet environnement. Sérieusement, on se croirait dans un zoo ! C'est bientôt la pleine lune ou quoi ? Ça crie, ça se lance des bouts de gomme à effacer par la tête, ça se chamaille. Et Annabelle, bien tranquille au milieu de tout ça, semble parfaitement relaxe. J'allonge le bras et je tire sur le fil de ses écouteurs pour les lui enlever des oreilles.

— Qu'est-ce que tu veux ? bougonne-t-elle, en ouvrant les yeux.

— Tu m'écoutes ou pas ? Je viens de te dire que j'ai pris une décision de la plus haute importance !

— Tu prends des décisions ultra-importantes toutes les deux minutes, Morgane. Je ne vois pas en quoi ça devrait m'empêcher de dormir.

Et elle appuie sa tête sur un coussin, prête à refermer les paupières.

— C'est différent, cette fois, dis-je, en lui donnant un petit coup de pied, pour la tenir réveillée. Ça va changer ma vie. Ça va me permettre de me définir en tant que personne. Ça va me pousser à me dépasser, à vivre des expériences hors du commun, à communier avec la nature…

— Quoi ? Tu prévois entrer dans une secte ? lance-t-elle, dans un demi-sourire. Tu salueras ton gourou pour moi !

— Ha ! Ha ! Très drôle ! Non, ça n'a rien à voir. J'ai décidé de rejoindre le club de plein air.

Cette fois, j'ai réussi à capter son attention. Annabelle plisse le nez et me demande :

— Le club de plein air ? Pourquoi ?

— Pourquoi pas ? J'ai regardé le dépliant, ça a l'air vraiment hot !

Je lui tends le dépliant en question et mon amie lève les yeux au ciel.

— Es-tu sérieuse, Morgane ? Tu veux vraiment passer tes week-ends à lire des cartes géographiques, à t'essuyer avec des feuilles d'arbres quand tu fais pipi et à te déplacer à l'aide d'une boussole ? Il me semble que ce n'est pas vraiment ton genre !

— Comment ça, pas mon genre ? dis-je, en reculant la tête, étonnée par son commentaire. Je suis en super communion avec la nature ! Et en plus, j'ai regardé la liste des activités proposées pendant l'année. On va faire du canot, de la randonnée en montagne, du camping sauvage, des activités pour apprendre à survivre en forêt. Il n'est pas question de boussoles là-dedans.

— Si tu le dis ! Mais tu sais que tu n'auras pas le droit d'y aller en sandales ? se moque Anna.

Je regarde mes pieds et je hausse les épaules. Je devrais survivre à ça.

— Et tu ne pourras pas apporter ton ordinateur non plus. Pas de connexion Internet, pas de musique, pas de journal étudiant. Ça mérite réflexion, non ?

— Ça me va ! dis-je, plus déterminée que jamais. J'ai envie de relever ce défi. Rien de mieux qu'une journée en plein air pour me sortir de ma petite routine confortable. Il paraît qu'on va dormir dehors en plein hiver ! Cool, hein ? C'est Roméo qui me l'a dit.

— Ah oui ? Roméo t'a dit ça, hein ?

Annabelle relève un sourcil et me regarde d'un air suspicieux. Au même moment, Rosalie passe derrière elle et braque ses yeux méprisants sur moi. Mon cœur bondit. Qu'est-ce que je fais ? Je dis à Anna que Rosalie est juste là, ou je fais semblant de rien ?

ELLE N'A PAS BESOIN DE SAVOIR ! CONTINUE ! DE TOUTE FAÇON, ELLE S'EN VA DÉJÀ. REGARDE, JUSTIN EST VENU LA CHERCHER.

Effectivement, l'ex de mon amie vient d'arriver. Il n'a pas l'air plus heureux de me voir et je sais bien pourquoi : il n'a pas du tout apprécié le dernier article du journal étudiant. J'ai reçu un message de bêtises de sa part la journée même de sa publication et le langage qu'il a utilisé était loin d'être poli.

C'est réglé, je fais semblant de rien. Je n'ai pas envie de partir en guerre.

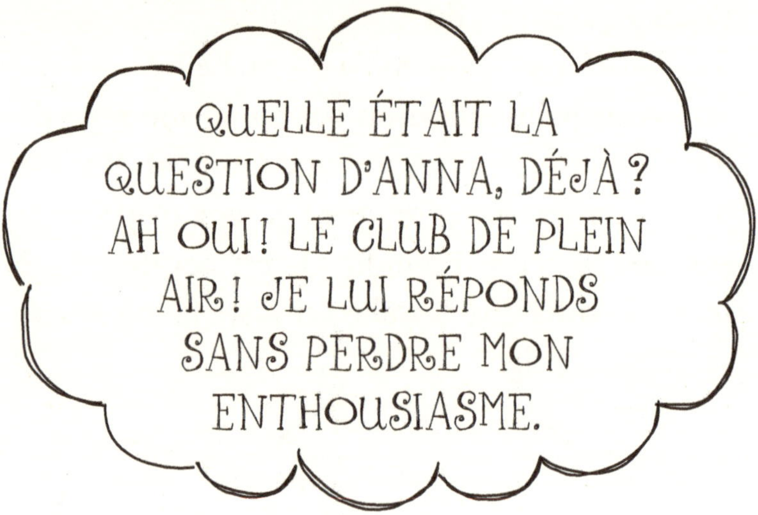

— Exact ! Roméo m'a dit qu'on allait apprendre à fabriquer un abri avec des branches d'arbre et des bouts de corde.

— Tu ne serais pas en train d'essayer de te rapprocher de lui ? devine-t-elle, perplexe.

— Hein ? De qui ? De Roméo ? Mais non, voyons !

Je crois que j'ai le mot « coupable » écrit dans le front, parce qu'Anna n'a pas l'air de me croire.

— Ça ressemble à ça, en tout cas.

— N'importe quoi ! dis-je, en détournant la tête pour cacher mon embarras. C'est mon ami, c'est tout.

— Si tu le dis !

J'ai tellement chaud, tout à coup, que j'agite mes doigts devant mon visage pour me faire de l'air.

— Je te préviens, Morgane, avise Anna, en prenant un air sérieux. Ce n'est pas une bonne idée de t'inscrire à ce club si c'est juste pour être avec lui.

— Tu peux bien parler, toi ! Je sais très bien que tu as joint le groupe de photos juste pour passer du temps avec ton beau Greg.

— J'aime beaucoup la photo ! se défend-elle, en levant le doigt. Tu le sais bien, j'ai toujours mon cellulaire à la main.

— Pour faire des clichés bien ordinaires, oui ! Les vraies techniques de photographie, c'est autre chose !

— Justement ! Je veux beaucoup apprendre.

Soudain, Annabelle et moi, on éclate de rire. OK. On a un peu choisi nos activités pour les beaux yeux d'un gars. Et alors ? Si on n'aime pas ça, on n'aura qu'à laisser tomber. Mais on ne sait jamais ! Je risque de me plaire, dans le club de plein air. Le défi me semble intéressant.

— C'est bon, mais ne te fais pas trop d'illusions en ce qui concerne Roméo, me prévient mon amie. Je crois que son cœur est déjà pris.

— C'est lui qui te l'a dit ?

— Si on veut !

— Bah ! Il va vite changer d'idée quand il va voir à quel point je suis géniale !

C'est décidé ! Je vais m'inscrire sur-le-champ ! Je me lève et je fais un petit clin d'œil à Annabelle en passant à côté d'elle. Direction : bureau des inscriptions !

* * *

Yanie : Hé ! Es-tu toujours en vie ?

Moi : Yep ! Toujours en vie !

Yanie : Tu ne m'écris presque jamais !

ALLÔ !

Moi : Je suis une fille très occupée, tu le sais bien ! J'ai mille et un projets en tête, alors je n'ai pas vraiment le temps de m'occuper de mes anciennes amies qui habitent à l'autre bout du monde. Désolée ! Je suis en train de vous oublier !

Yanie : Hein ? Comment ça ? Tu ne veux plus de nous ? Tu nous laisses tomber ?

Moi : C'est la vie !

Louba : Franchement, Yanie ! Morgane écrit ça pour te faire réagir, voyons !

Yanie : C'est vrai, Morgane ?

Moi : Yep !

Yanie : Fiou ! Tu m'as fait peur. En tout cas, j'espère que tu ne t'amuses pas trop, sans nous !

Moi : T'inquiète ! Je passe mon temps roulée en boule dans un coin à pleurer en silence.

Yanie : Parfait ! C'est tout ce que tu mérites !

Hi ! Hi ! Hi !

Louba : Tu veux qu'elle soit malheureuse jusqu'à la fin de ses jours parce qu'elle a déménagé ?

CHAPITRE 13

Yanie : Elle a quand même choisi de déménager, non ? Elle a choisi de s'éloigner de nous ! Elle mérite son malheur !

Moi : Raté ! Je ne suis pas malheureuse du tout, les filles !

Louba : C'est clair ! Tu n'es pas du genre à te morfondre.

Yanie : En tout cas, pendant que tu t'amuses avec tes nouveaux amis, Louba essaie de te remplacer. Elle dit que c'est pour me remonter le moral, mais je pense que c'est juste un prétexte pour enfiler tes vêtements.

Louba : Devine ce que je porte, en ce moment ! ☺

Moi : Euh, aucune idée !

Yanie : Elle a mis le t-shirt que tu as oublié chez nous. Tu sais, celui avec des nids de fourmis rouges ?

Moi : Oh ! C'est toi qui l'as ? Je l'ai cherché partout ! Alors ? Qu'est-ce que ça donne ?

Yanie : Elle a l'air d'une vraie folle avec ça sur le dos !

Moi : Je suis sûre que non ! Envoyez-moi une photo ! As-tu trouvé des boucles d'oreilles pour aller avec, Lou ?

Yanie : Pire encore ! Elle porte son collier de coquillages. Tu imagines ? Je te le dis, c'est affreux ! Le look Morgane, ça ne lui va pas du tout ! Parle-lui, Mo ! Dis-lui d'arrêter ça ! Elle n'arrivera jamais à te remplacer, ça ne sert à rien.

Louba : C'est bon, j'ai compris ! J'arrête !

Yanie : Merci ! Merci ! Je vais pouvoir recommencer à m'asseoir à côté de toi à la cafétéria !

Hi ! Hi !

Moi : Vous n'êtes pas possibles, toutes les deux !

Moi : Ça marche toujours pour demain ?

CHAPITRE 13

Louba : Oui ! Ma mère va venir nous conduire chez toi et elle reviendra nous chercher dimanche après-midi. J'ai trop hâte de voir ta nouvelle maison !

Yanie : Et ta chambre !

Moi : Je vous ai envoyé des tas de photos.

Yanie : Oui, mais ce n'est pas pareil comme en vrai. Oh ! Penses-tu qu'on va voir des vaches et des chevaux ? J'adore les chevaux !

Moi : Il y a des poules, aussi ! Et des rats, dans la grange du voisin.

Yanie : Des rats ? Yark !

Moi : C'est la campagne, ma chère !

Moi : Sinon, quoi de neuf dans mon ancienne école ?

Louba : Bah ! La même petite vie ordinaire ! Gabrielle sort avec Tristan, Jolie-Anne et Samuel ont rompu, et je fais partie de l'organisation du bal d'Halloween. Et toi ? Raconte ! Je sens qu'il y a quelque chose de différent dans le ton de ta voix.

Moi : On est en train de se texter ! Et je suis beaucoup trop loin pour que tu entendes le son de ma voix !

Louba : Tu ne savais pas que j'avais un sixième sens ? Allez, je t'écoute ! (Ou plutôt, je te lis !) Je sens que tu nous caches quelque chose.

Mon cœur bat un peu plus vite, tout à coup. Louba a toujours su me tirer les vers du nez, sauf que là, je ne suis même pas certaine qu'il y ait des vers cachés quelque part. Est-ce que ça vaut la peine de mentionner ma rencontre avec Roméo ? Je n'ai aucune idée de ce que je ressens pour lui. D'un autre côté, je suis tellement pourrie côté histoires de cœur, que je me dis que mes amies sont bien placées pour me conseiller. Elles ont pas mal plus d'expérience que moi en la matière.

CHAPITRE 13

Alors ? J'en parle ou pas ? Je repense à Roméo. Pas de doute, il est craquant. Au départ, je croyais qu'il n'était pas mon genre, mais plus j'apprends à le connaître, plus je me dis qu'on ferait un beau couple, tous les deux. On a les mêmes goûts. Les mêmes valeurs. C'est probablement le gars qui me ressemble le plus dans cette école.

OK. Je prends mon courage à deux mains et je réponds aux copines. Elles sauront quoi me dire.

Moi : Ben, en fait... Il y a peut-être un gars !

Louba : Quoi ?

Yanie : Yé !

Louba : Je n'arrive pas à y croire !

Yanie : Je le savais !

Et la conversation s'éternise pendant des heures !

Mes deux amies me donnent mille et un conseils sur la meilleure tactique à employer pour me faire valoir aux yeux du beau Roméo. Ce qui, évidemment, me donne des idées pour mon prochain article.

CHAPITRE 14

Il y a de l'amour dans l'air !

Le *No Name !*

Édito

Bonjour, tout le monde ! Vous attendiez avec impatience la suite de nos articles sur l'amour, hein ? Je sais ! Vous êtes nombreux à nous avoir écrit pour nous poser des questions, nous faire part de vos commentaires ou simplement nous féliciter pour le numéro précédent.

Où en êtes-vous, maintenant ? C'est toujours l'amour fou ? Tant mieux pour vous ! Longue vie à votre couple ! Mais si vous avez rompu dernièrement, l'article qui suit risque de vous intéresser.

Il y a de l'amour dans l'air !

Tu as trouvé l'âme sœur, mais tu ne sais pas comment lui déclarer ton amour ? Tu as peur de te ridiculiser en bafouillant des paroles incompréhensibles ? Quand tu es en compagnie de l'élu de ton cœur, ta cervelle se liquéfie et sort par tes oreilles ? Ne t'en fais pas ! Nous allons t'aider à surmonter ça !

Premièrement, il faut établir le contact avec la personne aimée. Si tu es du genre à raconter n'importe quoi quand tu te retrouves face à l'être désiré, opte pour un moyen moins risqué. Un texto peut faire le travail, mais soyons honnêtes, l'originalité et l'humour sont de bien meilleurs moyens de te démarquer.

★ Glisse un petit mot gentil dans son casier.

★ Souhaite-lui une bonne journée sur le tableau de votre cours de math.

★ Dis-lui qu'il a hanté tes rêves une bonne partie de la nuit. Oh ! C'est romantique, ça ! Et c'est hyper mystérieux, en plus !

★ Prépare-lui une grande chasse au trésor dans les corridors de l'école. Et le trésor, ce sera TOI !

Une fois que les premiers pas sont faits, que le premier contact est établi et que vous avez compris que vous êtes faits l'un pour l'autre, il est temps de passer aux choses sérieuses : le premier baiser. Voici ce qu'il est important de savoir à ce sujet.

1 L'haleine fraîche !

Et ça vaut pour tous les autres baisers du monde entier ! Tu viens de finir de t'entraîner ? Va te laver ! Tu as mangé de la sauce à l'ail et aux oignons sur tes pâtes ? Va te brosser les dents ! Tu fumes ? Arrête de fumer, ce n'est pas bon pour la santé ! Compris ?

2 La technique !

Tu n'as pas besoin d'aller explorer le fond de sa gorge avec ta langue. Ce n'est pas une fouille archéologique, c'est un baiser ! Tu ne trouveras pas de fossiles ni de vestiges d'une valeur inestimable. En tout cas, ce n'est pas supposé ! Vas-y en douceur. Pose tes lèvres sur les siennes. Sors un peu la langue, mais pas trop. Pour une première fois, ce sera parfait. N'hésite pas à t'exercer sur le dos de ta main, ça va te donner confiance en toi.

3 Le romantisme !

Pas question de vous embrasser dans les toilettes publiques d'un centre commercial ! Attendez le bon moment. Prenez rendez-vous. Habillez-vous en conséquence. Passez une belle soirée et, à la toute fin, quand vous n'en pouvez plus, laissez-vous aller.

Bravo ! Vous êtes maintenant des pros des premiers pas et des premiers baisers. N'hésitez pas à nous écrire pour nous raconter comment ça s'est passé, ça va nous faire plaisir de vous lire !

Histoire du jour

raconté par Natacha B.

Salut ! J'ai un kick sur le même gars depuis mon entrée au secondaire. Un jour, j'ai décidé de prendre mon courage à deux mains et d'aller lui parler. Quand je me suis approchée de lui, j'ai hésité entre «salut» et «allô». Mon cerveau a décidé d'utiliser les deux à la fois et j'ai dit «salô». Je ne vous dis pas la honte que j'ai ressentie !

Actualités

Les élèves du groupe de sciences ont réussi un exploit tout à fait remarquable en...

C'est la folie furieuse, dans l'école, depuis ce matin. Tout le monde semble vouloir mettre en application les conseils du *No Name* ! Les messages secrets s'accumulent sur les portes des casiers, les petits mots gentils apparaissent sur les différents tableaux des classes et les déclarations d'amour fusent de partout ! On se croirait le jour de la Saint-Valentin. Même que je me suis fait arrêter au moins dix mille fois pendant que je me dirigeais vers le local C-19.

— C'est le meilleur journal étudiant au monde, Morgane !

— Continue ton beau travail !

— Tu devrais faire une chronique sur la façon de se débarrasser d'un ex ultra-collant ! Ça serait utile, je te jure !

— Hé ! J'ai écrit au courrier du cœur, Morgane ! Tu crois que ma question va être publiée dans le prochain numéro ?

— C'est toi la fille la plus cool de l'école ! J'adore tes sandales ! Et ta ceinture en forme de corde à danser ! Et ton nez, aussi ! Tu as un très beau nez !

Euh, OK. Certains exagèrent un peu. Mon nez est beaucoup trop gros (et trop boutonneux), et en plus il n'est pas très droit. Mais comme je suis une fille polie et bien élevée, et que j'aime bien me faire idolâtrer, je me contente d'avancer en souriant et en lâchant des « merci », « c'est très gentil » et des « oui, bonne idée ».

Quand j'arrive enfin dans le local C-19, je ne peux m'empêcher de sourire. D'abord, parce que Roméo est là et qu'il a mis le t-shirt que je préfère, ce qui est sûrement un signe. Ensuite, parce qu'il y a des exemplaires du *No Name* un peu partout. Les élèves déjà arrivés lisent des articles à voix haute, les commentent et font des blagues. Pas de doute, mon journal fait fureur ! Je vais m'asseoir à côté de Roméo et je le salue avec la main.

À l'avant, monsieur Benoit, l'animateur du club de plein air, essaie de nous expliquer le déroulement de cette belle saison remplie d'activités plus passionnantes les unes que les autres, mais les élèves sont plus ou moins attentifs.

— Bon, bon, bon ! Qu'est-ce qu'il y a ? demande-t-il, légèrement impatient. Ça ne vous intéresse pas, ce que je raconte ?

Une fille, que je ne connais pas, lève la main.

— Oui, Carolane ?

— Vous savez, j'ai rêvé de vous la nuit dernière.

Ça y est, c'est le silence total. Monsieur Benoit ouvre grand les yeux, mal à l'aise, et se gratte la nuque avec nervosité :

— Je ne… Hein ? Ce n'est pas une information pertinente pour notre réunion. On en reparlera après, si tu veux bien.

— Est-ce que vous avez une bonne technique ? demande Léa, qui est assise à la même table que Carolane.

— Une bonne technique ? répète monsieur Benoit, qui ne comprend rien. Une bonne technique de quoi ? Je suis assez bon pour monter un feu et faire cuire…

— Comment est votre haleine ? Est-ce qu'elle est fraîche ?

Dans le local, tout le monde éclate de rire. Tout le monde, sauf monsieur Benoit, qui ne comprend rien. Pauvre lui, je dois voler à son secours. Je prends la parole à mon tour.

— Vous n'avez pas lu le dernier numéro du journal étudiant, n'est-ce pas ?

— Euh, non. Pourquoi ?

Je me lève et lui en apporte un exemplaire à l'avant. Après avoir parcouru quelques lignes de mon article, je vois ses yeux s'écarquiller.

— Je voulais vous faire marcher un peu, lui explique Léa, un grand sourire aux lèvres.

CHAPITRE 14

Je sais que, normalement, la plupart des adultes considéreraient cela comme un affront majeur, qui mérite la plus grande des punitions, mais d'après ce qu'on raconte, monsieur Benoit est plutôt cool. Il ne fait pas de cas de situations comme celle-là. Tant que les blagues demeurent respectueuses, il préfère s'amuser avec les élèves plutôt que de leur taper sur la tête.

— Ah ! Je comprends mieux, maintenant ! dit-il, en déposant le journal sur le bureau. Sachez que je suis le plus grand professionnel des baisers au monde et que mon haleine est toujours fraîche ! Ma femme pourrait en témoigner.

Il souffle dans le creux de sa main, enfouit son nez dedans et fait semblant de s'évanouir. Fou rire instantané dans toute la classe. OK. Je l'aime déjà, lui ! S'il est toujours comme ça, on va bien s'amuser pendant nos activités de plein air. On passe encore deux ou trois minutes à faire des blagues et monsieur Benoit redevient sérieux. Puis, il nous invite à proposer des activités qui nous intéressent.

Des activités ? J'en ai une liste pleine !

— On pourrait organiser un grand voyage humanitaire, dis-je, super motivée. Pourquoi pas en Afrique ou à Haïti ?

— En Afrique ? répète une fille assise à l'avant. Je ne veux pas aller en Afrique, moi !

— C'est très coûteux, ce genre de projet, fait remarquer monsieur Benoit. On n'a pas le budget pour ça.

Mais l'argent ne devrait pas être un problème, quand on est des jeunes inspirés et pleins de bonne volonté. Je propose donc une solution :

— On a juste à faire une campagne de financement ! Je suis sûre qu'on peut y arriver ! Il y a tellement de petits enfants qui ne mangent pas à leur faim ou qui n'ont pas accès à l'eau potable, on doit faire notre part pour…

— C'est un club de plein air, précise Jérémie, un gars qui est dans l'un de mes cours, je ne sais plus trop lequel. Pas une œuvre caritative, ajoute-t-il.

— Et alors ? Ce n'est pas grave !

Plusieurs élèves protestent. Quoi ? Il n'y a pas de mal à vouloir faire du bien ! Suis-je la seule qui s'intéresse au sort de ces pauvres enfants ?

— Laisse tomber, Morgane, ajoute Jérémie. On a le droit d'aimer la nature sans avoir nécessairement envie de refaire le monde !

— Oui, je comprends, mais…

— Ben non, tu n'as pas l'air de comprendre, justement ! dit-il, en se levant de sa chaise, pour me montrer du doigt. Tu es la seule que ça intéresse, ce genre de truc. Pourquoi vous n'allez pas ailleurs, toi et ton stupide t-shirt de crocodile orange ?

— Hé ! fait Roméo, qui était demeuré muet jusqu'à présent. Reste poli, veux-tu ?

— Quoi ? Tu te décides enfin à prendre la défense de ta blonde ?

Des rires s'élèvent autour de nous. Je m'apprête à répliquer, quand Roméo bondit sur ses pieds. Wô ! Ça devient intense, tout à coup ! Monsieur Benoit s'approche en levant les mains pour éloigner les deux bagarreurs l'un de l'autre, et leur ordonne de se rasseoir.

— OK ! Ça suffit, la testostérone ! Calmez-vous, tous les deux ; sinon, je vais devoir vous sortir du local.

Roméo, qui n'a pas détourné les yeux de Jérémie une seule seconde, se rassoit sur sa chaise en marmonnant :

— Ce n'est pas ma blonde.

Et Jérémie l'imite en soufflant juste assez fort pour qu'on l'entende :

— Pourtant, vous feriez un beau couple ! Vous êtes vraiment bizarres, tous les deux !

Roméo pince les lèvres et serre les poings. Il semble déployer des efforts surhumains pour garder le contrôle, mais il aurait intérêt à prendre quelques kilos et à grandir de quelques centimètres s'il veut vraiment affronter Jérémie. Peut-être qu'il souhaitait juste prendre ma défense, parce qu'il m'aime bien !

Mon cœur fait un bond. Je n'ai jamais rêvé que mon prince charmant me sauve d'une foule hostile ; au contraire, je suis plutôt du genre à assurer ma propre protection à coup d'argumentation. Mais ça me fait quand même un petit velours * de voir un gars se porter à mon secours. C'est la première fois que ça m'arrive.

Pendant que monsieur Benoit s'assure que le calme est bien revenu, Roméo tourne la tête dans ma direction. Un pâle sourire apparaît sur ses lèvres. Je lui souris à mon tour et, finalement, la réunion peut continuer.

Mais je ne suis pas super attentive. Mon cerveau est au neutre. Finies, les idées de voyages humanitaires ! Parties, les envies folles de parcourir le monde à la recherche de défis à relever ! Tout ce que je veux, c'est demeurer auprès de Roméo !

Je ne m'oppose donc pas aux activités proposées : marche en montagne, raquette, ski de fond, camping d'hiver et plein d'autres trucs qui

---

* **Faire un petit velours** - Faire plaisir (spécialement par un témoignage d'approbation, d'estime ou de jugement favorable).

ne m'emballeraient pas en temps normal, mais qui me paraissent tout à coup hyper intéressants !

Ça n'a jamais fait de mal à personne, un peu d'aventure, non ?

* * *

Tom : Eddy vient de me dire que tu t'étais inscrite au club de plein air. C'est vrai ? Tu as vraiment fait ça ?

Moi : Pourquoi pas ?

Tom : Tu vas t'ennuyer à mourir !

Moi : Mais non ! Ça va me faire du bien de bouger un peu. Ce n'est pas très bon pour ma santé mentale, de rester aussi longtemps au même endroit.

Tom : 1. Ta santé mentale ne peut pas être pire, alors ne t'en fais pas avec ça.

Tom : 2. Pas besoin d'aller parler avec les écureuils en plein milieu de la forêt pour sortir de la résidence.

Tom : 3. Tu n'as qu'à venir chez moi ! Je t'attends !

Moi : Quoi ? Maintenant ?

Tom : Pourquoi pas ?

Moi : 1. Parce qu'on est en pleine semaine.

Moi : 2. Je ne peux pas sortir de la résidence comme ça. Il faut une autorisation de ma mère.

Moi : 3. Il y a des règles à suivre, ici, tu sais !

Tom : Ah oui ? Comme celles qui interdisent d'avoir des animaux dans vos chambres ?

Moi : C'est différent ! Johnny Depp n'est pas vraiment un animal ! Il fait partie de la famille.

CHAPITRE 14

Tom : Dans ma tête à moi, une bestiole qui perd ses poils et qui fait ses besoins dans une litière, c'est un animal.

Moi : Je dois te laisser. On est en pleine période d'étude.

Tom : Es-tu en train d'essayer de te débarrasser de moi ?

Moi : Tout à fait ! J'ai un problème de math à terminer et je n'y comprends rien !

Tom : Tu veux de l'aide ?

Je m'apprête à lui répondre, quand un autre message apparaît à mon écran.

Roméo : Tu es en train de texter ? Tu risques d'avoir du trouble avec la surveillante si elle te surprend.

Moi : Bon ! Tu m'espionnes ? 😋 En fait, je demandais de l'aide à un ami pour le problème de math. Je suis dans le néant.

Roméo : C'est super facile. Rejoins-moi à ma table, je vais t'expliquer ça.

Moi : OK.

Alors que je m'apprête à me lever, le sourire aux lèvres et le cœur léger, je reçois une série de textos de Thomas.

Tom : Pourquoi tu ne me réponds pas ? Tu veux de l'aide ou pas ?

ALLÔ !

Tom : Hé ! Youhou !

Tom : OK. J'ai compris. Tu me fais poireauter, c'est ça ? Tu te venges pour toutes les fois où j'ai texté quelqu'un d'autre en même temps que toi ?

Tom : C'est bon, je te promets de faire plus attention la prochaine fois. Tu peux arrêter de faire semblant.

Moi : Je ne fais pas semblant, pour qui tu me prends ? J'ai autre chose à faire de mon temps, tu sauras. J'étais vraiment en train de texter.

Tom : Ah oui ? Qui ?

Moi : Un gars. De toute façon, ce n'est pas de tes oignons.

Tom : C'est ça ! En tout cas, si tu veux emmener ton ami imaginaire à mon prochain party, samedi qui vient, il est le bienvenu.

Moi : OK. Je vais y penser. As-tu de la nourriture imaginaire et des jeux imaginaires ? Je ne sais pas comment je vais l'occuper, sinon.

Tom : On trouvera bien ! Allez, je te laisse ! Jeanne m'attend pour commencer notre film.

Moi : Jeanne est chez toi ?

Tom : Yep !

Moi : Et tu m'as invitée à vous rejoindre ?

Hein ?

Tom : Je ne vois pas où est le problème. En plus, je me doutais bien que tu ne viendrais pas. Trouillarde !

Moi : Premièrement, je ne suis pas une trouillarde.

Moi : Deuxièmement, bye !

Cette fois, je me lève pour de bon et je rejoins Roméo à sa table. Il se lance dans une explication complexe des formules à utiliser pour résoudre le problème qui m'apparaît difficile. Je ne sais pas pourquoi, mais les math n'ont jamais été aussi captivantes !

CHAPITRE 15

Prise de bec

CHAPITRE 15

La maison de Thomas est immense ! Je crois même que c'est la plus imposante du quartier.

— Euh, es-tu sûre que c'est ici ? me demande Roméo, en levant les yeux pour examiner la façade de pierre.

— C'est l'adresse qu'il m'a donnée, en tout cas. Et j'entends de la musique. Oui, on dirait qu'on est au bon endroit.

Roméo et moi grimpons les marches de l'allée côte à côte. Mon cœur sautille dans ma poitrine quand sa main frôle la mienne, même si le geste semble involontaire de sa part. Je tourne la tête dans sa direction et lui souris gentiment. Il est très beau, ce soir. Je pense qu'il est allé magasiner, parce que c'est la première fois que je le vois porter ce pantalon rouge. Je ne dis pas que je connais sa garde-robe au complet, c'est juste que j'ai peut-être davantage porté attention à ses tenues vestimentaires au cours des derniers jours. Allez savoir pourquoi ! Et ce pantalon-là, eh bien, je ne l'ai jamais vu.

TU NE VAS PAS ANALYSER INDÉFINIMENT LES VÊTEMENTS DE ROMÉO ?

Non, mais… Je dois avouer qu'ils s'agencent parfaitement avec mon nouveau vernis à ongles, et mes boucles d'oreilles sauce à spaghetti.

OK. On y est. Je m'approche de la porte d'entrée et je frappe trois grands coups. La musique est forte, ça m'étonnerait qu'on nous entende. Je décide donc d'ouvrir et d'entrer.

Le hall est vide, mais dès qu'on pénètre dans le salon, on comprend que tout le monde est regroupé à l'arrière de la maison. Piscine creusée, immense patio, barbecue, chaises longues et trampoline. Bref, il ne manque de rien.

— Regarde, tes amis sont là, me dit Roméo, en pointant Eddy et Annabelle, qui parlent ensemble, un peu plus loin sur la pelouse.

— Parfait ! Viens, on va les rejoindre !

J'agrippe Roméo par le poignet et je l'entraîne à ma suite. Annabelle nous accueille avec un grand sourire, tandis qu'Eddy glisse ses mains dans ses poches en nous apercevant. Je suis si contente de les voir que je crie presque :

— Hé ! Salut, vous deux ! Ça fait longtemps que vous êtes là ?

— On est arrivés ça fait quinze minutes, me répond Anna, d'aussi bonne humeur que moi. Contente de te voir, Roméo. C'est cool que tu sois venu !

CHAPITRE 15

Mon ami hoche la tête, un peu hésitant.

— Ne sois pas si gêné ! dis-je, en lui donnant un petit coup d'épaule. On va passer une super soirée !

Mais Roméo ne bronche pas. Il est raide comme un poteau de téléphone.

Euh, c'est moi où il y a une sorte de malaise ? Plus personne ne parle. Le sourire d'Annabelle est si forcé qu'elle a l'air de poser pour une annonce de dentiste. Quoi ? Qu'est-ce que j'ai encore fait ?

C'est Thomas qui brise le silence en s'approchant de nous :

— Ah ! Te voilà, Morgane ! s'écrie-t-il, en enroulant son bras autour de mes épaules et en me secouant comme si j'étais son grand chum. J'avais peur que tu te défiles encore une fois !

— Me défiler ? Pfft ! Depuis le temps que j'en entends parler, de tes fameux partys, il fallait bien que je vienne voir si c'est aussi génial qu'on le raconte.

— Et puis ? s'exclame-t-il, les bras ouverts, comme pour me présenter fièrement l'étendue de son palace. Qu'est-ce que tu en penses ? Pas mal, hein ?

— Ouais, pas trop mal !

Thomas me pince le bras et j'éclate de rire.

— OK ! dis-je, en souriant. J'avoue ! C'est très impressionnant !

— J'espère que tu as apporté ton maillot, parce que l'eau est vraiment bonne.

— Il ne fait pas un peu froid pour se baigner ? On est quand même à la fin du mois de septembre.

— La piscine est chauffée, m'explique Thomas. Mais profites-en, parce que dans une semaine ou deux, on va la fermer pour l'hiver et là, on va être obligés de se contenter du spa.

— Oh ! Juste le spa ? Je ne suis pas sûre de revenir, dans ce cas.

Thomas me fait une grimace et je ris à nouveau. Je crois que ça va être une super soirée ! Je n'ai peut-être pas mon maillot, mais je vais trouver le moyen de m'amuser, je ne suis pas inquiète !

Juste comme il me vient l'idée de demander à Tom de nous faire visiter l'intérieur de la maison, celui-ci me tire par le bras, le visage dur.

— Qu'est-ce qu'il fait là, lui ? souffle-t-il, près de mon oreille.

Je tourne la tête pour voir de qui il s'agit.

— Qui ? Roméo ? Tu n'avais pas encore remarqué qu'il était là ? Je l'ai invité.

— C'est quoi, l'idée ?

— Mais tu m'as dit que je pouvais emmener mon ami imaginaire, l'autre jour. Tu te souviens ?

Je le chatouille à la taille pour lui arracher un sourire, mais c'est peine perdue. Ses yeux ressemblent à des fusils prêts à tirer. À côté de moi, Anna, Eddy et Roméo sont figés comme des soldats au garde-à-vous. Bout de luzerne ! Je ne comprends plus rien !

— Bien sûr que je m'en souviens ! lance Thomas, fâché. Ce que je ne comprends pas, c'est pourquoi tu l'as choisi, lui !

— Pourquoi pas ? Il est cool !

— Euh, non ! lâche-t-il, avec un petit rire méprisant. Ce gars-là est tout sauf cool !

— Hé ! Tu sais que j'arrive à t'entendre ? marmonne Roméo, le visage impassible.

Thomas croise les bras et lui répond, le ton amer :

— Parfait ! Je n'ai rien à cacher, moi, contrairement à d'autres !

Roméo fait un pas dans sa direction, l'œil menaçant, et Thomas gonfle la poitrine. Là, ça devient un peu trop intense à mon goût. Je m'approche des deux garçons et me place entre eux de manière à les empêcher de s'entretuer. Bon, ils n'allaient pas vraiment s'entretuer (ils ne se sont même pas touchés), mais j'aime bien croire que je suis celle qui sauve la situation. Super Morgane !

— Qu'est-ce qui te prend, Tom ? dis-je, pour calmer le jeu. Roméo ne t'a rien fait. On est juste venus s'amuser.

— Qu'il aille s'amuser ailleurs ! Il ne fait pas partie de la gang.

C'est du Thomas tout craché ! Un comportement irréfléchi, une attitude bornée et des commentaires aussi immatures qu'un enfant de trois ans. Je ne vais pas le laisser faire. J'approche mon visage à quelques centimètres du sien et j'essaie de lui faire comprendre à quel point il est ridicule.

— Il ne fait pas partie de la gang ? Sérieux, c'est ça, ton argument ? Il y a à peu près cinquante personnes dans ta cour ! Elles ne font pas toutes partie de ta « gang », à ce que je sache ? Qu'est-ce qui te dérange à ce point ?

— J'ai mes raisons ! lâche Thomas, sans donner plus d'explications. De toute façon, c'est chez moi, ici. J'ai le droit de décider qui j'invite ou pas !

— Parfait ! Je vais m'en aller, dans ce cas, annonce Roméo, les dents serrées.

— Bonne idée ! Fais donc ça !

CHAPITRE 15

Ah non ! J'agrippe le t-shirt de Roméo pour l'empêcher de se sauver et je me retourne vers mon ami, le regard noir.

— Il ne va quand même pas s'en aller ! Franchement, Thomas !

Thomas essaie de garder son sang-froid en inspirant de toutes ses forces, mais sa mâchoire demeure crispée. Juste à ma droite, Annabelle observe la scène, les bras croisés, tandis qu'Eddy fixe les lacets de ses chaussures.

— Vous pourriez dire quelque chose, vous deux ! gronde Thomas, impatient.

— Je suis d'accord avec Morgane, déclare Anna. Tu es ridicule. Laisse Roméo s'amuser.

— Sérieux, marmonne-t-il, avant d'avaler sa salive. Tu prends sa défense, Anna ? Et toi, Eddy ? Tu ne dis rien ? Tu veux vraiment que ce gars-là passe la soirée avec nous ? Même après ce qui s'est passé l'autre jour ?

Le regard d'Eddy passe de Roméo à Annabelle. Il se gratte la nuque, baisse la tête, et déclare finalement :

— Laisse tomber, Tom. Viens, on va se chercher un truc à manger.

— Oui, mais…

— On n'est pas obligés de rester avec eux. *Come on.*

Eddy s'éloigne sans ajouter un mot, et Thomas le suit, le visage renfrogné. Et moi… Moi, je reste sur place, à les regarder s'éloigner de nous. Pourquoi ces deux-là se détestent-ils autant ? Qu'est-ce qui s'est passé, *l'autre jour* ? Une querelle amoureuse ? Connaissant Thomas, ce ne serait pas surprenant ! Mais dans ce cas, pourquoi c'est lui qui est fâché, et pas Roméo ? À moins que… À moins que Roméo ait volé la blonde de Thomas ! Oui ! C'est sûrement ça ! Oh ! Le vilain !

Qui est cette fille ? Est-elle ici ce soir ? Est-ce que je la connais ?

Je ne sais pas combien de temps je suis restée là à réfléchir toute seule, mais quand je reprends contact avec la réalité, Roméo et Annabelle sont assis sur une grande balançoire et discutent à voix basse. Ils ont l'air bien complices, tous les deux. Comme si… comme si… Oh !

Je me laisse tomber entre eux, prête pour les confidences.

— Je vous écoute !

— Quoi ? demande Annabelle, d'un ton innocent.

— Je veux tout savoir à propos de cette histoire !

CHAPITRE 15

— Je suis désolé, Morgane, dit Roméo qui cherche à se défiler, mais ça ne te regarde pas vraiment.

— Vous êtes déjà sortis ensemble, tous les deux, c'est bien ça ?

J'observe un instant Roméo, qui évite soigneusement mon regard, et ensuite je tourne la tête vers Annabelle, qui se ronge un ongle. Hum ! Je crois que j'ai visé juste !

— Ce n'est pas ce que tu crois, déclare Roméo pour se justifier. Je n'ai pas…

— Hé ! Tu n'as pas à me donner d'explications, tu sais ! Tu as le droit de sortir avec qui tu veux, surtout si c'est de l'histoire ancienne.

Je lui fais un petit clin d'œil, parce que, quand même, je suis un peu soulagée de savoir qu'il n'y a plus rien entre eux, et j'ajoute :

— De toute façon, je ne vois pas pourquoi ça dérangerait Thomas. Ça ne le regarde vraiment pas. Bon ! Une chose de réglée ! Qu'est-ce qu'on fait, maintenant ? Oh ! J'ai une idée !

Je me lève de la balançoire, j'agrippe Roméo et Annabelle par le bras pour les forcer à se mettre sur leurs pieds et je leur annonce qu'on s'en va jouer au volleyball. Même si je suis nulle pour faire des touches (je me tords un doigt chaque fois), même si je fais les pires services au monde (par en dessous, évidemment !), et même si je risque d'assommer la moitié des joueurs de mon équipe après la première période. Euh… non… Je crois qu'on dit le premier quart… Ou le premier *set* ? Je ne me souviens plus. Bah ! L'important, c'est que je m'amuse ! Et que je rentre en un seul morceau.

* * *

Tom : Salut, Morgane. Je sais que tu ne dors pas, Anna me l'a dit, je viens de la texter. Je sais aussi que tu vas ignorer mes messages pendant au moins deux mille ans. C'est ton choix. Mais je pourrai au moins dire que j'ai fait les premiers pas.

Je lève les yeux vers Annabelle, qui fait semblant de rien. Tout comme moi, elle est étendue sur son lit, cellulaire à la main. Johnny Depp dort collé contre elle, son petit museau niché dans le creux de son cou.

Bon. Qu'est-ce que je fais ? Est-ce que je laisse Thomas mijoter quelques décennies ou je lui réponds ? J'ai bien envie de le bouder jusqu'à la fin de mes jours, mais ma curiosité est telle que je ne peux m'empêcher d'écrire :

CHAPITRE 15

Moi : Vas-tu me donner des explications ?

Tom : Non.

Moi : Je ne comprends pas, Tom. Qu'est-ce qu'il t'a fait, Roméo ? Il t'a volé ta blonde ?

Tom : Non.

Moi : Est-ce qu'il t'a déjà frappé ? Traité de tous les noms ? Insulté ?

Tom : Non plus.

Moi : Ben quoi, alors ? Il a enseveli ta maison sous une tonne de papier de toilette ? Il a capturé ton chat pour lui faire fumer un cigare ? Il a embrassé ta sœur ? Mais non ! Tu n'as pas de sœur ! Tu n'as pas de chat non plus !

Tom : Et toi, tu as l'imagination bien fertile.

Moi : Et elle va continuer à chercher, mon imagination, parce que je ne comprends pas pourquoi tu as agi ainsi.

Tom : Qu'est-ce que ça peut te faire, que je sois gentil ou non avec Roméo ? Ce n'est pas ton problème ! Ce n'est pas ton chum quand même !

Moi : Non, mais ça pourrait bien le devenir !

Oh ! Je ne voulais pas vraiment écrire ça ! Penser à Roméo en tant qu'amoureux, c'est une chose. En parler à Yanie et à Louba, ça passe encore. Mais l'écrire noir sur blanc dans un message destiné à Thomas, qui le déteste, c'est une tout autre histoire.

Tom : Tu me niaises, là ?

Moi : Pas du tout ! Et laisse-moi te dire que ce n'est pas toi qui vas m'empêcher de sortir avec lui ! Que tu l'aimes ou pas !

Moi : Tu devrais aller le voir pour t'excuser.

CHAPITRE 15

Tom : OK. Je pense qu'on fait mieux de changer de sujet. Sinon, je risque de dire des choses que je pourrais regretter.

Moi : Tu es vraiment borné !

Pendant que Thomas me répond, j'ouvre un message qui me provient d'Eddy. Il n'a pas l'habitude de m'écrire en privé. Normalement, il participe aux discussions de groupe et c'est tout, alors je trouve ça vraiment étrange.

Eddy : *Hi, Mo !* Tu dors ?

Moi : Pas encore. Je suis en grande discussion existentielle avec Thomas. Laisse-moi te dire qu'on n'est pas du tout d'accord sur un certain sujet : Roméo !

Eddy : Justement, c'est de ça que je voulais te parler.

Moi : OK. Laisse-moi le temps de flusher* Tom et je te reviens.

Eddy : Pas besoin, je n'en ai pas pour longtemps.

Bye !

* **Flusher** – Se débarrasser de ; laisser tomber (son copain ou sa copine).

Pas grave ! Je change de discussion et je lis le dernier message de Thomas.

Tom : Je ne suis pas borné ! Je suis capable de voir la réalité en face, ce que tu ne sembles pas être en état de faire.

Moi : Je dois te laisser. Ed veut me parler.

Tom : Ed ? C'est vrai ? Il va tout te raconter ?

Moi : Qu'est-ce que j'en sais, moi ? Je ne suis pas devin !

Tom : Écris-moi quand tu auras fini avec lui.

Moi : On verra. Seulement si tu le mérites.

Je retourne à Ed sans prendre le temps de voir si Thomas va me répondre. Je suis trop curieuse.

ALLÔ !

Moi : Je suis là !

CHAPITRE 15

Eddy : *Good !* Mais tu pouvais continuer à texter Tom en même temps, ça ne va vraiment pas être long.

Moi : Je veux être cent pour cent concentrée. Vas-y !

Eddy : Ben, c'est ça. Je voulais juste te dire que tu as bien réagi, tout à l'heure, au party.

Moi : À te voir l'air, je pensais que tu étais du côté de Thomas !

Eddy : Je ne suis pas plus d'un côté que de l'autre. En fait, je ne voulais juste pas m'en mêler.

Moi : J'ai bien vu ça. Mais je m'en fiche un peu, pour être honnête. Ce que je veux savoir, c'est pourquoi Tom et Roméo se détestent autant. J'ai bien compris que c'était à cause d'une fille, mais je n'en sais pas plus. J'essaie d'envisager tous les scénarios possibles, mais personne ne veut me donner plus d'explications.

Moi : Moi, je pense que Roméo a réussi à conquérir le cœur d'une belle demoiselle et que Thomas ne l'a pas pris. C'est ça ? Et c'est Annabelle, hein ? Je sais qu'Anna a quelque chose à voir dans tout ça, mais j'ai du mal à imaginer Thomas (que toutes les filles adorent) se faire mettre de côté pour Roméo (qui a plutôt tendance à passer inaperçu).

Moi : Ça s'est passé quand ? Cet été ? L'année dernière ? Et il ne lui a toujours pas pardonné ? Il est vraiment immature, quand il veut, je n'en reviens pas !

Eddy : Eh ! Oh ! Je suis toujours là, *you know* ! Dis-le, si tu veux faire la conversation toute seule !

Moi : Oh ! Désolée. Vas-y ! Je suis prête à connaître la vérité !

Eddy : Eh bien... Disons que Roméo a fait quelque chose que Thomas a jugé inacceptable.

Moi : OK. Et c'est tout ?

CHAPITRE 15

Eddy : Je crois qu'il va lui en vouloir jusqu'à la fin de ses jours.

Moi : Tu ne m'en dis pas beaucoup, là !

Eddy : Non, mais c'est assez pour que tu le laisses tranquille !

Moi : Au contraire ! C'est juste assez pour que j'aie le goût de mener une enquête approfondie ! Il y a sûrement une foule de gens prêts à témoigner, dans cette école ! À commencer par toi ! Je vais vous interroger, vous cuisiner, vous forcer à parler, quitte à vous torturer !

Moi : Sérieux, Ed, tu n'auras pas le choix de tout me raconter !

Moi : Es-tu prêt à commencer ?

Moi : Ed ?

Moi : Ne me dis pas que tu es parti ?

Moi : Espèce de lâche !

Eddy :

CHAPITRE 16

Une rencontre qui a du piquant

Le No Name !

Édito

À la suite des derniers événements qui se sont déroulés dans ma vie, j'ai eu envie d'écrire un numéro spécial sur les secrets. Pourquoi les secrets ? Parce qu'ils sont partout autour de nous. Je vous le dis, pas moyen de faire un pas sans être aux prises avec eux : mystères amoureux, cachotteries, informations dissimulées, secrets d'État, conspirations politiques, etc. Bon, OK. J'exagère un peu. On est dans une école, pas dans les bureaux du FBI. Mais quand même ! Ça ne vous agace pas, tous ces non-dits ?

Bien sûr, avant de me lancer dans une explication détaillée sur l'origine des secrets et de leur évolution à travers les millénaires, je me fais un devoir de répondre à la plus grande question de tous les temps : est-ce que je dois garder à tout prix le secret qui m'a été confié ou dois-je le révéler au grand jour ? Bonne question, hein ? Je vais tâcher d'y apporter une réponse, mais, avant tout, je vous invite à répondre à ce petit questionnaire, qui vous permettra de connaître votre capacité à garder un secret.

Quiz

Es-tu muet comme une carpe, un vrai panier percé ou mi-carpe, mi-panier ?

1 Ton amie te dit qu'elle vient de rater son examen de math. « Ne le dis à personne, hein? C'est trop honteux ! » Comment réagis-tu ?

A) Tu éclates de rire et tu la montres du doigt devant toute la classe en lui disant qu'elle mériterait de retourner faire ses primaires.

B) Tu lui donnes une tape sur l'épaule pour la réconforter, mais aussitôt qu'elle a le dos tourné, tu t'empresses de partager l'info sur Facebook.

C) Tu lèves les yeux au ciel. Cette information est tellement banale que tu pourrais la crier sur tous les toits, et tout le monde s'en ficherait. Sérieusement, tu as autre chose à faire de ton temps !

2 « Je te le dis, mon vieux ! J'ai embrassé la blonde de Georges, hier soir ! C'était trop génial ! » Que fais-tu ?

A) *Oh my God !* Ça, c'est une info de première classe ! Mais ton ami t'a demandé de tenir ta langue, alors c'est ce que tu fais. (Même si c'est incroyablement difficile.)

B) Georges est ton ami depuis toujours, alors tu t'empresses de tout lui raconter. Tu ne veux surtout pas qu'il l'apprenne par quelqu'un d'autre et qu'il devienne la risée de toute l'école.

C) Oups ! C'est toi, Georges !

3 Tes parents ont décidé de préparer une fête pour ta petite sœur. Jeux gonflables, machine à barbe à papa, magicien; bref, un anniversaire de fou ! Es-tu capable de garder le secret jusqu'au grand jour ?

A) Tout à fait! En plus, c'est le genre de fête que tu aimes! Tu penses même organiser une chasse au trésor pour amuser la petite troupe.

B) Tu es très content pour elle, tant que tu n'es pas obligé d'être présent. En attendant, tu ne vois pas pourquoi tu lui gâcherais la surprise.

C) Quoi? Tes parents n'ont jamais fait autant d'efforts pour ton anniversaire à toi! Ça ne va pas se passer comme ça! Tu es prêt à tout lui raconter dès son retour de l'école.

4 Gros tournoi de hockey. Ton meilleur ami est en finale. Entre la deuxième et la troisième période, tu apprends que son chien vient de mourir. Il faisait partie de sa famille depuis dix ans. Que fais-tu?

A) Tu ne bouges pas d'un poil. Le hockey est plus important. C'est la finale, quand même, non? Tu auras tout le temps de lui annoncer la triste nouvelle après la partie.

B) Tu cours dans le vestiaire, le cœur en miettes, les larmes aux yeux pour lui crier: «Chouchou est mort!»

C) Tu attends que la partie reprenne. Ensuite, tu entres dans la cabine du speaker, tu t'empares du micro et tu fais une annonce générale: «Mesdames et messieurs, j'ai le regret de vous annoncer que Chouchou vient d'être écrabouillé par une voiture. Sur ce, je vous souhaite une excellente troisième période!» (Ça, c'est pour ceux qui ont toujours rêvé de parler dans un micro!)

Rendez-vous à la dernière page du journal pour comptabiliser vos résultats. Vous saurez enfin si vous êtes dignes de confiance.

Maintenant, penchons-nous sur...

— Range ça, s'il te plaît, Morgane. Ce n'est pas l'endroit pour lire. En plus, tu ralentis le groupe.

Monsieur Benoit me surveille, le temps que je range mon exemplaire du dernier *No Name* dans la poche de mon sac à dos et accélère le pas pour retourner à l'avant du groupe. Pas grave. Je le relirai plus tard. De toute façon, je ferais mieux de regarder où je mets les pieds. Il y a tellement de cailloux, de racines et de branches dans ce sentier (si on peut appeler ça un sentier !), que je risque de me retrouver au sol à tout moment. En plus, il a plu, ce matin, alors c'est super glissant.

Bottines de marche aux pieds et bâton de bois à la main, j'essaie d'accélérer le pas pour rejoindre les autres. Ça fait combien de temps, qu'on grimpe cette montagne ? Deux heures ? Peut-être trois ? Et quel plaisir en ai-je retiré ? Aucun ! En plus, le paysage n'est pas très varié : un arbre, une branche, des fougères, un arbre, une branche, des fougères, un arbre, une branche. Tiens ! Un écureuil ! Est-ce que ça fait ma journée, ça ? Non !

Qu'est-ce qui m'a prise de m'inscrire dans le club de plein air, aussi ? Je pensais que ça me permettrait de me rapprocher de la nature, de relever de nouveaux défis, de cultiver mon amour pour notre planète (et pour Roméo, par le fait même!). Mais au lieu de ça, j'ai des ampoules aux pieds, je sue comme ce n'est pas possible et mes jambes sont si fatiguées qu'elles menacent de me laisser tomber à tout moment. J'ai juste envie d'abandonner et de faire demi-tour!

DU CALME, MORGANE!
ÇA NE TE RESSEMBLE PAS, UNE TELLE ATTITUDE! TU ES PLUS COMBATIVE QUE ÇA, D'HABITUDE!

Je ferme les yeux quelques secondes. Mais pas trop longtemps; sinon, je risque de marcher sur une roche et de rouler avec elle jusqu'au bas de la pente. Ma petite voix a raison. Je ne suis pas du genre à me plaindre pour des détails aussi insignifiants. Non, j'aime entendre les oiseaux chanter, je donnerais tout pour croiser un ou deux cerfs de Virginie et je risque même de faire un câlin à un arbre d'ici la fin de la journée. Je suis comme ça, moi. J'aime la nature.

Qu'est-ce qui me prend, alors? Pourquoi je n'arrive pas à profiter du moment? Respirer le grand air, faire travailler mes muscles, admirer le paysage ! Voilà ! C'est ça ! Le paysage ! C'est lui qui me rend de mauvaise humeur ! Au lieu de me concentrer sur la beauté de la forêt, je n'arrête pas de lever la tête pour voir ce que fait Roméo. J'aurais aimé qu'il m'attende et qu'on marche côte à côte en discutant de tout et de rien (parce qu'on dira ce qu'on voudra, même si je le trouve de mon goût, je ne le connais pas tant que ça !). En plus, j'ai eu beau tenter de découvrir son petit secret au cours des derniers jours, je n'ai rien découvert d'intéressant. Rien, à part le fait qu'il préfère marcher entre Flavie et Florence, les belles jumelles de quatrième secondaire. Ils avancent tous les trois, enjambant les racines et les branches, en rigolant et en faisant des blagues stupides. Bon. J'avoue. Je n'entends pas ce qu'ils disent, mais je suis sûre qu'elles sont stupides, leurs blagues !

Tiens, j'ai une idée ! Je vais couper court à leur petit moment de complicité sur-le-champ ! Je sors mon cell et je tape un message pour Roméo.

Moi : Alors ? Tu t'amuses bien ? C'est cool, comme sortie, non ?

CHAPITRE 16

À plusieurs mètres devant moi, Roméo ne réagit pas. J'essaie encore.

> **Moi :** J'ai hâte d'être arrivée au sommet ! Et toi ?

Toujours aucune réaction. Il n'a peut-être pas apporté son téléphone. Ou alors, il l'a éteint pour la montée. Ou alors, nous ne sommes pas reliés au réseau. Mes yeux se déplacent sur mon écran et constatent que… Bout de luzerne ! C'est exactement ça ! Pas de réseau. J'aurais dû m'en douter ! Bon. Je n'ai pas vraiment le choix. Je vais devoir accélérer le pas si je veux me mêler de leur conversation (et surveiller Roméo pour qu'il ne tombe pas sous le charme de l'une des jumelles).

C'est parti. Je range mon téléphone dans la poche de mon sac à dos, j'agrippe mon bâton fermement et je commence à jogger ; et là, « jogger » est un bien grand mot, parce que la pente est si abrupte que j'ai l'impression de faire du surplace ! Mais ma technique semble tout de même fonctionner. Je me rapproche d'eux peu à peu. Ouf ! C'est essoufflant, cette montée ! Pffft ! Je ne sais pas si je vais pouvoir tenir le rythme bien longtemps !

— Hé ! J'arrive !

Roméo et les jumelles se retournent et je lève la main pour leur faire signe de m'attendre.

— C'est… C'est toute une montée, hein ? dis-je en respirant difficilement. Méchante montagne !

— Moi, ça va, répond Flavie (ou est-ce Florence ?), fraîche comme une rose. J'ai déjà fait ce sentier des dizaines de fois, alors je suis habituée.

Bon ! Une pro de la montagne ! Il ne manquait plus que ça ! J'aurais dû m'en douter en voyant ses bottes à deux cents dollars, son sac à dos rempli d'accessoires, sa gourde à isolation triple et son bâton de marche fait d'aluminium ultraléger. Je regarde un instant mon propre bâton — une branche taillée à l'aide d'un vieux couteau —, et je me sens bien ridicule, tout à coup.

— Veux-tu une collation ? propose Florence (ou est-ce Flavie ?). Tu as l'air fatiguée. Il nous reste une bonne heure de marche, je pense que tu devrais reprendre des forces.

Une heure ? Encore une heure de marche ? Bout de luzerne ! Les filles ont raison, je dois manger quelque chose. Mais pas question d'avaler leurs trucs bourrés de produits chimiques et de protéines en poudre. Je les remercie d'un hochement de tête et je fouille à l'intérieur de mon sac à dos. Une compote et quelques noix feront l'affaire.

— La compote, c'est très bien, fait Flavie (ou est-ce Florence ?), pour commencer. C'est plein de glucides, ça va te donner de l'énergie. Mais les noix, je ne suis pas sûre que ce soit une bonne idée. C'est long à digérer, tu risques de…

Le regard que je lui lance suffit à la faire taire. À côté de nous, Roméo éclate de rire.

— Je pense que Morgane peut se débrouiller, déclare-t-il, en me souriant. Bon. On continue ?

J'avale en vitesse ma compote et je me mets en route aux côtés de mon ami. On marche ensemble pendant un bon bout de temps, sans que je cesse d'entretenir la conversation. De cette façon, je réussis à garder les jumelles à l'écart. Le sentier est très étroit, par ici, alors elles n'ont pas d'autre choix que de marcher derrière nous. Hé ! Hé !

— On arrive, les jeunes ! annonce enfin monsieur Benoit, en s'arrêtant au sommet de la montagne. Venez ! Approchez ! Admirez la vue !

J'avance de quelques pas et… wow ! On est si hauts qu'on peut voir presque à l'infini ! La bouche grande ouverte, les bras ballants, je ne trouve pas les mots pour décrire comment je me sens. C'est comme si je m'étais battue pour ma survie pendant des années et qu'enfin j'avais réussi à trouver la paix et le bonheur. Bon, ce n'est pas tout à fait ça, mais presque ! Pendant que certains commencent à s'installer pour manger, je reste là, sans bouger, sans parler. Je n'arrive pas à détourner les yeux du panorama. Je veux regarder le paysage encore et encore !

Nous sommes si hauts que je pourrais presque toucher les nuages en étirant le bras. Devant moi, les montagnes se perdent au loin, dévoilant leurs couleurs éclatantes. Le rouge, le jaune, l'orangé et le vert se côtoient dans un tableau presque irréel, tellement il est beau. Un peu plus bas, la rivière qui sillonne la vallée brille sous les rayons du soleil.

Je ne veux plus m'en aller. Je veux rester ici pour toujours.

— Tu viens manger, Morgane ? me demande Roméo, en apparaissant à mes côtés.

— Pourquoi personne ne m'a dit qu'on marchait vers le paradis ? lui dis-je, les yeux luisants.

— Je savais que tu aimerais ça, me répond-il, la voix grave. Tu n'es peut-être pas la fille la plus en forme que je connaisse, mais tu sais apprécier la beauté du monde quand elle se présente à toi.

CHAPITRE 16

À mi-chemin entre l'insulte et le compliment, la dernière phrase de Roméo reste bien gravée dans ma tête. « … tu sais apprécier la beauté du monde quand elle se présente à toi. » Oui, la beauté du monde ! C'est exactement ça ! On s'assoit sur un gros rocher, face au vide, et on reste là un moment, silencieux, impressionnés, éblouis. J'entends Roméo inspirer profondément et je décide de faire pareil. Je peux alors sentir l'énergie se répandre dans mes veines et se diffuser dans mon corps en entier. Je suis si bien que j'en oublie presque la présence des autres.

— Vous devriez commencer à manger, nous dit monsieur Benoit pour nous prévenir, en posant une main sur mon épaule pour me sortir de ma méditation. On repart dans quinze minutes.

J'acquiesce en silence et je sors mon sandwich de mon sac à dos. Une fois les premières bouchées avalées, je jette un coup d'œil sur le repas de Roméo. Il fait de même.

— Tartinade de tofu, tomates et pousses de radis, déclare-t-il en désignant son sandwich.

— Tartinade de tofu, tomates et pousses de tournesol, lui dis-je, en montrant le mien.

Il me fait un clin d'œil et croque à belles dents dans son repas. Il n'y a pas à dire, on se rejoint vraiment, côté alimentation. Pas difficile de voir qu'on est faits pour être ensemble, tous les deux !

Entre deux bouchées, il sort son téléphone pour prendre une photo. Un petit bip nous avertit qu'il a reçu un message.

— Je ne pensais pas qu'on était branchés au réseau ici, lance Roméo, étonné.

— On ne l'était pas tout à l'heure, en tout cas. J'ai essayé de t'écrire. C'est sûrement mon texto qui vient de rentrer.

Roméo consulte sa messagerie et hoche la tête pour confirmer. Puis, ses sourcils se froncent.

— Quoi ?

— Rien… J'ai reçu un autre message, c'est tout. Laisse-moi le lire…

— Ça n'a pas l'air de faire ton bonheur.

— Au contraire, m'assure-t-il, le visage soudainement plus détendu. Je suis vraiment content.

— Qu'est-ce que ça dit ?

Je m'étire le cou pour regarder, mais Roméo s'empresse de fermer son téléphone et de le ranger dans sa poche.

— Rien qui te concerne. Bon ! On y va ? demande-t-il, en se levant pour ramasser ses affaires. C'est l'heure de rentrer.

CHAPITRE 16

On dirait que des ailes viennent de lui pousser dans le dos ! En un rien de temps, il est déjà dans le sentier, en train de dévaler la pente à toute vitesse. Je me dépêche de ranger mon lunch à mon tour, mais je n'arrive pas à rattraper Roméo. Je croyais que la descente serait plus facile que la montée, mais c'est clair que je m'étais trompée ! Les roches roulent sur mes pieds, je tombe sans arrêt et j'ai les fesses plus sales et plus meurtries que jamais.

Encore une fois, je suis bonne dernière, pendant que le reste du groupe avance allègrement. Je dois rattraper Roméo. J'ai trop de questions en tête. Qui lui a écrit ce message ? Qu'est-ce qu'il disait ? Pourquoi est-ce que ça l'a rendu si heureux ? Est-ce que c'est une fille ? Qui ? Une des deux jumelles ? Elles ont l'air particulièrement de bonne humeur depuis qu'on a pris le chemin du retour.

J'essaie d'accélérer un peu, mais mes ampoules me font si mal que je boite des deux pieds. (Ce qui veut dire qu'en théorie je devrais marcher droit, mais de façon moins élégante.) Au moins, le terrain va bientôt redevenir plat. Si ma mémoire est bonne, il ne reste qu'une grande côte à descendre et après ça, je devrais arriver à faire trois pas sans tomber.

ALLEZ, UN PEU PLUS VITE, MORGANE ! LES AUTRES SONT LOIN DEVANT !

Oui ! Oui ! J'essaie ! Je me penche pour éviter une branche d'arbre, je saute par-dessus un tronc tombé au sol, je contourne un petit ruisseau et…

OH… MY… GOD…

Mon sang ne fait qu'un tour. Est-ce que c'est vraiment ce que je pense ?

Cette bestiole, à quelques mètres de moi, c'est… c'est un porc-épic ? C'est si gros que ça, un porc-épic ? Il me semble que c'est tout petit, dans les livres et les dessins animés ! Celui-là est immense ! Et ses piquants ont l'air tellement, tellement piquants ! Qu'est-ce que je dois faire ? Il est sur ma route ! Je ne peux quand même pas lui ordonner de se pousser ! Je pourrais toujours le contourner, mais, pour ça, il faudrait que je descende par ce gros rocher, juste à ma droite. Mauvaise idée ! Je ne veux pas passer à côté de lui non plus, j'ai trop peur qu'il me transperce le corps avec ses pics menaçants. Je ne me rappelle plus… Est-ce que c'est vrai que les porcs-épics peuvent lancer leurs piquants ou s'agit-il d'une légende urbaine ?

Non ! Qu'est-ce que je dois faire ? Les autres m'ont abandonnée ! Je suis seule au monde ! Il n'y a donc personne qui se soucie de moi ? Le cœur battant et la gorge sèche, je prends mon cellulaire pour appeler à l'aide, mais évidemment, je ne suis plus reliée au réseau !

Pendant ce temps-là, la bestiole continue à avancer dans ma direction à pas de tortue. J'avale difficilement ma salive. Quelle est la meilleure stratégie à adopter ? Crier ? Faire de grands gestes avec les mains pour effrayer la bête ? Et si je lui lançais un caillou ? (Pas un gros, juste un petit caillou assez solide pour l'assommer.) Ça me permettrait de passer à côté sans me faire dévorer. Parce que je ne suis plus certaine, mais je crois avoir aperçu une rangée de dents acérées dans sa gueule.

— Morgane ?

Oh ! C'est Roméo qui m'appelle ! Il vient à mon secours !

— Je suis là ! À l'aide !

TU TE RENDS COMPTE
QUE TU AS VRAIMENT
L'AIR D'UNE PRINCESSE EN
DÉTRESSE AU SOMMET DE SON
CHÂTEAU ? TU MÉPRISES CETTE
IMAGE, NE L'OUBLIE PAS !

Oui… C'est vrai, je sais ! Je vais faire comme si j'étais en pleine possession de mes moyens. La voix un peu plus forte, je lance :

— Viens voir ! Tu n'en croiras pas tes yeux !

Je l'aperçois enfin qui arrive au bas de la pente, le visage légèrement inquiet.

— Qu'est-ce que tu fais ? Tout le monde te cherche !

— Chut ! Regarde !

CHAPITRE 16

Je lui fais signe de baisser le ton en posant un doigt sur mes lèvres et je lui pointe l'animal qui se tient entre nous.

— Je voulais prendre le temps de l'observer. Ce n'est pas tous les jours qu'on tombe nez à nez avec un porc-épic.

— Wow ! dit Roméo, en avançant pour avoir une meilleure vue. Il est vraiment gros ! Ça ne te fait pas peur ?

— Pffit ! Non ! Regarde ! dis-je, en faisant un pas dans sa direction.

— Ne t'approche pas trop, Morgane, m'ordonne monsieur Benoit, qui a également fait demi-tour pour voir ce qui se passe. On ne voudrait pas l'effrayer.

Je ne sais pas qui est le plus effrayé de nous deux. À première vue, je dirais moi. Au même moment, Roméo éternue et me fait sursauter. Je recule d'un pas, pose ma main sur un rocher et fais dégringoler un caillou. Surpris par tous ces bruits, la bestiole hérisse ses piquants et se met à courir dans ma direction.

Quoi ? Non ! Je ne veux pas mourir aujourd'hui ! Mais au lieu de m'attaquer, elle se faufile à travers les branches et disparaît dans la forêt. Et moi… Moi, je suis pétrifiée.

Roméo et monsieur Benoit s'empressent de me rejoindre pour s'assurer que je vais bien. Je ne sais pas pourquoi, mais, pendant le reste du trajet, je réussis parfaitement à suivre le groupe. Je ne suis plus à la traîne du tout.

CHAPITRE 17

Secrets bien gardés

CHAPITRE 17

Je suis de mauvaise humeur. Tout me tape sur les nerfs. Sérieusement, j'ai eu une semaine pourrie ! En temps normal, j'essaierais de relativiser le problème en me disant que ma vie pourrait être pire (si on la compare aux enfants maltraités, à ceux qui se battent contre la maladie ou à ceux qui doivent travailler pour survivre), mais je n'ai pas la tête à réfléchir à ce genre de choses. Pour l'instant, je pense à moi et à mes grands malheurs.

Je n'ai pas pu reparler à Roméo de toute la semaine. Il répond à mes textos avec le minimum de mots : « Oui », « Non », « Je dois y aller » ; il me salue à peine de la main quand il me croise dans les corridors, et au cours d'éduc, hier, il s'est mis en équipe avec une fille que je ne connais pas au lieu de me choisir.

Je ne comprends pas trop ce qui se passe. Je sais que ça a quelque chose à voir avec le message qu'il a reçu pendant la sortie du club de plein air, mais je n'en sais pas plus. J'ai essayé de le questionner (sans succès), j'ai emprunté son cellulaire pour faire une petite recherche (pas réussi à trouver son mot de passe). J'ai même mis sa chambre sur écoute à l'aide d'un dispositif ultra-perfectionné. (Ça, c'est dans mes rêves ! Mais ça aurait été pratique, non ?)

Donc, j'en suis là. Frustrée. Déprimée. Et ma curiosité est loin d'être assouvie. Je lâche un grand soupir quand je vois le message de Thomas :

ALLÔ !

Tom : Et puis ? Qu'est-ce que tu fais de ta soirée ?

Moi : Rien ! Je n'ai rien à faire ! C'est trop ennuyant !

Tom : Tu n'as qu'à travailler sur le prochain numéro du journal.

Moi : C'est ce que je fais depuis une heure. J'en ai marre.

Tom : Au fait, il était super, ton article sur les secrets ! Il a fait fureur, en tout cas. C'était de circonstance !

Moi : Qu'est-ce que tu veux dire, de circonstance ?

Tom : Rien. Je me comprends. ☺

CHAPITRE 17

Moi : Bon ! Encore des cachotteries ! Tu n'as pas une partie de hockey à jouer, toi ?

Tom : Oui, demain matin. Mais qu'est-ce qu'il y a ? Tu as l'air énervée.

Moi : Tu me demandes ce qu'il y a ? Tu es sérieux ?

Moi : Tu m'as abandonnée pour le week-end ! Voilà ce qu'il y a !

Tom : Ce n'est quand même pas ma faute si je suis en tournoi !

Moi : Et Annabelle est partie voir sa grand-mère à l'autre bout du monde !

Tom : À deux heures d'ici, ce n'est pas si loin !

Moi : Et Eddy avait une « supposée » compétition de karaté. Il ne fait même pas de karaté ! C'est quoi, l'histoire ?

Tom : Aucune idée. Il ne me l'a pas dit. Mais arrête de râler un peu. Tu as la chambre à toi toute seule, tu devrais être contente !

Moi : Le temps est tellement long ! Et on est juste vendredi soir ! C'est fou, hein, mais j'ai déjà hâte d'être lundi.

Tom : Pourquoi tu n'es pas rentrée chez toi pour le week-end ? C'est ce que tu fais, d'habitude, non ?

Moi : Oui, mais là, ma mère avait une formation pour son travail. Deux nuits dans un hôtel cinq étoiles pendant que je me morfonds ici toute seule. Pfft ! La vie est vraiment injuste !

Tom : Qu'est-ce que tu ne me dis pas, Morgane ? Je te connais, tu n'es pas du genre à te plaindre parce que tu es toute seule. Il y a autre chose, c'est sûr.

Thomas a raison. Je repense à mon article sur les secrets et je me dis que je ne suis pas mieux que mes amis. Moi aussi, je leur cache un truc. Ce n'est pas un secret qui mérite vraiment d'être gardé. C'est juste que... Je trouve ça humiliant de me retrouver toute seule le soir de mon anniversaire.

Moi : Tout va bien. Laisse tomber.

Tom : Si tu le dis. Bon, je dois éteindre, on vient d'arriver à l'hôtel.

Moi : OK. Et moi, je vais aller faire un tour dans la salle de repos, voir si j'y suis.

Tom : Bonne soirée ! *Laila Tov !*

Moi : *Laila Tov !* Et bon match, demain.

Je laisse tomber mon téléphone à côté de moi et je lâche un grand soupir. Pfft ! Je ne sais pas quoi faire ! Jouer à des jeux sur mon cell ? Pas envie. Regarder une émission stupide à la télé ? Pas envie. Lire le journal ? Faire le ménage de ma *playlist* ? Faire un tour sur Facebook ? Finir mes devoirs ? Je n'ai envie de rien ! Bout de luzerne ! Passer le week-end toute seule à la résidence, c'est vraiment nul !

Mon cellulaire émet un bip. Je l'allume et constate que ma mère m'a écrit.

Maman : Ça va, ma colombe ?

C'est la troisième fois qu'elle m'envoie des messages depuis ce matin. Elle se sent tellement mal de ne pas être présente pour mon anniversaire qu'elle est prête à tout pour se faire pardonner. Même chose pour Louba et Yanie. Elles m'ont fait parvenir des tas et des tas de cartes virtuelles, de vidéos et de photos d'elles.

Je m'apprête à leur répondre quand je reçois un message de Roméo.

Roméo : Qu'est-ce que tu fais ?

Moi : Je compte les tuiles au plafond de ma chambre. Et toi ?

Roméo : Pas grand-chose. Je vais peut-être aller à la piscine tout à l'heure.

Moi : Comment ça, à la piscine ? Tu n'es pas chez toi ?

Hein?

CHAPITRE 17

Roméo : Non. Je suis coincé à la résidence pour le week-end. Mes parents ne pouvaient pas venir me chercher. Ma mère vient de se faire opérer, alors mon père s'occupe d'elle à la maison. Elle doit se reposer.

Moi : Oh ! Désolée.

Désolée ? Pas du tout ! Hi, hi ! Je me retiens pour ne pas courir jusqu'à sa chambre et lui sauter au cou ! Finalement, les prochains jours ne seront peut-être pas aussi pourris que je le croyais ! Roméo et moi, seuls au monde, dans cette résidence presque déserte ! Le rêve !

Moi : Tu veux qu'on mange ensemble ?

Roméo : Oui, bonne idée. Si tu veux, on peut se retrouver dans la salle de repos vers six heures.

Moi : C'est parfait !

Il me reste une heure pour me préparer. Je me déshabille, saute dans la douche et m'applique à laver mes longs cheveux, même si je les ai déjà lavés ce matin. Si je veux être présentable (et sentir bon, et faire bonne impression, et que Roméo me trouve irrésistible), je dois mettre les bouchées doubles. Je ne sais pas si mon instinct est bon, mais je crois que ce soir, c'est le grand soir.

Une fois lavée et séchée, j'enfile mon t-shirt préféré. Euh, non. Je l'enlève. Je ne voudrais pas lui donner mal au cœur. J'ouvre grand le tiroir de ma commode dans le but de trouver le t-shirt parfait pour l'occasion.

Le problème, c'est qu'il n'y en a aucun qui est assez bien pour Roméo. Il ne mérite pas de manger en compagnie d'un robot androïde, d'une araignée décapitée ou d'un jeu de scrabble. Qu'est-ce que je vais porter, alors ? Je n'ai pas un seul t-shirt normal ? Ordinaire ? Banal ? Ennuyeux ?

À moins que… Oui ! Bonne idée ! Je sais ce que je vais faire !

* * *

Je regarde ma montre. Parfait ! Je suis pile à l'heure !

En arrivant dans la salle de repos, j'aperçois Roméo assis sur un canapé, en train de regarder une partie de basketball à la télé. J'en profite pour l'admirer de loin. Il est très beau, comme toujours. Je me plais même à penser qu'il a apporté une attention particulière à son apparence pour notre petit rendez-vous. Ses cheveux sont coiffés à la perfection, ses chaussures s'agencent avec la couleur de sa ceinture et, en plus, il sent bon. Enfin, je crois qu'il sent bon. Je suis un peu loin pour le savoir.

J'avance de quelques pas et je me plante à côté de lui. Il ne me voit pas. Zut ! Je me racle la gorge avec nervosité et il tourne enfin la tête.

— Ah ! Te voilà !

Et là, il me regarde comme si je sortais d'une soucoupe volante.

— Euh, est-ce que tout va bien? me demande-t-il, en étirant le bras pour toucher le tissu de ma chemise. C'est quoi, ça ?

— Elle est belle, hein ? Est-ce que tu l'aimes ?

— Ben, je ne sais pas trop. Ça ne te ressemble pas vraiment. Tu es plus du genre motifs de biscuits chinois, de planches de bois et de faux bikini que…

— Que quoi ?

— Ben… que ça…

Je baisse les yeux sur mes vêtements et je comprends qu'il a tout à fait raison. Je n'aurais jamais dû m'habiller ainsi ! Une jupe en jeans, une chemise nouée à la taille, des sandales à talons… Qu'est-ce qui m'a pris ?

— Tu veux que j'aille me changer ? dis-je, en voyant l'air déçu de Roméo.

— Non. Ce n'est pas nécessaire, me répond-il en me faisant signe de le suivre.

— Tu es sûr ? Ça va me prendre deux min…

— C'est bon, j'ai dit. Les autres nous attendent.

Il a bien l'air pressé, tout à coup. Et moi, je plisse les yeux et lui demande :

— Les autres ? Quels autres ?

— Euh… Ben, mes amis, bafouille-t-il, en s'essuyant les mains sur son jeans. Bon ! On y va ?

Roméo devient rouge comme une tomate. Et moi, je suis un peu déçue. (Un peu ? Non ! Incroyablement déçue !) Ses amis vont manger avec nous ? Sérieux ? Pour le souper romantique, on repassera !

À la fois mécontente et frustrée par le manque d'initiative de mon cavalier, je lui emboîte le pas jusqu'à la cafétéria. Je crois que c'est le pire anniversaire de toute ma vie ! Pas d'amis ! Pas de famille ! Pas de « presque petit ami » non plus ! La gorge nouée et le cœur gros, je lève les yeux au plafond. Une banderole scintillante y est accrochée :

Bonne fête*, Morgane !

Et avant que mon cerveau ne comprenne quoi que ce soit, j'entends chanter autour de moi :

Bonne fête, Morgane !
Bonne fête, Morgane !
Bonne fête, bonne fête,
bonne fête, Morgane !
Hip ! Hip ! Hip ! Hourra !

Une larme coule sur ma joue. Pas parce que j'ai toujours rêvé de me faire chanter bonne fête un vendredi soir dans une cafétéria à moitié vide ! Non ! C'est parce que, pendant la chanson, mon regard s'est posé sur des visages qui me font du bien. Des visages qui ne sont pas censés être là : Anna, Eddy et Thomas. Et juste à leur droite, j'aperçois Yanie et Louba ! Ben voyons ! Qu'est-ce qu'elles font là ? Elles se tiennent bien droit, les yeux plus brillants qu'une météorite, et

* **Fête** – Anniversaire.

se déplacent en même temps pour laisser apparaître… maman !

Je n'arrive pas à y croire ! Je m'élance dans ses bras, la gorge serrée et je lui fais le plus gros des câlins. Fiers de leur surprise, mes amis s'approchent de moi en applaudissant et me prennent tour à tour dans leurs bras.

— Vous êtes tous ici pour moi ? dis-je, émue.

— On n'allait quand même pas manquer ton anniversaire, ma colombe, me dit maman, vêtue de sa belle robe noire. On ne se voit presque plus.

— Et je comprends pourquoi ! s'exclame Louba, avec découragement. C'est vraiment l'autre bout du monde, ici !

Je rigole un bon coup, je serre une fois de plus Louba et Yanie dans mes bras et je me tourne vers mes nouveaux amis.

— Alors? dis-je, en croisant les bras. Vous n'étiez pas partis, vous trois ?

— Tu ne connais vraiment rien au hockey, toi, hein ? demande Thomas pour m'agacer. Il n'y a jamais de tournois au mois d'octobre, voyons !

— Ah ! OK. Et toi, Anna ? dis-je, sous le choc. Tu n'allais pas voir ta grand-mère ?

— Ma grand-mère n'est plus de ce monde depuis cinq ans ! m'annonce-t-elle, l'œil malicieux. Au fait, tout un look, que tu as là !

— Oh ! Oui ! dis-je, honteuse, en tirant sur le bas de ma jupe pour essayer de l'allonger. Je t'ai emprunté quelques vêtements. Mais ça ne me va pas du tout.

— C'est bon ! Ne t'en fais pas ! Mais ne t'avise pas de recommencer !

Anna me donne un petit coup de coude et laisse passer Eddy, qui s'avance vers moi en faisant des mouvements (ratés) de karaté. Pas de doute, il m'a mené en bateau lui aussi.

— Ya ! Ka-ra-ta-ka ! Ya ! Alors ? Contente de ta surprise ?

— Encore plus contente de savoir que tu ne pratiques pas ce sport pour de vrai. Tu es vraiment mauvais !

— Hé ! Je me suis entraîné pendant des jours pour arriver à faire ça ! *Just for you !*

Eddy s'esclaffe et je l'imite. Je suis vraiment heureuse ! Je n'aurai peut-être pas la fin de semaine romantique espérée avec mon amoureux secret, mais là, tout de suite, je m'en fiche un peu.

— Comment vous avez su que c'était ma fête ? C'est à cause de Facebook, c'est ça ? Et comment vous avez réussi à organiser ça sans que je m'en rende compte ? Vous étiez tous dans le coup ?

— *Yes*, madame ! lâche Eddy avec fierté. Et c'est Roméo qui a eu l'idée. Il voulait te préparer quelque chose de *very* spécial.

— Eh bien ! C'est réussi !

— Oh ! C'est loin d'être terminé ! annonce Roméo en m'agrippant par la main pour me traîner à sa suite. Viens, suis-moi !

J'obéis sans dire un mot, trop curieuse pour cligner des yeux une seule seconde. Dans le fond de la cafétéria, une grande table a été dressée. Nappe noire, couverts blancs, ingrédients déposés ici et là. Et derrière cette grande table, un chef en tablier m'accueille en me faisant un grand sourire.

— Salut ! Tu dois être Morgane ?

— Oui. C'est moi. Bonjour.

— On m'a demandé de cuisiner des plats juste pour toi. J'ai donc apporté une foule d'ingrédients végétariens issus de culture biologique et respectueuse des normes environnementales.

— Et des animaux ?

— Et des animaux, répète-t-il en hochant la tête. Tu veux qu'on commence ?

— Oh que oui !

CHAPITRE 17

Le chef nous invite à nous installer autour de la table pendant qu'il s'affaire à nous préparer un repas digne des grands restaurants. Après avoir trop mangé et, surtout, trop ri, la soirée se termine dans la salle de repos. Ma mère est partie pour nous laisser « entre jeunes » et elle a raccompagné Louba et Yanie en même temps. Les quelques élèves qui sont restés pour le week-end sont soit en train de discuter, soit en train de danser. À ma droite, Anna et Thomas prennent des centaines de photos. Mais mon plus beau cadeau, c'est de voir que Thomas est capable de rester dans la même pièce que Roméo sans avoir envie de lui sauter dessus. Roméo est justement là, un peu plus loin, en grande discussion avec Eddy. Je m'approche d'eux, un grand sourire aux lèvres, le cœur léger.

— Désolée, Ed. Ça te dérange si je te l'emprunte une petite minute, dis-je, en pointant Roméo ?

— Euh, non. Vas-y.

Eddy jette un drôle de regard à Roméo (un regard que je n'arrive pas à interpréter), mais je décide de l'ignorer. Roméo est tout à moi, maintenant, et ça me rend un peu nerveuse. Je lui tends la main et ensemble, on se dirige vers un petit coin de la pièce. Ouf ! Mon cœur n'a pas battu aussi vite depuis un bon bout de temps. La dernière fois, c'est quand notre prof d'éduc nous a fait monter et descendre un escalier à peu près trente-deux fois en sautant à pieds joints. Mais ce n'est pas ça, l'important. L'important, c'est que Roméo s'apprête à m'annoncer qu'il veut sortir avec moi et que ça me rend vraiment nerveuse.

C'est quand, la dernière fois que j'ai embrassé un gars ? L'année dernière ? Celle d'avant ? Je crois que c'est la fois où on jouait à la bouteille dans le sous-sol de Louba, avec Yanie et Tommy Bélanger. Yark ! Il faisait très chaud, ce soir-là, et Tommy sentait les petits pieds. Hé ! Oh ! Pourquoi je pense à ça MAINTENANT ? Roméo est loin de sentir les pieds. Au contraire, il sent bon le savon et la menthe. C'est bon signe, non ? Ça veut dire qu'il veut avoir l'haleine fraîche au moment où ses lèvres vont toucher les miennes ?

Roméo semble aussi nerveux que moi, comme s'il ne savait pas trop où se placer. J'enroule mes bras autour de ses épaules et je commence à danser tout doucement.

— Euh… Qu'est-ce que tu fais ? demande-t-il, les yeux ronds.

— Je danse avec toi, ça se voit bien ! dis-je, en me collant un peu plus à lui.

Il parcourt la pièce du regard, comme s'il cherchait quelqu'un. Comme s'il souhaitait qu'on vienne à son secours.

— C'était vraiment une très belle fête, Roméo. Je te remercie.

— Ce n'est rien, répond-il, la mâchoire crispée. J'avais envie de te faire plaisir, c'est tout.

— Réussi !

Il est tellement beau, comme ça, dans mes bras !

— Qu'est-ce qu'on ne ferait pas pour une bonne amie, ajoute-t-il, dans un sourire forcé.

Une TRÈS bonne amie, oui ! Incapable de me retenir une seconde de plus, je glisse mes mains le long de son dos et je me colle à lui pour poser ma tête contre son épaule. La musique est bonne. La chaleur de son corps est apaisante. Je ne m'étais pas sentie aussi bien depuis longtemps.

Au bout de quelques minutes à danser ainsi, je me dis qu'il est temps de passer aux choses sérieuses. Si Roméo est trop timide pour m'embrasser, je vais faire les premiers pas. Je décolle donc ma tête de son épaule et le regarde droit dans les yeux.

— Tu sais que tu es très beau ?

Roméo rougit jusqu'à la racine des cheveux. Bout de luzerne ! Il est vraiment plus timide que je le croyais. Je pose une main sur son visage et j'ouvre la bouche pour le complimenter une fois de plus. Mais l'arrivée d'Eddy interrompt ma lancée :

— Bon, bon, bon ! Tu ne vas quand même pas la garder pour toi toute seule, hein, Roméo ? *My turn !*

Avant que j'aie le temps de réagir, Roméo danse avec Annabelle, et Eddy me tient à son tour par la taille. Fâchée après lui, je siffle entre les dents :

— Qu'est-ce que tu fais ?

— Ben, je danse avec la fêtée, qu'est-ce que tu crois ?

— On avait un moment, là !

— Un moment ? répète Eddy, en ricanant.

— Oui ! Un moment spécial ! Une étincelle ! Il allait m'embrasser !

— J'en doute fort !

CHAPITRE 17

Je recule d'un pas. Comment ça, il en doute fort ? Qu'est-ce que ça veut dire ? Je tourne la tête vers la droite et j'aperçois Roméo qui rit dans les bras d'Annabelle. Quoi ? Non ! Ce n'est pas possible ! Elle ne va quand même pas me le piquer !

À la fois furieuse et humiliée, je me précipite vers eux et m'interpose ; je fais face à Roméo. Puis, sans lui demander son avis, j'agrippe son visage à deux mains et l'embrasse avec fougue. Autour de moi, j'entends des « Oh ! » des « Hein ? » et des « Prends ça en photo ! » mais je m'en fiche. Tout ce que je veux, c'est que Roméo me rende mon baiser, ce qu'il ne fait pas. Au lieu de cela, il pose ses mains sur mes hanches et me repousse gentiment.

— Désolé, mais non, murmure-t-il tristement.

— Comment ça, non ?

— Je suis amoureux de quelqu'un d'autre.

CHAPITRE 18

Toute la vérité

CHAPITRE 18

Annabelle est fantastique. Elle m'a ramenée à notre chambre, elle m'a fait couler un bain et fait jouer sa fameuse musique de flûte de pan et de chants d'oiseaux. En temps normal, ça m'aurait tombé sur les nerfs, toutes ces petites attentions (surtout la musique), mais ce soir, ça me fait étrangement du bien.

— C'est parfait pour les peines d'amour, tu vas voir, m'a-t-elle assuré, en refermant la porte de la salle de bain pour me laisser un peu seule.

J'en suis donc là, les yeux fermés, la gorge nouée, mon corps flottant dans une eau qui sent le muguet. (Ou le lilas ? Je n'en sais rien.) Maintenant, je comprends pourquoi je n'ai jamais rien voulu savoir de l'amour. Ça n'existe pas, les contes de fées et les histoires parfaites du genre : « Ils vécurent heureux et eurent beaucoup d'enfants. » En tout cas, pas pour moi.

Roméo semblait me trouver de son goût, pourtant. Qu'est-ce qui a changé ? Et surtout, qu'est-ce qui cloche, chez moi ? Est-ce que c'est à cause de mon look spécial ? De mes opinions différentes ? Des vêtements que j'ai empruntés à Annabelle ?

Mais la question qui tourne en boucle dans ma tête, c'est : quel est le nom de cette mystérieuse fille qui a touché son cœur ? C'est sûr que j'aurais pu rester dans la salle de repos pour écouter Roméo me parler de cette demoiselle inconnue, mais j'ai préféré partir. J'avais besoin de me retrouver un peu seule. De prendre du recul. De réfléchir à tout ça.

Je ne sais pas combien de temps je suis restée dans le bain, mais je suis toute ratatinée quand Annabelle vient frapper à la porte.

— Thomas et Eddy sont là. Ils veulent savoir comment tu vas.

— J'arrive.

Je prends le temps de me sécher et d'enfiler un pyjama (le préféré de Thomas, celui avec des cornets de crème glacée et des arcs-en-ciel), et je rejoins tout le monde dans notre chambre. Mes amis me regardent de leurs petits yeux empreints de pitié et je lève le doigt pour les prévenir :

— Non ! Pas de ça avec moi ! Je NE FAIS PAS pitié !

— Tu es en peine d'amour, dit Annabelle, pour prendre leur défense. Tu as le droit d'être triste. Tu as même le droit de pleurer si tu veux.

— Pleurer ?

Je ne dois pas être normale, parce que je n'ai aucune envie de pleurer. D'ailleurs, je ne me souviens pas c'est quand, la dernière fois que ça m'est arrivé. L'année dernière, quand ma grand-mère est décédée, je crois. Est-ce que j'ai pleuré depuis ? Je ne pense pas.

TU AS VERSÉ QUELQUES LARMES QUAND TU AS ÉCOUTÉ LE REPORTAGE QUI DRESSAIT LE PORTRAIT DE L'ÉVOLUTION DE L'ESCLAVAGE À TRAVERS LE TEMPS.

Oui ! C'est vrai ! Mais c'était différent. Qui peut demeurer insensible à de telles images ? ÇA, c'est quelque chose qui mérite de bouleverser les gens ! Pas l'amour ! Et encore moins les beaux yeux d'un gars.

— Peut-être que tu ne l'aimais pas vraiment, me dit Eddy, en caressant la douce fourrure de Johnny Depp, endormi sur ses genoux. *Sometimes*, on a l'impression d'être amoureux par-dessus la tête, mais au fond, c'est juste une attirance qui passe avec le temps.

— Tu penses ?

Même moi, je ne suis plus sûre de rien. Comment décrire les sentiments que j'éprouve pour Roméo ? Est-ce vraiment de l'amour ? Il est intelligent, attirant, inspirant et, surtout, on a un tas de points en commun. Est-ce que ça veut dire qu'il est l'homme de ma vie pour autant ? Hum, je crois que je me suis peut-être un peu emportée.

— Passe à autre chose, Morgane, tranche Thomas, en détournant le regard. C'est clair que ce gars-là n'est pas fait pour toi.

— Qu'est-ce que tu en sais ?

— Tout le monde le sait sauf toi, on dirait, lâche-t-il, de plus en plus impatient.

Ça me fâche qu'il se permette de faire ce commentaire, simplement parce qu'il n'arrive pas à le sentir. Je m'approche de Thomas et je croise mes bras devant lui. Il a intérêt à tout me raconter; sinon, je jure qu'il va recevoir une claque derrière la tête.

— Tout le monde sait quoi ?

Thomas se lève et serre les poings. Il regarde tour à tour Annabelle et Eddy, comme pour leur demander de l'aide, mais Eddy se cache derrière son cell pour lire le message qu'il vient de recevoir et Annabelle plisse le nez, incertaine de ce qu'elle doit faire. Le visage de Thomas n'est qu'à quelques centimètres du mien et mon ami semble déployer un effort considérable pour ne pas dire des mots qu'il va regretter. Je sens que l'ambiance est tendue, alors je braque mes yeux sur lui et lance :

— Explique. Je peux tout entendre, peu importe ce que tu as à me dire.

— Ce n'est pas à moi de le faire.

— Est-ce que Roméo est un beau salaud qui ne prend pas soin de ses blondes ? C'est un voyou ? Un drogué ? Il fait partie d'une agence d'espionnage et nous observe en secret depuis des semaines ? Ah ! Non, je sais ! Il fait semblant de…

— Roméo est gai, m'annonce finalement Thomas, comme s'il venait de prononcer des paroles dégoûtantes.

— Quoi ? dis-je, un peu sous le choc.

— Il est gai, répète mon ami. Il ne voudra jamais sortir avec toi, parce qu'il préfère embrasser les garçons.

— Ah…

Là, on peut dire que je suis surprise. Je ne m'attendais pas du tout à ça. Roméo, mon beau Roméo ! Eh bien ! Je repense aux dernières semaines passées en sa compagnie et à tous les petits signes que je pensais dirigés vers moi. Bout de luzerne ! Il est amoureux d'un autre gars. (Je le trouve bien chanceux, celui-là !)

— Bon ! dis-je, un sourire au coin des lèvres. Au moins, je sais qu'il ne tombera pas dans les bras de la première fille qui croisera son chemin. C'est rassurant !

Annabelle rigole, mais Thomas ne me trouve pas drôle du tout.

— C'est tout ? demande-t-il, indigné, d'une voix dure.

— Euh, c'est tout quoi ?

— Tu vas le laisser s'en sortir comme ça ?

Ma tête a un mouvement de recul. Quelle est la position de Thomas dans toute cette histoire? Est-ce qu'il est homophobe ? Ça existe encore, des gens de cette espèce ?

— Je ne suis quand même pas pour le traîner sur la place publique pour que le reste de l'école lui lance des cailloux !

— Roméo est dégoûtant, bafouille Thomas, dans tous ses états. Il… Il embrasse d'autres gars ! C'est ce qu'il veut ! Des gars !

— Et alors ?

Sérieusement, ça ne me cause aucun problème. Qu'il préfère la compagnie des gars ou des filles, l'amour, c'est l'amour, non ?

— Qu'est-ce que ça te fait, à toi ? Il ne t'a jamais fait d'avances, à ce que je sache !

— À moi, non… Mais à lui, OUI ! annonce-t-il en pointant Eddy.

Le silence s'installe. Un grand malaise aussi. La seule chose qu'on entend, c'est la respiration de Thomas. Il se tient droit, le bras tendu, un doigt accusateur toujours pointé vers Eddy, qui a maintenant le visage écarlate. Et là, tout devient clair.

— Tu es amoureux de Roméo, c'est ça ? dis-je à Eddy.

— Bien sûr que NON ! répond Thomas à la place de notre ami. Ed ne veut rien savoir de lui ! Il n'est pas gai, quand même ! C'est Roméo qui a commencé ! Je l'ai vu ! Il l'a traîné dans un coin et il lui a fait sa déclaration ! Mais Eddy ne s'est pas laissé faire ! Hein, Eddy ? Tu l'as repoussé et tu lui as dit de te foutre la paix, hein, Eddy ? Pas question que…

— Tais-toi, Tom, murmure Annabelle, d'une voix plus douce que jamais.

— Pourquoi ? C'est la vérité ! Eddy ne…

— Eddy fera bien ce qu'il veut, fait-elle sur un ton insistant. Ça ne te regarde pas.

Comme pour mettre fin à la discussion, Eddy se lève, s'approche de Thomas et lui annonce clairement :

— Je suis homosexuel.

— Hein? Mais non, voyons! C'est lui qui essaie de te mettre des idées dans la tête! Ça va passer!

— Ce ne sont pas des idées et ça ne va pas passer non plus. C'est ce que je suis. Je ne peux rien y changer et je ne VEUX rien y changer non plus.

Thomas émet un petit rire nerveux. Il regarde autour de lui pour s'assurer qu'on n'est pas en train de lui faire une blague et propose:

— Je peux te présenter ma cousine, si tu veux. Elle est super belle! Je suis sûr que, si tu passais un peu de temps avec elle, tu…

Eddy allume son cellulaire et le tend à Thomas pour qu'il puisse lire ses échanges de textos. Curieuse comme je suis, je m'approche et j'étire le cou.

Roméo: Désolé, Eddy. La soirée ne s'est pas déroulée comme je l'imaginais.

Eddy: *I know*. Ce n'est pas ta faute.

Roméo: Je voulais vraiment faire plaisir à Morgane, mais je ne pensais pas qu'elle essaierait de m'embrasser. Je me sens un peu mal...

Eddy : Je te l'avais dit que tu lui plaisais, tu ne voulais pas me croire. Ne t'en fais pas. Elle s'en remettra ! 😉

Roméo : Oui, si tu le dis. En tout cas, j'essaierai de lui parler demain. Qu'est-ce que tu fais, là ? Tu veux qu'on se voie ?

Eddy : Je suis avec la gang. Ça commence à s'énerver.

Roméo : Oh ! Tu vas leur dire, pour nous deux ?

Eddy : Je ne sais pas encore. C'est certain que Thomas va mal le prendre.

Roméo : Tant pis pour lui. Si c'est le cas, c'est qu'il n'est pas un bon ami pour toi.

Eddy : Oh ! Attends un peu !

Eddy : Morgane vient de comprendre.

Roméo : Qu'est-ce que tu vas faire ?

Eddy: Je t'écris plus tard. xx

Thomas reste là, aussi immobile qu'une statue, à lire et à relire les phrases qui défilent sous ses yeux. Puis, au bout d'un moment, il redonne le téléphone à Eddy et murmure, la gorge serrée :

— Tu étais au courant, Anna ?

Mon amie hoche la tête.

— Depuis quand ?

— Je crois que je l'ai toujours su, en fait, avoue-t-elle, en prenant Eddy par le bras.

Thomas déclare :

— Tu avais raison sur un point, Eddy. Je ne le prends pas bien du tout !

Thomas donne un grand coup de pied sur mon bureau de travail, passe devant nous et sort de la chambre en claquant la porte. Un peu ébranlé, Eddy inspire profondément.

— Ne t'en fais pas, dit Annabelle pour le rassurer, en posant une main sur son épaule. Il a juste besoin d'un peu de temps pour se faire à l'idée. Il réagit fort, mais il va finir par se calmer. C'est ton ami, après tout !

— Je ne peux pas lui en vouloir, ajoute Eddy, en se passant la main sur le front. Ça m'a pris des années avant de m'accepter tel que je suis. Comment je pourrais lui demander de faire la même chose en cinq minutes ?

— Oui, je comprends, soupire Annabelle.

— Euh ! NON ! dis-je, complètement en désaccord.

Je m'approche d'Eddy et lui relève le menton pour qu'il me regarde en face. On dirait une mère qui gronde son enfant, mais je m'en fiche. Je veux que le message passe.

— Pourquoi Thomas devrait-il se faire à l'idée ? Tu n'es pas un tueur en série, tu es gai !

— Et je suis *black* !

— Et alors? Tu es gentil, tu es attentionné, tu as le cœur à la bonne place et, en plus, tu es capable d'aimer. Qu'est-ce qu'il veut de plus ?

— Je suis différent, Morgane. Et parfois, la différence, ça fait peur.

C'est triste, mais il a raison.

ÉDITION SPÉCIALE • L'ACCEPTATION DES DIFFÉRENCES

Le *No Name !*

Édito

En tant que rédactrice en chef du journal étudiant, j'ai la liberté de décider des sujets qui seront traités pendant l'année scolaire. Habituellement, je travaille avec mes trois précieux collaborateurs, mais aujourd'hui, je vous ai préparé un numéro spécial sur l'acceptation de la différence. J'espère que ça en fera réfléchir plus d'un.

Bonne lecture !

Six choses que vous ne saviez peut-être pas au sujet des personnes homosexuelles

1. Elles dorment toutes les nuits et se réveillent chaque matin.
2. Elles mangent trois repas par jour.

3 Elles éprouvent des émotions telles que la joie, la colère, la peur et même l'amour.

4 Elles fréquentent nos écoles, nos universités, nos épiceries et nos restaurants.

5 Elles ont des loisirs en lien avec leurs propres champs d'intérêt, que ce soit pratiquer un sport, écouter de la musique, créer, faire la cuisine, suivre la mode, lire, etc.

6 Elles ont besoin d'oxygène pour respirer, d'eau et de nourriture pour survivre, et elles vont finir par mourir un jour.

Étonnant, tout ça, n'est-ce pas? En résumé, les homosexuels, qu'ils soient des hommes ou des femmes, ne sont pas des ESPÈCES étranges et menaçantes. Ce sont des êtres HUMAINS comme vous et moi. La question que j'ai envie de vous poser, maintenant, c'est: pourquoi les considérer comme des êtres à part? Pourquoi les craindre, les humilier ou même les détester?

★ ACTIVITÉ SPÉCIALE ★

Si, toi aussi, tu en as assez des préjugés, de la haine et de la médisance, je t'invite à me rejoindre vendredi midi, dans le gymnase de l'école, pour une activité toute spéciale.

CHAPITRE 19

La couleur de l'amour

CHAPITRE 19

Les cours sont sur le point de reprendre. Je suis bien contente du succès de notre activité. Des centaines d'élèves, d'enseignants et de membres du personnel sont venus nous rejoindre pour poser un geste. Un geste tout simple, mais qui démontre à quel point on fait des progrès en ce qui a trait à l'acceptation et à la tolérance.

— C'est beau, hein ? me dit Roméo, en se postant à côté de moi pour mieux observer le résultat final.

— Vraiment !

Devant nous, le grand mur du gymnase est couvert d'empreintes de mains multicolores qui forment un gigantesque arc-en-ciel.

— Il y a eu beaucoup de monde, je suis content, ajoute Eddy, le visage marqué de traits de peinture de toutes les couleurs.

— Ça prouve qu'on a bien fait ! lâche Annabelle, enthousiaste et rayonnante de joie. C'était une super bonne idée d'écrire un article sur le sujet dans le journal étudiant, Morgane. C'était audacieux, mais nécessaire, à mon avis.

— C'est vous qui m'avez inspirée, dis-je à Eddy et à Roméo. Et vous savez quoi ? Je crois que je ne suis pas la seule à avoir été inspirée. Regardez ça !

Mes trois amis tournent la tête dans ma direction, pendant que je sors un papier tout chiffonné de ma poche.

— Qu'est-ce que c'est ? me demande Roméo.

— C'est un message qui a été déposé dans mon casier, tout à l'heure. Il faut croire que les conseils du *No Name* en aident quelques-uns à s'affirmer !

Curieuse, Annabelle m'arrache le papier des mains, lit ce qui est écrit et s'exclame :

— Wow ! C'est une déclaration d'amour, Morgane ! De qui ça vient ?

— Aucune idée !

— Ce n'est pas grave ! m'assure-t-elle. On va trouver ! Je vais analyser l'écriture, questionner mon entourage, observer les gars qui te regardent un peu trop.

— Qui te dit que c'est un gars ? précise Eddy, un large sourire aux lèvres.

— C'est vrai ! C'est peut-être une fille ! fait Anna, plus excitée que jamais. Oh là là ! Ça va compliquer mes recherches, mais ce n'est pas grave. Je vais trouver c'est qui.

— Je ne veux pas savoir, dis-je, en lui reprenant le papier des mains.

— Comment ça ? demande Roméo, étonné. Tu n'es pas curieuse ?

— Non. Je ne veux pas de chum ni de blonde, d'ailleurs. C'est trop compliqué, les histoires d'amour. Je suis célibataire et je compte bien le rester pour un bon bout de temps. Peu importe qui a un kick sur moi, ça va finir par lui passer.

— En tout cas, je suis vraiment désolé pour la confusion qui a régné entre nous deux, enchaîne Roméo, qui s'excuse pour la millième fois. J'espère que tu ne m'en veux pas trop ?

— T'en vouloir ? Pourquoi ? Parce que tu n'as pas voulu sortir avec moi ? Pfft ! Au contraire ! Tu m'as rendu service, tu n'embrasses même pas si bien que ça !

— Euh, pas d'accord ! déclare Eddy en levant la main.

J'éclate de rire et mes amis s'esclaffent à leur tour. Annabelle sort son téléphone pour nous prendre en photo et, à la dernière seconde, j'en profite pour étendre un peu de peinture sur la joue de Roméo. Il lâche un cri, se penche pour tremper son doigt dans le pot de peinture et l'essuie sur le bout de mon nez. Pendant ce temps-là, Annabelle et Eddy se courent après dans le gymnase avec des pinceaux.

On rit. On s'amuse. On est contents d'être ensemble.

Mon regard dévie une dernière fois vers la porte du gymnase et mon cœur se serre. La journée aurait vraiment été parfaite si Thomas avait accepté de se joindre à nous.

Il a fait son choix. Et ça me rend triste.

Mais ce n'est pas une cause perdue, j'en suis certaine. J'en fais une mission personnelle !

À SUIVRE...

Lexique

Agora – Lieu de rassemblement, de détente.

BFF/Best – *Best friend forever*, meilleur(e) ami(e).

Blonde – Petite amie, amoureuse, copine.

Canadiens – Équipe de hockey sur glace de Montréal.

Cellulaire/Cell – Téléphone portable.

Chum – Petit ami, amoureux, copain.

Cute – Mignon, charmant.

Fête – Anniversaire.

Flusher – Se débarrasser de ; laisser tomber (son copain ou sa copine).

Gang – Groupe d'amis, bande.

Gougoune – Tong, sandale à deux brides dont le point d'attache sur le devant de la semelle se trouve entre le gros et le deuxième orteil.

Grano/Granola – Se dit d'une personne dont le style de vie est basé sur une alimentation naturelle, sur des valeurs écologiques et pacifistes.

Jelly Bean – Bonbon en gelée solidifiée (dragibus).

***Kick* | Avoir un *kick* (sur quelqu'un)** – Avoir le béguin (pour quelqu'un).

Magasiner – Faire les magasins, faire du shopping.

Niaiser (quelqu'un) – Se moquer de quelqu'un, le charrier ; faire marcher quelqu'un, lui raconter des sornettes.

Party – Fête.

Plate – Ennuyeux.

Poutine – Mets typique au Québec, fait de frites, de sauce et de fromage. La poutine est devenue une sorte d'emblème dans la province.

Secondaire – Au Québec, on fréquente l'école primaire pendant sept ans, de 5 à 12 ans (une maternelle suivie de la première à la sixième). Ensuite, on passe à l'école secondaire pendant 5 ans (de la première à la cinquième). Une fois le diplôme d'études secondaires obtenu, on poursuit avec deux années au cégep afin d'obtenir le diplôme d'études collégiales qui permettra à ceux qui le désirent d'entrer à l'université.

Sous-marin – Type de sandwich réalisé avec du pain baguette ou un pain long, en opposition au sandwich club réalisé avec un pain de mie carré.

Trappe – Bouche.

Triper (sur quelqu'un) – Aimer (quelqu'un).

Velours | Faire un petit velours – Faire plaisir (spécialement par un témoignage d'approbation, d'estime ou de jugement favorable).

Le *No Name !*

Portrait ....

GENEVIÈVE GUILBAULT, auteure jeunesse

On dit que la nuit porte conseil, mais pour Geneviève, elle est surtout porteuse d'inspiration. Amoureuse des livres, de hockey et de bon thé, cette pure Québécoise est l'auteure chez Kennes de *Textos et Cie*, *Ti-Guy Le Puck* (collection Big) et d'une série 100 % licorne (*Rallumons les étoiles*, *Sauvons les arcs-en-ciel* et *Libérons les papillons*, collection Mini Big).

Tu veux être informé(e) de la sortie du PROCHAIN TOME de ma série ?

Viens visiter ma page Facebook : GENEVIÈVE GUILBAULT, AUTEURE JEUNESSE.
Et ma page Instagram : GENEVIEVEGUILBAULT_AUTEURE.

Ou bien celles de mon éditeur : KENNES EDITIONS.